時の他に敵なし

マイクル・ビショップ

NO ENEMY BUT TIME

MICHAE L BISHOP

大島豊 訳

竹書房文庫

時の他に敵なし

われらがやさしきアイルランドの名付け親
フロイド・J・ラズリィ・ジュニアに

著者はしがき

私の編集者デヴィッド・ハートウェルは、他にも何冊も本の企画を抱えながら、本書の原稿を最終的に仕上げるにあたって、私と緊密に仕事をしてくれた。二人で本書にとりわけ厳密な検討を加えるにあたって、三日間、私を下宿させてくれたことに、彼とその家族に感謝したい。

また我が妻ジェリ・ビショップにも、この小説がその性格から必要とした長期にわたる調査と、何ヶ月にもわたった実際の執筆期間中、私を支え、励《はげ》まし、提案してくれたことで、たいへんな面倒をかけた。

本書は虚構の作品である。ザラカルという国はどんな地図にも載っていない。ただ、その地理上の位置と面積はごく大雑把《おおざっぱ》にいってケニヤのそれに相当すると想像している。ただし、読者としては歴史、社会、政治において、無条件にケニヤと同一視されることのないように願いたい。この二つは同じではないし、同じだと言うつもりもない。

同様に登場人物たちが**ホモ・ザラカレンシス**と呼んでいるヒト科の原生人類も虚構の産物である。私がこの偽造原生人類を生み出したのは、特定の劇的および物語上の目的のためである。

一方で、古人類学上の命名については、人類発祥の謎を解くべくこんにち奮闘している科学者たちが使用しているものに大体において準じている。この作品をヒト科進化の教科書とみなさないように強く要請するものではあるが、とはいえこの問題に魅力を感じる向きには入手可能な厖大《ぼうだい》な分量の情報の解釈を故意に歪めてもいない。

分類と解釈をめぐる議論が今後何十年も沸騰《ふっとう》することは間違いない。十年後、あるいはそれよりも早く、ホモ・ハビリスとアウストラロピテクス・アファレンシスを指す用語は、分類学上の化石になっている可能性もある。何百万年もの昔、我ら人類世界の最前線を切り開いていた小さな二足歩行の生きものたちが残したものは、その名前で分類されている骨の他には無いのと同様である。

マイクル・ビショップ
ジョージア州パイン・マウンテン
一九八一年六月二三日

主な登場人物

ジョシュア・カンパ／ジョン＝ジョン・モネガル……アメリカ空軍下士官。

ヘレン……原生人類の女性
アルフィー……ヘレンのいる集団のリーダー
ゲンリー……原生人類の男性
エミリー……ゲンリーの妻

ヒューゴー・モネガル……アメリカ空軍下士官。ジョシュアの養父
ジャネット・モネガル……ジャーナリスト。ジョシュアの養母
アンナ・モネガル……ジョシュアの義姉

アリステア・パトリック・ブレア……ザラカル人古人類学者。
ウッドロウ・カプロウ……アメリカ人物理学者
トマス・バビントン・ムビア……ワンデロボ族の老人
ムテサ・サラカ……ザラカル国大統領

序章　「次のスライドをお願い」

肉体的に実際に時間旅行するずっと前から、ぼくは心で旅していた。そう、出発の瞬間まで、ぼくの人生はいくつもの夢のスライド・ショーだった。各々《おのおの》のスライドの間を恐れと期待で眠れない小さな暗黒が分けていた。時には夢と暗黒があまりに素早く入れかわるので、見分けがつかなくなることもあった。覚めている時と夢を見ている時の区別がつかないのは気が狂っている徴候かもしれないが、それはまた天賦《てんぷ》のものかもしれないのだ。夢と暗黒を一本の筋の通ったパターンに統合する試みを三十年以上も続けた挙句《あげく》、それは天から与えられたものだ、あるいはものだったのだと思っている。

ぼくが四歳の時、父のヒューゴーがカンザス州ウィチタのマコンネル空軍基地の売店からスライド映写機を家に持って帰ってきた。この機械はスライドを入れる丸いトレーがついていて、チェンジャーのスイッチをどんどん押していると、やがて同じシーン――過去の同じ瞬間――が何度もくり返して束《つか》の間の脚光を浴びるのである。だからスライドの円環はタイムマシンだった。そして壁や吊るしたシーツの上に次々に替わってゆく映像は、過ぎさった日々をぐるぐる回るツアーだった。

もっともぼくにとってはそのツアーが途切れるところの方が楽しいことが多かった。トレーの中の空《から》のスロットが白くまぶしい枠になる時だ——というのも、スペイン語訛《なまり》とはっきりわかる英語をしゃべった父はこうした四角い白にばかげたキャプションをつけるのを好んだからだ。

「モビィ・ディークの背中！」

「クー・クルークス・クランの集会にまぎれこんだ雪だるまのフロスティ！」

「バニラ・アイスの桶《おけ》で水浴びしてる北極熊だな」

姉のアンナとぼくも自分たちでキャプションを叫ぶのだが、たいていはヒューゴーのものよりも子どもじみていた。そして母のジャネットは途切れずに続く方を好んだから、先を続けるよう父をせかすのが常だった。母は丸いトレーにスライドの隙間ができるだけできないようにしていた——トレー一つに百枚入った——だから、でたらめを言うチャンスはむしろ少なかった。母にユーモアのセンスが無かったわけではない。ただ、母にとってスライドの円環は生きている世界、明るく何度でも捕えることのできる体験のマンダラを体現していた。スライド・ショーのたびに輝かしく顕現《けんげん》するものをくり返し体験することが母は楽しかったのだ。

ヒューゴーがマコンネルからワイオミング州シャイアンのフランシス・E・ウォレン空軍基地に異動し、ジャネットがシャイアンの日刊紙の一つに書評担当と特集記事の記者として勤めると家族が撮る写真は少なくなった。それでも誕生日や祭日や、ジャネットが昔をふり返りたくなった時にはスライド・トレーがとり出された——けれども同じプログラムを四、五回も見させられると、テレビの連続ホーム・コメディのように先がわかってしまった。「牝牛たちを指さすジョン＝ジョン」の次はいつも決まって「放牧地からジョン＝ジョンを引張りだすジャネット」で、その次は必ず「十月の散歩用に着膨《きぶく》れたジョン＝ジョン」という具合だ。この順番は絶対だった。

チェンジャーがスライドを替える一瞬の闇の間にぼくは自分だけの「スライド」を作るようになった。実のところ、八歳の誕生日以降、プロジェクター投写が行われている時、ぼくは軽いトランス状態になるのが常だった。今ここからドロップ・アウトして、壁に閃《ひらめ》いているものよりも前の過去へと入りこんだ。その前からぼくは夢を見ることで家族からいろいろ言われていた——頰杖《ほおづえ》をついてあらぬ空想にふける、たいていどこのクラスにも一人はいるような類《たぐい》ではなく、ごく稀《まれ》な、予言者的な夢想家だ——そしてスライド・ショーをジャネットがあれほど好んでやっていたのは、一部にはぼくを現実に引きとめておきたいという、善意から出た欲求の現れだったのだと今ははっきりわかる。他の三人と一緒にいる間の体験の消すことのできない生々しさを強く印象づけることで、モネガル一家へのぼくの忠誠をより強くしたいと母は思っていたのだ。

先ほど述べたように、スライドの円環の一つひとつはタイムマシン（都合が悪くならないための限界を備えたタイムマシン）だったが、それはまた現状へつなぎとめる軛《くびき》でもあった。

モネガル家の過去を無視し、スライドを分ける一瞬の闇に自分だけの意味を載せることで、ぼくは母の意図を裏切っていた。ぼくは時間の上だけでなく、感情の上でも距離を置くようになった。

十歳の時にぼくがやったイタズラは、いくつかの点で若者としての本格的な反乱の先駆けをなすものだった。

戦略空軍司令部所属の下士官だったヒューゴーは、ちょうどシャイアンからグアムへ送られていた。島には家族のための施設もあったが、父は単身赴任した――遠征の期間を縮めるためだけではなく、アンナ（今の学校が気に入っていた）とジャネット（書評や特集記事執筆でかなり稼ぐようになっていた）の求めに応じたためでもあった。この件がぼくにどう影響するか、誰もぼくに訊《たず》ねなかったのは大したことではなかった。どこにいようと夢は変わらなかったからだ。その代わり、夢についてもっと知ろうと努めた。主に図書館に通ったり、旅や博物学の専門誌を読みふけった。実のところヒューゴーがいないことで、シャイアンに残ったぼくたち三人は、家族の中心核から外へ向かって流れる一ダースほどの関心や利害関係を追求しだしたようでもあった。

ぼくのイタズラはどうなったって。その年のクリスマスの直前、ぼくはスライドの機械をしまってあるクローゼットへ行き、トレーを入れた箱をとり出した。部屋にもどり、たっぷり三十分かけて、スライドの順番をでたらめに並べかえた。一連の続きものの間に空白を作ったり、スライドの一部を横向きにしたり、上下逆さまに入れたりした。「十月の散歩用に着脹れたジョン＝ジョン」は順番がめちゃくちゃになり、「カディスの海岸で楽しむジャネット」の次になり、「セビージャの聖週間行列《セマナ・サンタ》に見とれるアンナ」は、横向きになった「なつかしいヴァン・ルナの食料品店でお客の会計をするライヴンバークお祖父《じい》さん」に続くことになった。そうしておいて、トレーを箱にもどし、箱をクローゼットにもどした。

　クリスマス・イヴの日、ジャネットはスライドを持ってきて、モネガル一家の歴史への旅の用意をするよう、アンナに指示した。十四になっていたアンナは言われた通りにして、ぼくたちは食堂に集まった。ぼくが灯《あか》りを消し、アンナが魔法のチェンジャーのスイッチを入れると、いかれた大混乱がまき起こった。

　ぼくの蛮行に対するジャネットの反応はぼくの意表をつくものだった。片手で口を覆って「何これ」とつぶやいてから、測るような眼差《まなざ》しでぼくをみやると、ぼくのこわい髪の毛に指を突っこみ、ぼくの頭を脇の下に抱えこんだ。母は腕をゆるめようとはしなかったけれど、怒っていないことはわかった。ぼくの反抗がこういう形をとったことをただ面白がっていた。怒ったのはアンナの方だった。スライドを神聖不可侵な順番に並べなおすのはたいへんな手間だと毒づいて、ショーを続けるのを拒んだ。

「ったく、バカやんじゃないよ」アンナはわめいた。「これ元に戻すの、ひとりでやりなよね。あたしは絶対に手伝わないからね」

「あらあら、アンナ、そう怒らないで」母は答えた。「次のを出して」

「でも、ママ、全部まぜこぜになってるよ」

ジャネットは笑った。

「でもどれが何か、わかってるじゃない。とにかく通して見ましょ。次に何が出てくるか、面白いわよ」

「面白くなんかない。初めて見る人がいたら、何が何だかわからないよ。もう話になってないんだから。みんなてんでんバラバラ……ただのわやくちゃな塊だよ」

「でもアンナ、話はあたしたちの頭の中に入ってるじゃない。バラバラの順番で出てきても、話が壊れるわけじゃないでしょ。あたしたちが何者か知りもしない誰かさんのことを心配しなくてもいいじゃない」

「ママ、あたしはこれを元通りになんかしないからね」

「あなたにやれとは言ってないよ。それはあたしがやる。簡単だよ。みんな番号をふってあるし。だから、続けよう、ね」

不機嫌な顔でアンナはスライドを映していった。順番はめちゃくちゃにひっくり返り、ふいに空白がはさまった。そしてぼくは叱られなかった。ジャネットの言ったことは当っていたからだ。話の筋はぼくらの頭の中に入っていた。一枚一枚のスライドは本来のつながりを呼びおこした。語られている話――ここまでまぜこぜにされてなお浮かびあがってくる永遠不変の物語に引きずりこまれた——一つひとつのスライドにこれほど集中したことは、もう長いことなかった。モネガル一家の体験は新しい命を吹きこまれていた。ぼくが順番をでたらめにしたために、一つにつながった順番では伝わらない本当のニュアンスが伝わってきた。チェンジャーがカチリというたびに、話が語り直され、磨きがかけられるのだった。

母の胸に頭を預けながら、「現実」はでたらめであることをとうとう母が受け入れたのだ、と思いこんでいた。しかしそこで母が「みんな番号がふってある」と言ったのを思い出した。そして一枚一枚のスライドの厚紙の隅に小さく丁寧《ていねい》に消えないように母が書きこんだ数字が見えた。この数字は忘却、エントロピー、混沌《こんとん》に対する防禦《ぼうぎょ》手段だった——しかし、ぼくのいたずらを母が許してくれたことの驚きとありがたみは、おかげで大きく削《そ》がれることになった。思うがままに、即座に（少なくともすばやく）世界の秩序をとりもどせるとなれば、寛大な気持ちになるのは難しいことではない。ワイオミングの、うすら寒いクリスマス・イヴに、血も涙もなく思い知らされたことだった。

ずっと後、十代になって、ぼくの無秩序な体験に秩序を立てようと、またもジャネットが軽率にもやったことに対して、ぼくはより激しい形で反抗した。それによってぼくらは二人とも苦しむことになった。

第一章　ザラカル共和国ロリタブ国立公園
——一九八六年七月から一九八七年二月

八ヶ月近く、ジョシュアはザラカルのロリタブ国立公園の奥深い一角で暮らした。そこでワンデロボ族の老人から、水道、電話、輸入したツナ缶無しに生きのびるやり方を教えこまれた。この国の国立公園では狩猟は禁止されていたが、サラカ大統領は特別の許可を与えていた。というのもホワイト・スフィンクス計画の成功は、更新世初期の世界で自分の面倒を自分で見られるジョシュアの能力にかかる部分が、不釣合《ふつりあい》なほどに大きかったからだ。

農耕民であるキケンブ族（ザラカル最大の部族集団）の間で生まれて以来ずっと過ごしていたにもかかわらず、トマス・バビントン・ムビアはワンデロボの狩猟術を放棄したことは一度も無かった。一九三四年に、アリステア・パトリック・ブレアという若造（今では古人類学者として世界的に有名）に、小型羚羊《ダイカー》を素手で捕え、その場で石を欠《か》いて作った道具でさばく方法を教えた。半世紀以上経《た》った今、ブレアはかつての教師に、同じ技をジョシュアに伝授するよう頼んだ——動作は相当に遅くなっていたし、眼もかつてほど鋭くはなかったものの、後を尾《つ》け、殺し、石器を打ち出す技を、バビントンはいささかも失ってはいなかったからだ。

バビントン――かれをよく知る者は皆そう呼んだ――は背が高く、すらりとした筋肉質で、白髪まじりの頭をしていた。儀礼が求められる場ではカーキ色の短パンにサンダルを履き、ブレアからたくさんもらった、けばけばしいスポーツ・シャツのどれかを着ていた。しかし野生のままの奥地では全裸かそれに近い恰好《かっこう》を選んだ。その体には傷やできものや蚯蚓脹《みみずば》れなどが一面散らばっていたが、リカ・リア・ラムゼイに属する人間としては申し分のない健康体にみえた。この年齢層はイングランドでラムゼイ・マクドナルドが連合政権を組んだ時期に割礼を施された人々だ。ジョシュアはたまたまできた老人の膨らみや傷はそれほど気にならなかったが、遙《はる》か昔の割礼の痕《あと》をさらしているのには困惑した。

ングワティとキケンブ族が呼ぶものだ。バビントンのペニスからぶら下がっている、ぼろきれのような一片の皮膚で、バンドエイドの包装紙についている引き開け口のようにも見えた。この「小さな皮」を眼にするのが、ジョシュアには苦痛だった。バビントンの股間になるべく眼がいかないようにしていた。そして西欧流のたしなみとは別の理由から、老人から見えるところでパンツを脱いだり、小便をしたりしないように、涙ぐましいまでに努めた。裸をバビントンに見られると、自分にもングワティがくっつくのではないかと、半ば本気で恐れていたのだ。

割礼を受けるまで、ジョシュアの師匠は英国教会信徒であるブレアの両親が運営するミッション・スクールに通っていた。そして十曲ほどの讃美歌、シェイクスピアのモノローグをいくつか、それにエドガー・アラン・ポオの詩のほとんどを暗記していた。ポオはワンデロボ族のこの老人の大のお気に入りだった。時に夜中に裸で突っ立ち、記憶に刻みこまれたこうした文句の中からその時の気分に一番よく合ったものを、音程の低い声と洗練された英国流アクセントでがなりたてるので、ジョシュアはひどく不安になるのだった。七月、荒野に入った最初の月、バビントンが一番よく朗唱したのは「ヘレンに」とポオが題した二篇のうちの、あまり知られていない方だった。

「されど今、ようやくにして、愛《いと》しきダイアナは
西の方、雷雲の長椅《ながい》子《す》へと姿を消した
そして汝《なんじ》、亡霊は墓標となる樹々の合間を
滑っていった。残るはただその眼《まなこ》のみ
その眼は消えはせぬ——消えること絶えて無し
その夜独《ひと》り家に戻る我が道を照らし
以来（我が希望は我を見捨てしが）我を捨てること無し」

バビントンと共に造った頑丈な扉を備えた樹の家の高いアカシアの枝に腰かけて、ジョシュアは下を見て、結婚したことはあるのですかと師匠に訊ねた。

「もちろん。四回同時にな。もっとも一番かわいくて最高だったのはヘレン・ミサガだった」

「どうなったんですか」

「戦争中な、二度めのやつの時、わしは故郷のマコレニ村からブラヴァヌンビまで歩いて、北アフリカにいたヒトラーの悪の手先どもと戦うのに志願した。わしは特殊部隊の一つに入れられて二年間戦った。マコレニに帰ってみると妻のうち三人は実家にもどって離婚しておった。わしはワンデロボで女たちはキケンブじゃった。ヘレンもキケンブだったが、彼女は待っていた。

「わしらはおたがいに深く惚《ほ》れあった。後になって、戦争から一年経って、ヘレンはある魔法使いに毒を盛られた。奴はわしがもらった勲章をねたんでいて、ヘレンのこの世のものとも思えない美しさもくやしかったんだ。わしらがンゴマと呼ぶ霊の世界へ、ヘレンは行っちまった。乾いてよく晴れたこんな夜には、ヘレンの魂がわしに眼を据えているのがわかる。だからヘレンのいるとこしえの世界に、もう一人の男の痛切な言葉で話しかけるんじゃ」

ジョシュアはこの話に感動した。乾いた八月の間、闇の中に片脚で立って次の文句を朗唱しても、バビントンが愚かな人間とは思えなかった。

「橇《そり》が鳴らす鈴を聞け

銀の鈴！
その旋律の予言する世界の何と楽しげなことよ
ああその響き、リンリン、リンリン
氷のごとき夜気の中に……」

ザラカルの南西端にひっそりとあるロリタブでは夜が氷のように冷たくなることはありえなかった。短くした馬の尾につけられた鈴の代わりに聞《きこ》えるのは、象のラッパ声やハイエナの笑い声であり、密猟者たちがささやきかわす声が聞えてもおかしくはなかった。ジョシュアも自分もこの連中には関わりあわないよう、バビントンは細心の注意をはらっていた。中には生活費を稼ごうとするみじめなアマチュアもいたが、見つかるのを避けるためには殺すことも厭《いと》わない、血も涙もない猛獣たちもいたからだ。

国立公園内の大型の猫たちの方が、ジョシュアには密猟者たちよりもよほど心配だった。バビントンはそちらのことはまるで心配しなかった。彼が無頓着《むとんちゃく》にサバンナを歩く様は、まるで車もない駐車場を渡ってゆくようだった。バビントンはジョシュアを困らせようとしていたいるわけではなかった。何種類もいるガゼルやアンテロープの相違を教えこもうとしていたのだ。もっとも更新世初期にはまだそこまで進化していなかったと思われるものもいた。ジョシュアは聴くことに集中しようとしたが、どうしても草原《ベルト》の樹々の下に寝そべるライオンを見つめてしまう。

「わしらの匂いをかいでも旨《うま》そうだとは連中は思わんのだよ」バビントンはジョシュアに言った。「人間の匂いはライオンにはひどい悪臭なんだ」

「するとこちらから怒らせなければ襲ってはこないんですか」

バビントンは部分入れ歯を舌で口から押し出し、また引っこめた。

「歯の無いライオンや嗅覚の鈍くなったやつは襲いたくなるかもしれんな。そりゃわからん」

「じゃあ、なぜぼくらは武器も持たずにここまで出てきて、二本足の神のように草原を歩いているんですか」

バビントンは鋭い声を出した。

「わしはそんな風には歩いとらん」


ザラカルの未開の地で過ごしたこのかなり長い間、ジョシュアが遙かな過去の夢を見たのはせいぜい月に一度か二度で、その夢も、日々のバビントンの個人指導に漠然《ばくぜん》と似ていた。魂遊旅行の数々がより一般的な夢にとって代わられたのだろうか。そう、一つにはバビントンによるサバイバルの訓練は、生まれてからずっと一人でやってきた夢の旅を、眼が覚めたままでやるようなものだった。眼を見開いたまま、夢の中の太古の風景と夢そのものの間に隔離されていた。二つの現実を隔てる闇の中に立っていた。

ある日、樹の家から遠くないひと株の草にジョシュアが小便をしているところへバビントンがやって来た。放尿を途中でやめるわけにもいかず、当惑のあまり、見つめている師匠の視線から体をそらせることも忘れていた。ようやく圧力がまったく消えると、しずくを切り、パンツの中へ押しもどし、ボタンをはめて、樹の家にもどろうと向きを変えた。

「おぬしはまだ男になっておらんな」

ワンデロボ族は宣言した。

どうしていいかわからなかったジョシュアの感情は怒りに転じた。

「世界で八番目の不思議ってわけじゃないでしょう。それこれで十分役に立ってるんだ」

「おぬしはまだナイフの味を知らん」

バビントンが言っているのは割礼のことだとようやくわかった。この儀礼を通過しないアフリカ人の若者は年齢にかかわらず、正式には未成年なのだ。

「でもぼくはアメリカ人ですよ」

「この仕事じゃおぬしはザラカルの名誉市民だ。とするとおぬしの年ならニユバにいるわけにはいかん」

ニユバとは女性と幼い子どもたちが暮らすキケンブ族の丸い家であることをジョシュアは

わきまえていた。

「バビントンッ」

しかしバビントンは聞かなかった。ザラカルのどの部族に属する者であろうと、これほど重要な使命——霊の世界であるンゴマへの訪問という使命に、成人に達したことを祝福する伝統的な通過儀礼であるイルアを体験せずに赴くことは考えられなかった。ジョシュアがナイフ（頼まれればバビントンは喜んで自らふるうつもりだった）に身を任せないと決めるならば、バビントンはマコレニへ帰り、ホワイト・スフィンクス計画はバビントンの協力無しで進めなければならない。

九月初めに公園を訪れた際、ブレアはこの最後通牒《つうちょう》と、ジョシュアがこれを受け入れると決めたことを知らされた——ただし、ジョシュアの条件が認められるならばという留保があった。

「バビントンが垂らしてるようなバンドエイドの切れ端みたいなものを垂らしたくないんです」

〈大人物〉にジョシュアは言った。

「痛みや恥ずかしさは何とかなると思います。が、あんな風にさやをぶら下げるのだけは絶対にイヤです」

身長一八〇センチに届かず、うるんだような青い眼をして、近頃視力が衰えはじめていた

（にもかかわらず、眼鏡《めがね》が必要なほどではなかった）が、ブレアの存在感はまだまだ大きかった。白く立派な口髭《くちひげ》と、額から頭頂にかけて陽に灼《や》けていたから、一見海象《せいうち》、熱帯になりこんできて、有無を言わさずこの一帯に住みついた海豹のように見えた。ランドローバーの前の座席のべとべとするクッションに座っていても、威張《いば》っているように見えたし、声にはバスーンの甘やかな響きがあった。ここ十年の間、気難しいおじさんという風情の魅力的なその顔写真が、ニュース雑誌や通俗科学の雑誌の表紙を飾っていたし、三年前にはワン・クールの間、『はじまり《ビギニングス》』と題された人類進化についてのPBSの番組のホストにもなった。この労作は古人類学者と、いわゆる科学的創世論者の間の論争を再燃させることになり、結果としてブレアの名はアメリカの津々浦々にまで知れわたることになった。もっとも今ではこの〈大人物〉を相手にすることにジョシュアは慣れており、割礼の儀式についてバビントンが目論《もくろ》んでいることへの不満を口にすることに何のためらいもなかった。

キケンブ族でも教養のある者、とりわけキリスト教徒はングワティを嫌なものとみているし、ジョシュアが強硬に反対するなら「小さな皮」を残そうとすることはバビントンもしないはずだ、とブレアは受けあった。

「反対します」

ジョシュアは答えた。一方で割礼そのものをまったく回避しようとして〈大人物〉が善意でいくつも持ちだした提案はあざやかに躱《かわ》した。バビントンには世話になっていると感じていたし、老人に認められたいとも思っていた。

　ジョシュアの意図を知らされるとバビントンは儀式は二日後、他ならぬ、弟子とともに住んでいる樹の家の下でとり行うと宣言した。次にブレアは、一人前であることの証拠として、切除を前にしてどんな形にせよ、恐れる様子を見せてはならないし、切除の間、悲鳴を上げてもいけない、そうした振舞《ふるま》いはジョシュア自身にとっても保証人たちにとっても恥辱と受けとられる、とジョシュアに教えた。さらに加えて、儀式を正統なものとするため、バビントンはいくつかの村の指導者たちにメッセージを送ったし、辺境のニャラティの村のキケンブ族を数人、見物人として招くよう、ブレアに依頼した。見物人たちは、ナイフがきらめく時、ジョシュアがしっかりと動かなかったことを喝采するか、あるいはジョシュアがもちこたえられなければ、公衆の面前で臆病風に吹かれたことを嘲《あざけ》るのだ。

「見物人ですって」

「それも伝統なんだよ、残念ながら。豹《ひょう》がいかに強力で美しくても、誰も見ていなければ何の意味があるかね」

「豹の身になってみればかなりの意味があるでしょうね。それに問題になっているのは豹じゃありません。ぼくの唯一の生殖器です。ったく、見物人とは」

「確認のためだよ、ジョシュア」

「バビントンは豹に割礼をやってやればいいじゃないですか。そいつを見て確認してやりたいもんです」

「おいおい、そんなこと言うもんじゃない」

アリステア・パトリック・ブレアはたしなめた。


イルアの前の晩、ジョシュアはエドワード朝様式の広々とした公園の迎賓館で過ごした。夜明けに鋳鉄製《ちゅうてつせい》のライオンの脚に支えられた湯船で湯浴みをし、白いリネンのローブをまとい、古人類学者に伴なわれて、制服を着た公園の係官の運転するランドローバーでバビントンとの待合《まちあわ》せに出かけた。

八時少し過ぎにアカシアの木立ちに着いてみると、一帯はニャラティから来た男女の若者でいっぱいだった。女たちは威勢よく唄《うた》っていて、全体の騒々しく陽気な様に比べると、その原因である、罪もない包皮を切りとるのはあまりにつまらないことにみえた。ブレアはジョシュアのローブを引きぬがせ、ワンデロボの老人が手術を行う場所を指さした。

「ジョシュア、バビントンを見てはいけない。切るところを見ているのもいけない」

「それもぼくが男であることを証すための一部だと思ってましたけど」

「ちがう。義務というより禁じられている」

「ささやかな情けを神に感謝しますよ」

裸で震えながら、ジョシュアは樹の家の下の空地に入り、厚い草の上に腰を下ろし、バビントンが降りてくるはずの梯子《はしご》から顔をそむけた。ブレアもその助手たちも、儀式が終《おわ》るまで、具体的な手出しは何もできない。

キケンブ族の女たちの、男らしさにまつわる卑猥《ひわい》で当意即妙のやりとりを背中で聞き、自分の心臓が不安そうにしゃっくりをするので、ジョシュアは実際に進行している現実から切り離されていた。これは自分に起きていることではない。もちろん、実際に起きていることではあった。

次の瞬間、バビントンがナイフを持って眼の前に跪《ひざまず》いていた。ジョシュアは両の拳を首の右にあてた。顎を片方に載せ、サバンナを見つめた。切除が始まった。ジョシュアは歯を食いしばり、拳に力をこめた。悲鳴をあげることも、泣き声をもらすことも頑固に押《おさ》えこんでいると、観光用のミニバスが二台、迎賓館の方角から草原を渡ってくるのが眼に入った。その朝、ランドローバーに乗りこんだ時、迎賓館の脇の中庭にミニバスが駐《と》まっていたのを思い出した。儀式がこれから行われようとしていることを、ツアーガイドがどうやってか嗅《か》ぎつけたらしい。後ろに土埃を流してミニバスがアカシアの木立ちに並んで停車した時、ジョシュアはわめきだしたくなった。

二台のすすけた車の窓から覗《のぞ》く顔は主に驚いた白人のものだった。老齢の女たちが多く、頭に色とりどりのスカーフを巻いたり、時代遅れの小さな円形の縁無し帽《ピルボックス・ハット》をかぶったり、あるいはまるで似合わない若向きの鬘《かつら》をかぶったりしていた。切除が一瞬止まった。外側の木の列で降りた二台のミニバスの乗客たちは、体を揺らしながら木立ちを通りぬけ、高い声で唄っているキケンブの女たちの後ろに立った。

「まいったな」

ジョシュアはつぶやいた。

「静かに」バビントンが警告した。「さもないと、将来楽しめないようにするぞ。子作りにも励めん」

赤ら顔で恰幅《かっぷく》のいい中年のツアーガイドが、手を叩《たた》きながら唄っているアフリカ人たちに負けずに声を通すため、メガフォンを使った。

切除がまた始まった。ジョシュアは男の口上を締め出して、ナイフの焦点から波となって広がってくる痛みに集中した。

ガイドに一番近い女性観光客の眼が眼鏡の部厚いレンズの向こうで大きく見開かれるのに、ジョシュアは気がついた。でっぷり太った女の成れの果てで、頭の深紅のスカーフはロシアのバブーシュカに似ていた。女の体がゆっくり揺れているのと、ガイドがよどみなくまくしたてる言葉で、ジョシュアは割礼の儀式の痛みから気が逸らされた。

「終りだ」

バビントンが宣言した。

「ングワティは残さずに」ブレアが応じた。「切りとってくれ」

この指示にバビントンは軽蔑の鼻を鳴らしたが、問題の肉片は切りとった。

イルアが無事終ったことを祝って上がった歓声が、木立ちを抜け、草原を越えて響いた。ようやくジョシュアは下を見ることができた。蛇口から迸《ほとばし》る水のように血が体から草の中へ流れているのが見えた。ブレアが後ろから支え、染み一つない白のローブで肩を包んだ。

人びとは唄うだけでなく、踊りだしてもいる。新成人の勇気を誉めたたえ、鎖のようにつながった人間の体が樹々の間をくねくねと出入りしている。観光客の一部もその踊りの列に加わって、二つの集団、アフリカ人と異邦人たちはいきなり混ざりあいはじめた。キケンブたちは両腕を回して、入れ入れと薦めたから、羊のように従順な白人の老観光客たちが祝いの列にどんどんと加わった。

ジョシュアは気を失うのを恐れ、ローブの前を股間から離して、服が汚れないようにした。深紅のスカーフをかぶった例の女が木立ちの縁から近づいてきて、カンザスの生《うま》れ育ちらしい、アルフ・ランドン流の平板な口調で話しかけた。

「そのローブ、二十ドルでどう？」

ジョシュアはぽかんと口を開けた。

「そのローブに二十ドル出すと言って」老女はブレアに指示した。「ポラロイド写真をとらせてくれたらもう五ドル出すわ。ポラロイドをとる前にことわるようにツアーガイドが言ってたから」

「ギヴンス夫人！」ジョシュアは叫んだ。「カンザス州ヴァン・ルナ出身のキット・ギヴンス！」

ジョシュアがこの老女をこの前見たのは十四年前、祖父の葬式の時だった。第一メソディスト教会の、ステンドグラスのはまった杏子《あんず》と琥珀《こはく》の混ざった光の中、後方の信徒席にうやうやしく座っていた。細かい数字にこだわるなら七十二歳だった。しおれた頬と顎は、マンドリルの面の虹の色に染められていた。

「これまでこの人に会ったことはないわ」ギヴンス夫人がブレアに言う口調は、あなたもそう思うはずと言うようだ。「どうして私の名前を知ってるのか、わからない」

「あんたはぼくが赤ん坊の時、祖父の食料品店でぼくの髪の毛を引張った」

老女は言い返した。

「あつかましい黒ん坊だこと。庭の芝刈りにだって五ドルも出しませんからね」

弱ってはいたが昂然《こうぜん》としてジョシュアはローブを脱ぐとギヴンス夫人に渡した。

「ほら、さしあげます。ヴァン・ルナに持って帰ってください——早ければ早いほどいい」

ギヴンス夫人は血を流している男からローブを受け取り、それを抱えこみながら一歩下がった。それから古人類学者にまた向きなおった。

「バスまで送ってくださいな。この男にこれまで会ったことはありません」

「かしこまりました、ギヴンスさん」

騒々しい人の群れの中をブレアが老女をバスへ連れてゆく一方で、バビントンに助けられてジョシュアは樹の家の梯子を登った。ニャラティから来たキケンブ族の大半がバナナの葉を持って儀式にやってきていた。ワンデロボの老人はバナナの葉を並べて寝床を作り、傷が悪くならずに休めるようにしてあった。バナナの葉はリネンや他の素材の寝具のようにペニスに貼《は》りつかず、したがって傷はより簡単に治る。

寝床に横になると、バビントンの皺《しわ》だらけの顔がじっと見下ろしていた。その顔は風が砂丘を刻んだり、雨粒が最も硬い岩に水路を穿《うが》つのと同じやり方で作られたように見えた。

「みんな聖なるもののかけらが欲しいんだね」ジョシュアはつぶやいた。「ほんとうに神聖なものじゃなくてもさ。夢を見るのは聖化するんだ。でも夢を見るのは延々と続くから、ただの習慣になる」

「ジョシュア、眠れ」

老人は言った。

サバイバル訓練を再開できるほど体力がもどったとジョシュアが感じるまで三週間かかった。ラッセル＝サラカ空軍基地からブレアがロリタブに持ってきた抗生物質にもかかわらず、ジョシュアは二晩の間、意識が混濁していた。その錯乱状態の彼のもとへ、養父のずたずたになった幽霊がやって来た。地の精《ノーム》のような茶目っ気のあるスペイン系の女もやって来てブラウスを開いて、ジョシュアは赤ん坊のように乳を吸った。首のない若い黒人の歩兵、ローブをまとったザラカル大統領ムテサ・デヴィッド・クリスチャン・ガザーリー・サラカもやってきた。この最後の客は実際に来たことを、ジョシュアはバビントンから聞いた。

「何しに来たんですか。何か言ってましたか」

バビントンはサイン入りの大統領の写真を渡した。

「おぬしのことをとても誇らしく思う、とさ。ザラカルの多様な部族の起源とこの国が現代において抱いている高い目標との間の深い亀裂に橋をかけるものだ。アメリカの黒人がナイフに身を委ねたことは、我々の夢におぬしが全身全霊で取組んでいることの証拠だ、ともな」

「他に何と言ってました」

「わしにも写真をくれたよ」

バビントンは樹の家の壁を指さした。同じ写真がもう一枚、そこに掛けられていた。こちらはワンデロボ宛の添え書きがあった。寝ているところからは見えなかったが、バビントンが写真をもらってとても喜んでいることはわかった。

恢復《かいふく》にあまりに時間がかかることに、はじめジョシュアは不安になった。が、バビントンは自分もイルアの後、ひどく痛んだのが、触れるとうずくだけになるまでに優にひと月以上かかったのだと説明した。師匠が予告したように十月半ばになる頃には、二人はまた獲物の後を尾け、根茎を掘り、果実を採り、野生で生きる知恵と術《すべ》をさらに深めていった。ジョシュアの亀頭は小便をするだけで電気が走るようなことはなくなった。再び、元に戻ったのだ。

ジョシュアはバビントンの教えることに意識を集中した。腰に葉をつけた枝をゆわえて、木立った時に影として見える形を変える方法を学んだ。獲物の後を尾ける時、斜めに動いて相手を騙《だま》すやり方、衰弱したり、怪我《けが》をした動物に棍棒《こんぼう》で止《とど》めをさし、体力を消耗したり、無様な殺しをしないですむ方法を身につけた。生肉、鳥の卵、昆虫を吐気《はきけ》やむかつきを覚えることなく食べられるようになった。ロリタブでの時間はあっという間に過ぎた。

さらなる勉学——教科書やシミュレータでの学習や、前の春から夏にかけて消化した古人類学の知識の復習——のために、ラッセル＝サラカに戻る前の晩、ジョシュアは眼が覚めて樹の家の出入口へ出た。バビントンが木立ちの端の影となって、ポオの詩の一節を暗誦していた。

「されど希望が飛び去ってしまったとて
夜に、また昼に
幻に、また虚無に
されば消えしものはより少ないか
われらの見るもの、またそう見えるものなべて
夢の中の夢にすぎず」

第二章　夢の中へ

「夢を見ているのか、眼が覚めているのか、区別がつけられないのは、狂っていることを示す徴候である。天賦の才能である場合もある」

ぼくがアフリカのザラカルという国にいるのは、ある実験——使命と言うべきだろう——に参加するためだ。その実験は夢を見るぼくの能力があって初めて可能になるものだった。アメリカ人物理学者のウッドロウ・カプロウは、窓のないバスにも似た乗物《のりもの》の内部に吊るされた装置に、ぼくの体を固定したところだった。

この大型の乗物は、東アフリカのグレート・リフト・バレーにいくつかある大きな湖の一つ、キボコ湖の南東岸から百五十メートルほど離れた、古くからの湖岸の縁に鎮座していた。バスの位置はアリステア・パトリック・ブレアの計算にしたがって決められていた。更新世初期のキボコ湖はこんにちのものより表面積が広かったから、バスを駐めるのが二〇世紀の湖岸にあまり近すぎると次に魂遊旅行する時には、その生ぬるく、塩辛い水の中、数メートルのところに出てくる可能性が高いとブレアはカプロウに警告していた。ブレアはまた「キボコ」とは河馬《かば》を意味することも念を押した。この大湖は鰐《わに》のお気に入りでもあったから、ぼくらが溺《おぼ》れなかったとしても、おそらくぼくは命を失うことになるだろう。というわけで、ぼくらは安全策をとることにした。

外では陽が昇るところだった。七月でひどく暑かった。もっともこの内部では、長々と横になったぼくの体のすぐ上で、たがいに重なりあった二基のプロペラが回りだした。そこからのゆるい風に、額の汗が蒸発した。カプロウは鐘の形のガラスのブースの中に蹲《うずくま》り、ボタンを押し、スイッチを入れている。頭を回せばその姿が見えるが、身じろぎ一つしないでじっと眼を閉じ、イヤフォンから聞える人間の鼓動の録音に集中するよう、カプロウに言われていた。眠気を催す鼓動の音がぼくを眠りに誘い、更新世初期にぼくの体を移すために必要な類の夢を呼びおこすはずだ。

「きみは流れている」カプロウが節をつけて言う。「きみは流れている、ジョシュア、流れている……」

小さくまとまったハリケーンの目に、プロペラから生まれる環形のフィールドにぼくはいる。眼は閉じているが、瞼《まぶた》の裏ではガゼルのいる太古の風景と二〇世紀のバスの内部が交互に現れている。すぐにこの二つは完全に重なりあい、ぼくは同時に二つの場所にいる。夢の真只中《まっただなか》でぼくは二百万年足らずを流れる。

ようやく鼓動音がやみ、眼を開くと、のせられた吊り台の頭上のプロペラはほぼ止まりかけていた。ぼくが後ろへ戻ってゆくのをカプロウが監視していたブースは空に見えた。透明だったカヴァーははっきりと曇っている。原因はもちろん、カプロウは人類が現在と一致しているとみなしているものに留まり、一方ぼくは、正確な年代はンガイのみが知りたもう時まで遡《さかのぼ》っていたからだ（キケンブ族の霊界をしろしめしているのはンガイだ）。バスの内部は機械の他の部分とは異なる時間座標に存在している。そしてこの転移を引き起こしているのはぼくが夢を見ていることだ。辺りを見回し、うろたえたぼくは手の脇の制御盤をためらいながら前に押した。

この制御盤は天井につながっている圧搾空気装置によってぼくの吊り台を操作できる。そこで吊り台はおとなしく乗物の床の隔室《ベイ》をぬけて降りる。ぼくを半球状に囲んでいたプロペラの位置は変わらず、ぼくのいる台の縁で誰かがこじ開けた鳥籠《とりかご》のようだ。ぼくはわれらが惑星の先史時代の「幻像」の中へ生みおとされた。

ブレアとカプロウはぼくが外へ出るところをよく考えてあった。バスの腹から外へ乗りだしても、そこは硬い岩の中でもなかったし、地表から十メートルも上にいて、安全に降りる手段は何も無いということもなかった。むしろ見事なもので、下の地表まではちょうど身長ぐらいだった。とはいえ、まずは視線を上げ、この転移を補助した不可解な装置が生みだした円筒形の空間を見つめた。バスの他の部分――タイヤ、シャシー、本体はまったく見えない。それらは皆、二〇世紀最後の五分の一においてのみ、具体的事実として存在しているからだ。説明も受け、シミュレーションもやってはいたが、この事実の無気味さはまったく予期してはいなかった。そして更新世の空に浮かんだこの穴を覗きこむぼくは、不思議の国に案内されたことを後悔していらだっているアリスさながらだった。

湖からは外れたものの、その古代の時景に、ぼくはどんな類のしぶきを立てたのだろうか。当初は大したものではなかった。もっともそこに何らかのファッション感覚のある生きものがいて、ぼくの到着を見ていたとすれば、ぼくのことをお洒落をキメた原人と思ったにちがいない。まだ（後退《あとずさ》り吊り台とカブロウが呼んでいた装置に）縛りつけられていたものの、背中には服を背負っていただけでなく、着替えを何枚かとサバイバルのためのちょっとしたものを一山持ちこんでいた。この装備はいずれも、二週間から一ヶ月になるとされていたぼくの使命の期間中、ぼくが生き延びるために選ばれていた。ブッシュジャケットにブッシュショーツ、チャッカブーツは身につけていたが、それ以外に持ちこんだ服は以下のようになる。綿ブリーフ三枚（フルーツオブザルーム製）、Vネックの白のアンダーシャツ三枚（ヘインズ製）、ふくらはぎまでの白い靴下（ゴールドカップ製）、それに姉のアンナが八歳の誕生日にお守りとしてくれた赤いバンダナ。ブッシュジャケットとブッシュショーツはマラコイのサファリ用品店で買ったものだが、チャッカブーツはアメリカ合衆国ワシントン州シアトルのエディー・バウアー製だった。底と踵《かかと》はゴム、足首まですっぽり覆うクッション入りカヴァーがつき、上面はざらざらのメイプル・カディー・レザーだ。東アフリカの地形と暑熱専用に設計されたものではないにしても、履き心地は気に入っていた。

屋外活動に必要な装備としては次のものを持ってきていた。水筒（陸軍余剰品、政府支給品）、首紐《くびひも》付きスイス・アーミー・ナイフ（メイン州フリーポートのL・L・ビーン製）、エディー・バウアー製のコンロとサバイバル・キットのセット。ジレットTrac－Ⅱ剃刀《かみそり》の入った髭剃りセット。コルゲート製髭剃りクリームのスモール缶（ライムの香り付き）と折り畳み鏡。繃帯《ほうたい》、マラリア薬、浄水剤、それに控え目な枚数のラテックス製コンドームの入った救急箱。ペンライトとひと握りの乾電池（デュラセル製）。四五口径自動拳銃（コルト製、政府支給品）。弾丸二百発入りの弾帯（陸軍余剰品、政府支給品）。革製のホルスターとベルト（コロラド州マニトウ・スプリングスのシャイアン・レザーワークス製）。聖書と更新世生態系図鑑の縮刷版（アメリカ地理学財団とギデオン協会の合同出版）。拡大鏡。丈夫なナイロン・ロープ十メートル。それに高価な時代間通信機（カプロウコーン・インストルメンツ製）。この最後のものは着いた早々に役に立たなくなった。こうした装備の大半は、身につけたり、ポケットに入れたり、あるいは胸にくくりつけたナイロンの袋に入れていた。後退り吊り台から降りれば、この袋は背中に回すことになる。

吊り台から地上へと飛びおりる前に、これらの装備に加えて、少なくとも三つの準備をぼくはしていた。第一に空軍の医師たちが東アフリカで考えられるあらゆる病気と、考えられない病気のいくつかに対しても、予防接種をしていた。二つ目に、ロリタブ国立公園でワンデロボ族の老戦士トマス・バビントン・ムビアと共に八ヶ月を過ごし、野生生活の訓練を受けていた。そして三つめに、この同じ、野生のままの時代を、夢の中で何千回も訪れていた。この遙かなンゴマ、精霊のしろしめす所で死ぬことがあるとはおよそ信じられない。

　ぼくはハーネスを外し、イヤフォンを抜き、こめかみと額にテープで付けられていた電極をはがした。腰をかけた楽な姿勢になり、辺り一帯を見わたしてからとび降りた。衣裳《いしょう》の未開世界への洒落のめした原人のデビューだ。ポケットから赤いバンダナを出して首に巻いた。これでぼくの小柄な姿も颯爽《さっそう》としたものになるはず、海賊にさえ見えるかもしれない。まるでここに誰か――誰も見えない――気にする者がいるとでもいうようだ。武器を持っているにもかかわらず、あるいはたぶん持っていたからだろうか、敵陣深く着陸した降下兵の気分だった。

　傍《そば》には眼もくらむようなターコイズブルーが朝陽に照らされていた。湖だ。二〇世紀のそれより大きい。ちょっと走れば浅瀬に駆けこめる。目の前の湖で一番不思議なのは、ジョシュア・カンパを除いて誰も縄張りを主張していないことだ。河馬の湖という名にもかかわらず、騒いだり、日向《ひなた》ぼっこしたりしている河馬はいなかった。ガゼルやウシカモシカの用心深い群れが渇きを癒そうと邪魔者もない湖岸にあえて近づくこともないし、朝食を求めてどんよりと動かない水面を切り裂いてゆく鰐も一匹もいない。無気味なほど何もいない。

　東の方に眼をやると、サバンナ、ブッシュ、茨《いばら》の草原《ベルト》それに拠水林といった環境がモザイクをなしているのをざっと見ても、ここに生まれ育った野生生物の姿は同様だ。まったくいないのだ。空に飛ぶ鳥は無く、木や草の間に動物の姿は無い。広々とうねってゆく平原は空っぽで、今陽が昇っている遙かな低い丘陵《きゅうりょう》のつらなりも、月の高原のように生きものはいないと見える。ホワイト・スフィンクスというコードネームで呼ばれる計画によって、ぼくはアダム以前のアフリカではなく、原始のパンゲア大陸へ運ばれたのだろうか。ぼくはまったくの独りだった。生まれて初めて、ぼくは眼が覚めているのか、夢を見ているのか、わからないのだ。

ブッシュジャケットの胸ポケットから、ぼくは携帯通信機をとり出した。これによって二〇世紀にいる同僚たちとリアルタイムで通信ができるはずだ。カプロウはこれを信号転送機《トランスコーディオン》と呼んでいた。その運用《モダス・オペランディ》は対になった一組各々の集積回路内の結晶同士の間の圧電式対応作用による。カプロウはぼくのものと対になる装置を持っていて、理論的にぼくは装置のちっぽけなキーボードでメッセージを叩けば向こうと通信できるはずだ。

一、二世紀だけ遡った旅行者たちと行った従来のテストではトランスコーディオンは悪天候の中でも信頼性のあるところを示した。したがってカプロウは一対のトランスコーディオンを隔てる時間の距離の大きさはその効力に何ら影響を及ぼさないと確信するにいたった。しかし、ぼくを更新世に送るために必要なエネルギーの消費量から、この仮説をぼくの場合にテストすることはできなかった。そして驚異の天才ウッドロウ・カプロウの計算は間違っていたことを、たちまちにぼくは知ることになった。マルコーニ、ベル、エジソンも休暇をとっていることは間違いない。

それはともかく、「最初の言葉」「最後の言葉」それに／または「簡潔な箴言《しんげん》」の蒐集家《しゅうしゅうか》のためにぼくがトランスコーディオンに入れた最初の通信はこれである。「一人の人間にとっては小さな一歩だが、人類にとっては後ろ向きに大きな一歩だ」。この文を口にするよりもタイプできたのはありがたかった——無線の空電にぼくの言葉が埋もれてしまったり、最初の一節のキモである文言があやふやだったり、まるで消えてしまったりするのではないかという恐れは無かったからだ。

カプロウの返事は無かった。

ぼくの最初の一手があまり面白くないと思ったのだろう。ぼくは真面目になった。

「湖は死んでいるように見えます。辺り一帯、植物の他に生命は何もありません。ただ、ここは湿度がより高く、住みやすい時期にあたるはずだとドクター・ブレアが保証していた通りです。ザラカルの北西国境地区の砂漠は今朝は砂漠ではありません。大きな、古びたゴルフ・コースで、林、バンカー、池、それに草ぼうぼうのフェアウェイが揃《そろ》っています。野生動物がいないのは怖くなります。ここでハイラックスを撃つのは無理でしょう。小鳥《バーディー》や鷲《イーグル》はなおさらです」

この情報を読みとり、消化するために、カプロウにはたっぷり五分の余裕を与えた。が、返事は無かった。ぼくはおちつかなくなった。あの物理学者とぼくの間を隔てる巨大な時間の長さは、やはりトランスコーディオンに影響しているのではないか。送信と受信の間にちょっとした時間差が生じるとすれば、まあ確かに不便にはちがいないが、破滅的というわけじゃない。宇宙飛行士たちはこの現象に対処しなければならない。だとしたら時間航行士だって同じだ。

岸に沿って少し歩きながら、ぼくは打ちこんだ。

「過去は違う感じがします。少なくともぼくにはそうです。地形の配置がヘンだとか、分子が斜めに捻《ひね》られているとかいうことではありません。魂遊旅行で更新世初期に行った時の感覚とも違います。説明できるかやってみます」

トランスコーディオンの画面をクリアしてから、説明を試みた。

「幼い頃、十歳かそこらだったと思います。ある科学の本をぱらぱらやっていて、妙な写真に出くわしました。カナリアが水槽の中の止まり木に摑《つか》まって水に漬かっていました。鳥は実際水の中にいて、濡れていて、その周りでグッピーやら金魚やらが泳いでいました。うまいなとぼくは思いました。とてもうまいけど、なんてヘンなんだ。それを見て、夢の中で感じるひどく場違いな感覚を思いだしました」

画面はほとんど満杯になっていた。それをまたクリアした。カプロウ側のユニットはプリンタにつながっていて、ぼくからの通信は長いコンピュータ用紙に保存されていることはわかっていたからだ。もちろん携帯性の上からぼくのトランスコーディオンにはそんな付属物は付いていない。だからカプロウからの文面は一行六十五文字×十行以内に限られる。けれどもこれまでのところ、カプロウは「ブー」とも言わないでいた。

ぼくはタイプした。

「つまりカナリアは薄いシリコンの酸素透過性の膜に囲まれた一立方フィートの水中にいたのです。カナリアは濡れてはいたけれども呼吸はできた。普段とは異なる物理媒体の中にいることであわてていました。面喰らいながらも、そこにそうやっていたのです。そしてそれはぼくが今過去で感じているものに多少とも近いのです。過去の感じは違う。でも呼吸したり考えたりはできる。過去の感じが少しでも摑めたでしょうか」

今回は待った。少なくとも最初に送ったものを受けとって返事をするくらいの時間は経ったはずだ。野生動物がいないことについて、カプロウかブレアの助言が聞きたかった。ぼくはまちがった過去に飛びこんでしまったのではないのか。そしてとりうる方策としては、この任務を放棄するしかないのではないか。ぼくは動物のいない楽園を見わたしながらタイプした。

「そのカナリアは魚に囲まれていました。反対に、ぼくはまったくの独りです。魚にいてほしい。なぜなら更新世を全体として、完全に体験したいからです。ぼくは生まれてからこの方、ずっとこの時を待っていたんです。あの誘惑に満ちた美しい夢が実現するためなら、まだずっと待つこともかまいません。見えてますか」

いやいや、この任務を放棄したりはしないぞ。トランスコーディオンによる通信が通じなかったり、できなくなる可能性について、ぼくらは話し合ってはいた。けれど、その恐るべき事態はどちらにしても起きることはないだろうという暗黙の了解が常にあった。通信が途絶えることにぼくらはより時間をかけて話し合ってはいた――つまり、トランスコーディオンを岩の上に落とす、川底に流される、あるいはねたみ屋の狒狒《ひいひい》に威圧されて召し上げられるということはありうると思われた――けれどもトランスコーディオンは相当乱暴に扱われても耐えることができるものだったし、その価値をぼくは完全に理解していたから、こうした危険の可能性は必要な頭の体操として楽しんでいたのだ。

「おい、どうした。返事してくれ」

不測の事態に対応するぼくらの計画は単純だった。トランスコーディオンがダメになったらぼくは状況を判定し、自分の直感的判断にしたがって任務を放棄するか続けるか決めることになっていた。継続を選んだ場合、ぼくは後退り吊り台をバスの内部に戻す（有史前の大気中に異常な穴が開いたままにしないため）。そして少なくとも一日一度は湖岸のこの場所へ戻ってくることに決められていた。定期的な間隔で、カプロウか部下の技術者の一人が吊り台を降ろす。そこでぼくは誘いを断わるか、吊り台を登り、二〇世紀へ戻るか、選ぶことができる。このランデヴーの時刻は夜明け、正午、日没と決まっていた。カプロウは吊り台を夜間に出しておくのは避けたがった。更新世の霊長類の、乱暴者の代表をバスの神経質な内部に引き入れてしまうことを恐れたのだ。装置の中にはどんなことをしても猿の毛皮を入れてはならなかった。最後にトランスコーディオンによる直接通信ができない場合、一週間以内に戻ることをカプロウから申し渡されていた。

　頭の上に手を伸ばし、吊り台のコントロールを押してから、バスの底に開いた扉を抜けて上へ引きこんでゆくのを見とどけた。その扉がぱたんと閉まり、タイムマシンの内部を密閉して、更新世の眼から隠すと、空はまた元に戻った。ぼくは湖岸にひとり佇《たたず》んでいた。きらきらする電気が自分の周《まわ》りに半分透けて見えた。顕微鏡サイズの蛍《ほたる》がうたい踊っているようだ。この現象はほんの一瞬で消えた。穴があったところを見つめながら、二〇世紀で何者かが装置が置かれているバスの中に侵入することに成功すれば、車両はばらばらに分解するか、先史時代の空気を押えている時間圧を失うことを思い出した。カプロウによればその二つよりも大爆発の方が可能性が高かった。いずれにしてもぼくはこの荒れはてた太古の環境で、残りの人生を過ごす羽目になる。

　トランスコーディオンをポケットに戻しながら、ぼくはつぶやいた。

「魚がいてほしいよ」

第三章　スペイン、セビージャ――一九六三年五月

娼婦《しょうふ》で闇商人のエンカルナシオン・コンスエラ・オカンポは息子が生まれてから初めて、二階の暗いアパートから外に出すことにした。子どもは最初の冬を、冷えびえとしたタイル張りの部屋に隔離されて過ごしていた。その壁の中で男の子は眠り、乳を飲み、排泄《はいせつ》し、這《は》い、バブバブ言い、遊び、泣きわめき、そして最後には、まだ体も小さく、時期も早かったが、歩けるようになった。そこで晩春の頃には、母親は息子を上の太陽の下に連れだす勇気を呼びおこすことができたのだった。

アパートの近くの劇場に今かかっている喜劇映画に出ているカンティンフラス同様、エンカルナシオンはアナルフェベート、文盲だった。さらに事を複雑にしていたことに唖《おし》でもあった。子どもに名前をつけていたとしても、誰もその名を知らなかった。口がきけないから、その名を発音できなかった。文字の読み書きができなかったから、名を書くこともできなかった。したがってその子がよちよち歩くようになるまで育ったのは、ほとんど途切れなく続く雷鳴のような沈黙の中でのことだった。その沈黙を破るのは自分の泣く声、アパートの外から聞える音、それに母親の客たちがボソボソと漏らすつぶやきだけだった。

大人たちが棲《す》むこの騒々しい浮世で万に一つ生きのびるチャンスを息子が持てるようにす

るには、この状況を何とか矯正しなければならないことを、エンカルナシオンは承知していた。そのこましゃくれた猿に似た顔にあまりに長いあいだ午後の陽光を当てないままにしていた。この天恵を奪ってきたのは、近所の連中が自分を堕落した女で魔女だと思っていることが主な理由であることが、エンカルナシオンはひどく恥ずかしかった。今日はこの恥ずかしさを真向《まつこう》から見つめて、厄払いを試みてみよう。

息子を腰に抱きかかえ、エンカルナシオンは、この子を屋上まで運びあげるという試練に立ちむかう覚悟をあらためて固めた。ロマの女が穿《は》くような安物の大きなスカートのひとつに汚れた服を包み、結んで作った即席の洗濯物袋を錘《おもり》にして、子どもの重さと釣合いをとった。大荷物を持ってアパートを出て、狭く長い廊下を歩いた。そしてすすけた階段をアパートのコンクリート製の洗濯所へと昇った。

驚きと恐怖の表情が子どもの顔に交互に現れた。が、男の子は勇敢にしがみついて、唯一の目標から眼を離すことはしなかった。怒った太陽の陽光が階段の上から丸く覗きこむ時だけ、まばたきした。

屋上に近づくと、小さな魚を一匹フライパンで揚げているような音がエンカルナシオンに聞えた。外に出ると、頭のてっぺんから靴の上まで色褪《いろあ》せた黒をまとった老女が見えた。洗濯日を示すびしょ濡れの旗がその周りを囲んでいた。この人物はセビージャの大聖堂の塔ヒラルダをうっとりと見上げながら、スカートの下に突っこんだ空缶《あきかん》に向けて小便をしていた。

思いがけずお仲間が現れて、老女《ビエハ》は驚いた。しかし年にまるで似合わない動きで身をかがめ、捻って、脚の間から缶を取り上げ、捧《ささ》げもつような仕種《しぐさ》をした。おかげでおちつきはらったまま、面子《メンツ》も失わずにすんだ。

エンカルナシオンはためらった。おむつはすべて洗濯する必要があったから、子どもが着ているのは木綿のジャージだけだった。それにこの老女――仲がいいとは到底言えない。建物の中に仲のよい相手は一人もいないからだ――はすすっと近づいてきて、男の子を点検しようとした。階段入口脇の水のドラム缶の蓋《ふた》にブリキの缶を置き、節くれだった指で子どもをつついた。その間もずっと猛烈な勢いでしゃべっている。子どもはつつかれて怯《ひる》みはしたものの、つつかれたことよりも、老女《ビエハ》の口から音をたて、渦を巻いて吐きだされる空気の方が気になるようだった。エンカルナシオンがいろいろ奇妙な音をたてるのは耳にしていた。一番多いのは舌打ちで、いたずらをするのをやめろという意味だった。しかし、この婆《ばあ》さんのやっていることは次元が違っていた。活発で何かをくり返しているようでもある。男の子は怖くなると同時に惹《ひ》きつけられた。

「何をこわがっとる《ケ・アレルト》」

老女はのたまわって、子どもをじろじろ見ながら母親に話しかけた。

「他の人間がしゃべるのをこの子はほんとうに聞いたことはないのかえ。この子を坊さまところへ洗礼してもらいに連れてったことはないのかえ。まったくもってオカンポさん、いま言ったことがあたってるなら、あんたが魔女《ブルーハ》だというお門違いの噂《うわさ》がいつ証明されてもおかしくなくなるよ。あんたの名前に泥を塗る口実ができるぞ」

ブルーハ――魔女――という言葉を真向から浴びせかけられて、エンカルナシオンは体を固くした。この中傷の由来が自分の風変わりな外見と、自分の祖先はモリスコ、つまり改宗したムーア人で、新たな信仰を本当に信じているのかあやしいものだと、近所の連中が明敏にも思いこんだためであることを、彼女はよく知っていた。マホメットの信徒であるムーア人は北アフリカからイベリアへ来たのだ。それはそうだろう。けれどイスラームに改宗する前に連中はどんな形の霊魂を奉じていたのか。黒魔術だ、とエンカルナシオンの近所の人びとは言うだろう。偶像崇拝、ブードゥー教だ。誤解と虚報と偏見をたっぷり吸いこんで、エンカルナシオンは悪魔のケツを追いかけているのだ、と連中は信じた。それだけではない、今、屋上でうるさく話しかけてくる老女は、エンカルナシオンはスペイン人がマル・アンヘル、悪魔の魅惑と呼ぶいとわしい性格の持ち主だと、情け容赦なくあけすけに言っている。

「きちんと洗礼を受けさせれば、この子は悪魔の領域からとり出せるんだよ。どうしてちゃんとしてやらないんだい。あんたが貯《た》めこんでるマル・アンヘルをもっと増やしたいのかい。この子のおしゃべりの相手《ポル・ディオス》を、あんたのおっぱいとあんたの罪の悪霊だけにしときたいのかい。まったくもってお嬢さん、こんなことを訊ねなきゃならないなんて、あたしゃ胸が痛いよ」

こんな風にでしゃばってくるのを無視して、エンカルナシオンは子どもを下ろし、老女を払いのけて、洗濯場の石の流し場へ向かった。老女《ビエハ》はついてきた。

一方、よちよち歩きの子どもは、はためいている洗濯物の下の濡れたところに蹲り、セビージャの鳩《はと》の優雅な群れに夢中になっていた。鳩は不安定な上昇気流に吹きあげられた、なかば焦げた紙きれのように揺れながら飛んでいた。エンカルナシオンが鳥には見向きもせず、流し場に冷たい水を張り、服を入れた袋をほどいていると、息子は空に向けて手を伸ばした。輪を描いている鳩が欲しいと全身で訴えている。

「こりゃおかしいよ、お嬢さん。あの赤ん坊はもう歩いているのかい。いくつだ、七ヶ月かい。もっと小さいようにもみえるね。頭はずいぶん大きいけどね。こんな小さいうちから歩く力があるなんて、この子にも黒いところがあるのさ、きっと。洗礼を受けさせると、この子がその力をなくすんじゃないかと思ってるのかえ。この子は黒魔術師《ブルヒート》に育てなきゃならないと思ってるのかえ。確実に生きのびるためには、さ。そう思ってるのかえ」

ほんの一瞬、水が暗い鏡となって、子どもの母親はにこりともしていない自分の顔を見た。その顔はどこかの失われた部族の生き残りが面くらっているようだ。真黒な眼、官能的な口、広いしし鼻の上でつながっている眉。両手の下で影になった水の中で、ただでさえ浅黒い肌はさらに暗い影でより黒くなっていた。たいていのスペイン人からは黒人だと思われる。安い洗剤を一握りと、しおたれた棍棒代わりのおむつで、その映像を粉砕した。

「オカンポさんや、あんた、この赤ん坊を太らせても、誰かの餌食《えじき》になるだけだよ。洗礼も受けさせなければ、人の言葉の楽しみも与えてない。万一あんたが死んだら、わざわざこの子を助ける人間なんて、誰もいないよ。あんたのアパートの中を野蛮な猿みたいに歩きまわったってどうでもいいが、一歩外に出たら身を守ることなんてできやしない――今んところ、この子は身勝手な母親のおもちゃ《フゲテ》でしかないんだから。あんたが命にかかわる事故にあったり、病気で死んだりしたら、この子だって終りだよ。そんなことも考えないなんて、ひどいんじゃないかい」

老女の主張のこの部分が完結すると、子どもは自分からホーッという声をあげて、中庭を見下ろす手すりに近寄った。エンカルナシオンは後ろの子を振り返りもせずに、洗濯を中断して、子どもを連れもどした。子どもをつかまえるには老女に体をぶつけねばならなかったが、狙っていたほど決定的なものにはならなかった。こんな風にプライベートなことにしつこく口をはさまれるのは我慢ならない。精力をそがれるし、自尊心も傷ついた。

「その子の父親はどうなんだい。あんたが子どもを生んだって聞けば、父親ならそんなバカげた育て方から助け出したいと思うはずだよ。この子の父親は黒人だろ――誰だって見りゃわかるよ――でも黒人だって自分の好みを言う口ぐらいもってるさ。息子がいるって言ってやるべきだよ」

エンカルナシオンは洗濯場にもどった。子どもは先ほどの冒険で大胆になり、老女に近づいてそのこわばったスカートを摑んだ。老婆《ビエハ》の方はお返しに子どものもじゃもじゃ頭の真ん中に一本指先をあて、その周りをこすった。子どもが近くにいるので湧きだす悪を払うようにも見えた。

「むごいし、あつかましいじゃないか」老婆はなお男の子の頭をこすりながら続けた。「自分じゃうぬぼれてるんだろうけど、そんなことをしょいこむだけの器量はあんたにはないじゃないか。さもなきゃ、あんただって、自分がその小悪魔《ブルハコ》が必ず破滅する――そうさ、この子にゃ必ず天罰がくだるようになってることがわかるはずだよ。時がたてばあんたのうぬぼれも息子もずたぼろになるのさ。それにあんたがやってるその恥知らずな仕事――お嬢さん、いいかえ、あんた殺されちまうよ。思ってるより早くね」

両手と腕から雫《しずく》を垂らしながら、エンカルナシオンはくるりと振り向くと、子どもの手を老女のスカートからひき剝《は》がした。老婆はまばたきしたが後退りはしなかった。がりがりに瘠《や》せてはいたものの、若い女よりずっと背が高かった。身長にすぐれていることで用心深さを忘れていたのかもしれない。すぐにもまたその口が動きだし、非難と助言と不吉な予言をぶちまけるだろう。

エンカルナシオンは助けになるものはないかと見回し、自分を悩ましている相手が先ほどその膀胱《ぼうこう》の中身を空けたブリキの缶に眼をとめた。それをひっつかむ。そして驚いた老女の顔の前で左右に揺らしながら、獲物の周りを回って、建物の中へ降りる階段への相手の逃げ道を断った。老婆は息を呑《の》み、肘で両目を覆い、自分の一家の着古した、わずかな洗濯物をかけてあるワイヤの下に駆けこんだ。

「お慈悲を《テンガ・メルセド》」

老婆《ビエハ》はズボンの下に蹲って叫んだ。

「お願いだよ、お嬢さん」

子どもはフーと声を立て、立ち回りを追いかけようと体をくるりと回した。鳩のことは忘れていた。少なくともその時は。

鬼ごっこは続いた。エンカルナシオンは老女が洗濯紐の下を逆方向にくぐり抜け、階段の入口へ行くのを許した。下った最初の踊り場を老婆がまわろうとした時、缶をひっくり返し、降りてゆく姿の頭と肩に、温かい液体を狙いあやまたずぶちまけた。悲鳴をあげ、わけのわからぬことをわめきながら、信心もすべてきれいに洗いながされて、老婆《ビエハ》は建物のはらわたへと消えた。その悲鳴はタイルを貼った構内にやかましく響きわたった。

第四章　蜃気《しんき》楼《ろう》の生態環境

鳥、鳥の群れが輪を描いている。

キボコ湖の西端、大地溝《リフト》のそちら側の断崖の陰から、鳥たちのきらきら輝く雲が昇っていた。たぶん鵜《う》の類。それとも翡翠《かわせみ》だろうか。遠すぎてすぐに見分けがつかない（縮刷版の聖書と図鑑の合本を見てもだめだ）。けれどもその距離にもかかわらず、あの鳥たちはかれらの世界にぼくがいることに反応したのにちがいなかった。湖の上にあの鳥たちが現れたことで、ぼくの到着が正当に認められたのだ。というよりむしろ、ぼく自身がどうやってかあの鳥たちを存在せよと召喚したのだとさえ思われた。

過去は目覚めようとしていた。

その昔、ずっと以前、また別の過去で、魂遊旅行者としての自分の「才能」に最初に目覚めたのは、ある古い街の屋上の上を飛ぶ鳩の群れのイメージがきっかけだった。飛んでいる鳥を見ると、必ずこの幼い頃の記憶が呼びおこされるのだ。プルーストにとって、菩提樹《ぼだいじゅ》の花のハーブティーにひたしたマドレーヌの味が、子どもの頃過ごした村の情景をまざまざと呼びおこしたように。順序が逆ではある。生まれる二百万年ほど前に、自分の幼時を思い出していたのだ……

だしぬけに辺り一帯が動いていた。

十メートル足らずのところで鰐が一頭――たった今まで、砂利の多い湖岸の隆起だったものが水の中に滑りこんだ。鰐の向こうでは河馬の一家がほとんど鼻まで水に漬かり、草の生えた浅瀬でのんびりとしている。この動物は絶滅種のH・ゴルゴプスだ。潜望鏡のような眼ですぐわかる……ああ、ついそう言ったけど、この表現はおかしい。生きているエンジンのように眼の前で鼻を鳴らし、欠伸《あくび》をしているのに、どうして絶滅しているなどと言えるだろう。ここで時代錯誤なのはこの河馬の一家ではなくて、ぼくの方だ。

壊れやすい未来のテクノロジーに一戦も交えることなく降参するような人間ではなかったから、トランスコーディオンをとりだして次の文章を打ちこんだ。

「ドクター・カプロウ、帰郷してます。ここここそは何千回何万回の魂遊旅行を通じて予言されていた目的地です。ここには、この場所には住民がいます。そしてぼくはその一員です」

それから打ちこむ。

「ワァオ」

そして待ったが返事はついに来なかった。トランスコーディオンはポケットに戻した。

ずっと南の方で、かなり毛のふさふさしたカモシカの小さな群れがおずおずと湖に近づいていた――この緯度では毛が多すぎるように見える。黙示録から有蹄類《ゆうているい》に大急ぎで頁《ページ》を繰って、かれらはウォーターバック（コブス・エリプシプリムヌス）か、更新世初期のその祖先のどちらかであることを確認した。立派な丸まった角をいただいた一頭の雄がそのハーレムを湖岸に連れてきたのだ。塩からくて飲めたはずではないはずと思ったが、牝や一歳子が数頭岸に沿って広がり、おそるおそる口を下ろした。

頭上ではフラミンゴの一群が、大地溝の別の湖か、あるいはこの湖の別の場所に向けて飛んでいた。だんだん明るくなる空を背景にローズピンクに映えるその姿はひょろ長くもあり、優雅でもある。

ウォーターバックに眼をもどした時、水に入りすぎた子鹿の一頭を死が襲ったその速さにあっけにとられた。鰐が一頭、ついさっき岸から滑りこむのを目撃したあの鰐だったかもしれないが、隠れていた水中から飛びかかって、哀れな子鹿の喉にくらいついた。残りのウォーターバックたちが恐慌に襲われて開けた草原にぱっと散る一方で、万力のような鰐の顎は子鹿を深みに引きずりこんだ。ターコイズブルーの湖面に朱色が流れだした。すぐ西で水浴びをしている河馬の一家はこの殺戮《さつりく》に呑気《のんき》な無視を決めこんでいたものの、ぼくは思わず顔をそむけた。バビントンとのサバイバル訓練で、こういう光景には慣れっこになっていたはずだが、今の今まで、実際にやって来た自分の夢の世界でもアフリカの生態系の無情な残忍性が幅をきかせているとは、実のところ信じていなかったのだ。むろんそれはぼくの思いちがいであり、鰐に捕えられたのがウォーターバックの子どもの当然の報いとすれば、ぼくもまた同じ報いを受けてもおかしくなかった。

恐怖は生きのびるため、役に立つ。おかげで任務の初日に自己満足にひたってしまわずにすむ。

しかしぼくの任務とは正確には何だろうか。実のところ、任務は二つあった。まず第一に、ホワイト・スフィンクス計画に軍がさらに資金を注《つ》ぎこむことを正当化するため、時間転移装置の射程距離と有効性について、ウッディ・カプロウが知りたがるところに十分答えなければならなかった。二つめに、ザラカル政府に対し、自説を曲げない内務大臣という存在を通じて、我々の種の「人間」と認められる最も古い祖先が、キボコ湖とサラカ山およびその周辺の、呼べば声が届く範囲に住んでいたことの証拠を提示することだった。アリステア・パトリック・ブレアは人類の進化について大いに物議をかもしているその説を証明する明白な証拠を望んでいた。そして西欧で教育を受けた自国の大統領を説得し、ホワイト・スフィンクスによってその証拠がもたらされ、それとともに国の科学体制に寄与する（つまりブレア本人の立場を強化する）と同時に経済も強化する（つまり、観光、助成金、そしてアメリカからの支援の追加）ことを納得させていた。アメリカ空軍の下士官として、ぼくは二つの政府に使われる駒だった。ぼくの「仕事」は両方の政府を喜ばせることだった。

具体的にはぼくは原生人類を見つけ、その生活様式を観察し、発見したことを上司に報告することになっていた。この最後の義務はひとえにトランスコーディオンが担うことになっていたが、これが動作しない以上、自分で報告できるまで、ぼくは観察したものを記憶に蓄えておかねばならない。ぼくが過去へ落とされる先はキボコ湖に隣接する地点になるだろうとブレアは言っていた。ホモ・ザラカレンシスの歓迎委員会が後退り吊り台の周りに集まっていて、ぼくを迎えてくれるのではないかとブレアは期待していた。しかしその期待は早くもはかなく消えていた。見える範囲で二足歩行をしているのは鳥たちだけで、かれらは友好的な申し入れをまだしてこない。

湖の境界をなしている凝灰岩から降り、東に開けたサバンナに向かって歩いた。ここでの風景とその二〇世紀版との違い一つひとつに驚いていた。ザラカルでは塩の原と茨の原《ソーンベルト》であるのに、ここでの一帯は踏みならされた草が覆い、小さな木立ちがあちこちに散って、南西に今よりも遙かにずっと高く、堂々としたサラカ山が聳《そび》える姿は、背中を丸めた巨人のようだ。西方の丘陵からキボコ湖に流れこんでいる半ば隠れた涸れ川が網の目のように走っている。眼を凝らせばカルデラ、凝固した火山灰、黒曜石のきらめきといった火山活動の証拠が風景の中で目立ってくるが、全体としてはのどかで牧歌的ですらある。この前に魂遊旅行した時もこうだったことは覚えていたが、自分の夢が現実のものになるのは驚きで、その既視感《デジャ・ヴ》のあまりの気分の良さに、頭がくらくらして眩暈《めまい》を覚えた。

足を止めて、平原を見わたす。どこに眼を向けても生きものばかりだ。さきほどの湖でと同じく、その生息環境に踏みこむことで、この一連の生きものたちも一時的な地獄の辺土《リンボー》から呼びだしたのだと感じた。種族としての記憶の宝庫があり、その宝庫に蛇口をつけたことでかれらが存在するようになったのだ。自分勝手な捉え方ではあるが、どうしてもふり払うことができなかった。キボコ湖から逃げたウォーターバックに加えて、ガゼル、ウシカモシカ、縞馬《しまうま》、それに人間の骨盤の巨大なものに似た枝角を持つ不器用なキリンもどき。風景は斑点や縞模様で波打ち、すべては生きものであふれる蜃気楼の中に宙吊りになっているようだった。

　ただし、ぼくが自分に言い聞かせなければならないことが一つあった。この蜃気楼は幻ではないのだ。カプロウの夢で旅する者たちが過去へ落とされて死んだことはこれまで一度も無かったものの、夢が実体化された領域の中を旅する者はあっさりと悲惨な死に会うこともありえるとカプロウとその助手たちの意見は一致していた。

　ワンデロボ族のバビントンからはライオンは大して恐れる必要はないと言われてはいた——とはいえ、ライオンや豹や、それにこの地形なら棲んでいてもおかしくはない剣歯虎の生残りのことは気になってしかたがなかったから、四五口径はありがたかった。もっとも本当に身を守るとなれば、もっと口径の大きな銃が必要ではあった。とにかくあるもので何とかするしかない。過去へ落とされる際に運べる量の制限から、なじみもあり、頼りにもなるコルトを選ぶことになった。ハイエナや狒狒は簡単に倒せるし、ライオンが突進してきても、両脚を踏んばって眉間《みけん》に連射すれば、きっとそういう状況にも役には立ってくれるだろう。

「象の群れの脚の間に入りこむようなことは避けてくれ。そうすればまず大丈夫だろう」

とブレアからは言われていた。

なるべくめだたないようにするために、バビントンの薦《すす》めにしたがって、葉のついた小枝をひと握り、胴にゆわえつけようかとも思った。が、結局やめにしたのは、百メートルくらいの範囲で草や木の芽を食《は》んでいる野生の動物たちは、ぼくが通っても特に警戒するような素振りはまるで見せなかったからだ。ひょっとしてここの動物たちにはぼくが見えないのだろうかと一瞬、考えもしたが、無花果《いちじく》の木立ちへ入ろうとしたぼくの前を横切った縞馬（こんにちでは比較的珍しいグレヴィー縞馬《エクウス・グレヴィー》）の小さな群れのおかげで、その馬鹿げた思いつきは雲散霧消した。かれらは耳をそばだて、尾を左右に振って、南へと一斉に逃げていった。ぼくは太陽へ向かって歩いていたから、こちらが見つける前に向こうはぼくを見つけていたし、この平原にぼくがいることで太古からのルールである逃げの一手を打ったのだ。

　用心しながらぼくは無花果の木立ちの中の空地に足を踏みいれた。ライオンもコブラも待ち伏せてはいなかった。が、ずっと誰もいないわけではない証拠は目《ま》の当たりにした。一本の木の根元に骨と溶岩の小石の破片が小さな山をなしていて、道具を使うヒト科の集団が小型のアンテロープの類を一頭屠《ほふ》り、その死体を貪《むさぼ》ったことを示していた。毛皮の断片が下生えに引っかかっていたり、木立ちを貫いている流れの底の砂の間に押しこまれていて、殺しがあってから一年かそこらしか経っていないことがわかる。散らばっている石も調べた。明らかに他の場所から運ばれてきていて、粗い形の石核石器と、辛抱強く勤勉な二足歩行の動物がそこから打出した破片が含まれている。その生きものは飢えにせっつかれてこの巧妙な仕業におよんだのだが、道具そのものはごく安上がりで複製も簡単なので、この空地を立ち去るにあたって、道具は捨てていった。アンテロープの折れた肋骨《ろっこつ》のそばに跪き、多面体の石核石器から破片を打出してみた。

この技はロリタブ国立公園での八ヶ月の間にブレアとバビントンから教えこまれたことの一つだ。できた道具――千枚通し、篦《へら》、鑿《のみ》などと呼ばれた――はスイス・アーミー・ナイフの明るい赤の柄に収容されている様々な鋏《はさみ》、楊子、ピンセット、ねじ回しのようには使いやすいものではなかったが、三十五ドル払う必要もなかった。これらの道具の一つはぼくのチャッカブーツの左の爪先《つまさき》に（偶然にではあったが）切り込みを入れられるほど鋭利だった。

ぼくは律儀にトランスコーディオンをとり出した。

「ドクター・ブレア、湖から三十分歩いただけでヒトがいる確実な証拠あり。道具の残骸と動物の死骸の小さな堆積。先生にはここにいて欲しいです」

今回は返事を待たずに装置をしまいこんだ。

まだ正午にもなっていなかったがひどく暑くなっていて、溶岩片で作業をしたおかげで、汗ぐっしょりになった。無花果の木立ちの東端から草地の向こう、湖から見えた丘を見わたした。この丘陵から森が通廊になって階段状の巨大な殻のようにサバンナの中に延びている。

専門家としてのブレアの人類学的発見は湖近くの化石床で多くなされていたが、このささやかな高台の一帯が原人たちの住処《すみか》である可能性は高いとぼくは判断した。この判断はこれまでの魂遊旅行とその夢を説明しようとして何年も集中的に行ってきた読書に基いていた。メアリ・リーキーやアリステア・パトリック・ブレアやドン・ジョハンソンが高台では重要な発見をしていないにしても、それは人類がそこに住んだことがなかったからではなく、土地の浸食や捕食者や火山活動によってそこでの居住の徴《しるし》が消しさられたからである方が大きい。その丘は歩いて二、三時間の距離だったが、そこまでは行こうと思った。ハビリスたち——つまりホモ・ハビリスと呼ばれる現生人類に近いヒト科で、ルイス・S・B・リーキーが最初に名づけ、提唱した種を代表するものの溜まり場を捜索しようとするなら、まずはかれらを見つけ、ぼくの魅力と技量の限りを見せつけてやらねばならない。

お集まりの皆さん、伊達男が向かってますよ。

およそ楽園らしくないこの楽園で、ぼくはどう迎えられるだろうか。大歓迎されるか、噛《か》みつかれるか。

光り輝く剣を持ち、背中が剝出しの大天使の二人組に追いはらわれませんようにと祈りながら、ぼくはサバンナを横断しはじめた。チャッカブーツの足取りも軽く、暑さを無視して進んだ。肛門の上に尻尾《しっぽ》を感嘆符の形に押っ立てたイボイノシシが一頭、ぼくの進路から外れ、巣穴へ後退りに入って見えなくなった。ウシカモシカたちはぼくが進んでゆくのをしばらく用心深く眼で追っていたが、ぼくが目指しているのが自分たちの方ではないとみてとると、草を食べるのにもどった。

浅い涸れ川や小さなアカシアの木立ちに陰を求めて、何度か止まって休んだ。それでもやっとのことで丘陵地帯から舌の形に平原へと延びている拠水林に入った。そして石器時代初期のザラカルでのぼくの本当の冒険が始まったのだった。

第五章　スペイン、セビージャ——一九六三年夏

　エンカルナシオンがお節介な隣人に小便のシャワーを頭からかけて洗礼を施してやってから二日後、老女の半白で太鼓腹の息子にアパートの外の廊下で呼びとめられた。この男は名をディオニシオといい、ある薬剤師の配達人をしているが使い物にならないということだった。定職のある大人にしては、たいていの時間をこの借家の集合住宅の周辺で過ごしていた。薄よごれた孔雀《くじやく》のように中庭をぶらぶらしてゆくと、近所の子どもたちが馬鹿にしてその名を呼んでからかうのを、エンカルナシオンはよく耳にしていた。このディオニシオは役立たずで、エンカルナシオン同様、その将来に望みは無かった。

　この日、男は女の両肩を摑み、くるりと回して向かい合った。その息はビールの香りを含み、胸毛はシャツからもじゃもじゃとあふれ、梱包用の糸の束のようだった。怒りのあまり、破裂しそうにみえた。そのシャツがばらばらになり、猛烈に臭い内臓が今にもあふれ出てくるかと思われた。

「おれに呪いをかけてみろよ」両肩を摑んだ手に力をこめながら挑んできた。「きさまのご自慢の魔術なんてクソでもくらえ。この手すりを越えてみるのはどうだ。きさまのぐちゃぐちゃの死体に小便するやつが何人くるかなあ」

ディオニシオはエンカルナシオンをはたきだした。拳を見舞いながら、女の悪いところを次々にあげてこき下ろした。仕上げにこめかみにひときわ強烈なやつをお見舞いし、両腕で抱きあげて廊下の床に叩きつけた。

「きさまみたいなあばずれの命をもらうのは楽しいが、そのおかげで監獄に入れられたり死刑にされたりするのはかなわん。そうなりゃ、きさまは墓の中で笑うんだろ。おれたちをバカにすることができるわけだ。きさまがどうするかはお見通しさ」

眼の脇にふくらんできた血腫越しに眼を細めると、ディオニシオの丸々とした指がズボンのボタンを外すのが見えた。そこで意識が薄れはじめた。こちらが恥ずかしくなるようなじゅるじゅるという音が聞え、鼻をつく匂いの温かいものがスカートをぬけて広がるのを感じた。そこでもう何も見えず、聞えず、感じなくなった。

その晩、エンカルナシオン・コンスエラ・オカンポは二つのことをすると決めた。塒を変えることと、息子を捨てることだ。ラジオのスイッチが切られ、箍《たが》のはずれた子どもたちがベッドに追いやられてずいぶん経ってから、エンカルナシオンは服と家財の入った袋を担いでアパートを出た。子どもはいつものように腰の上に背負われ、南京錠のかけられた商店やワインショップの前を通って狭い路地を運ばれてゆく間、眼を瞠《みは》っていた。星の川が頭上に延びていた。

二人の新しい住居はレオンシロス通りの入口から遠くない、立入禁止にされた建物だった。この遺棄された建物の正面は材木の列が歩道を支えに突《つ》っ支《か》い棒になっており、警告板が一階の窓の中に立てられていたが、エンカルナシオンには読めなかった。女はホワイエに入り、階段を塞《ふさ》いでいる凝った飾りの鉄格子に付けられている錠をアメリカ製のヘアピンで外した。それから三階まで昇り、荒れはてたフラットの一つの、家具も何も無い居間まで息子と他の荷物を運びあげた。ここに子ども以外の財産を置いた。

夜が明けるまでに、女は前のアパートまで、迷路のような路地を抜けるルートを三回往復した。どちらの場所にも息子を置き去りにしなかった。廃ビルに運びこんだものの大半は闇市場向けの商品で、二ダース近いアメリカ煙草《たばこ》、ひと抱えほどの腕時計（タイメックスやブローヴァなど）、それに小型の台所用電気製品がいくつか、といったものだった。一、二度くたびれはてて、女は男の子に砂利道を並んで歩かせてみた。男の子は驚くほど遅れずについてきた。

ひと月が経った。男の子はプラスティックのカップから直接飲めるようになっていた。ガジェリアス・プレシアードスというデパートでエンカルナシオンが買ってやったものだ。店はセビージャの有名な歩行者専用通りの蛇通《カジエ・デ・シエルペス》りから遠くない。ミルク——本物の牛乳《レチエ・デ・バカ》——はモーターのついたぼろぼろの荷車で日に何度もビルの前を通る牛乳売りたちから買った。近所の屋台の果物屋でオレンジを買い、ジュースを絞って子どもに与えた。断固として胸をふくませることはしなかったから、その代わりとしてコカ・コーラやファンタなどの炭酸飲料を飲ませようとしてみた。子どもの健康にはよくないかもしれなかったが、子どもはむさぼるように飲んだ。この計略は図に当たった。男の子はまもなく乳房をせがむのをやめた。

もう一つ決めたことが大きく迫ってきていた。いずれ市の手先の作業員たちが解体用の鉄球をもってビルにやってくる。そうするとどうなるか。借家の集合住宅から出たせいで、闇商人と娼婦では生計を立てられなくなっていた。今は、近くの酒屋のオーナーの使い走りと、そのお客の中で金の無い連中に煙草と腕時計の在庫の残りを売ることによって生計を立てていた。自分が死ねばこの子を救いに来てくれる者はいない。生きようとするなら、解体用の鉄球に叩きだされる前にもっと実入りのいい仕事をみつけなければならない。

息子は歓びでもあり、受難でもあった。しかしディオニシオの母親との遭遇以来、息子は変わりはじめた。まず第一に声を出すことをやめた。立入禁止のこの建物に居座る権利を確保するためには沈黙が一番だとわかっているようにもみえた。バルコニーの、板でふさがれた開き窓の下の歩道でしゃべっている人びとの声にじっと聴き入ってはいたものの、ホーホーキーキー叫んで、その人びとの気を引こうとしたことは一度も無かった。買物の用で街路を通っている時も、通りすぎる人びとや売子の一人ひとりをじっとみつめるのが常だったが、そうした人びとのたてる音をまねしようとはしないことに、エンカルナシオンは気がついた。人間がしゃべる時の連続した音のパターンに夢中になってはいたものの、ただ受けとるだけだった。自分の母親がしゃべらないことに気がついて、同じ状態に自分もなろうと、幼い心に決めたのではないかと、母親は心配になりだした。

二つめの変化は、様々な点でより心配だった。子どもは夢を見るのだ。その夢を見ている間、子どもの瞼は痙攣《けいれん》し、体はのたうって、こんなに幼い子が見るにしてはひどく生々しく、心を奪われるものらしい。真夜中のホラーショーか、夢の神の気まぐれか。瞼の動きが止まり、体がまったく動かなくなり、固茹《かたゆ》での卵の殻の割れ目に見える三日月のように白眼が現れると、エンカルナシオンはパニックにかられて、子どもを起こそうとする。子どもはいつも必ず失神状態から覚めたのだが、女はいつも必ず怖くなるのだ。これまでの育て方で息子の精神のバランスが狂ってしまっていて、その人生をとりかえしのつかないまでにダメにしたのではないかと心配だったのだ。大人になった時に子どもが得られるチャンスの分析が正確だったら、アパートの屋上でいじめた老女《ビエハ》は最終的な復讐《ふくしゅう》をとげることになる。自分は息子を破滅させたとエンカルナシオンは感じていた。

セビージャ郊外のアメリカ人居留地であるサンタ・クララへの幹線道路は広々としてひと気が無かった。周囲の風景は夏の月光のもとで近づきがたく見えた。エンカルナシオンは迷い、悩みながら、あえてこの道の端を歩いてゆくことにした。

　道路の南側に沿って乱雑に広がっている、ちょっとした工場群の前の最後の橋を、息子を担って渡った。車の往来は多くはなかったが恐かった。何よりも一番怖くなるのは、アメリカ軍の巨大な兵員輸送車が何台も風を切って過ぎる時だった。エンカルナシオンの右手には、クルス・デル・カンポのネオンサインが、醸造所の暗い上部構造の上に気味の悪い琥珀色に輝いていた。母子《おやこ》を乗せてやろうと停《と》まる車はなかったし、女の方も停めようとはしなかった。全行程を歩きとおす覚悟だった。

　とはいうものの、両腕を休めるために、ほどなく子どもを下ろした。子どもは喜んで、とととと先に行った。裸足《はだし》だったがひどくかわいく見えた。縞模様のジャージとネイビーブルーの短パンを着せられていたからだ。エンカルナシオンは急いで追いつき、手をとった。子どもの小さな歩みの数を数えて、自分がしようとしていることが何を意味するのか、考えないようにした。やがて――いや、すぐに、だろうか、威圧的な闇の中からアメリカの飛び地が浮かびあがった。

　サンタ・クララはアンダルシアの乾いた農村地帯にあって、漆喰《しっくい》を塗ったきれいな家と、楡《にれ》の木と、羊飼いの杖の形に先端の曲がった街灯の聳えるオアシスだった。住宅地区の無防備な入口で、この街灯が緑白色に明るく照らす輪がたがいに重なって、芝生の色が消え、アスファルトの路面は油を塗ったような光沢を帯びていた。草の中で虫たちが飛びまわり、二本の並行して走る車道に近い方の開いた戸口のどれかから音楽が流れでていた。胸の内にパニックが湧いてくるのに逆らいながら、エンカルナシオンは息子を抱きあげ、本国から強引に移されたアメリカの郊外へと真直《まっす》ぐに向かった。これから自分が何をしようとしているのか、はっきりとはわかっていなかったが、自分の本能は確かだと感じていた。アメリカ人のことはほとんど何も知らなかった。

偶然が介入した。

十代の少女の騒々しい一団が、身振り手振りをまじえて噂話をしながら、車道をエンカルナシオンの方へやってきた。娘たちはトレアドル・パンツやぴったりしたショーツを穿いていた。スペインの娘たちはまず着そうにない服装だ。暑熱にもかかわらず、五人の娘のうち一番背の高い娘は両肩に革の小さな輪のついた真赤な上着をこれ見よがしに羽織っていた。おまけに左の胸には大きなフェルトの象形文字がついている。エンカルナシオンは足を止め、とるべき行動を秤《はかり》にかけながら、心臓の動悸《どうき》が収まってくれないかと願った。

「あら、見て」娘の一人が大声をあげた。「ここで何してんだろ」

「どこかの子守りじゃない。帰りの足を探してるんだ」

「あの子は何よ」

あっという間にエンカルナシオンは十代の娘たちにとり囲まれていた。一番背の低い子でも彼女よりも遙かに背が高い。子どもは女の幼い弟か、預って子守りをしていると娘たちは思いこんでいるようだった。子どももまた汚れた指を娘たちの方に伸ばして、愛想を振りまいた。娘たちのやりとりに悪意はないとエンカルナシオンは判断した。とりわけ派手な文字のついた上着を着たそばかすの浮いた女戦士の態度には安心を覚えた。文字のついた上着そのものも、見苦しいものではあったが、安心できた。

「あら、この子かわいい。ほんとにかわいいじゃない。ラッキー・ジェイムズ・ブレドソーにそっくり」

「あ、ほんとだ、似てる」

娘たち全員が笑った。文字のついた上着の娘がたどたどしいスペイン語で、その子を抱かせてくれないかとたずねた。

「コン・ス・ペルミーソ、ポル・ファボール」

エンカルナシオンは求めに応じて息子をさし出し、子どもは新たに保護者となった娘の金赤色の髪を摑み、試すように指でひねった。

「いたっ」

女戦士は叫んで、笑いながら頭をふり起こした。

その隙に別の娘が子どもを奪おうとした。子どもを抱く権利をめぐって、遊び半分の争いがまき起こり、文字の上着の娘が子どもをとり戻そうとするので、子どもは右に左に揺さぶられた。

エンカルナシオンは本能を押えこんで、後退りしはじめた。街灯の照らす円周の端まで後退ったところでまわれ右をして走りだし、二棟の平屋の二世帯住宅の間に駆けこんで、暗がりに消えた。その時ようやく娘たちは女のふるまいに気がついた。そしてそこで初めて息子も自ら課していた沈黙を破り、驚きと怒りに金切り声をあげた。

「おい、そんなのダメよ」女戦士は逃げてゆく母親に向かって叫んだ。「ブエルバセ――戻りなさい、もどってきなさいよ」

侵入者はいなかった。闇に消えていた。

「ちっちゃな弟をさずかったみたいだね、パム」

娘たちは街路樹のならぶ道にかたまった。じっとりとよどんだ夜気の中で、近くの家から流行歌が騒々しく響いている。

「みんなと一緒
パーティー仲間と一緒
クールで生意気で切れ味もいい
音楽は熱く大きくうなってる
イェーおれたちゃりっぱ
こりゃ、むちゃくちゃだぜ……」

訊ねた。

「ちょっとお、どうしたらいいのよう」

泣きわめく子どもを片方の腕に移しながら、娘は仰天している友人たちの顔を見わたして

レオンシロス通りの向かいの立入禁止のビルの屋上で、鉄の手すりの脇に蹲り、エンカルナシオンは肺腑《はいふ》の奥から息を絞りだした。うなだれたまま、太く深い息を口と鼻から苦しいほどに吐きだす。そうして出てきたのは、とぎれながら響きわたるむせび泣きだった。女は力尽き、東の空が明るみだすまで、泣きつづけた。

第六章　ヘレン

最初の人類――ハビリスではないにしても、とにかくヒト科の者たちを眼にしたのは、東方の丘からサバンナに楔形《くさびがた》に延びている森の先端に入ってわずか数分後だった。ぼくはこの生きものたちを幼い頃の夢日記では、剝出しの歯が真ん中に入った掌《てのひら》で示していた。分類学者たちの隠語ではアウストラロピテクス・ロブストゥスだが、この中途半端に荘厳なラテン語のフレーズを学んだのは十一か十二の頃で、日記はカセット・テープに替わっていた。

「ジョニィ、日記はこれにとったらどう。これで夢を録音してごらんなさい。録音する方が書くより簡単よ。大きくなったら『魂遊旅行の話』がテープに残ってるわ」

ジャネットは父がグアムで、ぼくのためにと買ってくれた携帯録音機を渡して言った。

ぼくは母の言う通りにした。

今――十五年経って、それとも二百万年前か――東アフリカの藪《やぶ》の中にA・ロブストゥス（歯のある黒い手）の実物をいくつか目の当たりにしていた。そして子どもの頃のあの貴重な教訓が、急速に巻きもどるテープから聞えるわけのわからない音のように頭の中で唸《うな》っていた。

顔の幅が広く、巨大な顎をもったがっしりした生きもので、アウストラロピテクスたちは昆虫を捕えたり、乾いた果実をあさったりしていた。全部で五人いて、うち四人はぼくが近づく音を聞いて、葉がより生い茂っている奥へとすばやく隠れようとしていた。残っているのは男性で、そのペニスはスチールウールのような陰毛に埋もれた瘤《こぶ》にすぎず、陰嚢《いんのう》は球形で、腐ったグレープフルーツのように複雑な皺が寄っていた。頭蓋骨《ずがいこつ》の前後にははっきりととさかが突き出ている。モヒカン刈りに似ていた。

すっかり夢中になり、姿を現してやることにした。

こちらは十五センチ高かったが——そして男の方は百五十センチというところだった——かれはたっぷり一分ほどその場に踏みとどまり、腹を立てたようにぼくに眼を据え、喉と胸でごろごろ音をたてていた。他の者たちが逃げるのを援護していたので、一同はすでにすべて姿が見えなくなっていた。そしてその目的をとげ、必要な面子も十分に立てると、自分も回れ右をして片足を引きずりながら下生えの中に入っていった。

心臓は胸の中でしゃっくりをしていた。更新世で過ごす最初の日に、絶滅したヒト科の一家族の実物に出くわしたのは——いや絶滅してはいない。生きている。生きているのだ！　このぼくは人類以外の二足歩行の霊長類をこの眼で見た史上初めての人類なのだ。アウストラロピテクス類はホモ・サピエンスの全歴史を通じて絶滅していたからだ。ぼくらの短時間の接触がいかに重大なことか、眼もくらむほどだ。そして男性が見えなくなってから、自分の身にすでに起きたことが本当に意味するところ——信じられないほどすばらしいことであること――を呑みこめず、束の間途方に暮れた。ブレアがここにいれば、A・ロブストゥスのずんぐりした成員と一緒ならば、銃殺隊の前に立ってもいいと言ったにちがいない。無愛想なヒト科の知合いが消えた下生えを茫然《ぼうぜん》と見つめた。

　ぼくは独り残されたわけではなかった。悪党面の猿、おそらくはサバンナモンキーだろう、その一群が、周囲の樹々の枝で、アウストラロピテクス類とのぼくの遭遇を見守っていた。顔の黒い、気難しいこのエルフたちは、殺気立って枝から枝へととびまわり、ぼくを呪い、叱りつけていた。ぼくが追いはらったのは、より体が大きく、二足歩行するかれらのいとこだった。それ以上に、ぼくのようなものを、かれらはこれまで見たこともなかったのだ。

「みんな、おちつけよ。こういう展開には慣れなくちゃいけない。A・ロブストゥスは五セント葉巻、LPレコード、キャディラックのコンバーティブルと同じ道を辿《たど》るんだよ」

　ぼくの声に驚いて、猿たちは黙りこんだ。トランスコーディオンの向こうにいるウッディ・カプロウと同じく、何の反応もなくなった。A・ロブストゥスが生き残っていないとすれば、ぼくが生き残るチャンスはどうなんだ、と自問した。

　過去へ落とされるのに先立つ十二時間は食べたり飲んだりしてはいけないとカプロウに言われていて、午前中はずっとアドレナリンと意志の力だけでやってきていたものの、ちょうどどちらの蓄えも底をついたところだった。それに太陽を見ても昼飯時だった。サバンナモンキーを撃つ気にはなれなかった――もっともあの振舞いからすると、おとなしいという保証は無かった——ぼくはいくつか種類の違うアカシアから葉を集め、パサパサした、食欲のそそられないサラダを作った。空地を覆う腐葉土を通る細い流れをみつけて、大量にごくごくと飲んで、べとべとと歯にくっついたカスを洗い流した。食事は満足のゆくものからほど遠かったが、アンテロープを仕留めたり、非常用キットの限られた資源を浪費する気にはまだなれなかった。

仮の隠れ家の生《が》い茂った葉を通して、ほど近いところに一本のバオバブが見えた。〈そこで人が生まれた木〉だ。サバンナを渡っている途中にも三、四本バオバブは眼にしていたが、この木は近くにあって、近づいて嘆賞し、調べるのにもちょうどいい。バオバブはアフリカ特有の木で、ぶかぶかの帆布のズボンをはかされた象の脚のような幹と、剝出しになった巨大な神経末端のような枝がある。よく豹が塒《ねぐら》にしている。サンブサイの伝説によれば、ある悪霊が最初のバオバブを地表からひき抜き、さかさまにしてまた植えつけた。ために根と枝が逆様になった。そうなのかもしれないが、バオバブの高い枝になる実は食用になり、二、三個手に入れれば、アフリカ人がよく「猿のパン」と呼ぶ、殻の固い、木の香りのする珍味で、昼食の口直しになる。

豹がいないことを確めてから、幹にある無数のコブやへこみを使って木に登った。邪魔が入っても四五口径でしのげると信じて、枝の間で食事をした。あそこのアカシアの木立ちのサバンナモンキーたちが自動拳銃を持っていたなら、この木になっている猿のパンはとっくにとり尽くされていただろうなと思った。

バオバブから降り、帯状の森の奥へ歩きだすと、汗が噴き出しはじめた。制汗スプレーはとうの昔になくなっていて、疲れを覚えだしていた。リュックを背からずり落とし、肩章代わりにしていたナイロン・ロープをその脇に投げおろすと、ひと息つこうと地面に座りこんだ。木の幹に背中をもたせかけ、木立ちをすかして南西にサバンナが見えていたが、そこにいる肉食動物たちに心の底では不安は感じていなかった。そりゃ危険はある。けれどもぼくはここではあまりにめずらしい生きものであり、稀少であるというただそれだけの理由で、自分がある種の鎧《よろい》をまとっていると感じていた。腹に両手をのせ、両眼を閉じ、押し流されてゆくと感じた……押し流されてゆく……夢の国へと流されてゆく……


夢の国へと流されてゆく。

この表現を文字通りに受けとれば、形而上学的謎がたち現れる。

ぼくが肉体をもってこの遠い過去への探索にのぼったのは六年前、二十五の時だ。しかし、それに先だつ四半世紀の間、見る夢の四回か五回に一度は特別なもので、子どもながらにこれを指すのに「魂遊旅行」という言葉を使った。この千里眼のような特別の夢の中で、ぼくは東アフリカの生命進化の原初的風景をゆきあたりばったりに訪れた。いつも高みの見物で、見えている情景は夢の中の世界ではありふれているものの、眼が覚めている時にはそうした情景の経験も、知識もまったく無い人間にとっては、美しく、奇怪で、恐しくもあるものだった。眠気をさそうサバンナの暑熱の中で何百頭ものアンテロープが草を食んでいる牧歌的な夢を見た。犬に似た動物が、若いガゼルや衰弱したガゼルの喉を嚙み裂いたり、傷ついた仲間すらむさぼり食う、ぞっとする夢を見た。人間に似た裸の者たちが、いたずら好きで猿のようなその子どもたちを食べさせ、抱きかかえ、一緒にはねまわる、妙に心に訴える夢を見た。ぼくの魂遊旅行はグレート・リフト・バレー東側における更新世初期の、ほとんどありとあらゆる領域に及んでいた。ぼくの集合的無意識のどこかにあるホログラムの核がこうした光景を開示し、ごく微細な地殻の動きを記録する地震計の針となって、ぼくは夢の中で開かれたものを追いかけた。

そう多くはなかったが、時折り、魂遊旅行にぼくら自身の時代のできごとが論理を無視して入りまじることがあった。たとえば一九六九年夏、最初の月面着陸の直後、ぼくは優美な月着陸船から、ヘルメットをつけ、かさばる白い与圧服を着た宇宙飛行士が二人、先史時代の風景の中に出てくるのを夢で見た。着陸船から遠くないところで、火山、おそらくはサラカ山が噴火していて、空中は吹き流される灰でいっぱいだった。アフリカの草原を厚く覆ったふわふわした灰に、宇宙飛行士たちのブーツが杉綾模様をつけるのが見えた。うす汚れた巨大なハイエナの群れが火山の噴出物の靄《もや》を抜けて、宇宙飛行士に向かって駆けてきた。片方がゆっくりと夢見るようにジャンピングジャックをしているのに、もう片方は固まったアメリカの国旗でつつくようにして、ハイエナを追い散らした……

もっともぼくの魂遊旅行のほとんどは、見当はずれのできごとに汚染されてはいない、純粋なものだった。カプロウのホワイト・スフィンクス計画の遙か前、恐獣《ディノテリウム》や巨大狒狒やアウストラロピテクス類や、今は絶滅したかれらの旅行仲間のほとんどと馴染《なじ》みになっていた。振舞いや体の構造で見分けていたので、長い、音節がいくつもあるような学名で区別していなかっただけのことだ。そうした学名は後に勉強して覚えた。夢の国に流されてゆく、ただそれだけで自然史の専門家になっていた――学位や免状、論文や学術用語がないだけのことだ。それもほとんどの子どもがまだサンタ・クロースや歯の妖精がほんとうにいると信じている年頃でだ。

そこでぼくが提起しようとしている形而上学的謎というのはこういうものだ。時間旅行という恐るべき方便によって客体化された無意識の領域、もはや夢ではなく、手で触れることのできる場所となった「夢の国」に流れ入った人間には、どのような夢が訪れることになるのか。答えは単純で、それにたぶんそう驚くほどのものでもない。そういう人間はもともとの現在にまつわる夢を見はじめる。現実に肉体が過去へと移される前の人生の始めから終りまでを夢に見はじめる。乳児期、幼年期、思春期、青春期を魂遊旅行の形で生きなおす。しかもこの一連のできごとをでたらめの順番で見ることになる。本来の順番をばらばらにシャッフルされたスライドのように。

生まれる二百万年前のアカシアの木立ちの中に座って、ぼくは実の母とスペインの夢を見た。ジャクリーン・トルとレストラン「メコン」の夢を見た。サラカ大統領と無重力模擬実験勾配の夢、ギヴンス夫人とカンザス州ヴァン・ルナの夢を見た。あの最初の日、このうちのどれを見たかは正確に覚えてはいない（いくつかは後で見たことは確かだからだ）。しかし要するにぼくの夢はどれも、一つひとつの夢が独自の文脈をつくり、たがいに共存していた——だからぼくが生きた瞬間の一つひとつが、それに先だつ瞬間の再現だった。ぼくは自分自身の歴史になった。ぼくは自分自身になった。

何者かが触れた。眼を開くと女が見えた。ぼくの手は勝手に動いて四五口径の革製ホルスターの蓋のボタンを外していた。この反応を引き起こしたレディ——どこからどう見ても原生人類——はアカシアの木陰に一、二歩後退った。が、前に出逢《であ》った内気なアウストラロピテクス類のようにいきなり逃げだしはしなかった。腹の中がでんぐりかえった。立ち上がろうとした。

女はじっとこちらを見ていた。最初の出逢いから二百万年と六年経って、彼女をどう現せばいいのだろう。人差し指が自動拳銃の引金をまさぐる一方で、女が気味悪いほどに自信たっぷりにおちついていることに気がついた。片手に重そうな棍棒を握っているという事実はこの観察を裏書きしてはいたが、それのおかげというわけでもなかった。身長は百五十センチに十センチ足らないというところで、相手を威圧するにはしなやかにすぎてみえた――小柄だが筋肉はひき締まった黒い美女《ブラック・ビューティ》だ。その美しさの見えしは。

かのいにしえのニカイアの帆船のごとく
匂いたつ海のかなたにやさしく
旅につかれ、くたびれはてたさすらい人の
生まれ故郷の岸へいたった……

この詩が頭に浮かんだのは、思うにロリタブ国立公園で共に過ごした最後の二、三週間、バビントンがくり返し暗誦していたからだろう。つまりそもそもの初めから、先史時代の森でぼくを起こした生きものをぼくはヘレンと呼んでいた――ホメロスの伝えるヘレンにちなんではなく、かつてその名の女と結婚していたワンデロボ族の老戦士の衰えぬ情熱の対象にちなんでのことだ。この区別は重要だ。というのもハビリスのヘレンの独自の美しさをほとんど最初から認めていたものの、その美しさは西欧の文脈に照らしたものではなく、アフリカの文脈においてのものだったからだ。

ヘレンは好色な毛皮商人が考えたようなものを着ていた。下腹部と陰部は毛皮のガードルに覆われていたが、胸と太股の毛はひどく薄かったので、黒く滑らかな肌がすけてみえた。

頭髪はヒアシンス色でこわく、ぼさぼさで、どこかのデパートのマネキンから、櫛《くし》を入れていないいびっくり髪を摑んできて載せた具合だった——けれど両眼は熟れた黒いオリーヴのようにきらめき、鼻は猛々しく気位が高そうだ。裏返った上唇は、桁外れに大きな歯の上にまくれあがっている。その歯は色を塗っていないカジノの骰子《さいころ》だ。ひと言でいえば、その顔と姿に注意が惹きつけられ、ぼくは讃嘆して畏怖《いふ》さえ覚えた。

日中の暑熱とヘレンからたちのぼる動物油の匂いで、夢を見ているのではないとわかった。ぼくらに起きていることには前例もあった。レミュエル・ガリヴァーがフィヌムの国で一回だけ素裸で泳ぐことにした時、女のヤフーが欲求にかられ、その後を追って水に飛びこんだ。ヘレンはその好色なヤフーほどあつかましくはなかったし、ぼくは驚いたガリヴァーよりもつつましいなりをしていたものの、ぼくらの出逢いはあの虚構におけるものに対応し、相似《あいに》ているように思われた。

ヘレンはぼくの衣裳を、首に巻いている赤いバンダナから、足をすっぽり包んでいるゴム底のチャッカブーツにいたるまで、興味津々で眺めた。ヘレンが首を片方にかしげた時、超ハビリス的な集中力を発揮して、頭の中でぼくの服を脱がせているようにみえて、ぎょっとなった。尻と陰部を包むように戦略的に重ねられた皮膚の下のぼくの体はどんなものなのか。伊達男にこれまで出逢ったことは一度も無かったにしても、ぼくの服がひどく風変わりなその体の延長ではなく、飾りであることを、ヘレンは明らかに理解していた。服の中をなんとか見通そうとしていた。

ぼくはバンダナをほどいて差し出した。

「ほら、欲しければあげるよ」

ぼくの声を聞いてヘレンの眼が丸くなった。が、バンダナを受け取ろうとはせず、指から垂れさがっている様をしげしげと眺めた。そしてまた一、二歩、後退った。

「名前はジョシュア・カンパだ、よろしく。全ての人類《マンカインド》との平和を求めて来た。もちろん女性《ウーマンカインド》との平和も求めてるよ」

これを聞いてヘレンは棍棒を持ち上げ、うらやましいほど強力な歯を見せ、肩と上腕の短かい毛を逆立てた。この反応にぼくはどうしていいかわからなくなり、怖くなった。ぼくはなだめるようにバンダナを振ってみた。が、ヘレンは回れ右をして、たくましい片方の肩越しにぼくを見やり、そして脂肪臀をかわいく一回ぶるんと回してみせてから、東の方へ下生えを抜けていった。色の濃い毛の筋が背骨に沿って腰のくびれまで降りていたが、肛門の周囲には毛が少なく、地面に座ってもクッションにはならないと思われた。

夢日記に記録するため眼のついた黒い手の記号をぼくが編み出したヒト科のあの種にヘレンが属していることは疑いなかった。言いかえれば古人類学者たちがアウストラロピテクス・ハビリスまたはホモ・ハビリスと呼ぶ種の見本ということになる。アリステア・パトリック・ブレアは前者の呼称を好んだが、それはホモ・ザラカレンシスと呼ばれるうさんくさい生き物の尾骨に、人類に最も近い種を発見する競争に勝てるのではないかという期待をかけていたからだ。しかしぼくの頭の中ではヘレンは人間とみなさないわけにはいかず、ぼくが当時好んでいたのは――そして今でも選ぶのは――ホモ・ハビリスである。

先ほどぼくから逃げていったA・ロブストゥスの見本たちは、ヘレンに比べれば単なる猿だった。ヘレンが単独で探索にやってきたという事実からも、彼女の性格の一端がうかがわれた。すなわち、心身のバランスがとれた成人の人類の大多数がそうであるように、ある程度の独立心を備えている。許容範囲までのリスクをとるのをためらわない。場合によってはまったくの単独で行動することも何とも思っていない。狒狒、アウストラロピテクス類、あるいはチンパンジーでも、ここまで遠出してくるなら、心の支えのために、少なくとも一人ないし一頭は共犯者を恃《たの》んだはずだ。

一方で別の角度から見ると、ヘレンを進化したヒトに分類しようとすると、その独立性が問題になる。ブレアに教えられたところでは、ぼくらの直接の祖先は群居性の生きもので、仲間と一緒にいることを何よりも好み、仲間から認められたいと望んでいた。そうした仲良し同士の霊長類にあって、単独で行動するのは逸脱行為になった。ヘレンの種族はある社会的単位を作って暮らしているはずで、そこでは自立の精神は安定を乱し、分裂を招くことになりかねない。こう筋立てて考えてみると、ヘレンは仲間内では実際に常軌を逸しているのだが、それは軽蔑を誘うよりも肯定的な形なのではないかという結論にいたった。仲間のハビリスの水準に照らすと、ヘレンはむしろより人間に近いのだ。ヘレンは天使が来ないか見張っていた。

なぜヘレンは一人で来たのだろう。可能性のある理由が二つ浮上した。第一に、ハビリスとしての共同生活が要求するものにうんざりし、森に逃げこむことで自分の——そこまで言っていいのか——魂と交歓していた。二つ目、自分の集団全体の利益になると考えた任務を果たしに自ら出てきた。この場合には世間づきあいを嫌う人物ではなく、愛国者であることになり、したがってその逸脱も社会の中で汚れ仕事をまかされる、ある種の隠れ場所を与えられていることになる。この二番目の仮説が正しいとすれば、そうか、ヘレンとぼくとはある重要なところで同じではないか。

ぼくはヘレンが去った方角に足を踏みだした。

一キロかそこら進んだところで拠水林の空地に出た。そこでは丘の斜面に森とサバンナが隣り合っていた。二本の指状の森の間、草地がV字型の網の目になった頂点に、ささやかなヒトの文化が栄えていた。自分でも驚いたことに、最初の日に、まぎれもないホンモノのハビリスの「村」を発見したのだ。三軒の粗雑な住まいがこの小さな隅に建っていた。石の土台、湾曲した若木の支柱、そして小枝で雑然と葺《ふ》いた屋根。ぼくはあんぐりと口を開けてこれに見とれた。まるでヒマラヤの奥の山のてっぺんでマクドナルドの店に出くわしたというところだ。これらの建物のどれにしても、土砂降りの雨や吹きすさぶ風を防ぎはできないだろう。けれども日中は日陰になり、夜には子宮に似た安堵感《あんどかん》を与えてくれることはすぐに見てとれた。

トランスコーディオンの役立たずめ。カラハリ砂漠などにいる現代の狩猟採集民たちのものに似た住まいをハビリスが作っていた証拠が眼の前にあるというのに。

ぼくはこの村をヘレンズバーグと名づけた。

ぼくに先立って到着したヘレンは笛に似た音を立てて帰還を知らせた。すると干し草型の小屋の穴越しに、ヘレンの妙に音楽的な呼び声に黒い姿がいくつも答えるのが見えた。女性と子どもたちが数人、小屋からV字型の空地にころがり出し、森の縁からも何人か現れた。拠水林の縁から見ているぼくの視界は遮られていたし、ハビリスたちは絶え間なく動きまわっているので、その無頼の女戦士を歓迎ないし迎撃に出てきた生きものたちの数を正確には数えられなかった。十四人ないし十五人というところか。ヘレンはこの人びとの中に地位を占めていた。どんな形の地位なのかは、しかしわからなかった。

次に驚いたのは、ヘレンが村の大人たちの上に聳えたっていたことだ。ぼくの背が彼女よりも高いのと同じくらい、ヘレンも村人たちよりも高かった。混じって立っていると、華奢《きゃしゃ》なピグミー族の女王といってもおかしくなかった。もっともその臣民はすべて既婚夫人、純情娘、それに子どもたちばかりだった。子どもたちの中にはあまりに小さく、全身和毛《にこげ》に覆われていて、テディ・ベアや二本足のサバンナモンキーそっくりの者もいた。年若い女が二人、腕に乳児を抱えていた。これも一種の文明、ミニチュアの文明にちがいない。その働きを邪魔しないように、ぼくは後退った。村にヘレンズバーグと名づけたように、ヘレンの一族にも名前が要るなとぼくは思った。説明にもなる一方で、ホモ・ハビリスよりはずっと固苦しくない名前。ヒト科《ホミニダエ》（こんにち何も彼《か》も征服しているホモ・サピエンスはその唯一生き残っている種だ）の一員であるわけで、否応なくミニドというあだ名になった。

カンザスやワイオミングでの幼年期、ぼくのことが話題になると、母はよくこう言われた。

「ジャネット、この子のまあちっちゃいことったらないわねえ」

ぼくは今でも小さい。しかしヘレンの小さな一族はもっと小さい。ついにぼくより小さなミニドがいた事実を母の昔の友人たち全員につきつけてやれたら、さぞかし楽しいだろう。生まれて初めて、ぼくは背が高い側になっていた。

ヘレンが女王だというぼくの思いちがいを、ミニドたちはすぐに正してくれた。ヘレンであることを確認すると、白髪まじりの婦人のひとりが片腕をヘレンに振り（腋《わき》の下から手首の裏側まで、尾根状に毛が続いているのが見えた）、高い声で罵《ののし》りながら、首と口を激しく横に振った。子どもたちはすぐに飽きて散ってしまい、乳児を抱えた二人の母親は草の上に腰を下ろして子どもたちをつつき、あやしだした。ヘレンは叱責《しっせき》を二、三分がまんしながら、時折り、呆《ほう》けた顔で拠水林の方を眺めた。そのうちとうとう相手にするのにも飽きて老女の肩の上に棍棒をあげ、もううんざりだと示した。この仕種は脅しというよりもずっと挨拶に近かったが、意地悪ばばあは首をすくめ、横を向いて体を深く折りまげ、陰部の肥大化した小陰唇を剝出しにした。ピンクの繻子《しゅす》のスリッパというところだ。

むしろ無雑作にヘレンは棍棒で老女の尾骨に触れ、一つの動作で許して退らせた。それから空地の別のところへぶらぶら歩いていった。そこでしゃがみこみ、用を足す。ヘレンにはそれ以上誰も注意を払わず、騎士の位を与える儀式のパロディの対象者はまるで何ごとも無かったかのように、しゃべりながら自分の小屋へもどった。霊長類の民族学者が伺候の姿勢と呼ぶものを軽くとってみせることで、あのばばあはヘレンに服従すると同時に相手をなだめた。さらにまたミニドの間でのヘレンの地位が曖昧《あいまい》であることも裏書きした。他の成人女性たちからはヘレンは気まぐれな姉妹とみなされる（叱責）とともに、侮りがたい体力の持ち主ではあるが、共同体の中で一人前と認められてはいない。独立した若い男性（伺候の姿勢）として見られていた。背中を向けたとたんにヘレンはぼくのことを忘れ、存在を無視したので、ヘレンズバーグまでぼくにも後を尾けてこられた、という可能性は十分にあった。ヘレンの頭蓋骨の容量はあまりに小さいので、ぼくのことを記憶しておくための脳細胞を少々どこかの隅に収めておく余裕はない、と考えるのは嫌ではあったが、その可能性は無視できなかった。ヘレンの理解力に文字通り何の印象も残さなかったから、ヘレンにとってぼくは存在していないのかもしれない。そう仮定するのは辛かった。

心のうちでそれを斥《しりぞ》けながら、ヘレンや他のハビリスの村の住人たちが、気のない様子で働くのを眺めた。それは主に半ば上の空の食糧探しと精力的に歩きまわることであるらしかった。

ミニドは、狩猟と残りもの漁《あさ》りに出ているはずの男性の成人を含めれば二十五人ほどの一団で、東アフリカの居住環境のモザイクのうちの二つが重なるところに都を置いていた。サバンナと拠水林である。灌木《かんぼく》地帯、丘陵、それに湖畔《こはん》の一帯も近くにあるから、ミニドはいくつもの異った食糧源と生きのびるための様式を活かすのにまことに適切な場所を占めていた。それでも、そうした一団の半分が、一人の見張りもおかずに日中くつろいでいるのを目の当たりにするとは予想していなかった。

やがてぼくは宿営地から撤退することにした。男性たちがもどって、女子どもに色目を使っているぼくをみつければ、その不寛容な怒りによって、更新世へのぼくの訪問が早々に断ち切られないともかぎらない。探検のこの早い段階では、かれらの疑惑を招いたり、怒らせたりするのは避けるのが何より賢明だ。そこで木から木をつたい、ヘレンズバーグまで辿ってきた道をもどろうとした——が、ほんの三、四十メートルも行かないうちに、その道を向こうから村へやってくる、小さな、毛むくじゃらの姿を認めた。

相手の方も足を止め、腹を立てた警官か教師のようにぼくを睨《にら》みつけた。それ——かれはミニドの一人で、小さく丸く輝く眼、突き出た唇、引っこんだ顎をもち、赤黒いまばらな山羊《や》髭《ぎひげ》が揺れている。百五十センチにかなり足らないが、成人であることは明らかで、ひょろりとした筋肉質の体は、サイズは小さくとも、ぼくの恐怖をしずめるものではなかった。やっとのことでぼくは用心深く一歩踏みだし、ハビリスに向けてあやまるつもりでうなずいた。かれはぼくを視界から外さないように、巧みに輪を描いてぼくを迂回《うかい》しはじめた。気になるのは、他の男たちがかれに続いているのではないかということだった。

「なあ、おい、すまない。ぼくはただ――」

二メートルほどのところからかれが飛ばした唾の塊がぼくの顎にもろに当たった。そしてぼくが手の甲で顔をぬぐうあいだに、かれは村に駆けこみながら金切り声をあげ、わめきちらし、ンガイの怒りを呼びおろそうとした。宿営地の住民の間に大騒ぎがまき起こり、ぼくは逃げた。両脚が激しく回転し、ぼくの想像力は、これら原生人類たちの手にかかって死ぬ場面を一ダースほどもこしらえあげた。が、すぐにかれらが追いかけてきてはいないことに気がついた。そして今遭遇したミニドは見張りに指名されていた者ではないかと思いあたった。軽率にも認められていない休憩をとっているところにたまたまぼくが行きあったので、どちらもおたがいに対してびっくり仰天、死ぬほど脅えたのだ。

そうして長い間、広大なサバンナの縁に立ち、荒い息をしずめ、早鐘を打っている心臓をおちつかせようとした。それがすむと、ぼくは笑いはじめた。笑うあまり、体を二つに折り、自分を守る姿勢で蹲った。そうして蹲ったまま、まだ笑いながら、次に何をしなければならないか、何とか考えようとしていた。

第七章　モロン・デ・ラ・フロンテラ――一九六三年七月

セビージャの南東約五十キロのモロン・デ・ラ・フロンテラに近い戦略空軍司令部《SAC》リフレックス基地副司令官ローランド・アンガー大佐を見ると、ジャネット・モネガルは三分の二のサイズに削りとられたダグラス・マッカーサーを連想した。駐機場から窓を抜けて入ってくる光に照らされて、大佐の前腕の毛がアルミの削り屑《くず》のようにきらきらし、真黒の靴はまぶしく光を放っている。パリッとした夏用制服を着て机の脇に立ち、黒い肌の小さな子どもを困ったように見つめていた。子どもは座っている車輪付きの椅子を、戸棚の一つに押しつけている。その上には合衆国大統領、国防長官、空軍長官、統合参謀本部議長、それにこの基地の司令官の公式写真が立ててあった。子どもはこの写真を何としても倒してやろうとしているらしかったが、アンガー大佐は子どもを止めようとも、気を逸らせようともする素振りをみせなかった。

「私はソーシャル・ワーカーではない」面談を求めた一同に大佐は言った。「我々の誰一人として、居場所のないスペイン国民の日常要件の面倒を見るためにここに派遣されているわけではない。孤児は我々の守備範囲ではない」

「部分的なアメリカ人ならいかがです」

ジャネットは言い返した。ジャネットとその夫であるヒューゴー・モネガル軍曹は過去五日間、サンタ・クララの自分たちの宿舎で、この捨て子の面倒をみていた。この面談は、この子を正式に一家に迎え入れるためのものだった。ジャネットはこれほど熱をこめて何かを得たいと思ったことはかつて無く、今度の目標に自分がこれほどのめりこんでいることに我ながら驚きもし、また嬉しくもあった。

　モネガル夫妻の左にカール・ホリス少佐が座っていた。軍の情報部のエージェントなので、日頃は平服を着ている。今日は白い綿のサマースラックスと青と白の縞の入ったサッカー・スポーツ・ジャケットに身を包んでいた。茶の粋《いき》な口髭には琥珀色の筋が数本混じっている。それに右手にミラーグラスをそわそわとぶら下げていた。この面談に少佐を呼んだのはアンガー大佐で、少佐が味方なのか、当局側のお節介なぶちこわし屋とみるべきなのか、ジャネットは判断がつかなかった。

「この子を見ると、ウィリー・メイズみたいに赤白青に染まってますよ。その意味はおわかりと思いますが」

　アンガー大佐は答えた。

「一方でこの子はたまたまスペインの都市でスペイン人の母親の下に生まれてもいる。そしてこの類のことでは母親の国籍でことが決まることになっている。その点では我々の立場はすこぶるあやふやだ。正真正銘のセビージャ生まれ《セビジャーノ》を勝手気儘《きまま》に保護するわけにはいかないぞ、少佐」

「法律的《デ・ジュレ》にはできないでしょう。けれど実際《デ・ファクト》にはすでに保護してしまっています。母親はこの子をドルー・ブランチャードの娘のパムに手渡しましたし、この子がラッキー・ジェイムズ・ブレドソーの若気のあやまちであることは賭《か》けてもいいです。つまりラヴォイ・ブレドソー曹長の息子です。二人ともすでに本国に回されてアラバマの基地にいます」

「ブレドソー一家に連絡すべきだと言うのか」

「とんでもない」ホリスはまじめに身を乗りだした。「かれらはこの『ウィリー・メイズ《セイ・ヘイ》』小僧のことは知ってもいないでしょう」

「ジョン＝ジョンです」

ヒューゴー・モネガルが妻の手に触れながら口をはさんだ。かれは三十二歳、パナマ運河地帯でアメリカの連邦政府に雇われたパナマ人だった。のちに合衆国に来て、ウィチタ州立大学に入り、ドロップアウトして空軍に入った。同じ年一九五七年にカンザス州ヴァン・ルナのジャネット・ライヴンバークと結婚し、それによって美しく頑固な妻に加えてアメリカ市民権を得た。「ジョン＝ジョンです」は、冒頭の紹介の後、かれが初めて声に出した言葉だった。夫がげっぷをしたり、屁をひったりしたかのように、士官たちの眼がいやいやながらそちらに引きつけられるのを、ジャネットは見つめた。

「私たちはこの子をジョン＝ジョンと呼んでるんです」ジャネットは夫を急いで援護して

言った。「ケネディ大統領と亡くなられたジョン教皇にちなんでです。この子には名前がなくちゃいけません。毎日生きて動きまわっている子どもを『おいおまえ』とか呼ぶわけにはいきません。『ヘイ・セイ』も同じです」

「わたしらはこの子を手離したくありません」ヒューゴーはつけ加えた。「手離したくないものには名前が要ります」

「つまりこの子を養子にしたいのか」

アンガー大佐は訊ねた。

「この子をわたしらの子にしたいんです。養子にするとかについてはよくわかりませんが」

ヒューゴーはスペイン語を流暢《りゅうちょう》に話せた――「生まれるところを間違えたんだ」と冗談にすることもよくある――から、空軍はその技能を活用しようと、スペインの軍事施設に派遣していた。かれとジャネットはサラゴサのSAC交替要員として二年過ごしており、イベリア半島での二期目ももうすぐ終ろうとしていた。

ジョン＝ジョンはまだ車輪付きの椅子と格闘していて、空の酒壜《さかびん》用戸棚から空軍長官相を落とすことに成功した。アンガー大佐は大臣の写真を拾い、元の場所へもどした。

「きみたちには子どもはいないのか」

「アンナだけです」ジャネットは答えた。「娘は五歳です。ジョン＝ジョンを見るまでもう子どもを作るつもりはありませんでした」

「パメラはこの赤ん坊をわたしらの宿舎に連れてきました」ヒューゴーが説明した。「わたしらが、その、たぶんこの子の言葉がわかるんじゃないかと思ったんですね。その子は人の話はとてもよく聞いています。でも、どこの言葉にしても、しゃべるにはまだ小さすぎます」

ホリスが大佐に言った。

「この子の背景についてわかっていることから推測できる状況に照らしてみると、この子は野生児になるかならないかの瀬戸際にいます。母親は口がきけず、闇市場と売春に深く関っていました。六週間前から消息は完全に途絶えています。パムに赤ん坊を渡した翌朝、市警は母親を治安妨害のかどで逮捕しています——立入禁止の建物に入りこみ、屋上で聞くにたえないしゃくり上げるような大声を出していました——けれども権利侵害は無かったとして、正午前に釈放しました。以来、全く行方がわかっていません。ですが、借りていたアパートを放棄するまで、母親はその子を」——ジョン＝ジョンに向かってうなずいた——「昼夜分かたず部屋に閉じこめていました。孤立していたことは、母親が口をきけないこととあいまって、この子に良い影響を与えたはずはありません」

「今、この子のことを何とおっしゃいましたか。野生児、ですか」

ジャネットは訊いた。

「そうです」

ホリスは答えた。

「それって、どういう意味なんでしょう」

「えーと、つまり野生のままの子ども、動物に育てられた子どもと言う意味です。かつて一九二〇年にミドナープルの狼《おおかみ》の子という有名な二人の子どもがインドにいました。二人の少女がジャングルに捨てられて、どうやら狼に育てられたらしい。シンと言う名の英国教会の伝道師が二人を捕えて自分が運営していた孤児院に連れてきました。人間にしようとたいへんな努力がされましたが、少女たちは四つ足で走り、犬のように食べ、歯を剝き出し、時折り月に向かって吠《ほ》えました。片方は一年経たないうちに死にましたが、残る一人は服を着て、教会の礼拝に出るまでになりました。ただし、しゃべる方は五十個の単語しか覚えられませんでした。それも九年間のうちにですよ、モネガルさん」

「シン尊師の母親はラドヤード・キプリングの幽霊を怖がったんじゃないんですか、ホリス少佐」

「何ですか」

ジャネットは修道女のような白い胸当てのついたチョコレート色のドレスを着ていた。この脆弱《ぜいじゃく》な判断基準と、下士官の妻であるという事実から、ジャネットがとりすました慈善家で、頭の方はもっぱら夫のタコのできた手に頼っているとホリスが判断していたことは見え見えだった。その馬鹿げた逸話に皮肉で応じるとは思ってもみなかったこともわかる。

「今後、ジョン＝ジョンはアンダルシアの狼少年と呼ばれることになるとおっしゃりたいんですか」

ホリスはまばたきし、ミラーグラスをかけた。

「私はただ、しゃべれない母親と暮らしていたことはこの子にとって不利なことだと指摘しただけです。『野生児』という言葉を使ったのはまずかったかもしれない。どうしてもレッテルを貼らなければならないとすれば『社会的孤立』と言いましょう。結論を言えば、この子が口をきけるようになり、人間の社会に適応するのは難しい。子育てに無頓着だったり、ハンディキャップのある親たちに外部から切り離されて育てられた子どもは恢復不能な知恵遅れになることが多いのです。可能性がごく高いのは――」

「どこからそういう結論を出されたんですか」

「どういうことです」

「ジョン＝ジョンの母親は子育てに無頓着ではありませんでした。口がきけないというハンディキャップは別として、みごとなまでにこの子の面倒はみています」

「そうでしょうか。だったら、自分のハンディキャップがない人間たちにこの子を接触させようとしなかったのはなぜです」

「母親が最後にしたことをどう思いますか。母親はジョン＝ジョンをパメラ・ブランチャードに渡しました。この子の父親と同じ種族にです。サンタ・クララの住人たちが母親自身よりも物質的に有利であることは見ればわかります。言わせていただければ、母親の行為はむしろたいへんに勇敢なことです。そしてヒューゴーとわたしはその勇敢さを……この子を養子にすることで讃《たた》えたいのです」

「どんな家族にしても家族の一員になるのはこの子にとって大変な変化です」

ホリスはアンガー大佐に訴えたが、大佐は答えなかった。

「この子はもう変化を終えてます」ジャネットは宣言した。「カーテンに小便もしませんし、鶏を生きたまま手で引き裂くこともしません。きっと、しゃべることについては、できるはずです。この子はまだ一歳にもなってません――見ればわかります――でも、もう歩いています。この年頃の子どもはほとんどが歩くことをそもそも思いつきもしません。アンナが歩こうとしだしたのは、一歳過ぎてからです」

車輪付きの椅子の背にゆさぶられて、ケネディ大統領の写真がカーペットの上にころがり落ちた。安っぽい金縁が重なったバスター・ブラウンの絵のついた真新しい靴の爪先で、ジョン＝ジョンは軍の総司令官をカーペットから引きはがそうとした。アンガー大佐は面倒な法律上の義務について頭をしぼっていて、子どもが奮闘しているのを無視した。

「何か提案は」

ホリスに訊ねる。

「公式には、この子をスペイン当局に渡す以外の方策はありません」

「するとどうなる」

「何らかの慈善団体に引き渡されるでしょう。おそらくは教会経営の孤児院です」

「そこで養子に出されるチャンスはどれくらいだ」

「さっきも言いましたが、この子はウィリー・メイズに似ています。スペイン人の娘たちは黒人の軍人とデートします。が、たいていは——私の意見をはさませていただければ——アメリカ人の夫を仕留めて、最終的にはリーヴァイスとリンカーン・コンティネンタルの国に渡るためです。セビージャの住民たちがジョン＝ジョンを家に入れる権利を求めて孤児院の前に行列を作ることはまず考えられません」

「この子は母親のものだぞ」

アンガー大佐は念を押した。

「その母親はまったくの行方不明です」

「母親の住所がわかって、闇市の商売の現場を押えた時、どうして逮捕しなかったんだ」

「ミス・オカンポはほんとうに小物でしかありませんでした。我々は彼女からモノを買っている連中を狙っていました。買って、国内の他の地域でより高い値段で転売している奴らです」

「そいつらを捕えたのか」

「いえ。そちらはまだです」

ホリスはおちつかない顔になった。

「ということは我々は合法的問題にもどるわけだ。とにかくこの子は少なくとも部分的には我々に属し、モネガル夫妻はこの子を家族にしたいと言っている」

生々しい白昼夢を報告するような口調でヒューゴーが言った。

「ジョン＝ジョンがサン・パブロの産院で生まれたという出生証明書があれば、この十一月にこの子を一緒に本国に連れてゆくのは簡単じゃないですか。朝飯前です」

「それなら、こちらで用意できます。出生証明書なら」

ホリスが言った。

「じゃあ、そうしようじゃないか」

「承知しました」

ホリスは言いながら、いきなりサングラスをモネガル夫妻に向かってふり回した。

「当然ですがそれでもこの二人が誰か他人の子どもを国から運びだそうとしているように見えますよ」

「わたしの髪はこの子と同じくらい癖毛です」ヒューゴー・モネガルは言った。

「眼も黒いです。過去の一族のどこかにいた混血《メスティーソ》からこの子は生まれかわったんです。わたしがジョン＝ジョンの父親であることに異議を申し立てる人間がいるでしょうか。妻の赤ん坊の父親であることにです」

彼はジャネットにはにかんだ笑みを向けた。

「この女性には高い徳があるんですよ、ホリス少佐」

「それはない《ゴッド》わ」

徳の高い女はつぶやいた。

第八章　夜明けの歌

　ミニドの見張りとの対決の後、ぼくはキボコ湖の方へもどった。途中で森の帯と境を接している南のサバンナの方へ何度も回ってみた。他のハビリスの集団もいるはずだし、A・ロブストゥスの他の実物や、その遠い祖先になるA・アフリカヌスだって、少しはいるはずだ、と自分に言い聞かせた。この一帯にこの三つの霊長類がどんな割合で共存していると考えられるか、わかるはずはなかった。そして見えるものはガゼル、アンテロープ、縞馬、それに遠くのライオンの群れだけだったから、この問題にわずか半日で答えを出すのはまず無理だった。

　ぼくのトランスコーディオンは動作せず、これが機能しない時にはバスにもどり、後退り吊り台に引っ込むよう指示を出すことで無事であることを知らせるようにとカプロウからは言われていた。けれども見えないものを操作はできないし、湖畔ではグレート・リフト・バレー西側の紫色の壁の方へ太陽が傾いていたにもかかわらず、カブロウとその一党はバスの下腹から吊り台を突き出してはいなかった。薄明の空は傷一つない。その空から、押し出すためのプラグよ、出てこい。それを押せば、われらがタイムマシンの銅とクロミウムの腑《はらわた》が剝き出しになるプラグよ――しかし望むことと現実にそうなることとは全く別だ。

アフリカの水飲み場では昔から日没はいつ破れてもおかしくない休戦の始まりだったから、大型の動物たち――象、犀《さい》、キリンもどき――が多数、黄昏《たそがれ》の中から水を飲みに姿を現した。そのほとんどに対しては役に立たないことを承知の上で、ぼくは四五口径をひき抜いた。湖より高いところにいるから、ある程度安全ではあった。ぼくがいる凝灰岩の小さな尾根の両側に動物たちは入ってきていたからだ――しかし吊り台はなお降りてはこず、二十メートルと離れていない毛深い象に似た生きものは、まるでぼくの匂いが気にさわったというように、鼻をぼくに向かってくねらせはじめた。湖にやってきた他の者たちからも、ラッパ声や鼻を鳴らす音が聞えだしている。闇が深まるにつれて、今いる場所はますます危険になってきた。

「こちらは待っている」

ぼくはトランスコーディオンにタイプした。

「日没で待っている。吊り台を降ろしてくれ」

トランスコーディオンの画面に返事は無い。更新世の空中が奇跡のようにゆらめいて裂け目が現れることは無かった。

ホワイト・スフィンクスはこの場所にぼくを残して行ってしまったのか。ここには話し相手はいない。ぼくの災難をぶちまける相手はいない。もう一つの現実へのつながりであるカブロウからもブレアからも無視されていた。アフリカの草原《ベルト》の情け容赦のない有機的機械仕掛けからはずれた歯車となったぼくは、修道女がロザリオの珠《たま》に話しかけるように、自分の恐怖を様々な形で言いあらわした。

「カンパ、こんなことしててもどうにもならないぞ」

ぼくは湖畔の尾根から平原へ這いおりた。暗くなる前の二十分間を費して、燃やすための下生え、アンテロープやステゴドンの乾いた糞《ふん》を集めた。これらの燃料を小丘《カピ》の麓《ふもと》に積みあげたのと、意地の悪いすみれ色の日没からあっという間に真暗になったのがほぼ同時だった。草原に突きだした花崗岩《かこうがん》の広い露頭で、湖からは七、八百メートル離れていたから、集まっている動物たちは避けることができるはずだ。下生えと乾燥した動物の糞に、エディー・バウアーのコンロ兼サバイバル・キットにあったマッチで火を点けてから、急いで露頭の上にあがって焚き火を愛《め》でた。夜行性の捕食者は本能的に炎は警戒するだろうし、平原からぼくの背後に飛びあがるのは無理だ。たっぷりの燃料に難攻不落の位置を占めて、夜を過ごす体制は整った。今日は一度しか食事をしていないことには初めて気がついたが、食いいるような飢餓感も疲労が押さえこんだから、サバンナに束の間食料を探しに出るのはやめておいた。

長い夜だった。終ることがないかと思われた。ぐっすり眠りこんでしまう——そして遠い未来の自分の過去を夢に見る——わけにはいかなかった。この小丘《カピ》は草の大海に浮かぶ救命艇だった。その舳《へさき》のランプが消えてしまうと、草の海の奥から妙な生きものたちがはい上がってきて、むさぼり食われてしまうだろう。うつらうつらしたが、夜の危険には常に耳をそばだてていた。アフリカの奥地で野営したことがなければ、あんなに薄気味の悪い騒ぎは耳にすることができないだろう。ハイラックスの喧嘩《けんか》、厚皮動物たちのホースを鳴らすような鳴き声、ハイエナの狂人のような笑い声。ぼくは岩の上に体を丸め、これだってロリタブでバビントンと共に過ごした夜と何も変わらないのだとなんとか思いこもうとした。

ロリタブでの体験は重なってこなかった。とうとうぼくは縮刷版の聖書と携帯用図鑑に頼ることにした。不安定にちらちらする火の傍で、ペンライトと拡大鏡を使って一時間かそこら旧約聖書を読んだ。ずっと言葉に集中していることはできなかったが、それでもこれをやったおかげで時間を潰《つぶ》せたし、箴言の中で心に響く一節に出くわした時、これを暗記しようとして、かすかに夜が明けかかるまで、真言のようにくり返した。

「岩だぬきはかよわい種族にすぎず。が、その家を岩の中に作る……」

この一節をくり返しているうちに、世界は静かになった。そして自分が更新世初期でほぼまるまる二十四時間過ごしたことに気がついた。ぼくは先史を作っていた。カプロウの志願者たちでこの千分の一の長さを遡った者はいなかったし、一回のもどり降下《ドロップバック》でぼくがすでに過ごした時間よりも長く過去に留まっていたのも、かの物理学者だけだ。サバイバル・キットの中に、コンドーム、シャンパンの大壜（地元産の銘柄でも十分）となり板が入っていなければならないな、と不意に思いついた。パインデニッシュすら無いのだ。ぼくの偉業を祝うには自分で朝食を探し、手に入れて、これに舌鼓《したつづみ》を打つしかない。

その時だ。この世のものとも思えない歌が草原に響きわたった。幽体離脱した聖人の叫びのようだった。歌は東方の丘、ヘレンズバーグにほど近いあたりから聞えてきた。訓練を受けていないハビリスの声が夜明けに挨拶している。詞のない頌歌《しょうか》。夜明けの歌《オーバード》と呼んでもいい。心がかきむしられるほどに熱のこもった、美しくもなく、まっさらでもなく、粗削りで剝出しの確信に満ちている。聖なる歌。

ハビリス――人間の祖先――が歌っていた。

十分か十五分して詠唱は止《や》んだ。湖に戻らなければならなかったが、歌が再開されるのを待っていた。昨日は着くのが遅すぎて聞きのがしたのだろう。この詠唱に刻まれた印象は――畏怖に似ていた。神経の末端がぴりぴりしていて、徐々に消えてゆくのにしばらくかかった。しかしやがて食欲、責めさいなみ、駆りたててくる飢えにとって替わられた。

ぼくは小丘《カビ》の上の火の残りを野火にならないよう、蹴とばし、踏みつけた。それから東の方の無花果の木立ちをめざした。草原との境をなすレッドオート草を珠鶏《ほろほろちょう》の一団がすまして歩いていた。自分のサバイバルの技を試すために、この鳥を一羽、音をたてずに捕えるクン族式の罠《わな》をしかけた。しかも辛抱づよく秘《ひそ》かにこれをやってのけたので、実際に罠が作動するまで、群れ全体が驚いて逃げるようなこともなかった。バビントンだってこれ以上巧くはやれなかっただろう。

ワンデロボ族の老人から教わったように、指とポケットナイフで鳥の羽根を毟《むし》り、切り分け、汚れをぬぐい、そしてそのまま肉にかぶりついてむさぼり食べた。ロリタブで過ごしたことでこの原始的なやり方は身についていたから、ぼくは到着して初めてのこの本格的な食事を心から味わった。無花果の木立ちを分けて、涸川《アロヨ》があった。その底の砂をすくって穴を掘ると水があり、見ているうちにも地下の水分がゆっくりと上がってきた。四つん這いになり、浄水剤を使うことなど思いつきもしないまま、川床から直《じか》に水を飲んだ。それから珠鶏のべとべとする血を顔と手から洗いながした。

そうしてから昨日のTシャツをスポンジ代わりにして体をぬぐい、歯ブラシとカミソリを洗顔キットのバッグから掘りだした。後からふり返れば、服装や清潔を保つことへのこうしたこだわりは愚かしく思えるが、サバイバルの訓練にもかかわらず、二〇世紀から完全に解き放たれてはいなかった。その朝、一番もったいない贅沢《ぜいたく》は下着を換えたことだった。それも（詳しく述べるとひやかされるだろうが）、チャッカブーツを脱がずにやってのけたのだ。というのも、危険が迫った時に逃げられるようにしておくことが肝要に思えたからだ。バビントンとの訓練は裸足でしていた。しかしアカシアの棘《とげ》がそこらじゅうに散らばっている地形を抜ける自信が無かった。靴をはいたままでいたから、ブリーフの足の穴のゴムを引っぱらねばならなかったが、靴下のまま豹から逃げなければならないよりはマシだった。むしろリュックの中にフルーツオブザルームの包みが二つしか残っていないことの方が心配だった。そこでこの川床で穿いていた方を洗うのにたっぷり十分もかけた。洗ったものを灯台草の茂みに広げて乾かした。

　おそらくは日が昇る時にはキボコ湖の畔《ほとり》で過ごすべきだったろう。カプロウが夜明けに吊り台を降ろしたとしても、ぼくはそこにいなかったから目撃しなかったし、ぼくが生存している事実を確認することもなかった。とはいえ、何か見逃したとは確信はもてなかったし、ハビリスたちの詠唱は、少なくとももう一日更新世に留まるだけの価値はあった。一対のトランスコーディオンだけでなく、不測の事態に対するぼくらの計画は一時的に働かなくなっていた。ホワイト・スフィンクスがいずれぼくを回収する方法を編み出すことは確かだが、当面ぼくは自力でやっていかなければならない。

　空地の境をなす灯台草にフルーツオブザルームを取りにゆく時、一列になってサバンナを渡ってゆくものが見えた。北北東のヘレンズバーグの方向、ハイエナの群れだ。この並外れた生きものにはぎょっとさせられるにしても、今は絶滅した更新世の大型動物相の好例ではある。ぼくは凍りついた。そして一晩中断続的に聞えていた笑い声、神経を逆撫《さかな》でされる山賊どものばか笑いの一部は、狩りがうまくいったことを意味していますようにと願った。

　背中が斜めになったハイエナは全部で十五頭数えられた。十一頭の成獣は各々が雄ライオンで最大のものに匹敵している。七月で、風は南西から、ハイエナからぼくに向かってゆるく吹いていた。そしてそこには屍肉《しにく》の間違えようのない臭いがあった。そいつらの粗い黄褐色の毛皮には黒い渦巻が組み合わさって大理石模様をなし、いじけた顔には――ンガイよ、ありがたや――飽きるほど食べた満足感が現れていた。こいつらがこの状態なら、ありがたく甘受できた。

アリステア・パトリック・ブレアはハイエナについて、よく言っていた。

「あいつらは生まれてこなければよかったのだ」

この巨大な種を実際に眼にするチャンスは無かったことは明らかだが、かれはことさら毛嫌いしていた。ブレアの眼から見て、ジャイアント・ハイエナの大いなる罪は、同時代の二足歩行の生きものの骨をほぼまるごと全て処理してしまったことだった。何でも無差別に食べてしまうこの習性によって、ヒトの起源についての計り知れないほど貴重な情報源を根こそぎなくしてしまったのだ。ぼくがハイエナを毛嫌いする理由はそれほど崇高なものではなかった。やつらは屍肉を漁るだけでなく、殺しもするからだ。それにとにかく臭い。

ハイエナが行ってしまってから、ぼくは洗いたてのパンツも含めて装備をまとめ、ブッシュの奥へ出発した。ヘレンズバーグにもっとずっと近いところに基地を設けるのだ。

この二度めの朝に一度、北の方で二足歩行の生きものが獲物を狙うように草原《ベルト》をうろついているのが見えた気がした。しかし熱気で大気がゆらぐのと、アンテロープの群れがいくつか間に入って、錯覚を起こしたのかもしれなかった。

それから少し経って、ぼくはミニドのV字型の空地の頂上に着いてうずくまった。サバンナを指さす森の指の間の防波堤というところだ。ミニドたちはすぐにこちらを見つけ、小屋の前でころげ回っていた子どもたち三、四人が動くのをやめて、ぼくがやっていることを見つめた。年配の男性がフーッと声を出して、年下の同輩に警告を発した。心臓の鼓動に何とか言うことをきかせようとしながら、ぼくは平然とした様子で草地を掘った。草を一つひとつ調べ、石をひっくり返し、値踏みするように指を嗅いだ。

まったくの偶然に、幸運にも、蠍《さそり》を一匹みつけた。蠍は刺し針を持ちあげ、太古からの蠍のスタイルで向かってきた。一方でミニドの方でも突撃隊を組織し、棍棒をかまえてぼくに向かっているのを知っていた。ハビリスたちを故意に無視しながら、ぼくは両の拳ですばやく蠍を殴ってみせた——狒狒が大好きな技だ——やがていやらしいちびはすっかり眼を回したので、指でその背中をさっと摑んだ。それから刺し針と毒袋をとり除いてから、握りつぶして殺した。

この時にはヘレンズバーグのミニドたち全員がぼくを見つめていた。ヘレンも慎重な戦闘隊の男性たちに加わっていた。棍棒を手にしたヘレンが、空地の左側を抜き足差し足ぼくに近づいてくるのが見えた。男たちはたわんだV字型に展開して、ゆっくりと整然と前進してくる。ぼくはなるべく不安を表に出さないようにした。

思わずしかめ面になって蠍を食べながら、ぼくはできるだけ良い顔を作った。つまり外見はまるでそうではないことは別にして、うまく蠍をみつけられたことを証拠として、ぼくが草を抜き、蜘蛛類《くもるい》を噛みくだき、分別のある正真正銘のハビリス、かれらの同類であることを、二足歩行の同胞に見せようとしたのだ。

　全然通じなかった。

　男たちは肩の毛をさかだてて迫ってきた。ヘレンの意図するところも、その男性版のものと同じく、友好的ではないようだった。ヘレンは男の中の男《マチョ・オンブレ》の後ろにつけていた。こいつはもじゃもじゃの黒い顎鬚と、これとは床屋がたまげるほど矛盾している〈影なき男〉流の口髭をはやしていた。この男は一隊の中で最も体が大きく、ミニドのアルファ・ロミオであることはほぼ確実で、それ故ぼくはかれにアルフィーとあだ名をつけた。ところがヘレンはこの男より少なくとも二、三センチは背が高かった。加えて、民族主義的感情の恐るべき不可抗的な山車《ジャガーノート》である突撃隊に加わるのに、アルフィーの承認を待たなかった、というのも注目に値する興味深いことだった。

　蠍のえぐい味が口蓋に貼りついたまま、ぼくは立ち上がった。両手を上げた。木立ちとサバンナ居住域の一部をかれらが分けあっている草食性のアウストラロピテクス類よりもぼくは背が高かったから、ミニドたちは立ちどまった。加えて脚の敏捷《びんしょう》さでもぼくはハビリスたちに負けていなかった。危機に際しては、恐怖とアドレナリンによって勝利にむけて駆りたてられていたから、チャッカブーツをものともせず、かれらのうち最も駿足でスタミナのあるスプリンターに対しても、ジェシー・オーエンスを演じることができる自信があった。しかし、今は両腕を広げて、棍棒も石も持っていないことを示した。

ハビリスたちはまた接近を開始し、五、六メートルまで詰めてきた。危険な近さだ。やむをえずホルスターのボタンを外し、ピストルを引きだして空に向けた。警告に一発撃てば、連中はあわてて隠れようとするだろう。しかし同時にたがいに相手を信頼して受け入れる関係を結びたいというぼくの希望は後退するはずだ。このジレンマに直面してぼくはしゃべりはじめた。国旗への忠誠の誓い、合衆国憲法前文、クレスト歯磨きのコマーシャルのコピー全部、マザーグースの歌をいくつか、昔なつかしポップスのオールディーズの歌詞を吐きだした。どれもなだめるような、信頼をかもしだすような口調だ。それならこの危機をぼくの望む形で解決してくれるのではないかと期待したのだ。束の間、連中はじっと耳を傾けた。それから一連の意味ありげな表情をたがいに閃かせた。その意味――「かかれ！」――がなぜか直感的にわかった。

やけっぱちになってぼくは歌いだした。豊かで陽気なテナーで歌った。思いをこめて歌った。

「つい昨日のこと
鍬《くわ》を入れるすてきな畝《うね》があったのに
どこ行っちまったんだ

ああ、何もかも変わっちまった、ならべかえられた
　ほんのつい昨日のことなのに……」

　ぼくの唇からこの哀しげなメロディが流れだすと、攻撃側の動きが止まった。音楽のせいではなかったのかもしれない――心に直接響く、シンプルな小唄だ。むしろぼくが歌っていることにまったく意表を突かれたのかもしれない。ぼくのハビリス性の証拠として、蠍を食べるより歌を唄う方が効果があるとは。二度めのリフレインまで事実上うっとりと聴きいっていたが、そこでわが聴衆はぼくの歌唱にうんざりしはじめた。すばやくひとしきり眼をみかわし、合図をしあって、連中はまたぼくに迫りだした。その顔を見ればアンコールには何をすべきか、決めるのは簡単だった。

　ぼくはピストルを撃った。

　効果は劇的だった。男性のうち三人は、ぼくに斧《おの》でなぐり倒されたように這いつくばった。二人は森に駆けこみ、六番目は大便を漏らし、両腕で頭を覆って横っ飛びに倒れこんだ。茫然とうずくまってなお正面にいたのは、ヘレンと頼りになるアルフィーだけだった。ヘレンズバーグそのものでも、女子どもたちの阿鼻叫喚の大騒ぎが勃発《ぼっぱつ》した。が、皆小屋に隠れたから、たちまち静かになった。しかし、男たちが総くずれになってしまって、誰が女子どもたちを守るのだろう。ぼくがチンギス・ハーンの恰好になったのは確かだが、そんな独裁者

の役割を担うのは少しも嬉しくなかった。ミニドたちとの間に、現実的な緊張緩和を締結するチャンスをほぼ確実に吹きとばしてしまったからだ。

片手を伸ばして、ぼくはヘレンとアルフィーに向かって一、二歩踏みだした。二人は後退った。他の雄のハビリスたちはとびあがり、こけつまろびつ、小屋へ向けて一散に逃げた。こちらが追いかければそこで抵抗しようというのだ。腹が言うことをきかなくなった奴は両手をオールに使い、尻《デリエール》から出た便をこすりつけて、草の上を後ろ向きに進んだ。一方、森に逃げこんだ二人は、どうなったか見ようと戻ってきた。勇敢な者たちだ。ピストルの一発が合図になって、力のバランスが変化した。広島上空の核物質の爆発が連合軍と日本軍の間の力のバランスを換えたのに近かった。もっとも少なくともぼくは警告に威嚇の一発を撃った——弾丸はたくさんあった。

「二度はやらないよ」とヘレンとアルフィーに保証した。「今のはぼくの安全のためだ」

しかしこの二人も小屋の方へ後退した。わけがわからず不安な顔の塊の中から、二人はぼくがまるで死神の化身であるかのように睨みつけている。ぼくがその優位な立場をさらに優位にしようとまるでしないので、男たちのうち二、三人が棍棒をふり回しだした。喧嘩腰でホーホー叫び、滑稽なまでに威張ってみせた。肩にそって毛が逆立ち、胸は息が切れている。

一方、ぼくの右手の茂みには、若い男性のミニドが一人、ぞっとするほどおちつきはらって、ぼくのことをじっくりと観察していた。この男の眼は大きく澄み、その威厳は大学教授のようだ。小屋の前で踊りまわっているうぬぼれ屋のほら吹きどもよりも、こいつとアルフィーの方が敵として危険にみえた。誰かの血を見ることになる前に、ヘレンズバーグから退散することにした。

「さよなら。今のことは埋め合わせをしにくるからね。いやぼくはそんなに悪い奴じゃないんだよ。バイバイ……」

「ああ、何もかも変わっちまった、ならべかえられたほんのつい昨日のことなのに……」

第九章　カンザス州ヴァン・ルナ――一九六四年一〇月

　ある晩、ベッドの中でジャネットは、生まれ故郷の町に抱いている相反した感情をヒューゴーに説明しようとしてみた。アンナとジョン＝ジョンはもう一つの寝室で「楽しい夢」のお話を聞かされて寝かしつけられていた。ヒューゴーは煙草をふかしながら、箪笥《たんす》の上に置いたポータブル・テレビで、ジョージ・ラフトとアイダ・ルピノの深夜映画をとりとめもなく見ていた。渦まいているその煙草の煙がテレビの後ろの鏡の中で無気味だった。

　ヒューゴーは底にSACの紋章があるガラスの灰皿に煙草を押しつけて消した。

「よし、マジメになろう。何が問題なのか、言ってやろうか、おまえ《ムヘール》」

「で」

「問題はヴァン・ルナが現実じゃないことさ」

「現実じゃない？」

「そう言ったんだ。ヴァン・ルナは現実じゃなくて、一点の染みもない実験室みたいなもんだ。ひどく清潔だ。空気はきれい、水もうまい。住んでるのはかわいい白ネズミだ。茶色のネズミを一匹突っ込んだところで、大した違いはない。白ネズミたちはかわいいままだ。茶色のネズミも他のみんなと同じように食わせてもらって、バカにされる。現実じゃないんだ、ヴァン・ルナは。餌が少しと水のタンクのある実験室さ」

ジャネットはヒューゴーから体を離し、両膝を引きあげ、夫の手から灰皿をとりあげた。

「餌が少しと水タンクだって。何の話？ 父さんはこの町の経済的現実にずっと向き合ってきてるよ。その後遺症だって受けてる。それが現実じゃないというわけ？」

「今話してるのはジョン＝ジョンのことか、親父さんのことなのか」

ヒューゴーはまたテレビ画面に視線を移した。そこではアイダ・ルピノが満杯の法廷で、猛烈な勢いで証言している。

「下士官の給料で一家を養ってゆく現実はわかってるでしょ。だからあなたは夜、店でバイトしてるんじゃない。そういう類のことは現実じゃないっていうわけ？」

「おれは言わない」

「それに競争のせいで父さんはまいってきてる。それで性格が歪んでるんだ。あの父さんが、こともあろうにしみったれになってる」

「親父さんにとっちゃヴァン・ルナは現実そのものだな」

ヒューゴーは認めた。

「でもあなたにとっちゃ現実じゃない、そう言いたいわけ？」

「もちろんおれにとっても現実さ。ジェニー、きみが訊いてるのはジョン＝ジョンとここの連中のことで、あの子の肌が黒いからじゃなかったのか。おれの話の趣旨を変えちまってるんだ」

マールボロのフリップトップの箱をとんとん叩いて煙草を一本とりだし、ジョージ・ラフトを真似て火をつけ、火のついた方をジャネットの鼻の下で揺らせた。

「おまえは話《ムヘール》を聞いてない。少なくともまともに聞いてない。だからもう一度だけ言うぞ。きみが気がついた問題はジョン＝ジョンにとってヴァン・ルナは現実じゃないということで、おれにとってもきみにとってもライヴンバーク氏にとっても、顔は出てくるが名前は出てこないばあさんにとってもそうだというわけじゃない。ジェニー、それを心配したいんなら、どんどん心配すればいい。嵐でも起きるくらいに心配してみろ」

ジャネットは灰皿をヒューゴーに返し、体を寄せてまた肩に顎をのせた。

「じゃあウィチタに引っこした方がいいと思う？」

「何のためだ」

「あの子が現実の場所に住めるようにするためよ。境界線地域で、それほどおちぶれてない。そういうところ」

「冗談じゃない。バカ言うな」

「でもあたしはただ――」

「でも何もしなくていいんだ。子どもが大きくなるのに一番いいのはあんまり現実すぎないところだ。ボゴタには孤児の幼い男の子たちがいた――ゴロツキども《ガミネス》だ。群れをなして駆けまわって、路上で新聞紙をかぶって寝るんだ。サラゴサとかセビージャとか、ああいう現実なんぞまっぴらだ。ジョン＝ジョンをミシシッピにでも連れていきたいのか」

「どこへも連れていきたくはないよ。ただ――」

「結構」

煙草でテレビを指した。

「あのアイダ・ルピノを見ろよ。この映画じゃほんと大したタマじゃないか」


真夜中をだいぶ過ぎて、ジャネットは子ども部屋に見に行った。

小さな部屋に常夜灯が点いていた。鼻が丸く、丸い両手を上にあげた道化師だ。ベッドサイド・テーブルに立ち、道化師は両手と鼻から薄いオレンジ色の光をぼんやりした後光のように放っていた。アンナはキャスター付きベッドで、布団を半分はねのけて寝ていた。部屋の反対側でまだ囲い付きのベビーベッドの中のジョン＝ジョンは、小さな片手を後ろに伸ばし、手すりの間からつき出して寝ていた。ジャネットはアンナの布団をかけなおしてから、男の子に近づいた。ジョン＝ジョンは夢を見ている最中だった。

仰向けで、頭は頭蓋の後ろの骨の球でくるりと回ったようにみえ、ジョン＝ジョンはやわらかにごろごろする音をたてていた。瞼はひっくりかえっている。マダム・アレクサンダー人形の明るい大理石の眼を隠す瞼のようだ。しかし半ば隠れながら、ジョン＝ジョンの眼球は眼窩《がんか》の上半分の中をぶるぶる震えながら、左右に揺れていた。そのかすかに濁っている白眼は時折り脈打った。スペインから連れ帰って以来、ジャネットはこの奇妙な現象を何十回となく眼にしていたが、いつ見ても必ずひどくおちつかなくなるのだった。

「またか」

ジャネットはつぶやいた。

しゃべるのが遅いのと、この薄気味悪い夜間のひきつけの件で、ジャネットは子どもをマッコネルの診療所に連れていったのだが、空軍の医者たちはジョン＝ジョンの健康は完璧だと毎回太鼓判を押した。特別に生々しい夢を見ているのだろうが、瞼がまくれ上がっているからといって、この子が癇癪《かんしゃく》などの神経障碍をわずらっているということにはならない。確かに見ている夢が生々しいことで、幼児期後期の発話パターンの発達が――一時的に――阻害されている可能性はある。夢が言語発達の代わり――一時的な代償になっている。それにこの子がまだ二歳になっていないことも勘定に入れておく必要もあるだろう。スペイン語環境から英語環境に移ったことにまだ適応している最中でもあるはずだ。加えて、それ以外の面では完全に正常だ。むろん医者たちは夜中の一時に、この子の揺れる眼球や、脈打つ白眼に向きあう必要は絶えて無かった。見る者を動揺させるこの光景と、診療所の中を駆けまわる、敏捷で活発な好奇心旺盛な子どもの姿を重ねあわせる必要もなかった。生まれて最初の八、九ヶ月がいったいどういうものだったのかと、ひどく心を悩ます必要もまた無かった……

「ジェニー、どうした」

ふり返るとヒューゴーが戸口に立っていた。ボクサーパンツは腰のところで膨れ、指にはまた煙草に火がついている。

「またやってる」

「大丈夫だ。いつも止む」

「嫌なの」

ベビーベッドの縁を握りしめた。

「とてもたまらない。こわくてどうしようもなくなる」

「夢を見てるんだ。医者はそう言ってたじゃないか。どうしてそう」——煙草をふり回す——「そうヒステリック《イステリカ》になるんだ」

「母親だからだよ」

アンナがベッドの中で身じろぎしてつぶやいた。ジャネットは訊ねた。

「いったい何を夢で見なきゃならないの。それになんで眼があんな風に開くのよ」

「ほんとうに眠ってないんじゃないか。きみがそんな風に怒ってるのを見たいのかもしれんぜ」

「いったいぜんたい、何の夢を見てるって言うわけ」

「小犬の夢か、ベビーカーに乗ってるとこか、アイスクリームを食べてるとか。わからんよ、ジェニー、誰にもわからん」

「そんなもんじゃないと思う」

「じゃあ、何と言って欲しいんだ。ほんとの母親の夢か。エスパーニャと貧乏の夢かい。その方がいいのか」

「そんなのもイヤ」

泣きだした。

ヒューゴーは映画のギャング風に煙草をくわえ、部屋に入って妻を抱きしめた。

「ジェニー、だいじょうぶだ。その気ならこの子を起こしてもいい」

「いや、それもしたくない。夢の邪魔はしない」

しかし、息子をじっと見ていると心が痛んだ。ほんとうのジョン＝ジョン——眼球の下半分がふるえ、かよわい指が痙攣するように宙を摑んだ——は遙か遙か遠くにいて、自分には知ることも理解することも絶対にできない渦を巻く経験にとらえられているように思われた。こういう時、息子が自分とは全く無縁のものと思われる。そしてとにかくひたすら近くに寄ってやりたくなる。近寄るには夢が壁となっていた。後に残した体は夢にもだえ、非難し、なじっていた。

やがて子どもから眼をそらし、ジャネットはヒューゴーがベッドに連れもどすのにまかせた。

翌日、ジャネットはジョン＝ジョンを連れ、近所の古いあたりを通って、アンナの小学校まで散歩に行った。娘はそこの一年生だった。ここの校庭は砂利の斜面で、草や葹《おなもみ》がぱらぱらと生えていて、三方が金網で囲まれ、東側に校舎があった。今はベビーカーは家に置いていて、ジョン＝ジョンは休み時間中の子どもたちを見たいあまりに、最後の一ブロックはまるまる走っていった。ナイロンのパーカと青のコーデュロイのズボンにくるまれている姿は、ジャネットには氷原を気取って歩いてゆくペンギンに見えた。もっとも氷は無かった。あるのは何千何万ものしわくちゃの落葉だ。子どもが走ると落葉がその周りに渦を巻いた。

二人は校庭の西端の、ソフトボールのバックネットと一揃いポツンと置かれた観覧席まで来た。ジョン＝ジョンがフェンスによたよたと近づいた時、四年生か五年生くらいの少年が、ファウルになったボールを追いかけてきた。ジャネットは観覧席の最前列に腰をおろした。

「やあ」と少年はジョン＝ジョンの頭越しにジャネットに話しかけた。

「かわいいね、何て名前？」

ジャネットは教えた。ケネディの暗殺から一年近く経ち、カンザスの真ん中では、息子の名前は少年にとって特に大きな意味をもつものではなかった。

「おばさんの子ども？」

「わたしと夫のね。アンナ・モネガルの弟。アンナ、知ってる？」

「知らない」

少年はフェンス越しにジョン＝ジョンにソフトボールを握らせた。ジョン＝ジョンがボールを落とすと、少年は拾いあげてまた握らせた。

「おまえ、このソフトボール、好きなんだな。だろ。そのうち大した選手になるぜ、きっと」

ジョン＝ジョンはボールをバックネットのフェンスの裏側に押しつけた。

「まだしゃべらないの？」

少年の仲間たちはボールをもどせとせがんでいたが、少年は無視した。まだ話しはじめないとジャネットが認めると、言った。

「この子に話しかけてるでしょ」

「四六時中ね」

「読んでやってる？　つまり読み聞かせは」

この子はいったい何者？　大審問官か。

「まだそれには少し早いと思うな。いっしょに絵本は見てるけど」

「球を返せよう、ダニー。早く投げろったらあ」

ダニーはジョン＝ジョンの手からそっとボールをとるとくるりとふり向き、内野に向かって思いきり投げかえした。それからジャネットに向きなおって言った。

「本ものの本を読んで聞かせなきゃ。ちゃんと聞いてるよ。母さんはそうしてた。ぼくがまだしゃべりだす前からだよ。ぼくが生まれてから最初の一年は毎晩『虎よ、虎よ、さんらんと燃え』を読んでたんだ。ぼくは学校に上がる前にあの詩を全部、一行残らず言えたよ」

少年は胸を張った。

「じゃあ詩が好きなんだ」

「もどれよお、ダニー。いそげえ」

「でもないな。意味がわからないんだ、全然。言えるけど意味はわからない。ソフトボールの方が好き」

フェンス越しにジョン＝ジョンの腹を愛想よくつついた。

「バイバイ。またね、ジョン＝ジョン＝ジョン」

少年はゆっくりと戻っていった。ジョン＝ジョンは相手のふるまいに催眠術をかけられて、フェンス際に立っていた。ジャネットはコートのポケットに両手を入れて、校庭にアンナがいないか探した。が、見つけられないうちに休み時間の終りを告げるチャイムが鳴り、学校の全生徒は校舎に向かって斜面を駆けのぼっていった。

ふと思いついて、ジャネットはジョン＝ジョンを連れて落葉の散らばる歩道を進み、学校を過ぎ、やがて低所得者層向け住宅街に入った。未舗装の道路が一本、開けた野原の端で行き止まりになっていた。十二キロ先、広葉箱柳の点在するなだらかにうねる平原の先にカンザス州ユードルがあった。ウィチタからの黒い筋、十五号線が、ほとんど神話的な小さなその町へ向かってまっすぐ斜めに延びている。ジャネットが高三の時、九年前、竜巻がユードルを完全になぎ倒したことがある。六十人以上が死亡し、ありとあらゆる異様な残骸が一帯にばら撒《ま》かれた。

広い野原を歩きながら、ジャネットはジョン＝ジョンにその話を聞かせた。話しながらいろいろ派手な細かい描写をつけ加えた。ジェット機を一千機集めたような音がして、旋風がどろどろの油のでかい塊に見えたと言った農夫。交換台で死んだ電話交換手。生きたまま樹の上にほうりあげられた男。ジョン＝ジョンは言葉の一つひとつにじっと耳をすませているように、ジャネットには見えた。まるで明らかに嘘《うそ》とわかるが、ひどく楽しい嘘をジャネットが並べたてているとでも思っているようだ。ジャネットの声のリズムにも夢中になっていた。

「今では、町は百パーセント、できたてホヤホヤに見える。ネアンデルタールとか毛深いマンモスみたいに、町が一度は地図の上から完全に消えてしまったとは到底思えない」とジャネットは話を結んだ。

二人は秋の蒲《がま》の中に立って、また黙りこんだ。牧場鳥が地表の隠れ場所から飛びたち、十月の淡い色の空に放物線を描いた。ジャネットは剝出しで無防備に感じた。この場所に二人して突立っていると、背後にしてきた家の中の因習にこり固まった人びとからバカにされるか、あるいはこのちょっと開けた乳牛の放牧地を貫いている涸れ谷の向う側の茂みに隠れた穴居人や厚皮動物に襲われそうに感じた。馬鹿げた考えではある。けれども風が強く吹いていて、世界は大きく、敵対的にみえた。

竜巻の話が終ったので、ジョン＝ジョンの興味は他へ移った。斜面を下に、谷の方へ駆けだした。足も速い。ドレスが薊《あざみ》や灌木《かんぼく》の枝にひっかからないように縁を摑み、ジャネットは子どもを追って草地を走りだした。乾いた川床へいっさんに飛びこもうとするのを子どもの手首を摑んで、止めた。子どもは握られた手を引っぱり、指さして、何やら聞きとれない音を喉でたてた。

この声をフリギア語とヒューゴーは冗談に呼んだ。おれたちがさずかった子はフリギア語をしゃべるんだ。マッコネルの図書室にいるかれの友人によると、フリギア語は人類が初めてしゃべった言葉と昔は考えられていたそうだ……

涸れ谷の向こうには白い顔の若い牝牛が五、六頭、おだやかに食べ戻しを反芻《はんすう》していた。そのサイズにもかかわらず、たった今までその姿はジャネットの眼に入らなかった。半ばその姿を隠している茂みで、犀やキリンのように、去年の葉の最後の残りを嚙みとっていた。無気味だ。牛がこんな風にいきなり現れるのはおかしい。もっとおかしいのは牛たちが草を食べているのではなく、木の枝を齧《かじ》りとっていることだ。まるでジョン＝ジョンが指さして呼びだしたようだ。

「めうし《カウ》ね」ジャネットはとり乱した声で言った。「めうし」

「めうす《カオ》」

まだ指さしながらジョン＝ジョンが言った。

仰天してジャネットは男の子の前にひざまずき、両肩を摑み、そのため子どもの視界を遮った。

「その通り」勢いこんで言う。「その通りだよ——めうし。めうしって言うんだ」

子どもは右に体を倒した。自分がやってのけたことをしきりに強調しようとする母親の様子には関心がない。

ほつれ毛を顔から払いのけながら、ジャネットは立ち上がった。この子には大いに牝牛を見せてやろうじゃないか。心が軽くなり、達成感が湧いた。フリギア語だって。冗談じゃない。「めうす」は英語だ。そりゃだいぶ訛ってるかもしれないけど、立派なアングロ・サクソン由来の英語じゃないか。この単純な単語を口にしたということは、この子の潜在能力を信じてたわたしは正しかったってことだ。たいていの子は二歳の誕生日をずいぶん過ぎてからようやくしゃべりだすけど、一年以上も前にアンガー大佐の部屋でなんとか少佐が口にした「野生児」という言葉が、気になってしかたがなかったのだ。セビージャでの誰も知らない幼年期が、言葉を覚えるジョン＝ジョンの能力に秘かな悪影響を与えているんじゃないかと、心の底で疑いだしたところだった。そう疑うことで、自分は悪いことをしたんじゃないかという思いがふくらんできて、どうしようもなかった。その他の点ではジョン＝ジョンは機敏で活発な子だからだ。

「めうし」笑いながら言ってみた。「めうす、めうす、めうす」

「信じられんね、ムヘール」

「ほんとうだよ——しゃべったの」

「牝牛の群れに向かってか」

「牛に向かってじゃない。この子は牝牛を見て、それから——」

「めうしって言ったよ、パパ」

一家は天板が合成樹脂のテーブルを囲んでいた。テーブルと椅子のセットは去年のクリスマスにマッコネルの基地売店でヒューゴーが買ったものだ。ジョン＝ジョンはアルミ製の幼児用椅子に座り、黄色いプラスティックの皿を前にしている。右手にスプーン、左手はべとべとの指で焼きすぎのハンバーガーを細かくしたものを食べていた。口にはマスタードがくっついている。

ヒューゴーはアンナにわざと威厳をつくろって話しかけた。

「ジョン＝ジョンは牝牛たちに言った、『八十と七年前、われらが父祖はこの大陸に新たなる国《ナシオン》をもたらした、自由《リベルタド》の中に生まれ、捧げるは――』、この後はどんなだったっけ、お嬢さん《ニーニャ》」

「パパッ」

「ほんとに話したの。フリギア語でもなかった」

ジャネットは言い張った。

「だったらハンバーガーじゃなくて、ステーキを食べなくちゃ」

ヒューゴーはハンバーガーの塊をひと切れ、フォークでさし上げた。

「ジョン＝ジョン、こいつもめうすだぞ。わかるか。おまえはめうすを食べてるんだぞ、ジョニィ《ファニート》。あの茶色のでっかい眼をしたでっかくて眠そうな生きものをずうっと食べてるんだ。おれにめうすと言ってくれよ。なあ、頼む」

男の子はハンバーガーの破片をリノリウムの床にばらまきながら、その日の朝、ジャネットに散歩に連れていかれた方角を指さした――小学校の方角。ユードルの方角をさした。

「それに校庭でダニーという男の子に、ジョン＝ジョンに本を読みきかせてやるべきだと言われた――アルファベットだけの絵本じゃないやつね。むずかしいことの書いてある本物の本。それも始めるつもり」

「いつから」

ヒューゴーは用心深く訊ねた。

「今日、お風呂に入れてから。アンナとあなたでお皿やってくれない」

「口紅つけてハイヒールもはけってんだろ」

ヒューゴーは言い返した。が、アンナと一緒にジャネットに頼まれたことをやった。

一方ジャネットはジョン＝ジョンを風呂に入れ、おむつを替え、タオル地のパジャマに押しこみ、ベビーベッドの中に立たせた。ジョン＝ジョンはベビーベッドの柵のてっぺんに両腕を重ねて、母親が揺り椅子に腰かけたまま、ベビーベッドの脇に椅子を動かしてくるのをずっと見ていた。ジョン＝ジョンはベビーベッドから自分で出られるようになってはいたが、ベッドタイムにそういうことをするのは高くつくことを教えてはいた。それでも週に二、三回は脱走するのだった。

しかし今夜は子ども部屋にジャネットが相変らずいるので、脱走しようという気が失《う》せていた。母親がひまわりのプリントのエプロンのポケットからけばけばしいペーパーバックをとりだしたから、子どもはますます好奇心をつのらせて見つめた。ジャネットは揺り椅子によりかかり、本を開いて読みはじめた。

「袋小路のビルボ・バギンズ氏が近々その百十一歳の誕生日を特別盛大なパーティーで祝う予定だと発表したので、ホビットの荘ではたいへんな興奮でもちきりとなった……」

第一〇章　フルーツオブザルーム

不測の事態に対する当初の計画では、ぼくは毎日日の出と日没に湖畔にいることとされていた。後退り吊り台が突き出される可能性があったからだ。この条件のおかげで行動範囲は限られてしまい、ヘレンの一党を観察しようとする方の努力は腰を折られた。この要求に応じることは二重の意味で難しかった。吊り台が現れなかったからだ。にもかかわらず、最初の日の出の約束を果たさなかったその後の一週間、ぼくは自分の方ではとにかく約束を守り、二〇世紀の同僚たちにまた見捨てられるに決まってるといらだたしく思っている場合でも、湖畔に行ってみた。それでもここに流されて二度と帰れない、とは思っていなかった。カプロウと助手たちは〈技術的問題〉は経験していたし、そうしたバグはいずれ克服することは疑いなかった。時間こそはカプロウが自分の縄張りとしているはずだ。

実のところ、ぼくの理解している時間は、ホワイト・スフィンクスの仲間たちの時間とどこか重要な点で異なっているのかもしれないと思いはじめていた。ぼくが遡った時間の距離があまりに大きいために、こちらの日の出と日没はむこうの日の出と日没とはずれているんじゃないか。遅かれ早かれカプロウもそのことに気がつくはずとぼくは判断した。そして吊り台はまさに適切な時に——一見何もない空中から——現れるはずだ。その間、ぼくは一度湖を離れ、ハビリスたちに集中し、もう一週間経ったらぼくの推測があたっているかどうか見にもどることにした。つまるところぼくがここに来たのは、原生人類について知るためなのだ。

こう決めてから二、三日の間、ミニドのもとへ通ってしつこく求愛を続けた。反応はよくなかった。ぼくを追いはらおうとはしなかったが、小屋から四、五十メートル以内に近づくことも許さなかった。ぼくを近寄らせないために、無花果やモンゴンゴの実や木の実、木の根、土くれ、石を投げつけてきた。サバイバル・キットの中の角砂糖やチューインガムで、年少のハビリスを二、三人引きつけて侵入路を確保できないかと考えた。が、子どもたちもぼくを近寄らせなかったし、ミニドのテディ・ベアの母親たちは子熊たちを手許《てもと》から離さないよう、細心の注意を払っていた。

三日めの朝、拠水林の指の間の空地に行ってみると、小屋は空っぽだった。ミニドたちは引越したのだ。東アフリカのモザイクのように絡みあっている居住環境のどこかに、ヘレンズバーグを移してしまっていた。一瞬、ぼくはパニックにかられた。かれらをその都から追いやってしまい、また見つけるのは簡単ではないかもしれない。その恐れはすぐに消えた。ピストルを空に向けて撃った翌朝――ぼくが「前の日」を想《おも》いをこめてうたって聞かせた翌朝、ミニドたちはやはり日の出を迎えてうたってくれた。ぼくを目覚めさせた詞のないその合唱は雷の精霊か地震の精霊のように、森と草原の上に響きわたった。

ミニドがその村を移した先をつきとめるには、あの敬虔《けいけん》な夜明けの歌が次に聞えるとき、耳を傾けさえすればよかった。かれらが歌うのは、他の方法では表せない感情を表現するためばかりではない、とぼくは判断していた。他のハビリスの集団に自分たちの居場所を知らせるためでもある。有無を言わせず縄張りを主張するというよりも、社交儀礼であり、意思疎通の回路を開けておく手段だ。実際、キボコ湖の遙か北岸からハビリスが歌うのがかすかに聞えていたし、南東サラカ山の近傍からも聞えていた。それにハビリスの耳はぼくのよりずっと良いことも確かで、このかすかな夜明けのコンサートで力強い感情がなだれをうってくるように、かれらは感じていたにちがいない。ハビリスの集団はそれぞれ交互に歌いあっていたのだろうが、ぼくにはっきり聞えたのは近くにいるミニドたちの声だけだった。それほど遠くに行ってしまったのでないかぎり、明日またかれらが歌うのが聞えるはずだ。ジョシュア・カンパと永遠に縁を切るためだけに、同族の他の者たちとの合唱のつながりを断ち切ることはないはずだ。

予想どおりだった。

翌朝、ミニドが夜明けを讃《たた》える無骨な合唱が聞えた。その声を辿り、前の宿営地から三、四キロ離れたところをつきとめた。かれらがヘレンズバーグ（それ以外の名前は考えられなかった）を移したのは、サラカ山を正面に見るサバンナと茨の原と筋になった森が交互に並んだ、草に覆われた丘の斜面だった。

ぼくにとってこの場所で最も困ることは、下に開けた草地に姿をさらさないかぎり、新しい都に近づくことができないところだった。これにはまったくどうしようかと思った。花崗岩の塊が胸壁となって、その後ろに草を積んだあばら家が一部見えなくなっていたし、二十メートルほどの間に木は一本も無かった。ミニドたちは高校のフットボールの試合の観客のように丘の南西斜面に並んでいた。ぼくの姿を認めると、胸壁に駆けこんで、石を雨霰《あめあられ》と降らせ、嘲りの声を浴びせてきた。

つまり、その歌唱でまたかれらのところまでは行けたものの、丘の斜面に陣取られたことで、容易には近づけず、移動の前に比べて事態はまるで改善されていなかった。どころか、ミニドはむしろ立場を強めてすらいた。狡猾《こうかつ》で恐れを知らない豹ならば近づくことができるかもしれないが、ぼくにはできない。そんなことを試みるには、更新世の豹の大半は自己保存本能が鋭すぎることも忘れてはいけない。旱魃《かんばつ》が続く時期のキボコ湖よりももっとおちこんだ気分でぼくは根城にもどった。

ずるずる続く難儀（下痢というのは気持ちのいい話題ではない）やかわした危険（すべてが排便に関するものばかりではない）や味方としたり食べたりした、途方もなくバラエティに富んだ四足獣や蛇や鳥（順番は必ずしもこの通りではない）についてここで詳しく触れるのはやめておく。アカシアの木立ちで毎日やっていた家事、つまり洗濯や薪集《まきあつ》めやゴミを埋めること（これはジャイアント・ハイエナを代表とする四足のゴミ収集担当の群れが訪問する気にならないように、徹底して行った）について詳しく述べることも割愛する。代わりにミニドの排他的な心に仲間と認めてもらえるよう、なお試みていた間にかれらについてわかったことを述べてみたい。

まず第一に、例えば朝の十時から日没一時間前まで、男性と女性は別々に行動することが多い。女たちは日中もっぱらぐずぐず過ごすことは明らかになくて、祝福にも邪魔にもなる子どもたちを連れて、果実、鳥の卵、甲虫の蛹《さなぎ》、蠍、メロンなど、簡単に持ち運びできる食料を集めることに精を出す。そうしたものは皆、粗雑な木の皮の盆や縫っていない動物の皮で運んだ。年長の女性の一人は実に巧妙に編んだ容《い》れ物を持っていて、どこかの無名の時間航行士がかつてやってきて土産に置いていったのかと思ったくらいだった。そこでその籠が実は機織鳥《はたおりどり》の巣で、本人かその夫がアカシアの木から盗んだものであることに気がついた（必要は往々にして発明の母よりも、癖の悪い手の母になるものだ）。子どもたちを引き連れて、女たちはサバンナの縁に沿って歩いた。近くには武器をもった男性が一人いて、危険が迫れば、すぐ子どもたちを森へ退避させる。藪の中をどこまで進んだか示したり、たがいに連絡をつけたりするために、食料をあさりながら、かれらはさえずったり、クークー言ったり、スキャットをしたりする。象やライオン、ジャイアント・ハイエナの群れには黙って道を譲るのが普通だ。しかし侵入者が小型のハイエナや狒狒、野生の犬、あるいはアウストラロピテクス・ロブストゥスの類などの場合には、大騒ぎを起こして牽制したり、食料収集の縄張りを精力的に守ったりする能力で、女たちも男たちに劣りはしなかった。

三回か四回、女たちの後に何とかうまく尾いていったことがあった。が、歓迎されないことでは、ガールスカウトの遠足についてきたストーカーや露出狂と同じだった。ぼくの存在に気づくと女たちはいつも金切り声をあげてものを投げつけてきた。狙いのよかった珠鶏の卵でブッシュショーツにできたアルブミンの染みは、ぼろぼろになり諦めて捨てるまでとれなかった。

この遠足にヘレンは決して行かなかった。ヘレンには子どもがなく、女たちは全体としては受け入れてはいたものの、ヘレンが傍にくるとおちつかなかった。代わりにヘレンは男たちと狩りにでかけた。

狩りはサバンナで行われた。そこでは腹這いになったとしても、うまく隠れられなかった。とてもよく見えるか、まるで見えないかのどちらかだった。とはいえはっきりわかったことは、ミニドはヘレンが仲間になることを認めていただけではなく、うまく仕組んで獲物に忍び寄ってから、止めの一撃《クー・ド・グラース》を加える位置にヘレンを置くことが多いことだった。ヘレンがイボイノシシやダイカーを打ち倒すのを、ぼくは眼を丸くして見ていた。食べつくすのに二、三日はかかったから、こうした獲物のおかげでミニドはつらい作業から解放された。もっとも狩りをしたいと責めさいなんでくる欲求は別ではあった——となるとぼくの方は、自分の木に腰をかけ、創世記を読みなおすほかは、しばらくすることが何も無くなった。その間ミニドはニューヘレンズバーグから出ずにごちそうを満喫していた。

ぼくの方はどこまで進んでいただろうか。ほんのわずか、としかみえなかった。ハビリスたちとの関係で築くことができたのは、せいぜいが、かれらにとって赤の他人ではもはやなくなった、ということぐらいだった。

成人のミニドは一人ひとり見分けられるようになった。明らかに一団のリーダーである者にアルフィーと名づけたのに加えて、男たちには以下の名をつけた。ハム、ジョモ、ゲンリー、マルコム、ルーズヴェルト、フレッド。ハムとジョモはミニドの中で最年長だった。皺くちゃの顔と頭部の毛がごま塩であるのが、年齢を示すものとして信頼できるとすればだ。ゲンリーはあの宿命のピストル発射事件の後、ぼくをそれはきつい眼でねめつけていたハビリス。一方ルーズヴェルトは括約筋が言うことをきかなくなった運の悪い奴。マルコムは黒い山羊髭と鉛筆のように黒い小さな眼の持ち主で、旧ヘレンズバーグを見つけた日に見張りに立っていた。そしてフレッドは最も若い狩人で、いつも顎が外れていて、前歯の間に広い隙間が空いている——まるで去る日、年長の誰かがいつもより強烈に腹を立てたところにぶつかってしまったように見えた。

ご婦人方にはこんな風に名をつけた。ディルジー、ギネヴィア、エミリー、ミス・ジェイン、オデッタ、ニコル。ディルジーとギネヴィアは各々ハムとジョモの配偶者だ。ギネヴィアはぼくがスパイした最初の午後、ヘレンを延々と叱りつけていた意地悪ばばあだ。あれ以来、彼女の評価はむしろ上がっていた。ひょっとするとヘレンの母親かもしれないと思うようにさえなっていた。ゲンリーの妻のエミリーは女性ミニドの中では生まれながらのセクシーな女にみえた。じっとしない眼と波打つ背中の持ち主だ。エミリーはアルフィーのお気に入りで、アルフィーの方でもいろいろとつまみ食いをするのが好きなようではあった。ミス・ジェイン、オデッタ、ニコルは一つだけ際立った印象を与えた。三人とも母親として優秀で、どこまでも子どもたちを守り、憎めない威勢のよさで男性陣をあしらっていた。

子どもたちについては、名前をつけるだけで、誰にもそれ以上親しんではいなかった。最年長はおそらくディルジーの子でミスター・ピブと名付けた若い男子だった。その他の子どもたち、よちよち歩きの幼児、赤ん坊はぼくの頭の中では全部一緒くたになっていた。が、縮刷版聖書と図鑑の系図のページに書きとめた名前は、ジョスリン、グルーチョ、公爵夫人《ダッチェス》、ボンゾ、小石《ペブルズ》、張切り屋《ジッピィ》、騙り屋《ギッパー》、ＡＰＢといったものだ。

ＡＰＢはフレッドとニコルの赤ん坊だ。頭文字はアリステア・パトリック・ブレアの略称の時と全地点速報《オール・ポインツ・ビュレテイン》の略の時が交互にあった。後者はおっぱいをよこせと求める時の金切り声の鋭さから頂戴していた。

ハビリスは全部で二十三人だった（ミニドはずっと数えていた）。ぼくは二百万年という時を無いことにすれば、かれらのいとこなので、かれらを訪ねて帰ってきたのだが、ミニドの方ではぼくをそうとは認めようとしなかった。ぼくはまた二〇世紀という夢の領域にいる同僚たちにとっても実在しなくなっているのではないかと思いはじめていた。かれらにとっては最初から存在していなかったのかもしれない……

ぼく、ジョシュア・カンパはただ一人消滅していた。見えない人間、もう一つの国の生まれながらの息子、原始のケインの国に故郷から切り離されている人間。かつていた存在。ある日存在するようになる可能性のある存在、夢を旅するドードー鳥であり、このままここにいなければならないかもしれない。

カプロウが後退り吊り台を降ろしてくれるかと、ある週の週末、二日続けてぼくはキボコ湖にもどった。が、吊り台はやはり降りてこなかった。しかし更新世と例のハビリスの一団のどちらについても、あるつながりを感じはじめてもいた。後者に認められたいと望むのは、今や単に科学的な理由だけからではなかった。しかもようやくのことでルーズヴェルトとの間に、小さいながら突破口を開くことに成功してもいた。ぼくのピストル発射に脱糞で応じた若い男性だ。かれはブッシュ・カントリーでの、もっとありふれた状況にあっては臆病ではなかった。それどころか、鳥を捕えたり、ハイラックスや野兎《のうさぎ》などの小さな獲物の後を尾けることにかけては、ハビリス全員の中でも達人の一人と思われた。夕方まだ早い時間に頻繁に単独で狩りにでかけるのをためらわなかった——戦利品をもって帰れるかもしれないというだけでなく、内心それが楽しいからでもあったろう。安全をはかってこの遠足は長くなく、ニューヘレンズバーグからそう遠くへは行かなかった。それでも辛抱強く観察することで、こうした外出がかれの趣味だとわかり、この情報を利用して、その後をこっそり尾けることにした。

やり方がまずくて、ぼくが尾行していることに気づくと、ルーズヴェルトは六、七十メートル以内にぼくが近づかないようにした。少なくとも四回、ぼくの姿をみつけて、かれは狩りそのものを諦め、何とか威厳をつくろって村にもどった。かれの頭の中では、ぼくの存在は大きな音と、腸が勝手に動いて、ひどく恥ずかしい思いをしたことと結びついていた。しかし地形が幸いした。ニューヘレンズバーグの下の草地には小丘《カピ》がたくさんあった。花崗岩の露頭で、岩が剝き出しのものもあれば、貧相な藪に覆われているものもある。ミニドや他の捕食者たちはこれをめくらましに使うのが常で、ぼくもこれに倣《なら》いはじめた。そしてカピとぼくの忍びの技が上達したことが相俟《あいま》って、ルーズヴェルトと初めて差向《さしむか》いになることができたのだった。

ルーズヴェルトは、ロリタブでバビントンが教えようとした手法で、ちょうど野兎を捕えたところだった。ぼくがまだマスターできていない技だ。跳ねている兎の後を全速で追いかけながら、半ば立っているその耳に注意する。兎が耳を倒した瞬間、両腕を広げて左右どちらかに跳ぶ。耳を倒すのは兎が「さっと身をかわす」、つまり方向転換するという間違いない徴だ。だからどちらか片方に跳ぶことで五割の確率で捕えられる。今回はルーズヴェルトが直観で右に跳んだのがあたり、兎はミニドのすばやく容赦のない手によって命を召しあげられた。この原始のドラマの大詰めをぼくは平原を見渡す草も生えていないカピの斜面で目撃した。

死んだ兎の後ろ脚の片方を持ち、ルーズヴェルトはぼくのいる露頭にやってくると、オーバーハングの下にうずくまった。獲物を宿営地に持ちかえるよりも、一人で食べることにしたのだ。キャンプに持ってゆけば、他の者たちが期待しているだろうし、なだめるために死体のかなりの部分をせしめられることになるのだろう。かれの配偶者のオデッタには、兎の腿《もも》の片方をくれてやる配慮をしても当然ではあったろうが、ぼくはルーズヴェルトを非難する気にはどうもなれなかった。リスクを引受けたのはルーズヴェルトだし、それで戦利品を得たわけだから。

大いに興奮し、敬意も覚えながらぼくはルーズヴェルトを見下ろした。ぼくの存在にはまったく気づかずに、かれは溶岩の小さな塊から鋭い破片を数枚うち出し、野兎のやわらかい腹を器用に裂きはじめた。一心不乱に夕食を切り刻んでいる様子から、ぼくが自分から姿を現さなければ、見られていることには絶対に気がつかないことが見てとれた。ルーズヴェルトにとっては経験の浅さからの不注意以外のものではないが、ジョシュア・カンパにとってはささやかなチャンスだ。

そこでぼくは慎重に立ちあがり、カピの端でバランスをとった。太陽はキボコ湖の方角に沈んでいて、ぼくの影は後ろに、東の方へ延び、ルーズヴェルトの視界から外れていた。息をつめてぼくはサバンナに向かってできるかぎり遠くへ跳んだ。空中で身を捻り、ルーズヴェルトに向かいあう形で着地した。バックパックが肩甲骨にバンと当たり、着地すると同時に身をかがめ、両腕を広げてミニドが逃げるのを防いだ。ルーズヴェルトは金切り声を上げ、切り刻んだ兎を落とした。不運にもかれは直腸の中身もまたぶちまけた。

　おお、カミサマ。またかよ。

　バックパックを後ろの草の上にずり落とし、即席の和平のプレゼントとして、Tシャツを大急ぎで脱いだ。それで尻を拭くやり方をやってみせておいて、Tシャツをルーズヴェルトに向けて差し出した。にこやかな笑みを浮かべ、相手を気づかう言葉をつぶやいていた。ルーズヴェルトはこれ以上ないほど疑わしそうに服を眺め、右側からぼくの脇をすり抜けようとした――が、ぼくも合わせて動いた。逃げるにはぼくと格闘するしかないことを理解したようだった。結果としてかれは歯をむき出した――舌を出し、肝臓色の喉まで見せた――肩と上腕の毛が逆立ち、薄暮《うすぐれ》のかすかな風に波打った。ぼくの方が背が高いことも関係ないようだった。ぼくは戦いたくはなかった。

「Tシャツを受けとれよ」

　ぼくはやさしく、うたうように言った。

「どうかTシャツを受けとってくれ、ルーズヴェルト」

まったく予想に反して、ルーズヴェルトはもともと自分のものだったものをとりかえすようにぼくの手からTシャツをひったくった。それからぼくの顔から眼を離さないまま、包括的拭きとり作戦にとりかかった。あっという間に汚れたTシャツは丸められてぼくの足下にころがり、ルーズヴェルトはカピの面に沿って左にすべった。ぼくは合わせて動いた。ぎこちないワルツを踊ったところで、ぼくらの状況はまったく変わらなかった。二人とも動きを止めた。

次はどうする？　ルーズヴェルトのゲジゲジ眉の顔が訊ねているようにみえた。

ブッシュショーツの太股のポケットからぼくはフルーツオブザルームのブリーフの未開封の最後の袋を引っぱりだし、ビニール袋から中身をすばやく取り出した。ケープを翻す闘牛士のように、ぼくはパンツを振って開いた。つい一週間前、「きみらハビリスとつきあいを始められないよブルーズ」を克服する手段として、もう少しで誘惑に負けて穿きかえてしまいそうになった。そうしないでよかったと今思った。パンツのゴム製ウェストバンドには金の糸が一本ぐるりと入っていた。パンツを前にして、ぼくは穿き方をやってみせた。

ルーズヴェルトのおっかさんは阿呆《あほう》に育ててはいなかった。この場合必要な概念上のジャンプを即座にしたかれは、パンツをひったくった。そしてカピのオーバーハングの南端に退き、ていねいにパンツを調べた。励ます仕種をしているぼくに油断なく眼をやりながら、ルーズヴェルトは片足で立ち、パンツの足穴にもう片方の足をさし入れた。そして急いで足をかえて両方とも入れた。やせた太股にパンツをずり上げ、毛むくじゃらの生殖器の塊の上までもってきた。見よ！　おお、おろしたてのフルーツオブザルームを穿いたハビリスだ。

ぼくの眼はうるんでいた。

「ルーズヴェルト、いや、すごい。かっこいいぜ」

まだ用心しながら、ルーズヴェルトは胸を張ってぼくに近づき、腑《はらわた》を除いた兎を拾った。これを無雑作にぼくの手に押しつけた。下着との交換のつもりなのだろう。ぼくの贈りものには何のヒモもついていないのだ――これでぼくは味方だと信用してもらえるかもしれないという、それまで何度も抱いては裏切られてぼろぼろになっていた期待は別として――と納得させる暇もあらばこそ、ルーズヴェルトは飛びだし、暮れなずむサバンナを越えてニューヘレンズバーグの方角へ消えた。

カピの隠れ家にうずくまり、もらった兎を食べながら、あの派手なブリーフパンツを前後ろに穿いていることをルーズヴェルトに指摘しなくて良かったと悦に入っていた。

ぼくが更新世に着いて以来、雨は降っていなかった。かなりの期間、降っていないことは明らかだった。ところが最近になって、雨が無いことから、群れをつくる動物たち、ガゼル、ウシカモシカ、縞馬、それに原アンテロープ種の一部が、この一帯から移住して出てゆくようになった。ミニドたちの一団が実際に食べているもののうちでは、女たちの食料収集技術によるものがおそらく三分の二を占めていたと思われるけれど、蹄《ひづめ》のある肉がいなくなったことで、いずれヘレンの一族は本当に困ったことになるはずだ。一番の問題は、生存に欠かせない蛋白質《たんぱくしつ》の供給が絶たれることだ。アフリカのこの辺りではモンゴンゴの実は珍しかった。そしてより小さな動物たち、珠鶏、野兎、イボイノシシ、猿、ハイラックス、それに水鳥たちも、有蹄類の例にならうとなると、ミニドはすぐにも飢饉《ききん》という身の毛もよだつ恐ろしいものに直面することになる。

ぼくも同じだ。

この見通しには困ると同時に興奮もした。狩りの条件が悪い方に変わることは、ハビリスたちの友情をかちとり、影響を与えるのに、フルーツオブザルーム・プレゼント事件以来、最高のチャンスになるかもしれなかった。

ルーズヴェルトにブリーフをあげてからというもの、ぼくが後を尾けることを進んで容認しようという気運が、狩人たち全員の間に大きくなっていることが感じられた。まるでぼくが妙な形の衣裳の化身で、まだ何か持っているものを渡してよこすこともある、という感じだった。ルーズヴェルトがパンツを穿いていないことはわけがわからなかった——いったいあれをどうしたのかと、何とも不思議ではあった——し、ぼくが尾けた狩りはうまくいかないのが普通ではあったものの、少なくともぼくは見物する権利は認められていた。ほんものの譲歩だ。ヘレンは時折り、百メートルかそこらサバンナの向こうから、ぼくをふり返り、じっと見つめてきた。敵意も警告もそこにはなく、おかげでぼくはチャッカを履いたまま震えた。なぜ震えたのか、今でもはっきりとはわからない。あるいは単純に感謝の念からだったのかもしれない。社会から排斥された者は、顔に骨を投げつけられても、とがめられたというより、食べものをくれたと受けとることがよくあるものだ。

先にも述べたように、最近のこうした狩りがうまくゆくことは滅多になかった。めだたないようにはしていたものの、草原でのぼくの存在がミニドの足を引張っていた。とはいえ、かれらをゆっくりと破滅に向わせていた最も強力な要因は旱魃だった。縞馬、トムソンガゼル、ウシカモシカなどの生息数が数千のオーダーにまで減ってくると、ライオン、豹、チーター、不潔なイヌどもの大脱出も起きた。ミニドとぼくにとっての本拠地にいるのは、大きすぎて簡単には片付けられない相手（キリンもどき、象もどき、河馬）や、ハイエナやシモピテクス・ジョナサニと呼ばれる恐るべき狒狒のような、縄張り争いのライヴァルになった。この狒狒は身の軽いゴリラというふぜいだ。アウストラロピテクス・ロブストゥスたちはこの辺りにはごく少数しか残っていなかった。のろまで、歩くのも不安定なこの連中に遭遇するのはますます珍しくなっていたが、その姿を見ると、憐《あわれ》みと後ろめたさのまじった、おちつかない気分になった。かれらは菜食主義者で、雑食性のいとこの悪知恵の標的にされることもあることを、ぼくは知っていた。かれらのほとんどは抛水林を放棄していたが、旱魃のためというよりはハビリスたちの容赦ない浸犯のためだったろう。

くり返しになるが、ヘレンの一団だけがこの地域の原生人類ではなかった。規模で匹敵する集団が少なくとも三つ、キボコ湖を東の境とするモザイク居住相の一帯を歩きまわっていた。朝にはかれらの歌が聞えた。それに三度か四度、姿を見られないようにことさらに気をつけた時、これらの集団の一つ、湖一家と名をつけた一団の狩人たちが、アルフィーやミニドの誰かと平原で協議しているのを目撃してもいた。

それどころか、数日後、湖一家とミニドたちは、キボコ湖とニューヘレンズバーグの中間あたりの無花果の生えた川の名残りで、一見、自然発生的に見える祭《まつり》を催した。ぼくの知るかぎり、こうした集まりは、ハビリスたちにとって、無くてはならない社会的な発散の場になっていた。盛りのついた若い男性が、相手の一団の伴侶《はんりよ》のいない未婚女性の中に妙齢の運命の女《ファム・ファタール》をみつけないともかぎらない。状況に応じて、男が女を連れて元の一団にもどることもあり、花嫁のもとに留まって、義理の親たちの養子になることもある。とはいえ、まだ結婚を目撃したわけではなかったから、この二つのパターンのどちらになるか、前もって言うことはできない。ミニドで適齢期に多少とも近いのはミスター・ピブだけだが、湖一家との騒ぎの間、特に自己主張はしなかった。だからこの集まりで見られたのは、おしゃべりと友好的なとっくみ合いだけだった。

湖一家とミニドたちに加えて、比較的近くにハビリスの一団が二つ住んでいる証拠があった。一度聴けば忘れられない朝の歌と、時折り、見知らない二足歩行者が、遙か遠くに認められた。片方は南東サラカ山の中腹の森に住みついており、もう一方は反対方向のどこか（こんにちザラカルがエチオピアとソマリアの間に慢性的な国境紛争を抱えている地域）に、これといった形のない小さな国をつくっていた。これらの集団の間には、おたがい独立独歩でいる方が、たとえ非公式でも連携をとるよりはうまくゆくという暗黙の了解があった。食料となる植物の入手のしやすさと、平原における獲物の分布から、ハビリスの壮大な共和国建設は不可能だったし、旱魃の時期にはなおさらだ。

（環境から決定される限度を越えて）一緒になれば倒れる。（三十人以下の自律的な集団に）別れていれば保てる。これがためにミニドのアルフィーはアレクサンドロス大王になるという野心は持たなかった。

この休眠の時期にあって、ミニドたちにとって、確実な獲物を何度かとり逃がし、一度は積極果敢な二頭の雌ライオンのおかげで獲物が逃げてしまうことも起きて、問題が一層深刻になった。食料を手に入れる才能の実例を見せつけることで、自分の地位を改善できる可能性に、ぼくは思いあたった。二、三日はかれらが満腹し、元気でいられるだけのサイズのある動物を、いとこと認めたがらないこの連中にプレゼントしてやろう。この目的のため、ある朝、ぼくは夜明け前、ハビリスの合唱の儀式の前に起きだし、冷たい薄明の中をキボコ湖の畔まで歩いていった。着くまでには陽が昇り、東の地平線はあえかな薔薇色《ばらいろ》と鮭色の縞模様になっていた。湖そのものはターコイズブルーの広大な鏡に見えた。

四五口径をひき抜き、南東岸の溶岩流の上にうずくまった。

ちょうどその時、脇を見やると、カプロウのバスから後退り吊り台が宙にぶらさがっているのが眼に入った。かつてのインドの縄魔術の縄が機械になったけしきだ。動悸が早くなり、ぼくは思わず立ちあがった。その気になれば、これは天の助けだ。時間はずいぶんかかったけれども、ブレアとカプロウはぼくのことを忘れてはいなかった。〈技術的問題〉を解決したにちがいない。上を見あげながら、吊り台に近づく。救いの窓にあらためて驚いた。誘惑でもあった。懸垂で体を持ちあげ、ストラップに入り、吊り台を引っこめるボタンを押し、そしてインフレと滑らかなベッドシーツの世界の懐へもどることを夢みる。それはあまりに容易なことだった。二度めのチャンスが確実にあると、誰が言えようか。

トランスコーディオンをとりだし、次の文章を打ちこんだ。

「ぼくは元気です。うまく生き延びてます。この辺りにいるヒトの小集団の一つと接触でき、徐々に受け入れられてます。ホモ・ハビリスだと思います。もう三、四週間、観察をさらに進めようと思います。情報を得るには絶対に必要です。できるだけ、今から一週間に一度、戻ってきます。往復するのは時間のムダです。注意《吊り台はここに毎日は出ていません》。ぼくのことは忘れないでください。また来ます。ではでは。J」

機械を吊り台に載せ、全体を宙に浮いた広々とした子宮に押しあげて戻した。空はまた一つとなり、様々な選択肢から一つだけを残したわけだ。それもきわめて重要なものをだ。選んだことで気分も良くなった。ぼくは一生をかけてこの仕事をめざしてきた。ハビリスの仲間とぼくが旱魃のおかげで困難な時を迎えているからというだけで、半ばでほうり出すわけにはいかない――ましてや少しばかりツイていさえすれば、帰れることがわかったからにはなおさらだ。

ぼくは湖畔での見張りに戻った。十五分後、一頭だけでいた小型のアンテロープを射止めた。種類はぼくにはわからなかったし、図鑑にも載っていなかった。そいつの毛皮は銅色で、螺旋状《らせんじょう》に巻いた優雅な角があった。鰐に失敬されないように水際から引きずり上げる。内臓を除いてから、死体を肩からぶら下げてかついだ。計画ではニューヘレンズバーグとの間に広がる草原をこえてこれを運び、聖餐よろしくミニドの城砦《じょうさい》の前に供えれば、かれらから消えることのない感謝と尊敬をかち得る、というものだった。これは英雄的ともいうべき筋書きだが、最初から最後まですっかり思い描いていたので、うまくいくものと疑わなかった。

ニューヘレンズバーグへもどる道は思い描いていた通りにはいかなかった。よろめきながら進むうちに、アンテロープの体は次第に硬直し、重くなってきた。加えてハイエナや野犬やその他盗賊になりうる連中を定期的に警戒する一環として、三、四十メートルごとに体をぐるりと回していた。移動を始めて二時間ほどして、もうすぐというわけにはいかなくても、最終的には目的を達成できるだろうと思いはじめたその時、残念なことに、用心していたことが起きてしまったのだ。少し離れたところを鮫《さめ》のようにパトロールしていたのだろう、ジャイアント・ハイエナの群れが北東の方からぼくに向かって走ってくるのが見えた。

「クソッタレ」

ぼくは声に出してつぶやいた。

「何てこった」

ぼくはアンテロープの死体（エピセロス・ワザス《インパラ》）を落とし、コルト（エクウス・ファタリス《ウマごろし》）をホルスターからとり出した。ところがあまりの重さの違いにバランスがとれず、ピストルをお手玉して地面に落としてしまった。くぐもった銃声がして埃が舞いあがり、ピストルは横向きに倒れた。その音でハイエナたちはたち止まったが、それも一瞬だった。四五口径を拾い、震える手で銃口を向けた時にはすでにまた前進しだしていて、一列に並んでいたのが、いやな形の楔形になって走ってくる。八発入りの弾倉には六発しか弾は残っておらず、ロイ・ロジャースやホパロング・キャシディならその数でも十分だったかもしれないが、いまの襲撃を生きのびるには十発足りなかった。銃口で狙いをつけ、引金を引く——

カチリ。

その朝四五口径の銃把《じゅうは》に新しいクリップをはめこんでいなかったのだ。おまけに目下の状況で、古いクリップをとり出し、代わりを入れるのにひどく手間取ることになった。一本胸に巻いていた弾帯から、あわてて七、八本のカートリッジをその布の輪から絞りだすように外した。両手があまりに震えていたので、二、三本、足下の草の中に落ちた。眼を上げると先頭のハイエナがいた。そいつの口がカールズバド洞窟の一つくらいでかい。ハアハアというそいつの浅い息はぼくの鼓動と完璧に同調している。

ハイエナが跳んだ。弾丸をそこらじゅうに巻き散らしながら、ピストルの銃把をそいつの頭に必死の力で叩きつけた。唾の泡が視野に吹きあがり、ぼくは自分で殺した小さな鹿の上に仰向けにひっくり返った。ハイエナは気を失って、向こうへごろんと転がった。

眼がくらんだまま、立ちあがる。二番手と三番手のハイエナは威嚇したので、ぼくをよけた——が、残りの仲間たちは平原が少し盛りあがったあたりをちょうど越えようとしていた。数的には圧倒的に有利だから、あいつらが皆そんな臆病であることはまずありえない。スイス・アーミー・ナイフがあったはずだとポケットに手を突っこんだ。それが役に立つかなどとは考えもしなかった。

眼が覚める前に死ぬのなら
神さまお願いだ、わが魂を……

その時だった。夢かまことか、騎兵隊がやって来たのだ。

甲高い声をあげ、棍棒をふり回して、ミニドが東の方からわらわらと走り、跳んでくる姿が眼にとびこんできた。この思いもかけない逆襲の先頭に立っていたのはアルフィーとヘレンだった。そして何とアルフィーは、何日も前にルーズヴェルトがぼくの手からひったくっていったあのフルーツオブザルームでその腰を囲っていた。そのパンツをルーズヴェルトが進んで譲ったのかどうかはまったくわからない――しかしその毛むくじゃらのハビリスが、汚れたパンツで着飾りながら、手の棒であたりを叩きまくっている様に、ぼくの二〇世紀生まれの魂は大いに喜んだのは確かだ。

ミニド全員――ジョモ、ハム、ゲンリー、マルコム、ルーズヴェルト、それにヘレンはハイエナどもの大きさをものともせずに、それは勢いよく棍棒をふり回し、頭から何からぶん殴り、叩きふせた。さらに加えて救世主たちは、この簡潔な戦いの間、どなったり唸ったり吠えたりして、声でも絶え間なく攻撃していた。

ハイエナたちのうち、逃げられるやつらは尻尾をまいて失せた。頭蓋を砕かれたのが四、五頭、這っていた。ぼくはといえば、完全に圧倒されて地べたにくずおれていた。これでホワイト・スフィンクスもおしまいになりかねなかった――ただし、ぼくに殴られて気を失っていたハイエナに止めを刺しに近づいた時、ミニドたちはぼくを厭うべき侵入者ではなく、仲間のハビリスとして扱ったのだった。

どちらかといえば、むしろ距離をおいた立場かもしれないが、同僚であり、一団の一員であることは疑いないハビリス仲間だ。

近くにうずくまったジョモとマルコムは、死んだハイエナの鼻の穴と眼窩に指をひっかけて、その巨大な頭を地面に叩きつけながら、もじゃもじゃの髭の中で何やらつぶやいていた。アンテロープの傍にしゃがみこんでゲンリーは、鹿の右耳の後ろの弾の穴をしげしげと覗きこんでいる。ルーズヴェルトはかがんではジャンプして、サバンナの見張りを続けている。一方で、ハム、アルフィー、ヘレンは気乗りのしない様子でぼくの獲物の腹を開き、肉片を切りとっていた。ピストルを持たずに集団でいるミニドにこれほど近づいたのは初めてだった。こいつら、ぼくにはもっと興味をもたないのだろうか。ヘレンだけが時折りぼくと眼を合わせた。ぼくの外見のおかしなところを探しているのか、それとも頭の中にある二足歩行する隣人たちのカタログのどこに入れるか判断しようとしているのか、ぼくにはわからなかった。ヘレンにはずっとわかっていたはずだが、ぼくはどこかまともではなかった。ぼくはかれらの一員であると同時に一員ではなかった。

ぼくはヘレンに微笑《ほほえ》みかけた――自分は敵意を持っていないことを示す、太古からの霊長類の自己保存用のサインだ――そして仰向けに寝た。計画は達成された。何週間にもわたる努力、安い下着という賄賂《わいろ》、旱魃、むこうみずな狩猟旅行、そしてジャイアント・ハイエナに襲われてまったく手も足も出ないという状況。これらが揃いさえすればよかった。

ヘレンがにじり寄ってきた。

ぼくの手にアンテロープの薄い肉を一枚置いた。ぼくはありがたく受けとって、ヘレンの眼を覗きこんだ。縁が赤く充血してとげとげしい――にもかかわらず美しかった。それから解体されている獲物、アンテロープに眼をやった。するとなつかしい吐気が全身にあふれた（バンビ）。記憶がどっとあふれて詰まり、てれくさくなって、ぼくは顔をそむけ、眼を閉じた。

第一一章　ワイオミング州シャイアン――一九六九～七〇

ヒューゴーはフランシス・E・ウォレン空軍基地に配属された。アンナとジョン＝ジョンが学校に上がるまではジャネットは定期的に給料をもらう仕事につくのを控えていたが、地元の新聞『ヘラルド・プレインズマン』の特集記事を書くパートタイムの仕事を始めて間もなかった。ジャネットが働くのを夫はよしとしなかったが、一方自分が稼ぐ金《かね》は掛値なしにありがたかったし、時には天の賜物《たまもの》とさえ言えるものだったから、夫の男としての誇りが傷つけられたからといって、仕事を辞める気はジャネットにはさらさら無かった。それに新聞に書くのは楽しくもあった。ヒューゴーとしては、時折りカルーソーを気取って、「聞けよ、ヘラルド・プレインズマンがうたうのを……」と猫撫《ねこな》で声で口ずさんで、ジャネットのコラムの価値を半ばふざけ半分に認めるしかなかった。

モネガル一家が三年近く借りている改造した地下のアパートの家主のグリーア夫妻は中年後半の恐しく頑健な夫婦だった。すぐ上が住居だったが、堂々たるポーチのついた玄関の下に半ば沈んで隠れたドアがあり、モネガルの人びとはこちらを使わねばならなかった。家そのものは薄荷色の漆喰が塗られて、濃緑色の鎧戸がついていた。ピート・グリーアが庭の力仕事をやり、妻のリリィがポーチまわりの装飾用庭木の世話をしていた。夫婦は確かに風変わりではあったが、モネガル家の人びとはほとんど家族同然のつきあいをするようになっていた。

リリィ・グリーアはスラヴの血を引いていて、鉄灰色の髪を団子に丸め、下半身は重目《おもめ》のプリーツのついたズボンに包んでいた。顔はスワンソンの冷凍チキン・ポット・パイそっくりの黄味がかった白い色で曖昧な表情をしていた――ただし、笑みを浮かべると入れ歯の一本もない歯が美しかった。コロラドの牧場で育っていたから、何かというと「くそ《シット》」や「ちくしょう《ガッデム》」を口にした。にもかかわらず、思いがけずプレゼントをもらったり、迷子の猫が鳴くのを聞いたりするだけで、涙を浮かべた。ヒューゴーより身長も体重もあって、ピートはドラッグストアや郵便局に行くたびに浮気しているのだと、偏執狂的に固く信じていた。もしそうならピートの銃は西部全体でも一番早いにちがいないとヒューゴーはジャネットに言ったものだ。

しなやかな細身の赤毛で、ポパイのような腕をして、ベルトの上にビール腹が出はじめているピートは重機を動かすことで生計を立てていた。狭い裏庭の崩れかけた木造の納屋に、小型の黄色いブルドーザーをまだ持っていた。年に二、三度、どこかの牧場主の依頼で家畜用の池や排水溝を掘ることもあり、その時には所得税の申告に取引を書きこまなくてもいいように、現金払いを求めた。一方で同時に故国の偉大さを熱心に弁護する愛国者でもあった。アメリカの軍隊は共産主義の打倒と撲滅のための、最後に残された最高の頼みの綱だった。

シャイアン周辺に大陸間弾道弾の地下サイロが配備されていることは、夫妻にとって自分たち自身と隣人たちの忠誠の、眼に見える証だった。

実際、モネガル家に進んで部屋を貸そうという気になったのは、グリーア夫妻の揺らぐことのない愛国心――つまり少なくとも防衛に関連することでの愛国心が働いていたのはまずまちがいない。ヒューゴーの訛はあやしかったし、ジョン＝ジョンの肌の色を見れば、ヒューイ・ニュートン、エルドリッジ・クリーヴァー、H・ラップ・ブラウンといった過激な政治家が思い起こされた。幸いなことに、一家がカンザス州ヴァン・ルナからシャイアンに引越した時、ジョン＝ジョンはわずかに五歳だった。もっともその年でも、気のおけない仲間とおしゃべりする時、グリーア夫妻が罪作りな天真爛漫《てんしんらんまん》さで人種差別的な罵詈雑言《ばりぞうごん》をまきちらすような人間であることはわかるようになっていた。とはいえ一九六七年秋に家を探した時、ヒューゴーは人を惹きつけるラテンの血と軍関係者であることで夫妻の信頼を獲得し、夫妻は一家の窮状に同情したのだった。階上と階下に分けるやり方は当初からうまくゆくことがわかり、どちらの家族も相手との交際を後悔はしなかった。

七月も末、ワイオミングの乾いた短かい夏の盛りになり、シャイアン・フロンティア・デイズに伴なって花開く見世物の独特の雰囲気に誰もが否応なく捉えられる。パレードや宴会や活気あふれるロデオ大会などの大西部祭で、そのすべては新鮮な馬糞の芳香に聖別されているようにもみえた。冬は長いものになるから、七月の絶頂にできるかぎり猛烈にはしゃぎまわってこれを祝っておかなくては、誰もそんな冬を迎える気にはなれなかった。

今年はこのたわけた祭りをモネガル家と一緒に味見しようと、ジャネットの両親のビルとペギーがウィチタから飛んできていた。二人はもう二年近く、孫たちに会ってもいなかった。ピートとリリィはライヴンバーク夫妻に二階の小さな寝室をあてがった。そして二組の夫婦があまりに仲良くなったことにジャネットは驚いた。ペギーは乱暴な言葉遣《ことばづか》いは大嫌いで、そういうしゃべり方をする人間には近寄らないようにしていた。近頃ではさすがに教会には行かなくなっていたが、それでも日に何度かは声に出さずに祈りを捧《お》げていたし、食事のたびに心から神の恵みを求めるのだった。ところがリリィはまったく惜し気もなくふんだんにもてなしたから、牧場風味の言葉遣いを大して弱めなかったにもかかわらず、ジャネットの母親はすっかりリリィを気に入ってしまった。一方ビルとピートは第二次世界大戦の戦友さながら意気投合してしまった。実際二人とも海軍にいて、ビルはサラトガに乗組みの水兵、ピートは南太平洋で設営隊だった。三日とたたないうちに二組の夫婦の仲は和気藹々《わきあいあい》とした楽しいものに固まった。ビルと共にヴァン・ルナに戻っても、自分の子どもや孫たちが、グリーア夫妻のような心の広い、思いやりのある人たちの庇護《ひご》のもとにあると思うと安心して眠れると、二人だけの時にペギーはジャネットに言ったものである。

階下の店子と二階の客人たちがどちらもフロンティア・デイズをとことん楽しめるよう、

ピートだけでなくリリィも大いに心を砕いたことは、誰にも否定できない。ライヴンバーク夫妻にはロデオの無料券を渡したし、地元の男性友愛団体の友人に頼んで、昔から祭りの開幕を飾ることになっているパレードにアンナとジョン＝ジョンも入れるよう手配をした。このパレードの呼び物は初期の開拓者たちが大平原を渡ったり、定住したりするのに使ったほとんどありとあらゆる輸送手段による行列だった。馬、幌馬車《ほろばしゃ》、二輪の各種馬車、蒸気機関車、初期の自動車などなど。ピート自身はここ四、五年、パレードは見ていなかったが、モネガル家の子どもたちが友人の招待を受けるなら、どんな様子か、確かめに行くつもりではあった。

「何すればいいの」

アンナは訊ねた。

「乗ってればいい。ただ、乗ってればいいんだよ」

ピートは答えた。

パレードの朝、アンナは改造スタンリー蒸気自動車の前部座席を割り当てられた。一九〇六年製自動車の複製で、最高時速は五十キロ近い。ゴーグルをかけ、塵《ちり》よけコートを着た運転手が市庁舎からそう遠くない並木通りに旧式車をゆっくりと動かしはじめると、フリルのついた晴れ着姿のアンナは群衆に向かって手を振った。

ジョン＝ジョンが乗っているのは平原インディアンのソリ《トラヴォイ》で、その前の斑点のあるポニーには鹿皮服の黒髪の男が堂々とまたがっていた。リチャード・スタンディング・エルクと名乗り、シャイアン族でオレゴン州ポートランドに住んでいると言った。ピートによるとそこでフォードの小さなディーラーをしているということだった。リチャード・スタンディング・エルクのポニーはパレードのペースに合わせてカポカポと進まなければならないことにいらいらしていた。

リチャードとジョン＝ジョンのすぐ前には、燃えるような真赤な車掌車両《しやしよう》がゴムタイヤをはいて左右に揺れている。一方トラヴォイの後ろには、堂々たるかぶりものを頭に載せ、ビーズの付いたモカシンを履いたアメリカン・インディアンの一団が行進していた。ほとんどの男たちは超然とした威厳をみせて歩いていたが、何人かはトムトムを叩き、槍《やり》を振りかざし、踊っている——他はみなもの静かな流れの中で、色鮮やかな渦だ。

「インディアンだっ」と誰かが叫んだ。「ローハイドのソリに乗ってるぞっ」

「インディアンがどこにいるんだ。見えないよ」

「魔法のじゅうたんに乗ってる」

「あんなインディアン、見たことないよ」

「ありゃ黒足族《ブラックフット》だ。ホンモノのブラックフットだ」

「ブラックフットが来るぞう」

見物の列に沿って叫び声が伝わった。

「ブラックフットを見のがすなあ」

ジョン＝ジョンは平然として手を振った。そしてかなりの数の人間も手を振りかえした。まるでジョン＝ジョンが自分たちにとってだけでなく本人にとってもシャレたジョークのネタであるように。橇の後ろで太鼓を叩いたり、踊ったりしているインディアンたちの掛け声は、ジョン＝ジョンにとっては陽気に愛想よく笑ってくれているように思われた。かれは手を振りつづけた。定期的に首をめぐらし、リチャード・スタンディング・エルクのポニーの尻がぴくぴくするのを眺めたり、そこの上にくくりつけられている野牛皮の盾に描かれた模様をたどったりした。橇に乗っているのはぎくしゃくして、頻繁に止まってはまた進むのくり返しだったが、飛びおりて歩こうとはついぞ思わなかった。あまりに面白すぎたのだ。

「黒足だ。来た来た、ブラックフットだぞ」

アンナとジョン＝ジョンが、グリーア夫妻、ライヴンバーク夫妻、モネガル夫妻のところへ戻った時、ヒューゴーは少年を脇に離して、沿道の群衆の叫びが気になったかと訊ねた。

「ううん」

「よし。ありゃ、何の意味も無いからな」

「わかってる」

「おまえはとてもお利口さんだよ、ファニート。おまえは六歳じゃなくてほんとは六十じゃないかと思うこともある」

そう言ってヒューゴーは少年をグリーア夫妻と一家に合流させた。


ジョン＝ジョンが七歳のある午後、ピート・グリーアと養父が裏庭で狩りに出かける相談をしているところにゆきあった。姉のアンナはその時十二歳で、ピートがお隣の塀のそばの楓《かえで》に吊るしたブランコを気のない様子でこいでいた。姉を無視してジョン＝ジョンはピートのピックアップ・トラックの荷台に昇った。リア・ウィンドウに銃架のついたぼろぼろの赤いGMで、運転台の上に探照灯を据えつけようとピートがねじ回しと格闘しているのを眺める。男たちは今にも出かける意気込みでしゃべっていたが、鹿やヘラジカのシーズンはまだ四ヶ月先だったから、時期尚早に思えた。ねじ回しを振りまわしてピートはシャイアンからそう遠くない丘陵地帯の一角を描写した。そこならかなり小さな尾白鹿を一頭見つけ、催眠術をかけて倒すのもわけはない。雄鹿《ハットラック》だ、とピートは念を押した。雌じゃない。立派な雄。

「催眠術をかけるって」

ヒューゴーは疑惑を声に出した。

ピートは探照灯をぽんぽん叩いて肩越しにふり返り、ジョン＝ジョンにウィンクしてみせた。

「鹿肉は好きだよな、ジョニィ。この冬には食べられなくて寂しかったろうな」

　前年の秋、ピートとヒューゴーはエイト・マイル・レイクスの近くに三日間、狩りに行った。この小旅行をリリィが許可したのは、生真面目なヒューゴーが御目付け役として同行したからだった。男たちは痣《あざ》を作り、仰々しく腹をふくらませ、空手で帰ってきた。そして期待外れになったことを、ピートはいつまでも悔んでいた。冬を通じて、一度も鹿肉を食えないとは。

「あたしも行きたい！」

　庭の向こうからアンナが大声を出した。ブランコから飛びおり、ピックアップ・トラックの後部扉まで、あちこちまばらに生えている草の上を駆けてきた。ジーンズにスニーカー、ワイオミング大学の緑のトレーナーという恰好でいると、バレエ団から攫《さら》われたひよわなバレリーナが、都会に住んでいるカウガールに変装させられているように見えた。

「あたしも行きたい」

　もう少しおちついた声でくり返す。

「どこへ」

　ヒューゴーが切り返した。

「密猟。パパとピートおじさんとジョン＝ジョンも一緒」

　ヒューゴーがジャネットに何か口実をでっち上げ、その晩の七時、ヒューゴーと子どもたちを乗せて、ピートは州道二一一号線をフェデラル経由でホース・クリークへ向かった。アンナとジョン＝ジョンは後ろの荷台で、かび臭いパッチワークキルトを一緒にかぶっていた。下にはアンナが二つに折った軍用毛布を敷き、釣り道具箱と発泡スチロールのクーラーボックスを重しにしてあった。クーラーボックスにはペプシ・コーラの缶、マヨネーズの壜、パンの塊、ボローニャ・ソーセージの袋が入れてある。房で飾られた平らな砂漠の上の空はあまりに大きく、世界全体の上に張られたテントにみえた。陽が暮れて暗くなるにつれ、トラックの運転台をまわりこんでくる気流はどんどん冷たくなった。暗くなって弱々しく星がまたたきだし、ワイオミングのでっかい空にスパンコールの点になると、アンナはキルトの下からフリトスの袋をとり出してジョン＝ジョンの鼻の下に押しつけた。

「ほら、どうぞ」

ジョン＝ジョンは口いっぱい頬ばった。玉蜀黍《とうもろこし》チップスで頬がふくれ、もろい縁が歯と口蓋に押し出された。塩辛いので唾がわき、焼いた玉蜀黍粉の板をざらざらしたペーストになるまで親不知《おやしらず》で噛みつぶした。アンナは笑いながら、もっと食べろと袋をまた押しつけた。二人はたがいに食べさせあった。やがて、星々が高燈台《ミルクウイード》の乳液のように散らばる空の下を北西に向かうトラックの上で、二人は玉蜀黍チップスを袋から出しては背中から音をたてて吹きつけてくる風に飛ばした。

チップスは夜の中に飛びたってもどらなかった。後部扉にぶつかり、波形になっている荷台の上を秋の枯葉よろしくあちこち駆けまわった。グライダーのように滑空し、宙返りをうった。

この遊びに飽きて、アンナはチップスの破片を唇にまぶし、弟によりかかって舌で破片を相手の口の中に入れだした。これがあまりに面白いので、笑いをやめることができずに、相手の顔じゅうに唾をとばした。キスのまねごとが延々と続いた。チップスの破片が唇の上で粉々になり、指にくっつき、ねばねばした花粉のように服にもへばりついた。二人はさらに浮かれ、たがいに抱きあって左右に揺れた。

コン、コン、コン、コン。

ふり返ってみると、トラックの運転台からヒューゴーが怒った仕種をしていた。窓ガラスを叩き、申し訳なさそうに脇をみている。顔が醜く歪んでいる。トラックがハイウェイの路肩に乗りいれ、はずみながら止まった。

一瞬、間があって、ヒューゴーが側板に両手をかけ、猛烈な勢いで子どもたちを叱りつけていた。その主な論点は姉と弟の間で官能的な愛情表現は不適切であることにあった。感情を害されてアンナは自分たちはただ「ふざけまわっていた」だけだと抗議した。が、ヒューゴーはトラックの側板をバンと叩きつけてアンナの抗議を中断すると、説教を続けた。ピート・グリーアは運転台からゆっくりと出て、反対側の側板の上縁によりかかり、子どもらは「年々幼くなりだしている」ようにみえると見解を述べた。

「ふざけないでよ」

アンナは怒りくるって叫んだ。

「頭おっかしいんじゃない」

アンナのこの生意気な発言に対してヒューゴーが叱ろうとする間もなく、後ろからヘッドライトの光が飛びこんできて、ピートのトラックに向かってハイウェイを着実に近づいてきた。車が並んで止まるとこれが州警のハイウェイ・パトロールのものであると判明した。ピートは声に出さずに悪態をついた。

「どうしました」助手席の窓に体を寄せて警官がきいた。「送りましょうか。それともレッカーを呼びますか」

「いやいや、子どもたちが少々酔ったんでね。こっちは大丈夫です」

ヒューゴーが答えた。

警官はそのまま先へ行ったが、ヒューゴーは死ぬほど怖くなっていたので、その怒りはやわらいだ。

パトカーがチャグウォーターの方へ十分遠ざかるまで待つ間に、アンナはピートとヒューゴーにサンドイッチを作った。アンナ本人とジョン＝ジョンはもうひと口も食べる気にならなかったが、ソフト・ドリンクを飲み、クーラーボックスの底に溜まった氷のような水で手を洗った。やがてピートもこの密猟作戦を続ける気力をとりもどした。しかしハイウェイの路肩は避けて、本線を守った。荷台の上で玉蜀黍チップスが跳ねるのを、ジョン＝ジョンは眺めた。

　トラックが家畜防止溝を跳ねながら越え、轍のついた一本の侵入路に入ると鉄条網の門でふさがれていた。ピートが門を開き、ヒューゴーが運転してトラックを門に通した。ピートが運転席にもどった。トラックが片側に傾いては反対側に傾《かし》いで、何もいない牧草地をぬけてゆるい坂を登ってゆく間、ジョン＝ジョンとアンナは金属の床がぶるぶる震えるのを感じていた。

「ここ、どこ」

　アンナが声を上げた。

　ピートは扉を蹴り開け、身を乗りだして、その日の午後据えつけた探照灯のスイッチを入れた。その光条が対面の尾根の頂上に走り、彼方の一組の眼にあたって輝いた。眼は琥珀色のマッチの光のように光った。その眼の主である動物は、ぶるぶる震える光線の中で、呪文でもかけられたようにじっとしている。頭にコブのようにみえる突起があるから若い雄鹿だ。あまりに静かに、まるで彫像のようなので、ジョン＝ジョンは剝製師がすでに作ったものを据え置いたのだと信じてみようとした。

「本物じゃないといいな」

　声に出して言う。

「もちろん本物さ」ヒューゴーがささやき返した。「何だと思うんだ。段ボールの切抜きか」

ピートがトラックの運転台からライフルをとり出し、ケースのジッパーを開けて抜き、半ば開けたドアの上縁から狙いをつけた。鹿はバランスを崩して高くとびあがり、尾根を越えて向う側へ消えた。一方、ピートのライフルの銃声――あまりにだしぬけだったので、アンナとジョン＝ジョンはとび上がった――は、雷鳴のように平原を反響し、渡っていった。ジョン＝ジョンは泣きだし、ヒューゴーはトラックの側板越しに手を伸ばして少年の口をふさいで、夜がまた静かになるまで離さなかった。

「外したね」

ヒューゴーがピートに言った。

「外しちゃいないさ、とびあがった時、やつは死んでた。行ってみよう」

ドアがぱたんと閉まり、トラックは狭い谷をはずみながら渡り、鹿がとび越えた尾根の頂上へ苦労して登った。ピートはモネガル家の者たちに、サボテンの塊やがらがら蛇、それにゆるんでいる石に気をつけろと言っておいて、懐中電灯をもって尾根の向う側へ先に立った。ジョン＝ジョンはピートの弾がそれて、自分の鹿は開けた荒野にポゴに乗ったようにとび跳ねていってくれたのではないかと祈りながら、何とか男たちの後についていった。斜面を二、三十メートル下ったところで、ピートが一本のピニョン松の広がって枯れた下枝の陰に懐中電灯の光を向けると、ガラスのような眼から反射がかえった。アンナは顔をそむけ、ジョン

＝ジョンは影になった死体を信じられない想いでみつめた。

「このちびの雄鹿野郎の内臓を抜いていく」

ピートがヒューゴーに言った。

「脚と頭を切れるだろう。トラックの座席の下に骨切り鋸《のこ》がある。誰かにみつからないうちに仕上げてトンズラしなくちゃならん」

サボテンもがらがら蛇も石にもおかまいなく、ジョン＝ジョンは尾根まで一気に駆けのぼった。口と眼球を風が激しくこすった。ピックアップ・トラックの後輪カバーを頭から飛びこえ、荷台の運転台近くにしわくちゃになっていたキルトの下にもぐりこむ。キルトをすっぽりかぶり、海老のように丸まって泣きだした。
一、二分してアンナもやってきて、ジョン＝ジョンをなだめて体を起こし、抱きしめた。帰るために、鹿の死体を処理する作業を男たちが忙しくしている間、抱きしめていた。その間、運転台のドアが二、三度開いたが、ジョン＝ジョンは周囲のことには何の注意もはらわなかった。ヒューゴーとピートが最後に暗闇から姿を現した時、二人は内臓を除いて四肢を切り離した死体を、血塗《ちまみ》れのハンモックのように間にぶら下げていた。二人は鹿の体をトラックの後部に広げたペンキ塗り用の掛け布の上に寝かせた。それからもう一度、固い帆布をその上にかけ、これをピートが念入りにロープで縛った。
きちんと測ったわけではなかったが、シャイアンへの帰りは往《い》きの二倍かかったようにジョン＝ジョンには思われた。アンナと自分と一緒に荷台に乗っているものには総毛立った。この乗客を見ると、夢に出てくる、この世のものとも思えない虐殺を思いだした。ヒューゴーとピートのおかげで、生まれて初めてこの虐殺がどういうものなのか、多少とも理解できたのだ。理解できたものに少年は怖くなった。

第一二章　ミニドとともに

体も心もずたぼろの状態でぼくはハビリスたちとヘレンズバーグにもどった。途中、ぼくが本拠にしていたアカシアの木立ちへ寄り道もした。そこでキボコ湖へは持っていかなかった装備の大半——ロープ、上着、髭剃りキットなどなどを回収した（マルコムとルーズヴェルトはぼくの獲物の食べ残しを苦労して運んだ）。この寄り道が必要であることをミニドたちに説明するのに、手のしぐさ、ピジン・フリギア語（ある無学な王様がその昔フリギア語を最古の言語と決めたことがある）、それに顔をひきつらせたり、しかめたりする、メアリ・ピックフォードも真青の一連の表情などを、ぼくはその場で編み出した。こうした術策が全体として功を奏し、ミニドたちは、ぼくが装備をしまってあるところまでついてきた。自分たち同士の意思伝達は、手ぶり身ぶり、様々な発声、それに眼を微妙に動かすことで行っていた。持ちものをまとめている間、眼の動き、まばたき、それに眉をひそめることで、かれらがどれほどの量の情報をやりとりできるか、まざまざと思い知らされた。ぼくから顔を背けるまでもなく、「ぼくにわからない話をする」こともできた。

ニューヘレンズバーグ自体は草原を見渡す丘の斜面に突きでた棚地だった。そこではぼくは子どもたちの好奇心の対象となり、その母親たちからは不信の念をもって扱われるのを我慢することになった。男性のハビリスたちはぼくを脅威とみなさなくなっていたが、女たちはその子どもたちに、ぼくが触ったり、角砂糖で買収したり、ペンライトの細い光線で遊ばせたりすることは望まなかった。子どもたち、とりわけマルコムとミス・ジェインのいたずら小僧のギッパーが、この奇妙な道具でふるえあがるのを楽しんでいて、瞳を縮めてもらい、胸がざわざわするのを感じたくて、何度もくり返しやってきても、母親たちの敵意はやわらぎはしなかった。棚地にある四つの粗雑なあばら屋のどれに入ることも、女たちが蓄えた食料を消費することも、許されなかった。あるいはオデッタがよちよち歩きのペブルズに歩く訓練をさせるため、丘の頂上に連れてゆくときも、ふらふら近くに寄ることはできなかった。この時はいつもフレッドとルーズヴェルトかマルコムが油断なく見張っていた。

ひと言で言えば、ぼくは二級市民だった。洗練された衣裳を別にすれば、ぼくはミニドのところに滞在しているニガーであり、狒狒やアウストラロピテクスよりはまだマシというところだった。この地位と役割はまったく初めてのことでもなかった。

サバイバル・キットの中に二メートルのチューブテントと風よけが入っていた。都のメインストリートから十メートル離れたところにテントを張り、風よけを立てた。明るい黄色の住まいはミニドの子どもたちの驚異の的となり、その好奇心をむしろ否応なくかきたて、傍に誰もいないと、たとえぼくが草の中に小便をする間だけでさえも、たちまち中に入って遊んでいるのだった。準名誉ハビリスとしての三日め、膀胱を空にしてもどってみると、ジョスリンとグルーチョとジッピィが六メートルの釣り糸にからまって身動きがとれなくなっていた。一方、聖書兼図鑑は斜面を四分の三ほど降りたところで、やる気もなく番《つが》っている蛾《が》のようにページがそよ風にはためいている。ミニドの子どもたちを解放するにはポケットナイフで切断せねばならず、おかげで釣り糸は台無しとなった。その間グルーチョは歯を剝き出しにして金切り声をあげていた。子どもたちを自由にしてからテントの外を見ると、緊張した顔の狩人たちとその妻たちにとり囲まれていた。不便ではあったが、それ以後、毎朝チューブテントは巻いてしまい、夜、寝る支度ができたところでまた広げることにした。ナップザックの方は昼の間、ぼくの肩甲骨にずっとくっついていることになった。他にはどこにも置いておく気になれなかったからだ。更新世のせむし男《カジモド》だ。

ミニドの一員にぼくが割りこめたとすれば、それはヘレンのおかげだった。ヘレンがぼくに特別の関心を抱いたのは、思うにヘレンの境遇すなわち種族がまったく同じとはいえないことを、ぼくが鏡となって映しだすと同時に拡大してもいたからだろう。確かにヘレンは狩人たちとともにぼくを攻撃するのに加わった。けれどもあそこに加わったのは、ぼくを恐れたとか、信用しなかったからとかいうことではなく、生まれつき備わった同族への忠誠心からだったはずだ。ミニド一党におけるヘレンの地位や状況が明白に特異なものであったとしてもだ。ぼくが全くの部外者でなくなったのは、かれら自身の中にすでに暮らしている部外者が、ぼくの存在を認めたからだった。ぼくらは、ヘレンとぼくは同じ種類の存在だった。

ぼくらが似ていることには、分類学の乱暴で独断的なご託宣など超越したところがあった。

　ミニドにおけるヘレンの地位は、尋常ではない二つの条件から決まっていた。一つは体が大きいことだ。おかげでヘレンはスピードと力の点で男性の狩人たちと同等またはそれ以上だった。ヘレンはアルフィーにさえ走り勝てた。そしてかれならばあるいは肉体的にヘレンをねじ伏せることができたとしても、それ自体、せいぜいが疑わしい憶測でしかないが、たとえそうできたとしても、アルフィーはヘレンだけでなく、他のハビリスとも直接一対一で対決するような状況になることは避けていた。かれは人格による威圧と脅迫のほのめかしで支配していた。アルフィーの方が位が上であることをヘレンが無条件で認めていたとしても、それはスピードや力の優位では社会におけるジェンダーによる決定を心理的に矯正するのに役立たなかったからだろう。大きくて力が強くて足が速いしたたかな女性はやはり女性なのだ。

　ミニドにおけるヘレンの地位を定めている二番目の事情は妊娠していないことだった。ヘレンには子どもがいなかった。妊娠する徴候も一向にみせなかった。それだけでなく、ヘレンはハビリスの一団を構成している多少とも公式の一夫一婦制的な結びつきからはずれていた。男性陣の中に愛人がいることは疑いなかった。ヘレンの処女の新鮮な梔子《くちなし》を摘みとったのがアルフィーであることはほぼ確実だった。ミニドの族長として、初潮を迎えた女性とはほぼ誰とでも性的関係を結ぶことが可能だったからだ。アルフィーの性欲の対象にならなかった女性にはディルジー（おそらくはかれの母親）と、若い方ではミス・ジェインとオデッタ（かれの姉妹か）がいた。しかし、ヘレンがアルフィーや他の狩人たちと関係していたとしても、妊娠したことはどうやら無かったようだった。その乳房は小さくてつんとしていたし、陰部は優美で、形も崩れてはいなかった。

過去に性的にどうふるまっていたにしても、現時点ではヘレンは男性たちと一時的な愛人関係を結ぶことは避けているようだった。その他の肉体的活動――走ること、殺すこと、食べること、排泄すること、山登り、ミニドの子どもたちとの取っくみあいといったことでは、大いに積極的精力的にしたいようにしていたから、それだけやらないというのは解せなかった。妊娠しないことから、家の中の微妙な問題処理や女性ハビリスとのつきあいからはじき出されていて、そのことが性行為での女の役割を嫌悪するようにしむけているのだろうか。その可能性は無いこともなかった。ヘレンは男性陣とつきあっていたし、雄鳥たちは時に雌鳥と番う歓びを祝うものでもある。

ヘレンの体の大きさと不妊であることは相俟って、協力を土台とした社会構造の範囲内ではあるが、驚くほど自律的な生活スタイルを築くことを可能にしていた。ヘレンが（男性と女性）双方の良いとこ取りをしていた、というのは言い過ぎだろう。女性の側でヘレンを好意的に扱うのはギネヴィアとエミリーだけだった。一方、狩人の間ではヘレンが得ていた「対等の立場」は、まっとうな能力のある同僚としてではなく、飢えという情け容赦のない敵に対する秘密兵器（二足歩行でレミントン三〇・〇六銃に相当する存在）としてのものだった。それでも子どもが無かったから、ほぼ自由に往来していた。ルーズヴェルトやアルフィーが時に単独で狩りに出ることはあったものの、一、二時間かそれ以上、都から定期的に遠出していたミニドはヘレンだけだった。

一度、午後中、丸々姿を消していて、ヘレンが捕食者の餌食になってしまったのではないかとだんだん心配になり、うろたえたこともあった。ヘレンは日没の少し前に、まだ生きている狒狒の子を抱えて戻った。この狒狒の子をヘレンは抱きかかえ、何時間も訳のわからないことを何やら話しかけていた。この赤ん坊をその属する一群からどうやって引きぬいてきたのか、しかも本人はかすり傷も負わず、草地を越えて狒狒の群れが大騒ぎで追いかけてくることもなしにできたのか、ぼくには想像もつかない——が、とにかくヘレンはやってのけたのだ。夕方になっても、ほとんどの間、子どもたち以外のミニドたちは近寄ろうとしなかった。が、とうとうアルフィーがふらふらと狒狒の子に見えるところに近寄った。狒狒の子は恐怖にかられて、ヘレンに噛みついた。これによってヘレンの母としての短かい任期は終りを告げた。というのもアルフィーはヘレンの傷をちょっと撫でておいてから、赤ん坊を諦めてジョモに渡すよう言い張って聞かなかったからだ。ジョモとマルコムが狒狒の子を闇に運びさり、それ以後、ぼくらの誰一人として狒狒の子を見ることはなかった。その子が血塗れのバラバラ死体となってもどって来なかったことに、ぼくはいささかなぐさめられた。

ヘレンがぼくを好んだのは、ぼくが風変わりだったからだと思う。ぼくなりにではあったが、ミニドとしてヘレンが変わっていたのと同じくぼくも変わっていた。アルフィーがまごつくほど、ぼくは背が高かった。ヘレンと並んで走れるくらい足が速く、スタミナがあった。そして根っからの一匹狼で、ハビリスがとにかく一緒にいたがることがうっとうしくていらだってしまうのだ。こうしたことと、他にも理由はあったが、自分だけの食料集めの探検にぼくが同行するのを時々許すことがあった。ぼくにとっては二重のメリットがあった。ニューヘレンズバーグを離れるのに、男たちの後についてゆく必要がないことだ。一方で、食料集めの巧みなテクニックをいくつか学ぶことができた。そのおかげで、旱魃によってより収穫の多い狩猟場を求めて転居することが求められているようにみえる時に、ミニドたちは今いるところから動かずにいることが可能になっていた。

一つの実例をあげよう。

サラカ山の雪を戴いた頂上が巨大な乳白色のダイヤモンドのように空に向かって聳えているサバンナの一角を越えて、フルートアカシアの木立ちの中の空地へ、ヘレンはぼくを案内した。木立ちの中で彼女はできるかぎり音をたてないようにして動いた。そこまで巧くはできなかったが、ぼくもできるかぎり真似をした。木立ちの中の棘《とげ》のある枝に作りつけられた鳥の巣を探していることに、ぼくは間もなく気づいた。けれども鳥をどうやって捕えるのかは見当がつかなかった。

　ふいに思いついた。

「卵かい」ヘレンに訊ねる。「フエボス？」

　親指と人差し指で卵のような輪を作り、脚の間からその印をとり出してみせた。ヘレンは上唇をまくって否定してみせただけだった。呆《あき》れたのかもしれない。

　ある巣の下に忍びより、その底を長いこと眼を細めて凝視していたかと思うと、巣の中から元気な太った鼠《ねずみ》を引っつかんだ――手を引きぬきながら器用に締めつけて殺した。かくてぼくらの任務が何であり、どういう風にそれを達成するか、やってみせたのだった。空の巣は光を透過する。ところが鼠が巣食っている巣は底からきつく編みあげてあるように見える。光がまったく通ってこない小枝でできた住居の中に手を伸ばせば、たいていは齧歯《げっし》類《るい》の報酬が得られた。

　ぼくらは笛吹き茨の中を抜けながら、見つけた巣を一つずつ点検した。苦労の甲斐《かい》あって一時間ほどのうちに、毛むくじゃらの鼠を五匹得ていた。ぼくは獲物をブッシュショーツの巨大なスナップダウン・ポケットに蓄えた。ショーツは縫い目もほどけ、すり切れて、ひどく手の混んだ腰巻布のようにぶら下がっていた。木立ちの中を夕陽の光が移っていった。ぼくらが出かけたのはかなり遅い時間だった。鼠取りがあまりに面白くて気がつかないでいたのだが、暗闇が忍びよっていることにいきなり気づいた。ヘレンはまだ帰ろうとしなかった

――中に獲物がいる巣を見つける方法は暗くなれば使えなくなるわけで、木立ちから出るのをせきたてようとぼくは努めたが、ヘレンは相変わらずぐずぐずしていた。

問題はこの木立ちが、ヘレンにとって樹上鼠のスーパーマーケットとしてたまらなく魅力的だったことだ。夜も浅い星明かりのもと、ヘレンの視力はぼくのよりずっと鋭かったから、不運な齧歯類をもう二匹、引きだしてみせた。ポケットはパンパンで、頭の中には帰営のラッパが鳴っているのに、狩りをやめるようヘレンを説得することができなかった。言うことを聞かせようとすれば、納得ゆくまでやらせる他ないのかもしれない。

ポケットの中、まだ暖かく血を流している鼠の下にペンライトがあったので、これをヘレンに見せてこの珍奇な代物の使い方を教えた。ヘレンはこれに夢中になり、実に巧みに扱い、巣を照らしだしては中にいるものを捕えたから、狩りはほとんど限りなく続けられるようにもみえた。しかし、茨の枝を抜けて上へ伸びる細い光線を見たとき、ぼくはもう一本の別の光線、ぼくの二〇世紀での十七年前の過去の光線を思い出し、ヘレンの手からペンライトを摑んでぶっきらぼうにポケットの中へ戻した。

ヘレンの驚くほど明るく輝く眼は「くれておいて取り返すなんて《インディアン・ギバー》」と言っていたが、道具をとりもどそうとはしなかった。今やあまりに暗くなり、ヘレン・ハビリス法で鼠を摑むこともできなくなっていたから、しぶしぶスポーツを切りあげて、ミニドの砦《とりで》へ先に立ってもどった。

一団の誰からも文句の出ないリーダーとしてのアルフィーの競争相手になるのは、狩人の中でゲンリーだけだった。しかしかれは過去の決定的な対決で勝利を得ることができなかったらしい。結果ゲンリーは片方の前腕に深い傷（ぼくに判断できるところでは、ハビリスに嚙まれたもの）を負い、一種聖人のようなとも言える、一歩退いた姿勢をとっていた。ゲンリーは攻撃的な本能を狩りに向けていた。狩りの際、ゲンリーは時に過剰なほど戦闘的になった――イボイノシシを叩き殺す、実入りのよさそうな採集地から狒狒の群れを追いはらう、コロブス猿の首を歯で折る――その獰猛《どうもう》さには、ヴィンス・ロンバルディでもたじろいだろうと思われた。こういう時、おとなしいゲンリーは巣をつつかれて飛び出した蜜蜂さながらに、抑圧された敵意を遠慮会釈なく剝出しにしたから、アルフィーは不安そうに横目に見て、かつてのライヴァルが怒りくるう強烈さにどう反応していいかわからない様子だった。

対照的にニューヘレンズバーグではゲンリーは控え目で、進んで人の役に立とうとしていた。他のメンバーが運びこんだ獲物の分け前を強く求めることは決してしなかった。かれの珠鶏をひと口くれとたかってくるしつこいチビの物乞いどもにも、胸の叉骨などをくれてやっていた。あんなに少ししか食べないで、よく生きていられると感心してしまうところだ。実際ゲンリーの脊椎の骨はこわれた蝶ナットのようだったし、顔は仲間のに比べてやつれていて、むさくるしい髪の真ん中に矢状縫合を思わせるものが走っていた。他の者たちが食べたり、アンテロープの大腿骨を子どもたちに渡したりしているのを眺めながら、ゲンリーは時折り、指でこの縫合を撫でていることがあった。まるで無意識のうちにこれを撫でて平らにしようとしているようだった。人を惹きつける仕種だった。進化しようとする行き当たりばったりの苦労に力を貸そうとしているとも思えた。

ゲンリーの生活で何よりも屈辱的だったのは、かれの決まった相手であるエミリーとの関係をアルフィーが自由に裁量していることだった。狼とホイッパーウィル夜鷹《よたか》は基本的に決まった相手と番いをつくる。ハビリスの大半もそうだ。しかしアルフィーは他のすべての男性のミニドと異なり、一連のベッドメイトを順繰りに回していた。そして前にも述べたように、お気に入りはゲンリーの「妻」であるエミリーだった。

エミリーはひょろりとしたレディで、足の先は先祖返りして物を摑むことができた。おまけに熟れた李《スモモ》の深く青い肌をしていた。エミリーは頻繁に家族を捨てて、アルフィーの風よけになっている邸宅へ移った。あまりに頻繁なので、ゲンリーとのパートナーとしてのつながりはエミリーの自由意志で深く愛していることの現れというよりも、アルフィーの気まぐれの結果に見えるようになっていた。アルフィーが呼ぶたびにエミリーは行き、アルフィーが放免するともどった――自分の判断というものが何か、エミリーがわからなくなるのもまず無理はなかった。

ぼくがミニドの仲間になってまもなく、ゲンリーはなぐさめてもらいたくてぼくのもとへやって来た。感情的に恵まれないまま、何とかやっていかねばならないはぐれ者同士の間に自然に湧くような罪もないなぐさめだ。ゲンリーはもう少しでヘレンの男性版と言えなくもなかった。まったくそのままではなかったのは、エミリーが戻るとゲンリーはハビリス社会の現状《ステイタス・クオ》に溶けこんでしまい、あっさりと成人の狩人の一人にもどったからだ——一方、ヘレンもぼくも、ミニド社会のゼリーにスムーズに組みこまれることは一度も無かった。それでもゲンリーはなぐさめや気晴らしを求めて頻繁に来たし、ぼくもなるべく期待に応えようとした。

ゲンリーの求めるものは実に些細《ささい》なものだった。ぼくの持っている二〇世紀の産物のどれかを慎重にいじったり、もち上げたりするだけで、ゲンリーは自分の問題を忘れられた。たとえばペンライトを渡す。ゲンリーはそれで自分の眼や耳を照らしたり、ぼくがやるのを見ていた、子どもたちの顔に光線を走らせたり、蛇穴やイボイノシシの巣穴に突っこんだりした。わずか三日で電池が切れてしまった。ぼくはペンライトをとり返し、拡大鏡を渡した。新しいおもちゃを受けとると、眼に当て、さらに一緒に渡した縮刷本を数ページ「読んで」から、二つの品物を返し、何か言いたそうにピストルを見つめた。

驚いてぼくはかぶりを振った。

「カインとアベルはまだ数世紀は先だよ。アルフィーを殺してもきみの個人的問題は解決しないよ」（しかし、今からふり返ってみると、どうだろうか……）

ゲンリーは自動拳銃の銃把に手をかけたから、ぼくはやむなく腰を捻って離し、愛想よく警告するつもりで、彼の胸に片手を広げた。ゲンリーが武器から眼を離さないので不安になった。

「どでもきけん、ひきがねひく。どかあん。どうなったかおぼえてるだろ」

フリギア以前のぼくの方言では、ゲンリーが納得することもなかった。ゲンリーは眼を上げ、まともに眼を合わせて、長いこと、安心させるように見つめた。

いや、それで安心することはなかった。ぼくはコルトを渡すことを拒み、結局ペンライトに新しい電池を入れ、その光線を近くの小屋の屋根に向けてゲンリーの気を逸らせた。

しかし、ハビリスたちの中で、ゲンリーだけはピストルへの恐怖を見せなかった。ぼくはピストルをホルスターに入れ、湖で銅色のアンテロープを撃って以来、発射してはいなかったのだが、ヘレンでさえも不安な眼でこれを見ていた。アルフィーもぼくの四五口径がやったことを忘れなかった。ぼくに対してアルフィーが自由放任の態度をとっているのは、かなりの部分、新たな条件のもとで自分の利益を守ろうとするためにちがいないとぼくは思った。アルフィーは愚かとはとても言えなかった（ルーズヴェルトからとりあげたブリーフを時には洗うことの利点がまだわかっていなかったにしてもだ）。そしてぼくの武器に関するかぎり、少なくとも他のミニドたちは、手を出さないでおくというアルフィーの方針をやはり採用していた。つまり、ゲンリーを除く全員が、ということだ。

　コルトの威力をあらためて見せれば、ぼくの武器に対する他のハビリスたちの畏怖の念が深まり、頑固なゲンリーの態度も恭しいものに変わるはずだと信じるようになった――実際にやってみると、幼稚な期待でしかなかった。平原で次に獲物を追う時にピストルを使うことにした。男性陣のここ数回の狩りの成果はまずまずというところだったし、同じ時期の採集もあまり実入りの良いものではなかった。コルトには敬意を払うことをゲンリーは学ばねばならないし、ぼくも出す口実を増やした。こうしたことも四五口径をホルスターからとり含めてミニドはハイラックスや野兎や雌の珠鶏よりも大きな獲物を得て、大いに気分を盛りあげる必要があった。大きな獲物には久しくありついていなかった。

　ゲンリーとちょっとやりとりした（エミリーはまだアルフィーのもとにいた）翌日、ぼくは巨大な猪《いのしし》を撃った――びっくりするほど醜いイボイノシシで、ピストルの有効射程距離ぎりぎりだった。

　この追跡の間、ハビリスたちは各々の狩人たちがいるべき位置をたがいに眼で示すことで、このいにしえの獣《けもの》を包囲していった。アイ・コンタクトとめだたないように頭を上下させることに頼って、手ぶりはほとんど使わなかった。やがて、標的からはまったく見られずに、笛吹き茨の木立ちの中にいる相手を半分囲いこんだから、四五口径をぶっ放すことは要らないし、逆効果でもあるだろうとぼくは考えるにいたった。ところがその時、フレッドとルーズヴェルトが、夜明け以来、相手の一歩先に出る一種の遊びでじゃれあっていたのだが、北側から木立ちの中へ飛びこんで、不意打ちしようとしていた計画をぶちこわした。仲間の狩人たちが包囲の輪を完全に閉じられないうちに、イボイノシシは開けた空間に走りだした。

そこで猪が尻尾を上げ、とっとと立ち去ろうとした時、ぼくは股を開いて立ち、狙いをつけ、撃った。銃声で渡りの途中の燕《つばめ》の群れが笛吹き茨から飛びだし、一瞬、ミニドたちも混乱に陥って、ある者は地面に伏せ、ある者は茂みに隠れた。大きな音を恐れるのは先天的なもので、爬虫類《はちゅうるい》の祖先の反射的な恐怖を受けついでいるとされているけれど、ゲンリーはただたじろいで蹲ったただけだった。その一瞬後に、かれはぼくの脇に来ていた。そしてサバンナの向こうのイボイノシシの死体ではなく、煙の立っている銃身を食い入るように見つめていた。

「きみにはつける薬がないな」

ぼくは言ってやった。

ゲンリーの聴覚に障碍《しょうがい》があるというのはありえるだろうか。大きな音を聞いてもパニックにならないこと以外には、この仮説を直接証明するものは無かった。耳の聞えない者でもハビリスとして生きることは不可能ではなかった。単に非常な困難を伴うだけだ。視覚、嗅覚、それに、より鋭敏な触覚によって、聴覚の欠如を補うことも可能だろう。いずれにしても、ゲンリーはまったく耳が聞えないわけではなかった。

「どかあん」

と言って、ぼくはピストルをホルスターにしまい、ホックをはめた。

ぼくらは猪を粗雑なトラヴォイで持って帰った。トラヴォイは木の枝、広げたぼくのブッシュジャケット、それに二本のナイロン・ロープで即席に作った。四五口径の射撃の腕前とトラヴォイを組みたててみせた発明の才——即興で工夫してみせた離れ業だが、巧妙にもあらかじめ考えておいたのだ——によって、ミニドは大いに考えるところがあった。かれらの中で頭の良いメンバーたちが何を考えているかは、見ればわかった。鼠取りの改良や自走式家族用車両はどうすればできるか、統一場理論のことだって口に出さずに考えていたかもしれない。即席の橇に載せた食欲をそそる荷物を、ゲンリーとぼくがニューヘレンズバーグへ向かって引きずってゆく間に、アルフィーはじめ他の者たちは、ぼく、ジョシュア・カンパはヒト科全体にとって誉《ほま》れであるとの結論にようやく達したとぼくは感じた。ぼくはかれらの(おそらくは錯覚だったろうが)尊敬の的になっていい気分になり、ヘレンがここにいてこの自己正当化の勝利の瞬間を見ていてくれたらと思った。しかしその朝ヘレンは女たちと一緒にいた。後で出かけて、樹上鼠が群れる楽園を荒らしまわるつもりだったのだろう。

ヘレンがいなくても、その瞬間を味わう歓びがひどく制限されるわけではなかった。その後に起きることはほとんど知るよしもないままに、ぼくは意気揚々と肩紐を引張っていった。

その晩、ぼくらは宴《うたげ》を張った。イボイノシシを前から引き、膝や背中で後ろから押して、ニューヘレンズバーグの上の草の生えた平らな頂上へ、斜面を運びあげた。死んだ動物の肉の相伴にあずかろうと、ミニド全員が集まった。この生きものたちに興奮が走った――いや、ぼくの体にも走った――急に電圧が上がったよう、原初の生の躍動《エラン・ヴィタル》のようだ。なだらかな壁の形の尾根ではしゃぎまわるのは、自然にそうなったので、楽しかった。狩人たちははじめ、無関心を装った。が、すぐにミスター・ピブ、ジョスリン、グルーチョ、ボンゾたちと、威厳のかけらもない鬼ごっこやかくれんぼが始まってしまった。みんなが浮かれ騒ぐのに抵抗できていたのはヘレンだけのようだった。

アルフィーは猪を夕食用に処理する名誉をぼくに譲った。ぼくはその作業に、ハビリスの薄片の道具を求めることは無論せず、代わりにスイス・アーミー・ナイフで刻み、薄切りにし、四肢を切断した。この重労働のおかげで、ぼくは内部で沸騰《ふっとう》しているものを外に出る一歩手前で止めておくことができた。切り刻むことを終えると、アルフィーは、最初にたっぷりひと口嚙みとるのと、ぼくの独断にしたがって分配するのも当然だと示した。この類のパーティーでのハビリスの作法では、獲物を倒した者が適切な分け前を得ることになっていた。幸運な狩人が若者でも女性でもよそ者でも、あるいはぼくのような自然が気まぐれに生んだ変わり種でも、そこは変わらない。アルフィーはこの伝統、天然の道義を守っていたのであり、ぼくの方も自分の役割を果たして、進んで受けとるだけの勇気のある者全員に肉を分配した。

はじめのうちはハムとジョモですら、ぼくに近寄るのを恐れて、後ろにさがっていた。しかしこの二人が前に出て、ぼくの手から気前のよい分け前をもらうと、子どもたちと女たちの一部も近くに集まった。肉を分配するぼくの権利に文句をつける者もいなかったし、分け前が少ないとぼくや他のパーティー参加者にくってかかる者もおらず、全員に一回めの分配が終る前に、お代わりをしようとする者もいなかった。作業をしながら、ぼくは少しずつ諦っていた。眼下の薄明の草原は古い絵画の美しく褪せた色合いになった。

ところがこの頃になると、蠅《はえ》――毛深い着陸装置と二つ並んだ切子細工のコクピットの眼を備えたちっぽけな戦闘機がまつわりつくのがいらだたしくなっていたし、イボイノシシの肉の赤さが不安になってきた。バビントンのもとでのサバイバル訓練で叩きこまれたことはきれいさっぱりと忘れはて、ぼくは害虫媒介によるウィルス性疾患か、激痛を伴う旋毛虫症のどちらかにかかるのが突然怖くてたまらなくなった。ふいに眩暈に襲われて、ぼくは肉を諦るのをやめ、肉の薄切りを作るのをやめた。

「兄弟たちよ」ぼくは声をあげた。「姉妹たちよ」とつけ加えた。「このパーティーの仕上げに、比べるものもない味覚のセンセーションはいかがかな」

ミニドたちはぽかんとぼくをみつめた。かれらにとっては、時たまぼくの口からほと走る言葉は、頑固な国教会信徒にとって、忘我となったペンテコスト派がべらべらと口走るものに匹敵するようなものらしい。つまりその場にふさわしくない過ちだ。皮肉なことに、日の出の際や、感情が大きすぎる時にかれら自身からほとばしりでるメロディを備えた歌は、ぼくが言葉に頼ることと遠回りではあるが同類だった。その相似にミニドたちはもちろん気がついていなかったし、ぼくもその時にはわからなかった。

「兄弟姉妹たちよ、近くにきたまえ。先行人類の歴史上初めて、諸君に一生に一度のチャンスを提供しよう。今晩、諸君がこれまで見たこともないものを提供しよう」

ブラブラブラ。

このけばけばしい口上をくり出すことで、ぼくは吐気を抑えこみ、まわりを飛んでいる蠅たちに陽気に手を振って、イボイノシシの残りに一本の枝を刺しとおした。丘の斜面には燃料になるようなものはあまり無かった。それでもできるかぎり集めた——乾いた草、小枝、下生えなどなどで、これを重ねたものにマッチをすって火をつけた。火が燃えあがったのにミニドたちは肝をつぶして後ろに退った。気をとりなおしてまたにじり寄ってきたハビリスの黒い眼と肌に、しなやかにひらめく火が映えて油のように輝いた。なおもしゃべり、たわごとを垂れながしながら、ぼくは猪の下半身を炎の中に入れてそのまま支えた。やがて皮膚がはじけ、はっきりとわかる芳香がわきあがって、一同は全員圧倒された。

「これこそは史上初めての豚のローストの匂いだ。でも、いい匂いだろ、な、ちがうかい」

ミニドは火からさがった。一方、芳香には引き寄せられた。どちらの衝動にしたがうべきか、かれらの誰もはっきりわかっていないようだった。不運なことに燃料が足りずに火は消えかけ、アフリカの薄明に吹きあがる火花は生まれたかと思うと消えて、はかない星に見えた。うるさい蝿どもは追いはらっていたが、肉はまだ赤く、血が固まったのと、薄暮の闇が深まって、紫色になった。この豚を料理しようとすれば、火を燃やしつづけるしかなく、そのためには足下のちっぽけな大火に燃料を加えねばならなかった。

「さあ行くぜ」ぼくはつぶやいた。「ミニド全員にスペアリブを焼いてやる」

ぼくは燃えている火の一番大きな塊を、ニューヘレンズバーグを見下ろす、風化した岩の尾根に向けて、丘の頂上を横切るように爪先で動かしはじめた。そのためにチャッカの片方の爪先が焦げた。が、ハビリスたちは混乱していたから、ぼくの進む方向に道を開け、そしてまた後ろをふさいで、花崗岩の壁の縁へついてきた。まっすぐ下に、ハビリスの四つの小屋の一つがあった。

「それいけえ！」

と叫んでぼくは哀れなほど小さな火の塊を、その雨風しのぎの小屋の、乾いた草で葺いた屋根の一番上の束へ蹴落とした。小屋は一瞬で燃えあがった。丘の斜面に火花が吹きあげ、ぼくらの砦を照らしだしたから、外に広がる草原の何キロ四方もの先から見えたにちがいない。

ミニドの一部が歌いだした。まだ浅いこの夜の讃歌か哀悼歌《あいとうか》か、アリアを歌っている。これを聞けば、誰の心も跳びあがるか、泣きくずれるか、どちらかだろう。ぼくの心は両方だったと思う。一方、ぼくの手には残りの肉を突きさした枝があった。この重荷を両手で空中にさし上げ、サラカ山に住まうンガイへ献じた。ハビリスたちの断続的な歌が耳の中で小さくなった。

「二百三十度まで予熱すること」

ぼくは叫んだ。

「全体がやわらかいシナモン色になり、自然に肉汁がぶくぶく出てくるまで焼くこと、切ったパイナップル、パセリの枝、新鮮なほうれん草のサラダを添えて出す」

ぼくは猪の下半身を燃えている小屋へほうりこんだ。猪は屋根の一角を潰し、盛んに燃えている火の中へ消えた。肉の焼ける匂いは何ともいえなかった。ハビリスたちは大火を見下ろし、小屋が台無しになるのを嘆くのをやめた。あの哀れな猪の魂が、火ぶくれのできた足で精霊の世界へと昇ってゆくのが見えるのではないかと半ば期待した。前の方に詰めていたヘレンがいきなり傍に来ていた。

「食べ物と一緒に垂木まで焼く必要はない」ぼくはみんなにまとめて宣言した。「ただ、これは昔ながらのやり方ではある。中国のある薄のろ、たぶん北京《ペキン》原人の子孫だろうけれど、そいつが発明した。それについては次を参照のこと。つまり……チャールズ・ピグなる人物による『焙羊論《ばいようろん》』だ――つまりおよそ食の世界《ムンドス・エディビリス》にあって、わが友人諸君、これこそは筆頭《プリンケプス》だからだ。ハレルヤ。さあ兄弟姉妹たちよ、進みいでたまえ。進みでて汁気たっぷりの天国の味を味わいたまえ……」

　火は他の小屋には広がらなかった。二、三十分経ち、灰がくすぶり、アカシアの太い枝が二、三本、真赤な炭になった頃、ぼくは丘の斜面をニューヘレンズバーグまで苦労して降りた。アルフィー、ヘレン、ゲンリー、エミリー、ミスター・ピブ、それに小さな子どもたちが数人一緒だった。枝を使って焼いたイボイノシシの下半身を灰の中からころがして出し、冷ますために岩の上にのせた。少しして、希望する者には全員、味見をさせた。ハビリスたちは全員が食べたものを旨いと思ったようだった。ただ、かれらの味蕾《みらい》はまだ十分発達しておらず、微妙な違いはわからなかったのではないかと後になって考えた。それが本当だったら残念なことではある。われらが祖先たちは、偶然の落雷を食事の料理に利用するようになるまで、なぜあんなに時間がかかったのだろうか。口の中に動機が無かったからではないのか……

　ごちそうの後、ミニドたちは取っくみあいをしたり、駆けっこをしたり、はしゃぎまわったり、ガキどもにつきあう気むずかしい老人になったりした。こうした食後のお祭り騒ぎには秩序はあまり無かった。あったのは熱狂と、そして子どもじみたいたずらを、いたずらの主の年齢にかかわらず、かなりの程度まで許容する度量だけだった。ぼくは眩暈も治り、病気になるのではないかという、筋の通らない恐怖心も消えていた。そしてやりたい放題にやったことでむやみに膨れあがった感覚に毒されてはいたものの、なお禁欲的な態度はくずさなかった。現代にもどれるかどうか、どうでもよかった。月はこんにち見えるのとほとんど、いやまったく変わらずに、広大なサバンナ全体にこの世のものとも思えないカンテラの光沢をぶちまけていた。ミニドとぼくはともにイヴの子どもたち、黎明《れいめい》の息子と娘たちだった。ゲンリーとルーズヴェルトを当直として、ぼくらは丘の上に血のつながった兄弟姉妹のように横になった。

ぼくは幸せだった。無条件に最高の気分だった。

しかしぼくはその晩、夢を見た。この惑星の何千年も何万年も未来のぼくの幼少期の夢だ。更新世にはアルカ・セルツァーは無いんだ、わかるか、空軍の時間航行士の救急箱の中にも無かった……

第一三章　カンザス州ヴァン・ルナ——一九六四年四月

冬が去り、すがすがしい日が気まぐれに訪れる平原の春がとって代わるとすぐに、ジャネットはアンナとジョン＝ジョンをヴァン・ルナの昔ながらの商業地区にあるフランクリン通りの家から散歩に連れだしはじめた。この通りは広い石畳の街路をはさんで色褪せた煉瓦《れんが》の建物の列が二本、たがいに向かいあっている。ヴァン・ルナはジャネットが生まれ育った街で、世界がどう動いているかについてのものの見方を形成しはじめた所であり、ここへ戻るのは気持ちよかった。がっしりした父親のビルは、下見板の壁の小さな賃貸の家をみつけていて、十一月の初めにスペインから帰ったモネガル一家がここに移ったのは、ケネディ大統領暗殺のわずか一週間前だった。

ヴァン・ルナの街の北側に開発された住宅団地に、軍人の家族が数多く住んでいた。空軍関係の子どもは屋根葺き用のタールや百本十ペンスの釘《くぎ》同様、ごくありふれた存在だった。毎朝そのパパたちは郊外の団地のどれも同じ住宅から舗装された道路をウィチタ南東にあるマッコネル空軍基地へ車で向かい、夕方になると、戦略空軍のスローガン「平和がわれらの仕事」の栄えある執行者たちは同じハイウェイを通って帰った。しかしモネガル一家が住んでいたのはより古い一角で、街の眠ったような中心に比較的近かった。団地から通勤している士官たちの家族ほど経済的に安定しているわけではなかったが、一家はその境遇に満足していた。意外性のないことはかえっておちつけてありがたく、鉄製の戸当り以上に複雑なことにもならず、大体においてこの時期は一家にとって幸せなものだった。

　商店街に出かける時には赤白の縞模様の覆いのついた、きいきい音をたてる乳母車に養子の弟を乗せてこれをアンナが押し、ジャネットは後ろを固めて、花や牧場鳥やリスや、さらには消火栓や街灯まで指さした――何でもおしゃべりのネタになればよいので、おしゃべりすることは息子の発話能力の発達に欠くことができないとジャネットは信じていた（ジョン＝ジョンは一歳はもうとうに過ぎていたが、まだしゃべらなかった）。ピックス劇場と理髪店の裏の公園を下ってから、三人は石畳の通りをライヴンバーク食料品店に渡る。店の前の一段上がった歩道では、無精髭を生やした隠居した農夫の二人組が、駅のホーム用のベンチに座って、たがいにホラを吹きながら、気のない様子で往来を眺めているのが常だった。ジャネットが子どもたちを連れて二、三度やってくる頃には、老人たちはジョン＝ジョンを同化吸収して、公共の秩序にとって脅威ではない――少なくともただちに脅威になることはないと判断していた。ジャネットは老人たちといつもお定まりの挨拶の儀式をすませてから、男の子を乳母車から抱きあげ、アンナを先にせきたてて店に入る。

「ハイ、パパ、夕飯のおかずを買いにきたよ」

　レジを通りながら呼びかける。

「ご自由に」

ビル・ライヴンバークは果物の汁やマーカーのインクの染みがついたエプロンで両手をぬぐいながら答える。

「誰が払ってもカネはカネだからな」

そしてジャネットと子どもたちは買物をするのだった。

ある日の午後、ジャネットはショッピングカートにジョン＝ジョンを後ろ向きに座らせて、アンナの後から通路を押していった。モノがあまりにたくさんあるので、アンナは汚れた軟材の床を、朝食用のシリアルの棚とクールエイドのパックを入れた小さなワイヤラックへスキップしていった（昨日の朝、キッチンでココア・パフ・シリアルのボウルと、人工的に味つけした薄い不凍液の色の甘い飲物をなみなみと注いだジャムの壜をアンナが前にしているのを、ジャネットは見つけた）。

ジャネットは言った。

「アンナ、それはうちにたくさんあるよ」

通路の向こうの端にショッピングカートがもう一つ現れた。これを押しているのは五十がらみの女で、明るい青のスカーフで頭を包み、ターコイズ色のシフトドレスにそのたっぷりとした姿をかなり効果的に隠していた。この女はアンナ――完璧な肌とナタリー・ウッドの眼をした脚の長い子ども――に微笑みかけてから、シリアルの反対側の棚から缶詰を一つ取ろうと向きを変えた。しかし、ジョン＝ジョンを眼にした時、その手が止まり、少年をいぶかしげにしげしげと見つめた。それからカートを後ろに引っぱって通路から出て、冷凍食品の冷凍庫の方へ向かい、ジャネットの視界から外れた。冷凍庫のガラス窓のひとつがアルミの溝ですべるのが聞えた。

妙だね。ジャネットは漠然と不安になった。ひどく、妙だ。

ことはさらに妙になった。ライヴンバークの食料品店の中で、青いスカーフの女は泥棒ごっこを始めた。天井の高い古い店を貫く数本の通路を行ったり来たりしているジャネットと子どもたちの後を尾けだした。ジャネットたちが止まると止まり、ゆっくりと動きだすと動きだす。このゲームはジャネットが自分のカートを父親のレジの前に入れるその瞬間まで続いた。しかし、その時、ビルはレジにいなかった。そして女はジャネットのすぐ後ろにカートをつけた。ありそうもない偶然で、まったく同時に買物をし終った風だった。

「あんたビルの娘だね。ビルとペギーの娘のジャネットだろ」

「そうですよ」

「あたしはミセス・ギヴンス」

「はじめまして」

ジャネットは言って手をさし出した。

ギヴンス夫人はさし出された手を無視した。

「もっと若い頃に会ってるよ。四、五回はね。あんたは知ってる」

「あら、それは――」

「あんたが結婚した相手はどんな夫なんだい」

「はあ？」

太い骨にたっぷりと肉のついた人間としては実にしなやかにギヴンス夫人は自分のショッピングカートの脇に体を押しこんで抜け、ジョン＝ジョンの髪に片手をすべりこませた。その指がちぢれた毛を捻った。敵意のこもったやり方ではなかったが、好意も感じられなかった。

「これはどんな類の髪なんだね」

そう言って詮索するようにジャネットを見つめた。アンナが言った。

「ちょっと、弟から手を離しなさいよ」

ジャネットはめんくらったあまり、言葉が出なかった。

「これはどんな類の髪なんだね」

ギヴンス夫人は子どもの左のこめかみの上の房を握りながら、なおくり返した。ジョン＝ジョンの両眼は咳止めのキャンディのように丸くなっていた。頭をぐいと横に振ったが、握っている女の手は外れなかった。

この動きにつられてジャネットは打って出た。相手の女の手首を痛烈にはたいたので、ジョン＝ジョンは解放された。

「それは頭の毛よ」怒りくるっていた。「頭に生えてるから頭の毛よ。肘に生えるんなら肘の毛よ。あなた、どうかしてるんじゃない。医者に行った方が――」

そこでやめたのは心臓が宙返りして、手が震えていたからだ。

ビル・ライヴンバークがめんくらった顔でレジの後にすべりこんだ。ギヴンス夫人はビルが来たのも無視して、青いスカーフをほどき、芝居がかった仕種で頭からさっとはずした。

「それはこういう髪じゃない」おちついた声で女は言った。「ジャネット、あんたの髪でもない。あんたの娘のにも似てない」食料品店のオーナーを見た。「ビル、あんたの髪にも似ていない」

「なあ、キット、ジャネットと場所をかわらないか。勘定するよ」

「このカゴの中のものはいらないよ」

「そんなことはない。いるんだろ」

「カゴの中のものはいらないし、ここにはもう二度と来ない」

女はわざわざもう一本のレジに回り道をして、上半分にワンダーブレッドの看板がかかった薄汚れた網扉を押し開けて出ていった。

「あの女がやったこと見た？　言ったこと聞いた、パパ？　もう、冗談じゃない。信じられない」

ビル・ライヴンバークはかぶりを振り、それからジャネットのカゴの中のものの精算を始めた。かれはいつも精算のたびに合計額の五パーセントを差引いた。消費税を少し下回る額だ。

「パパ、ごめんなさい。ほんとうにごめん。お客さん一人減らしちゃったんでしょ」

「あの女か、ジーニィ、いい厄介払いだよ」

それでもその抑えている様子、手の中で動いてゆく缶詰やパッケージされた肉の値段をいちいち確認する様を見れば、ギヴンス夫人が来なくなる可能性に不安になっていることはわかった。父は狼狽《ろうばい》したくはないのだ――それは父には恥ずかしいことだった――が、その事実を隠すことはできなかった。あの愚かな女に離反されたことにも狼狽していたし、妥協することなく、娘の味方をしてやれなかったことにも狼狽していた。ジャネットは父親に何と言ってよいかわからなくなった。父の暮しはインフレや郊外の新たな競争相手などいろいろな面で脅かされている。父はそれに脅えてしまっている。少なくともしみったれになっている。考えてみるとそこが何よりしゃくにさわるのだ。親孝行しているところを見せるために、ジャネットはヒューゴーに基地の売店では買物をさせなかった。そちらで食料品を買えば、父親がしぶりながらしている割引を入れても、ずっと安上がりなのだ。それとも問題は商売の話ではないのかもしれない。ギヴンス夫人がジョン＝ジョンの髪のことで大騒ぎした、その同じ理由から、父もまたこの子を自分の孫として受け入れるのが難しいと感じているのかもしれない。

ぞっとしてジャネットはビル・ライヴンバークが上の空で食料品を入れた袋を摑んでドアに向かった。

「どうしたの、ママ」

ジャネットはアンナに向きなおった。

「わたしにもわっかんない。ほら、買ったものを乳母車に入れて。わたしはジョン＝ジョンを抱っこするから」

アンナに袋を渡し、ショッピングカートからジョン＝ジョンを抱きあげ、父親に形だけの笑みを見せて、後ろ向きに店から歩道へ出た。人間はどうしちゃったんだろ。なんでおたがいを怖がるわけ。いつまでこんなことをやってるの。

ベンチの老人の片方が言った。

「なあ、ウェズリー、ジョン＝ジョンもあの州立大の黒んぼみたいに背が高くなると思うか」

「なにを言うとる。あの黒んぼはもうあそこからいなくなって四、五年になるぞ」

ジャネットは車道への段々を乳母車を操って降りるのに忙しかったが、肩越しに農夫たちをふり返った。「『なにを言うとる』というのはまったくよくも言ったものよ。あんたら耄碌《もうろく》した偏屈爺は自分が何をしゃべってるかわかってるわけ。実際に何のことをしゃべってるのかさ」

ジャネットは段々の残りをばんばんと降り、アンナにジョン＝ジョンの座席の脇に食料品の袋を割りこまさせた。

「ウイルトだよ」ウェズリーの相棒が言った。「竹馬《スティルト》のウィルトだ」

「そりゃねえな」ウェズリーが染みのついたフェルト帽をたぐりながら言った。「ビルの孫っ子はあんなに高くはならねえ。やっこさんはチビだよ。ジョン＝ジョンはよ。まあドジャースのショートにはできるだろうて」

「ピーウィー・モネガルと呼ぼうぜ」

「そうだ、あそこまでになりゃもう入れるさ」

「ドジャースにか」

「そうさ、ドジャースにさ。色合いもだいたいあんなもんだろ」

このやりとりに老人たちは一緒に笑いだした。気が狂ったように笑っている。

「救いようがない」

ジャネットは口の中で言った。

「どうしたの、ママ」

「何でもない。おうちへ帰ろ。夕飯を作らなくちゃ」

メイン・ストリートの人参色の石畳を化粧漆喰のうつろなピックス劇場の残骸へ渡りながらふり向いたジャネットの眼に、食料品の戸口越しに父親の肥満した姿が浮かんでいた。網戸の錆のういた網目の裏の囚人に見えた。

第一四章　ひとつの死

されど人は高貴なる動物也。灰にありて壮麗、墓にありて堂々、誕生と死とともに等しき光彩もてとりおこない、その本性の破廉恥にもめげず、華美な儀式を怠らぬ。

——サー・トマス・ブラウン

夜が爆発した。夢から浮上すると、二メートルと離れていない丘の頂上にゲンリーが伸びていた。ぼくのピストルはホルスターには無く、不運なハビリスの指の二本に握られていた。ぼくは闇の中を這って寄った——月は沈んでいた——自分で肺を撃ちぬいていたが、まだ意識があり、苦しそうに息をしていた。その黒い眼は、瘠せこけた顔の小さなインクのプールは、ぼくをじっと見上げていたが、非難もしておらず、ぼくとわかった様子もなかった。力の抜けた手から四五口径をはずす一方で、脈を測ろうと慣れないことをしてみた。

こいつは好奇心に殺されたんだ。

もう一人のぼくが答えた。好奇心と、そしておまえ自身の愚かさのおかげさ。

ぼくは泣くこともできただろう。そうさせなかったのはミニドたちへの恐怖だった。あばら屋からよろめき出て、あるいは寝ていたところから用心深く、丘の冷たい斜面をぼくの方に這いよってきていた。一同はぼくと死にかけた仲間をとり囲んだ。しかし三メートルほどの眼に見えない壁をあえて越えようとはしてこない。この迷信じみた臆病な態度をとらなかった例外はヘレンとエミリーだけだった。他の者たちの反応を見定めようともせずに、二人は幽鬼のようにぼくの脇に滑りこみ、俯《うつぶ》せになったゲンリーの上にかがみこんだ。うめいたり、歯軋《はぎし》りしたりするのではないかと思ったのだが、二人のふるまいは控えめで適切で、模範的だった――哀しみや怒りを手放しで表に出すのは死にかけている男性をさらに傷つけるとわきまえているようにもみえた。

深い溝が何本も刻まれている夫の額にエミリーが唇をつけた時、とうとうぼくは泣きだした。ハビリスたちはどうやら涙を流さないらしい――少なくとも感情の涙は流さない――ぼくらを囲む乾いた眼の顔はガーゴイル像と彫った仮面が並んだ暗い回廊に見えた。それからこの不実な婦人はゲンリーの手をとり、まるで昔はよくこうしたわよねと感じさせる優しさで自分の太股の間にはさんだ。ゲンリーの眼が動き、口の端に血の泡がわき出た。

「ゲンリー、ゲンリー、ごめん、ごめんよ――」

その時や、その直後、自分の頭の中を通りすぎていったことを全部は覚えていない。けれども一番大きく頭を占めていたのは、ゲンリーが苦しんでいる、ということだった。ぼくはかれのこめかみに四五口径を当てて、引金を引かねばならない。

テクノロジーの上では不利な条件にあったから、ミニドは火器の仕組みや作用は理解しなかった。しかし、ぼくの自動拳銃が強力な死神であることを疑う者はほとんどいなかった。ゲンリーにしても、好奇心にかられて推測しながら、そこまでは理解していた。かれはただ、その致命的な切札が自分にも効力があるとは思えなかったのだ。だからぼくがコルトをゲンリーの頭に向けると、ミニドたちは闇の中に後退りしながらも、反対の意思を表明した。

ぼくの傍で、エミリーは毛むくじゃらで細長い腕を夫の頭にまわした。ヘレンは怒って囀《さえず》るような音をたてながら、銃を持ったぼくの手を押しのけた。ぼくはピストルの安全装置をかけて、後ろへ下がった。

「ヘレン、ゲンリーは回復のしようがないんだ。ゲンリーがまた良くなることは絶対にない。ゲンリーを楽にしてやることを、どうか許してくれ。ぼくはただかれを楽にしてやりたいだけなんだ」

ヘレンは囀るのをやめて、ぼくを睨みつけた。その視線に含まれるものに気圧《けお》されて、ぼくはひるんだ。樹上の鼠の首を指で折り、排泄行為のほとんどを公衆の面前で行う、石器時代の王女に撃墜された。ゲンリーは頭に一発、慈悲深い弾丸を撃ちこんでもらう資格があると、その時信じていたし、今でも信じているのだが、ぼくはひるんだのだ。エミリーとヘレンが守っていたのは、生きるか死ぬかの選択ではなく、死を早めるか、無駄に引き延ばすかの選択だった。ぼくがゲンリーを撃つことを許されなかった以上、かれは苦しみながら、やがて確実にやってくる死へ向かわねばならない。その過程を見守るつもりはなかった。

「ヘレン、聞いてくれ――」

ヘレンに再び手を押しのけられて、ぼくは立ち上がり、ピストルから弾倉を抜いて、銃弾を左右にまき散らし、それから牙を抜いたコブラのように武器を眼の前に掲げた。無害にされているからといって憎むべきものではなくなったわけではない生き物。夜は冷えていた。せいぜいが十度あるかないかだったろう。半ば裸で、ぼくは肺炎か低体温症の患者候補だった。暖かいウールの毛布とウィスキーかウーゾの壜が欲しかった。涙は止まらず、腕と手首の裏で止めようとした。

この棒めが。おまえのおかげでゲンリーは自分自身を暗殺することになったんだ。ぼくを共犯者にしやがって……

死んでゆくハビリスと二人のミニドの女から、ぼくはふらふらと離れた。一団の他の者たちは、わけがわからないという呆けた表情を浮かべて、あわててよけて道を開けた。そしてぼくは丘の頂上の狭いスペースをぐるぐると歩きだした。円盤投げの選手の要領で体を回しはじめる。やがて一番スピードが乗ったところで、ピストルをサバンナを越えてサラカ山へ向けてほうり投げた。ピストルは投石器から飛びだした石のように、夜の中へくるくると飛んでいった。厄介払いしたのだ。そう思うと怖くなると同時にほっとした。現実離れするほど良心の咎《とが》めを感じて、ぼくは自分の生命を危険にさらしたのだ。ゲンリーは、いや誰にしても、それを気にしただろうか……

ゲンリーは頑丈なやつだった。ついには意識を失ったが、死ぬまでにひと晩かかった。傷の性格からして、ぼくの救急箱（繃帯とバンドエイドの詰まった袋、痛み止め、それにまがいものの薬）ではゲンリーの苦痛をやわらげるのにも治すのにも無力だったから、ぼくは再度介入しようとはしなかった。あまり遠くに行くのも嫌だったし、すぐ近くで待機する気にもなれず、一晩中、丘の斜面とくねくねと曲がった岩の胸壁を昇ったり降りたりしていた。夜明けにもどってみると、エミリーだけがまだ番をしていた。

この時にはゲンリーはミイラに似ていた。死ねばそうなるのだろう。肌は骨にぴったりと貼りつき、髪は艶《つや》がなくなって、触れればぼろぼろと抜けた。ゲンリーが死ぬとエミリーにはそれとわかり、血が凍るような甲高い哀しみの声を上げた。頭をのけぞらせ、半ば犬属の遠吠え、半ば人間の絶望の挽歌《ばんか》だった。ミニドは全員が出てきて、いずれ死すべき心の把手《とって》を摑んだ無情の指に耳を傾け、指を見て、指を感じた。仲間の一人が死んだのだ。

儀式はあるのかって。

儀式はある。これをその眼で見るためなら、アリステア・パトリック・ブレアはサラカ大統領の閣僚のポストも投げうっただろう。その原因を防ぐためなら、ぼくは自分の夢が現実になるチャンスも捨てていた。しかし、ブレアにもぼくにも、そういう犠牲を捧げる選択肢は無かった。ゲンリーが死から、どこかよくわからない、肉体を超えた領域へと移ったことを記念する儀式は、古生物学者ではなく、ぼくが臨席してとりおこなわれた。

まず何よりも死体をその都から移さなければならないことをミニドはわきまえていた。そうしないと腐敗臭で、禿鷹《はげたか》、ハイエナをはじめとする腐肉あさりどもが集まってくる。二つ目にハビリスたちは、かつてのゲンリーを覚えていた。硬直し、瞬《まばた》きをしない状態にゲンリーが陥ったことを悼むことで、ミニドは自分たち自身が死すべき定めにあることも悼んでいた。意識の上でのことにせよ、意識の前段階でのことであるにせよ、われらが原生人類の祖先たちは、死が避けられないものであることを本能的に悟ったところからしか生まれない、鋭い哀しみ《トリステス》にくれていたのだ。

「いずれゲンリーの定めは自分にも訪れる。これはどういうことか」

陽が昇って間もなく、女たちは草原に広く散って、野生のサイザル、ケニヤやタンザニヤのマサイ、ザラカルにおけるマサイの親戚のサンブサイがオル・デュヴァイと呼ぶ竜舌蘭の一種を集めた。それからこの植物を絞った汁をゲンリーの体に塗った。天然の防腐剤であり、鎮痛剤でもある。ゲンリーの頭のてっぺんから爪先まで塗った。全身くまなく塗るために、死体を傾けた。何ゆえに死者に薬を塗るのか。新たに死んだ者を非在の領土の奥で待ちうける、未知の苦悶《くもん》から守ろうとしているのか。

とはいえ、女性陣はその役割を終えた。ゲンリーの体毛はサイザルの汁でべとべとになり、額は粘液をのばした羊皮紙のようだ。今度は男性たちが進みでた。ぼくも一緒に出た。幸いなことに、誰もぼくが関わることを禁じたり、反対しようとはしなかった。狩人の中で最年少であったから、ルーズヴェルトとフレッドが主にゲンリーの死体をサバンナまで丘の斜面を運びおろした。が、作業がとりわけ厄介なところでは、ぼくら他の者たちも手を貸した。ニューヘレンズバーグから降りたところでミニドは少し休憩し、南東の、かれらの世界に冠たるサラカ山の方角への旅に向けて、息を合わせた。

イボイノシシをぼくらの城砦へ運んできたトラヴォイはまだ丘の麓にそのままあった。ぼくはハビリスたちに合図した。まだかなりの距離を行くのであれば、ゲンリーはトラヴォイに載せた方がいい。この件について、視線を交わし、微妙に眼を細めて議論した結果、ミニドはぼくの提案に同意した。橇の前方の棒を握り、死んだ友人の体を引きずって、同僚たちが望むところまでぼくが引っぱってゆくことを主張した。今回も誰も反対しなかった。他のミニドは長い棒や棍棒を持ち、護衛となった。そうして約五キロの間、草原をばらばらの行列で進むと、一本、単独で立っているバオバブがあった。

驚いたことに、ここでアルフィー、マルコム、ルーズヴェルト、フレッドは、死体を苦労して樹の上に運びあげはじめた。自分たちに命の危険がない範囲で、大きな根っ子のような枝のできるだけ高いところに上げようとした。年齢や過去の奉仕、あるいは（ぼくの場合）疲労からこの重労働を免除されて、ジョモ、ハムとぼくは見守った。ぼくも怠けてはいないで、周囲一帯に敵は、捕食性の押しかけ客はいないか、見張っていた。やっとのことでゲンリーはバオバブの枝の間の窪《くぼ》みにぐったりと座らされ、サイザルの汁でべとべとになった他のミニドは次々に地上にとび降りてきて、死体に対してうやうやしく一礼をした。皆歌いだすのだろうと思ったが、歌が始まったのは、ハム以外のミニド全員が、樹から百メートル近くも離れたひと塊の藪に退いてからだった。ぼくは他の者たちとともにさがりながら、あそこに独りでいるハムが、ライオンか剣歯虎か、あるいは野犬の群れにつかまれば、ハムもまた存在の疑わしいハビリスの天国のネバーネバーランドのゲンリーに合流することになるぞ、と思いつづけていた。

その時、ハムが歌いだした。その老いてくたびれた喉からはかすれた甲高い鳴き声が出て、それが延々と続いた。自分の上に聳えるバオバブに草原全体が持っている暗黙の意味に集中していた。その歌を聞いて、ぼくは身震いした。こんなオマージュを生みだす太古の衝動をほんとうに理解できるような気がして、身震いしたのだ。そこでハムの歌がやんだ。そしてがに股でのんびりとぼくらの方に歩きだした。裸で無防備の地の霊の小人は、本来とは逆に後ろのバオバブから離れるほどに背丈が縮んでいった——まるで現実の本人は、あの崇高で調子のはずれた歌に体現された理想の前に意味を失うかのようだった。

それからミニドはニューへレンズバーグへ出発すると思った。ゲンリーの樹上葬が無事終ったと女たちへ告げにもどるのだと思った。しかし陽が昼を過ぎても、ぼくらは灌木と瘤《こぶ》アカシアの日除《ひよ》けの中にいた。こめかみがずきずきするのを抑えようと、ぼくは腰を下ろし、膝の間に頭を垂れていた。ルーズヴェルトとフレッドは、ぼくらの監視がとかれないのにいらだって、炎熱をものともせず、下生えの中を行ったり来たりしていた。この監視が終ったことに興奮して、そっとほうほうと声を出して知らせると、茂みの端に二人で固まってうずくまった。

　バオバブの下に豹が一頭、現れていた。長く見事な動物で、横腹はおちくぼみ、眼はサファイア色に輝いている。基本的には夜行性だが、この豹は——午後に活動するそのいとこのライオンによる危険は丁重に軽蔑し——ハムの昼日中の呼び声に応じたのだ。豹は一帯に眼をやり、試すように唸り、それから大蛇のように優雅な流れる動きでバオバブに登った。そこで歯でゲンリーを自分のものにした。

　アルフィーが喜んでいるのが眼に入った。他のミニドたちも喜んでいた。かれらの唇の端が思わず知らずもち上がって、なだめるような笑みを作っていた。アルフィーが持っている棒の端を地面に叩きつけているのは、豹の登場に喝采を送っているようだった。何ということだ。この連中は仲間の死体が豹に食われるのを望んでいるのだ、とぼくは思った。実際かれらはそう望んでいた。ぼくらが見守るなか、大きな猫は死んだ男の脇腹を食い裂き、ドッグフードの缶をむさぼり食う飢えた犬のように呑みこんだ。ゲンリーの体に女たちがオル・デュヴァイの汁を塗ったのは、豹によってひどく荒々しく食われることに慣れさせるためだったのだ。それだけではない。その死体をこの美しい獣へ供物として捧げることで、ミニドは禿鷹やハイエナを排除したのだ。ぼくにとっては身の毛もよだつ葬儀の幕間《まくあい》であるものに、かれらが喜んだのはそのためだった。

ゲンリーが「安全」であることを確認して、ぼくらはミニドの砦へもどった。トラヴォイを引きずりながら、子どもの頃、魂遊旅行の後によく感じていたのと同じような、宇宙的な疎外感を感じていた。その日は誰も食べなかった。その翌日になるまで、誰も食べなかった。この絶食も、ハビリスの共同体の死に対する反応の一環だった。けれどこうした様々な要素――これらの要素を現代の古人類学者の大多数はナンセンスと斥けるか、いろいろ条件をつけて留保するだろう――を発見しても、何の達成感も感じられなかったし、これが刺激となって気分が昂揚することもなかった。ぼくらの種が生まれて以来死んだ人間の総数から、ホモ・ネアンデルタルス、直立猿人、あるいはホモ・ハビリスの死の数を除く権利はぼくらには無い。むしろ、共存していた種で、加えるべきものはどれくらいあるだろう。それを言えば、そもそも合理的に分けられるポイントがあるのか。

二百万年前に死んだ一個の生きものがぼく自身のものと同様切れば血の出る恐れと抱負を備えていたと考えるのは、実に奇妙な感覚だった。そう、ぼくらに流れている血は近いのだ。

ニューヘレンズバーグにもどると、ぼくは罪滅ぼしの苦行に身を捧げた。ぼくが燃やしてしまった小屋の代わりを作るために、若い枝、乾いた草、それに石を集めた。それどころか、集めた材料はたっぷりあり、もう一つ、自分のためのものも作れた。準備のために丘の斜面を昇り降りして、夕方までかかった。そこから小屋そのものを建てる作業にとりかかった。すばやく着実に壁を作り、天井の支えをとりつけ、ミニドが普通やるよりもずっと厚く、乾いた草で屋根を葺いた。この事業はハビリスたちを驚かせ、かれらは興味津々となったが、ぼくにとってはおかげでゲンリーの死を頭の中から追いだしておけた――ただし無意識の内では相変わらず、非難はやまなかった――そして暖かく乾いた自分の小屋の中に引っこんで、たっぷりと昼寝をすることを楽しみにしだした。プライバシーが欲しかった。一方でそのためにニューヘレンズバーグから離れるのも嫌だった。月が昇るまでに、ぼくは両方の作業を終え、夢も見ない深い冬眠にまっすぐ入るつもりの生きものさながら、自分の小屋に這いこんだ。

　眠れなかった。ゲンリーが死んだのは、ぼくの不注意からだ。そう思うと、その前の晩の無秩序なお祭り騒ぎの記憶が浮かんできて、その対照的なことが痛烈な皮肉となってくい入った。二十四時間足らずの間に、眩暈のするほど浮きたった気分から、真黒な絶望に落ちこんだのだ。石器時代の心というのはまるで動じないとぼくには思われた。外ではミニドたちが、低い声で歌っていた。哀悼の歌の一つひとつが、各々に異なるところで哀しんでいた。八つか九つの、別々の声は共通するところは何も無かったが、表現のしようもない陰鬱《いんうつ》さだけは同じだった。その日の午後のハムの歌と同じく、この現象は原生人類との経験ではそれまで前例が無かった。そしてハムの歌よりもさらにかき乱してくる力を、侵入してくる力を感じた。

　ぼくの小屋の低い戸口に不意に人の姿が現れた。ヘレンだった。解《ほど》けた髪の毛は日没の名残りの朱を背景に、後光のように広がっていた。今朝からヘレンの姿は見ていなかった。ヘレンは敷居を尊重するようなことはしなかったし、ぼくの小屋の敷居は新しすぎて敷居として特に考慮するには値しなかったこともあったろう。ぼくのものは否応なしにヘレンのものだったし、この新しい小屋はぼくら二人が楽に入れると判断したようでもあった。中に体を押しこみ、四つん這いでぼくのところに来た。そして、ぼくの額に手を触れたのは、改悛者《かいしゅんしゃ》に罪の赦《ゆる》しを授ける聴聞司祭のようだった。

　何か冷たく固いものが膝にあたった。手を伸ばして拾ってみると、ぼくのコルト自動拳銃だった。いたずらした者のように首をかしげ、ヘレンは身を起こしてぼくの顔をじっと眺めた。その眼は、色褪せたラピスラズリ色の胸像についた、くすんだ大理石だった。そしてその瞬間、ヘレンは超越した猿性の天使、時代に先駆けた女にみえた。

「結局あなたはこれが必要になる」

　ヘレンは言った。

　もちろんヘレンが何かを言ったわけではない。けれど絶望のあまり、ヘレンが実際そう言ったと半ばぼくは信じた。そしてこの順序の狂った人生の時期を生きのびるには、ヘレンさえいればいい、と一点の曇りもなく確信したのだった。ぼくの心を読んで、そのためにヘレンは自らの意志でぼくのもとへ来たのだった。

第一五章　フロリダ州エグリン空軍基地――一九七六年春

金曜日の午後、ヒューゴーが一家のケイプハート式住宅に入ると、ジョン＝ジョンが椅子に長々と寄りかかり、ジョン・コリアの短篇を集めた一巻本を読んでいた。ジョン＝ジョンはヒューゴーにうなずいたが、すぐまた読書にもどった。家には他に誰もいなかった。

アンナはアトランタのアグネス・スコット・カレッジに行っていたし、ジャネットは四月半ばから、ヴィレオ・プレスの担当編集者の一家とロング・アイランドで暮らしていた。本についての半ばまじめなコラムの二月にまとめた原稿を全面改訂していた。『ヘラルド・プレインズマン』紙に書き、後にサンベルトとロッキー山脈地方の小さなシンジケート向けに書いたものだった。ジャネットとしてはこのコラムの文章を磨き、都会向けにして、元々の読者である南部の気のおけない教養層に加えて、東部の都会人にも訴えるものにしようとしていた。ヒューゴーはジャネットにこの仕事を家でしてもらいたかったが、編集者が必要な改訂について打合せるためにニューヨークに招くと、それはやめろという気にはなれなかった。いずれにしてもヒューゴーにその類の力があったことは無かった。

「なあ、ジョニィ、この週末はちょっと遊びにいかないか。ドライブはどうだ」

「遊びに？　どこへ」

「北フロリーダの松林を抜けるのさ。シルヴァー・スプリングスまで行ってもいい。底がガラスのボートでかわいい人魚がバレエを踊るのを見よう」

ジョン＝ジョンは本を置いて顔をしかめた。

「遊びにいくんだよ、息子《イホ・ミオ》よ。今やってるこの阿呆みたいに創造的な独身生活には飽き飽きしたから、何か目先を変えたいのさ」

夕食をヒューゴーが作る気になるとしても、ホットドッグか冷凍食品を温めることになる。

「とにかく支度をしろ。二十分で出発だ」

少年はしぶしぶ言われた通りにした。ヒューゴーは自分の部屋で一泊用のバッグにいくつかモノをほうりこみ、スポーツウェアに着替えた。海泡石のパイプが出てきた。四年前、グアムに単身赴任する時、出発の直前にピート・グリーアが餞別《せんべつ》としてくれたものだ。ジャネットと子どもたちはシャイアンに残ったあの赴任は、モネガル夫妻の結婚生活において決定的な分水嶺になった。これだけ長い間離れたのは、初めてだったからだ。カンボジアの爆撃で果たした任務をめぐっても、嫌な記憶が山ほどあった。その中には若い航空士の懺悔《ざんげ》の聞き役をやる羽目になったこともあった。ある友好的な村の標的ビーコンを追尾するスイッチをたまたま入れ忘れたために、この村を抹殺してしまったのだ。この若者のB－52はその一帯を「箱詰め」したのだった……それでもこれは良いパイプだ。よくこなれて、気持ちよかった。

エグリンから東へ向かって一時間して〈リッキのお土産とギフト大市場〉を宣伝するけばけばしい立て看板を初めて眼にした。広告は一マイル間隔で、異国情緒たっぷりの葛《くず》がつくる構造物の中に立って、州外からの観光客に様々な楽しみを約束していた。パパイヤジュース、陶器の人形、スペシャル・クリーム・キャンディ《ファッジ・ディヴィニティ》。それに無料の「動物園」。

施設そのもの（平屋の白壁の建物が二つ、タイル張りの屋根とスペイン式の重い梁造《はりづく》り）が地平線の上に見えた時、ヒューゴーはハイウェイから降りて、砂利敷の駐車場に入った。二つの建物の大きい方の裏に、竹矢来があった――松林の中へ突き出た要塞だ――矢来の向こうには木が鬱蒼《うっそう》と生い茂った丘が盛り上がっていた。金曜の夕方だが、ヒューゴーの緑と金のダッジ・ダートの他には、広大な駐車場に三台ほどしか車はなかった。

「パパイヤジュースはいらないか」

「いや、いらない。ほんとに」

「おれはいる。行こう」

ヒューゴーはパイプで十代の少年に出ろよと伝え、母屋の脇の斜路へ先に立ってむかった。壁のばかでかい赤い矢印がさす方へ行くと回転木戸があり、押して抜けるとき、きいきいと音をたてた。矢来の内側に金属棚があり、ピーナッツがあるのにヒューゴーは眼を止めた。硬貨の箱に二十五セントをおとし、ヒューゴーはジョン＝ジョンに小さな茶色の袋を渡した。

「動物に餌をやれるだろ。気が晴れるぞ」
敷地の中に迷路を作っている二本の緑色の金属手すりの間を、二人はぶらぶらと歩いていった。足下では砂利がざくざくいい、夕方の静寂の中に檻《おり》の中の鳥たちの囀りがガラスでも叩くように反響した。コヨーテが寝ている檻の前で、ヒューゴーはジョン＝ジョンを止めた。コヨーテの尾は中の水槽に漬かっている。他の檻では孔雀が気取って歩き、二頭のリャマが干し草をかじっていた。汚れたガラスの陳列ケースの中にがらがら蛇がとぐろを巻き、驢馬《ろば》が居眠りをし、そして半分から四分の三まで育った鰐の大群が、屑の浮いているコンクリートの水盤の中に、奇怪な大虐殺の犠牲者のように重なりあっていた。ヒューゴーは悪臭はまったく気にとめていなかったが、息子がほっとしたことに、やがてコヨーテのまるで気のないふるまいに飽きて、砂利をぶらぶらと次の小さな緑の檻に近づいた。

アカゲザル（ムカカ・ムラッタ）
インドではありふれた種
ピーナッツを好むが嚙むこともあり

ここではクランプで留めた棚に二匹の猿がいた。一匹は内気な雌で、もう一匹は片足を宙にぶら下げた雄だった。雄は俯せに寝て、尻の明るいオレンジ色のタコがよく見えた。

ヒューゴーは雌にピーナッツをやるようにジョン＝ジョンに言ったが、雌が睨みつけているのが少年にはどうにもおちつかないようだったし、その伴侶《はんりよ》の無頓着な姿勢もやはり気に入らず、袋を父親に譲った。

「どうしたんだ」

「あの猿たちは囚人だよ、パパ。ここで見てると悪いことをしてる気分になるんだ。毛皮のある小人で、何も悪いことをしていないのに牢屋に入れられてるみたいだ」

「他の連中がマシってわけでもないぞ」

「マシだよ」

「わかったわかった、マシだよな《エスタ・ペオル》」

ヒューゴーはパイプの軸を嚙み、紙袋に手をつっこんだ。

「ピーナッツをもらえば、あの小さな奥さんの気分も少しは晴れるんじゃないか」

ヒューゴーは金網の隙間からピーナッツを一つ押しこんだ。が、それを取ろうとした雌の動きがあまりに速かったので、驚いてピーナッツを檻の底の仕切りに落としてしまった。ひるまずにアカゲザルは木の棚から飛びおり、さしだされたものを拾って背中を向け、殻を割って食べた。ヒューゴーは笑い、ピーナッツをもう一つ、金網を通して飛ばした。

「見ろや、腹ぺこ《ティエネ・アンブレ》だぜ」

殻を割る音で雄はめざめ、すばやく座りなおし、挫傷のようにみえる尻を下に敷いて隠し、何とはなしに鼻づらをなでまわした。棚の端でバランスをとりながら、小さく繊細にできている手を金網に通した——が、あいかわらず檻の中のあさっての方を見つめている。自分も他の誰にしても、物乞いをしていると認めるには自尊心が強すぎるとでもいうようだった。

「こいよ《ベン・アキ》」

ヒューゴーは無関心にとりすましたアカゲザルを促した。

「おまえのピーナッツを取り《カカウアテ》に来いよ」

猿が頭を回してヒューゴーを見た仕種は横柄だった。正面から注意を向けると、親子の方へさらに手を伸ばし、金網に寄りかかったから、その毛むくじゃらの肩が網の目に浮きでた。ぎょっとするほど人間のものに似た手がピーナッツを掴んだ——そしてヒューゴーの足許の砂利にわざと落とした。さしだしたものをこのように見下されたことを、父親は侮辱ととったのがジョン＝ジョンにはわかった。ジャネットがモネガル家の一団からは独立したキャリアに向かって着実に進んでいることで軽視され続けてきて、そこにまた一つ、軽い侮辱が加わったのだ。客観的には何の重要性もないことに対するヒューゴーの反応は、そう考えなければ、説明がつかない。

「きさま、なんだ、その態度は」アカゲザルに怒鳴《どな》った。「たっぷり食わせてもらってるから、丸々太ったピーナッツなんぞには見向きもしないってのか」

ヒューゴーはピーナッツを拾おうとかがんだ。雄のアカゲザルはさっと——ジョン＝ジョンがまばたきをする間もなく――ヒューゴーの海泡石のパイプの皿を摑み、口からもぎとった。盗んだパイプを体で隠して檻の奥へ引っこみ、肩越しに二人の人間の様子を伺いながら、パイプを寝棚に叩きつけはじめた。

「クソ野郎《イホ・デ・プタ》ッ」

ヒューゴーは叫んだ。相手のぺてんにいたく傷つけられていた。檻に体をぶつけて金網の間から手を伸ばし、アカゲザルの赤みがかった褐色の毛をひと握り毟った。

「パパ、やめなよ！」

雄は勢いよくふり向き、怒りくるって飛びかかったからヒューゴーは後退った。口を大きく開け、アカゲザルは黄色く濡れたひと揃いの牙と肝臓色の喉を見せつけた。雌の方は脅《おび》えて隅に引っこんだが、その伴侶は金網にしがみつき、人間どもを嘲った。その相手はばつが悪い思いをしながらも、怖くて近よれない。ジョン＝ジョンは施設の中をそっと見回した。アカゲザルの攻撃と自分たちの不恰好な退却を、誰か見た者はいなかったか。誰も見ていない。

「クソったれのチビ猿めが」

ヒューゴーは英語でわめいた。遙かな世界の果てで軍務についていた男たちの罵詈雑言が谺していた。

「パイプ《ピパ》を返せ、おれのパイプだ、盗人《ぬすっと》めが」

まるで動じずにアカゲザルは手足を金網からはずして寝棚に飛びもどった。そこで尻を下に腰を下ろすと、パイプのブライアの軸を齧った。とうとう、音を立てて軸は裂けた。ヒューゴーのお気に入りのパイプ、煙草をやめようと男らしく苦闘していた時期から、なぐさめでもあり、頼みの綱だったパイプ。

「係の人たちに言おうよ」ジョン＝ジョンは言ってみた。「このことをマネージャーに言おうよ」

しかしヒューゴーはピーナッツの袋をなげ捨て、怒った足どりで砂利を踏んで出口へ向かった。少年は後を追った。二人は他の檻、他の動物たちを過ぎ、巨大な鳥籠を過ぎ、小馬を入れた小さな厩《うまや》を過ぎ、そして最後の角を曲がると正面にまた看板と二つめの回転木戸があった。

リッキの動物牧場をお楽しみいただけましたら
動物たちの餌代をご寄付ください

ここまで来ると、矢来から出るには土産物が所狭しとならべられた母屋のショッピングセンターを抜けねばならないことが明らかになった。ヒューゴーは寄付金の窓口に一ドル札を押しこみ、中にいた退屈そうな顔をした女にひと言投げかけて、ジョン＝ジョンを押して回転木戸を通り、土産物の売店に入った。ピーナッツの豆板やプラリネの、気分が悪くなるほど甘い匂いに襲われて、ヒューゴーは強盗から危うく生きて逃れた男のように、ふらふらとドアに向かった。ジョン＝ジョンは申し訳なさそうに後に続いた。

モネガル父子は暗くなるまで走って、二流モーテルをみつけた。独立した客室が十か十二部屋ある。そこに夜の宿を定めた。テレビを見ているジョン＝ジョンを残してヒューゴーは出てゆき、二十分ほどして、透明のパラフィン紙に包んだポーク・バーベキュー・サンドイッチを二つ持ってもどった。十一時になると、ヒューゴーは息子にテレビを消して寝るように言った。それから雇われた病院の看護士のように、ベッドの向かいの模造皮革の安椅子に座り、客室の唯一の窓から入ってくるかすかな照明のもと、ベンナイフで爪の掃除をした。

ジョン＝ジョンは眼が覚めた時、リッキのところから例のアカゲザルが来て、浴室のそばの衣装棚の上に座っていると思いこんでいた。父親はベッドにおらず、一気に上半身を起こして頭板によりかかると、確かに誰かが部屋の向こうから見つめていた。胃が冷たくなった。が、声はあげなかった。かわりに暗闇の中、沈んでいるベッドの脇のフロア・ランプにこっそりと手を伸ばした。

カチリ！

電灯の黄色い光に照らされて見えたのは鏡で、そこに自分の黒い顔が映っていた。顔の表情には内心の恐怖が現れていた。

　ヒューゴーはいなかった。それだけでなくダッジ・ダートも客室の外の駐車場に無かった。わけもわからずほうり出されて茫然となり、ジョン＝ジョンは開けた戸口に立ち、モーテルのフロントの建物の上で赤と紫に燃えている魚の形をしたネオンサインを見つめた。かれは長いことそこに立ち、ハイウェイを過ぎる車を眺め、ダートに似た車を待った。パニックにはならなかった。いずれヒューゴーは戻ってくると信じて疑わなかったからだ。

　やがてフロリダ州警の警官がモーテルにやってきた。警官はヒューゴーのルーム・キーを持ってジョン＝ジョンのもとに来ると、父親が数キロ西で事故を起こし、重態であることを告げた。


　後にヒューゴーが意識を回復しないまま死んでから、モネガル一家は最終的に事故につながった一連のできごとを再構成することができた。その話が筋の通ったものになったのは、ジョン＝ジョンと州警が詳しい事情を話したからだった。

　復讐の念にとり憑《つ》かれて、ヒューゴーはジョン＝ジョンが眠るまで待った。少年がまどろんでいる、あるいは魂遊にまで行っているとついに納得すると、モーテルを出て、〈リッキのお土産とギフト大市場〉に向かってハイウェイを車でもどった。しかし施設に着く前に、ヒューゴーは脇道に、松林の中の赤土剝出しの道に入って車を駐めた。暗かったし、樹が生い茂って車は見えなかった。

　ピート・グリーアと狩猟や密猟に出るためにワイオミングで買ったレミントン三〇・〇六を持って、ヒューゴーは動物飼育場裏の小高い丘に登った。丘の頂上で樹々が扇のように広げる枝の下にうずくまると、アカゲザルのいる檻が月明かりに照らされてはっきり見えた。ヒューゴーは狙いをつけて撃った。猿の片方——皮肉にも雌——が檻の後ろに叩きつけられた。壁に向かって投げつけられたようだった。次の瞬間、施設全体で狂ったような様々な生きものの声が爆発した。

　ヒューゴーがころげるようにして丘を降りているうちに、一群のアーク灯が点《つ》き、施設全域とハイウェイのかなりの部分を照らしだした。

　ジョン＝ジョンの父親は現場から逃げた。モーテルに戻ろうとしていたことは明らかだが、無謀なスピードを出していた。リッキの施設から五、六キロのところで、反対方向へ向かっていた州警と遭遇した。警官はブレーキをかけ、しゃにむに車を回れ右させて、サイレンを鳴らし、タイヤをきしらせ、高速でダートの後を追った。たちまち夜の闇は無気味な孔雀のような叫びと、回転する青いストロボで湧きかえった。叫び、光っている機械がもう一つの機械を容赦なく小突いて自滅の淵に追いこんでいた。州警の車は馬力で勝っていたから、競争の結果はすでに眼に見えていたが、ヒューゴーはアクセルを床まで踏みつづけた。その結果、ダートはひっくり返った。後輪のタイヤの片方が外れ、森の中へすっ飛んだ。そしてヒューゴーはステアリングコラムとめざましいほどにへこんだ屋根の間にはさまれた。

ジョン＝ジョンがようやく家にもどった時、ニューヨークでのサバティカルから帰ったジャネットが待っていた。アンナもそこにいて、これまで見たことがないほど取り乱していた。この時にはヒューゴーがゆっくりと、念を押すように死に向かっていた。その事実を変更したり、隠したり、やわらげたりするには、誰にむかって何を言えばいいのか、誰にもわからなかった。ジャネットのせいではない、とジョン＝ジョンにはわかっていた。いや、もちろんちがう。母のせいでないことはまちがいない。けれどもその瞬間から、ジョン＝ジョンはジャネットとの間に距離を置きはじめた。そして後になって、母がその野心のために自分を犠牲にする一線を超えたと思われた時、モネガル家とともに過ごした自分の人生の扉を閉め、家から逃げだすのは難しくなくなっていた。

第一六章　ハビリスの映像

ヘレンがぼくのピストルを回収してくれた晩、ぼくは十七歳の童貞のように神経質になっていた。ぼくの混乱の原因は単純だった。ぼくら二人の間でたがいにアプローチし、受け入れるのに、どの流儀が採用されるべきか、わかっていなかったのだ。この混乱には率直に言って、ユーモラスな響きも含まれていたのだが、その時のぼくにははっきりそうとはわからなかった。

すでに説明したはずだが、一対一の結びつきはハビリスの生活様式としてごく普通の形だった。淵川《ワジ》内のお山の大将ないしボス猿《アルファ・メイル》は他の者の想い者を強要してモノにしても罰せられることはないかもしれないが、この愛人たちのローテーションの中にもお気に入りはいるのが普通だ。アルフィーの場合にはもちろんそれがエミリーで、ゲンリーの死後、エミリーはアルフィーのもとに常住することになった。

これを見て、アルフィーは当初からエミリーに対して企《たくら》むところがあったとぼくは判断した。ミニドの中での地位と、ゲンリーとの不安定な関係から、公然たる一夫一婦の関係に身をゆだねるわけにいかなかったのだろう。そうしていたなら、男たちの中での唯一真のライヴァルと再び深刻な対決を引きおこしていたにちがいない。ゲンリーは表面上何度か見せていたほどに脅えていたわけではなかったからだ。したがって一団の中での優位を再確認するだけでなく、ゲンリーとの激しく長い乱闘騒ぎをひき起こすリスクをできるだけ小さくするために、アルフィーはエミリーだけでなく、ギネヴィアとニコルにもその愛情をそそがなければならなかった。

したがって偶然ではあったが、アルフィーに自分の権力の囚人状態からの脱出口をぼくは提供したわけだ。自分が族長であることを強調するために、ジョモやフレッドの女房をわがもの顔で扱う必要はなくなった。アルフィーのリーダーの地位を本当に危うくするにはジョモは年をとりすぎていたし、フレッドは若すぎた。選択肢が多いことは誰でも求めることだから、エミリーと所帯を構えた後も他の女性たちと一緒になることをアルフィーが完全に放棄することはなかったけれども、その女漁りははっきりと不義の色合いを帯びて、神聖不可侵のかれの小屋に招いて閉じこもるよりも、屋外や行き当たりばったりのものになった。アルフィーは人が変わり、しかも以前より幸せに見えた。

ぼくも同じだった。もっとも混乱もしていたのだが。なにゆえ混乱していたか。

まず第一に、進んで覗き見していたわけではないのに、たっぷりと見ることになった。ハビリスはあけひろげな人びとだった。不幸な歴史をもつ表現をお許しいただければ、かれらの生まれつきのリズムは、個人間の関係に即座にはけ口を作った。カップルは結合したい時に結合した。通常はこの欲求に答えるのに、プライバシーを確保しようとした。が、いつもそうとは限らなかった。ミニドの男性は背後から求愛し、しかも恐獣が震えながら接近し、山嵐が突き刺しながら通る時、体を簡単に離せるように、パートナーたちは立ったままであることが多いことに、眼が見える者ならばすぐに気がつく。ぼくもまた生き延びることを尊重する者ではあったが、このやり方はぼくの趣味には合わなかった。

二番目に、それは常にミニドの趣味に合う、というわけでもなかった。時にカップルは森の隅に姿を消すことがあった。そこで、サバンナの草のからまりの上に並んで横になり、闇を怖がる子どもたちのようにしっかりと抱き合うのだ（ぼくはマルコムとミス・ジェインがこの恰好でいるところに踏みこんだことがあった）。これは愛の夜想曲なのか、それともたがいになぐさめあっている歌なのか、ぼくにはわからないが、ミニドにあっては、尻や岬骨よりも眼の方が雄弁だと感じていた。確かにかれらは、こんにちでもカラハリ砂漠のブッシュマンたちが好んでいる背後からの色事に歓びを感じてもいたが、選択の幅は広がっており、嗜好《しこう》もより朗らかなものになっているようだった。もっともその変化はゆっくり、ごくゆっくりしたものだった。

三番目に、自分の眼で見、推測したことによっても、ハビリスの女たちが性的に常に妊娠可能な状態であるという恩恵を得ていたのか、それとも何らかの発情の周期にしたがう愛の奴隷であったのか、わからなかった。アルフィーがエミリー、ギネヴィア、ニコルを、その当人だけの発情の有無によって自分の小屋に出し入れしていたのは、それ以外のやり方では彼女たちとの交りから純粋の歓びを得られなかったからなのか。それともその次の男と同じく、短期間でも回復するための休息を確実にとる必要から、彼女たちの出入りを自分自身の専制的な周期に合わせて命じていたのか。チンパンジーでは雌は性器がかさばるほどふくらんで、交合可能であることを示す（この香りのよい情熱の花を備えた個体を、ジェイン・グッドールは「ピンクレディー」と呼んだ）。しかしハビリスの女たちは、その長くまばらな毛の下に、そうした派手な肉欲のコサージュをひけらかす必要はついぞ無かった。

一方ぼくの方はといえば、ついていないことに、ぼく個人についてヘレンがどういうつもりでいるのか、そもそも何かつもりがあるのか、皆目見当がつかなかった。ピストルを脇に置いて、ぼくはヘレンを抱きよせた。力はぼくよりも強く、河馬の死体の肋骨を手でひきちぎれるにもかかわらず、ヘレンは抵抗しなかった。ヘレンはぼくの腋の下に頭をすりつけ、二人してぼくの寝床の草の上に横になった。ヘレンはぼくの鼓動に聞きいっていたのだと思う。心臓はぼくの締めつけられた胸のドラムでカリプソのリズムを叩きだしていた。ヘレンは長い間じっと聞いていた。ハビリスたちの哀しい歌はやんでいた。そしてニューヘレンズバーグの彼方の地平線に輝いていた日没の明かりは艶のある茄子色《なすいろ》と、点々とつらなる星々の模様にとってかわられていた。まもなくヘレンは眠った。ヘレンの意図がよくわからないのを棚に上げて、ぼくもまた眠りにおちた。

　夜明けに眼が覚めると、ヘレンがその明るくくすんだ色の眼でぼくを見下ろしていた。忘れていた疑惑と不安がどっとよみがえってきた。ヘレンはぼくに何を望んでいるのか。ぼくはヘレンに何を望んでいるのか。ぼくらの間の解剖学的心理学的動物学的な隔たりに、ぼくらはどのように橋をかけるべきか。屋根を葺いた草の隙間から灰色の光が小屋の中にさしこんでいた。そしてヘレンとぼくは樹上鼠になったような気がした。どこかの貪欲な巨人の、稲妻のような指にいつ摑まれてもおかしくない樹上鼠。

「何だい」ぼくはヘレンに訊ねた。「ぼくらは何をする――」

　ヘレンは視線を落とした。慎み深くというよりは意味ありげだ。その眼はぼくのボロボロになったブッシュショーツに止まった。ぼくが身体検査に通れば、ぼくは夫としてふさわしいという評価を得るはずだ。ミニドの仲間になって以来――そもそもは、ロリタブでバビントンと過ごした以来――ぼくは自分の生物学的機能は隠していた。だからその時まで、ぼくがフルーツオブザルームの下でキューピー人形のように性が無いわけではないという保証を、ヘレンは得ていなかった。普通ぼくは赤の他人の見ている前ではそんなことはやらないが、ヘレンはもう赤の他人ではなかった。そこで震える指で、ぼくはヘレンの疑いを晴らしにかかった。

　しかしまず最初にぼくは首から赤いバンダナをほどいてヘレンに見せた。ぼくらが初めて会った時のことから、赤いバンダナをヘレンは覚えていた。その時、ぼくは子どものオモチャでヘレンの信用を得ようとし、ヘレンは毛を逆立て、棍棒をふり上げて、ぼくがさし出したものを鼻であしらった。一方、この朝はヘレンはバンダナにうっとりとなり、結納の品としてぼくがそれを首にゆわえるままにさせた。というよりもヘレンの結婚衣裳はそれで全部だった。ぼくらはそのまましばし動かなかった。その時のヘレンの姿を、ぼくは生涯忘れない。

ショーツを脱いでも、ぼくはミニドの一人ではなかった。ぼくの頭は往ったり来たりしてデータを分類し、自分の自然な欲求に、ありのままのラベルを刻みこんでいた。すなわち獣姦、変態、不埒、もってのほかのこと。両親の、その魂に祝福あらんことを、両親はぼくが熱望していることには怖気《おぞけ》をふるっただろうし、ワイオミングでの家主だったピート・グリーアのような昔ながらのカントリー・ボーイは、農場の少年が無関心な若い牝牛をあわただしく強姦する方に、積極的なハビリスのヘレンに大人としてのぼくが魅《ひ》かれるよりも、詩情を感じたにちがいない。

起ころうとしていたことを止めるには無力だったから、ぼくは〈常識〉と〈良識〉のどちらにも歩みよろうとした。そうすることでぼくは自分の男性としての性質そのものでヘレンを混乱させてしまった。

裸で勃起したまま、ぼくはころがってヘレンから離れ、救急箱からフォイルに入ったコンドームを摑み、巻かれたラテックスの輪を包みからとり出した。そしてコンドームのミルク色の第二の肌を間近に迫ったぼくらの結合の道具に巻きつけてから花嫁に向きなおった。ヘレンは仰天した。ぼくも仰天していた。自分が本気なのかどうか、自分でもわからなくなった。このミニドの女によってぼくの中に深い愛情と健全な欲求がわいたにもかかわらず、性病予防器具に頼ったことは、ぼくの情熱の純粋性を否定する疑惑を斥けることができないことをつきつけていた。ヘレンを妊娠させることを恐れているのか。いや、恐れてはいない。入手可能なあらゆる証拠は、ヘレンが妊娠できないことを示している。違う、ぼくが考えていたのは、ヘレンのことではなかった。性病の幽霊、乱交、淫乱への昔ながらの天罰が、ぼくの無意識から打って出て、ぼくは救急箱を摑んだのだ。今、ぼくは自分のケチなふるまいに、一時的に男ではなくなっていた。ヘレンは眼を丸くしてぼくを見ていた。ぼくは皺の寄った液体ラテックスに包みこまれて、とろけているココアキャンディ《トッツィーロール》だった。

「ぼくはとにかく全速力ですばやくことを運ばなくちゃならない、さもなきゃ何もできないときみはおそらく考えているんだろうな」

気恥ずかしいままに、ぼくは言った。

ヘレンは慎重に手を伸ばして、コンドームの輪に触れた。蛇の抜け殻を、地面に落ちたり、木の股にひっかかったりしたものをヘレンは見たことがあったはずだ。一方、ヘレンが知っている男性で、男根を対象に脱皮に逆行することをやった者が一人もいないことにも疑いはなかった。ヘレンの好奇心はたちまち恐怖心を克服した。そして輪の周りを指でなぞった。

燃えるような感情を急速冷却し、二番目の皮膚の皺を伸ばして、ぼくは敬礼し、そのせいで大いにヘレンを驚かせた。

「ちょっと待ってくれ、ヘレン――こいつをとる」

言うは易く、行うは難《かた》しだった。電気分解療法による脱毛だって、こんなに痛くはないに決まっている。とはいえ、ぼくは何とかやりとげた。

はずれても予防器具になおヘレンは夢中だった。ぼくの手からとりあげて、頭の上にもちあげた。まるでフランス人が好む、あのおぞましい珍味の一つでも眺めるようだった。ありがたいことにヘレンはそれを口にほうりこむことはせず、ぼくはとり戻した。ぼくらの結合は祝福であるとともに厳粛な儀式でもあると思いついて、ぼくはコンドームの青白い袋に息を吹きこんでボウリングの球の大きさまでふくらませ、むかし母がパーティーの風船を縛って止めたように、輪のところで縛って止めた。〈電気的にテストされて安全です〉という文句が、輪のそばに読めた。パンパンになったコンドームとぼくは、パンパンになることは先天的に笑えるものであることを証明していた。

ヘレンの眼がさらに大きくなった。下唇が下に落ちた。それからヘレンは口をきっと閉じ、風船に手を伸ばした。しかし、パンパンになった表面を爪でひっ掻いたのだろう、次の瞬間、耳をつんざくバンという音がして、ヘレンが思わず発した悲鳴が聞えた。コンドームと競うようにして、ぼくも萎《な》えていた。

すくみあがってヘレンは壁際にころがり、膝を抱えて、愛らしい、深い紫色の唇を嚙んだ。コンドーム《フレンチ・レター》の、それとはわからない追伸をほうり出して、ヘレンの額になぐさめのキスで消印を押そうと、ぼくは傍にとんだ。ヘレンが反応する間もなく、ジョモとアルフィーがいきなり小屋に飛びこんできた。

「なんなんだっ」

ぼくは叫んだ。

そこで二人の顔が眼に入った。ジョモとアルフィーはコンドームが破裂した音に反応したのだ。それに二人の暗い予想——またハビリスが一人、射殺された——に、ヘレンの丸くなった姿はあまりにきれいにぴったりとあてはまるように見えた。ぼくは彼女と二人一緒にもがくようにして立ちあがった。

「ピストルじゃない。風船を破裂させただけだ。何も心配はいらない。ただの風船だよ……」

なだめるように話しかけながら、ヘレンを座らせた。ジョモとアルフィーはヘレンの前に座り、黙ってヘレンの眼を覗きこんで訊ねた。ヘレンも二人を見返して、二人が聞きたいと思っていた返事をしたらしい。危機は去った。ヘレンはぴんぴんしている。

男たちはぼくが裸でいるのに気づいて、疑わしそうな眼で詮索した。二人が凝視しつづけたなら、ぼくの配管は一週間は故障していたと今になって思う。ぼくの持ち物をかれらは脅威ともとらなかったし、感心もしなかった。若いチンパンジーやカラハリのブッシュマンの子どもたちに共通に見られる口を開けた「遊び顔《プレイフェイス》」をたがいに見せあってから、二人は小屋を出た。外の仲間たちに眼にしたことを報告したことは明らかだ。ひと息あって、ミニドたちは、しゃがれたいくつもの声で、夜明けの空に向かってうたいはじめた。

ぼくはヘレンに向きなおった。ぼくらは寝床に横になり、たがいに抱きあった。ハビリスたちの素朴ないくつものうたのメロディがだんだんと静かになってゆくうちに、花嫁はぼくが気分をかきたてるのにまかせた。ぼくも花嫁が甘い気分をさそうのにまかせた。ゲンリーは死んだ。だが、ぼくらは生きている。その違いは決定的だ。二〇世紀の非難の谺が頭の中で消えるとともに、ぼくはヘレンを抱きしめ、額に唇をつけ、ある基本的レベルでヘレンと一緒になることに何とか成功した。ほんの二、三週間前だったら、まったく考えられないことだったはずだ。

生理的に性交が常に可能である状態をヘレンは楽しんでいるとぼくは結論した。もっとも欲求の波もあって、おそらくこれは月経周期に由来したものであったろう。この女性特有の現象については、ヘレンはまったく人間と変わらなかったからだ。ぼくらは互いの必要性に合わせた。そしてヘレンが時に数日間控えるようなことがあれば、こうして一定期間禁欲することで、やがてぼく自身の熱情も取り除かれるように作用した——長い間絶食しているとやがて飢餓感が薄れてしまうのとほぼ同じだ。再び一緒になって行為の歓びを再発見すると、ぼくらは飢えた屍肉あさりの鳥のようにたがいを貪った。またコンドームをとり出して、ぼくらのロマンスの将来をもう少しで破裂させるところまでぼくが行ったことを思い出させ、彼女を侮辱するようなことは二度としなかった。

慎重に観察した結果、性器の配置においてヘレンは大部分のハビリスの女性とは異っていることを確認した。ディルジー、ギネヴィア、エミリー、その他の全員の陰唇は肛門のほぼ真下についていた。一方ヘレンの性器の花はより前方の位置に咲いていた。この配置のおかげでぼくらは顔を合わせてたがいの欲求を燃やしつくすことが可能だった。ぼくらはこの技法を他の何よりも好んだ。他のミニドたちは前に記したように、時たまの例外を除いて通常はマンドリルや不潔なアウストラロピテクスたちのやり方で番っていた——しかしぼくの眼に映るヘレンは人間であって、ぼくらの愛は獣のそれではなく、崇高なものだった。この点は力説しておく。ぼくにとっては最初の結合の時から自明だったこのことを、偏見から否定する人間があまりに多いからだ。

（後になってヘレンが人間であることの別の、さらに適切な証拠を手に入れた——が、話が先走るのは避けたい）

情熱の嵐の合間には、ヘレンとぼくは友人であり、伴侶としてふるまった。ぼくらの一体感によっても、他の者たちの視界から消えるようなことはまず無かった。ぼくはヘレンの虱《しらみ》をとり、ヘレンはぼくに木の実や樹上鼠を食べさせた。ぼくらは一緒に狩りをし、食料を探し、ゴミあさりをした。草原や拠水林を肩を並べてさまよった。少なくともンガイから見れば、ぼくらは夫婦だった。

とはいえ、ぼくはヘレンを偶像視はしなかった。ヘレンには欠点があり、そのことを記録しておくのは恥ずかしいことでもきまりの悪いことでもない。たとえば時にヘレンはひどく匂った。髪の毛は油がからまり、埃をかぶっていた。そして一帯には水が少なかったから、この問題を解決するのは難しかった。一度、遊びのふりをしてニューヘレンズバーグから遠くない、ある川床の最後に残った水溜りに花嫁を誘いだし、ヘレンの背中と腹を軽石でこすってやったことがある。その後では匂いはましになり、あだっぽくふるまい、わけのわからないことを言って、女の子らしい感謝の念を表した。ヘレンも汚ないままでいるのは好きではなかった。

こう書くと二つ目の欠点が浮かんでくる。ヘレンは突然ぺらぺらと一方的にしゃべりだすことがあったが、本当の意味で話ができたわけではない。もっともこれを欠点と非難するのは妥当ではない。ぼくは正真正銘中身がからっぽの人間同士の会話がないことを寂しく感じるようになっていた。二年分の全収入をさし出してもいいから、ヘレンのかわいらしい口から「暑すぎない？」とか「今日も元気でね」などひと言聞きたかった。代わりに聞えていたのはメロディのないスキャットや、何やらまったくのたわごとをぶつぶつ呟《つぶや》く声ばかりだった。

ヘレンはしゃべれるようにならねばならないとぼくは心に決めた。ラッセル＝サラカ空軍基地での徹底的な訓練の間に、ブレアは動物の発声についての最新の研究をいくつか紹介した。加えてこのテーマについて、ぼくが理解しているところから、ヘレンのバベルの塔のような叫びやささやきは、大脳辺縁系に起源がある、とぼくは判断した。つまり、これらは人間のしゃべる能力を司る神経系とはほとんど関係がないということだ。そちらは新皮質のブローカ領やウェルニッケ中枢の水源から、光の川のように流れている。アカゲザルの大脳辺縁系に栓として埋めこんだ電極に電流をあふれさせて刺激し、天然の鳴き声の貯水池をそっくり流しだすことができる。そうやって呼び水をされると、猿は見境なく、ぶつぶつ言いつづける。

対照的にヘレンのおしゃべりは、含んだ感情は一貫していたし、強制されたものでもなかった。ただし、そのおしゃべりが生じている脳組織が、人間の話す言葉が明澄《めいちょう》で継続的に出てくる（もちろん混乱しても詰まってもいない場合に）ところよりも古いという意味で「原初的」だった。ぼくが教えようと決めたものを学びとるのに必要な脳をヘレンは備えているか、ぼくは考えてみた。そして備えているにちがいないと結論した。その理由はヒト科の脳の頭蓋内鋳型からは、かれらが初期段階のブローカ領を備えている証拠があるというだけでなく、ぼくのハビリスたちが一群の音のレパートリィをもっていて、それは動物たちのそうしたレパートリィを遙かに超えているとともに、ぼくですら満足に模倣《もほう》することができないものだったからだ。

人間はチンパンジーとゴリラにアメリカ式手話を教えこむことに成功している。けれどもぼくは手話のシステムを知らなかったし、ミニドの身体言語はすでにぼくの理解力を超えて微妙で洗練されたものを含んでいた。それでもミニドたちが最もうまく「しゃべれ」たのは、顔の表情と眼の動きによる時だった。狼にあっては、犬属としてのあらゆる戦略と欲求はそのやり方で明らかにされていると言われる。ミニドでも同様だった。横目でちらりと見たり、まばたきすることで、一団の誰かに近くの蔬菜《そさい》のあり処を伝えることができた。口をすぼめたり、眉を顰めたりすることで、この意思疎通に効果的な註釈を加えることができた。残念ながら、本文も註釈も、ぼくにはほとんどまったくわからないアルファベットで書かれていた。そしてヘレンの眼の言語が少しはわかるようになってはいたものの、ヘレンには英語を教えようとぼくは心に決めた。

ぼくは代名詞から始めた。代名詞は混乱させ、じらす。古いターザン映画やアボットとコステロのお定まりの一幕の中でのように、教師が自分の胸を親指でさし、生徒の方にうなずいてみせたとたん、代名詞は自分自身を否定し、誤解する。「ぼく《アイ》」とぼく自身を指さしながら、ぼくは言った。「アイ、アイ、アイ」。ヘレンはこの語を言うことはできたが、しかし発音はその後に血も凍る狩りの雄《お》叫《たけ》びが続くように聞えた。それはどうでもいい。ぼくの心臓はとびあがった。この語の意味論的な意義を教え、ヘレンがその概念をとり込んでいることを具体的に形にしようとしてみると、ヘレンは節くれだった親指でぼくの胸をくり返しつつきながら、「アイ、アイ、アイ」とずっとつぶやき続けた。この損害を回復するのにまる一日かかった。それをやってのけられたのは、ひとえにぼくの超人的な忍耐と、髭剃り用の鏡の巧みな採用の賜物だった。

ぼくらは名前をつけ、はっきりと発音し、手持ち用鏡に意味のあるしかめ面をした。ヘレンの名誉のために言っておくが、興味を失うことはなかった。ニューヘレンズバーグに移って以来、髭を剃ったことは無かったから、ヘレンはそれまで鏡を見たことはなかった。鏡はアルミの枠にはめこんだ丸いガラスで、ヘレンがその鏡の肖像にどっぷりと漬かる様は、白鳥が水に漬かる様を思わせた。ぼくが新たな言葉を持ちだすたびに、自分の鏡像へすべりこむ口実になるのだった。それどころか、時にはぼくらの共同の目的から遠くはずれてしまうので、ヘレンを呼びもどせないと絶望することもあった。ヘレンは自分の姿が好きで、自分の姿を鏡の枠の中に閉じこめられたぺちゃんこの赤の他人と思いちがうことは一度もなかった。

ヘレンは——まるでその事実を証明する証拠をぼくがさらに求めたように——自己認識していた。一個の奇跡であるぼくの鏡は単純に、自己認識の水面を歩いてみせるチャンスを提供したのだ。ぼくはその言葉をヘレンに言わせようとしてみた。

「ムワァ」とヘレンは応えた。「ムワァ」

鏡を持ちながら、その小さな窓の中で身繕いするわけにはいかなかったので、ヘレンはぼくに鏡を持たせた。期待はずれのそう聞えなくもない発音で「鏡《ミラー》」とくり返しながら、ヘレンはぼくが首の周りに巻いてやったバンダナをゆるめ、唇から鼻の上までもち上げた。そこでほんの一瞬、ヘレンはプルダが特権でもあり、苦痛でもあることをイスラームの女として、まざまざと見せつけていた。それからさらに持ちあげて、バンダナを目隠しに変えた。織りの粗い糸の隙間から、ヘレンは無邪気とも陰険ともつかぬ目で自分の顔を覗いた。バンダナは上下に動き、乳母用スカーフ、耳覆い、さらには仮面舞踏会用の水玉模様の仮面にすらなった。

「『バンダナ』と言ってごらん」花嫁を励ます。「バンーダンーナ」

「ブワズ」とヘレンは言った。

その瞬間、上下にはずむヘレンの顔を鏡からはずれないようにしながら、ぼくは自分自身が原スワヒリ語の一方言の創始者になるところを想像した。その子孫の言語がこんにち、ケニヤ、ウガンダ、タンザニア、そしてザラカルで話されているような言語。ムワァとブワズは――アイ、マイ、ヨーと並んで――、そんな幻想の土台となるにはささやか過ぎると今はわかる。けれどもあの時には、ヘレンとぼくは進歩していると思えたのだ。まったく嫌になるくらいのろい進歩ではあったが、それでも進歩にはちがいない。ぼくはそんなにすぐ諦めたくなかった。

ジャネットによればぼくがそれとわかる言葉を初めてしゃべったのは、二歳をゆうに過ぎていた。ヘレンはもちろん二歳はとっくに過ぎているが、しかしヘレンが触れていたのは総合的な言語体系の断片で、それもぼくがやって来てからの断続的でしかない。幸先のよいスタート（五日で五「語」）を土台に、十年から十二年もすれば、ヘレンも本物として通用する雄弁術を身につけられるかもしれない。

ぼくらの言語訓練の五日目の午後までには、ヘレンの五つの語彙《ごい》の習得は歴史に残る業績に思われた。ぼくはぼくの名前も彼女の名前も教えようとはしなかった。ヘレンが各々の名前に全体的包括的な意味合いを与え、ジョシュアが「男」、ヘレンが「女」となってしまうことを恐れたからだ。また彼女にトマス・バビントン・ムビアのお気に入りの妻の名前を贈ったことを若干後ろめたく感じるようにもなっていた。あるいはそれはほとんどの西欧人にとってこの名前は、わが妻の原初的な黒人性とは全く無縁の女性美の基準として神格化されているという事実によるものだったかもしれない。ぼくらの最初の頃の語彙は訛っている。そしてジャネット・ライヴンバーク・モネガルの家庭で学んだことは、もちろんぼくの世界観に影響を与えている――つまり、訛らせている。ぼくの名については、ヘレンには発音できないと信じていたから、ヘレンに向かって声に出したことは一度もなかった。

「マイ・ムワァ」とヘレンは言った。五日めに他のミニドたちとの交際のために、午後遅く休憩をとった時だ。「マイ・ムワァ」

ヘレンは鏡――たった今そう呼んだ――彼女の鏡を持ち、とり返す暇もあらばこそ、ぼくらの小屋を出て曲がりくねっている石の胸壁を、他のミニドたちが集まっている丘の頂上へ登った。老人のジョモがそこにある唯一の樹、無花果の樹の陰に座っていた。その背中では連れ合いのギネヴィアが虱をとっていた。

ヘレンは鏡をジョモの鼻先につきつけた。この行為は、まるでヘレンがかれのゴムのような顔をひん剝いて、それで横面をはたいたような反応をひき起こした。ジョモはのけぞってギネヴィアに片腕を回し、肝をつぶした顔でヘレンをみつめた。ぼくはヘレンから鏡をとりあげようとした。が、ヘレンは「マイ・ムワァ」とつぶやいてぼくをはねつけた。ジョモは気をとりなおしてヘレンの手から鏡をはずし、自分の平坦な顔を困ったようにじろじろと眺めた。その肩越しにギネヴィアが覗きこんだ。

他のミニドたちが集まりだした。大人も子どもも同じだった。もう怖くなくなっていたので、ジョモは新たに獲得したものが惜しくなった。好奇心にかられた野次馬たちの圧力を無視するのは難しかった。野次馬たちの大半はジョモの後ろや脇にうずくまり、辛抱強く嘆願した。ぼくは離れて立ち、見守っていた。誰もが束の間でも鏡を欲しがった。所有は法律の九割を占めるから、ジョモから鏡をひったくろうとする者はいなかったが、求めることをやめる者もいなかった。アルフィーまでが無花果の樹の根元の、一番近いところに割りこんでいた。

このごちそうを味わいたいと、かれのより善良な本能に他の者たちが訴えるのをよそに、本人にのらりくらりしたところがあるのを発揮して、ジョモはごちそうを貪った。こんなに礼儀正しく訴えているのを、どうやって拒み通せるのだろうか。結局のところ、拒みつづけることはできなかった。とうとうジョモはアルフィーに背を向け、鏡を樹の幹によりかかっていた同士のハムに手渡した。

鏡の中のとんまは、どんな形でも愛想よくできるのだと自分に納得させようとして、ハムは鼻をつまみ、まばたきをし、耳朶《みみたぶ》を引っぱった。一ダースの掌が、ハムの顔から三十センチと離れていないところでゆらゆら揺れて、次の番を求めていたから、やがてハムも、その前のジョモと同じように仲間たちの圧力に負けた。かれは髭剃り用鏡をディルジーに渡した。

族長としての地位にもかかわらず、アルフィーは一時的に仲間外れにされていた。というのもディルジーは鏡をオデッタに渡し、オデッタはこれをよちよち歩きの男の子のジッピーに譲った。ジッピーはたちまち飽きてしまい、鏡をいつも元気のいい若者のミスター・ピブが摑むのにまかせた。ミスター・ピブはルーズヴェルトに渡し、ルーズヴェルトは以前贈りものの交換をしたことを覚えていたのだろう、華奢なコンパクトをぼくによこした。アルフィーは今やあまりに哀れな顔で見ていたから、ぼくはもう少しで同情しそうになった。しかしぼくはアルフィーから無理矢理眼を逸らして叫んだ。

「ちょっと待って。すぐに戻る」

そして丘の斜面を自分の小屋に駆けおりた。間を置かず、ミニドのもとへもどったぼくはライムの香りのついたコルゲートの髭剃りクリームのスプレー缶をもっていた。

畏怖にうたれてハビリスたちが見守る中、ぼくは髭剃りクリームを顔に塗り、相手の反応を見るために、いたずらに泡をあちこちに飛ばした。ぼくの顔の下半分が泡で隠れてしまったのを見るのが怖くて、ボンゾとギッパーは手で眼を覆ったが、他の若者たちは交通事故を眼の前にした野次馬のように大口を開けてポカンと見とれていた。マルコムとハムは神経質に自分たちの頬や顎に触れて、この現象が伝染性のものではないことを確認しようとしていた。女たちはぺちゃくちゃしゃべったりうたったりしながら、ぬくもりか慰めを求めて伴侶に寄りそっていた。しかしヘレンはたっぷり六メートル離れ、腰をおとしてすわり、両膝を抱えていた。

アルフィーがにじり寄ってきた。掌を伸ばしてぼくの注意をひこうとした。ぼくは髭剃りクリームの缶をとりあげ、アルフィーの手に泡の球を一つ、吹きだしてやった。アルフィーはひるんだが、安全を求めて逃げだしはしなかった。

くん、くん。

鼻をつくライムの香り。ハビリスにとってもこの匂いは食べられることを意味した。芳香に誘われて、アルフィーは食べてみた。

プヒュウ！

アルフィーはひどい味の泡を吹きだし、地面で手をぬぐった。それからまた掌を上にさし上げた。ぼくは喜んでスプレー缶を渡した。

　あやしみながらも喜んだアルフィーは缶のトップのスイッチをさぐりあて、両脚の間に脛までの高さのマシュマロの形の記念碑を吹きだした。アルフィーの親指が上がり、かれとミニドは成果を観察した。作った本人も含め、誰もが感心していた。アルフィーは缶を無花果の樹のところへ持ってゆき、エミリーの肩に泡の飾りをつけた。自分を飾ったことを叱りながらエミリーがアルフィーの奉仕から逃げると、かれはハム親爺に向きなおり、雪のように白い髭を老人の顔に生やした。ギネヴィアがアルフィーの手から缶をはたき落とし、かれの脚の間からマルコムに蹴った。マルコムはゴロをさばくモーリー・ウィルスさながら、缶が二度目にはずんだところをあざやかにすくい上げてフレッドに下から放った。フレッドはミスター・ピブに泡の花綵《はなづな》をかけておいて、無花果の樹に飛びあがった。アルフィー、ルーズヴェルト、ミスター・ピブが後を追って登った。他のミニドたちが、この時ならぬ手長猿もどきたちを囃《はや》したてている間に、ぼくはヘレンのもとへ行き、体を持ちあげて立たせ、斜面をぼくらの小屋にむけて一緒に降りた。

　この目眩《めくらま》しのすきに、鏡は確保しておいた。

　肩越しにふりかえると、無花果の樹の枝からは何かを呼びおこすような白い大蛇が何匹も垂れさがっていた。まるでこの先史時代のザラカルの、乾燥した赤道直下の一帯に雪が降ったように見えなくもなかった。一瞬遅れて、ミニドはぼくらの後を追って、ニューヘレンズバーグへ突進してきた。更新世の大気に過フッ化炭素を巻きちらし、ぼくらの小屋の隙間を髭剃りクリームで埋めた。

一晩中、腐ってゆくライムの匂いが空中に漂い、ぼくらの城砦に匂いをつけていた。朝になるとぼくらの小屋を飾った泡の塊は漂白されて捨てられた雀蜂《すずめばち》の巣のような蜂の巣状の姿になっていた。髭剃りクリームの缶の方は、一日二日して、丘の麓の灯台草の小さな灌木の枝にひっかかっているのをみつけた。ゲンリーをたまたま自殺に導いたように、ぼくはその同僚たちにゴミのポイ捨てをさせ、エアロゾル戦争に巻きこんだのだった。人生《セ》と《・》は《ラ》こう《・》いうもの《ヴィ》だ。

ヘレンとぼくは言葉のレッスンを続けた。鏡はそのおかげでヘレンの生殖器が前方についていることを確認できたわけだが、補助具として相変わらず役に立った。残念なことにその価値は、主にヘレンの興味をつなぎとめておくことに限られた。というのもヘレンはぼくが教えようと試みた単語を適切に言うことができなかったからで、ヘレンが獲得した英語の語彙は十か十一で止まっていた。この中に数えられるものでは愛《ラヴ》が、代名詞を勘定からはずせば、唯一の抽象語だった。しかしこの語の動詞としての可能性をヘレンが認識していたかどうかについては、ぼくは未だに断言できかねている。ぼくが教えた、この語を含む文を機械的にくり返すことはできた。しかし鬱になった夜に、ヘレンは自分が何をしているか、理解していたと思うことにして、自分をなぐさめることがよくある。

その文は何かって。

もちろん「アイ・ラヴ・ユー」だ。これをヘレンが発音したそのままに転写することはしない。そんな転写はこの文を滑稽なものにするだろう。ヘレンとの関係にユーモラスな側面がまったく無いとは言わないが、この場面で読者の笑いを誘おうとは思わない。誰でも大切にしておきたい記憶はあるものだ。ヘレンの独特の「アイ・ラヴ・ユー」の言い方は、ぼくにとって、そうした記憶の一つだ。

第一七章　フロリダ州ペンサコラ――一九八五年七月

ジョシュアは左右に車体を傾けながら五時のラッシュアワーを縫ってぼろぼろの赤いカワサキを飛ばしていた。渚は左に眼に痛い白い帯となって続き、自動車やキャンピングカーが多すぎてアスファルトが空いていない時には、右側の砂の多い路肩がペンサコラへと続く自分専用の通廊になった。体は汚れ、汗と塗料の染みがあったが、トレーラーに寄って着替え、何かひと口食べようとすれば、講堂にブレアが着くところを逃すのはおそらく確実だ。かの〈大人物〉の最初の挨拶を聞くのに間に合えばよいのではない。建物の外で待伏せし、フロリダ州北西部のパンハンドル地区にいる更新世の東アフリカにおける生態学の専門家はブレアだけではないことを知ってもらわねばならない。ジョシュア・カンパ――別名ジョン＝ジョン・モネガル――もその専門家の一人なので、正規の教育は受けていないが、その眼で見た経験は豊富なのだ。というよりも、これまでの人生はすべて、ブレアとの面会をめざしていたのだと確信するにいたっていた。

アリステア・パトリック・ブレア。アフリカはザラカル共和国出身の著名古人類学者。

車の往来を縫いながら、ジョシュアはその名前を呪文、真言のようにくり返した。アリステア・パトリック・ブレア、アリステア・パトリック・ブレア、アリステア・パトリック・

ブ、レ、ア……名前をくり返すことで、この人物が本当に来るのだということと、自分がブレアに会うことは必然であると、ジョシュアは自分に納得させた。詠唱によって、気を逸らせるもの、目的達成に邪魔になるようなものは残らず空っぽになった。カワサキは何ものか、容赦のない〈高きにある力〉の意のままに、自らペンサコラへと向かっていた……

ブレアが今晩、地元のある高校で講演をすることを、ジョシュアが『ニュース・ジャーナル』で読んだのは三日前だった。ザラカル北西国境地区にあるキボコ湖での調査費用調達のため、ブレアはアメリカ地理学財団の援助のもと、一連の講演をするため合衆国にいた。元々の旅程には入っていなかったペンサコラへ寄るのは、あるアメリカ軍人との親しい間柄のおかげで、この軍人はかつてザラカルの首都マラコイのアメリカ大使館の一行とともにキボコ湖の発掘現場を訪問したことがあった。理屈づけがどうあれ、アリステア・パトリック・ブレアがフロリダ北部におり、今この瞬間、ほとんど呼べば答える所にいて、もうすぐ講堂の外の通路でジョシュアと対面することになるのだ。

つまるところ人類の進化についての世界的権威の一人——ザラカル唯一の白人閣僚であることはさておいても——が、エスカンビア郡にわざわざ来て、そこの聴衆にスライドを映し、他では聞けない話をしたことが何度あったろうか。前例は無い、と新聞は書いていた。ブレアはマイアミまでは来たことがあるが、ペンサコラは初めてだ。そしてジョシュアはその人物との会合に向けて、狂ったように飛ばしていた。

その魂遊の各回をテープに記録しはじめて以来十二年間、更新世の東アフリカ、古人類学研究、それに人類分類学について手に入るかぎりのあらゆる本を読み、徹底的に消化していた。こうした書物の大半で、第一次世界大戦後に頭角を現した最も著名な化石ハンターやカタログ編集者たちのいずれとも肩を並べる存在として、ブレアの名前が出ていた。そしてつい昨年、この〈大人物〉は『はじまり《ビギニングス》』という、賛否両論で話題となったテレビ・シリーズのホストとして、少なくとも世間の眼からは現代最大の化石ハンターの一人としての地位を確固たるものにしていた。であれば、ジョシュアの質問、ブレアの著作が再構築しようと試みている時代の景観を実際に訪れたことのある人間の質問に答えるのに、アリステア・パトリック・ブレア以上の相手がいるだろうか。いようはずもない。ザラカルの古人類学者の他には、ジョシュアの夢の正当性を保証するのに適切な者はいないのだ。

ジョシュアは一時間ほども前に学校に着き、椰子《やし》の並木のある広い通りの、ブレアが講堂に入るのに使う可能性の高い二つの出入口のどちらもはっきり見えるところで、バイクに座った。かの〈大人物〉がすでに中にいるとなると計画は失敗だ。が、それはありえないはずだ。エアコンもない建物の中で、地元の学校の幹部相手に声帯を動かすことに費すには、ブレアの時間はあまりに貴重なはずだ。

学校の駐車場は徐々に埋まりだし、ゆったりした仕立ての夏服を着た人びとが、講堂の前の屋根付き通路のあちこちで集団を作っていた。ジョシュアのデジタル腕時計は〇七：四三を表示していた。あと十七分。薄暮は凝固している。作業服のズボンのポケットから、ジョシュアは小さなノートをとりだした。その一番上の紙に自分の名前、住所、電話番号を書いた。それから電話番号の下に、小さな五本指の手を描き、その中を――掌の真ん中の様式化した眼を除いて――急いで斜めの平行線で満たした。子どもの頃からの署名であり、間近に迫ったアリステア・パトリック・ブレアとの出逢いにはこれ以上ないほど適切なものと信じていた。紙をノートから破り、汗をかいた両手を畝織《うねお》りのTシャツでぬぐい、古人類学者へのメッセージをていねいに折り畳んだ。ブレアの講演を聞きに学校へやってきた人びとはたいていがジョシュアを睨んでいたが、だしぬけにその理由に思いあたった。

汚れた服を着た地の底から這いでてきたような黒人が、日本製のバイクにまたがり、一枚の紙を乾かそうとでもするかのように指ではさんでひらひらさせている。古生物学マニアの典型とされるような人間とはおよそ見えず、学校の近くにそういう人間がいるのは、何となく脅威だと思う向きもこの人びとの中にはおそらくいるだろう。講堂の屋根付き通路にいる警備員――がっしりした黒人――も自分から眼を離さないでいる。

五分後、古いキャディラックのオープンカー――今日び、こんな種類の車はあまりに稀だったから、こんなものが存在することはジョシュアにはほとんど信じられなかった――が講堂の通用口の前に停まった。だいぶ暗くなってはいたが、オープンカーの後部座席でブレアの姿はすぐそれとわかった。陽に灼けた広い額、芝居がかった白く大きな口髭、それにツアーに出る時のトレードマークである民族衣裳をとり入れたデザインのゆったりした綿のシャツで、ジョシュアにはブレアだと見分けられた。ジョシュアはバイクのエンジンをかけてふかすと、大通りをつっきり、停まったキャディラックと並行した歩道につけた。オープンカーと講堂の通用口へ昇る階段の間に入った。

「すみません、すみませんがブレア博士、どうしてもおたずねしたいことがあります」

後部座席のもう一人の男——皺くちゃになった夏の制服を着た空軍大佐——が半ば立ちあがって、ジョショアを詮索した。

「きみ、入場券を持ってるんならきみは——」

「入場券はこれから買います」

「結構、それが順当だ。ここでブレア博士の時間をわざわざ無駄にせずとも博士のお話は聞けるよ」

「でもぼくは——」

「さあさあ、どいたどいた。そのマシンはどかしてくれ。博士はこれから講演をなさるんで、きみはその邪魔をしてるんだ」

ジョシュアはオープンカーから離れ、歩道沿いに並んでいる椰子の樹の一本の下にバイクを駐め、人混みをすり抜けてすっとんで戻り、建物に入る前に古生物学者をつかまえた。誰もブレアとの間に入ったり、無作法を咎めたりする間もなく、ジョシュアは〈大人物〉の手にメモを押しこんでから、階段を歩いて駆けおりた。

「捨てないでください。持っていてください、先生」

ブレアはもの珍しそうにジョシュアを見下ろし、その折った紙を額にあて、そして忠告するようにつぶやく空軍大佐ともう一人の平服の付添いに向きなおり、階段の上の扉を抜けて姿を消した。


中に入ってジョシュアは講堂の東側の壁際の席をとった。心臓はどきどきしている。ブレアとその連れはジョシュアのことを政治活動家だと思ったことだろう。ザラカルの領土内に二つの近代的軍事施設、インド洋に面したブラヴァヌンビの海軍基地と内陸部の砂漠の空軍基地をアメリカが資金を出して建設し、利用するという、議論の的になった取決めに反対する側に属している、というわけだ。しかし国際政治はジョシュアの念頭には無かった。ただひたすら、今晩命ながらえて、古生物学者と二人だけで言葉をかわすことが望みだった。着替えと食事の時間を惜しんだことを後悔しはじめていた。講堂の固い木の床――学校のある時はバスケットボールのコート――の上の金属製の折畳み椅子に座っている人びとのほとんどはジョシュアのことはわざと無視するか、さもなければ箒《ほうき》をどこにかたづけているのか、見当をつけてみようとしていた。

やがてブレア、空軍大佐と他に数人が演壇にぞろぞろと現れ、アメリカ地理学財団の幹部

――多彩色のサマードレスを着た魅力的な女性が演台について〈大人物〉を紹介しはじめた。その当人は女性がしゃべっている間じゅう、自分の膝を見つめるか、大佐とひそひそ話していた。女性が締めくくると聴衆は暖かく拍手を送り、ブレアが両腕を前に伸ばし、愛嬌のある笑みを浮かべてふらりと前へ出た。七十代初めだが、なお精力的で、働くのも誉められるのにも熱心だった。舞台の上はブレアの到着前に小道具や携帯プロジェクターなどが周到に用意されていて、ブレアはその前を往ったり来たりしながら、講演の前置きをよどみなくしゃべった。

禿頭《とくとう》を光らせ、口髭は汗にぬれて垂れさがりながら、古生物学研究の現場における主なライヴァルであるケニヤのリーキー一族と自分との、近年のアフリカでの発見の評価をめぐる違いを、ブレアは打ちあけた。ブレアは二十分以上にわたって述べたてた。リーキーとは仲のいい友人だとブレアは打ちあけた。しかし熱心すぎるところはからかってやった。向こうも自分もからかう。ブレアもリーキーも自説を曲げない。一つの大きな家族、古人類学者という種族のメンバーだ。

「他の分野のわたしたちの同僚の中にはひじょうに激しく反対する者もいるんですが、古人類学者はもう一つの重要な家族の一員でもあります。その家族はホモ・サピエンスといいます」

これは笑いを誘った。ジョシュアも他の皆と一緒に笑い、ブレアはこれに勢いを得て、次のパートへ移った。この部分の呼びものは、ブレアが大いなる論議の中、ホモ・ザラカレンシスと名づけた古人類の頭蓋骨の石膏製《せっこうせい》の複製にむかって滔々《とうとう》と語りかける一場だった。ブレアはこの頭蓋骨の現物を二年前にキボコ湖の発掘で発見した。そしてホモ・ザラカレンシスまたはザラカル猿人は直立猿人《ホモ・エレクトウス》の直前の祖先にあたる古人類の独立した種だと主張したことで、頻繁に茶化されることになった。ホモ・エレクトゥスは次第に変異してホモ・サピエンスの最初の真正な代表となった。言いかえれば、ザラカル猿人は、ブレアの故国の古代の住人は「人間」という非科学的表現に値する最も古い古人類である。リーキー一族はH・ザラカレンシス——この用語をリチャード・リーキーは常に引用符で囲み、かつ斜体にしている——は実際にはホモ・ハビリスとしてすでに知られている種に属すると信じていた。それればかりか、ブレアはばらばらになった頭蓋骨と一オンスのアイリッシュ・ウィスキーとザラカルへの狂信的愛国主義の発作から、まるまる一つの種を創作した、というリチャード・リーキーの主張には説得力があった。そうだとしてもブレアが初めてというわけでもない。メディアを何よりも重視することでは、古人類学者は皆同じだ。

今、墓地のシーンのハムレットのように、焼き石膏の死神の頭を捧げもち、感情をこめてブレアはこれに語りかけた。

「さても哀れなるリチャードよ
汝が頭蓋、地中に眠ること三百万年

とるに足らぬ数世紀は別として
汝は限りある賢き輩《やから》なり
されど十分に切れ者なるほどに
かの才気あふれるリーキーの広く愛されしハビリスを
まことに影薄きものとせり
かれらは人たらしと我ら今や認めたり
我ら自身の思慮深き先駆者ならず
天才の胚種たらず、ロダンのモデルたらず――
ただにこのハビリス、直立せる猿
アウストラロピテクスの類なり」

〈大人物〉は言葉を切り、頭蓋骨の空《うつ》ろな眼窩を覗きこんだ。そして再び朗誦を始めた。深いバスのその声はわだつみの歌のごとく、古い講堂に響きわたった。

「おお、リチャード、リチャード、今は亡き、その死の悼まれる
わが同僚なる息子と名を同じくする脳のない頭蓋よ
我らが揺れる系統樹から揺れおちた

ハビリスのみならず南の猿の
たくましく同時に華奢な類
そして猿以外の名をもたぬ猿は
我らが命名法ではサルと呼ぶほかなけれども
我ここに汝の名を元気のないリチャードと命名す
その名づけるはこの頭蓋で汝が兄弟
クービ・フォラの溶岩床のリーキーならず
サル＝ヒトの筋で最も古き父祖
賢明なる我ら自身へと昇るに
H・エレクトゥスに先立つ者。さても哀れなるリチャードよ！
ハビリスは退陣し、また死にたえた
この冷たき頭蓋の、長く残りし骨の遺構の中に
後継者たるザラカル猿人万歳！」

演技としては見事だ。このシェイクスピアに擬した大仰な読誦をここにいる全員が完全に理解できるはずはなかったとしても、断続的に笑いが起こり、最後には大きな喝采が湧いた。
ブレアは頭蓋骨の額にキスしてからテーブルの上の、はじめに取りあげた場所にそっとも

どし、講堂の照明を落とす合図をした。そして生彩に富み、包括的なスライド・ショーを語りだした。キボコ湖の発掘現場を大きく見渡すショットと最近発見された化石のクローズアップ。現地の野生生物、それに多数の現場の助手たちが織りこまれていた。古人類学の発掘現場の仕事は、実り多い場合であってもほとんどが退屈そのものであることや、気温四十度近い溶岩床をうろつきまわるのを心底楽しめる人種には自分は属さないことを告白した。加えて、いまだにやはり危険なまでにその場《イン・シトゥー》で行われる、発見された化石をきれいにするという丹念な仕事には、もはや耐えられないとも語った。若者たちの手の方が、わたしの手より確かです。

次は――ジョシュアはこれを予想していなかった――ある著名なザラカルの画家が細心の注意をはらって再構成した更新世の動物たちの絵を集めた一連のスライドだった。暑さにもかかわらず、ジョシュアは震えだした。この画家が、骨の断片と想像の剝製師の直観を頼りに、自分の夢に必ずつきものの素材を具体的に形にしようと試みている、とわかるのは奇妙な感覚だった。画家はどこまで正確に描いているだろうか。いや、そもそも近いところまで行っているのか。ここにいる中でそれを判断できるのはジョシュアだけで、アリステア・パトリック・ブレアにもそれはできないのだ。

「最初のスライドを頼む」

画面にぱっと浮かんだのはペロロヴィス・オルドゥヴァイエンシスと呼ばれる奇抜な羊な

いし野牛の属だった。それは巨大な巻角を持っていて、ブレアによれば端から端まで三メートルあった。この動物について、ジョシュアは読んだことはあったが、更新世への度重なる視床の旅でも一度も遭遇したことは無かったから、描写の正確さについて結論は出せなかった。とはいえ、ジョシュアは頭が軽くなってふらふらした。まるであの角の重荷を絵の中の生きものに渡してしまったようだった。

「次のスライド」

これはヒポポタムス・ゴルゴプスで、突きでた額の畝と潜望鏡の眼がある。夢で見ていたからジョシュアはそれとわかったし、この河馬の種のどれにもある斜視になったぎょろ眼を画家は巧妙に描いていた。

さらにスライドが続いた。北米のムース鹿の角を思わせるかぶり物をもつキリン。ジャイアント・バブーン、ジャイアント・イボイノシシ、ジャイアント・ハイエナ。ディノセリウムと呼ばれる原初的な象は短かい鼻と後ろにカーヴした牙がある。こうした動物たちの絵が完全に正確というわけにはいかなかったとしても——実際時折り正確ではなかったが——たいていは皮膚や毛皮の要素、色や肌理《きめ》、模様や長さを誤解したことによるものだった。これをまちがうのも無理はない。全体として画家の千里眼にジョシュアは仰天していた。

「次のスライド」

鬣《たてがみ》と馬に似た鼻面のある、背中が斜めの動物が数頭画面に現れた。画家は鬣を濃い褐色に描き、胴体はアフリカ・ライオン特有の明るい黄褐色にしていた。生きものは皆そこそこに首が長い。そしてブレアは大袈裟《おおげさ》にぎょっと驚いて画面を見直してみせると、このありえないような四足獣が実際には何なのか、当ててみるよう皆を誘った。「キリン！」と叫ぶ声がいくつか上がった。「アンテロープ！」と別の声。「馬の一種」と子どもの声が言った。

画面の脇でぼんやりとしか見えないブレアは片手を上げた。

「そうです、これらは実際有蹄類の一種です——蹄のある草食の哺乳類で、皆さんが今名前をあげた動物は皆そうです。ですが、このヒッポグリフに似てキリンに似た連中をよく見てください。一番よく目立って、しかもたぶん一番奇妙な特徴のことは、どなたも触れなかったようですね」

「爪」

とジョシュアはひとりごちた。講堂の後ろの方で誰かがその言葉を叫んだ。

「その通り」

ブレアはスライド・プロジェクターの光の中に進みでて、画面でちらちら揺れている動物の一頭の足を軽く叩いた。

「まことに結構ですね。もちろん、この……このキリンに似たヒッポグリフにどなたも名前はつけておられない。どうでしょう、この哀れな連中を絶滅から救うのは無理でも、名前がない状態から救ってやろうという方はおられませんかな」

ジョシュアが言った。

「それはカルコーセレスです」

ジョシュアはその名をはっきりと正確に発音した。愛らしい名だといつも思う。ジョシュアの発音にブレアは驚いた。

「おや、プロの古生物学者がおられますね」

〈大人物〉は薄ぼんやりとした客席をすかし見た。

「それともクロスワード中毒の方かな」

聴衆は笑った。

「いえ、いえ、冗談のつもりではありません。しっかり下調べをされてきたのはどなたですか。そこまで勤勉で明敏な方ははっきり名乗られる資格があります。ご自分から名乗られるのがよいと思います。どうぞ」

ジョシュアは言った。

「ぼくの名前と住所と電話番号は先生のポケットにあります」

こう言われて当惑し、また講堂の外でいきなり声をかけてきた若者のことを思いだしたのだろうか。ブレアはジョシュアを見つけることができなかった。

「どうもこの中の専門家の方は船荷証券をわたしに渡してくれていたようですね」

この切り返しに聴衆は自信なさそうに小さく笑った。それから〈大人物〉は画面に向きなおった。かれがズボンのポケットをぽんぽんと叩いたのにジョシュアは気がついた。例の住所を書いたメモをまだしっかり持っていることを確認しようとするようにも見えた。まるでメモが何か不都合なもの、ヘルニアか手榴弾《しゅりゅうだん》に変身してしまったのではないかと恐れたようにも見えた。

「カルコーセレスは『化石の獣』という意味です」

ブレアは客席に向きなおって慎重に続けた。

「この動物についてはこんな小唄を聞いたことがあります。確かこんな具合でした」

「カルコーセレス、例のいやしき獣
その爪先で自然の宴に参じた
熱心に食べたが、エチケットは無し
そこでダーウィンの恐るべき串に刺された
うまく退却らしくみせるには
足で食べるな、フォークを使え」

これはウケた。ぎこちなくなった場面を救うのに、ブレアはショウビジネス流の定番に頼ったのだ。これまでも同じ手口は何度も救ってくれたにちがいない。これでジョシュア・

カンパの名は忘却の彼方《かなた》へと送りこまれ、講演の本筋に無理なくつなげることができた。

「近代古生物学の元祖であるキュヴィエ男爵は、カルコーセレスのもののような形状の歯を備え、草食を示す歯の摩耗のパターンを示すもの——そういう類の動物はなべて蹄《ひづめ》を保つはずだと言いました。ここで問題になるのはもちろん『はず』のところで、結局はかわいそうに男爵は、母なる自然の慎しみもなく、予測もできないふるまいに裏切られたからです。キュヴィエは一八三二年に死にました。死後ほどなくカルコーセレスの遺骨が発見されて、かれが完全に、百パーセント誤っていたことがはっきりしました。ここに足に巨大な爪をもつ草食獣がいて、その爪を何に使っていたのか、満足な説明ができる人間は誰もいません。普通言われているのは、カルコーセレスはその爪で地中から根茎や塊茎を掘りだしていたので、したがって生態学的に仲間の有蹄類の大多数とは際立って異なるニッチを占めていたというものです」

「肉も食べてました」

ジョシュアの声はかなり大きかった。

「まいったな」

ブレアはつぶやいた。執拗《しつよう》に促して照明を点けさせ、眼の上に手をかざして、余計な口出しをする相手をつきとめようと客席を見渡した。

「それはまったくばかげた仮説だと思うね」

「単純な事実を述べただけです」

ようやくにジョシュアを見つけてブレアは手を額からおろし、成り上がりの若い専門家に向かって話しかけた。

「我々に調べられるかぎりのカルコーセレスの歯の微細摩耗紋様からはその『単純な事実』は証明されないね」

「ならば、そのカルコーセレスの歯が違っていたんです。かれらが麝香猫《じゃこうねこ》やハイエナと同じように爪を使って死骸をあさっているのを見ました」

「見た、だって」

〈大人物〉はおおっぴらに信じられない顔になった。

ジョシュアは腹を両腕で抱きしめていたから、拘束衣を着せられた患者にみえた。『ニュース・ジャーナル』のカメラマンが金属製の折り畳み椅子から立ちあがり、前方の席から這うようにやってきて、ジョシュアの眼にフラッシュが爆発した。カメラマンは別の角度からも撮った。

「そうです」

まばたきしながらジョシュアは言った。声が震えているのがわかった。

「つまり――」

そう言ってしまったのは間違いだったが、後へは引けなかった。聴衆がジョシュアに反感をもっていることは感じとれた。客席には数えるほどしかいない黒い顔の持ち主であることも、怒りくるったブレアの賛同者をなだめるにはほとんど役に立たず、ましてやこの〈大人物〉に公然と反対することは極悪非道の所行なのだ。かれらの視線が測り知れぬ量の放射線のように、自分を貫くのが感じられた。気違いの黒ん坊がせっかくの夕べを台無しにしていやがる。その熱を感じながら、あらためて言いなおした。

「ぼくが言いたいのは、カルコーセレスは顕微鏡やカリパスで武装した研究者が想像してきたものではまったくない、ということです。言いたいのはそれだけです。それだけで言語道断な異端なんでしょうか」

「すわれっ」客席の中程にいる男が叫んだ。「だまってすわれよっ」

この提案に低く賛成のつぶやきが起きた。しかしジョシュアが譲歩しないのを見て、つぶやきは野次に変わった。

「暴言はやめましょう」演壇からブレアが吠えた。「罵詈雑言は対立矛盾する理論の意味するところを解きほぐそうと試みる科学者のためにとっておいていただきたい。この若者とわたしは科学者ですからおたがいに罵りあうことができるので、皆さんのお力添えは不要です」

客席はしぶしぶ静かになった。

「注目すべきことに」ブレアは続けた。やさしくさとす理性の声だ。「東アフリカの人びと、現代のいくつもの異った部族の間に『ナンディ熊』と呼ばれる生きものについての伝説がある。それはここに描かれた動物ほど大きくはないとされている」

画面の上で照明があたりすぎている映像を軽く叩いた。

「けれども同じく背中が下り傾斜で、しかも伝説によれば植物だけでなく、肉も食べる。ナンディ熊とこの先史時代の生きものは何らかのつながりがあるとずっと感じてはいるよ。残念ながら、絶滅している動物について知るべきほどのことをすべて知ることはできないのが実情だね」

「色も違います」

ジョシュアは画面のカルコーセレスを指して、なおも言った。

「その陳腐なライオン色ではありません。美しい縞模様です。ベージュの地に褐色で尻に向かって波打つようなV字になっています」

「そいつをつまみ出せないのか」

別の声があがり、水面下の不満が嘲りや野次に噴出した。ブレアはやさしく我慢する方を選ぶかもしれないが、この聴衆はブレアの講演に耳を傾けるために一人三ドル払っているので、古人類学については誤るはずがないと錯覚している無名の小人がしゃべるのを聞きにきてはいない。ジョシュアは自分を追いだそうとすることをとがめだてていたわけではない。しかしどうにも黙っていることができなかった。ペンサコラでのこの数時間は人生の転回点、延々と先送りされてきた転回点になるはずだった。聴衆の敵意に降参するつもりはなかった。

「もう一つあります、ブレア博士。ホモ・ザラカレンシスは先生の想像が生みだした絵空事です。リチャード・リーキーの言うとおりです」

客席の後方に立っていた例の警備員が通路を自分の方にやってくるのが見えた。

「ザラカレンシスはハビリスです。ルイ・リーキーの息子がケニヤのクービ・フォラで発見した原人と同じものです。そのことは先生もご承知です」

ブーイングが大きくなり、前に睨んでいた同じ黒人の警備員に腕を掴まれた。

「それまでだ」警備員は静かに言った。「言うだけのことは言ったろう」

警備員の情け容赦のない手枷《てかせ》に握られて、軍隊行進のリズムに盛り上がる手拍子に送られて、ジョシュアは講堂から連れだされた。

「あの若者は過去を見通すだけでなく」ブレアは聴衆に向かって声をあげた。もう一度鎮めようというのだろう。「わたしのような古い遺物の頭の中も見通していますな」

その晩、ジョシュアが耳にしたブレアの言葉はそれが最後だった。

第一八章　旱魃の季節に

ある朝眼が覚めると、アルフィーが自分の小屋を解体して、支柱をばらまき、屋根の材料を風に吹きちらしていた。ハムとジョモがこれを見て、同じことをしようとしたが、アルフィーは止めた。自分の小屋は自分だけのものにしておきたかったのだが、他の住居は二つ三つ、囮《おとり》として残そうと考えたらしい。そうすれば捕食獣や家を探している他の原生人類たちを足止めすることもできるだろう。もともと建てた者たちはまもなく戻って、またここに住むのではないかと、敵も味方も考えるようにしむける。この戦略でぼくらは競争相手の少なくとも一部に対して先手を打てるとアルフィーは言いたいらしい。

樹上鼠、縞馬、ガゼル、ウシカモシカ、その他ンガイの子どもたちの例にならう時期ではあった。少なくとも四、五ヶ月の間、雨は降っていなかった。草原のこの一帯がそのライフスタイルにとって快適だと思えるのは、マングース、ハイラックス、ハダカデバネズミ、蜥蜴《とかげ》、バッタ、それに蛇だけだった。ぼくらとしてもニューヘレンズバーグに別れを告げるのはベストではあった。

ぼくらは出発した。もう何週間もキボコ湖に戻ることは考えてもいなかった。けれども完全に原生人類のひとりになりきって、まだ身につけていたものを脱ぎすてることを、本気で真剣に考えた。一方でブッシュショーツとチャッカブーツはまだ絶対に必要とも思えた。ショーツのポケットにはいろいろと役に立つものを入れておけたし、ブーツはすり減ってはいたが、あまりに長く履いていたので、サバイバル訓練中にできたタコは皆消えてしまっていた。ショーツとブーツとともに、四五口径は飾りもないホルスターに入れて携えていた。ブッシュジャケットは即席のトラヴォイに引っぱって広げ、その上にバックパック、弾帯、それにアンテロープの皮で作った粗雑な袖なし外套《カロス》をのせた。カロスにはここ数日ヘレンとともに集めたメロン、塊茎、木の実、果実を入れていた。けれども、更新世のわれらが祖先の恵まれない無垢《むく》の状態を手に入れるために自分の過去を丸ごと放棄する気にはなれなかったから、パンツは履いていた。

熟慮した上での、けれど結局はその場の思いつきでの決断だった。

ぼくらはいつもの順序で進んだ。女子どもたちを男たちが囲む。ぼくとペアになったにもかかわらず、ヘレンは男性の役割を担った。アルフィー、ジョモ、フレッドと同じく、重いアカシアの棒をふり回していた。マルコム、ルーズヴェルト、ハムは大切に磨いたアンテロープの骨を棍棒にしていた。ぼくはといえば、ピストルと他の者たちの戦闘技術を頼りにして、女性陣の旅行団の一員のような恰好でトラヴォイを引いていた。

サバンナに遙かに出てから、ニューヘレンズバーグをふり返った。遠くはあったが、いくつもの二足歩行の存在が、丘の斜面とぼくらが捨ててきた小屋の前の胸壁に沿って、右往左往していくのが見えた。その姿をぼくは指さしてヘレンに教えた。ヘレンは首をかしげ、たっぷり三十秒の間、そいつらの活動を見ていた。他の誰も興味を示さず、ぼくらは進んだ。しかし一定の間隔をおいて、ぼくは定期的に丘の斜面をふり返ってみた。そこをうろついていた小さな影はやがて草地に降り、視界から完全に消えた。あの生きものがぼくらの後を尾けているという、はっきりした、嫌な感覚が残った。

ぼくらは前にゲンリーを上げたバオバブに着いた。ハムが追憶の哀しい声を長くあげて、子どもたちの何人かは脅えた。しかし死んだ仲間についても、その遺体を貪った豹についても、何の徴候も見あたらなかった。ハムの呼び声で例の豹が、ぼくらが新たなお供えをもってきたのかとまた出てくるのではないかと不安になった。他のミニドたちも同じ不安にかられたらしい。ぼくらはバオバブの陰に休むことなく、山に向かって南東への旅を続けた。

その晩、気がつくとぼくは、あるとりわけ生々しい魂遊夢の後で、フロリダ州フォート・ウォルトン・ビーチで書いた詩を——状況によって余儀なくされた変更を加えながら——頭の中で暗誦していた。当時ぼくは昼間はトム・ハバードのガルフ・コースト・コーティングで働き、夜は公共図書館で更新世の勉強をし、そして四日か五日に一度、あの不思議な夢を見ていた。その詩を書いた時十九歳で、誰にも、トレイラーで同居していたビッグ・ジーン・カーティスにも見せたことはなかった。

しかし、今、ぼくはこれをミニドたちに朗誦することにした。皆が足を止めた小さな雨裂の境をなす無花果やアカシアの間に座ったり、寝そべったりしている。

「これは『わが心を射とめたハビリスたちへ』というんだ」

そう言って土手を往ったり来たりしながら、二百万七歳の詩を節をつけて朗誦した。まるでアメリカ地理学財団の資金集め講演でリチャード・バートンを演じてみせたアリステア・パトリック・ブレアさながらだった。ただ、言い訳しておけば、ぼくは言葉に自分の魂をこめたので、ミニドたちはうっとりと自己滅却して聞き入ったのだった。

「そなたらの母はそなたらを名も知れぬ盆地へ落とす
そなたらの父はジャッカルのように絶滅の淵をさまよう
いかにして我のそなたらの仲間になりしかは誰も知らず

そなたらの太陽は高く掲げられし脈打つガゼルの心臓
その心室の切り開き方をそなたらは習う
屍肉漁りよ、そなたらは食慾《しょくよく》のことしか我に語らぬ

うかつにも我はそなたらにパンゲアと有糸分裂の子孫について訊ねる

ローラシアとゴンドワナランドはそなたらの理解にはみなし子
自制できないアフリカはその必要に合わせてそなたらを彫刻する

言語が女性の左脳に芽生える
男性は巧妙な洞察を死んだサバンナから盗む
誕生は実際の分割に左右されない労働のまま

そなたらの作る道具はまだ発明されないリュートのピックのごとく
我がポケットナイフは複雑さではテレビジョンにも劣らぬ鴻業《こうぎょう》
我らが不毛の河身の上に谺する打楽器の音楽

我らが皆で開く簡素な宴に我が畏怖は招かれぬ客となる
ともに我らはザリガニを割り、鳥の卵の殻をすする
我らが最も愛らしい産物は集団による脆《もろ》い憐み

そなたらの我を解するは、千年紀の解しもの
我が洗練は未来の最も冷たき地層から出土した化石

我はそなたらが向かうものの最後の時代錯誤なりや」

そう、うっとりとした、ぞっとするほどの自己滅却だった。朗誦が終った時、拍手喝采は無かった。が、誰も野次らなかったし、途中で席をはずすこともなかった。そしてそれからの夜を過ごそうとヘレンの脇に腰を下ろした時、ヘレンはぼくの肩に腕を回し、身を寄せた。

夜明けが来てもハビリスたちの唇から敬虔な聖歌が引きだされることはなかった。ふらふらしながらぼくらは辺りをうろつき、朝食を集め、血のめぐりを良くしようと努めた。見つかったのは地虫、蠍が一、二匹、干からびた果実が少々、それに河身の浸食された土手でちっぽけな岩海老が数匹だった。歌がないのは寂しかったが、今朝にかぎって言えば、自分たちの位置をおおっぴらにしたくはなかったし、この貧相な場所を一時的な都と宣言するのも嫌なことはわかっていた。ぼくらは移動している最中で、根無し草であることにぼくら全員、どこか哀しくなっていた。

昨日からひき続いて事態を複雑にしていることがなお引っかかっていた。ぼくらの背後、北東に、二足歩行の生きもののよくわからない集団が相変わらず後を尾いてきていた。昇る朝日に集中して見ると、茨の茂みの中を動いているのが、かろうじて見分けられた。蜃気楼の熱気の中に冷たく透明に浮かぶ幽霊にもみえた。ヘレンにもかれらが見えた。前進を続けながらヘレンはずっと肩越しにふり返って幽霊の姿を捉えようとしていたが、連中は風景の中に溶けこんでしまって、まず望みは無かった。幻影を怖がることはすぐにやめた。それでもその存在がしつこく囁きかけてくるのが聞えなくなることもついに無かった。連中がそこにいるのも確かだったし、後を尾いてきているのも確かだった。

正午少し前、ルーズヴェルトが立ち止まり、動物が前脚で掻くような、妙な腕の仕種をした。他のミニドも全員止まり、一連の意味ある視線が狩人たちの間を飛びかった。ほとんどがぼくには意味不明だった。前方に木立ちがあった――乾いた草の砂漠の上に広げられた巨大な緑の傘というところだ。ルーズヴェルトはこの林の方へ先頭になって向かった。やがてその陰で何やら懸命にやっていた二頭の見慣れない動物が見慣れない頭を上げ、ぼくらに気づき、聞き慣れない笑い声をあげた。逃げはしなかったが、用心深くこちらを見た。でっちあげの動物寓話《ぐうわ》集の挿画の中に踏みこんでゆくように感じた。

ぼくは努めて息をしないようにした。

動物はカルコーセレスだった。かれらはぼくの夢が本物であることの証拠だった。乾いた土が馬に似た鼻面におしろいのように付いていた。脚は法外なまでに太く重そうにみえた。一方でよく動く耳と息を呑むような毛皮には感嘆する他なかった。カルコーセレスは一本の木の根元をその爪で掘っているところだった。それは猛烈な勢いで掘っていたので、ぼくらが現れたことで根茎を探していたのに邪魔が入ったのだ。この類の生きものは最も初期の魂遊旅行で眼にしていたのだが、この日のぼくは竜や一角獣の魔法の王国に迷いこんだ一介の冒険者だった。この遭遇は本当のことなのか。想像力によって存在が不可能なものに与えられるのと同じ神話的地位が、絶滅によってかつて存在していたものに与えられるのだ。

不幸なことにミニドはこの件について全く異なるものの見方をしていた。アルフィーはぼくのところに来てホルスターに手を置き、ピストルを抜いて撃つように合図した。小屋焼きの豚肉以来、ぼくらはほとんど肉にありついていなかった。そしてミニドにとってこのカルコーセレスはちょうどよい獲物に見えたのだ。ぼくにはそうは見えなかった。これだけ数が少ないことは、かれらが妖精の国へ至る道をすでにかなり進んできていることを示唆していた。そしてその旅を早めるのに一役買うつもりはさらさら無かった。たとえホワイト・スフィンクスがぼくを置いた見せかけの過去にあってもだ。ぼくの知るかぎり、この二頭のカルコーセレスは世界で最後に残された二頭とも言えるものだった。ぼくの世界でもそうだし、かれらの世界でもそうだ。

「嫌だよ」ぼくはアルフィーに言った。「冗談じゃない」

これを聞いて獣はまたいななき、たがいに体をぶつけ、そして東の方へゆっくりと走っていった。その不釣合な鉤爪《かぎづめ》の先で、品のないバレリーナのような動きだった。かつて、それほど昔ではない時に、ペンサコラのかなりの数の聴衆の前で、ブレアに向かって、カルコーセレスが肉を食べるのを見たことがあると宣言した。ぼくが嘘をついたのはかの〈大人物〉

を困らせるためではなく、当人の先入観への信仰を揺さぶるためと、確実にぼくのことを覚えておいてもらうためだった。加えてカルコーセレスの草食性の件で正統論を叩きつぶすことで、人間の進化についてのブレアの誤った見方を攻撃するための公平性を確保できると期待していた。ぼくが偶像破壊者で扇動家であるとしても、誰の祭壇を燃やし、誰の偶像を粉砕するかについては、少なくとも偏見は持っていないことを、ブレアには理解してほしかったのだ……

今、去ってゆくカルコーセレスを見送りながら、ぼくは嘘をついたことを恥ずかしくなった。一角獣や竜と同様、かれらは一方に傾いた真理を体現した嘘なのだ。あの愛らしい偽りの一頭を投げ縄で捕え、頭絡《とうらく》をつけて乗りこなすのは夢の実現になったはずだった。実際、かれらが足を止め、そのささやかな四阿《あずまや》を捨てるのが嫌だというようにこちらをふり返った時、ぼくは強力な喪失感に襲われた。ぼくが魔法使いか処女でありさえすれば、あのカルコーセレスを飼いならし、意思疎通することができたのに。

ヘレンはカルコーセレスが放棄した木立ちに入った。ほとんど無用心に歩きながら、地面を見ていった。と、さっきの動物たちが掘っていた穴からほど遠くないところで跪き、ポロポロした土の塊のように見えるものを、いいものを見つけたというように拾いあげた。ところが二、三秒ごとに、棘でも刺さるように指をひっこめる。ぼくらは好奇心をかきたてられ、他の者たちも何がどうなっているのか見ようと木陰に入った。

　ぼくの夢の獣たちには胃袋もあれば、はらわたも備えていたのだった。かれらはこの木立ちにしばらくの間住みついていたらしい。地面に排泄物が散在しており、フンコロガシの一種が惹かれてきていて、塊の一つひとつにとりついては、ばらばらにしていたのだ。虫たちは草が織りこまれた糞を分解し、卵を生みつけるための球に丸め、転がしていって埋める。あの化石獣の数の少なさを考えると、このフンコロガシの仲間はカルコーセレスの糞だけに特化したものではおそらくないのだろう。そうだ。この甲虫たちは便宜主義者だ。連中はこの木立ちにすばやく断固として入った。他にはあまり糞が落ちておらず、たまたま近くにいたからだ。

　ヘレンの指がぎくしゃくした動きをしていた理由がようやく明らかになった。すでにぼろぼろになった塊の一つから甲虫をとり外そうとしていたのだが、小さな解体業者の方では四本の後ろ脚で立ちあがり、自分が捕まることへの協力を拒んでいたのだ。そいつは脚がもう一組あるミニ・トリケラトプスに似ていて、角と大顎と前脚でヘレンの指をはねのけていた。交戦の合間にはそいつは糞の塊の方へ注意をもどした。わが花嫁の執拗さは怖いものではなく、うるさいだけだとでも言うようだ。しかし、とうとうヘレンはそいつのキチン質の胸を摑み、空中高くさし上げた。

　ぼくが見ているうちに他のミニドも木立ちの中へ散らばり、各々にフンコロガシを探しはじめた。若いハビリスたち――ジョスリン、グルーチョ、ボンゾ、それにペブルズ――は虫を拳でこつんと叩いて眼を回させようと試みた。ぼくがかつて蠍を失神させたやり方だ。しかし他の者たちは全員、虫の頭の次の、角のある兜《かぶと》のところを掴もうとした。誰が一番大きいものを捕えるかの競争は熾烈《しれつ》で、肝心なのは食事と食事の間の飢えを満たすことよりも、一番大きなものを捕えるのが偉いということのようだった。見つけたフンコロガシをあわてて貪る者は誰もいなかった。代わりにミニドたちは捕えたやつを地面の上で押したり、高くさし上げたり、逆さまに転がして起き上がろうともがくのを眺めたりした。

やがてぼくも糞の塊をほじくり返すことへの躊躇《ためら》いを克服し――つまるところ、他のこともほとんど全部克服していたのだ――座りこんで甲虫をあさっていた。ぼくはヘレンのやつより少し小さく、背中がブルーブラックで、脚にしゃれた毛が生えているのを捕えた。そいつはぼくの掌の上をふんぞりかえって歩き、握りしめようとするたびにぼくの指をこじ開けた。また移動を再開しようとすれば、甲虫は持ち運ぶには不便だったし、このキャンプを引き払う際にハビリスたちはペットを諦めるだろうかと危ぶんだ。

ペット。興味深い言葉だし、この場合にはぴったりのようにも思われた。それどころか、ぼくらの祖先の非霊長類の伴侶はケツを嗅ぐ犬ではなく、糞をより分ける甲虫だ、と言うこともできそうに思われた。

その緑陰で続けられた活動からして、捕えたものを放してやろうというミニドはほとんどいないとわかった。大人の大半と子どもたちのほぼ全員が甲虫を機織鳥の籠の中にしまいこんだり、危なっかしく手に持ったり、あるいはぼくの靴下の上縁からほどいた糸でぶら下げたりした。

ヘレンのためにぼくはもう一汗かいてやった。サバイバル・キットからからまった釣り糸を少し切りとり、彼女の甲虫の胸部に結んだ。つまりスカラベはハビリスの大の親友、輝きながら動く装身具になったのだ。ヘレンはそのフンコロガシを左の耳につるした。二重にした五センチ足らずの釣り糸のペンダントはくるくる回り、もがいた。虫が髪の毛につかまるたびにヘレンはまたほどき、そいつが狼狽するのを横目で見やった。ぼくは自分のペットをホルスターのホックにひっかけた。が、他のミニドたちはぼくのよりもヘレンの方をずっとうらやんだ。ぼくらがまた歩きだすと、他の連中から憧れて見られることは、甲虫が小刻みに揺れる不便さを埋めて余りあったらしい。ぼくらのこのやる気のない遠征の、ヘレンは花形だった。

この種の虚栄心は瘢痕文身《スカリフィケーション》、纏足《てんそく》、スカートを膨らませる腰当《バスレ》、タキシードを生んできたわけだが、その日の午後のヘレンのささやかな勝利をねたましくは思えなかった。とはいえ、三、四時間たって、ヘレンが甲虫を糸からぐいとひきはずし、ボンボンでもほうりこむように口にほうりこんでしまったのには仰天した。

ハビリスたち――とりわけヘレン――は、ぼくの先入観をひっくり返してしまうコツを心得ていて、いつもどぎまぎしてしまうのだ。

その日遅くなって、ぼくは自分の甲虫の糸を切り、サバンナに放してやった。勤勉であれば、あいつは生き延びるだろう。他のものの垂れながしたもので生命を維持している連中は、なかなか死なないものだ。生態学的に言えば、かれらはこの宇宙で選ばれた生きものだ――かれらがその生活様式を永続させるのに必要なものは、ありあまるほどあるのが普通なのだから。

第一九章　ニューヨーク市ブロンクス——一九七九年四月

かすかな子どもの声が自信なさそうにしゃべっているので眼が覚めた——自分の声だ。十歳か十一歳だろう。

「……両眼」

幼い頃の自分がしゃべっているのが聞えた。

「ぼくは眼だけになってる。そして見ている人間たちには——ほとんど人間のようだけど、ちがってもいる——ぼくは見えない。連中は毛むくじゃらで、毛のすぐ下ははだかだ。女の人たちは……」

ヒューゴーが死んでから三年経っても、ハドソン川を見おろす建物の八階の母のアパートで眼が覚めるのには慣れていなかった。この建物を見ると、白蟻《しろあり》の巣で穴だらけになったばかでかい墓石を思いだした。ある朝ベネチアン・ブラインドを指で少し引き開けると、膨れあがった人間の死体が川の中に浮き沈みしているのが眼に入った。アパートの中で、夜、眼が覚めるのよりもひどかった。

キリンやガゼルやハビリスやハーテビーストの原型の夢を見た時はとりわけひどかった。壁の向こうにフロリダの海岸が無いと思うと胸が痛んだ。渚《なぎさ》もカンザスの小麦畑もワイオミングの荒涼とした平原も無い。現実の錘になるなじみのあるものが何も無い。もちろん更新世の東アフリカにすがりつくことができた試しも無かった。けれども近頃では、魂遊旅行の夢からもどってくることが、地獄の孤児院の入口に捨てられるも同然のように感じはじめていた。アパートの暖気の吹出し口が爬虫類学者のホワイトノイズのように、しゅうしゅうと音をたて、街路のサイレンの音が、今シーズンのオペラのコロラトゥーラの宣伝のように、他のすべての騒音の上に響きわたった。ジョニィの想像の中では、まっとうなリヴァーデイルの街の情景は都会よりも蜥蜴に似ていた。

「手で肉を食べてる。何の肉かわからない。見はじめたときにはもう食べていたから。赤ん坊にみえるもの、赤ん坊より大きいやつ、子どもだと思うけど、男の人たちの注意をひこうとしてる。子どもたちが欲しいのは……」

何が起きているんだ。フルーツオブザルームのパンツだけは履いていたジョニィはカバーをはねのけ、裸の足を床に下ろし、首を傾げた。あれは録音した夢日記、魂遊旅行の記録の一部だ。複雑な記号システムでノートに書いていたのをやめて、便利な口述筆記にかえてからそれほど経っていない頃の一節だ。十歳の誕生日に携帯録音機をもらってから、魂遊旅行の夢を見るたびにテープに記録した。一ダース近くになったカセットは、靴の箱に入れて保存してある。子どもたちが野球のカードをとっておくのと同じだ。

午前二時二七分だ。これもヒューゴーのプレゼントである腕時計がデジタル表示で告げていた。

ベッドの頭板にとりつけたアーム・ライトを点け、音を立てずにクローゼットに近寄る。片方だけのハイキング・ブーツとテニス・シューズに隠れるようにして、靴の箱はあり、中には十進分類法で整理でもしたように十一本のカセットがきれいに並んでいた。小さな録音本の一本ずつに装飾のような暗号で記したシンボルは、テープがオリジナルだと保証していた。誰かがわからないように巧妙に作った複製ではない。

「……両腕をまきつけてる。何人かは男の人たちが肉を回すと、肉を子どもたちにも回してる。たぶん家族のようなものがいくつかある。連中は食べるのは一緒、でもいつもは……」

子どもの頃の自分の声が、魂遊旅行のひとつ、とりわけ生々しいものの一つを不器用に要約している。が、この夢を記録したカセットはいつもの場所にいつもの通りに眠っている。

箱をクローゼットの床にもどし、思春期前の自分の声にたぐられるように、部屋を出た。ジャネットの寝室兼書斎の入口でたち止まり、母親をみつめた。傾けた天板、一種の製図板に向かって座り、活字がぎっしり詰まった長い紙にインクで書きこみをしていたから、息子が後ろに来たのは見えなかった。

ジャネットが作業しているようなページの束はゲラ刷りと呼ばれる。ゲラ刷りが来るのは、出版社に渡した原稿が実際の本になる直前だ。だからこれは完成間近の企画なのだ。しかし、ここ三、四ヶ月、ジャネットは仕事が遅々として進まないことでずっと愚痴をこぼしていた。

製図板の上の棚に、ヒューゴーがジョン＝ジョンにくれたものによく似た携帯カセットプレーヤーがうなっていた。ジャネットはいきなりボタンを押して、テープを巻きもどした。さしてもう一つのボタンを押して息子の若い声を再生した。

「……それをさせるためにそれを渡す。たぶん家族のようなものがいくつかある。でもいつもは赤ん坊、こどもたちはまわりを歩きまわって、誰でも渡してくれるものからもらえるものをもらう。後で……」

「何をしてるんだ」

ジョニィはジョン＝ジョンの声を遮った。十六歳のテノールが十歳のボーイ・ソプラノの声をかき消した。

ジャネットは驚いて息を呑み、ボールペンを落とした。襟と縁にエジプトのモチーフの刺《し》繍《しゅう》の入った白いドレッシング・ガウンを着ていた（建国二百周年の間、ツタンカーメン王の宝物展が街で開かれ、ジャッカルの象形文字や金のコブラの指輪がオートクチュールの熱心なファンに押しつけられていた）。髪を項《うなじ》でまとめていたから、若い娘のようにみえた。やや気をとりなおして、大きくため息をつき、カセットプレーヤーのボタンを押して止めた。

「何をしてるんだ」

ジョニィはもう一度訊ねた。

「ほんとにもう驚かすんだから。そっちこそ、何をしてるの、マスター・モネガル」

「ぼくの靴箱からテープをとってコピーしたんだね。自分専用のカセットを作った。なぜ」

答える代わりにジャネットは長いゲラ刷りをさばいてまとめた。ジョニィは部屋にするすると入って母親の手からその束をとりあげた。

夢の中のエデン
夢占いによる過去への旅、実話
ジャネット・R・モネガル
ヴィレオ・プレス刊　＊＊　ニューヨーク

これは自分についての本であり、ジャネットは相談もせず、知らせてもいなかった。自分の肌をタイプライターのローラーの上に置き、回して位置につけ、そして心得ているかぎりの母の文学的性癖からすれば、主題も著者も廃墟にしてしまうような「やる気を起こさせるような」大冊を叩きだしたのだ。そうした書き手にとっては率直さのラーレスと突っこんだ分析のペナテスが守護神であり、自分をそれらの神々へのいけにえに捧げたのだ。

怒りにかられてゲラ刷りをめぐりながら、異所性、頭蓋内、種分化、それに集団的無意識、といった言葉が眼についた。自分の名前はほとんど毎ページに出てきて、スペインのセビージャ、カンザス州ヴァン・ルナ、ワイオミング州シャイアン、フロリダ州フォート・ウォルトン・ビーチ、それにニューヨーク市について簡単にまた詳しく触れられていた。しまいに手から落ちるままにして、カーペットの上にばらばらにすべって散るにまかせた。

「今年の秋に出るんだろ」

「あなたに言うつもりでいたのよ」

「いつ」

「全部準備できてから。びっくりさせるつもりだったの。あなたが苦しんできたものへの捧げものよ、ジョン＝ジョン」

「ああ、びっくりしましたよ。ええ、奥さん、これには驚きました。まったくもってびっくりだよっ」

「ジョニィ――」

「出た時に見ることになってたわけだ。六番街を歩いてて、あのクソッタレのヴィレオ・プレス書店の前を通る。すると、ポンッ――まるで喉に空手チョップ一発だ――『夢の中のエデン』が眼に入る。書いたのは何とぼくのママその人。ぼくがこいつを見ることになってたのはそれだろ。そりゃあ、びっくりだったろうね。いやもう、窓を開ける手間もかけずにママを窓からほうり出してやりたいね、それってびっくりになるかい」

「ジョニィ、お願い」

「ただタイトルはいいよ。前のよりはよっぽど気がきいてる。もちろんこれだってパクリさ――だけど一見パクリじゃないからな」

ジャネットはヴィレオ・プレスからの去年の本に『途中でやめられなかった、けれど読み終ってしまって残念だった』という題をつけた。これは一九四〇年代後半、テレビの商業放送到来以後のアメリカの読書習慣をめぐる、奇抜で哲学的なエッセイを集めたものだった。少なくとも三人の別々の書評者が三つの別々の都市の三つの別々の都会向け新聞にジャネットの本について書き、各々独立にまったく同じ結論に達した（「途中でやめられたし、読み終ってほっとした」）。それでもその本はハードカヴァーで四万近く、ペーパーバックではその十倍売れた。二冊めのこの本の成功で、完全に独立して生活しながら、アンナに大学をやめさせることもなく、ジョン＝ジョンは夜どこかのウェイターをやらなくてもすんでいた。多少感謝されてもいいはずだとジャネットが思っていることは確かだ。

「話を聞いて」ジャネットは冷静に言おうとした。「お願い、ジョニィ――」

「このままこれを出すんなら、母さん、ぼくは……こんなことをするなんて信じられない。ほんとうに信じられない」

「ジョニィ、前払い金の三分の二は使ってしまっているし、締切は二度も延ばしてもらったんだ」

「ダスト・ボウルの時代のごの国のだましいのだましいについての本を書いてるって言ってたじゃないか」

「やめて。書いてたよ。書いてるよ。でもこの本に乗っ取られたの。優先になってしまったのよ。私はこれを――」

「ああ、わかってるよ。捧げものね」

二人の関係にできた亀裂、グレート・リフト・バレーそのものと同じくらい大きく広く、橋のかけようもない淵を示していたのは「捧げもの」だった。ジャネットは生みの親じゃない。ぼくのことは社会実験以外のものと見たことは一度もなかった。幼児性愛やピーチ味のソーダ水におそるおそるふけるようなものだ。十六年間、ぼくはこの女の個人的実験対象だった。母親の実験は終りにして、その援助や介入がない自分はどういう人間か、自分で発見してもいい時期はとうに来ていたんだ。

「何でも好きにすれば」

製図板の机の前に立っている女に言った。

「それを出しても出さなくても。どっちにしてももう二度とぼくの顔はみないさ。二度とね、ムヘール」

「ジョニィ、あなた十六よ。まだ学校が一年ある。本気で――」

自分の身長と体重による他の重量制限があるとでもいうように、荷物は軽くした。母親

——ジャネット・モネガルという名の女はじっと見ていた。しかしもう何も言うことはなく、できるかぎり早くアパートを出たのだった。

四月の昼前の冷たい空気に備えた服を着て、ジョージ・ワシントン橋をジャージーに渡るのにタクシーに乗った。これはひどく高くついたので、パターソンまでヒッチハイクをした。ウェスト・ポイント・ペパレル社のセミ・トレーラーの高い運転台に乗った。やわらかい南部訛のがっしりした運転手は、ダッシュボードにガラガラ蛇の皮を貼っていた。皮はうす汚れたセロファンの剣鞘に似ていて、ヒッチハイカーは偶然にも抜け殼に触らないように両手を脚の間にはさんでいた。

運転手は始終にやにやしていたが、ごくたまにしかしゃべらなかった。パターソンでターンパイクを南部までずっと乗せてってもいい、ヒッチハイカーが歌をうたって眠らないようにしてくれれば、と言った。運転手は元気のいい歌も卑猥な歌も好きだった。元気がよくて卑猥なのもよかった。「ラ・クカラーチャ」がことの他お気に入りとわかり、ヒッチハイカーはターンパイクに入って最初の百キロを事実上休みなしにこれを歌った。

「いいな」運転手は言った。「名前は何だね」

「カンパ」とヒッチハイカーは答えた。「ジョシュア・カンパ」

「なるほどな」

運転手はハンドルをふきんのように絞りながら言った。

「あんたみたいに『ラ・クカラーチャ』を歌えるのはメヒコ人だけだからな……」

第二〇章　失踪

過去二日間、ぼくらの後を尾けていた生きものをついにはっきり捉えたのはヘレンで、頭を大きくのけぞらすと耳をつんざくひと声をあげた。東の方、二百メートルと離れていないところで、楔形の小丘《カピ》の突端から三つの小さな姿がこちらを見ているのを、ぼくは認めた。ヘレンの叫びが聞えたとたん、すばやく姿を消したが、ぼくらを追っている者たちの正体についてもはや疑いの余地はなかった。

華奢なアウストラロピテクス――A・アフリカヌス――の大きな集団が、ぼくら自身の進路とほぼ平行に移動していた。サバンナの草の丈の高い塊や茨やオアシスにも似たアカシアの島を隠れ蓑《みの》として利用していた。更新世に来て以来、広く分布していたとされているこの原生人類をぼくが眼にしたのはごく少数で、しかもいつもかなりの遠距離からだった。より稀だったとされているA・ロブストゥスの個体はもっと近い距離から見たことがあったが、情況証拠からすると、どちらの種も急速に死滅しようとしていた。

アルフィーをはじめとするミニドたちはアウストラロピテクスに同情などしなかった。ぼくらを尾けている連中がここまで近付いたとわかって、相手に対して打って出る方が賢明だと考えたらしかった。全員のふるまいに、神経質に油断なく警戒する色がみなぎった。男たちは視線を交わし、ほっそりした連中の方に向かってしきりに打つふりをした。その相手はあわてふためいて遮蔽物《しゃへいぶつ》の奥深く隠れ、それから一、二時間まったく姿を見せなかった。カルコーセレスを撃つ気がなかったのと同じく、ホビットにも似たぼくらの影に対して東へ向かう戦闘部隊に加わるつもりも無かった。

ヘレンはぼくのところへ来て眼を覗きこんだ。深遠で、嫌になるほど複雑なことを伝えようとしているとみえた。ぼくらは一本の涸れ谷《アロヨ》の縁で一瞬たち止まった。ぼくは罅割《ひびわ》れた川床を見つめて、直観を筋の通ったパターンにまとめようとしてみた。ヘレンは何を伝えたいのか。見当もつかない。ぼくの理解を促そうとするように、やせて毛むくじゃらの乳房の片方を軽く叩き、赤ん坊か猫が小さく泣くような声をたてた。肩をすくめ、両手を開いて、とまどっていることを示しながら、ヘレンがしゃべることができたらと心の底から願わずにはいられなかった。ジェスチャーから言葉を当てるゲームは得意ではなかった。

「ヘレン――ヘレン、何を言いたいのか、わからないよ」

ヘレンはぼくから後退りし、川床へととび降り、それを北へ、ぼくらがやってきた方向へもどり始めた。

「ヘレン、何をしている。どこへ行くんだ」

他のミニドたちはあわてる様子もなかった。ぼくは谷にとび降りて後を追って駆けだした。が、ヘレンは遠ざかる足を止めずに、ぼくに戻れと手を振った。ヘレンは東側の土手に登り、

三、四十メートル先の茂みにとびこんで完全に視界から消えて、ぼくはがっくりした。仰天し、傷ついていた。後になって、事実が手許に集まってきてからは、ヘレンがたち去ったことも筋が通るようになったが、その時は気まぐれで突飛《とっぴ》で、自殺的とすら思われた。最後にぼくの眼に映ったのは、ヘレンの首に巻いたバンダナの鮮やかな赤の閃きだった。その赤は恐しく不吉なものに見えた。

ぼくはしぶしぶ他の者たちの後を追った。

午後はだらだらと夕方になった。いったいどうしたのだ。ヘレンはなんでぼくに腹を立てたのか。言いたいことを理解しなかったからか。ぼくらを尾けているA・アフリカヌスの一隊に対して好戦的な態度をとろうとしなかったからか。ぼくに幻滅したので、サバンナの彼方に新しい夫を探しに出かけたのか。哀れなまでに自己中心的なこうした疑問がぼくの前脳にくい入り、怒ったザリガニのようにぶら下がった。理屈ではそれをふり払うことができない。ヘレンなしに生き延びることができるのか。自信が崩れだしていた。

夕暮れにさしかかる頃、ぼくらは小さな池に近づいた。対岸には雌の黒犀と毛むくじゃらのその子どもがいた。犀たちは水に向かって鼻を鳴らし、ものを摑めなくもない唇で水をなぶっていた。しぶきの跡がつき、泥がこびりつき、ゴムのように見える皮の様子からすると、すでにたっぷりところげ回り、今はただ時間を潰しているのが見てとれた。彼らがそこに留まっているので、喉が渇いた他の動物たちが近寄れないでいる。皮の厚いその胴体の周りを、馬蝿の群れが着地できるような乾いたところを探して飛びまわっている。

ハムを先頭に、ぼくらは水を飲みに池のほとりに降りた。豚のものに似た犀の眼はぼくらの輪郭を捉えようと細まり、大きな財布の形の耳はぼくらのおしゃべりを追いかけていた。犀はぼくらを追いはらおうとはせず、ぼくは大いにほっとした。

ミニドとぼくが水を飲みおえると、マルコムが一本の樹の上で見張りについた。

闇はヨードチンキの色合いを帯びた。そしてヘレンの離脱へのぼくの不安はヒステリーの気味を帯びた。じっと座っていることができずに、ぼくは池の西岸を歩きまわった。アルフィーはじめ他の連中は、ぼくと犀との両方に眼を光らせていた。犀の方はようやくのっしのっしと対岸を登って、黄昏の草原へ出て行こうとしていた。

だしぬけにマルコムが樹の上からホーホーと警報を発した。緊急の警報で、ぼくは急いで樹の上のマルコムに合流した。他のミニドたちも隠れた。間もなくぼくはマルコムの位置より高い、青白く磨かれた樹の股に腰を据えていた。ジャイアント・ハイエナの群れが、去ってゆく犀に接近しているのが見えた。サラカ山の上に満月が、明るく巨大で何かを抱えこんでいるような球体が昇って、草原の対決を照らしだした。

ハイエナたちの共通の目的は子どもをそそのかし突撃させてママからひき離し、集団でこれを攻撃できるようにすることだった。この目的のため、飢えに苛《さいな》まれたハイエナたちの二頭が、躍りこんでは子犀の毛深い尻を叩いてはとび離れた。母親は右へ左へ猛りくるってハイエナを追い散らそうとするが、ハイエナの方が犀よりも遙かに視力が良いので、母親の進路からやすやすととび離れた。それだけでなく、攻撃行動がいらだっているために、母親は疲弊していくようだった。子どもはできるだけ母親の傍近くにいようとしていたが、母親はますますいらだち不機嫌になるので、苦しめている相手とのばかげた鬼ごっこへ誘いこまれていた。

ハイエナの残りはと見ると、少し離れたところに座って、じっと見守っていた。かれらの眼は月明《げつめい》の下、黄瑪瑙《きめのう》だった。しつこく悩ます単調な作業は、肩までの高さが一・二メートル近い二頭の俊敏な暴れん坊に任せていた。その小競合の音――突進、鼻息、脚のフェイント――はどこか遠いところのものにも聞えた。どちらの側でも殺されれば、そしてミニドが漁夫の利を得られれば、ヘレンのことを頭から追いだせるかもしれない、とぼんやり考えていた。これまでのところ対決は気が立った音しか生んでおらず、そのほとんどはおっかさんが立てていた。

それが変わった。雌がやせたハイエナの一頭を遠く追いはらおうと左手に突進した時、子どもの方が右脇腹を噛んだ奴を攻撃した。この突進で子どもは池の東側の丈の低い草地で待機していたハイエナの方へ十五メートルほど近づいた。この愚挙に乗じようと、数頭のハイエナが飛びだした。ぼくがまばたきする間もなく、子どもは倒れ、攻撃者のうちの二頭に、細っこい尻尾と片方の後ろ脚で引きずられながら、もがき、悲鳴をあげた。残りのハイエナたちは子どもの腹を引裂こうと殺到した。

子どもの甲高い抗議の声におっかさんはふり向いた。子どもを助けに疾走して、一頭の巨大なハイエナを鼻先の一すくいで突きとばした。おそらく背骨が折れたのだろう、あたりに轟《とどろ》くほどの音が響き、そいつはでんぐり返って、仰向けに倒れた。他のハイエナたちは安全を求めて逃げたので、子どもは立ち上がることができた。なぐさめてもらおうと、おっかさんのもとへ駆けよった。対決は終った。ハイエナたちは巨大な雌を試そうとする意志を失ったからだ。勝ちを収めておっかさんと子どもは茂みの中へ入っていった。その退場は威厳に満ち、王侯貴族のようですらあった。

犀が行ってしまうと、ハイエナどもは進みでて、倒れた仲間のはらわたを裂いた。いい場所をとろうと死体を鼻でつつき、たがいに激しく喧嘩し、そして食べた。

ぼくの隣の樹にいたアルフィーは、規則的間隔でハイエナに向かってゴミを投げていた——果物の皮、樹皮のかけらなどで、実際に効果があるよりは、投げることに意義があるようなものだった。ハイエナたちは貪ることをやめなかった。食べおわると、数頭が離れて水を飲もうと池に這いよった。上に登ったまま降りられなかったから、ぼくらはさらに熱心にかれらを追い払おうとして、手当たり次第にものを投げはじめた。腐った枝、木の実、草の実、古い鳥の巣、何でもかんでもだ。ぼくらはまた声でもハイエナを攻撃し、オペラ形式の通夜に出たバンシーのプリマドンナのような声をたて続けた。

　この攻撃戦略は逆効果になった。少なくとも十二頭はいるハイエナの集団全体はかき乱された池からは離れたものの、ぼくらに完全に明け渡すこともしなかった。木立ちの縁をうろついたり、ぼくらの投射射程の外の草地に寝そべったりした。ぼくらの不協和音の罵声も大して気にならないようだった。ぼくらが根負けするまで待つつもりなのだ。

　禿鷹どもが空から降りてきた。月の螺鈿《らでん》の子宮から出てきたようだった。虫の声と気だるげな翼の羽ばたきに夜は輝いた。

　ぼくらは、ミニドとぼくは包囲されていた。そして試練の時には機略縦横の人びとはほとんど常に、恐怖をしずめ、勇気をふるいたたせる手段を見つけているということが頭に浮かんだ。たいていは押しも押されもしない指導者（例えばＦＤＲ）や、あるいは注意を集める特別の才のある人（例えばベティ・グレイブル）が現れて、雄弁やタップダンスで意気阻喪した大衆を激励し、なぐさめ、元気づける。

　タップダンスができる立場には誰もいなかった。しかしミニドたちはこの種の心理的な景気付けを必要としているから、愛国の語り部の説得力のある、安心させる口調でかれらに語りかけねばならない、とぼくは判断した。あるいは単に自分で安心する必要があっただけかもしれない。とにかくぼくはかれらに一篇の物語、その場の勢いで作った物語「レームはいかにしてその角を得たか」と題されるのが妥当と思われる物語を語ったのだった。

「昔むかし」とぼくは必死になって自由連想しながら弁じたてた。「犀は角をまったく持っていなかった。それだけでなく、その遠い昔、彼女はその創造者のンガイには犀ではなくレームとして知られていた。犀《リノセロス》というのは、ハビリスよ、角を一本持っていることからきているので、レームはまだ角を持っていなかったのだ。

彼女がいかにして角を得たかをこれから話そう。

その通り、その頃レームは防衛手段を持たないみじめな生きもので、そのサイズだけが取り柄のように思われた。その実、彼女はその大きさをうまく利用することが滅多にできなかった。というのも、のろまで、耳も悪く、眼も役に立つほど良くはなかったからだ。他の動物たちは皆、野兎やハイラックスまでもが、彼女を嘲っても報復は受けないのだった。彼女の鎧がほとんど見せかけであることをかれらが見破るのにそれほど時間はかからなかった。なぜならレームの皮膚が厚いのはその基層だけだったからだ。どこを打てばよいか心得ていさえすれば、レームに血友病患者のように出血させることができた。

ある日、育ちの悪い、生意気な犬が、何時間もレームをいじめて楽しんでいた。レームの脇腹に嚙みつき、爪先を齧り、腹の下にひっくり返っては乳首を引搔いた。午後も遅くなる頃には他の動物たち——河馬やそれよりも卑《いや》しいいじめ屋の従者たちがこの遊びに加わり、哀れなレームは涙があふれ、ぐだぐだにくたびれはてたずだ袋になってしまった。地面にぐったりのびて、闇が訪れて、いじめ屋たちが家に帰るのを待った。

後になっていじめ屋たちがいなくなってから、レームはンガイに助けを願うことにした。スピードや狡さや獰猛さや偽装といった自己防衛のために必要なものを配った際、ンガイはレームを見過《みす》ごしてしまったのだから、その不注意を非難してやろうと思った。恥じて自分を公平に扱うようにさせてやる。そこでくたびれはててはいたが、サラカ山の斜面に住んでいる造物主のもとを訪ねようと、夜が明ける前に出発した。

出発から到着まで何日も経った。高地青猿の姿をまとった造物主には、レームがこの大いなる山の麓に着く前からやって来るのが見えていた。創造の六日目に彼女のことをうっかりと忘れていたことを思い出し、この怠慢を思い出させられていらいらして、一本の樹に登ってしまった。この高みから、樹の生えた涸れ谷を自分の棲み家に向かってのっしのっしとやってくる醜い生きものに、フルーツを雨霰と降らせた。

レームは造物主の怒りの発作を耐え忍んだ。やがて神は飛び道具を投げるのをやめ、望みは何だと腹を立てた口調で訊ねた。訊ねられてレームは喜んだ。自分の窮状――無防備の恥辱――をるる訴えた。そしてかくも無慈悲にも彼女に負わせた悪条件を相殺する賜物を求めた。

『よかろう』とンガイは言った。『平原に降りて試しに走ってみよ』

レームは言われた通りにした。造物主がある種のスピードを与えてくれたことを知った。

短距離であればアンテロープと同じくらい速く走れた。ところがすぐにくたびれてしまった。耐久力のもっとある動物なら、これでも自分をもてあそぶことができる。好きなだけ、いじめることができると思いあたった。サラカ山にもどり、香りの高いサボテンの庭にいたンガイの髭を引っぱった。

『助けにはなります。でも足りません』

とレームは言った。

『足らぬだと』造物主は憤慨して言い返した。『足らぬとな』

『神様、足りません。あなた様がお造りになられた他の動物たちの間でも安全が脅かされるのではないかと思わずに帰ることができるようにしていただくまでは、帰るつもりはございません』

嫌な顔をしながら、お高くとまった小さな青い猿は、近くの椰子の葉を二枚とりあげ、漏斗の形に整え、その聖なる流れからすくった泥を塗りたくってからレームの開いた耳の穴の中に突っこんだ。何という違いだろう。驚いたことにレームには風の声、水の歌、閉じこめられたちっぽけな鳥のもの哀しい叫びが聞えた。耳を回すとありとあらゆる種類と周波数の音が聞えた。聴力が増強されて、レームは大いに喜んだ。にもかかわらず、また別の不満が頭の中に形をとった。小枝を編み、コロブス猿の毛皮を敷いた巣に一心に登ろうとしていたンガイを急いで摑んだ。

『待って、待ってください、私を苦しめる者たちの中には、星々のように音を立てない者もおります。これでは豹や犬に太刀打ちできません。万能の主よ、無力なわたくしめにお慈悲を！』

造物主は怒りのあまり、自分自身で自分の名を口にして罵った。しかし激昂したところで、レームの言っていることが当たっている事実に変わりはなかった。ンガイは徐々に気持ちをしずめた。

この頃には夜になっていた。そして角を生やした月がサラカ山の上に武器のように浮かんでいた。これを見て造物主はその猿の肺にあんまりたくさんの空気を吸いこんだから、レームは息が苦しくなってあえいだ。それから神は元々の化身である巨大ゴリラ・ンガイにふくらんだ。見る者を畏怖させるこの姿で、神はサラカ山の頂上に大股に登り、輝く月を空から引きはがした。

ところがそれは簡単ではなかった。月は空から降りることを嫌がって抵抗した。ゴリラ・ンガイは目的を達しようとして、あやうくヘルニアになるところだった。とうとう月が空から離れると、神は怒りにまかせてその毛むくじゃらの腿で角の月を二つに割り、これを持ってうんざりした重い足取りで山を降りた。サラカ山を降りるにしたがい、神はどんどん小さくなった。驚いているレームのもとに来た時には、神は大人の狒狒ほどの大きさで、なおも縮んでいた。

『ほれ』

神は有無を言わせぬ調子でそう言うと、月の半分ずつをレームの鼻面に前後に植えこんだ。

『さてもしゃくな二本角め、頼むから一人にしてくれい——わしも眠れるじゃろ。眠って、神としての力を回復できるというものじゃ』

神は樹上鼠の大きさにまで縮んでいた。

これを見てレームは文字通り息を呑んだだけでなく、心底感心し、また気持ちもおちついた。実は造物主に視力も良くしてくれるよう願うのを忘れていたのだ。しかし神の今の状態を見れば、これ以上は望まない方がいいだろう。

山からスキップして降りながら、頭を左右にふり動かした。その心はゲムスボク・メロンのように甘い想いであふれんばかり、この世はなべてすばらしく、何ともいえず、快いヌタ場に思われた。

ところが家までまだ数時間のところで、例の厄介な犬と面つきあわせる羽目になった。レームの巨大な図体のまわりを一周し、その鼻面をさもつまらなそうに見つめてから、犬はくすくす笑いだした。

『角蜥蜴はうらやむだろうて』

そう宣《のたま》った。そして尊大な態度でレームの脇を通りすぎた。しかし後ろに出るとくるりとふり向いてレームの尻をかじった。レームもくるりとふり向いた。その素早さに犬はあっけにとられた。自分の鼻のすぐ前にいぼだらけの相手の顔があった。

『私の気持ちを大切にしなさい』レームは犬に勧告した。『大切にしないのなら、あなたに残酷な扱いをしなければならなくなります』

弱虫でヘマばかりするので有名な者からこんな警告をされて、犬は怒りくるった。思いしらせてやるぞと、犬はレームの喉めがけて飛びかかった。生きたまま着地することは無かった。レームは二本の角で犬を突き刺し、ふり落とし、パンケーキのように積み重なった湯気のたつ糞でも蹴りおとすように、川床に蹴りおとした。それが犬の最後だった。

犬の死を知って、他の動物たちは長々と評議し、非難した。レームはいかにしてそんなに強力になったのか。自分たちの容赦のないお楽しみの的が、いきなり自分たちに匹敵する、あるいは自分たちよりも大きな力を手に入れたことに、皆憤慨した。この憎むべき裏切りの背後にいると思われるのは誰だ。それはもちろん造物主しかありえない。やつは報いを受けねばならない。

『ンガイを消さねばならない』

牙を持つ者が河馬をはじめとする他の動物たちに言った。

『造物主を殺すべし』

たちまち平原の者たちは残らず『造物主を殺せっ』と声を合わせてわめいていた。こうして意気を上げた後、一同は山の上の神の住まいに向かって、秩序も何もない列になり、だらだら歩きだした。

　かれらの叫びでその意図をさとったレームは、わるさによって恩恵を与えてくれたまま何も知らずにいる相手に警告しようと、その脚で急いだ。山の住まいでンガイは熱を出し、フンコロガシにまで縮んでいた。早速におのが臣民たちの意図を知らされて、神はレームに自分を乗せ（二本の角の間に座れる）誰も住んでいない南の砂漠まで運んでくれと頼みこんだ。レームは喜んで神の頼みに応じた。

　牙を持つ者、河馬、他の動物たちは、サラカ山の庭にンガイがおらず、南方の平原に埃の雲が渦巻いているのを見ると、レームが逃げる者を助けているのだと結論した。レームにはペースを保つに足るだけの体力は無いから、精力的に追いかければ、相手を捕まえることはできる。こんなまともでない逃走方法を選んだということは、造物主自身、絶好調ではまずないだろう。

　まさにレームはすぐにくたびれてしまった。息を整えるため、広大な何もないサバンナの真只中でたち止まった。息の代わりにレームはいくらか出した――というのも、その瞬間便意を催し、いくつかの糞を落とした。近くで眠っていたフンコロガシが一匹、たちまち眼を覚まし、この思いがけない授かり物を利用しようと走ってきた。

『急げ』

　造物主はレームの額越しに追いかけてくる連中を見て、きいきいわめいた。

『追いつかれるぞ』

『たしかにその通りです』レームは涙をこらえながら認めた。『この次、足を止めれば捕まることはまちがいありません。ンガイよ、あなたとともにでも喜んで死にますが、できればあなたのために死ぬ方がずっと良いのです――ですが私はへとへとです。もうほとんど限界です。ですから、私たちにふりかかることは避けられません』

遅まきながらくれた他の贈りものと一緒に体力もくれていれば、この問題は避けられたかもしれないことは、如才なく口にしなかったが、自分たちの苦境の皮肉がわからないほど鈍感では無かった。

皮肉への感受性に恵まれていないフンコロガシはンガイとレームのこのやりとりを耳にした。虫はレームの落としたものを捨てて、獣のまわりを周り、だらりと垂れたレームの鼻面のすぐ下から話しかけた。

『ぼくも造物主は大好きです』甲高い声で言った。『神はぼくに食べるものをたっぷりとくださいました。世界はこやしでいっぱいです。聖なるお方に、あなたの角から降りてこられるよう伝えてください。そうすれば繁殖ボールに包んで隠しましょう』

『繁殖ボールだって』

ンガイとレームは同時に叫んだ。

『偉大なるお方、どうぞよろしく』フンコロガシは言った。『この方策でレームは囮として先に進み、あなた様は力を節約して時間を稼ぎ、正統なご支配を再び確立されましょう」

造物主はフンコロガシの誠意にほだされて、提案を受け入れた。糞の球の内側に塗りこめられるのは愉快なものではなかったが、殺されるよりはましだ。

一方レームは南へと駆けつづけ、造物主の敵たちを後に引っぱっていった。次に足を止めた時、かれらはレームをとり囲み――むしろおそるおそるであることにレームは気づいた――レームのことを裏切者であばずれだと謗《そし》った。おまえにそんな恐るべき武装を授けるようンガイを誘惑するには汚《けが》らわしいことをしただろうとほのめかした。いずれにしても奴はどこにいる。

『ンガイがこんな恐しいものをなぜ私に授けたのか、まるでわかりません』

レームは言い張った。同時にその鼻面を巧みに左右にふり回した。

『私がお願いしたのは創造の六日目に私に保留された生まれながらの権利だけなのです――眼がもっとよく見えること、もっと優雅に曲がった足首です。この角であの犬を殺した時――偶然のことであることはおわかりでしょう――私は造物主がなんと残酷ないたずらをしかけられたのか悟りました。おとなしい私の性質をとりあげて、この忌しいものを備えつけられたのです。この兇悪《きょうあく》な贈りものを使ってンガイに復讐することにしました。そうすれば大いに正義がなされるというものです。ですが、ンガイは私がやって来るのを見て、サラカ山から南へ逃げました。あなた方、お友だちやお仲間がこの十字軍に加わってくださるなら、すぐにもあのろくでなしを追いつめることができましょう。

　この演説に動物たちのほとんどは感銘を受け、さらに三日の間、レームに従って南へ向かった。しかし犬たちの大半は異議を唱えたことをつけ加えなければならない。同士たちがだまされやすいと、大して自信もないままぶつぶつこぼしながら、彼らは遠い帰路についた。その途中で、レームの香り高い排泄物の一部に例のフンコロガシが造物主を隠した繁殖ボールにたまたま行きあった。

『見ろや』犬の一匹が言った。『あのボール、あんなにでかくなってるぞ。それにあれがでかくなるのに、フンコロガシは何も手を貸していない。これはおれたちは脇目もふらず、よくよく観察しなきゃならんぞ』

　犬の数多い親族親戚同類は腰を据えてこの奇妙な繁殖ボールを見張りはじめた。一方、この一件に関わってしまったことを悔やみだしていたフンコロガシは姿を消した。

　ンガイはその小さな監獄の中で汗をかいていた。外では疑いを抱いた犬の一族が輪になってとり巻き、致命的な暴露がなされるのを待っていることはわかっていた。その力と大きさは徐々にもどってはいるが、犬の一族を相手にできるにはまだほど遠い。そこで不利な状況から最善の結果を引き出すため、（フンコロガシの幼虫ならそうしたように）周囲の糞で栄養をとっていった。そして自分の汗を残りの材料と混ぜあわせ、このボールの殻をどんどん薄く透明なものにしていった。この作業には大いに労力が必要だった。そしてその聖なる熱で繁殖ボールの表面は銀がかった金色に輝きだした。

『ほおれみろ』犬の一族は叫んだ。『張本人はここにいるぞ。おれたちの兄弟が死んだ責任をとるべき卑怯者はここだ』

そしてたちまち近づいて、繁殖ボールを鼻でつつきだした。この時には、そう、ツァマ・メロンほどの大きさになっていた。

ちょうどその時、他の動物たちも皆、狡猾な神の無益な追跡からもどってきて、犬の親族たちが光を放つ球体をもてあそんでいるのを見た。そのボールの尋常ではない中身が何か、かれらはたちまち結論を引き出した――輝きはまさに暴露以外のなにものでもなかった――そこでかれらもまた遊びに加わった。

造物主はブッシュのある草原の端から端まで蹴とばされ、突きとばされた。まもなくひどく頭が痛くなってきた。神としてできることはとにかく、大きくなって繁殖ボールが割れないように、外に放りだされないようにすることだけだった――出れば踏みつけられ、噛みつかれ、つつかれ、突き刺される。殺されてもおかしくはない。いや、まちがいなく殺される。

そこへレームが現れた。豚のものに似たその眼を細めて何とか動きを追おうとした。が、薄暮が迫っていて、見分けられたのは、動物たちが光り輝く球を追って右往左往していることだけだった。何てこと《マイ・ゴッド》、とレームは思った。神さま《マイ・ゴッド》！　動物たちは真相をほじくり出したのだ。

疲れをふり払ってレームは突進した。何よりもよく見えたのはもちろん、輝く繁殖ボールで、それを突き押ししている姿形に向かって突っこんだ。

おお、何という衝突！

レームはその角で造物主を空へほうりあげた。上へ上へと神は飛んでゆき、自分が壊した月の代わりとなった。

つまりはこれがレームが角を得た次第、また月が短期間退いた後にまた栄光をとりもどした次第だ。失うものは多かれど、残りしものもまた多し」

そしてハイエナに包囲されたぼくらは、池のほとりの木立ちの中に留まっていた。ああ、けれどヘレンは去ってしまった。と、ぼくは思いだした。ぼくの語りも実のところ、この心かき乱す事実をごまかす役には立っていなかった。

第二一章　フロリダ州ブラックウォーター・スプリングス
——一九八五年七月

　ペンサコラでのアリステア・パトリック・ブレアの講演翌日の午後遅く、エグリン空軍基地の広大な補給廠の数キロ北にある小さな町で、ジョシュアは給水塔のペンキ塗りをしていた。タンクの半球形の腹の下に、地面とほぼ平行に張られた一連の吊り綱で支えられながら、濃い青の車両が南東からブラックウォーター・スプリングスに入ってくるのが眼に入った。鉄製の太い梁の下側にやる気もなくペンキを塗りながら、眼の隅で自動車の後を追った。街道沿いのその動きが眼に入ったのは、頑固なまでに動くもののないこの小さな町では対照的に目立ったからだった。この日、これまでのところ地上で最も楽しませてくれたできごとといえば、一群の犬によるものだった。仲間内で激しく喧嘩しながら、犬たちは、一匹の片足をひきずった雑種の雌犬を、オカルーサ・カフェの裏の路地に追いかけていった。三十メートル上から見えるものは多い。しかしブラックウォーター・スプリングスで見えるものの大半は好ましいものではなかった。

　ジョシュアはガルフ・コースト・コーティング社の従業員だった。フォート・ウォルトン在の会社で、様々な大型の金属製構造物のサンドブラスト塗装、そして時にはエポキシ樹脂接着を専門にしていた。貯水槽。橋梁。鉱山採掘装置。塔。ジョシュアはこの仕事を六年近くやっていた。家を出て、ニューヨークからフロリダに戻って以来だ。タンクの下で高度を変えるたびに規定通り安全ベルトを点検してはいたものの、高さに対する恐怖が無くなって久しかった。煙突職人または貯水槽整備士の基本のルールは頭のギアを入れておくことだ。ジョシュアもいつもはそうしていて、経験も積んで、当時ガルフ・コースト・コーティング社に雇われて吊り綱で吊るされている中では、最も優秀な人間と言ってよかった。

ターザン並みに高い才能だ。

というのが、会社の社長トム・ハバードがジョシュアについて言ったことだ。ハバードはその結果、ジョシュアの価値がわかっており、ジョシュアはハバードがわかっていることを知っていた。ジョシュアは時に仕事のスケジュールを勝手に変えたり、ハバードの商売上の才覚について非難する発言をしたりした。たとえばボスが怒ってクビにしたとしても、こちらが後悔する様子を見せ、また仕事をくれと頼みさえすれば、一、二週間のうちに必ずまた雇われるのだった。六年の間にハバードがジョシュアをクビにしてまた雇うこと、総計十四回に及んでいた。このゲームで二人の男は腹を立てながらも互いに依存するようになっていた。

ただ最近はジョシュアの不満の方が上司のそれを上回りはじめていた。自前のタンク塗装会社を持てるようにはは絶対にならないとようやく納得していた。いや、どんな商売の会社も持てないだろう。安全ベルトに入って上がったり下がったりを続けるならば、将来に用意されているものは、ブルーカラーの空中ブランコ曲芸師としてあと三十年の歳月であり、ついには脳のギアが外れて、コンクリートまで三十メートルを真逆様に落ちるか、手に持った吹《ふき》付《つ》け機の電源コードに触れて感電死することになる。いずれは運も腕も尽きるのだ。

生きのびても、哀れなR・K・コフィールドの黒ん坊版《ジム・クロウ》になるはずだ。コフィールドは東アラバマ出身の六十歳の貧乏白人で、今この瞬間にはジョシュアのまっすぐ頭上のタンクの中で、吹付けホースを操作して、自分が生みだした砂嵐の中を根気良くよろよろ歩いている。吹付け用のフードの下から覗く老人の顔は歯のないゾンビーだ。一度落ちて背骨を折り、その両眼は他人の顔に焦点を合わせることをどうしてもしようとしない。その人生はすべてタンク仕事に捧げられていて、煙突職人の高みから見ると他のどんな仕事も「みじめに見える」と呟くのをジョシュアは一度耳にしたことはあったが、コフィールド自身は憂いに満ちた者たちのカリキュラムで使われるよぼよぼの実例にすぎなかった。ハバードからするとコフィールドは申し分なく頼りにできたが、毎日コフィールドが出勤してくるのは、出勤しない選択肢——病欠を言いたてたり、辞めたりして、どこを向いても自分自身の崩壊した人格に向き合うという選択肢をとることを思うとぞっとするからだろう、とジョシュアには思われた。毎週末、ずっと酔っぱらっているのもそのためだ。

R・K・コフィールドほどまでに至らない少し手前で留まるのも、ジョシュアにはいやだった。にもかかわらず、自立するために必要なものと、売り物にできる技能の領域が狭いことから、まさにその方向へ向かって情け容赦なく運ばれているのだ。自尊心と無気力も責められるべきだった。的から外れることができなかった。しかし昨日は、自分が見てきた夢の圧力と、打ち負かされたコフィールドの眼に暗黙のうちに脅かされて、九八号線をペンサコラへすっ飛ばしたのだった。

ジョシュアの下の芝生の上で、トム・ハバードが砂の壺と黄色いエア・コンプレッサーを監視していた。背が高く、髪型は折衷で、ウィリアム・パウエルの口髭をはやし、エルヴィス・プレスリー流の漆黒のダックテールにしている。そのハバードがコンプレッサーの騒音に負けないようにわめき、降りてこいとジョシュアに手招きしている。腕の動きは切羽詰まっていて、よくあるようにぎくしゃくしてぶっきらぼうだ。

いったい何ごとだろう。

その時、例の空軍のリムジンが、会社のトラックの後ろの縁石に駐まっているのが眼に入った。立入り禁止区域の十分内側で、落ちるペンキでダークブルーの仕上げに薄い水玉模様ができるところだ。コフィールドに砂と新鮮な空気を送っているホースが蛇のようにのたくっている傍に、アリステア・パトリック・ブレアと昨夜の講演に付き添っていた空軍大佐が立っていた。二人は大きく仰向き、眼を丸くしてジョシュアを見ている。

「ほっほう。おいでなすった」

ジョシュアはつぶやいた。

ペンキ・ローラーの延長ポールを離した。ポールは落ちて、ジョシュアの座席に結んだ紐でぶら下がり、ジョシュアの下で振子のように左右に揺れた。今日は普通のビジネス・スーツを着た古人類学者はにっこりして手を振った。

「カンパ、降りてこおい」

エア・コンプレッサーを止めてからハバードが叫んだ。

「この人たちが話があるそうだ」

ジョシュアは塔の巨大な脚の一本に固定された梯子に向けてロープを操った。吊り綱で降りる方が楽なはずだった。しかし自分でもはっきり言えない理由――ハバードをからかう、ブレアを驚かせる、自分が楽しむ――から、あっと言わせる降り方を見せたくなった。そんなことをすれば、愚かしいだけでなく、法律を破る恐れもあったのだが。

安全ベルトを外し、体を揺らして吊り綱からも外れる。両手で手すりを掴み、後ろむきに梯子を下り、ダイヤモンド型の斜材を編んで塔の脚をつないでいる弾力性のある支持棒の一本まで降りた。そこでジョシュアはジャンプし、支持棒を掴み、棒を一気に滑ったので、皆息を呑んだ。地上二十メートルの斜材が交叉するところで反対に向きを変え、梯子の方に斜めに滑る。

「バカ野郎、カンパ」ハバードがわめいた。「そこで止まれ。梯子を使いやがれ。何をしやがる」

訓練用のロープにぶら下がった落下傘兵のように、ジョシュアはまた別の支持棒にとびついた。両脚はぶら下げ、両腕は頭の上で、ジョシュアは体を揺らし、滑り降りた。完全にコントロールしながら降りていたから、下の男たちの顔の表情が変わるのを、心ゆくまで楽しんだ。そして地上六メートルのところで脚に設けられた梯子にもどった。そこで動きを止める。

「きさま、労働安全法違反だぞお」

ハバードがジョシュアにどなったのは、主に他の二人に聞かせるためだった。

「もう一回やってみろ、きさま、終りだ。クビにしてやる。絶対にするからな」

ブレアと大佐の反応を予測して、意気揚々とジョシュアはもう一回支持棒を滑りおりた。地上二メートルほどのところで手を離し、タンクの真下に着地して両手を着いた。まだまっすぐ立つ前にもうハバードは周りをぐるぐる回りながら、ジョシュアの軽率と不服従を譴責《けんせき》し、月曜には出勤しなくていいと決めつけた。これがジョシュアの白鳥の歌、永遠におさらばだ。まだ冷静そのもののジョシュアは空気と砂のホースを踏まないように気をつけながら、訪問客に近づいた。

「あれをやってバリで手を切れば、自然の本能で棒を離しちまうんだ。それでおしまいだ。おれの保険率はただでさえとんでもなく高いんだ。おれの口座の引落し額に死人がいたんじゃ、保険料が下がるはずもねえ」

ジョシュアの後を追いながら、ハバードはブレアと大佐に訴えた。

ガルフ・コースト・コーティング社のオーナー兼社長兼現場監督は憤懣《ふんまん》やる方ない様子で手をふり回した。それからエア・コンプレッサーのスイッチをまた入れ、ブラスト・クリーナーの傍に積んだ珪砂の袋の上にがっくりと座りこんだ。

騒音がひどかったから、ブレアはジョシュアにフォート・ウォルトン・ビーチまで一緒にリムジンでもどらないかと誘った。ジョシュアは自前の移動手段があると二人に言った。それに砕いた氷を山ほど入れたコークを飲むまでは二人とどこへも行くつもりはなかった。ひどく猛烈に喉が渇いていたのだ。

成り行きとして、ジョシュアとその客たちは給水塔から一ブロック半先のオカルーサ・カフェの隅のブースにおちつくことになった。店の中の他の客は地元の警官だけだった。円錐形の髪型をして、片耳の上に白く脱色した鮮やかな筋をつけた尻の大きなウェイトレスがメニューを持ってきた。ブレアと大佐が一緒でなかったら、ペンキがとび散ったブーツとオーバーオールを口実に、店から追い出しただろうとジョシュアは思った。右の掌から出血しているることを口実にしたかもしれない。

「大丈夫かね」

ブレアがジョシュアに訊ねた。

〈大人物〉の気遣いに興奮して、ジョシュアは答えた。

「何でもありません。あの最初の棒、二十五メートルを滑りおりた時、バリで切ったんです。でも、離さなかったでしょ。その悪いところに指で軽く触れただけで、降りつづけました」

遅まきながらブレアは大佐を紹介した。正規の大佐で、名はクロフォード、エグリンの基地司令官だった。小柄で引きしまった丸顔で、ジョシュアよりごくわずかに背が高く、髪型は一九五〇年代のアイゼンハワー時代からの難民にみえた。オカルーサ・カフェの蠅の糞の染みが点々とついた窓から入ってくる光が大佐のバッジに反射し、紫色の瞳に踊った。

「どうやってぼくをみつけました？」

ジョシュアは訊ねた。

「昨夜、きみがブレア博士に渡した紙にあった番号に電話した」クロフォード大佐は説明した。「きみのモーテルのマネージャーにつながった。ミセス、えーと」

「ミセス・ゲルブ」

「そうだ、ミセス・ゲルブだ。彼女がきみが働いているところを教えてくれた。そこでここに車で来たわけだ」

ジョシュアの掌の傷に何か言いたそうにうなずきながら、ブレアは昨日渡されたメモをテーブルの上に置いて指で皺を伸ばした。

「名前と住所、電話番号はすぐにわかる。だが、この真ん中に眼のある小さな手の意味は何なのか、教えてくれないかね」

「小さい頃、ぼくは日記をつけていました。暗号で書いてました。これはその時使っていた記号の一つです」

　クロフォード大佐が訊いた。

「何をさしていたんだ」

「ホモ・ハビリス、だと思います」

「ホモ・ハビリス！」ブレアが叫んだ。「アウストラロピテクス・ハビリスのことだろう。その前の呼び名はきみが子どもの頃でも検討が必要になっていたんだよ。どの化石標本がそのカテゴリーに属するのか、意見が一致する者は誰もいなかったんだ。昨夜、私が説明しようとしたように、ハビリスがヒトよりサルに近いことに疑問の余地はない」

「専門用語がどうしようもなく混乱してるなら、記号を使って問題を解決するのが一番じゃないですか。真ん中に眼のある手はある種のヒト科を指すので、その種だけを指すんです」

「しかしその分類を確定するのに使う基準は何かね」

「観察です」

　この主張の意味をブレアが呑みこもうとしている、というよりもおそらくは昨夜の講演でのカルコーセレスについてのジョシュアの発言と照らし合わせている間に、クロフォード大佐が訊ねた。

「それはどういう類の日記なんだ」

「ぼくの旅の日記です」

二人の男はジョシュアを見つめた。

「夢の日記です」ジョシュアはより詳しく言った。「ぼくが九歳の時、母が――養母がということですが――ぼくの夢を記録することを薦めました。それでぼくはそうしましたが、暗号で書きました。ぼくの夢はみんなある種の……つまりぼくはそれを魂遊旅行と呼んでいましたが、魂遊旅行で行くのはいつもまったくおんなじ場所でした。ぼくは赤ん坊の時からこの特別な種類の夢を見ていました。でも七、八歳頃になってようやく自分が行く場所がどこかだけでなくて、時代がいつかということがわかりはじめたんです」

例の嫌な顔をしているウェイトレスがちょうど持ってきたコークから氷をいくつか噛んだ。

「夢にぼくは震えあがりました。そういうトランス状態になったぼくを見て、母も震えあがりました。いつもぼくの瞼がまくれあがって、目玉が上にでんぐり返ってました。ジャネット――養母のジャネットはきっとぼくが死んじゃうんじゃないかと思ったんでしょう。でも、ぼくは死にかけていたわけじゃない。ぼくはただ――魂遊旅行をしてたんです」

「更新世のアフリカへか」

ブレアが訊ねた。

ジョシュアはうなずいた。

「きみの夢の――」

ブレアは言葉を探した。

「証拠がナンセンスとまちがった色だらけではないことにそれだけ自信がある根拠は何かね。悪夢は客観的現実をつくるものと相関しない。きみのもそうなんじゃないか」

「いえ、ぼくのはしてます。ほとんどいつもです。ただ、本当の悪夢と混ざりあう時は別です。純粋の魂遊旅行にふつうの夢が乱入すると、ほとんどいつもそれとわかります」

ジョシュアは先史時代の東アフリカの世界にB－52の編隊が飛んできたのをピンポイントで見たときのことを二人の男に話した。飛行機は一帯に爆弾の穴を穿《あ》けてゆき、ありとあらゆる種類の絶滅動物たちが逃げまどった。もちろんこの光景がジョシュアの夢に入りこんだほんの数日前に、ジャネットに父親からの手紙を読んで聞かせられていた。父親はその時グアムにいて、北ヴェトナムとカンボディアの絨緞爆撃の期間中、あるB－52の地上要員のリーダーを務めていた。それより前、アメリカの最初の月着陸の直後に、ジョシュアは――というよりかれの無意識は宇宙服を着た宇宙飛行士たちをその夢の地表に導入することもやってのけていた。

大佐は座っている椅子の後ろの脚を支柱に椅子を前後に揺すった。

「それはよく起きた――起きるのか」

「いえ、稀です。そういう侵入はほんの二、三回です。ただ、一度、人間もどきの一隊が岩棚から川床へ落ちたマストドンの死体を漁るのを見ました」

「マストドンだって」

ブレアが口をはさんだ。

「つまり象に似た何かです。たぶん八歳か九歳でした。自分の魂遊旅行に現れる動物たちの種類を確めるために本にあたるようにはまだなっていませんでした。それは別としても夢日記用に名前は必要なかったですからね。それぞれ違う動物ごとに記号を作って、それを使ってました」

「その『マストドン』は何なんだね」

ジョシュアは眼を閉じ、自分でもばかばかしくなって鼻を鳴らした。

「それの名前は必要ありませんでした。そいつは侵入者で、その最初の時以来二度と現れませんでした。その動物は何だったたと思います？」

ブレアと大佐はかぶりを振った。

「スナッフィーですよ」

ジョシュアは顔をしかめ、気恥ずかしくなって顔が赤くなった。

「そう。妙ちきりんですよね、まったく」

ザラカルの内務大臣は何のことかわからず、説明してくれというようにクロフォード大佐を見た。

ジョシュアは急いで続けた。

「スナッフィーはＰＢＳの子ども番組『セサミストリート』に出てくる、大きくてふわふわした象に似た生きものです。番組がまだやってるのかどうかは知りません。とにかくスナッフィーはマンガに出てくる長い浮わついた睫毛《まつげ》のばかげた眼があって、バスーンみたいな声をしてます。低くて哀しい声でゆっくりしゃべります。一番の親友はビッグバードです。身長二メートルを超えるそっかし屋で、スナッフィーが実在することを番組に出てくる大人の誰にも信じさせることができません。ビッグバードがスナッフィーをマリアやフーパーさんや誰かに紹介しようとするたびに、スナッフィーはふらふらどこかへ行ってしまったり、左右に揺れたりして、ビッグバードは結局狼がくるぞと叫んだまぬけに見えるわけです」

ジョシュアはコークをすすり、グラスが作った濡れた輪の上にもどした。ブレアもクロフォードもじっと見つめたままだ。

「あれにはぞっとしました。あの裏切りには、です。あれはぼくが口をすべらせて、魂遊旅行のことを誰かにもらすと起きるものとまるでおんなじだったんです。信じてもらえない。信じてもらえず、腹を立てられる。時にはどなりまくられます。ぼくは自分が言っていることの証拠は何も出せませんでした。ぼくが見たものを不器用にスケッチしたものが少々あるだけです。証拠はないし、誰もぼくが見たものをどう考えていいかわからないから、ぼくは嘘つきとレッテルを貼られました。嘘つきで化けものだ。それで——まだ七歳になる前です、ぼくはとうとう完全に口をつぐみました」

ジョシュアはにやりとした。

「だからぼくはあのにっくき裏切者のスナッフィーが大嫌いなんです」

カウンターの警官がスツールの上でくるりとふり向いた。クロフォード大佐は音をたてて椅子をもどし、あまり大きな声を出すなと言うように、ジョシュアの手首に片手を置いた。触られてジョシュアはびくりとした。

「続けてくれ」大佐が促した。「スナッフィーのことを最後まで聞かせてくれ」

ジョシュアはコークの残りを飲みほして声を小さくした。

「原人の集団――眼のついた黒い手の連中です――そいつらが川床のスナッフィーが落ちたあたりをうろうろしてました。かれらは大きめの石核石器からはがした石のナイフでスナッフィーを切りきざもうとしてました。『オウ、ノーオーオー』とスナッフィーはまだ死にきっていなかったのか、うめきました。『ぼくはどうなっちゃうんだろう、バードよう』人もどきたちは作業にかかりました。スナッフィーの毛むくじゃらの腹に切れ目が入り、血が流れました。『あんれまあ。ぼく死んじゃうんじゃないかしらあ』そんな風にスナッフィーが言いました。例の哀しげな声でのろのろと言うわけです。抵抗もしませんでした」

「それからどうした」

「たぶん死んだんでしょう。それから人間もどきたちが食べたはずです。はっきりわかりません。母に起こされたからです。ベッドの真ん中に座りこんで毛布をきつく巻きつけてました——ぼくらの家、シャイアンの地下のアパートでのことです——それにぼくの眼はでんぐり返っていたんだと思います。母はそれを見るのに耐えられなかったんです。ぼくをゆり起こして抱きしめました。ただ抱きしめて揺らしました」

ブレアが紙ナプキンをいじっているのがジョシュアの眼に入った。

「それは汚染された魂遊旅行の例です。今ここのごく一部が漏れていって、遙か昔のぼくの魂を汚染したんです。自分でもわかっていました。ジャネットに起こされる前にわかっていました」

ブレアはナプキンを畳んでスーツの上着の胸ポケットにさしこんだ。

「どんな種類の原生人類を普通きみは見ていたのかね、その……昔に行った時には」

「三種類です。リーキーが主張しているのと同じです。夢日記をつけていた時、ぼくはその各々に黒い手の絵文字をあてがいました。一番人間に近く見える集団は掌に眼のある記号です。かれらは道具、粗雑な住まい、それに初期の家族制度をもっています」

「ハビリスだね」ブレアは言った。「それから」

「それからもっと動物に近い連中がいます。体はより大きいですが、頭はよくありません。夢日記では真ん中に太くて四角い歯のある口がある黒い掌で表わしました」

「アウストラロピテクス・ボイセイまたはロブストゥスだな。たくましい『南の猿』だ」

「そうです。でもその時はまだその用語は知りませんでした。それから残りの一つ——毛むくじゃらのエルフかホビットという感じの小柄でひょうきんな連中です。背の高さが一メートルくらいなんです。こいつらは掌に何もない黒い手で表わしました。子どもの頃、かれらはそういうものだと感じられたんです」

「アウストラロピテクス・アフリカヌス、華奢な『南の猿』だ。カンパ君、きみのシンボルの使い方はまことに適切というべきだろう。ハビリスとロブストゥスはどちらもアフリカヌス由来ということはありえる。その二つと同じ時代まで生き延びていたとしても、化石記録ではアフリカヌスが先立っている」

ウェイトレスが伝票をもってやって来て、こぼれた水の上に裏返しに置いた。警官がきいきいと音をたててスツールから降り、茶化すようにかれらに敬礼してから、音をたてて正面のドアを開け、うだるような七月の陽光の中へ出ていった。また三人だけになった時、クロフォード大佐はテーブルに肘をついて身を乗りだした。

「カンパ君、ブレア博士は信じられないほどお忙しいスケジュールの中、わざわざ時間を割いてきみを探し出した。この寄り道が本当にそれだけの価値があるかどうか、判断するのにもう二つ質問をさせてもらいたい」

〈大人物〉が言った。

「もちろん、価値はあったよ、ハンク」

「質問は何です」

「第一に、自分が更新世にもどるのを夢に見たことがあるかね。つまり、きみ自身が古代の風景の中でそれとわかる存在の一員かどうかということだ」

「実際にはいません。ぼくは映画のカメラのように出入りします。宙に浮かんで動いている眼だけになってます。だからぼくはあれを魂遊旅行と呼ぶんです」

「よし」

クロフォード大佐は言った。

額に皺を寄せて、ブレアが訊ねた。

「なぜ、よしなんだね」

「ウッディの方がそのことは私よりずっとうまく説明できる。ひとつにはカンパ君があの時代を汚染していない……つまり本人が物理的存在という異常を持ちこんでいないからだ。カンパ君の心が全体として夢の中で自分自身の姿で戻ることをこれまで一度も許していなかったから、現実の肉体が戻ることができるかもしれない。もっと筋の通った説明が聞きたければ、ウッディからじっくり聞くしかない」

ジョシュアは大佐をあらためて見直した。今この瞬間まで、大佐は自転車の三つめの車輪、二人でやっているトランプの勝負の見物人だと思っていた。基地司令官だろうが何だろうが、この男がブレアについてブラックウォーター・スプリングスまで来たのは、運転手としてではないのか。ちがうのだろうか。大佐がどんな形で関わっているのか、考え直さなくてはいけない。それに、ウッディというのは誰だ。

「二つめの質問は何です」

ジョシュアは訊ねた。

トム・ハバードがオカルーサ・カフェのドアを開け、後ろに音もなく閉めた。

「水を一杯とハム・サンドイッチ」

ウェイトレスに言ってから、ジョシュアのテーブルにやって来た。クロフォード大佐が座ったまま横にずれて場所を開ける前に、椅子を一つくるりと回し、後ろ向きにまたがった。

「こん畜生め、カンパよ、この仕事をR・K・コフィールドとあの新人のガキだけでやらせるわけにゃいかんぞ。あのガキ、タンクに入ったエポキシを病気か何かだと思ってやがるんだからな」

「おれはクビになったぜ」

「ああ、いいか、あの棒すべりの曲芸をもうやらねえってんなら戻っていい」

クロフォード大佐が言った。

「我々はカンパ君に新しい形の雇用関係に興味をもってもらおうとしてるんだがね」

ジョシュアは大佐の眼を覗きこんだ。

「そんなこと、言ってないじゃないですか」

「二番目の質問がそれだったんだ。ちょうど訊こうとしてたんだ」

「あんたら新兵募集係か」

ハバードは知りたがった。

「そんなようなものだ」

クロフォード大佐はアリステア・パトリック・ブレアを見つめ、それからジョシュアに向きなおった。

「カンパ君、空軍に入るのはどうかね」

「身長が足りません」

「我々が考えている任務では問題はない」

「そうさ」ハバードが口をはさんだ。「連邦政府はいつだって中米やペルシャ湾で大砲の餌食になる兵隊が必要だからな。アフリカでもな。ジャングルの戦地には黒ん坊を送るのも好きだよな。どっちの側も戦死者の数に相手のを入れられるからな」

「今度ばかりはトム、おれはクビになったままでいたいよ」

ハバードはかぶりを振った。

「好きにするさ。おれを見殺しにしろよ。R・K・コフィールドと、あの助けてぇ落ちるぅのガキと取り残されるってわけだ」

結局のところ、出血している手にナプキンを握りしめ、オカルーサ・カフェの真ん中でハバードをハグしてから、ブレア博士とクロフォード大佐の後から外に出た。

十分後、カワサキに跨《また》がり、空軍のリムジンの後について、ヒューゴー・モネガルの最後の基地のひと気のない補給廠を突切る州道八五号線を走っていた。口を大きく開け、じっとりした向い風に声を吹き散らしながら、なつかしく元気のいいビートルズ・ナンバーを声のかぎりに歌いながら……

第二二章　メアリ

マルコムに肩に触れられた時、ぼくは危うくアカシアから池に飛びこみそうになった。語っている間にマルコムが傍まで登ってきていたことに、ぼくは気がつかなかった。へこんでいる下顎の上で顎鬚が前後に揺れていた。というのも明白にマルコムは「しゃべっている」、声を出さずに演説をものにしていた。

「辛い夜をやりすごそうとしていただけだよ」ぼくはマルコムに言った。「きみはどんな話を聞かそうっていうんだい」

ハビリスはぼくの腰の後ろの四五口径を簡潔に顎で示した。ぼくは拳銃をほとんど忘れていて、今思い出したくはなかった。ハイエナどもはぼくの話に呆れるか、それとも気分を害するかして、横柄な態度で闇の中に駆け去ってくれるのではないかというのがぼくの期待だった。そうは問屋が卸してくれなかった。ハイエナたちはまだそこにいて待っていた。

「どんな状況でも結局はこれが解決するわけではないよ。ゲンリーに起きたことを忘れたのか」

マルコムは近くの草の塊で、物欲しそうに輝いている黄瑪瑙の眼のハイエナを人差し指でさした。舌を鳴らした。沈思黙考している山羊のように顎の髭を揺らした。ぼくらが置かれた状況からして、再びピストルを使うのを躊躇うのは見当違いであることがようやく腑におちた。

「わかったよ」

ぼくは不承不承言った。

そしてホルスターから拳銃をひき抜いた。かつてピート・グリーアが無防備な鹿を殺害するのにスポットライトを使ったように、月光を最大限利用して、かの腐肉漁りの山賊の眉間を撃った。反響しながら消えてゆく銃声の性質には、オルガスムスに似たものがあった。ハイエナの死によってぼくは消耗し、わけもわからず哀しくなった。

他のハイエナたち、それに遅まきながら飛びたった二羽のみすぼらしい禿鷹はすでに尻に帆かけて逃げていたが、ぼくはかまわず弾倉の残りの弾丸を撃ちはなした。

この集中射撃の間、マルコムは震えながら樹にしがみついていたが、包囲軍が散ってしまうとすべり降り、束縛から解放された男のように池の畔に沿って走りまわった。ぼくは熱くなった機械をホルスターにもどし、他のミニドたちが周囲の樹から降りるのを見守った。すぐに全員が地上に降りていた。一部――ほとんどは男たち――はぼくが撃ったハイエナの死体を調べに平原に押しだしていた。ぼくはしかし上に留まって、マルコムが放棄した見張りを続けることにした。

「いいかい、ぼくはいつも必ずこれをやるつもりは無いよ。でも必要な時にはうまくいくもんだよな」

ぼくはミニドたちに告げた。

女たちと子どもたちが疑わしげにふり仰いだ顔を月光が照らした。一方、ルーズヴェルト、フレッド、マルコムはハイエナの脇にうずくまり、溶岩の小石とチャートの破片をもち、これを薄片にはがして、死体を解体する道具にしていた。朝はまだ何時間も先だったから、茂みにもどり、しばらくの間うたた寝をして当然だったが、ぼくの獲物を禿鷹に引き渡すのは嫌だとみえた。ぼくはかれらの作業を見守りながら、うらやましくもなく、食欲もわかなかった。

それよりもむしろぼくはまどろんだ。眼が覚めるとフレッドが別の樹で見張りについていた。そしてぼくらの一団の残りの者たちは地表に眠るところを確保していた。あまりにもたくさんの体が横たわっている様は、大虐殺を連想させた。

フレッドが鳩の鳴くような声をだして下生えを指さした。身を起こしたが何も見えない。傾いた月の下、茨の木と荒涼とした景色だけだ。フレッドは鳴きつづけ、そして一瞬あって、北東の茂みから影が一つ現れた。その姿を見たとたん、ぼくの心臓はボルトが何本もゆるんだエンジンの塊のようにがちゃんがちゃんといいだした。

ヘレンだった。

ぼくは大声をかけたい衝動を抑えた。駆けおりて歓迎したいのも抑えた。ミニドたちは眠らせておいた方がいいが、ヘレンにぼくがすっ飛んでいけば、少なくない数が眼を覚まして何事かと不審に思うだろう。心臓が音を立てているのを感じながら、ぼくはヘレンが池までの間を慎重に進んでくるのを待った。フレッドはぼくらの位置をヘレンに教えて、鳩の鳴き声をやめた。が、ヘレンはぼくらの方に進むのに苦労しているようだった。いつもは脚は軽く速い。なんであんなに時間がかかっているのか。どこかひどくケガでもしているのか。

いや、ケガはしていない。ヘレンは何か運んでいる。体の前に偶像のように抱えている。赤ん坊だ。少し前にヘレンが食料漁りの遠征からもち帰った狒狒の幼児を思い出した。あの子どもは誘拐されて長く生きのびることはなかった。この子もまた盗んだとしたら、そしてどうやら他の可能性はまず無いようだったから、母親になりたいというヘレンのかなえられない願いの、議論の余地のない結果として、この哀れな生きものは死ぬことになる。こいつはたまらない。もうご免だ。

できるかぎり音をたてずにぼくは樹から降り、池の反対側でヘレンを迎えた。ヘレンは大事に抱えていたものをぼくに渡した。それは狒狒ではなく、アウストラロピテクスの赤子――ニューヘレンズバーグからずっとぼくらを尾けてきたアフリカヌスの一隊に属するものだった。赤ん坊は進んでぼくに抱かれ、まず思ったのは、この娘は毛皮製の上下一体の下着を着た人間の子に似ているということだった。足は多少とも剝出しで、膝は――パジャマの膝がすり切れて穴があいたように――毛が無く、ぼくの膝そっくりの固くなったこぶだった。

赤ん坊はぼくを見ようとはせず、代わりにヘレンを見やってからブッシュの闇をもの欲しそうに見つめた。娘はフレッドとニコルのＡＰＢよりもわずかに大きく、わずかに毛深かった。おそらく一歳は超えているだろう。

「少なくとも固形物を食べられる年齢の子を盗むだけの才覚はあったわけだ」

ぼくはヘレンに言った。

ヘレンはアウストラロピテクスの子どもをぼくの腕からとり上げ、ぼくらの間の地面に置いた。それからぼくを抱きしめ、両手でぼくの背中を軽く叩いた。その間ずっと、ぼくが教えたものとはほとんど関係がない一連の音節をぶつぶつと言いつづけていた。何を言っているのかはわからなくても、それが持つ意味の拘束力が小さくなるわけではなかった。ぼくらがこの子を作ったのとまったく同じく、ヘレンとぼくはこのアウストラロピテクスの母親と父親なのだ。この娘を健康な成人に育つよう世話をするのは、ぼくらの責任なのだった。

「これは気違い沙汰だよ。ヘレン、この子はハビリスじゃない。攫《さら》われた南の猿だ。たとえばぼくらが思春期を過ぎるまで何とか育てたとしても、この子がどんな人生を過ごすことになると思うんだ」

なおぼくの背中を叩きながら、ヘレンは辻褄《つじつま》の合わない甘やかな声で無意味な言葉をひとしきりつぶやいた。かわいくてどうしようもないという眼でぼくらの娘を見下ろした。その本人はいつの間にか、自閉症のトランス状態に陥っているようにみえた。

「この子の番いの相手に誰がなるんだ」ぼくは続けた。「この子を自分たちの一員だとミニドたちが認めるのはおろか、存在を容認してくれるだけでも幸運だろう。この子の元の種族もとり戻したいとは思わないだろう。この子はハビリスからもアフリカヌスからも同じく排斥されるぞ、ヘレン。混血児も同然だからだ。これがどんなにばかげたことか、災厄になる可能性があるか、わからないのかい」

ぼくの意気地無しにヘレンはまったく我関せずだった。ヘレンは小さな女の子の脇にしゃがみこみ、その頭をやさしくなでた。アウストラロピテクスへの襲撃に際して、ヘレンがまったく無傷ですんだわけではないことがそこでわかった。腕の内側に刻まれた数本の爪の痕から血が筋になっていた。それでもこの子どもを盗みながら、それだけですんだのは何とも大胆不敵な偉業で、ぼくはかぶりを振るしかなかった。ヘレンの顔の表情は、自分の傷の手当をする少しの間、ぼくが子どもの面倒を見るようにと言っていた。ぼくはぎこちなく小さな猿人の傍に跪き、子どもの頭皮を子細に調べた。その好意もトランスに入った娘にはそれとわからなかった。

池の対岸でエミリーが眼を覚まし、上半身を起こしてぼくらをみつめた。眠そうに欠伸をしてから立ちあがり、好奇心を満足させようとぶらぶらと池を回ってきた。ぼくらは現実なのか、真夜中の幻影なのか。ヘレンがしたようにしゃがんで、エミリーは誘拐された犠牲者の顎の先に触れた。それからアウストラロピテクスが反応しないのに不思議になったか、指を引っこめてみつめた。ヘレンとぼくはほとんど息もできなかった――まるでエミリーの次の判断がこの誘拐された子どもの生死を決めるように思われた。

とうとうぼくは言った。

「この子の名はメアリだ」

ぼくはヘレンを見た。

「きみはそれでいいかい、メアリで」

「マイ・ムワァ」

ヘレンは言った。「マイ・ミラー」というのは「メアリ」に十分近いと思われた。それでいい。それでいいことにしよう。

「よし。じゃ、決まりだ」

エミリーにメアリを傷つけるつもりが無いのに満足してヘレンは子どもの世話をぼくに任せ、また夜の中へ消えた。十分か十五分してもどった時、ヘレンはオル・デュヴァイ、野生のサイザルをたっぷりと抱えていて、そのべとべとする汁を腕の爪痕に当てた。エミリーは手伝って、ヘレンの前腕のまばらな毛をやさしくかき分け、野生のサイザルの天然の鎮痛剤をヘレンの傷に絞った。なぜこんなに気づかうのだろう、とぼくは不思議だった。時間が遅いせいかもしれない。子どもがいるからかもしれない。子どもの頭の虱を、ぼくはまだ漫然と探していた。それとも一帯に広がる静けさのせいだろうか。理由は何であれ、ぼくもまたおちついていて、アウストラロピテクスを養子にすることの不安も、独り善《よ》がりの期待の大軍の前に敗走したのだった。

アルフィーが樹の幹に棒を何度も叩きつけて、ぼくらを起こした。夜が明けかかっていた。平原では、例の雌の犀に突き殺され、仲間たちに内臓を食われたハイエナの死体に禿鷹が塊になって留まっていた。朝課に集まったフードをつけていない修道士というところだ。もう一頭のハイエナ――ぼくが撃ったやつ――は鳥たちの手の届かない水辺に引きずりおろされていた。それでも禿鷹どもは入りこむチャンスを狙って目玉をひん剝いている。

たとえ狒狒の群れでも多少とも自尊心があれば、出発する前に朝食をとったはずだが、アルフィーはハムとジョモとともに、腹には濁り水の他には何も入れずにぼくらを草原に追いたてた。腹にはもやもやした感覚もあって、病気にやられたかという疑いがつきまとった。ライオンが来たり、ハイエナどもが戻ってきてまた樹の上に閉じこめられる前に、午前中のうちに進んでおこうというのだ。

今日のヘレンはメアリを抱いて、ぼくらの集団の中央を進んでいた。自分の子どもを持ったからには、斥候、見張り、護衛の役割を捨てて、草原の妻、母親、被保護者の地位を得る権利を疑問の余地なく得ていた。アカシアの棍棒を壊れた梯子のように後ろに引きずりながら、小さなメアリを腰にのせていた。片手に武器、片手に赤ん坊。この二つがそれぞれに象徴する忠誠の対象が本質的に異なることでヘレンが混乱していたとしても、その魂は——少なくとも今のところは——女たちと共にあった。女たちもまた、自分たちに加わったことでヘレンをいじめたり、村八分にすることは無かった。

ミニドたち全員がその存在に気づくと、メアリは時にかれらの注目の的になったが、敵意をかきたてることは無かった。ぼくは怒った顔、怒りの仕種、さらには暴行までありえると思っていた。代わりにハビリスたちは、交替で子どもを試し調べた。子どもの匂いをかいだり、そっとつついたりするのが嬉しいらしかった。ヘレンはミニドたちが調べるのを認めた。メアリが生き延びるとすれば、さらわれてきた子どもへのかれらの好奇心を満たし、自分たちの一員として受け入れてもらう必要がある。一度も泣き声をあげることもなく、逃げようともがきもせず、メアリは恐怖に眼を大きく見開いてヘレンにしがみつき、運命と諦めたように試練に耐えた。

前進の間に子どもはミニドへの恐怖をいくぶん克服したらしい。ある時、休息のために止まった時に、メアリはよちよち歩いて、ボンゾ、ダッチェス、ペブルズに合流した。子どもたちは前日のカルコーセレスとの邂逅《かいこう》から残っていたフンコロガシのうちの二匹を実験的に拷問《ごうもん》にかけていたらしい。子どもたちはメアリが仲間に入ろうとするのを止めなかった。それどころか昆虫の一匹の脚をむしるのに参加させることまでした。そしてヘレンとぼくは二人して、これを眼を細めて見ていた。それ以後はメアリは事実上ハビリスとなった。

正午までにぼくらはほぼ開けた地域、完全なサバンナに出ていた。けれど山——約二十五キロ先とぼくは判断した——は、ぼくらがそちらへ向かって進んでいるにもかかわらず、時に遠ざかっているように見えた。

進むのが途切れると子どもたちは小犬のように転げまわり、草の中でからからに乾いたものが少しでもあると周りを歩きまわった。メアリは今やその中の一人であり、ヘレンは時々母親の役を捨てて、見張りをやるかのように行列の中心からはずれて、みせるようになった。それでもメアリがくたびれたり、弱ったりしたりする様子を見せると、その度にメアリのもとへ戻った。ぼくらの娘に対するその献身にぼくは寂しさを感じ、少々腹が立ちさえした。ぼくがヘレンを好きなのは愛人としてだけでなく、同志としてでもあった。

その日の午後遅く、ハムが集団から離れ、片足をひきずりながら、先にある草の中のへこみへ行った。その小さな陥没（ハムの奇妙なふるまいがなければ、ぼくは完全に見逃していた）の周りをまわった。足を止め、慎重に逆回りに一周した。かれは応援を求めてフーと声をたてた。ぼくも含め、他のハビリスの男たちが来ると、ハムは前に身を乗りだし、サバンナに掘られたところから、大きな楔形の芝生を引きぬいた。

危険な甲高いしゅうしゅうという音が聞えた。ハムが見つけたのは蛇、たぶん卵蛇の一種だとぼくは思った。絶え間なくとぐろを巻き、コブラのようなフードがあるので、血が凍りつく。けれどもそのふるまいは皆中身のないはったりで、怖がることはないことをバビントンから習っていた。

けれどもハムがみつけたのは卵蛇でも正真正銘のコブラでもなかった。全然違うものだった。かれが掘りだしたのはひと腹のチーターの子どもだった。四頭とぼくは数えた。仮面の顔、宝石の眼を備えた優雅で小さな猫たちだ。まだ未熟な銀青色の毛皮で、たがいに押し合い圧《へ》し合いしながら、恐怖と憤りをまき散らしている。その怒る様は可笑《おか》しかった。母親はどこかに狩りにでかけている。が、すぐに戻ってくるだろうし、ベビーベッドをつつき回しているところをみつかる前に、とっとと逃げだした方がいい。つまるところ、ぼくらは自分たちを何者だと思っているのか。

更新世にはもう何ヶ月もいたにもかかわらず、何者と思っているか見せつけられて、ぼくは驚いた。

ルーズヴェルトとフレッドが子猫のうち三頭を棍棒でなぐり殺した。血と灰色のものをそこらじゅうの草の上にまき散らした。四匹めは逃げようとしたが、アルフィーが尻に蹴りを入れて膝を落とし、肋骨を折って地面に縫いつけた。アルフィーは首を噛みきってそいつを殺した。それから顔を上げてぼくを見た時、アルフィーの口から血が流れ、髭には美しい白い毛皮がひと房、ひっかかっていた。

ぼくはメアリと共にミニドの集まりの縁に退いた。まるでこの子が魔法の盾《たて》か膨張式の救命胴衣であるかのように、メアリが与えてくれる安心感を求めてしがみついた。ぼくらのどちらも相手が何に狼狽しているのかまるでわからないまま、食べる者たちが食べるのを一緒に眺めた。

どの腹にも子猫の腰肉がたっぷりと収められると、無気力が降りてきた。誰もが動きたくなくなった。午後にもう数キロは進むことができたが、飽食したハビリスたちは今の場所に宿営することに決めた。

これ以上に無防備な場所を見つけるのは難しいほどだった。二、三百メートルの間、一本の樹も小丘《カピ》も無かった。この開けた場所に世帯を構えるのは、インターステイト高速道路の上にテントを張るのに似ていなくもない。轢《ひ》いてくれと頼んでいるようなものだ。けれども満腹して無頓着なミニドたちは危険の可能性を認識しないか、軽々しく無視した。幸いなことに、その日の午後の残りの間、うろついている捕食者から自分たちを守ることはせずにすんだ。

太陽は原初の鱸《すずき》の口に引っかかったデイグロの浮きのように沈んだ。まだあると思った次の瞬間、消えていた。

だらけたハビリスは保険をかける対象としては危ない。男たちの誰も月の出の後まで目玉をひん剝いていられるとは信じられなかったので、火を炊《た》くことにした。ヘレンがメアリを脇に置いている間、ぼくは平原をうろつき、堅くてもろく、棘だらけのアカシアの菌瘤と、渦を巻いてぼろぼろ崩れるフリスビーの形をした乾燥した象の糞を集めた。まもなく、一同の真ん中に火がぱちぱちと燃えるのにほっとした。

ぼくは気分が良くなりだした。たぶんヘスペリアン鬱病ないし黄昏の憂鬱にかかっていたのだろう。棘のある枝の上で蟻たちが重さのない金屎《かなくそ》にまるまってゆくのを眺めていると、ハビリスたちとの仲間意識がもどってきた。チーターの子どもたちと違って昆虫は哺乳類ではない。昆虫なら浮き浮きと、ハレルヤを唱えながら地獄に送りこめる。そして轟々《ごうごう》と燃える地獄の炎から身を引いて、昆虫が燃えるのを大喜びで見ていられる。

フレッド——意気地無しで向こう見ずのフレッドが、焚《た》き付けではなく、毛羽のついた小さな果実を機織鳥の巣の袋いっぱいに入れてもどった。どこでこれを見つけたのか、まったくわからない。甘ずっぱい香りのする紫黄色の楕円形をしている。フレッドの籠を受けとったディルジーが六、七個、続けざまに食べてしまい、これといって具合が悪くもならない。ディルジーは本来の権利でチーターの肉を喉元まで詰めこんでいたはずだが、一つ食べるごとにますます勢いよく食べる様子を見せたから、ぼくも食べてみた。ディルジーを見守りながら、フルーツは感覚の進化の段階では蟻よりもさらに下にある、と自分に言い聞かせた。それにこの時には腹も減っていたから、分け前を求めた。ヘレンが手にいっぱい持ってきてくれた。

この毛羽のある楕円体を一つまず味わって、ぼくはこれに名前をつけようと思った。皺李《しわすもも》だ。

　皺李は人を酔わせる。

　ぼくは皺李で酔っぱらった。ぼくだけが酔っぱらったわけではなかったが、涙もろくなったミニドたちの中でぼくが最も涙もろくなった。誰もが火のまわりをふらふらとよろめきながら、人生のいやらしさとむごさとはかなさについて、移ろいやすい沈思黙考にふけった。ぼくは考えを口に出した。たかだか数十、数百万年経っただけで、わがハビリスの知人たち――頭の中から追い払われたことはただの一度もない――が、マイアミ・ビーチのマンションの前の砂に乗りあげたフェニキア船の残骸に、なぜなってしまうのか。我々の生存という、思いがけない災厄へ向かって、かれらがどのように船を操ったか、その生ける詳細は誰にも知りえない――ほんとうのところはわからない。我々はいかに大きく、かれらのおかげを蒙《こうむ》っているか。そして我々のためにかれらが苦しんだことを、たいていの人間はほとんど気にもしていない。ぼくはミニドたちに言った。きみたちの勇気と犠牲が現代において知られていないために、〈偉大なる人間の英雄たちの年代記〉において、ほぼ一顧だにされていないことは、まったく恥ずかしいことではないか。このままですませてはいけない。絶対にいけない。ホワイト・スフィンクスに回収されたなら、この恥ずべき手落ちをぼくが矯正することになるだろう。

そうして防水マッチを一本すり、その厚かましい先端をトラバーチンに似た地平線の筋をバックにさし上げて、ぼくはイェイツの一度聞けば忘れられない一節を求めて記憶を探った。

「いとしい影たちよ、今やそなたらは
戦いの愚かさをあまさず悟る
世間のいう善悪と戦う愚かさを
無垢なるものと美しきものには
時の他に敵なし
立って我に命ぜよ、マッチをするべし
またするべし、時に火の点くまで……」

「カルコーセレスの時代に」ぼくは言った。「諸君のもとへ手相見——すなわち掌で吉凶を占う者が来た。そして我こそは容易に真相を語らない諸君の手の生命線の謎を読み解く者ならん」
ぼくはまずディルジーのところへ行った。火からほんの一、二メートルしか離れていない。ディルジーの傷のついた老いた手を——短かい、屈曲した親指のあるハビリスの手をとり、ディルジーがどうなり、何がその身に起こるか、予言するために、彼女が何者か述べようとしてみた。

「ディルジー、その昔、あなたはある小柄な肌の黒い男に会った。あなたが夢中になったその男はミニドの中で影響力のある地位に登った。男の名はハム。あなたと共謀してハムは息子をもうけ、息子はこんにちアルフィーとして知られる。あなたの眼にはアルフィーはゲムスボク・メロンだが、あなたの娘たち、ミス・ジェインとオデッタもまたあなたに愛され、あなたの仲間だ。ディルジー、この野蛮な場所で、あなたは充実した、有益な人生を送ってきている。あなたの体には害虫が這いまわり、あなたの口は腐肉の悪臭を吐くことがよくあるが、尊厳と名誉を備えてあなたは一点の汚れもない。あなたの生涯はナイル河のように長い。が、あの底無しのわだつみ、他のすべての命とともにあなたの人生が流れこむわだつみはすでに近い……」

　ぼくはディルジーの手を放し、ぼくを見つめている影を見渡した。呪文にかけられることもなく、老女はまた皺李を一つ、ぼくの口に押しこんだ。それを食べながら、自分がディルジーの死を予言したことに気がついていた。今、誰もがぼくに期待しているのは詳しい内容だった。ディルジーの手をまたとり、やさしく回して掌が見えるようにした。自分の唾がねばつき、苦いことに気がついた。

「ディルジー、親愛なるディルジーよ、あなたは乗っていたトヨタが木材運搬用トラックの後部扉の下に滑りこんで、首を切断されるだろう。運転していたハムも同じ身の毛もよだつ運命にみまわれる。しかし警察の報告書では、現場の天候と、木材運搬車が突き出した荷物の末端に旗を掲げていなかったことを理由に、ハムには過失はなかったとして無罪放免した。親族を代表してオデッタが、連帯責任があるとされたパルプ会社を相手にして数百万ドルの裁判を起こした。が、訴訟は何年にもわたって長びくことになる。一つには死亡した際、ハムの血液から容認できない割合のアルコールが検出されたことが検屍官のメモから明らかになったことだ。皺李に酔っていたと思われる。

あなたとハムの葬儀について言えば、ディルジー、それは盛大なものになる。墓畔には喪服に身を包んだハイエナと禿鷹が多数参列する。そうだ、それは盛大なものだ。サバンナで何週間も語り草になる。とはいえ、死後にこのように評判が高くなっても、あなたにとってはどうでもいい。死んでいるからだけではなく、あなたはつつましく、でしゃばらない女性で、そんな愚かしく騒々しい悶着に心を乱されるようなことはしないからだ」

ディルジーの骨ばった額の畝に口づけしてから、ぼくは火の届かない闇の中へふらふらと歩いていった。火の方は子どもたちが、小枝や糞の塊を絶やさないでいる。ジョモがぼくをつかまえ、大人たちの半円の中に連れもどした。指を広げた掌をぼくの胸に押しつけてやめない。

「何を話せというんだ。がんで死ぬとか、銃撃の傷や放射線被爆で死ぬとかいう話かい。それはない。それはないよ。そんなことはどうでもいい。壮大に死ぬか、みじめに死ぬか、ぼくらの最後を予言なんてしたくない。そんなことは、し、な、い、ぞ。今夜はもうそのことは考えないよ」

　風の渡る荒涼とした草原から、ヘレンが寄ってきた。メアリを抱いている。火が狂ったようにとび回り、ぼくのぼろぼろのブッシュショーツがつながった爆竹のようにはじけた。ヘレンは手相を見てもらいたがった。メアリを腰の片方に移し、掌をぼくにさし出した。

「マイ・ムワァ」

「これが最後だ」ぼくはミニドたちに言った。「これを見たら、もうハビリスの手相は絶対に見ない。わかったか」

　ミニドたちは何も言わなかった。ヘレンは待っていた。

　関節炎があるようにも見える手をとり、ぼくは言明した。

「ヘレン、きみはある水槽塗装工と恋におち、それからはいつまでも幸せに暮らすだろう。もちろん、そこそこの日も少しはある。国際情勢や住んでいるモバイルハウスの陰鬱な木の羽目板に気がふさぎこむこともある。とはいえ、きみはフロリダが気に入るだろうし、きみの夫はきみが自立した人間として潜在する創造性を実現できるように努めるだろう。記念日ごとにきみの夫はどこか小さな自治体の高架水槽の中をサンドブラスターで吹きつけるのにきみを連れてゆくだろう。そこできみはもう一つの惑星の空ろな核を探検する開拓者のふりをする。そうやってきみは自分のロマンスを常に更新しつづける。全体としてそれは、真当《まっとう》でうららかで気取るところのない暮しだ。もっとずっとひどくなることだってありうるからね。ほんとうだよ」

ヘレンはメアリのちっぽけな手をぼくの手の上に置いた。毛深い、異邦人の手だ。ぼくはいきなり手を引っこめた。

「マイ・ムワァ」

「だめだ、ヘレン、ぼくはもうやらないと言った。それにやるつもりはない」

ヘレンはメアリを腰の反対側に移し、どこへともなくぶらぶらと歩みさった。ミニドたち――皆ゆかしい影だ――はぼくが五、六歩よろめいてその後を追うのを見ていた。かれらは何かをぼくに望んでいた。エピローグか、解釈だ。ぼくは足を止め、かれらにも線が見えるように自分の掌を掲げた。

「ぼくがきみらを裏切ることはない、とこの手は言っている。ぼくが時間旅行するのはあと一回だけだ――死んでアリステア・パトリック・ブレアが発見するように骨を残す。ひょっとするとかれはぼくに分類学上の名前をつけてくれるかもしれない」

ぼくは手放しで泣いていた。二つの相反する衝動、ハビリスたちへの好意と、いきなりの猛烈なホームシックの間にはさまれていた。

「ぼくはきみたちには思いうかべることのできない明日からもどってきている。だが、ぼくは、きみたちが人間として発展するものの最も肝要な存在でも究極の存在でもないと思ってもらう必要がある。きみたちはきみたちがまだ思いうかべることができないものを超えて、絶対的に考えられないものを見ようと試みなければならない。たとえ見当ちがいのものであっても、自分たちの宿命を信じねばならない。ぼくの四五口径だけが、きみたちの目指すものではない。救急箱もまた違う。ああ、ミニドよ、きみたちが始めたものの頂点は、ぼくにはまったく想像もつかない勝利となる」

翌日、ぼくらは何ごともなく、だらだらと草原地帯を渡り、サラカ山麓《さんろく》のなだらかな斜面に達した。ヘレンは明らかに気分が良くなく、行程の大半をメアリをぼくが運ぶに任せ、自分はアウストラロピテクスの子どものための植物性の食料を漁っていた。

ぼくらが山の近くまで来たときに起きた最も重大なできごとは、低い木の生い茂った頭上の尾根に、ハビリスのもう一つの「ネイション」の狩人が三、四人、現れたことだった。ぼくらはかれらの縄張りに踏みこんでいたので、旱魃の季節にあって、分散が生存を意味していたから、ぼくらの到来はかれらの領土への挑戦と見えたにちがいない。メアリを抱えてサラカ山の峰を白く覆う雪の輝きを見上げたとき、聞えたのは……聞えたのは、戦争を予言する先祖の声だった。

実際にはアルフィー、ジョモ、ハムが尾根の見張りに向かって声をはり上げ、見張りたちも叫びかえした。この無気味な対面の挨拶は山の上の方の谿間《たにま》を行き交い、草原地帯に何度もくり返して砑した。これにメアリは脅えた。ぼくの太股に爪先を食いこませ、木に登るようにぼくを登ろうとした。メアリは力も強かった。強くて諦めなかった。ぼくの頭のてっぺんに、インドの象籠に座るように座ろうとしてやめないので、諦めさせるために、メアリの肺から息を絞りだすまでにしなければならなかった。とうとうヘレンがぼくらが格闘しているのに気づいて、この腕白娘《わんぱくむすめ》から解放してくれた。養母に抱かれ、加えて、尾根からの声が威嚇から招待に調子が変わったこともあって、メアリはおとなしくなった。

勾配を斜めに苦労して登ってゆきながら、間近に迫った邂逅を恐れている帰化ミニドはメアリだけではないことに、ぼくは気がついた。ハビリスの中では、メアリと同じくらい、ぼくもまた場違いなのだ。オート麦シリアルの箱にまじった麩《ふすま》フレークだ。尾根の上の初対面の者たちから、ぼくはどういう形で迎えられるのだろうか。登ってゆくにつれて、各々の顔が見分けられるようになったが、それでもなおミニドが人間だというのと同じようには、かれらも人間と考えるのは難しかった。装いが違うわけではない（この時代の制服である、毛深い裸）。武器にも見憶《みおぼ》えがある（長短様々な棍棒と大腿骨）。それでもかれらは人間というよりはヤフーを連想させた。これは本能的な偏見であり、根こそぎにするか、昇華するかしなければならないものだった。ぼくは自分に言い聞かせた。それはジョシュア・カンパにふさわしくない。

ハムとジョモはこのもう一つの一団の猫背のリーダー（アッティラ・ゴリラとぼくは名づ

けた。かれのハビリスはフン族だったからだ）とかつて交際があったらしい。二人は信任状を提示し、アッティラの足許に武器を置いて、ぼくらの穏やかな意図と、かれらが通常徘徊する縄張りを通りぬける間、こちらがフン族の寛容を進んで乞い願うことを示した。アルフィーは後ろに下がって女たちのところにいて、ウシカモシカの磨いた大腿骨を、巨大なカクテル用攪拌棒《かくはんぼう》のように握りしめていた。もしぼくらがもてなしよく迎えられないようなことがあれば、敵をハビリスのカクテルに混ぜあわせることも朝飯前であるように見えた。幸い、それは不要なことになった。

交渉が進められたわけのわからない喉頭音を解読することはぼくにはできなかったが、ぼくらの不安定な休戦協定は、たちまちのうちに友好条約に変わった。アッティラの先導で、ぼくらの一団は全員が尾根の裏側を茨の多い谷間に小走りにくだった。サラカ山の標高の高い裾野には樹木や竹藪が生え、一方、頭上にのしかかる峰の雪はフローズン・バナナ・ダイキリの砕いた氷のようにきらめいていた。ぼくらは茨の茂みの間を縫って抜け、剝出しの峡谷へ出た。そして峡谷の中をおいしそうな頂上の氷へ向かって登った。頂上までの四分の一ほどを登り、ある森になった岩棚沿いに時計回りにまわって、フン族の山のリゾートに着いた。

ここのハビリスたちはメアリとぼくを、あからさまな疑いの眼で見た。ぼくの異常に対する当惑の方が大きかった。箱のような足と、ぼろぼろの半ズボンをはいた道化者だ。ぼくのようなものはこれまで一度も見たことが無かった。ぼくが身につけているものの大半について、言葉が——というより心に抱く概念が無かった。ぼくのパンツはまだまったくの衝撃では無かったが、それも女性のフン族の一部が粗雑な動物の皮のマントをまとっていたからにすぎなかった。この高度では気温が低いことに譲歩していたのだ。

嫌悪はしたものの、連中はぼくには手を出さなかった。つまるところぼくはミニドが連れてきたのだし、それにぼくはかれらがボスと認めていたアッティラより十センチは背が高かった。

フン族はメアリをより遠慮なく、化けものを見る眼で見た。メアリは知能の弱い子どもで、その存在そのものが、ただそれだけでかれらを戯画化していた。抱いてかわいがるべきか、棍棒でかわいがるべきか、判断がつかないようだった。だからメアリが村をちょっと見てまわる間じゅう、ヘレンは気をつけて傍についていた。その村というのは、差掛けと独立の小屋が奇妙に混ざっていた。ぼくもメアリを守るようにしていて、気がつくとかなりの時間抱いていていた。

ぼくらはこのハビリスのもとに六日間滞在した。が、どうしてもかれらを好きになれなかった。ミニドたちとはうまくつきあっていたと思う。ミスター・ピブが、ある上品で無邪気なフン族の少女との関係の土台を据えはじめていた。しかし、ぼくはホストの動物の肉の趣味も気に入らなかった。ガラゴ、コロブス猿、サバンナモンキー、それに青猿に偏っていた。

この一週間の間、ヘレンは断続的にひどく体調を崩し、くり返し同じ症状に苦しんだ。住まいと食事がいきなり変わったせいだとぼくは思った。山での六日目の終りには、嘔吐《おうと》の発作であまりに弱ったので、ヘレンはぼくの看病のもと、一晩中起きあがれず、しかも眠れないでいた。メアリを寝かしつけた後、近くの小川に水がしたたり落ちている泉から、湿った苔《こけ》を絞ったものをとってきて、ヘレンの喉と額にあてた。やがてぼくはヘレンの隣に丸くなって眠った。

眼が覚めた時、高原の森は勢いよく揺れていた。この動きを起こしているのは風ではなかった。そうではなく山の斜面がぼくらの下で痙攣していた。うるさい蠅を牛の皮が追いはらおうとする動きとまったく同じだ。ヘレンもメアリもいなかった。ぼくは外へよろめき出た。左右に揺れる枝葉ごしに、ぼくが苔をもらった泉の土手に二人の姿が見えた。ヘレンはメアリを抱いていた。が、サラカ山が急に動いて、ヘレンは足許をすくわれた。子どもが腕から地面に落ちた。

「ヘレン」ぼくは叫んだ。「メアリッ」

ぼくの声は混乱した合唱をなす声の一つにすぎなかった。フン族ハビリスの一隊が泉の上の森に散開し、山の悪いふるまいを叱責し、自分たちが恐れを知らぬことを自慢していた。

かれらの鬨《とき》の声や野次は、サラカ山の低い轟きに、とるに足らない対位法を甲高くつけていたが、フン族の誰一人として、自分たちの生命が危ういとは信じていないようだった。それどころか、かれらはさらに怒った。山のごろごろと唸る音が大きくなるほどに、フン族の抗議はさらに激しくなった。フン族はピンボールのように樹々の間をはね返り、自分たちの勇気と憤激をうたった。

メアリはぴょんと立ちあがった。ヘレンは捕えようと急いだ。ヘレンがつかまえる前に、アッティラの手先の一人が棍棒をもってアウストラロピテクスの子どもに襲いかかった。最初の一振りでメアリの首はほとんど切れかけた。次の一振りは危ういところでヘレンをかすめた。ぼくは叫ぼうとした。が、何の音も出てこなかった。代わりにピストルが手にとび出していた。心に憎しみを抱え、震える手でぼくはメアリを殺した下手人に狙いをつけた。

その瞬間、サラカ山がまた肩をすくめ、ぼくら全員が倒れた。

この発作の一、二分後、ぼくがまた頭を上げた時、ヘレンはその臀部をぼくらの娘を殺したフンにさし出していた。そいつはヘレンの尻にそっと触れてからその脇を通って、メアリの死体が倒れている腐葉土に向かった。泉にやって来る他のハビリスに対して、ヘレンはいちいち尻をさし出した。誰もその誘いにのらず、あるいは斜面を蹴落とさなかったから、ヘレンは最初の下手人の足許に這っていった。恐怖と哀しみの極みにあって、ヘレンは恥知らずの野蛮人に安心を求めたのだ。その戦友どもが、ぼくらの娘の首のない死体の手足をもぎとっている一方で、そいつはヘレンの肩を軽く叩き、なぐさめるように撫で、フン流の悔みのことばをつぶやいた。

ぼくはピストルを空に向けて撃った。ハビリス一人につき一発ずつだ。山がゴロゴロいっても逃げなかった奴らが、射撃には逃げまどった。その時には地震は収まっていたから、銃声は氷を削っているアイスピックの音のようにくっきりと鋭く響いた。数秒して破片の散らばる斜面を、ヘレンがころがるように駆けてきて、ぼくの腕にとびこんだ。サラカ山がたった今ぼくらを揺らしたよりもずっと優しく、ぼくはヘレンを揺らしに揺らし、揺らしつづけた。

しばらくして、ヘレンがぼくらの小屋で、焦点の合わない眼を見開き、身動きせずに寝ている間に、ぼくはメアリの残されたものをできる限り集めて、泉に近い土の柔かいところに葬った。それから散歩に出た。

薄明の中、山の斜面の上方、凝灰岩の岩床に残された一つ目の頭蓋骨が眼をひいた。それはマストドンか恐獣《ディノテリウム》か、長い鼻の動物の頭蓋骨で、木の芽や葉を求め、あえてサラカ山の斜面を登ったものの、ブッシュ地域にルンバを踊りながら戻れる前に死んだのだった。動物の頭蓋骨で巨大な一つ目の眼窩に見えるのは実はその鼻腔だった。しかし古代ギリシャ人はこうした頭蓋骨を一つ目の巨人のものと勘違いし、その勘違いから想像力によって呼びだした幻影には壮麗な畏怖をもって臨んだ。ぼくもまたこの頭蓋骨の前にあって畏怖にうたれた。

ポリュペーモスは厚皮動物だった。

その巨大な頭蓋骨を、一部埋めこまれていた凝灰岩からひき抜いて、ぼくはそれが山の斜面を滑りおちるのにまかせた。

メアリの墓に、ぼくはそれを墓標として、ぼくらの娘の記念碑として置いた。

第二三章　フロリダ州パナマ・シティ――一九八一年夏

渚の娯楽館《パビリオン》から聞えてくる音楽は饐《す》えたディスコ・チューンで、ジュークボックスは別の夏の残りものだった。ただ、何やら動きは活発で、その動きにひき寄せられた。

革紐編み《ワラーケ》サンダルにカットオフ・ジーンズという恰好で、ジョシュアは何があるのかと、ミラクル・ストリップからぶらりと降りた。ハバードから給料を貰ったところだったし、地元の銀行にハバードがかけあってくれて、ジョシュアはつい最近、オートバイを買うローンを組むことができた。バイクはハイウェイに近い公衆シャワーの隣のラックに錠でつないである。跡のつきやすい白い砂の上を娯楽場へ曲がりながら、まわりを一周してバイクをうっとりと眺めた。赤いカワサキ。とにかく美しい。カネがあれば自立できる。

古い音楽に新しい乗物。

娯楽館に降りると、ジョシュアは木のレールに片足をかけて、踊っている連中を眺めた。半分裸の痙攣する体に始終覆いかくされて、床のジュークボックスはふくらみ縮むオパールの光を放つ巨大な肺にみえる。太陽がちょうど沈んだところだ。名残りの赤がメヒコ湾の水を染め、同じ色が娯楽館のコンクリートの床に反射している。ジョシュアは催眠術をかけられた。ジュークボックスが叩きだすビートに摑まれ、踊っている連中のロボットのような派手な動きに眼が吸いよせられた。大部分が白人の学生か、くすくす笑いながら流行を追いかける十代の娘たちだ。が、地獄の拷問にかけれられている魂で、しかも変態のようにこれを楽しんでいる奴らという印象が表に立った。どちらの集団にも自分が溶けこめることは、ジョシュアにはまず期待できなかった。

仲間が欲しいのなら、エグリンへ駆けもどり、昔の空軍の親友の誰かを探すことだ、とジョシュアは自分に言いきかせた。

むろんそれは不可能だった。ヒューゴーが死ぬ前に知っていた者はもう誰も基地住宅に住んでいなかった。軍人の家族はプロの難民だ。ロマのように来りては去る。昨年の十月、ある若い航空兵の車で基地までヒッチハイクし、モネガル一家が三年近く暮した懐しいケープハート式住宅の前をぶらついたことがあった。正面に、あの頭が痛くなるような緑色のプラスティック製の未就学児用三輪車がひとつ、置かれていた……人は再び故郷には帰れない。とりわけ一度も故郷を持ったことが無い者は。

ジュークボックスの曲が終った。きっちり終るのではなく、フェードアウトして傷ついた沈黙が降りた。次の曲はバラードで、ベースがブンブンくり返す上に気持ちよいフルート・ソロが舞いあがった。陽に灼けた肉体同士がしっかりと抱きあい、共に揺れうごいているのは、媚薬《びやく》に酔っているようだ。ここにいる権利はないと認めるのを拒んで、ジョシュアは眺めるのをやめなかった。

すると小さな奇跡が起こった。

流体の黒鉛のような髪の褐色の肌をした華奢な娘が、娯楽館の反対側からジョシュアを見ていた。ドラゴン・レディの妹というところだな。無垢の東洋娘。自分がジョシュアを見つめていたのに相手が気づいたと見てとると、娘は眼を閉じ、フルートの高く陰鬱なフレーズに合わせて髪を左右に振った。

残念ながら娘は一人ではなかった。その隣でとろんとした眼で踊っている連中を見つめてだらけた恰好をしているのはスキンヘッドの若者で、ポリエステルのスラックスに一九八〇年の「自由の船団」を記念する薄い黄色のTシャツという姿だった。この辺りの基地のどれかの訓練生で、ポテトチップとライトビール、陽光とセコナールを過剰摂取しているのだろう。娘の方は踊りたいのだが、男の方はまっすぐ立っているのがやっとなのだ。やがてその頭の皮が卑猥なピンクに光り、顎が胸に落ちて、男はゆっくりと床にずり落ちだした。娘は支えようとしたが、相手はひとりで支えるには重すぎることは見ればわかる。男の重みと格闘しながら、娘はジョシュアに眼で訴えた。その表情は「あたしが困ってるのはわかるでしょ。さっさと来て手伝いなさいよ」と明白に伝えていた。ジョシュアは人混みの周囲をまわって、言われた通りのことをやりに行った。

はじめ支える手掛りをあれこれ手探りしてから、ジョシュアと娘は脱水状態の色男を渚からミラクル・ストリップまで歩かせてもどった。そこで男の頭にシャワーを浴びせて、少なくともゾンビ状態にまでもどそうとした。無駄だった。訓練生はふくらんで透明な鱈《たら》のような眼で二人を見ている。ドラゴン・レディの妹は絹のスカーフで男の顔をぬぐってから、どうしようもないと肩をすくめた。娯楽館を出てから二、三度しか言葉を交わしていない。

「こいつの基地はどこ」

「ハールバット・フィールド」

そういう娘の発音に訛はかけらも無い。もっとも娘はタイかヴェトナムの血を引いているとジョシュアは判断していた。

「レンジャーになるんだと言ってた」

「ホッケー、野球、森林のどれだい」

「意味がわからない」

「忘れてくれ。どこか、こいつが眠ってヤクをさまさせるところに移した方がいいな。この状態でハールバットにもどれば、それから何日かはイラン人の人形の代わりにじゃがいも相手に銃剣をふるう羽目になる」

「かれ、車を借りてる。あそこ」

借りた車——青のプリムス・フューリー——の後部座席にレンジャー志望者を寝かせ、ズボンの脚をまくり上げ、娘のスカーフを濡らして、湿布として頭にあてた。

娘はハイウェイを西に、砂丘の中でひと気のないあたりに向けて走った。ジョシュアは自分のカワサキで後に従った。一本のミモザの木の風下側で、この男のために他に何をすべきか、話し合った。この時にはもう、流れる雲の生地の間を星々が流れていた。

「この人、日曜夕方の五時に戻ればいいんだ。週末全部の許可をもらってる」

「窓ガラスを二つ、ちょっと開けて、ロックした鍵を中に置いといて眠らせとこう。痙攣も窒息もしないだろうし、ここなら誰も邪魔しないさ」

連れのに似たTシャツにカーキ色のショーツという恰好をしていると、娘はむしろおてんばな小学校低学年のガールスカウトに見えた。背の高さはジョシュアとほぼ同じだが、すらりとして浮世離れした顔をしている。ジョシュアの提案を受け入れるのをはっきりと躊躇った。デートの相手への忠誠心よりも、こっちの動機を用心深く疑ったのだとジョシュアは思った。おばかではないな。

「運転していいよ」自分のオートバイを指して言った。「ぼくが無作法なことをしたら、対向車線にハンドルを切って、ぼくに神への恐怖心をまた注入すればいい」

「あなたが運転すれば無作法なまねをしてるヒマはないよね」

「でも、ぼくにどこへ連れてかれるか、わからないぜ」

「頼んだところじゃないどこかへ行くつもり？」

娘は首を傾げ、値踏みした。

「そういうことなら、ヒッチハイクで帰れる」

娘は砂丘の向こうのハイウェイに向けて歩きだした。

めんくらってジョシュアは娘と一緒に歩きだした。魔法の髪と溶けかかったチョコレートキャンディーのような眼をした、この官能的なアジア系の拾い物にどう話しかければいいのか。ニューヨークに住んだこと——追放と時々感じられた——があっても、次に何をすべきかは習わなかった。こういうことでは初心者、志願者なのだ。

「きみ、いくつ」

ジョシュアはだしぬけに訊いた。

「十七」

「ぼくは十九。この十一月で」

十一月はホーチミン市と同じくらい遠かったが、おかげでペースをとりもどした。

「きみが運転していいって言ったのは本気だよ。ちょうど給料が入ったんだ。ストリップまでもどってくれれば食べるものをおごるよ」

娘は足を止めた。

「フットロング・サンドイッチとコークでも？」

「何でも好きなものでいい。給料が入ったところなんだ」

「ああ、そうだってね」

ミモザの木の下に駐めたレンタカーをふり返った。

「ルディが欲しがるのは興奮剤《アッパー》と鎮静剤《ダウナー》とオニオンリングだけ。それを白ワインとパブストブルーリボンでひたすら流しこんだ。上げて下げて——こんな具合」

髪の毛を鎖のヴェールのようにさらさらさせ、ルディの無作法なやり方をまねてみせた。

「うっへえ」

娘はにこりとした。その笑顔が支点になって、ジョシュアの期待は危なっかしくかしいだ。

「オートバイに乗ったことはないんだ。乗ってみようかな」

娘の名はその昔はトル・トラン・クァンだったが、今はジャクリーン・トルで通っていた。娘の父親はボート・ピープルなど誰も聞いたことがなく、サイゴンはいつでも収穫できるくらい熟れているのではないかと誰も疑いもしない頃に、合衆国に移住していた。経営するヴェトナム料理屋のメニューにはフットロング・サンドイッチもオニオンリングも無かった。その最初の晩、ジョシュアとジャッキーはオヤジさんのレストランでは食事しなかったが、夏が終る前に、米、賽の目に切った鶏肉、揚げた野菜の芽を、それはいろいろな組合せで平らげていたので、ジョシュアはマヨネーズというのはエキゾティックな香辛料で、ハンバーガースープというコンソメはぜひ一度食べてみたいと思うようになっていた。

オヤジさんのカはリチャード・ニクソンの最初の任期の初めまではヴェトナム共和国軍の大佐だった。この時、かれはアメリカ国務省が承認した救急派遣で、妻と三人の子どもたちと共にテキサスのラックランド空軍基地へ飛来した。トル夫人は稀な血液疾患にかかっており、基地病院か、あるいはヒューストンのデントン・クーリィ博士が扁桃切除なみにごくあたりまえに心臓移植をしていた施設で治療を受けられることになっていた。カは裕福な男で、公的にも私的にも苦悩の時期に家族全員をアメリカに連れてくる特権のため、アメリカ政府に費用を弁済したと噂されたものだ。

不運なことに、トル夫人はラックランドの検査室に一歩入ったところで、倒れて亡くなった。病、旅の疲労、自身の不安が重なったのだった。機を逃さずカはヴェトナム共和国軍の将校を辞任し、アメリカへ政治亡命すると当局に伝えた。崩壊しつつあった戦時体制の制度化された混沌と、腐敗した南ヴェトナム政権に戻りたくなかったのだ。加えて一人息子は十三歳で、徴兵年齢に近づいていた。

「しかし貴国の政府の第一の同盟国に政治亡命することはできません。それは無意味です」

国務省の眼鏡をかけた担当官はトルに言った。

「友人に頼みごとをするのは意味をなさないとおっしゃるか」

トル・クァン・カは訊ねた。

「もちろん、なしません。人が政治亡命を求めるのは逃げようとしている政府の敵に対してです」

「私の味方と敵は同じ顔をしています」

「ならば、軍務を辞任して厄介な問題を引きおこさずにサイゴンに戻るのに支障はないでしょう」

「カナダ共和国は貴国の北の国境を尊重しています。この方が安全です」

トル・クァン・カは率直に言った。

政府は本人の意思に反してトル大佐を送還しようとした。しかしその息子――英語に堪能で、公共のメディアの様々な使い方にも秀でていた――が、サンアントニオの新聞数社にアプローチし、父親の件の顚末《てんまつ》と、トルが自分と結婚してくれるアメリカで生まれた独身女性にかなりの額の金を支払うという驚くべきオファーを明らかにした。この方策によって、トルはアメリカ人が享受しているのと同じ、何人《なんぴと》も奪うことができない自由の恩恵を、子どもたちと自分にも確保できるだろうと考えたことは、少年も認めた。政府がすばやく反応したために、この記事を掲載した新聞はわずかだった。それでも十から十二人の愛国的独身女性がトルの申し出に好意的反応をし、この一地方での騒ぎに伴うパブリシティはサンアントニオから国の他の地域へ広がる気配をみせた。それをおそれた政府は軟化した。トルがブレンダ・ル・ブルーノという五十がらみの婦人と結婚して市民権を獲得することを認めた。

トルはすぐにフロリダに転居した。グレープフルーツの木とディズニーワールドと〈リッキのお土産とギフト大市場〉を見たかったのだ。かれとブレンダ・ル・トルは同居はしなかった。しかし定期的に文通し、アンクルサムに睨まれないように、年に一度、一緒に税申告をした。それから十年経ち、息子と娘たちをいつに変わらぬ慰めとして、トル・クァン・カは幸せだった。

当初ジョシュアは老人をより幸せにはしなかった。黒人は火傷を負って歩いているので、触りでもすれば、悲鳴をあげて内側がピンクで外は焦げた皮を脱ぎすてるのだ、と老ヴェトナム人は思っていた。それに自分がジョシュアよりもあまりにも背が高いのも好まなかった。老齢で背が曲がっていても、若者の眼の高さまで低くならなかった。自分の娘は——殺された大統領未亡人にちなんでジャクリーンと名前を変えた善きカトリックの娘は、グーテンベルク聖書と同じくらい厚い札束を持ったロバート・レッドフォードのそっくりさんではなく、いざとなると役に立ちそうもない男と結婚しようとしているのか。ジャッキーの意図を測ることができる者はいなかった。ジョシュアがジャッキーの計画に含まれているとすれば、ジョシュアはどうすればカをより幸せにできるのだろうか。

第一にはジャッキーをより幸せにすることによってだった。その務めにはジョシュアは抜きんでているようだった。二番めにその父親を楽しませることによってだった。少年は——いやむしろ若者は、信じられない話を語ることができた。その話では、おぼろげに人間に似た生きものが、地面から根茎を掘り出し、小さな鳥を捕まえ、自分たちより大きな捕食者の食べ残しを漁って生き延びている。古代の草原地帯で暮らしを共にしている魅力的な人間に近い者たちとありそうにない動物たちにとって、エデンの園からの追放は、野蛮状態から「農業革命」と「共同当座預金口座」の、いつに変わらぬ祝福への堕落なのだ。カはもはや裕福な人間ではなかったから——チュー政権が、次に北ヴェトナムの共産主義者たちが、かつてのかれの財産を没収した——ジョシュアの先史時代の原人たちの貧しさは、災難というより牧歌的に感じられた。生きている人間には直接には知りえないことについてジョシュアが語るのに耳を傾けるのを楽しんだ。そして娘の求婚者を家に招き、そうした物語をくり出して満足するよう、料理を惜しまなかった。

その間ジャッキーは二人の男とテーブルに座って、二人のやりとりを大目に見ていた。ジャッキーの知的能力と自主独立の気性から、テーブルで給仕するよりも程度の高い仕事につく宿命にあると父親は信じていたから、レストラン「メコン」（かつてはテキサコのガソリン・スタンドだった）ではほとんど仕事をしていなかった。したがってカの長女のコゼットがおかみ、ウェイトレス、レジ係、調理助手として父親のために働いていた。観光客はミラクル・ストリップを行列をなして往ったり来たりしたにもかかわらず、「メコン」に大勢の客がいることは滅多になかった。そして普通は、客が来るまでカが厨房《ちゅうぼう》に入らなくても問題は無かった。客席（かつては車が二台入るガレージだった）に往来があまり無いので、コゼットは妹にあまり積極的に腹を立てないでいるのだろうと、ジョシュアは思っていた。つまるところジャッキーはいつの日かフロリダの公立学校の歴史教師か、ニューヨークの国連本部で同時通訳者になるはずだった。

カの話をサンアントニオの報道機関に持ちこんだ息子のズは国務省に雇われ、東南アジアからとカリブ海からとを問わず、海外からの難民処置の専門家になっていた。ジョシュアはズに会ったことはなかったが、今夜ジョシュアが着ていたのは一九八〇年の「自由の船団」の別のTシャツで、ズが土産として妹たちに送ってきたものだった。ジャッキーとコゼットは去年一年かけて、このTシャツを友人から知合いから、面識のない相手にも配りまくった。レストラン「メコン」の厨房ではパントリーの棚がまるまる一つこのシャツで埋まっていた。

「父さん、この人はお腹いっぱいだし、ひと晩分の話は聞いたでしょ」

カは強情に肩をすくめ、ヴェトナム語で何やらつぶやいた。

「あなた、その話を書いておくべきだって」

ジャッキーが通訳した。

「そんな必要はないよ。待ってれば、そのうちまた夢に見るからね」

それでもジョシュアは立ちあがってカにお辞儀をし、ジャッキーを映画に連れてゆく約束をしているのだと、老人に言った。ジョシュアは札入れをポケットから出さなかったが、無理矢理支払いをしようとするのは、侮辱にしても悪どいやり方だと、カはみなしていたからだ。

「あやふやに覚えた夢は失われたチャンスだ。きみは書きとめておくべきだ」

カは英語で言った。

ジャッキーは父親の老人斑の出た額に口づけし、コゼットには明るく手を振って、ジョシュアの先に立ってガラス板のドアをぬけ、ミラクル・ストリップの特徴である波のざわめきとエンジン音の中へ出ていった。


「映画はなし」娘ははっきりと言った。「あなた」

「どこに行く」

「あなたのトレーラーはまずいわけ」

「ジーンがルイジアナの仕事からちょうど戻ってる。まずまちがいなく自分の王国を再建してる。トイレのタンクの上の缶ビールとか廊下の服とか、テレビの上のガカモーレの入ったバター入れとか。人に会う場所として完璧にはほど遠いよ」

ビッグ・ジーン・カーティスはジョシュアとトレーラーハウスをシェアしている相手で、ガルフ・コースト・コーティング社の州外タンク塗装チームの親方だった。年はジョシュアの倍で、体重は二倍半だった。まったく予想外の離婚訴訟という悲痛な想いをさせられたことが三度あり、毎週日曜日は教会に行っていたが、本当に崇拝しているのはディジー・ガレスピー、ビリー・ホリデイの追憶、それに成績に関係なくタンパ・ベイ・バッカニアーズだった。ニグロという言葉は有色人種をさす用語として認められないとは考えておらず、ジョモ・ケニヤッタ、スティーヴ・ビコ、ロバート・ムガベ、エルドリッジ・クーヴァーの名は聞いたこともなかった。

「金はあるからモーテルでもいいよ」

「ありえない」

「じゃあ、どこ」

癇癪が破裂しそうになっているのが、自分の声に聞きとれた。映画（ブライアン・デ・パルマの新作）のことだけ考えていたからだ。

「びっくりさせてみなよ」

「冗談《クラティスト》じゃないぜ」

「神聖冒瀆《ぼうとく》はだめ。あなたがその映画にやるよりもいい点をあなたにあげる」

ジャッキーのむら気――正直に言えば、簡単に自分の気まぐれにもしてしまえる――に応えるには準備と頭を少々使う必要があった。はじめのうちこうした条件にジョシュアの熱意は吹っ飛んでしまったのだが、今、ジャッキーと一緒にバイクに乗り、車の流れに乗ったり外れたりして、ネオンサインを浴びているシンダーブロック造りのモーテルや、化粧漆喰のビーチ用品店、様々なミニ・ゴルフ・コースのファイバーグラス製の動物たちを過ぎるうちに、ジョシュアはまた興奮してきた。ジャッキーを驚かせてやる。いや、むしろ圧倒してやるぞ。これまではシーザーとクレオパトラ、ランスロットとギネヴィア、ボニーとクライドが占めていたのと同じ、信じられないような情熱の境遇に、二人して到達してやる。ジョシュアのモーテルまでは遠かった。しかもキャンピングカー、ピックアップ・トラック、船を牽引した車などで、道程はさらに混み入ったものになっていた。しかし恋に舞い上がり、スラロームをさわやかにこなして、ジョシュアは一時間かからずに到着した。

「ここで待ってて。すぐ出る」

ビッグ・ジーンは居間のソファに長々と横になってテレビを見ていた。ビールの缶を上げて挨拶する。ジョシュアはうなずいて、パンツの散らかった廊下を急ぎ、頑丈な懐中電灯とキルトを一枚もってすぐに戻った。

「何だ、そりゃ」

大男が訊いた。

「懐中電灯とキルト」

「何に使う」

「焼き蛤《はまぐり》パーティー」

ジョシュアは出まかせを言って、ドアを押し開け、一段目を危うく踏みはずしそうになった。

「先に寝てていいよ」

「バッカなガキだな」

ジーンが愛想良く言った。
ジョシュアはキルトを鞍《くら》の形にした。懐中電灯を握りしめてジャッキーが後ろに乗った。
二人は軍の保留地の境をなすひと気のないハイウェイを北東に向かった。

椰子の木は藪にとって代わられ、藪は葛と松とサルオガセモドキのカーテンにとって代わられた。夏の闇の浅瀬に、アラバマが藤壺《フジツボ》の着いた船の底のようにぼんやりと浮かびあがった。この一帯はわずか十五年前に、田舎の事業家たちがガソリン・スタンドと食料品店の上に「我ら望むは白人の商売」という看板を立てたところだ。ジョシュアはその看板は見たことがなかった。しかし、トム・ハバードとビッグ・ジーン・カーティスは本当のことだと請け合った。不安の指が大腸の迷路に爪を立てた。右のグリップを捻ってスピードを上げてから、もうすぐそこだと肩越しにどなった。ジャッキーはわかったという徴にジョシュアの鎖骨を絞った。

舞台のセットが回転して現れるように、田園風景の中から、一列の煉瓦の建物が浮かびあがった。ジョシュアはアクセルを握る手をゆるめ、信号が一つしかない町の中へバイクを流して入っていった。この一週間、ガルフ・コースト・コーティング社のチームがこの小さな町の給水塔で作業していた。タンクの内部を白い金属地が出るまでサンドブラストし、他のすべての表面に不揃いな下塗りをしていた。頭上に鈍く光っている水槽の下腹が、火星人の戦闘機械の砲塔のようだ。

塔の根元を囲む塀は、眠っている商店街からたっぷり五、六十メートル離れる形だ。ひどく古めかしい店の正面は一つ残らずシャッターを閉ざしていた。そして信号機はゆるやかな真夜中のそよ風に前後に揺れている。青黄赤。青黄赤。交差点には車の影もない。

「あなたのトレーラーよりマシだと思うわけ」

「プライバシーはあるよ」

娘が若者の肩に顎をのせた。

「テニスコートかフットボール場の方がよかったんじゃない」

「この下じゃない。ジャッキー、上だよ。タンクの中だ」

柔かい星明かりに照らされた娘の表情は変わらなかった。首をかしげて、タンクの高さと登攀の難易度を測る。ジャッキーが怒って自分の提案を拒否しなかったのは嬉しかったが、それほど驚かないのにはがっかりした。二人は長い間、共に過ごしていた。今夜もそうだったし、この夏が進む間もそうだった。ジョシュアは四人めの恋人だとジャッキーは認めたが、ジョシュアの方はサンタ・ローザでビーチから遠くない小さな砂丘の連なりの真ん中で、ぎこちなく童貞を捧げたのだった。大地《テラ・ファーマ》から三十メートル上の金属球の中で姦淫するのにジャッキーが積極的なのは、そもそもこの娘が姦淫するのに積極的であることほど奇跡では、おそらく無いのだろう。ヴェトナム人として生まれ、従順な娘で「善きカトリック」であるジャッキーは、修道女のように純潔を守らなければならないはずだった。しかしフロリダはこうした属性を否定しないままジャッキーを変身させ、今や彼女は自分は先進的な女だと思っている。多様性を求めることを主張していた。

「想像力が豊かね」

「ぼくにはそうでもない。当然思いつくことさ」

カワサキは草の中に倒し、低い塀を跳びこえ、タンクの中央をとり巻く通路につながる梯子を登りだした。ジョシュアはベルトに懐中電灯をはさみ、キルトは中南米の肩掛け《セラーぺ》のように肩にかけた。ジャッキーが滑った場合に備えて、ジョシュアは後ろをとった。これには、ガラクタを運ぶんだからジョシュアの方が落ちやすい、とジャッキーは抗議した。どちらも落ちはしなかった。が、登りのせいでジョシュアもくらくらし、タンクの頂上のハッチにつながる半球に沿っている梯子を登る前に通路で休憩した。今度はジョシュアが先に立った。

ハッチの縁につかまって、ジョシュアは懐中電灯の光でタンクの内部を照らした。まだサンドブラストされていない表面には鱗《うろこ》が鈍く輝き、塩素と錆と削られた金属の匂いに、ジョシュアはためらった。こいつはつまるところ、あんまりいいアイデアじゃないかもしれない。

「行きなよ」ジャッキーが促した。「何をぐずぐずしてるの」

ジョシュアはタンクに降りた。敏捷にジャッキーが続いた。低い方の斜面に一カ所、底の知れない立上り管の近くに、ブラストからの砂の吹き溜まりがあった。ささやき声と役に立たない手の動きで謀議しながら、二人はキルトを広げた。ジョシュアが作業している時、懐中電灯の尻がタンクの横腹に当たった。それで起きた反響音に耳が聞えなくなるかと思われた。

「こういうタンクの水をみんな飲んでるわけ」

「月に一度、不純物の検査をしてる」

影のせいでガーゴイルに似た顔でジャッキーは粘着物と鱗を見まわした。

「うへえ」

周囲の闇から見分けることができれば、自分の顔は今のジャッキーよりもずっと人間離れして見えるだろうと、ジョシュアはふと思った——しかしジョシュアの顎に触れて、娘はキスしようと身を寄せてきた。二人は膝で立ったまま、蠟燭《ろうそく》のように溶けた。キルトのふわふわした表面に、抱きあったまま倒れこんだ。二人の肉体は温かいパラフィンで、溶けて眼が見えなくなった二人は互いに透明だった。

ジョシュアが次に分離した人間であると自覚した時、二人は裸で汗ぐっしょりで並んで寝ていた。悪臭芬々《ふんぷん》の水槽は、竹馬に乗ったエデンの園になったのだった。タンクを蝕《むしば》んでいる鱗が放つのは悪臭ではなく、芳香だった。二人の体は欲望を放出してくつろいでいた。まだ蛇は現れていなかった。

「よかったあ」

「星四つね。大推薦」

ジャッキーが言った。

「結婚しよう」

この言葉が反響するのを一瞬待ってから、娘は答えた。

「ミスタ・カンパ、それは無し。あなたはまだ完全に自分に納得していない辛辣《しんらつ》な若者だから。わたしはあなたの夢を記録する住みこみの秘書にならない」

「ぼくは結婚してくれと言ったんだ。そのことを考えもしなかったじゃないか」

「何度も考えたことはある。あなたから言い出すと思ってなかっただけ――ジョシュア、わたしは他にやることがあるんだ」

「たとえば」

「カルカッタのマザー・テレサって聞いたことある？　ロール・モデルの一人だけど、後に続く人間がそうたくさんいるとは思えない。あの人の仕事に比べられることをやろうとずっと思ってるんだ」

ジョシュアはチワワを真似た鳴き声をたてた。

「冗談は言ってない。あなたにばかばかしく聞えるのは、わたしが崇高な天命を受けた仕事、恵みの天職をしてるところを想像できないから。それがあなたの悪いところ」

「結婚してくれと言ったんだぜ」

「しないと答えて、理由も説明した。あなたも結婚したいとは思っていない。ジョシュア、あなたのその夢のことを考えてみなよ。夢に出てくる猿人たち——何とか人間になろうとしてる猿人たち——それが鍵。連中がなりたいものにあなたもなりたい。でもどうすればなれるか、連中にわからないし、あなたにもわからない。あなたは矛盾して混乱してる」

「ジャッキー、きみを愛してるんだ」

「あなたのホルモンがそう言ってるだけ。ホルモンと感謝からね。そういう理由じゃ人は結婚しない。しちゃいけない」

「ジャッキー、ぼくはあのいまいましい夢を、言葉をしゃべれるようになる前から見てるんだ。『矛盾して混乱して』るのは赤ん坊の時からだぜ」

「それはあなたには使命があるからだよ。でもそれが何かはまだわかってない」

「きみだ」

「バカ言うなよ」

「きみがぼくの使命じゃないと、いったいどうしてわかるんだ」

「なぜならわたしにはわたしの使命があるから。でなければ他の連中はあんなにたくさん使命に駆りだされてるのに、わたしがほうっておかれるはずがないじゃない」

ジャッキーの疑似神秘主義にはつける薬がない。それで思いだしたのだが、ジョシュア自身の人生の中心にはひとつの謎があって、これをかれはありふれたもので、みっともないものでもある、いわば軽い淋病《りんびょう》のようなものとみなすようになっていたことだ。ジョシュアがこの謎をトル親子に明かしたのは、かれらの外来性――つまり実際の人びととの偏見と思考パターンからは離れているはずだと思えて、ためにかれらは告白する相手として安全にみえたからだ。加えて自分の夢の話はカの好意をかちえる役に立ったし、ジャッキーの関心も目に見えて強くなった。少なくとも初めのうちは。今、ジャッキーはジョシュアの期待という脆い金魚鉢に楽しそうに水中機雷を落としている。

「ジャッキー、生きてる者は誰でも『ほうっておかれて』るんだぜ。問題はいつまで、あるいは何のためにを誰も知らないことさ」

「知ってる人もいるし、知ってなきゃいけない人もいる」

「そりゃ他人の不幸をあざ笑ってるだけじゃないか」

「あなたは自分と折合いが悪いんだ。わたしとじゃなくてね。だからやめればいい。あなたは自分の家族とも仲違《なかたが》いしてる。でも、それにはもう何の理由もないでしょ」

「何のことを言ってるんだ」

「『夢の中のエデン』」

ああ、そうだ。母――というよりジャネット・モネガルが、ジョシュアの慢性的で薄気味の悪い症状について書こうとしていた本だ。ジョシュアの知るかぎり、本はこのタイトルでも他の題でも、出たことは無かった。ジョシュアがジャネットを見捨てたので、ジャネットはどうやらあの企画を放棄したらしい。しかし、ジョシュアが逃げた聖域は何なのか、ジャネットはまだまるで見当もつかないでいた。ウェスト・ブロンクスを離脱してから、ジャネットには連絡をとろうとしたことも無かったからだ。この絶交を電話で修復するだけの覚悟もできてはいなかった。まっぴらご免だ。長距離電話で、謝罪と許しを乞うて大騒ぎするのはありえない。誰があやまるか。誰が許すのか。ジョシュアは眼を閉じて、測りしれない闇の中心に自分を置こうとしてみた。

「そのことは話したくないんだ」

「ない。実のところ無いね」

ややあって、ジャッキーは言った。

「あなたの仕事についてはどう。それについても話したくはない？」

「ぼくの仕事が気に入らないのかい。煙突屋は夫にしたくないかい。タンク塗装屋の給料には興奮しないか」

「ジョシュア、そういうことはわたしが話してることとはまるで何の関係も無い。あなたの仕事は回り道、埋め草だよ。どこかの小さな街に行って、そこで一番目立つ男根シンボルをめかしたてはじめる。それはまっとうでくたびれる仕事だけど、あなたにとっては一種のマスターベーションでもある。頭を使わないし、寂しくもある」

「くっだらねえ。信じられないぞ」

「何が信じられない？」

「きみはまるで『ピーナッツ』のルーシーみたいだ。『精神療法――五セント』の看板を出して、専門用語をならべてるんだ」

「あなたは時々仕事をやめるよね。でももどるとハバードさんはあなたをまた雇う。そうじゃないかい」

　ジョシュアは何も言わない。

「あなたは最後の突破口に備えて準備してるんだ。ある日、ずっとやめたままでいいと感じるよ。自分の使命を得て、やることになってたことをやる。だからたぶん、あなたの使命はまだしばらく先延ばしされることになってるんだね。仕事をやめろと言ってるんじゃない。あなたの人生をどう生きるか、教えようとしてるわけでもないからね」

「ちがうのかい」

「ちがうことはあなたにもわかってる。でもわたしたちが結婚すれば、わたしはそういうことをするようになるかもしれない。そしてあなたも同じことをわたしにする。そのつもりが無くてもね」

　ジャッキーはジョシュアの胸に手を置いた。

「いらいらしないことよ。わたしには自分の使命があって、あなたがまだ自分のを待ってるのは悲劇じゃない。いずれ来る」

　哀しげに軽く笑いながら、ジョシュアはジャッキーの手に自分の手を重ねた。

「何が可笑しいの」

「ぼくが自分の使命を得ることがさ。きみのしゃべり方はニューヨークで知ってた女の子たちが生理が来るのについてしゃべるのと同じだ。きみに言わせるとそれは生理的で避けられないことで、あらかじめ定められてる。ジャッキー、ぼくはそんなのは信じない。筋が通らない――類推としてということだけど」

　ジョシュアは体をひねり、服を手探りしはじめた。ジャッキー独特のわけのわからない心理学用語をまるごと否定したのだった。ジャッキーにとって「使命」というのは精神的な初潮のようなものだ。そしてその条件を満たすのに際してジョシュアが遅れているのは、ジュニア用ブラをしている娘を冷やかさないでいるのと同じ理由だと理解している。人間の成長のペースは各々違う。ジョシュアは不快感がこみあげてくるのを感じた。刺すような怒りがどっと突きあげる。

「もう行くよ」

　懐中電灯を探りあて、スイッチを入れる。

「そうしよ」

　そう答えるジャッキーの声は懐中電灯の光線のようにまっすぐで明るい。

その秋、ジャッキーは地元の短大に通いだした。ジョシュアは会うことがだんだん減ってゆき、魔法の髪の娘に対する曖昧な情熱は友情へと変調していった。さらに娘は国の首都にあるジョージ・ワシントン大学へ移り、二人の友情は手紙、ハガキ、追憶、そして沈黙へと細っていった。

ジョシュアはガルフ・コースト・コーティング社で働きつづけ、そして夢を見つづけた……

第二四章　夢の種

メアリの殺害後間もなく、ぼくらはフンたちと別れ、サラカ山北東山麓の、旧ホストたちからは十四、五キロ離れた、高度のかなり低いところに宿営地を設けた。山はぼくらの位置取りを承認したようだった。というのもそれについて不平をならすのは控えたからで、げっぷやおくびで皆起こされるのではないかと不安を抱えずに、夜寝ることができた。サラカ山の消化管の安定性について、少しでも心配しているのはミニドの中でぼくだけだったかもしれない。この不安をぼくはごく簡単な方便で抑えこんだ。ぼくは意識的な精神活動をほとんど停止し、一日一日と表にあらわれた生活の連続を夢に見ているように移ろっていた。

ホワイト・スフィンクス以前の魂遊旅行の各回の中でのように、体のない観察者、移動ブームにとりつけられたカメラにぼくはなっていた。ただはっきりと違うのは、カメラを収めるケースとしての自分の体をミニドの中に置いていたことだ。したがってそれからの数週間、ぼくの暮らしは主人公のいない悪漢物語、運転手が飛びだして勝手に走っているフェラーリだった。運転手が出たのはパニックに襲われたのではなく、目的地への無関心が嵩じたためだ。風はぼくの肉体をこすりとり、夜は粗朶の先に火のついた星々で視界を照らしだしたかもしれない——しかしこうした現象を、今やぼくは意識の上でそれと感知することはなく、呑みこんでいた。

ヘレンは高原のフン族の王国で苦しんでいた嘔吐の発作からやがて回復した。しかしメアリを失ったことは悲しみつづけた。フルートアカシアから果実をとったり、地中から根茎を掘りだしたりしている時に、ヘレンはふいに動きを止めて、ジッピーやAPBをさびしそうに見やることがあった。ヘレンの気を逸らすために、ぼくは自分が見つけた汚れたままの収穫物をその手に置いて、次の食料探しの場所へ促す仕種をするのが常だった。ぼくらが他の者たちから離れている時には、そんな風に落ちこむことは滅多に無かった。子どもたちをはじめとする、鬱病を刺激するものから離れていたからだ。

ぼくらの新しい宿営地――小枝と灌木を組み、風がソナタのようなものを奏でていた――はサバンナからそれほど遠くない泉のそばの竹藪の中だった。気温は時に不安になるほど下がり、ヘレンとぼくは寒さを防ごうとたがいに固く抱きあって寝た。ぼくの歯はタイプライターのようにカタカタと鳴り、体は舌が当たっている鐘のように震えていたけれど、それでひどく苦しむわけではなかった。膿《う》みが出ている口の隅の腫れ物、皮膚をダマスク模様にしている虫さされの痕、脛《すね》に鋼青色の陰刻をしている痣やすり傷……こうした悩みの種にほんとうに悩むこともなかった。ヘレンと抱きあい、夜は原初の混沌の断片のようにぼくらの周りをはねまわった。ぼくは一個のハビリスになっていた。ぼくに言えるかぎり、この変身は退化ではなく、まわり道とされるものだった。ぼくは夢見ることで、前意識の忘れられた素材からできた存在に自分を変え、その闇の中、ぼくを案内するのはヘレンだった。

　ぼくはチャッカブーツを履きつぶす夢を見て、実際に履きつぶした。すでに靴ヒモは何本も切れては交換していた。しかし今やゴムの底が罅割れ、すり切れたメイプル・カディー・レザーがぱっくりと口を開けて、中に閉じこめられていた香りのよい小さな豚たちが見えるようになっていた。バビントンの前ではブーツを捨て、裸足にならずにいることは恥ずかしく思ったかもしれないが、ぼくはブーツに樹皮をあて、濡らした竹の筋で縛り、うまく修理できたふりをしていた。修理はできていなかった。ある日ぼくは縛っていた皮の一本につまずき、右のチャッカの脇が破れた。うんざりして最愛のブーツを両方とも、下方の籐の茂みにほうり投げた。それ以後、ぼくの足に新しいタコができるまでの間、ぼくは足の悪いフットボールのミドルガードのようによろめき歩いた。夢を見ていたからだろう、タコは驚くほど早くできた。

　ショーツもなくなった。まず股の縫い目が破れた。魚釣り用の針と釣り糸の残り（チャンスが無かったから、キボコ湖でも他の場所でも一度も使わなかった）で、破れたところを縫った。縫いなおした縫い目もすぐに破れた。いずれにしても、棘のある灌木、茨、それに酷使から、布地には無数の小さな窓が開いていた。側面は剝出しだった。ぼくは裸にならないためのの無駄な引き延ばし作戦を戦っていた。二、三のポケットはとうの昔に底が抜けていたので、中身はすでにナップザックに移してあった。残りの所持品もそちらに移すのも、ショーツを袖なし外套《カロス》としてヘレンにやってしまうのも、わけないことだった。

四五口径は小屋の中のホルスターに残しておくことがだんだん増えた。武器と弾帯、バックパックを乾いた草で隠し、他のミニドたちと同じくアフリカの大地を裸で歩きまわった。ロリタブでぼくの男性性器にバビントンが施したささやかな外科手術のおかげで、ぼくは一団の男性たちとは違っていたが、解剖学的標準からの逸脱にことさら何かつけ加えるものは無かった。それよりも裸になって、ついにぼくは制服を身につけていた。四五口径と弾丸の詰まった弾帯による安全保障を諦めるより、ブッシュショーツによる安心感を諦めることの方が難しかった。夢を見ながら、なお夢を見ながら、ぼくは自分自身から二十世紀に属するものをほぼ完全にはぎ取っていた。

生まれてこの方初めて（ふり返ってみてわかる）、ぼくは溶け、こんでい、いた。夢を見ているぼくの意識は、ミニドの共同体とその共同体を包むより大きな更新世の共同体の双方に属したいというぼくの欲求を無効にはしなかった。ヘレンの同族たちの誰も、夢見る者を夢から区別しようとは試みなかった……

ある日、果てしない旱魃の夢に喉が渇いて、雨が降った夢を見た。すると雨が降った。

翌日、ぼくらのキャンプの下の谷とサバンナの草地のかなりの部分は、まるで高校の卒業ダンス・パーティー用に飾られたように見えた。花々がそよ風にブーガルーを踊り、真紅のペチコートと黄色いケープをひらひらさせていた。踊る花の中をぬけて歩くのは、パーティーの後で、香水の匂いをつけたクレープペーパーがばらまかれた中を、摺《す》り足で歩くのに似ていなくもなかった。ぼくはその光景に見とれた。その光景にぼくは酔っぱらったが、皺李に酔っぱらうのとは別の酔い方だった。基本的な運動能力は失わなかった。無傷のその能力を使って、ぼくはヘレンの手を引き、キャンプから尾根伝いに、休日の地表植被《グラウンド・カヴァー》へと降りた——そこはまるで花園だった。

このお祭りはぼくらだけのものではなかった。他のミニドたちも斜面をはね降りてきた。ひと握りの真紅や紫をためしに引きぬきながら、子どもたちは花から花へ匂いを嗅いでまわった。珍しい二月の霙《みぞれ》の、落ちたばかりの真白な氷に大はしゃぎしているフロリダの子どもたちとほとんど同じだ。ハビリスの若者たちの中で最後まで残っていたのはグルーチョ、ボンゾ、ジョスリンとペブルズだった。が、ヘレンとぼくはかれらよりも長く留まった。かれらがとうというなくなった時、ぼくらの狭い山間の谷の華やかな植物でできた繊細な線細工のただ中に、二人して息を切らして倒れこんだ。

眼下の、甦った平原の牧草地では、象、縞馬、ガゼル、それにひょろ長いキリンもどきたちが草を食んでいた。が、ヘレンとぼくはそちらは無視して、おたがいの臍《へそ》を幸せいっぱいで見つめあっていた。

文字通りにだ。

ヘレンの腹がメロンと、色は別として、同じ形をとりだしていた。驚いてぼくは膨らんでピンと張ったヘレンのぽんぽんに触れ、自分の姿形のこの変化の重要性を理解していることを示す何らかの徴候を求めて、その眼を覗きこんだ。腰の脂肪の少ない部分が膨らんでいる人間は……つまり妊娠しているのだ。

「ヘレン、きみはママになるんだよ。ママだ、わかるか。いやもう、ぼくにはわからない——でも素敵だ。最高だ」

「マイ・ムワァ」

ヘレンは答え、人差し指とひん曲がっているように見える親指で菫色の花を手折った。

妊娠？　ぼくのヘレンが妊娠？　当初のけだるい驚きが収まると、ぼくはヘレンの妊娠を自然で定められていたことと受け入れ、歓迎したのだった。しかし人間とハビリスの結合は、二つの種の染色体の基本的な不適合から、実を結ぶはずはない。自分の種の男性との間でも、これまでヘレンは子どもはできなかったのだ。

だとすれば、ぼくはどうやって、こうした手ごわい障碍を克服してヘレンに妊娠させたのだろうか。

実のところ、わからない。この時期の出来事の大部分は、幻視や遁走《フーガ》の中での出来事のような、もの憂い必然性を帯びている。それでも今になってみれば、子どもができないことは、必ずしも種が無いことを意味しないと強調することはできる。子どもができないことはまず子孫の不在を示唆するので、子孫を妊娠する能力の不在は副次的でしかない。したがって、実際に子を生みおとすまでは、ある女が子ができないと言うのは不正確というわけでは決して無い。誤解を招くとは言えるかもしれないが、不正確では無い。

では、ヘレンがアルフィーはじめ、男性のハビリスの誰かの子を孕《はら》まなかったのは何故だろうか。

婦人科医でも、生殖能力の研究者でも、ハビリスの授精法の認定を受けた専門家でもない以上、ぼくはやはり無知を告白しなければならない。ぼくにあえて言えるかぎり、最も独創的な説明は、遺伝子型において、ヘレンはホモ・サピエンスにきわめて近い原生人類の先駆けの一人だった、というものだ。彼女の生殖器官が、その種の女性での通常の位置からずっと前にあったことから、ヘレンは遺伝上の潜在的能力を活かすには生まれるのが早過ぎたと言うのかもしれない――もちろん偶然によるものは別だ。ぼくはヘレンにとっての偶然だった。ヘレンのＤＮＡにすでにエンコードされた、予見できない未来からの先祖返り。そのためにヘレンはアルフィーやマルコムやルーズヴェルトや他の誰でもなく、ぼくの子どもを孕んだ。

しかし種が異なる者同士の間では――同じ属の中であっても――交配できるのは稀だ。そういうめぐり合わせはどれくらいの頻度であるのだろう。

それでも猿と人間は有益な形で番うことはできない。

そうした邂逅にあっては、有益性は常に第一の動機というわけではない。この警句は観察に基づく事実の表明を成すだろうか。それとも未証明の「自然法則」の一つを成すのか。それとも倫理上の規範と言うべきか。そのいずれでも無いとぼくは思う。さらに加えて「有益な形で番えない」という表現は、数年前にアトランタのヤーキズ霊長類センターで一つの区画に入れられていた袋手長猿と種の異なる手長猿が、ひどくかわいらしい小さな子をつくり担当者たちを驚かせたという大いに考えさせられる事実と正面から対立する。確かに袋手長猿もその手長猿の恋人もヒトでは無い。しかしそれを言うなら、ぼくがヘレン・ハビラインと呼んだ女性もサルでは無い。この単純な事実は何度くり返してもいいだろう。

今、あれから何年も経って、以下のような非の打ちどころのない科学上の権威の言葉が手許にある。粗暴な人間を脅かす意味で引用しよう。

ユージーン・マーレィ、南アフリカの博物学者で霊長類学者

「同じ類人猿の二つの亜種の子は不毛ではないことがいずれわかると信じる方に大きく傾いている」（用語の一部は古いかもしれないが、趣旨は明白だ）

カール・セーガン、アメリカの天文学者で、科学と宗教を融合する考え方の桂冠詩人

「我々の知るかぎり、ヒトとチンパンジーの間の子を成す交配は随時可能である。少なくとも最近では、自然における実験が試みられたのは、ごく稀にちがいない」（ジョン・コリアの『モンキー・ワイフ』にごく控え目に記録された性的関係の生物学的結果については想像をめぐらす他ない）

ドナルド・ジョハンソン、アメリカの古人類学者で、「ルーシー」として知られるアウストラロピテクス・アファレンシスの標本の化石の発見者

「現代の男と百万年前のホモ・エレクトゥスの女が生殖能力のある子を作ることができるかどうかわかれば興味深い。できるという直感が強い。実際に起きた進化は、首尾よく番うことを妨げる形ではおそらく無いはずだ」（もっとも合理的に考えれば、百万歳の女はとうの昔に閉経している）

近年ではぼくの主張を卑劣な形の性的な自慢話として斥けるのが批判の流行になっている。このさもしい非難には愛人としてのぼくの欠点を告白することで論駁《ろんばく》しよう。

まず初めにリチャード・リーキー（ケニヤにおけるブレアの強敵）とロジャー・ルウィン（以前『ニュー・サイエンティスト』誌の編集者だった）のペンからの引用を一つ。

「女性の性行動への生理的反応として、ヒトの男性はいかなる霊長類よりも大きなペニスを

発達させた。ヒトの三倍近い全身容積をもつゴリラのものよりも大きい」

原文のママ、原文のママ、原文のママ。

(他人の誤りや言い間違いの鑑定家でもあるブレアは、この驚くべき主張を含む見本集を、マラコイの国立博物館の自分の個人用オフィスの壁に掲げていた)

ぼくと同じ色素沈着をもつ男性の性的能力についての根強い俗信にもかかわらず、ぼくのペニスはゴリラのものほど大きくはない。エアデール・テリアのものにも及ばない。灰色鼠狐猿と同じくらいだろうか。この推測を直接比較という厳格な吟味にかけるつもりはない。それにリーキー、ルウィン両氏にマウンテン・ゴリラを連想させた男性性器をもつ人間をひと目見るためならカネを払ってもいいとは思うが、その人物をうらやましいとは思わない。何とかしてバスに乗ろうとするたびに、二倍の運賃を払わねばならない可能性は高い。

第二に、ぼくには例外的な持続力は無い。この点でぼくはアルフィーに及ぶべくもないことは、エミリー、ギネヴィア、ニコルを相手の偉業をみれば、はっきりわかる。幸いなことに、受容力が絶頂の時でもヘレンの性欲は控えめで、彼女を十分に満足させるのに、ぼくは無理をする必要は無かった。こんにちぼくが独身でいるのは、ぼくの性衝動が休止しているためかもしれない。ヘレンの後、ぼくは他の女性に惹かれたことは無いし、ぼくの政治的職務がぼくのエネルギーのほとんどを消費している。

となるとだ、染色体の数、解剖学の教訓、権威への依存、自己卑下の儀式を別にして、へレンのありえないような妊娠をぼくはどう説明するのか。
そう、それは奇跡だったのかもしれない。

第二五章　フロリダ州フォート・ウォルトン・ビーチから カンザス州ヴァン・ルナ——一九八五年九月から一二月

ウッディ・カプロウは謎だった。フロリダを故郷とは思っていなかった。周囲の物理的環境をほとんど全く気に留めていなかったので、世界中他のどこでも故郷と認めることはできなかっただろう（唯一例外の可能性があるのはポーランドの沼の多いある地方で、一族の出身地だが、本人は眼にしたことは一度も無かった）。カプロウが心底くつろいでいられるのは、本人の頭の中だけだった。民間人として、その頭を、複雑な軍事研究開発契約のもと、空軍に貸し出していた。独身のかれは仕事と結婚していた。一匹狼で助手に囲まれていた。天才（頻繁に酔っぱらっている手先たちの判断を信用できればだが）で、文学、音楽、芸術、その他、今年のスーパーボウルの競争相手になりうるもののことになると、その注意持続時間は小学校三年生並みだった。時間——その性質、パラドックス、形而上学、測定、そして気が狂うような理論的可能性——がウッディ・カプロウの情熱の対象だった。それがかれの経歴だった。その天職も、冷凍食品をレンジでチンする際、タイマーの設定を間違えるのは防げなかった。その情熱のおかげで、靴下をすすぎ、鼻糞をほじくり、委員会の会議に出る習慣にふけることができた。

人間としてのカプロウは人好きはしなかった。すらりとした中年の男で、髪は黒、小玉葱が水膨れしたような眼をしていた。年よりも若く見えた（それはこの人物の情熱の主な対象が、オペラか占星術に惚れこんだ十代の若者に似た、頭がおかしくなった青年の雰囲気を生んでいるからだろう、とジョシュアは思った）。服はいつも手入れが最小限ですむものだった。ダンガリー、ノーアイロン・シャツ、チノパンツ、タートルネック、ジーンズ・ジャケット、トレーナー、デッキパンツ、それに時折り、引退する戦闘機パイロットから買ったジッパーのたくさんついたオレンジ色の飛行服。しかし飛行服を着ていても、軍人というよりはサーカスのフライング・ウォレンダズの生き残りの一人に見えた。実際、あんな具合に首を傾げ、「抽象的考察」の透明なマティーニ色の氷の中に眼が浮かんでいると、人間の視界から見えないほど高く張った綱を渡っているように見えた。そういう時、陽気なオレンジ色の飛行服は、かれの形而上的大胆不敵さの調和の崩れを強調するばかりだった。咳払いや言葉の切れ端、ドアの開閉の音でその集中が粉砕されることはごく稀にしか起きなかったが、いざ起きると、かれが綱を踏みはずし、地上に真逆様に落ちてくる様は、平均的な野心、知性、霊感《インスピレーション》の平凡な人間と変わるところは無かった。人好きはしない。綱を踏みはずすと、ほとんど薄鈍《うすのろ》だったが、完全にそこまでは行かなかった。

ジョシュアが初めてカプロウに会ったのは、かれの作業場と実験室にあてられている巨大な蒲鉾型《かまぼこがた》プレハブ兵舎の中だった。物理学者は自動車修理用の橇に仰向けに長々と寝ていて、兵舎の北端の床のほとんどを占めている醜い、バスのような乗物のシャシーを調べているようだった。カプロウのコンバースのテニスシューズだけが見えていて、擦り痕のついた爪先が天窓をさしていた。このスニーカーに包まれた足は、この人物の中で他の何よりも畏怖の念を抱かせるものでは無かった。それでもクロフォード大佐はバスの脇に跪き、はっきりした声で、ホワイト・スフィンクスの一番新しい新兵をカプロウに紹介したいと告げた。これを聞いて物理学者はバスの下から滑り出て、美容体操のインストラクターのように跳びあがり、ねんごろに、ただし心ここにあらずという態度でジョシュアの手を握った。大佐とジョシュアを交互に見る様子は、たった今までしていた作業と二人をつなげようと努力しているように見えた。どちらの客も、幽霊でも偽物でもないと確認して、カプロウはにっこりとしてジョシュアの肩を叩いた。

「ようやく来たな、わが夢の旅人」

「アリステア・パトリック・ブレアは、ぼくが彼の夢を旅する者だと思ってます」

クロフォード大佐が口をはさんだ。

「実際には、頭のてっぺんから爪先まで空軍に属してるんだ」

「承知してます」

カプロウはまた肩を叩き、人を惹きつける笑みを顔の片方だけに浮かべた。

「夢旅人が第一につながっているのは、その夢の旅だよ。その他のすべてのことは二次的だ。

ちがうか、カンパさん」

「おっしゃる通りです」

九月にブレアはアメリカ地理学財団の講演を終えた。八月に二週間ツアーを中断し、ワシントンDCで国防省、国務省の担当者たちと一連の会談を行った。この打合せから——ごく迅速《じんそく》に——ザラカルとアメリカ政府の間に重要な取決めが生まれた。ブレアの故国にアメリカの軍事基地を設置する最近の条約の追加条項だった。アメリカにおける外交上と古生物学上の両方の職務を終えて、マラコイに戻ろうとしていた。ウッディ・カプロウとジョシュア・カンパと協議するため、かれはエグリンに立ち寄った。

カバロールのポケットに深く両手を突っこみ、〈大人物〉が催眠術にかかったように立っていたのは、ジョシュアをやがて過去の世の一つに運ぶことになる乗物の、内部を露わにした胴体の前だった。物理学と工学は専門ではなかったから、ブレアもジョシュアとまったく同様に、この二つに怖気づいていた。しかしブレアは怖気づくのは好まなかったから、機嫌が悪かった。カプロウは古人類学者の不機嫌な夢想におかまいなく、どちらかというとポケット・コンピュータに似た、小さな平たい器械をその手に押しつけた。それから作業場を横切り、器械の相棒をジョシュアに渡した。ジョシュアは午前中の打合せのほとんどの間、物理学者の金属製デスクに座り、大金をかけた自転車の三番目の、地面に着けられることが決して無い車輪になったように感じていた。ブレアもカプロウもジョシュアにはほとんど話しかけようともしなかった。今日は海岸で遊んでいた方がよかったくらいだ。

「何だ、これは」

作業場の向こうにいるカプロウにブレアは訊ねた。

「時代間通信機」

物理学者は答えた。

「もっとも私はトランスコーディオンと呼んでる。その方が覚えやすいし、シャレてるからな」

ジョシュアは机から足を下ろして、器械をよく見てみた。外見はごく単純だ。タイプライターのものに似ていなくもないキーボードとメッセージが表示されるディスプレイ。

「結構、降参だ。我々はこれで何をやればいいんだ」

「通信するんだ、もちろん。何かやりとりしてみてくれ。あんたら二人とも気分が良くなるよ」

「そりゃそうだろう」

「タイプのやり方は知ってるだろ」

「二本指でキーを見ながらね。昔、国立博物館ができたばかりの頃は、自分の秘書も兼任しなけりゃならなかったからね。政府への報告書とか、資金の申請書とか、そういう類のことだ。タイプするのはもう永遠にやらないと誓ったんだ。それで、今度はまあ、こいつときた」

「ジョシュアにメッセージを送ってみてくれ」

「何か言いたいことがあるかな」

ブレアはその問題を考えこんだ。

ブレアがあれこれ考えている間にジョシュアは先手を打った。

「今こそはすべての老人はその耄碌《もうろく》の夢から消えさるべし」

ブレアはメッセージを受けとり、ジョシュアに顎の先を向けた。

「きみは私のことを言ってるのかね」

「消去と書いてあるキーに触れてから、答えを送信する」

カプロウが〈大人物〉を促した。

その剝出しの額からほとんど頭頂まで皺を寄せて、ブレアは答えた。

「夢みる老人は消え去らず、化石になるのみ」

「化石の嘘は消え去りゆく古生物学者の常套手段」

「言ってくれたな」

ブレアは同じ趣旨をトランスコーディオンで示した。

「やめて去れ、ジョシュア・カンパ。願わくはこれ以上我をからかうことなかれ」

ジョシュアは応じた。

「ブレアの祈りは公明正大《フェア》と言えず。ダーウィンの方法にあらず」

声に出して〈大人物〉は言った。

「韻だけそろえればいいというもんじゃない。ドクター・カプロウ、これで何が証明されるんだ。五メートル離れて、正真正銘の電信士のようにやりとりができるということか」

カプロウは机の縁に座って、腹の上に腕を組んだ。

「ドクター・ブレア、それでそいつはちゃんと使えることが証明されてる。それはあんたらが空間だけでなく、時間的に離れていても使えるんだ。一対のトランスコーディオンはどれも結晶学上調和していて、時間的要件から独立している。我々がジョシュアを、まああありそうにないが、前カンブリア紀に送ったとしても、空間的に外れてしまわないかぎり、相互共鳴する。その場合には宇宙飛行士にはおなじみの通信時差を我慢せにゃならんがね。もっとも空間上同一なら、現在と過去の一時点との間で事実上即時通信ができる」

「そういう状況で『即時』ということに何か意味があるんですか」

ジョシュアは訊ねた。

「だったら比喩《ひゆ》と思ってくれていい。トランスコーディオンの作用は物理的対応の原理によるんで、疑わしい同時性の仮説じゃない。同時性の仮説は時間によって分離された人間たちを扱うにはものの役には立たない。定義からして、過去と現在は合致しないし、できない」

ジョシュアは言った。

「あるいはその二つは同じものになる」

ジョシュアの言葉にカプロウは上の空でうなずいた。

「もっとも、別の意味ではたぶん同じだろうな」

「おいおい、片手の拍手か」

ブレアが口をはさんだ。

「いや、ご心配なく。まだあんたに禅を説くつもりはないよ。今言ってる即時性は時間的に外れた受信機とその相棒の間の調和に基く比喩的な同時性から得られるものだ。物理的な次元についてては我々は哀れなほど何も知らないが、そこでは過去は実際現在と平行に流れてる」

ジョシュアは自分のトランスコーディオンをカプロウに向けて机の上をすべらせた。カプロウは拾いあげて、心ここにあらずという様子で撫でた。過去と現在が平行に流れているなら、だったら、その二つは同時に存在するってことじゃないか。少なくともジョシュアに把握できるかぎりはそういうことだ。理性的な頼みの綱にまるでならないまでに形而上学を混乱させてしまう比喩が何の役に立つか。それに比べれば、片手の拍手の方はまったくよくわかる……

「待ってください」思わず叫んでいた。「時間旅行は空間内での移動も伴いますよね」

「もちろん伴う。物質のあらゆる粒子は空間の三次元と時間の次元からなる世界線に沿って移動している。ホワイト・スフィンクスの物理的構成要素をキボコ湖保護区へ転送し、きみが後退り吊り台に体をくくりつければ、我々はきみを囲んでいる有限の空間域の運動方程式を逆転させる。それからその区画をきみの夢旅行で指示された目的地の様々な世界線に沿って過去へ移送する」

「ぼくの魂遊旅行ですね」

「用語の違いは重要じゃない。夢旅行者自身がこの旅の鍵だ。なぜなら時間は、我々の宇宙のように意識の属性の一つだからだ。むしろ、意識から切り離しては、時間は重要な意味を何も持たない可能性もある。ホワイト・スフィンクスは、生きている魂の介入が無ければ、無生物——たとえばこのトランスコーディオン——を過去に転移することはできない」

この作業場は波形の壁板と冷たいコンクリートの床、高い天井の蛍光灯とぶら下がった滑車、蛇のような電源ケーブルとずんぐりしたプレス機を備えて、東アフリカの草原地帯と犀のヌタ場と枝を編んだ小屋とはまるで別世界、というより以上に隔たっているようにみえた。否、実際に隔たっていた。それは人間の進歩に捧げられたささやかな聖堂、洞察と創意工夫の進化の記念碑だった。ここは出発点でもある。とはいえ、ここが本当に気に入った、といえる自信はジョシュアには無かった。

「えーと、このぼくの……ぼくが過去に肉体的に転置されることについてずっと考えていたんですが……」

　ジョシュアは言った。カプロウは答えた。

「当然だな。それで」

「ぼくは約二百万年前のキボコ湖東岸に近いところにもどるわけですね」

「我々の発掘で最も成果の大きいところだよ」

　ブレアが口をはさんだ。

「承知しています。それで、ぼくが最終的に着く古代のアフリカが占めている時空の座標は、現在のアフリカの座標と同じである。カプロウ博士、ぼくの理解は正しいですか」

「いい線を行ってる。きみの解釈にいちゃもんはつけんよ」

「どうして、そういうことになるんですか」ジョシュアは突っこんだ。「太陽、太陽系、銀河全体――全部動いてるじゃないですか、ちがいますか」

「動いてるね。一年に約九億七千万キロのスピードだ。アクセルいっぱいだな」

「そうすると、ぼくが実際に行く更新世東アフリカは一体全体どれなんですか。二百万年前に存在した同じものではないですね。その更新世をのっけていた地球はもはや存在しません。その地球は何千兆かそれ以上のキロ数の遙か後方にある地球の幽霊で、そこにぼくを着陸させるには、何らかの類の超光速の仕掛けでも無いかぎり、不可能です」

「その通りだ」

カプロウは認めた。

「それでぼくはあれには」——ブレアの横のバスに似た乗物にあごをしゃくる——「そんなことはできないと思います。だとすると、ぼくは一体全体どこに行くことになるんですか」

ブレアの表情は驚き、狼狽、無念を示していた。ジョシュアの対論はブレア自身、夢にも考えたことが無いもので、それはジョシュアにも見てとれた。時間旅行に空間の次元もあるという考えは、ブレアにとって目新しい、思いもかけない新事実だった。となると、古人類学者としては考えなおさなければならない。ジョシュアがカプロウの機械から現れでるのが、原人、恐獣、枝角を持つキリンの世界ではなく、創造以前の時を刻む時計のような、形のない虚無であるならば、人類の起源に関する自説を支持する具体的証拠をブレアが得る望みは無い。それだけではなく（といっても些細なことではなく）、ジョシュアは空気を吸いこもうとしても何もなく、死ぬ可能性もある。第三世界の発展途上国である自国をアメリカ人の手に売渡した見返りは、うさんくさい長期的利益だったのか。自分は騙されたのか。

「説明しよう」カプロウは二人に対して言った。「私のこれまでの仕事——その一部は西ドイツでのことだから、自分が扱っている相手が特定の地域限定のことではないとわかっている——から、時間軸全体にわたって分布している地球上のあらゆる地点に共通して、一種の永続的な……そう地理的記憶と呼べるものが存在することが明らかになっている。ドクター・ブレア、その記憶は客観化できる。言いかえれば、そこを訪問することができる」

「幽霊の原理の疑似科学的説明かね」

「幽霊や幽霊的出現や、その他超常現象と呼ばれる少数の現象の説明でもある。その説明を疑似科学的と呼びたければ、そうしてもらっていい」

カプロウは作業場を横切って、ブレアの手からトランスコーディオンをとりあげた。

「肝心なことは、ジョシュアはこの地理的記憶の特定の一組にすでに精神的に連動していることだ。我々がジョシュアを――本人の積極的協力のもとに――更新世に落とすと、実際に起きたその時代と一致する物理的次元に自分がいるとわかる。夢の中でやっていることにつけたジョシュアの呼び名――魂遊旅行――はホワイト・スフィンクスそのものの本質の呼び名としても適切だ。もっとも夢旅行という私自身がつけた用語と同じく、肉体を転移するという重要な側面を無視してしまっているがね。しかし実際には――」

「我々がジョシュアを送りこむのは更新世のジオラマだというのか。二百万年前の東アフリカの影像《シミュラクラム》なのか。カプロウ、それは時間旅行ではないぞ――それは卑劣な詐欺だっ」

カプロウの眼はほとんど透明の白眼の中で跳びはねるようだった。

「わが国政府もそう考えたよ。当初はね」

「それも二つほどの軍事基地の代わりに役にも立たない代物をザラカルに売りつけることができるとわかるまでだ。きみが言おうとしているのはそういうことだろう」

「あなた方はアメリカからの直接援助として数億ドルを受けとろうとしている。基地を認めるというサラカ大統領の決断にそのことはかなり大きな役割を果たしているとは言えないのか。それにその点に関して大統領が心を決めたのはホワイト・スフィンクスという語彙をあなた方が使いだす一、二ヶ月前だ。我々、私とジョシュアはグレービーにすぎん。なぜ見苦しい非難をする」

「グレービーだろうがなんだろうが、だからといってジオラマ案件のぺてんが許されるわけではないぞ」

「ドクター・ブレア、よおく聞いてくれ。ジョシュアが戻っていくのは更新世の『ジオラマ』かもしれん。あるいはあんたのもう一つの言葉を使えば『影像』でもいい。だが、それは生きているジオラマであり、完璧な影像なのだ」

〈大人物〉の眉間に疑わしそうな皺が寄った。

「H・G・ウェルズが描いたような時間旅行は全く不可能だ。まだ起きていないのだから、未来には永遠に近づけない。追跡できる共鳴もない。過去にアクセスできるのは、このジョシュアのような達人だけだ。その集団的無意識――お好みならプシケでもいい――が、特定の場所の特定の時期と調律を合わせることができる人物だけだ。これは極端に稀な才能だ」

「呪いです」

ジョシュアが言った。

「わかった、呪いだ。残念ながらその通りと言わざるをえないだろうな。しかし、その能力によって、生々しい間接的な時間旅行が可能になる。その旅は無価値なこと、つまらないこととして鼻であしらうわけにはいかないものだ」

「カプロウ、夢の化石では価値はない」

「ドクター・ブレア、この呪いに苦しむ人間の一人——私は他に三人しか知らない。全世界では二、三百はいるだろうが、その一人がたまたまあなたの研究対象の時と場所に調律の合った若者だったというのは、幸運だと思わなければいかんよ。かれの魂遊旅行がトロヤ戦争へ行くのだったら、私は小アジア出身の古典学の大物に話をしていたはずだ。そしてあなたはこの事業全体に見込みはないと諦めることができただろう」

「もう一人、名前を教えてください」

ジョシュアは言った。

「何のもう一人だ」

「この呪いをかけられたもう一人の人物です」

「たとえばこの私だ、残念なことに」

カプロウは机から折り畳み椅子を一つ引き出し、他の二人に横顔を見せて座った。

「存在を初めて知った実例だ。だから私は自分の夢のエネルギーを利用するキャリアを重ねてきたんだ」

陰鬱に含み笑いをする。

「私の仕事には軍事利用としても価値があるとペンタゴンに思いこませたこともある。私自身、そう信じていた」

「ほほお、それは何だね」

「つまりだな、ドクター・ブレア、エージェント——お望みなら工作員と呼んでもいいが——を現在より下流の時間流に導入するというものさ。例えば真珠湾攻撃を警告するとか、一九一四年にフランツ・フェルディナンド大公暗殺を防ぐとか。もう少し近いところでいえば、イディ・アミンやポル・ポトのような人殺しが権力を掌握《しょうあく》する前にあの世へ送るとかな」

「それは風呂敷の広げ過ぎじゃないかね。無責任であることは言うまでもないが。そうした『治療』は常に変わらず予期できない出来事を引き起こす。結果は元々の病よりもひどくなる可能性もある」

「もちろん理論的にはそれは正しい」

「で、実際には」

「そうした効果のある類の時間旅行は問題外なんだ。我々の実際の過去そっくりの過去にもどることはできる。しかし、それは接触できない現実の投影または共鳴だから、我々が現在として合意しているものに変化をもたらす力は無い。立場としては有利だが歯が無い」

「カプロウ、そんなことはどうでもいい。我々はこの若いジョシュアを幽霊の領域に送りこもうとしてるんだぞ」

「だが、その幽霊には歯があるんだ。ジョシュアは自分自身と同様、その歯をひしひしと実感する」

古人類学者はその巨大な頭を横に振った。コンクリートの床を這うケーブルの間で、足の踏み場を変えた。

「ドクター・ブレア、ある意味で我々が受け入れねばならないことは、あんたが望んでいるらしいもう一つのことよりも、良いことでもあるんだ。現在の人間の一人を、我々の種の進化の上で決定的な結節点に送りこむことは愚行でしかない——自分の先祖の一人を撃ち殺す時間旅行者というおなじみの話だ。ジョシュアがどういう形でも進化の道筋を中断することもありえる。その結果、確定されていない我々の現在が、人類が先祖の猿人の段階からついに上がることがなかった世界にならないとも限らないんだ」

「気をつけますよ。誓います」

物理学者は続けた。

「しかしジョシュアを送る先が更新世の完璧な影像であれば、我々は『お祖父さんパラドックス』を避け、かつ時間旅行の概念は犠牲にしなくてすむ。ドクター・ブレア、言わせてもらえば、ホワイト・スフィンクスがこれまで成しとげてきたことは、小さいながら奇跡なんだ。我々はケーキを手に入れるだけでなく、ケーキを食べることもできる。我々は罰せられることなく先祖のもとを訪問できるんだ」

ジョシュアは言った。

「唯一の危険は時間旅行者本人にかかるものですね。かれは幽霊に食われるかもしれない」

「まさにその通り」

カプロウは認めた。


カプロウは自分自身の共鳴については決して口にしなかった。夢旅行者の肉体を過去へ転移するよう設計された装置のこれまでの実験についても、決して口にしなかった。その装置が何度か試運転を成功させてきたことを、決して自慢しなかった——エグリンではない。メヒコ湾との共鳴に呪われた者を探しあててはいなかったからだ。そうではなく、西ヨーロッパと、サウス・ダコタのブラックヒルズでのことだった。前の冬にカプロウの装置に乗って夢の旅をし、無事もどって、以後十九世紀に遊山に行くことを拒否したオグララ・ラコタ族の男について、一度も触れなかった。というより、カプロウは自分の成功も失敗も一度も口にしたことは無かった。そしてジョシュアがそれら——ともかくもそのうちの二つ三つ——について知ったのは、助手たちから慎重に引き出したものだった。

それでも九月後半のある晩、カプロウは自宅での冷凍食品の食事とドリンクにジョシュアを招いた。物理学者は海岸に小さなコテージを持っていて、ドアを抜けて踏みこみ、まず気がついたのは、すべての壁が本で埋まっていることだった。ほとんどは数学と科学の文献だった。が、キッチンに近い正面がガラスのキャビネットには、すべてドイツ第三帝国に関する書物が詰まっていた。回想録、伝記、歴史研究、写真、心理学の専攻論文、それに健全といえるほど少数の小説すらあった。もっともその瞬間までカプロウは虚構にはまったく関心が無いとジョシュアは思っていた。特定の歴史的な根拠を備えた小説はどうやら話が別らしい。

冷凍食品のフライドチキンはオレンジ・マーマレードをかけながら焼いたように思われたし、マッシュドポテトは湿らせた小麦粉のぬるい塊のようだったが、ジョシュアもカプロウも旨いものしか食べないグルメというわけではなく、二人は文句も言わずに食べた。その後でカプロウが開けたナポレオン・ブランディの壜は、いささか恥ずかしい夕食を補って余りあった。二人は黄昏が色濃くなる中、居間に座って飲んだ。棚に並んだ本はだんだん暗くなってゆき、ジョシュアは気がついてみると、薄暮とともに甘やかな酩酊《めいてい》の状態に沈みこもうとしていた。

「ぼくはこいつを生き延びられるでしょうか」

「ブランディか」

「いえ。夢旅行です」

「そうさな、もうすぐきみはザラカルでサバイバル訓練に入る。それが役に立つはずだ」

「ぼくが気になってるのは心理的側面のことだと思います。ぼくの夢の中身と実際に顔をつきあわせて、しかももう夢を見ているのではないとなった時に、ぼくがどういう形で衝撃を受けるか。それを生き延びられるかどうか、知りたいんです。トラウマですね。どう思いますか」

「それについちゃ私よりもきみの方がまっとうな判断ができるはずだと思うね。つまるところ私はきみじゃない。きみも私じゃない」

数分の間、ジョシュアは自分のグラスの中のブランディの表面をわたる光の踊りを眼で追った。

「第七騎兵隊の時代に魂遊旅行したインディアンには何が起きたんですか」

「誰から聞いた」

「ストルワースです。もっとも時間外勤務させましたからね。まったく自発的というわけでもありません」

「インディアンには何も起きなかった」

「辞めたんでしょう」

「そうだ、辞めた。だが、感情的なトラウマのせいじゃない。機械に囲まれるのを好まなかった——科学技術的遺物、かれを連れもどすのに役立った部品をかれはそう呼んだ。夢を旅する過程は自分の伝統を踏みにじると判断した。そこで我が道を行った。より哀しくはなったが、より賢明にもなっただろうと思う」

「あなたはどうなんですか」

暗くなってきた部屋の向こうにいる客をカプロウは見つめた。

「あなたはどうなんですか」

ジョシュアは食いさがった。

「あなたはどこに行くんですか。いつですか。どの時代を訪問するんですか。共鳴しているのは何です」

カプロウは椅子の背にもたれ、足載せに両脚をのせた。一瞬、間を置いて言った。

「ヒトラーのドイツだ。ダッハウ。如才なくアーリア人の扮装をして、私はかまどに行くんだ」

二人は長いこと話しこんだ。


その十二月、レコード店の陳列窓のエルフの大きさの人形たちは、ジョシュアには天使というより、蝙蝠《こうもり》の胎児に見えた。小さな人形たちは各々、ふわふわの翼、きらきらを鏤《ちりば》めたガウン、それに醜い金色で塗装したフリスビーに見える後光を備えていた。さらにひどいことに、ほぼ全部の天使がそのぶかっこうな両手に支えているアルバム・ジャケットには、梅毒にかかったか、コカインで醜くなったかしたアーティストのフルカラーのクローズアップ写真が前面に押しだされていた（病気またはドラッグによる外観の損傷のシミュレーションが、このホリデーシーズンにおけるショウビジネスの小さな流行だった）。効果は崇高なまでにみすぼらしかった。一方で、クリスマスの陳腐さをとことん軽蔑するのを完璧に計算に入れてもいて、この種のけばけばしいデカダンスに、ビッグ・ジーン・カーティスは怒りだすのだった。

めかしこんだ他のウィンドウや店先を通りすぎながら、ジョシュアはあてもなくショッピング・モールを流していた。ポケットには金があり、丸々一ヶ月の休暇を与えられていた。その後、空軍に東アフリカへ永久駐屯変更《PCS》で送られる。エグリンを離れる前にプレゼントを買うことにしていた――ビッグ・ジーン・カーティス、レストラン「メコン」のコゼット・トルとその父親、ウッディ・カプロウとホワイト・スフィンクス・プロジェクトで働いている他の要員たち。もちろん、その誰もプレゼントを期待していなかった。が、この頃、家族と言えるのはこの人たちだけで、何かささやかなことでもしたかった。

ジャクリーンはと言えば、そう、彼女はワシントンＤＣでまだ学校に通っており、兄のズの国務省での同僚で友人の一人と婚約したところだった。ジャッキーはスリが財布をするほどの痛みもなく、ジョシュアの心から去ってしまっていた。一つにはジョシュアの求婚への彼女の反対に納得するようになっていたからだったし、もう一つにはこの一年半で、生まれた時にすでに定められていた自分の使命が明らかになったからでもあった。ジャクリーンの方では、二番目のスラムの聖女として列聖される希望は諦め、結婚と公務員のキャリアを選んだようにみえた。この最後の目標は最初の目標と両立しないものでもないかもしれない……

思いだすのも嫌ではあったが、見捨てた家族に思いが及んだ。母のジャネット・モネガルとは七年近く会っていないし、姉のアンナと最後に口をきいてからは、それ以上経っている。養母だ、と心の中で訂正した。乳姉妹の姉。

そう言いかえてみても、突然湧きあがってきた罪悪感、処理していない下水の氾濫浸透を消毒してはくれなかった。アンナはずっと大好きだった。母とは縁を切った。ジョシュアが出版を拒んでいた本の、見せかけは捧げものでその実かなりの額の前渡し金のために裏切ったからだ。今になってみても、あの裏切りは、ヒューゴーへの仕打ちと相俟って、古傷がうずく。ひどく腹が立つ。

ブルータス《エ・トゥ》、おまえもか《ブルート》。

ダンテは同族への裏切者たちを地獄の九つの圏の第一の、最後の圏に落とした。この軽蔑すべき輩は広大な氷の湖に首まで閉じこめられている。ならば、ただその身を裏切者の影響範囲の外に移しただけのことに、なぜ罪悪感を感じなければならないのか。ダンテの執念深さに比べれば、自分はジャッキー・トルがずっとなりたがっていた聖人だろう……

「うわ、このチビ、どこ見て歩いてんだ」

驚いて、ジョシュアは身嗜《みだしな》みのきちんとした若い軍人からはね返った。四年前までもどれば、ジャッキーと初めて遭遇した時に一緒だったレンジャー志望と瓜二つだったこともありうる。ジョシュアはもぐもぐと謝罪を口にして後退り、軍人はぷりぷりして、かぶりを振り、連れ——唇に病気をシミュレートしたブルージーンズのお転婆——を守るように離れた。この大柄なＧＩがもうすぐ海外に出てゆくことはまず間違いない。誰も彼も海外に行こうとしているようだ。アメリカはローマの軍団よりも多数の海外駐留地を持っている。

偶然か、人知れず仕組まれていたか、ジョシュアは背にしていた板ガラスの壁沿いに進んで、一軒の本屋に入っていた。

開けた店頭に、このクリスマス、最も目立つように陳列されていたペーパーバックはＣＩＡに雇われた吸血鬼、スタニスラフ・シュトットの活躍を描くフォトノベルのシリーズだった。この冒険物語五冊のボックス・セットが今年クリスマス・プレゼントとして最も人気があると喧伝されていた。ジョシュアはこうした展示を横目に見て、ハードカヴァーのテーブルへ行った。こちらでは本屋は本格的な小説を展開していた。怪談、スペースオペラ、スパイスリラー、映画のノベライズ、政治家の伝記、それにウィルキー・コリンズの全集。最後のものはスティーヴン・キングによる新しい簡約版のおかげで人気が復活していた。

「何かお探しですか」

上げた眼に入ったのは、薄青い眼をして、さる中米の革命家の口髭を生やした、すらりとした若者だった。この紋切り型の問いかけには「いや、ただ見てるだけ」と答えるのが普通であることは承知していたが、ジョシュアはいつも必ず別の答えをした――ごく簡単にではあろうが、書店員の専門家としての腕を試すためもあったし、自分がただ時間潰しをしている旅回りの空軍兵士であるという印象を払拭するためでもあった。

「ジャネット・R・モネガルの『途中でやめられなかった、けれど読み終ってしまって残念だった』はあるかい」

若者は笑った。

「おやまた、それは古いですね。ペーパーバックでも絶版だと思います」

ここでもちろん書店員は謝罪して立ち去り、ジョシュアは自由にぶらぶら見て歩くことになるはずだった。

代わりに書店員は言った。

「ただ、その著者は新しい本を書いてます。ちょっとご覧になったらいかがですか。ちょうど先週、入ってきたばかりです」

「新作だって」

「そうです。書名は忘れてしまいました。あそこにあります」

ジョシュアの心臓が胸の中でどきどきし始めた。胎児が時に母親の胎内をなぐることがある。ちょうどあんな具合だ。それでも若者の後について棚へ行き、そこで書店員はぴかぴかの濃緑色のカバーの部厚い本を抜きだした。すくみあがったジョシュアは手先から温もりが引いてゆくのを感じた。まるで指の先の栓が開いたようだ。眼を閉じた。

「『夢の中のエデン』」

「何とおっしゃいました」

書店員が訊いた。

「それが書名だろ――『夢の、中の、エデン』」

「いや、違いますよ。少なくともこの著者の本にはありません。どうぞ、ご覧になってみてください。まだそれほど売れてませんが、売れるんじゃないかと期待してます」

ジョシュアは思わず言った。

「でも、これ小説じゃないか」

「そうです。この著者の初めての小説進出です。『パブリッシャーズ・ウィークリー』は評価してます。だからって保証にはなりませんけど。まあ、ちょっと読んでみてください」

書店員はいなくなり、ジョシュアは本とともに残された。ヘブライ語の書字板のようにずしりとしたその本を、ジョシュアは震える両手で摑んでいた。

書名は『追放された人びと』だった。表紙には閂《かんぬき》のついた巨大な扉が投げかける影の中にうずくまる、ボロをまとった子どもが描かれていた。まぎれもない小説だ。

ジョシュアはぱっと開いたところから読みはじめた。母の語りのスタイルは熱狂しているメアリ・シェリーと初期のジョイス・キャロル・オーツが混ざったもののようだ。さっと眼を通して、少なくとも話の筋の一つなりと掴もうとしてみたが、これが『夢の中のエデン』ではなかったことの安堵があまりにも大きかったので、その他のことはほとんど考えられなかった。感謝の念がわき上がってきて、また悪臭を放つ罪悪感が漂った。

ジャネットはほうっておいてくれたのだ。それも、七年近くほうっておいてくれた。ジョシュアが法律を理解するところでは、七年というのは大多数の犯罪について時効になっている。古い映画と無数の探偵小説がまちがっていなければ、七年間消息不明の人間は、法律上死亡とみなすことができる……そろそろ母を許しはじめてもいいのかもしれない。言葉と行動で、自分が存在を続けていることを示してもいいのかもしれない。三週間以内に、自分はザラカルのマラコイ国際空港で民間航空機からタラップを降りることになる。アメリカに五年以内にもどることは無いはずだ。もちろんホワイト・スフィンクスに送りこまれることになっている、よくわからない過去の幽霊の中で殺されなかったとしての話だ。

ジョシュアは本をレジに持ってゆき、カウンターに置いた。赤いベロアのジャンプスーツを着た黒人の若い女性は本をひっくり返してジャケットの絵をしげしげと見つめ、それからレジのコンピュータに本の値段を打ちこんだ。二一ドル九五セント。

「ジャネット・モネガルのものがお好きなんですか」

「わからない。この人の小説はこれまで読んだことがない」

十ドル札を三枚、カウンターの上に置いて、釣りが出るのを待つ。

「すると賭《か》けるのがお好きですか。少したてばバーゲン・テーブルでペーパーバックより安く買えるはずですけど。四ドル二五とか」

「ぼくには今買うか買わないかなんでね。衝動買いを我慢して先延ばしするのはできたためしがない」

「お客さんみたいな人を何人も知ってますよ」

レジ係は眉を上げてみせ、『追放された人びと』を茶色の紙袋にすべりこませ、釣り銭を数えた。

ジョシュアは共謀者向けのウィンクをしておいて、店を出た。

エグリン基地へもどるシャトル・バスの中で――カワサキは娯楽部門の空軍兵士に売っていた――ジョシュアはざらざらした生物分解性の袋から小説を出し、辞書か聖書でも広げるように膝に広げた。それから巻末から目次に向かってページを繰った。ページをぱらぱらやっているうちに、他は空白のページの一番上に何やら印刷されているのが眼に留まり、何だろうと戻ってみた。

それは献辞だった。

エンカルナシオン・コンスエラ・オカンポ

と
ラッキー・ジェイムズ・ブレドソーの
思い出に
二人が私に与えてくれたものすべてのお礼に
――

その晩、ジョシュアは兵舎の読書室から母のリヴァーデイルのアパートに電話をかけた。誰も出なかった。三十分ごとに同じ番号をダイアルした。十一時少し過ぎ、男性の細い気難しそうな声が、ジャネット・モネガルはこの番号を少なくとも五年前から使っていない、と告げた。番号案内に電話し、母はリヴァーデイルに登録は無いが、最初の頭文字が母と同じモネガルが他に数人いることがわかった。その番号のうち三つにかけたが別人で、欲求不満がだんだん募った。真夜中に二階に上がって、ベッドに倒れこんだ。

朝になって最初に思いついた。そうだ、アンナに電話してみよう。

しかし、アンナはアトランタのアグネス・スコットを少なくとも五年前に出ていた。そして学校の女子同窓会の雇われ事務員にようやく電話がつながって、一九八〇年度卒業のミス・アンナ・ライヴンバーク・モネガルの現住所を明かしてくれるよう説得しようとすると返ってきたのは、よそよそしくどこまでも丁重な「申し訳ありませんが、お引取りください」だった。ジョシュアは強姦魔かセールスマンか、その他文明という堂々たる生ける樫《かし》の樹にとりついた芳《かんば》しくない虫けらだと思われていることを示唆していた。

その時、グレイハウンド・バスに横面をひっぱたかれたように思いついた。カ、ン、ザス州ヴァ、ン、ル、ナだ。母と妹がクリスマス休暇に帰るとすればカンザス州ヴァン・ルナしかない。他にありっこないじゃないか。

興奮してジョシュアはカンザス州ヴァン・ルナのウィリアム・C・ライヴンバーク夫人の家に長距離電話をかけた。一九七二年の、まさにこの同じ時期、ビル老人はシャイアンで心臓発作で死んだのだった。ビルとペギーはクリスマスで娘と孫たちに会いに――二度めに――ワイオミングへ来ていたのだ。ヒューゴーはグアムのアンダーソン空軍基地でB‐52に爆弾を積む作業の監督をしていた。疑う余地もない奇妙な状況で、モネガル家の前家主のピートとリリィ・グリーア夫妻の寝室で、ビル・ライヴンバークは倒れ、ほとんど意識を失った。ピート・グリーアはテキサスから来たいとこと共にニューオーリンズのボウル・ゲームを見に、州の外へ出ていた。お手本になるくらいにうろたえて、リリィはジャネットに電話し、来て父親を救出するように頼んだ。階下の、モネガル家のかつてのアパートで眠っているペギーが自分の夫が自分の脇に横になって、夫婦として休んでおらず、上でリリィと一緒だったことに気がつく前に、である。

怒り、当惑して、ジャネットはリリィの訴えに応え、当時十歳のジョン＝ジョンを連れてグリーアの家に行った。アンナはその晩、友だちの家に泊まりに行っていたからだ。ジョシュアの祖父は二階のもう一人の男のベッドに仰向けに寝ていた。一枚の黄色い鯨骨《げいこつ》のような入れ歯を噛みしめている。老人の両眼は溶接の火花のように捕えどころがなく、何かを見つめることなく、ありとあらゆるところを見ようとしているらしかった。病院の救急室でビルは二度めの発作に見舞われ、それが命取りになった……未亡人の電話が鳴った時、この出来事がばつが悪くなるほどの生々しさで甦った。かけたのは間違いだったかもしれない。受話器を耳から離し、もう切ろうかと思った。

「もしもし」

用心深い女の声。老女の声というよりは若い。

「アンナかい」

「どなた？」

ジョシュアは答えた。その後にはさまった沈黙は、ボウリングの球を投げた者がガターへ球を落とした時に陥る沈黙だった。ピンの落ちる音は聞えない。

「アンナ、しゃべってくれ」

「何が欲しいの」

「ママはいるかい。ママの本を見た。小説だ」

「ジョニィ、ママはここにはいない。クリスマスにもどってくるかもしれない、来ないかもしれない。何もかも決まってないの。今、どこ」

一年半前にアリステア・パトリック・ブレアに会ったことを話したかった。が、ホワイト・スフィンクス計画に関するあらゆる側面、とりわけザラカル人古人類学者の関与は機密にされていることを思い出した。それにアンナとは保護もされていない公共回線を使っている。さらにアンナにとってはまずどうでもいいことにちがいなかった。

「長いこと話せない。もう何時間もずっとこの古くさい電話機にコインを入れてるんだ。そっちの居場所をつきとめようとしてたんだ――小銭がもうなくなる。アンナ、知りたいのはママが――」

「こっちへ来るの？」

ジョシュア・カンパまたの名ジョン＝ジョン（ジョニィ）・モネガルは受話器を見つめた。まるでそれだけが家族と自分を隔てている不和の種だというように。わざと訊いてみた。

「招待してくれてるのか」

「ここへいらっしゃいよ、このチビの脱走者。もちろん招待してるのよ。もちろんあたしは――」

アンナは言葉に詰まった。怒りのあまりか、感情があふれたのか。

「とにかくこっちへおいで。わかった？」

エグリンからテキサス州ラックランド空軍基地までの軍事空輸《MAC》軍団の輸送機を捕まえるに

は二日かかったが、ラックランドからマッコネルへ向けて出る巨大なペリカンにも似たC－一四一に席を確保するのはわずか六時間しかかからなかった。ジョシュアがこの桁外れの鳥の腹に一緒に乗りこんだのは、二十人の渡り鳥と六台の幽霊でも出そうな青いバス、それに帆布をかけられた円筒形のものがいくつかだった。

一人の若い空軍兵士がこの円筒は起爆装置のない核弾頭だと主張したのに対し、銀縁眼鏡をかけた太鼓腹の士官がこれを鼻で笑い、これはさる仮定の戦闘状況で水を捕え貯めるための実験的プラスティック・タンクだと断言した。かれらの最終目的地はコロラドのフォート・カーソンだった。核弾頭／水タンク論争の勝者がどちらになるかわかるまで、ジョシュアは待っていなかった。着陸後、パイロットが許可を出すとすぐに一四一を降りた。ウィチタは寒かった。空軍支給の馬用毛布並みにでかいコートを首と胸にきつく引きしめた。

基地を出ると乗せてくれる車があるまで、ヴァン・ルナへのハイウェイの右側を歩いた。結局一九五六年型ナッシュ・メトロポリタンに乗った大尉が拾って、残りの道を運んでくれた。

ヴァン・ルナはかつては農村であると同時にウィチタで雇われた人びとの控え目なベッドタウンだったが、今は巨大なモノポリーのボード上のマーカーのように、農村地帯へあふれ出ていた。住宅団地、コンビニエンス・ストア、モーテルがいたる所にある。マッコネルとヴァン・ルナの間の街道からは路傍のごたごたの間から時折り、牧草地や箱柳の林が垣間見えるだけだった。フロリダのミラクル・ストリップの、だらしなく広がった商店街に長いことなじんではいたが、ジョシュアは裏切られた想いだった。ここには五年しか暮らしていなかったが、ヴァン・ルナは幼年期の夢のエデンだったのだ。ここの街路と畑は、少なくとも記憶の中では、自己認識に向けて波立ち騒ぎながら育っていった風景だった。そのプロセスはまだ完全に終ったとは感じられなかった。元の街の単純な幾何学配列——無垢な配列——が複雑化されているのには、意気阻喪させられた。

「畜生」

「どういたしまして」

大尉はそう言って、かつてライヴンバーク食料品店が入っていた建物からそう遠くないところで降ろした。

古い商店街、ヴァン・ルナの石畳の中心部は、ジョシュアの記憶にあるものとはそれほど大きく変わったようには思えなかった。所有者は赤の他人だったが、食料品店も食料品店のままだった。旧ピックス劇場の正面も修復されていたから、むしろ良くなってさえいた。母親の母親の家に向かってさらに古い辺りを歩いてゆきながら、街の人びとのためらいがちな好奇心と十二月の冷気がぴりぴりするのを感じた。

テューダー風の飾りと豪華な常緑の灌木がポーチと壁の周りにならんだ古風な赤レンガの家の正面玄関に立って、ジョシュアはノックした。誰も出てこない。ブザーを押すと家の奥で細いあざけるような音が長く響いた。と思うと扉が大きく開き、アンナが立っていた。歓迎の笑みを浮かべると同時に、絶対に音を立てるなという仕種をした。アンナは妊娠していて、それもかなり大きく、熱のこもった抱擁も、その突き出た腹に配慮しなければならなかった。

「入って」アンナはささやいた。「寒い中に突っ立ってることないよ――ジョニィ、さあ入って入って」

かれは動かなかった。

「何がどうなってるんだい。結婚してるのかい」

戸口でアンナは説明した、そう、結婚している。夫はデニス・ウィットコムという男だが、アンナは姓は変えていない。海軍少尉で、原子力空母のアイゼンハワーに乗っている。艦は今、ザラカルのブラヴァヌンビにある新しい海軍施設に碇泊している。

「ザラカル！」

ジョシュアは高いささやき声を出した。

「ムテサ・サラカの国よ。二、三年前、みんな餓死したところ。特別の時には昔の人間の頭蓋骨かなんかを頭にかぶるんだって」

「姉さんの旦那が？」

「なに言ってるのよ」

「いや、そうだ。その通り。それはハビリスの頭蓋骨だよ。サラカ大統領は自分の裏庭が人類発祥の地なのを祝うためにかぶるんだ。それにザラカルで自分が誰よりも抜きんでていることの印でもある」

「結構なことね。中に入らない？」

「お先へどうぞ」

それまで囁き声でしかしゃべっていなかったアンナは、つやつやした花柄のプリントで飾ったソファーに案内した。かれの方は座らせたが、自分は腰かけようとしない。代わりに背中の真ん中に片手をあてて、すりきれたオリエンタル・ラグの上を往ったり来たりした。敷物のその薄れた模様を見ると、シャイアンで持っていたペイズリー模様のシャツを思い出した。

部屋は樟脳《しょうのう》、シーダー材、それに奇妙なことに薄荷の匂いがした。鎧戸が閉まり、カーテンがかかり、壁紙が貼ってあった。ペギー・ライヴンバークのやもめ暮しの瘴気《しょうき》が部屋から部屋へ漂い、アンナはいきなり記憶の痙攣でも起こしたようにみえた。

「ジョニィ、今でもまだ例の夢をみてるの？」

「時々だけど見るよ。でも今受けてる治療でコントロールできるようになると言われてる」

「あのいまいましいしろものでで、あなた死んじゃうんじゃないかと思ったものよ」

「まだ死なないとは限らないよ」

「でも、あれをコントロールできるようになれば――」

「『まだ死なないとは限らない』は取り消すよ、姉さん。大袈裟《おおげさ》すぎた。ぼくは大丈夫だ」

「空軍に入ったんだね。父さんの後を追ったわけ？」

「あんまり深入りしなくてすめばいいんだけどね」

言おうとしたことをアンナはわかってくれたから続ける。

「大統領はぼくについては身長制限をゆるめるように統合参謀本部議長に命じたんだ。背の低い人間の市民権には打撃だね」

「これで生きる理由ができたわけね」

「確かに」

「あなたも海外に送られるの？」

「年が明けたらすぐに」

「どこへ」

少なくともこれくらいは自分の姉に打明けてもいいだろうと独自に判断した。

「ラッセル＝サラカ空軍基地――」

「ザ、ザラカルじゃない！」

「ささやいてなきゃいけないんじゃないかい」

ジョシュアの正面で立ちどまり、アンナはまた声をひそめた。

「あなた、デニスに会えるかもしれないね——いや、おそらく、だめね。アラビア海とペルシャ湾に長い巡航に出ることになってるから。正確にいつとはわからない。でももうすぐよ。こないだミッドウェイとフリゲート艦のT・C・ハートが飛んできたアメリカ製ジェット機に機銃掃射を受けたんだ——サウディアラビア空軍のPLOシンパかもしれないと思われてる。誰も確かなところはわからない。ニュースには出ないようにしてる、ってデニスは言ってた。気味が悪いわ。無気味でこわい」

「そうだね」

「デニスにはアセンズ《アテネ》で会ったんだ」

「ギリシャの？」

「ジョージア州のよ、バカね。かれはそこの海軍学校に通ってた。六〇年代にロジャー・ストーバックがそこに通ってたって知ってた？」

「いや、全然」

「とにかく、あたしはジョージア大学製作の演劇上演の一つでアセンズに行ったんだ。サム・シエパードの『埋められた子供』。二回目の休憩の時にデニスにばった《バンプ》り会ったわけ」

「その出張り《バンプ》はいつの休憩《インターミッション》の結果なんだい」

姉の腹に顎をしゃくった。

「『挿入《イントロミッション》』と言いたいんでしょ。あたしたち数えたことなんかないよ。あなた、そんなお利口さんじゃなかったよね」

アンナはソファーのジョシュアの隣にそっと腰を降ろし、こめかみにやさしく口づけした。

「お帰りなさい、おチビさん」


メインの寝室の、年代物のベッドの四隅の支柱がささえるギンガムの天蓋の下にペギー・ライヴンバークは寝ていた。十三年前、ビルが死んで以来、ペギーは病気がちだった。だが、未亡人となった裏切りをひねくれた形で記念するように、自分のベッドでの優雅な隔離に身を任せるのは、クリスマスの休日の間に限られた。ピート・グリーアの不在をよいことに、ビルが娘のかつてのアパートから上の階へ這いあがって、ぱっとしない、冷凍パイの顔をしたリリィの閨房《けいぼう》に忍びこみ、そこでいかがわしい婚外交渉による心臓停止の実例を演じようとは、誰が考えただろうか。

「会いにいくべきかな」

ジョシュアは訊ねた。

「あなたがここにいることを知らせる必要もないと思う」

「ぼくのことはまだあの晩と結びついているんだろうな。ママと二人でビルをみつけた所で漏らしたからね。ライヴンバーク家ではぼくは悪い知らせを持ってきたことになってる」

「あれからはもうずいぶん経ってるじゃない。あなたは死んだとペギーは信じこんでる。あなたがぴんぴんしてることを、今は知らせない方がいい」

「わかった。言われた通りにする。お祖母《ばあ》さんに幽霊は見せない」

「それがいいよ」

母親のことを訊こうとする前に、アンナはジョシュアの肩を支えに立ち上がり、家の南西側にある陽当たりのよいキッチンに誘った。

砂糖、小麦粉、お茶用の緑色のガラスのキャスター。節を活かした松材のキャビネット。張出し窓の向こうに、刈りこんだ、冬の褐色の芝生の一部が見える。タッチ・フットボールをやってくれ、元気に跳ねまわる犬ころたちおいでと言ってる類の芝生だ。ヴァン・ルナの郊外スプロールはここには影も形も無い。

ジョシュアはフォーマイカの天板の錬鉄テーブルについて腰を下ろし、アンナはコーヒーと残り物のビスケットを出した。暖房のスイッチが入ると、かれが家に入って初めてささやかずに声を出した。

「あなたのせいで、ママはあやうく死ぬところだったのよ、おバカさん。二年というもの、ママはゴムの物干しヒモみたいにピンと伸びきってた。もう少しでいつ切れてもおかしくなかった。『夢の中のエデン』は破り捨ててしまって、他には何もできなくなっちゃった。三年めに、そう、ヴァン・ルナのこの家で過ごした。まるでこの家が、みんな死んじゃって最後に一人だけとり残された女のためのサナトリウムみたいだった」

「今、どこにいるんだ」

「まだ、あなたに言う覚悟ができていないかもね」

愕然《がくぜん》としてジョシュアは指先のビスケットのかけらを食べた。こんな風にやわらかに、しかも一触即発のやり方でじらされてもたぶん文句は言えないのだろう。しかしアンナが本気で絞ってくれれば、祖父の心臓のように破裂してしまうだろう。卒中を起こすほどの怒りによるか、涙ながらの自責の念によるかはわからないが。二人の運が良ければ後者だ。時たまヒューゴーが、ぶつぶつ言いながらいらいらしていたのが嵩《こう》じて、恐しいほどのパナマ流の爆発にいたっていた様を思い出した……

「アンナ、フリトスはないのかい」

アンナはふり向き、真向から見て、妊娠で突き出た腹の上に両腕を組んだ。

「あきれた。あなたの記憶力は象なみね」

「恐獣《ディノテリウム》のダンボでございます、よろしく」

「あの旅行のことはほとんど全部覚えてる――でも、もちろん、あたしは十二だった。思い出さなくちゃおかしいね」

「ママについてはどう。どこにいるんだ」

狭いキッチンを踵で歩いてきて、アンナはかれの頭を軽く叩いた。

「話のそらせ方がお上手ね。昨日、電報が来た。今年は会えないよ」

「いったいぜんたい、なぜ」

「スペインの王家についての本を書く契約をヴィレオとしたのよ――王政復古がスペインの国民とヨーロッパの政治一般に与える衝撃についての本ね。ママはマドリードにいる。少なくとも半年はスペインにいる予定だって。飛行機による移動が一時停止になるかもしれなくて、それを避けようとしたんだ――だからいきなり出発したわけ。それにどっちにしてもペギーのお守《も》りは今年はあたしの番だったし」

「クソ」

「あなたはザラカルにいるって手紙を書くよ」

「それはダメだ。姉さんに言っちゃいけなかった。直接会って言うのはいい。そして秘密を守るって誓ってくれ。神さまにかけて誓うんだ」

「あなた、特殊部隊員かなんかなの」

「のようなもんだね。ぼくの生まれつきの病気の壮大な深層心理学療法の一環だよ」

「あなたがコントロールする方法を習っているというやつ？」

「そうだ。政府の資金でね。今度の旅じゃ、ぼくの目玉がでんぐり返っているのは見られないよ」

「あたしがあなたを撃たないかぎりね」コーヒーのカップを持って、テーブルに座った。

「あなたがザラカルに行くのはそれじゃないの。あの国とあなたの夢の風景の相関ね」

「ぼくの唇は封じられてる」

自発的に自分の存在を祖母から隠しながら、ジョシュアはクリスマスの間、ずっと留まった。ペギー・ライヴンバークは老齢で引退した天使のように病床について、楽園の高価なリネンの腐葉土の中へ朽ちはてながら、アンナの子宮にいるまだ生まれぬ曾孫《ひまご》のために、耐衝突製宇宙客船と素朴な植民惑星の未来を夢見ていた。まあ、そうでは無かったかもしれない。ペギーはキティ・ホークの五年後に生まれた老女で、幻覚に見ていたのは未来ではなく、過去である方がありそうだった。一方で、天国をその祈りで尻に敷いていた。

ウッディ・カプロウは何と言っていたっけ。未来は永遠に近づけない……追跡できる共鳴もない。その通りだと自分が思っているか、ジョシュアは自信が無かった。つまるところ過去はもろい媒体で、その中に未来が芽吹く。そして現在は錯覚だ。ヒンドゥー教徒にはマーヤーとして知られる偉大な材質のもう一つの側面だ……

形而上学はそれくらいにしておこう。

自分を見れば死んでしまうのではないかとの恐れから、ジョシュアは故意に自分の姿をペギー・ライヴンバークから隠した。

アンナとは休日のほとんどをおしゃべりして過ごした。ジョシュアが出発する時がきたとき、二人は何百という話題をとことん話していたが、おたがいへの愛情の蓄えの方は尽きることは無かった。制服の上着についている名前はカン、パ、だったとしても、かれはまたモネガルの一人でもあり、アフリカの角での勤務期間が終ってもどった時には、また家族として再会できるかもしれない。この希望を、アンナと二人で何度もくり返し声に出して確認した。しかしエグリンへ戻る輸送機の中で、疑いが頭をもたげた。過去は夢だった。そして未来には近づけないのだった。

第二六章　シャングリ・ラでの暮し

この思いがけない降雨の後の時期――ヘレンの妊娠に気がついてから五、六ヶ月の間――は、様々な意味で、ジャクリーン・トルの父親がレストラン「メコン」で、ぼくから聞いた夢の話から作りあげたエデンのような田園風景を成した。ぼくらの小さな村はシャングリ・ラとなった。

　突然食料が豊富になった。たいへんな努力をして食料の採集や狩猟をする必要がなくなった。豹やハイエナのような、時に原人も殺す者たちは、ぼくらを無視し、サラカ山南方の広大な草原地帯からぼくらの地域にゆっくりと戻ってくるガゼルや縞馬やアンテロープに集中した。ぼくはこの田園風景を夢見ていた。絶え間のない理性ある意識の恩恵を受けることなく、体験していることにどっぷりと漬かって、ぼくのいずれの過去のどの時にもまして、活《い》き活きとして、機敏で率直になっていたと言ってもいい。髭を生やし、引き締まり、ミニド自身の不確かな未来からやって来た、よりどころのない霊のように、かれらの間を滑るようにして動いていた。

　ヘレンは光り輝いた。その顔は甘草が輝くように輝いた。その腹は大きく硬いキャンディーを口蓋に貼りつけて、ムラのある紺色にきらめくまで舐《な》めたもののように輝いた。メアリの死の前後のヘレンの嘔吐感の発作は、もちろんハビリスにとってのつわりに相当するものの症状だった。しかし妊娠によってもたらされた変化に、ヘレンの体の代謝機能はようやく適応を終え、今やヘレンは減量道場の広告で、「使用後」として載せる写真の候補だった。その腹の膨らみにもかかわらず、スマートで活発だった。ぼくは頭の半分で子どもが生まれるのはいつだろうと思いはじめ、もう半分で、一度聞けば忘れられない先史時代の愛らしさを備えた子守り歌を作りはじめていた。

ぼくらは有閑階級だった。

この同じ時期、ぼくは夜明け前に起き、ぼくなりの詞のない朝の歌を、サバンナと空に捧げるようになった。この歌が出てくる自分の中の源は、その時は何なのかわからなかったし、今はまったく聞くことができない。思春期から青年期にかけて、魂遊旅行のエピソードの一部に感化されて詩を書いていたが、この新しい歌はほぼ完全に自然発生してきた。歌は前意識から生まれ、生のままのメロディとして、夜明けの光に放たれた。

他のハビリスたち――ミニドだけでなく、ぼくらの南西の高地の砦にいるフン族もぼくの歌に応《こた》えた。物悲しい狼の遠吠えや、座頭鯨の神秘的なアリアがぼくらの声に共鳴していたし、ぼくらの歌唱の音色は、かの疑似先史時代の風景の輪郭を明らかにし、中身を充実させるように思われた。言いかえれば、ぼくらの朝の歌はぼくの夢の世界を本物にした。

ミニドの一団と、更新世のこの奇妙な影像に完全に一体化したことで、ぼくの無意識の基本構造もまた変わった。ぼくは二十世紀の過去について夢に見ることがなくなり、古代東アフリカの形象に満ちた夜の幻影を体験するようになった。ハビリスの一員となり、その世界の現実を受け入れることで、ぼくは見る夢を浄化した。セビージャ、ヴァン・ルナ、シャイアン、フォート・ウォルトン・ビーチ、リヴァーデイルといった幼年期のホットスポットは、こうした影像ではもはやとびぬけて大きく扱われることはなかった。今ぼくがずっと頻繁に見るのは、キボコ湖周辺の動物相であり、川床に沿って咲く野花であり、ヘレンとの関係だった。

この変化は一種のパラドックスを体現していた。二十世紀でのぼくの人生ではこうした夢は魂遊旅行のエピソードになっていたはずだったが、今は単なる夢だった。肉体として過去に転移したことで、人生最大の疾病が治ったのだ。ついにぼくは「正常」になった。ぼくの夢はそれだけのことを証していた。そしてぼくは魂遊旅行の方向感覚のない恥ずかしさを耐えねばならなくなることが、二度と無いことを期待した。

毎日は皆同じだった。一日は日の出に始まり、日中の暑熱の中をのろのろと進んで、薄暮の出口のサインにいたる。これら明確な区分の間に、生存に必要な一日あたりの最低限の分量として推奨された栄養を消費するよう、ぼくらは気をつけていた。サバンナはぼくらのスーパーマーケットでサラカ山は深夜営業のコンビニエンス・ストアだった。ハビリスもゲームで遊んだり、のらりくらりすることに精を出していない時は買い物をした。ぼくらの買物の代金は狡猾、忍耐、幸運またはこの三つの様々な組合せで支払われた。質の悪い商品にあたったり、棚が空だったりしても、クレームをつける店長はいなかったし、金を取り戻す方法は無かった。とんでもないバーゲンにぶちあたると、その他には何もない一日の背中に際立った焼印が押された。この焼印を絶対確実に押す要素は他にはあまり無かった。

ヘレンの妊娠が全体の三分の二ほどまで進んだ頃、その腹が巨大なコンコード葡萄《ぶどう》のように熟してきた時、ヘレンとぼくはとんでもないバーゲンにぶちあたった。この発見の衝撃で、ぼくは夢の意識から、苦しい理性的な覚醒状態へと叩きだされた。見つけたものはぼくらだけで解体するには大きすぎたから、その小さな水流のほとりにヘレンを残し、アルフィーたちを呼んでくるために、シャングリ・ラにもどった。眼の動きとぎこちない発声で、ぼくはかれらにこの喜ばしい知らせを理解させ、山から降りて草原地帯の川床へ案内した。

ヘレンはその小さな雨裂の土手に座って、ぼくらが見つけたものの上に舞いおりてくる屍肉喰いの鳥たちに、たぶん罵詈雑言と思われるものを浴びせていた。それは水の中にひっくり返っていた。生きている時にその上を音をたてて歩いたはずの冠水した石にはまっていた。禿鷹どもはそのぴかぴかの横腹に降りたつか、濁った流れを意を決して歩いて渡るかしなければ、獲物にありつけなかった。大きく広げた翼の先端の羽根からは雫が垂れていたし、首の巻き毛は可笑しいくらいにすり切れていた。アルフィーと他のミニドとぼくが現場にとびこむと、禿鷹たちは散ったが、すぐ近くにまた降りたった。肉で満腹できなければ、愚痴で腹一杯になろうということらしい。

ヘレンとぼくが見つけたのは河馬だった。H・ゴルゴプスの一頭、ふくらんだ潜望鏡の眼を備えたあの稀少種だ。それだけでなく、ぼくらがそれを見つけた時、死んでから間もなかった。現場の川の一角を茂みがとり囲んでいたので、屍肉喰いたちの眼から部分的に隠されていた。まったくお伽話《とぎばなし》でもありえないような幸運だ。一日早ければ、河馬は満足して泥遊びしていると判断し、通り過ぎていただろう。一日遅ければ、禿鷹どもがこのスーパーマーケットの特売品を巨大な肋骨だけにしていただろう。生態学的用語を使えば、ぼくらはニッチな時間にやってきたのであり、おかげで河馬はぼくらのもの、ぼくらだけのものとなった。

ただ、この獣自体はひどく気になった。白子《アルビノ》の河馬で、色もそしてどうやら堅さもブラマンジェの肌をしていた。ピンクやピンクがかった褐色の、指の長さの染みが背中をまだらにしていて、ひき伸ばされた火傷《やけど》の水膨れにも似てその巨大な頭から立ち上がった眼は、ぼくの動きを追っているようにも思われた――まるでこの河馬はぼくとの間に、ぼくの知らない共感関係をもっているとでもいうようだった。死んだ獣がぼくを子細に見ていること、ぼくが屍肉漁りでいることへの非難が、その視線に含まれていることに気がついていた。ぼくの意識が連動していた。そしてだしぬけに、ヘレンの愛によってすら、この野蛮なふるまいに自分が拘束されるのを正当化しないと感じてぎょっとなった。白い河馬は前兆であり、おそらくは悪いことの前兆なのだ。

最近見た夢をふと思いだした。ヘレンとぼくは、おとなしいカルコーセレスにまたがって、シャングリ・ラから月明に照らされたサバンナに降りていった。乗っている間に、一頭のアルビノの河馬が、行く手を横切って、半ば覆いかくされた川床を次々に渡ってゆくのが見えた。それに続いた出来事も面喰らうもので、中にはぼく自身がもう忘れてしまった、何やら苦痛の状態に転移することもあった。実のところ、ヘレンとぼくがまったくの偶然からこの河馬を見つけなかったら、白い河馬の夢を見たことを思い出さなかったにちがいない。こんな奇妙な連鎖があるものだろうか。

歩いて水の中に入り、ミニドたちはぼくらが見つけたものを解体し、大喜びで分配しはじめた。ぼくの疎外感は強くなった。昔、子どもの頃、猿人の一隊が、テレビのある児童向け番組の生きものを切りとり、貪り食うという、いつものものからは外れた夢を見て、面白がったことがあった。しかし今日は、最近更新世で見た夢に出てきたイメージの肉を漁っている。そのイメージを完全に破壊することを、かれらにどうして教唆することができようか。この世界では、夢見る心が投影したものすら、食べ物に変えられてしまう。

ぼくは離れたところに座り、ハビリスたちが巧みに即席に作った剝片具で、河馬を肉片に刻むのを眺めていた。アルフィーとマルコムが水の中で死体を処理し、ハムとジョモが肉の塊を土手の女子どもたちに渡す。フレッドとルーズヴェルトは協力して、獣の内臓を抜き、光を発している内臓を泥水で洗っている。ぼくが夢見たのは、ひどく太った、ひどく肉の多い河馬だった。その皮を剝ぐには集中と時間を要した。ぼくは嫌悪感を隠し、河馬についてバビントンから習ったことを懸命に思いだそうとした。

ぼくはミニドに向かって言った。

「きみらも知っておいて損はないと思うけど、きみたちが今解体しているのは蛋白質供給源として第一級のものなんだ。河馬の肉五百グラムには混じり気のない蛋白質が百十グラムも含まれている。羊、牛、豚の値に比べると二倍の量だ」

アルフィーがいらいらした様子で、水に入って手伝えと仕種で示した。

ぼくは言い訳をした。

「ポケットナイフを忘れてきてしまったんでね。でも、続けてくれ。河馬の体は四分の三近く利用できるんだ。一方で最上級の4H受賞去勢牛でも、全身の半分まで肉がとれれば運がいい方だ。そうだ、サラカ大統領が河馬の飼育を奨励するだけの先見の明があったなら、ザラカルは国境地区での飢饉を避けられたかもしれない」

アルフィーはかぶりを振り、下唇を歪めてつぶやいた。ぼくはまた沈黙にもどった。また顔を上げた時、ぼくの気分が変わったことにヘレンが気がついたのがわかった。ヘレンは足首までの水の中を歩き、砂の多い土手の木立ちの下にいたぼくのところへ来た。その態度はもの静かで、元気づけられるものだった。

「ぼくは大丈夫だよ。他のみんなと一緒に食べなよ。こんなものにぶちあたるのは、毎日起きることとじゃない」

ヘレンはぼくの傍から動こうとしなかった。片腕をぼくの肩にまわして座っていた。時折り邪魔しにくる禿鷹を手で追いはらったり、砂をひと握り投げたりしたが、その他はじっとしていた。ぼくと同じく、自分からすすんで食欲をなくしたようにみえた。ぼくは球のようにふくらんだヘレンの腹を見た。その表面が一度膨らみ、しなやかに波打った。胎児——ぼくらの子ども——が、ヘレンの子宮のビストロで怒りのリズムを叩いていた。

「ヘレン、きみは二人分食べなくちゃいけない。さあさあ、あそこで、自分の取り分をもらっておいで」

ヘレンは動こうとしなかった。頑固だった。ぼくが食べなければ、ヘレンも食べないのだ。ぼくはヘレンのために、ヘレンに食べる口実を与えるために、自分を犠牲にしたかった——しかしブラマンジェをひと口でも、ほんのひと口でも無理矢理飲みこむ事業にたち向かうことができなかった。そしてヘレンが他のみんなと食事を共にすることをできなくさせていた。ぼくは自分が恥ずかしく、ヘレンを半ば畏怖していた。ヘレンは聖女だった。混じり気なしのハビリスの聖女だった。

ジョモが病気になった。食べられず、狩りに出られず、子どもたちがからかうのに耐えられず、ジョモはミニドへのお荷物にならないようにと、平原の彼方の藪に一人でさまよい出た。その同じ午後、ジョモがいないのを寂しがり、ギネヴィアはヘレンと心配そうに協議した。シャングリ・ラの中を眼を見開いてよちよち歩きまわり、薄気味悪い極低音で悩みの歌をうたい、老女は夫のささやかな捜索隊を組織した。

ハムとルーズヴェルトが、ギネヴィア、ヘレンとぼくとともに山を降り、匂いと事実上眼に見えない足跡を辿ってジョモを追った。一時間と経たずにぼくらは老人を見つけた。ジョモは一本の美しいカフィアブームの樹に座って、とろんとした眼でサバンナを見つめていた。降りようとしなかった。ここまで来て強情な老人をかったるく思い、ルーズヴェルトとハムはやる気を失い、食べ物を探しながら草原を突っきってもどりはじめた。老ハビリスの気が狂って、樹の上に独りで座っていたいというなら、自分たちに口出しする資格は無い。

ギネヴィア、ヘレンとぼくはカフィアブームの樹の下で、星の明るい長い夜を過ごした。葉がまったく無いので、珊瑚《さんご》色《いろ》の花はちっぽけな触手のように花弁を揺らした。樹の幹には短かく太い針がびっしりと生えていた。しかしジョモはその針の刺してくる痛みをまるで気にせずに登っていた。

一度無謀にも、この針をものともせず、ぼくはジョモのところまで登ろうとした。が、ジョモは足の裏をぼくの頭にのせ、一発だけ強力に蹴とばしたから、ぼくは地上にひっくり返った。それでジョモを救おうというぼくの熱意は削がれてしまった。腹と両腿にはひっかき傷が刻まれたし、右の尻はひと晩中、休みなくずきずきしていた。老ハビリスの気が狂って、樹の上に独りで座っていたいというなら、ぼくに口出しする資格は無い。

その時、ゲンリーの死とその後の儀式を思い出した。あまりに昔で遙か彼方で、カンザス州ヴァン・ルナでの子どもの頃と変わらない。ジョモは自分の葬式を自分で按配《あんばい》したのだと、ぼくは気がついた。ミニドにとって終《つい》の棲み家が樹の股ならば（もちろん本当の終りは豹の顎か屍肉喰いの鳥の喉だ）、それならば自分で選んだ樹に自分の体を置くはずだ。ジョモが選んだのは美しくもあった。かれの垂直の棺《ひつぎ》は何ともすばらしい珊瑚色の樹で、柔かい弾力性と耐久性のある材質だ。

ぼくら三人が樹の下で交替で番をする中、老人は二日保った。それでも二日めに、頭上で禿鷹が輪を描きはじめた。死に近づいたジョモの匂いが、樹の真紅の花の芳香よりも濃くなったからだ。ついにかれの霊――ホモ・ハビリスと呼ばれる種が、あの触れることのできないしろものを持っているのなら、その魂――はかれを離れ、ジョモはカフィアブームの樹からどさりと落ちた。

ジョモのような古老――おそらくかつてはミニドの族長の地位も占めていたことがあったろう――を地上にくずおれたままにはできない。棘だらけの樹の上にもどさねばならない。ヘレンがつぶやきと手のしぐさで意図を示してから、死体を運びあげる見込みのある者を一人二人連れてくるために、シャングリ・ラに向かって出発した。ヘレンが行っている間に、ぼくは溶岩のかけらで、カフィアブームの大きめの棘を手の届くところまでできるかぎりこそぎ落とした。一方ギネヴィアはジョモの体の上に横になり、白黒混じった髭と髪の毛から、優美なしぐさで虫をとっていた。

禿鷹どもは輪を描くのをやめなかった。

ハムとアルフィーがヘレンとともに戻ってきた。二人は死んだ仲間に棍棒の先で触れ、死臭を土の中でこすりとり、声をあげて鳥たちを脅した。珊瑚色の樹の下を往ったり来たりする様子は、ジョモの死がミニド全員にとってひどい個人的侮辱、こんな寛容な店子にふさわしくない「家主」がしかけた無分別な悪ふざけだと言っているようだった。

ヘレンは疲労困憊《こんぱい》していた。空軍の医者ならいつが予定日だというか、見当もつかなかったが、そんなに先ではないはずだ。ハムとアルフィーによる抗議には加わらず、ギネヴィアの脇にぎこちなく蹲り、近くに来て力を貸してくれと手招きした。その時になってヘレンが、ぼくらの小屋からスイス・アーミー・ナイフを持ってきたことに気がついた。ヘレンはナイフをぼくに渡し、ギネヴィアは何が始まるのかと、背筋を伸ばした。

ヘレンの機嫌をとるのが賢明か疑いながら、ぼくはナイフの大きな刃を引き出し、溶岩の塊で何度か研いだ。ヘレンはぼくからナイフをとりもどし、切尖をジョモの右のこめかみに当てた。

「うわ」

叫んだのは、中国は周口店《チョウコウテイエン》の石灰岩洞窟でその昔見つかったホモ・エレクトゥスの頭蓋骨を思いだしたからだ。一部の頭蓋骨の脊髄は苦労して拡張されていたのだ。たぶん脳をとり出せるようにするためだ。ジョモの灰色の物質でヘレンは食事をとりたいのか。そうして食べれば、まだ生まれない老人の孫に、老人の知識、狡猾、知恵を伝えると考えているのか。

ぼくの考察は見当違いだった。ヘレンは老人の右耳を切りおとそうとしていた。腹に妨げられながら、老人のもじゃもじゃの髪の上に身をかがめ、ためらいがちに作業にとりかかった。柄《つか》から刃を引き出すのも、切る作業も、ヘレンは上手とは言えなかった。いらいらしてヘレンはナイフをぼくに返し、ゴムのような褐色のカリフラワーたるジョモの耳を頭からひき離し、ぼくが切り取れるようにした。

反対の声は呑みこんで、ぼくは急いでヘレンの言う通りにした。ヘレンは乾いた草を少し、老人の頭に当て、にじみ出てくる血を吸いとり、耳を手に持った。それから掌にのせて、ギネヴィアに差し出した。ギネヴィアはこの捧げものと、娘のおごそかな顔を交互に見た。

「記念品だよ」ぼくはささやいた。「思い出の品だ」

ギネヴィアはとうとうこの陰鬱な贈りものを受けとった。

そのすぐ後で、アルフィー、ハム、ヘレンとぼくはジョモの体をカフィアブームの樹の上に押しあげた。それがすむと、ぼくらは老人を禿鷹たちが遠い昔からやっている葬式に後を任せた。

それなりの形で、すてきな葬儀だった。

数日後、ヘレンに朝早く起こされた。夢の中でのことでしかなかったかもしれないが。飾りネクタイ・ピンの星々が闇を正しく固定し、ミスター・ピブはまだ、鳳凰木《ほうおうぼく》の上で見張りについている。ぼくらはその樹のクレープの形に垂れた枝の下で寝ていた。夢を見ているから、不安定なトランス状態のまま、ぼくはヘレンについて山の斜面を月明に照らされたサバンナのチェス盤へ降りていった。

予想にまったく反して、愛想よく二頭のカルコーセレスがやってきた。ラクダのように前脚で跪き、斜めになった下半身を地面におろした。ヘレンは雌に乗り、絹のような鬣を摑んだ。そっけなく顎をしゃくって、ぼくにもう片方のカルコーセレス、雄に乗れと指示した。こいつらは乗りこなすには難しい動物ではないかと不安だったが、ぼくは指示にしたがった。すぐにどちらの動物も立ちあがり、左右に揺れながら、ぼくらの化石の馬はその巨大な鉤爪で草原地帯へと小走りに駆けだした。

これは大旅行だった。まどろんでいる縞馬、断続的に夢を見ている恐獣、立ったまま寝ているガゼルの群れを過ぎた。キリンもどきが彼方の茨の林を、枝角のある海蛇のようにうねうねと抜けていった。そして何よりも奇妙な生きもの、アルビノの河馬が痛々しいほどのスローモーションでぼくらの行く手を横切った。太い首を伸ばし、脚はだるそうに宙を踏んでいる。この河馬はブラマンジェの色で、広い背中にはゆでたようなそばかすが散り、これに似たものをそう遠くない昔に、あるいは眼が覚めているときの夢で見たことを思い出した。

河馬が飛んで向かっていた川床の中へ姿を消すと、ぼくらのカルコーセレスは横に方向を変え、悪党面をしたハイエナの群れを過ぎ、背の低い草をぬけて、ヘレンとぼくにはわからない目的地に向かって、全速力で駆けた。ぼくらは必死になって鬣にしがみつき、毛の抜けてゆく脇腹を締めつける膝に力をこめた。

前方に豹が現れた。そいつはぺたりと地に伏せた。が、気がつかないほどすばやくは無かった。

ヘレンのカルコーセレスがインパラのようにジャンプし、ヘレンは地面にほうり出された。ぼくもほうり出され、痣のできた尻を撫で、もがきながら立ち上がり、傷ついた憐れみの視線を交わしている間にカルコーセレスは逃げた。ヘレンがしたたかに落ちたことで、子どもが流産してしまうのではないかと恐れるあまり、近くに豹が蹲っていることは大して気にならなかった。抱きしめてなぐさめようと、ぼくはヘレンの方へ駆けだした。

どこからともなく豹が跳びかかってきて、胸を強く叩き、頭蓋骨に犬歯を埋めて、ぼくの動きを封じた。ヘレンは金切り声をあげて、あわてて逃げた。ヘレンが自分の安全を優先したのは嬉しかった。ぼくを救うなどヘレンにはほとんど期待できなかったし、ンガイに栄光あれ、ぼく自身に不快感はほとんどなかった。ぼくの前意識の重宝なメカニズムのスイッチが入り、痛みも恐怖もぼくの夢の下の、感覚の地獄の辺土《リンボー》へ飛ばされてしまった。ぼくの首が折れた。けれどもぼくは全身の力を完全に抜いていたので、その音は鋭い苦痛の音というよりは、光の破裂に似ていた。

脚の間にぼくを引きずりながら、豹は苦労してサバンナを一本の樹へ渡った。風景が逆様になった。豹は樹の幹に爪を交互に立てて、地上から三メートルほどのところにある、都合のよい枝の股にぼくを運びあげた。ここでぼくを押さえつけ、背骨の下半分に粗い爪を置いて、食べはじめた。その牙がぼくの腎臓、膵臓《すいぞう》、腸を貫いて内部を裂き、舌はぼくの暖かく濃い血を思わせぶりに舐めとった。

恐怖もなく、痛みに苛まれることもなく、ぼくは死んで辺りは真暗になった。

飢えでぼくは眼を覚ました。ハビリスたちの朝の歌にはまだ早すぎたし、前脚の下の二本足の死体は、上品にペースを守って食べれば、もう一回の食事には保つだろう。それはぼくのやり方ではない。ぼくは死体を動かし、筋ばってえぐい肉をできるかぎり腹に収めた。食べている間に、十二メートルほど先の平原に、直立した姿が現れた。これはぼくが卒倒させてここへ引きずり上げた髪のない二本足の連れの雌だ。妊娠の低く垂れた膨らみを除けば、その姿は優美にすらりとしている。ぼくは喰いあらした死体から顔を上げ、この雌が何をしようとしているのか見た。雌はゆっくりと足音をたてずに斜面に近寄った。こちらに近づいてくる女の動きに催眠術をかけられそうになる。また殺すことが望ましいか、計りにかけてみて、それが魅力的に思えた。女の子宮の中の胎児の甘い肉はデザートにちょうどいいはずだ。

いきなり女は腕ではらう動きをした。

石か硬い木の実が、ぼくの頭を過ぎて、樹の幹にはね返った。ぼくは耳を平らにして咆《ほ》えた。が、咆えても雌は怯まなかった。それどころか、雌はさらに怒ったようだ。見えない飛び道具をつるべ打ちに投げてきた。見えなかったが、感じとれた。一つが上唇に当たり、歯が一本折れた。

ぼくは草の絨毯《じゅうたん》に真逆様に飛びおり、怒りくるって、苦しめてくる相手に突進した。雌は怯んで逃げることなく、棍棒を手から手へ持ちかえて、ぼくの突進を迎えうとうと、両脚を踏んばった。

ぼくはためらった。ぼくが食べていた死体が樹からずり落ちた。ずたずたの肉とばらばらの骨のぐじゃぐじゃの塊だ。この雌のハビリスは失ったものの復讐をしているので、ただデザートの追加注文をとっているわけではない。そして断固としたその態度は目的の切実さからきていることに、ぼくは気がついた。この雌に勝つには、こちらも同じく断固としなくてはならない。雌の相手の落ちた体には眼もくれず、ぼくは突進を再開した。しかし最後の瞬間、雌は脇にとびのき、棍棒で臀部をしたたかに打ち、椎骨を粉砕したから、ぼくは横ざまに地上に投げだされた。

ぼくは腹を下に跳ねたが、立ちあがる前に雌はぼくにまたがっていた。節くれだった膝はぼくの脇腹をカリパスのようにがっちりと挟み、爪がぼくの頭の後ろのからまった毛から、驚いたダニどもを梳きぬけた。ぼくは咆えたが、食べたばかりのご馳走《ちそう》が腹に重くもたれて、草から立ちあがることができなかった。何たる不名誉。こんな屈辱を受けたことはこれまで無かった。このまま雌がぼくを殺すのではないかと怖くなった。粉々にされた椎骨の痛みはもう耐えきれないほどだった。

その時、雌が歌いはじめた。ぼくの耳をねじりあげ、ぼくの眼を月に釘付けにして、雌は胸もはり裂けそうな清廉の頌歌を吐きだした。ぼくの恐怖は蒸発し、下半身の痛みは雌の歌の幻覚をさそう愛らしさに溶けこんだ。雌のハビリスを乗せたまま、ぼくは立ち上がった。そして雌の強い、寛大な両手に導かれて、ぼくはサラカ山に向かって大股に進みだした。

豹と乙女。

見張りにみつかることなくミニドの村に入り、ぼくらは影の中を音を立てずに進んで、女がぼくの一番新しい獲物と一緒に住んでいる風よけの小屋に入った。ここでぼくらは並んで横になり、鼻をすりつけあう子猫のように、たがいに鼻をすりつけた。それからぼくらは女の前の愛人の欲求の限界を越えて、ぼくらの情熱を貪った。こうしてぼくは死者の妻を寝取った。その後でぼくらは体を丸めて一つの球になり、この夢を共に見た。

やがてヘレンがぼくを起こした。仲間のハビリスたちとともに直立し、ぼくは夜明けの恐るべき天蓋に声をあげた。

ぼくらの数は減少していた。ゲンリーとジョモの死で、ミニドの中での成人男性は、ぼくを入れてわずか六人になった。ぼくらの一団の唯一の思春期の男性だったミスター・ピブは、先日、フン族の愛くるしい若い娘と一緒になっていたから、失ったものを自分たちの間から補充することは期待できなかった。ハムは眼に見えて年をとり、日を追うごとにますます老いぼれていて、もうすぐかれも自らを忘却の彼方へ歩いていったジョモの後を追うのは確実だと思われた。

むろん、ミニドが解散したり、死に絶える恐れがあるわけではなかった。ぼくらの総数は二十一、ぼくが加わってから三人しか減っていない。それに残っている八人の子どものうち、三人は女の子で、そのうち二人はまもなく思春期の情炎を過ぎるはずだ。娘たちはミニドの救世主だった。娘たちが求婚者たちの注意を惹きつけだせば、ぼくらの一団は締めていた喉を開き、若い男性たちを小魚のように呑みこむだろう。このチームが畳まれることはない。年頃の女性たちがドラフト一巡めに選ぶ者たちで、再建計画を始めることになる。それを言えば、ぼく自身、そうして選ばれた者の一人だった。

少し脱線したい。

ミニドたちのところに寄留していた間、赤道の北、三、四百キロのこの一帯で、はっきりと季節を感じたことは無かった。ぼくが更新世に降りたったのは、一九八七年の旱魃に襲われた七月のことだった。けれど到着以来、暑いとそれほど暑くないの間の階調をはっきり区別して感じることはできなかった。サラカ山周辺ではその高さにより、またキボコ湖ですら、夜は涼しかった――しかし、夜が比較的涼しいからといっても、サバンナの日中の気温はそれとわかるほど変わることも無かった。この暑い日は八月のことで、あれは九月で、また別の暑い日は四月だった、とも言えなかった。月は何の意味も無かった。

もちろん熱帯地域において季節をはかるのは、気温ではなく、降雨だ。ソマリ人は三月から五月までの雨季を「グ」、九月から十一月末までの雨季を「ダイア」と呼ぶ。しかし、これらの期間では常に降水量が多いと思いこむのは、ソマリ人のために降ることになっている降雨のかなりの割合を、脳が吸いこんだことになる。「雨の」季節であっても、この地域は昔から旱魃にさらされているのだ。更新世前期は現代よりも湿っているはずだとブレアは保証したけれども、ぼくが足を踏み入れたのは、並はずれて長い乾季だったにちがいない。ブレアの予言通り、キボコ湖の湖面はより高かったが、草原地帯を苦しめた異常な旱魃の影響を避けるために、ミニドは昔ながらの縄張りを離れ、サラカ山麓の高地に避難することになった。そこでようやく雨を見たのだ。

そして雨でヘレンの妊娠へもどることになる。

ヘレンがぼくらの子どもを宿していることに気がついたのは、雨の余波の中でのことだった。

さてジョモの葬儀からかなり経って、再び雨が感じられた。東から暖かい突風が何度か、インド洋から悲鳴を上げて渡ってきて、囁き声になって暑苦しく、神経がそそけ立つような静寂が訪れた。夜には墓の中から響くような雷鳴が低く轟き、幕電光が地平線を照らしだした。無気味な空におびえて、草原地帯では群れがいくつも右往左往した。時にライオンが雷鳴に反駁し、時にはガゼルやウシカモシカたちが腰を据えて地平線に広がるライトショーをみつめた。雷光が橋をかけるサラカ山の上で、ぼくらもまた懸念していた。

この種の天候——季節と呼んでもよかった——は、数日間続いた。毎晩が籠城《ろうじょう》だった。キボコ湖の上に雨が劇場用のスクリムの幕を張るのをぼくは見たが、ぼくらがいるシャングリ・ラの桟敷席《さじきせき》には、この嵐は決してやって来なかった。

ヘレンの分娩はいきなり、嵐雲の連続砲撃の夜にやってきた。騒音にめげず、ぼくは眠っていた——すると、ヘレンが草の褥《しとね》から起きあがり、腰の後ろに片手をあて、嵐の砲声の響く中へひょいと出て行った。ヘレンが戻るのをぼくは待った。もどってこない。そこでとうとうつまずきながら、外へ出た。

北西の地平線で、雲の空母機動部隊に何発か魚雷が命中した。しかし頭の真上は、薄もやのかかった網の目のような星空だった。風は生気あるもののように吹きはじめていた。混血の子が生まれるには不吉な夜だったが、いずれにしてもこの子は苦労することになるだろう。ヘレンを呼んだが、答は無かった。

「フーウーン」

これはマルコムからだった。眠っていない時は、その九割の時間を樹の上で過ごしているような奴だ。火炎木の上の見張り場所から、マルコムはギネヴィアがいつも眠っている、粗末な風よけを指さしてみせた。これは納得がいった。最初の子どもの出産に際して、ヘレンが母親のもとへ行くのは当然だ。ジャングリ・ラの岩の多い区画を登って、ギネヴィアの住処に向かった。

ヘレンもその母親も、ぼくが中に入るのを拒まなかった。が、事実上無視した。住まいには天井が無く、星明かりと幕電光の魚雷の爆発が狭い内部を照らしていた。ヘレンは苦しんでいて、ギネヴィアは風よけの一角に大量の乾いた草を押しこんでヘレンの背中を支えていた。ヘレンが破水する時までには、集まっている雲の雨を貯《たくわ》えるための幕も破れ、ぼくらはぐしょ濡れになるだろうと、ぼくは推論した。

雨は降らせないでください。ぼくはンガイに懇願した。あるいはこの幽霊のような次元を後見している神様なら何でもよかった。どうか、雨は降らせないでください。

ヘレンは難産だった。強烈な、苦痛に満ちた収縮に何度も襲われた。痙攣するたびに、ヘレンの眼は眼の上の隆起の陰に隠れた（こういう形で眼球がひっくり返るのを見て、養母が恐怖に襲われたのがよくわかった)。そして、ぼくの手をきつく握りしめた。この儀式が少なくとも一時間は続いた。ギネヴィアとぼくは時々場所を交替して、おたがいに引きつってしまった手を振ってほぐした。ヘレンの傍にいる間、ぼくは励まし、支えるつもりで、愚かなことを絶えずつぶやいていた。

「大丈夫だよ、ヘレン、何もかも大丈夫だ。猿が煙草をはいた、路面電車のレールに。電車は壊れて猿は息詰まらせ、みんなそろって赤い小舟で天国へ行った」などなど。このくり返しが示唆していることがむしろ不吉であることは、ぼくの頭からはすっぽり抜けていたし、幸いなことにヘレンにもギネヴィアにも、理解の外だった。

妊娠初期の吐気の意味を、ヘレンがまったく理解していなかったことは確かだが、今自分の身に起きていることはわかっていた。他の者の出産も見ていた。少なくとも二度、ごくあやしいながら傍系の種族の幼児を、自分の腕に抱くために攫うことまでした。それに自分の胎児が蹴るのを感じていた。この苦痛はすべて母親になるためのものだった。ヘレンの肉体というくたびれた四輪馬車を永続する家庭へ手招きする殺到すべき未開の土地《ランドラッシュ・テリトリー》という報酬であり、ヘレンは自分の苦痛が意味するものがわかっていた。

雨は落ちてこなかったが、キボコ湖の上では電光のショーに一段と熱がこもり、諭すような低い轟きが地平線を震わせた。ことが起きているのはぼくらから北西の方角だけで、いつの日か、ザラカル、エティオピア、ソマリアが、誰もまったく尊重しようとしない国境線を確定しようという錯乱した試みのために兵を出す辺りだった。

ヘレンは騒音を完全に無視していた。子どもを生もうとしていたのだが、体の方は協力しようとしなかった。胎児の頭は自力で来られるところまで子宮から降りてきていたが、ヘレンの骨盤の狭い構造には大きすぎた。ヘレンは他のハビリスの女性の誰よりも背が高かったが、その背の高さはほっそりして優美、ゆったりとしなやかなものだった。ぼくの頭蓋骨の内容量はヘレンのそれを少なくとも七百立方センチは上回っていたから、胎児がぼくから受けついだ脳のケースの遺伝的ひな型はハビリスの基準からは危険なまでに大きかった。

汝は苦しみて子を生まん。

抽象的な倫理判断ができる知性を発達させる代償は陣痛だ。一方その代償を払うことの罰が楽園からの追放である。ストロボで照らされるヘレンの顔を見ながら、ヘレンの追放は義務に忠実な智天使《ケルビム》の手によってもたらされるのではなく、死神という冷たい方便によることがぼくにはわかった。ヘレンは子を生めないだろう。その眼は眼窩の中で震えている。毛のない額には汗が流れている。遠い湖の上で幕電光が光るたびに、その顔から藍色の健康の艶が流れだしてゆくようだ。肌は灰色にたるんでいる。

ぼくはぼくらの住まいに行き、ポケットナイフを探しだした。ジョモの耳を切りとるには役にたった。しかし今、ヘレンの命を救うために、より切実な務めを果たさねばならない。ぼくは小屋の中の乾いた草をすべて集めて外に運びだし、最後のマッチの一本で火をつけた。

それからマルコムが疑わしげに見守る中、下生えを火の上に積みあげ、言うことをきかない火で大きい方のペンナイフを消毒した。ナイフを拾いだす際、指を火傷したが、痛みはとるに足らなかった。痛みを無視して、ヘレンのもとへ戻った。

エミリー、ディルジー、それにアルフィーもギネヴィアの半円形の風よけの中にいた。三人の眼がぼくに向き、ほとんどすぐにナイフへ移った。ぼくはナイフを持った手でジェスチャーをしてみせ、中へにじり寄ってヘレンの傍に跪いた。災厄の予感が腹の底に沈んでいった。全身がねばねばした樹脂とからまったヒモで、ばらばらにならないように押えられているようだった。

ヘレンが絶叫した。警告と苦痛の人間ばなれした叫びだ。誰もがヘレンを見、それからぼくを見た。ぼくはナイフをさし上げ、ハビリスたちに、おちついた理性的な声ではっきりと告げた。胎児を出すために、ヘレンの膣の外縁に切り込みを入れる必要があるだろう。ぼくが恐れたのは、たとえきれいに切開できたとしても、ヘレンの問題の解決としては不充分なのではないかということだった。実際、ナイフを持ってきたのは、ヘレンが産褥《さんじょく》で死んだとしても、粗雑な帝王切開で子どもは救えるのではないかと考えたからだった。

臨床的には明解なこの計画は、ヘレンの苦しみの重みの前に挫折した。ナイフの刃をヘレンの身に当てると考えただけで、ぼくは吐気を催し、ナイフを泥の中へ落とした。ますます途方に暮れて黙ったままの四人のハビリスは、抱きあったり、上の空で軽く叩くことで、たがいになぐさめ合いながら、見まもっていた。これほどの難産はディルジーも見たことはあるまいと思われた。

嵐がアフリカの角から南西に流れる――幕電光に代わって、ほとんど耐えがたいほどの明るさのジグザグの閃光《せんこう》となり、電光が光るたびに鞭《むち》の鳴るような雷鳴が続いた――中、ヘレンはどうにかして、胎内のちっぽけな拷問者を生みおとした。ぼくではなく、ギネヴィアが子どもをとりあげた。重苦しい嵐の光の中で、その体の輝きはブルーブラックでもグレーでもなく、燐光《りんこう》を発しているような驚くべき白だった。

新生児の肌はブラマンジェ、ミルク・プディングの色だった。食欲などまるでそそらないこの小さなじゃりん子が、ぼくとヘレンの愛の行為から生まれえることなど、どうしてあろうか。沼にはまってミニドに食べられた河馬の色の方が好ましかった。突然変異の一つとしてまだしも理解できた。ぼくがあれを食べることを拒んだのは、ぼくの夢の一つの全体性を壊すのではないかという恐れからだった――しかし、この生きものは、ぼくの娘は、どうしてこれを愛せるようになるというのか。ひょろ長い胴体に比べて、頭が大きすぎる。その蒼白さはアルビノだけでなく、病も示唆している。

「マイ・ムワァ」

横になったまま、ヘレンが弱々しく言った。

ぼくはじゃりん子を妻の乳房の間に長々と置いた。ヘレンは毛深い両腕で子どもを包みこみ、頭をもたげて小さな生きものを見下ろした。ヘレンの唇が開いた。

「マイ・ムワァ」

ヘレンはまた言った。誰も動かなかった。じゃりん子はヘレンの乳房の片方をさぐりあて、吸いはじめた。小さな象牙色の夢魔が、本人を生んだ女の魂の生き血を飲んでいる。

第二七章　ザラカル共和国北西国境地区——一九八七年七月

夜明けのきつい光に照らされてもやった空白。かつて遙か昔、ザラカルのこの地域は肥沃《ひよく》な草原だった。今ここは海の化石のようで、ところどころ茨の茂みの波が砕けている。予測のつかない風の意のままに、砂埃の波がしぶきとなって吹きあがる。塩類平原にハイエナが一頭佇んで、国の中心部にあるラッセル＝サラカ空軍基地とグレイト・リフト・ヴァレーにあるキボコ湖自然保護区を結ぶハイウェイを北西に動いてゆく三台の車両からなる一隊を見守っていた。ハイウェイはアメリカの金と機器と監督のもとに、過去二年間に建設されていた。もっともザラカル内務相のアリステア・パトリック・ブレアは、管理者としての自分の役割を大きくすることと、土着民を現場労働者とすることに固執していた。ハイウェイの一部は首都のマラコイと北東五十キロの空軍基地を結んでいた。しかし残りの五百キロのマカダム道路は、地元の人間もアメリカ人も、ブレア専用の行き先の無いハイウェイと見る者が多かった。〈大人物〉はキボコ湖の発掘現場で働く人びとへの補給品をヘリコプターや軽飛行機で運ぶことにうんざりしていた。そこでこのザラカル砂漠の恐るべき空白を、アスファルトのリボンが貫くことになった。

ジョシュアがつぶやいた。

「中古車屋がひとつも見あたらない」

「うちの軍隊がここに来てからまだ日が浅いんだ。まあ、そうせかすな」

一隊の二台めの車を運転しているウッディ・カプロウが答えた。

「神かけて、そこまでの時間があればもうけもんでしょう」

大型のその車の運転席でカプロウとジョシュアの間に座っているアリステア・パトリック・ブレアが笑った。

「神と至高の物理学者ウッディ・カプロウ。この二人がすべての時間資産について共同で特許をとっているね」

カプロウは答えた。

「いやいや、そんなことはない」

三人の前方、一隊の先導車はランドローバーで、回転銃座付き機関銃を据えつけられるように改造されているのに加えて、百ガロンの飲料水タンクを積めるようになっていた。この護衛を運転しているのはアメリカ人の空軍憲兵で、制服を着たザラカル人の保安要員が一人、同乗していた。ジョシュア、ブレア、カプロウの後ろ、隊列の最後尾は荷台に覆いをかけた巨大なトラックで、後ろに引いている発電機はケーソンというよりは折り畳み式のキャンプ用トレーラーに似ていなくもない。ランドローバーとトラックはどちらも埃だらけのくすんだオリーヴ色で、効果の疑わしい縞馬模様の山形迷彩が施されていた。

一隊の三台の車両のうち、ジョシュアがその連れとともに乗っている一台は最も奇妙な設計で、目的も謎めいていた。トラックの一倍半の長さで、保護プラスティックの層がコーティングされたエアストリーム社製のトレーラーに似ていた。空気抵抗を極小にしているように見える外観は、イルカの肌のように滑らかで、運転台は巨大な電気アイロンの先端のように突き出したもののぐるりに、風防ガラスをはめこんでいた。途方もなく大きな六個のタイヤがその重量を支えているこの車両を、カプロウは最近、秘《ひそ》やかな虚勢をこめて、ザ・マシンと呼んでいた。この代物がアメリカの空母に積まれて、ザラカル第一の港湾都市であるブラヴァヌンビに着いたのは、キボコ湖へのこの遠征のわずかひと月前だった。その航海に付き添ってきたカプロウは、他の誰にも運転させようとしなかった。空軍基地からの夜通しの移動の間、運転を交替しようとブレアは申し出たが、カプロウは断固としてその申し出を断わった。その開発にはアメリカの税金が使われていたかもしれないが、カプロウは――時間そのものは別としても――ザ・マシンを個人財産とみなしていた。

「しかし私はドライバーとしては優秀だよ」とブレアは甘い言葉で物理学者を説得しようとした。「それにこの二時間、ずっとあっぱれ、大車輪の働きだったじゃないか」

「ここに誰か他の人間を座らせるのは、私にとっては倫理にもとるんだ」

「倫理にもとるとね」

「絶対確実にね。ドクター・ブレア、あんたがもしマシンを壊したなら、私はあんたを一生忌み嫌うだろう。それは我々のどちらにとっても公平じゃない」

「しかしきみが壊したなら……」

「そう、私が壊すなら、もちろん私はそりゃあ腹を立てる。だが、いずれは自分で自分を許すことになる。人間はまちがうもんだし、とりわけまちがうのが自分であればな。自分じゃない場合、容認できないのさ」

ジョシュアが口をはさんだ。

「ドクター・ブレアは単なる人間を超越してます。ザラカルでは誰もがそれを知ってます。三十分かそこらは信頼してもいいんじゃないですか」

「半神半人はいつも専属の運転手に運ばれるもんだ。どこをみてもそう書いてある。たとえば『イリアス』だ」

これには皆笑ったが、カプロウはハンドルを譲ろうとはしなかった。かれらは真夜中に出発していた。出発時刻がこうなったのは、日中の温度と空からの監視から一行を守るためだった——もっとも最新式のスパイ衛星なら、単なる暗闇は何の妨害にもならないことは誰もがわかっていた。その一方で、古人類学上の遠征は、ザラカルの敵のマルクス主義者の諜報活動の主な標的にはなりそうになかった。

陽がちょうど昇ってきた。前方の塩類平原の上のハイエナが脇を向き、脅えたように跳んでゆくのが見えた。最近は狩りがあまりうまくいっていないらしい。醜い生きものは骨と皮で、おまけにひどく汚なかった。ジョシュアは脇のウィンドウに頭をもたせて眼をつむった。

ブレアが言った。

「ジョシュア、考えなおそうというんではないだろうね」

「この頃、考えることと言えば、そればかりです」

「もちろん、まだ引き返す余裕はあるよ」

ジョシュアは眼を開いた。

「わかりました。じゃ、引き返しましょう」

ブレアは口の中でパイプを動かした。リッキの動物農場のアカゲザルにヒューゴーが奪われたのに似た海泡石のパイプだった。カプロウは横目ですばやくジョシュアを見た。どちらの科学者も自分の大切な事業がどちらに転ぶか宙ぶらりんになり、眼に見えて動揺した。

「冗談です」

ジョシュアは二人をなだめ、ブレアの膝を軽く叩いた。

「そんな死ぬほど怖がらせるつもりじゃなかったんです。お二人同様、ぼくもとり憑かれてるんです。ただ、とり憑いてくれと頼んだわけでもないというだけのことです」

「私もだよ」

カプロウが切り返した。

「ジョシュア、きみをはずせるというのは中身のない外交辞令じゃない。きみが望むなら、本当にできる」

「大丈夫です。本当です。離陸前に怖気づきすぎてるだけのことです」無邪気の模範のように、眉を上げてみせた。「つまりはぼくも人間だってことです」

「きみを責める気にはなれんね、たとえきみが――」

「約束を破ってもですか」

「手を引くと私は言おうとしてたんだがね」

「そりゃ、もちろんそうあっていただきたいところです」

ジョシュアはまた眼を閉じた。もっとも眠いというより、腹が減っていた。頭の中で、外を滑ってゆく、人も住まないアフリカの風景に、フロリダのミラクル・ストリップの一角を重ね合わせていた。

「ここでザラカルに必要なのはインターナショナル・ハウス・オブ・パンケイクスの店ですね」

「おいおいジョシュア、ついさっき、中古車屋が無いって誉めてたじゃないか」

「バーガーキングでもいいです」

ブレアはありがたいというように含み笑いをした。

「地元の警察も含めて、生きるために象の密猟をしているところにかね」

「バーガーキングがその連中をこらしめるわけじゃないでしょう」

「おやまあ、こんな時にか」

カプロウが言った。

〈大人物〉はジョシュアの機知はファーストフードも旨そうにみせるとか何とかつぶやき、会話はそこで一段落した。ザ・マシンはハイウェイを唸りつづけ、やがてハイウェイそのものが終った。前方でランドローバーがスピードを落とし、茨の生い茂る一帯に入っていった。キボコ湖へ通じるでこぼこの道をさばいてゆく車輪は、平らではない道を梠を担って進んでいくようだ。続いてカプロウがこの同じ手強い道にザ・マシンを乗りいれ、そして発電機を牽いたトラックがごろごろがらんがらんと後に続いた。一行は今や、湖東岸五百平方キロの地域深くに入っていた。ブレアがサラカ大統領を説得して、ここは「古生物学保護区」に指定されていた。

ラッセル＝サラカ空軍基地での訓練中、キボコ湖保護区に対する一般的なザラカル人の態度として、たがいに矛盾する話を聞いた。マラコイとブラヴァヌンビの人びとはこの一帯を国の宝、ホモ・ザラカレンシス発見の場所とみなして、そこでのブレアの仕事を、自国が国際的なスポットライトを浴びる立場に押しあげたものとして支持していた。この人びとは保護区に一度も足を踏み入れたことは無いし、また踏み入れたいともおそらく思っていない。内相には心ゆくまで掘ってもらえばいい。そのうちエティオピアからラクダがもどってくるし、砂蚤《すなのみ》は絶滅するだろう。

この地域にかつてラクダや牛を追ったことのある牧畜民や半放浪民はまた別の見方をしていた。しかし、そちらは重要なものとはみなされていないようだった。その生活様式のおかげで、必死になって近代化しようとしている国の政治からは疎外されていたからだ。この土地を頻繁に使用したムスリムの放浪民とサンブサイ族の牧畜民のいずれかの疑わしい所有権よりも、産業化と農業の回復がより急を要する案件だった。ブレアが立ち入りを許可した特定の人間たちのみが保護区に足を踏み入れることができ、〈大人物〉は上記どちらの集団にもめったに許可を与えなかった。

結局のところ、ここでは乾燥した地表に化石が露出しており、サンブサイの戦士やその愚かな牛たちが、アダムの祖先の一人の頭蓋骨を蹴とばして、情報のとりようもなく粉微塵《こなみじん》にしてしまう危険があった。古人類学研究の重要性はかれらの理解の及ばぬところだった。単に一帯を忍び足で歩いて、よく調べるのではなく、土地を使用したかったから、ブレアの研究のために五百平方キロをとりあげるという政府の決定に積極的に腹を立てた。しかし、その決定を強制のしようがたとえ無かろうとも、数人のサンブサイがその立ち入りを禁じる法律を傲岸《ごうがん》に無視して、家畜の群れを追っているのを見て、〈大人物〉が態度を柔らげることは無かった。

「ちくしょう。あそこだ。あの乞食ども。道をふさいどる」

サンブサイの牛飼いが三人、湖に通じる未舗装の道に、自分たちの群れを動かしていた。

ランドローバーの空軍憲兵が車から出て、ピストルをふりまわしだした。牛も牛飼いも、この芸当を移動するためのさし迫った理由だと思わなかった。

「ジョシュア、出させてくれ。きみの同国人を助けねばならん」

ジョシュアはドアを開け、うだるような朝の暑熱の中にステップを降りた。ブレアが続いた。ザ・マシンの外に出ると、無分別にもどうにかこうにか甲羅からぬけ出した亀のように無防備に感じた。ブレアは睨みあいに向かって歩いてゆく。

怒っている空軍憲兵をバカにしていたサンブサイの戦士の一人がいきなり空中高く跳びあがった。垂直に立てた鉄の槍は動かさず、ジャンプの頂点で派手に肩をふるわせ、遙かな笑みを浮かべた。戦士が着地すると入れ替わりに二人めのサンブサイが同じように跳びあがった。着地した時、編んだ髪の赤いオーカーが埃になって舞いあがった。真紅の砂の後光だ。

ブレアとジョシュアが近づいてくるのを見て、憲兵はピストルをホルスターにしまい、おどおどとランドローバーに戻った。

憲兵が引っこむのがどうやら道の上の最後のサンブサイのジャンプの引金になったらしい。この牛飼いのごく短く、きちんと留めていないトーガの下は裸だったから、そのペニスは遅れてジャンプを小さく反復した。この人好きのする連中に怯んで、ジョシュアは二、三メートル後ろでたち止まった。かれらに比べれば、ジョシュアはピグミーか子どもだ。最初の二人の戦士が自分にうなずき、値踏みした上で、自分をあからさまにチビ、よそ者、臆病者、あるいは気が狂った人間の同類とみなすのがわかった。

ブレアは大声でサンブサイ語の挨拶をした。曲芸をやめ、かれらはかろうじてそれとわかるほど首を傾げて反応した。垂れた口髭と褐色の禿頭の太鼓腹の白人の口から自分たちの言葉が出てきたのに驚いたようだった。それでもブレアと愛想よくおしゃべりし、一度ならずジョシュアとザ・マシンの方へうなずいてみせ、そしてその場に根を生やしたように動かなかった。ハンカチで額をぬぐい、おどけたように唇をすぼめながら、〈大人物〉はジョシュアのところへ戻った。

「なかなか話のわかる一党だと思うな。先史時代の人間のことはもちろん何も知らない。かれらの気まぐれに二つ三つつきあってやらねばならんだろう」

「ぼくについて何と言ってたんですか」

「いや別に何でもない。我々の大多数について言ってることと同じだ」

「それってどんなことですか」

「我々のことは冗談でイロリダァ・エンジュカットと呼んでるんだな。耳には快いがね、実際の意味を知らなければだが」

「イロリダァ何ですって」

「エンジュカットだよ。意味は『屁を閉じこめるやつら』だ。我々が着ているような半ズボンに関係があるはずだ」

「冗談なんですか」

「まあ、私はそうだと思う。全体として、ごく気持ちのよい連中だ」

「何が望みなんですか。動けと言われたんですか」

「私は動いてくれないかと言ったのだよ。だが、かれらとしてはこの伝統的な放牧地を国の保護区と宣言した男から一つ二つ譲歩を引き出さねば、群れをまとめて動いたりはしないのだよ」

「じゃあ、向こうはあなたが誰かわかってるわけですね」

「もちろん連中は私を知ってる。それはすぐにわかるさ。いわば内務省のお偉いさんにでくわしたのを楽しんでるんだ。私は死んだ人間の骨を掘るために生きてる連中を追いはらった張本人だからね」

「まさに楽しんでる様子ですね」

カプロウがザ・マシンから降りてきた。ドアに片手をかけて、ブレアとジョシュアが隣に来るのを待った。

「どういうことになったんだ。ジョシュアが明日の朝までに出発するんなら、設営する必要がある」

ブレアが応じた。

「ドクター・カプロウ、アフリカでは実にたくさんのものが常に一時保留になってるんだよ。

申し訳ないが、あなたには――」

「こっちにはスケジュールがある。それに間に合わなけりゃ――」

「間に合うよ、ドクター・カプロウ。きっと間に合う。国境地帯の前哨《ぜんしょう》基地の一つから警察の部隊を出して、一帯を掃除させておくべきだったんだ。残念ながら保護区は塀で囲うにはいささか広すぎるんでね」

「残念ながら」

ジョシュアは〈大人物〉の言葉をそっくり繰返した。シャツの濡れた部分を肋骨から引きはがし、手首で額をぬぐった。ここでは蒸し暑いことは慢性的な苦痛の種だ。

「やつら、何を要求してるんだ」

「かれらは各々に取引を望んでいる。加えて二人は特別の恩恵を求めている」

「取引だって。こっちは何をもらえるんだ」

「かれらの牛を道からどけてもらうことだろうね」

「で、特別の恩恵というのは」

「まず個別の要求を先に片づけようじゃないか。特別の恩恵は少々時間がかかるのでね」

「時間こそは節約できると期待してたんじゃなかったのか」

「さりながら、だよ」

アリステア・パトリック・ブレアは言った。

戦士たちの特定の要求は単純で、さしださねばならなくなった品物との関係によって、苛《か》烈《れつ》な要求とも貪欲なものとも言えた。ジョシュアはミッキー・マウスの陽気な姿が浮彫りになった真鍮《しんちゅう》のバックルのついた革のベルトをさし出した。カプロウは驚き呆れながら、アメリカの硬貨を数枚支払った。ブレアは気前よく海泡石のパイプを贈呈して、感銘を与えた。ランドローバーの空軍憲兵は、これを犠牲に供することは服装規定違反になると抗議しながら、銀色のヘルメットをカムフラージュ用の網と一緒にさし出した。

そのヘルメットが実にぴたりとサイズが合ったので、それを手に入れたサンブサイの戦士は低い声で詠唱し、そっとジャンプしはじめた。同族の者たちは嘲ったり、野次ったりしても相手がおちつきはらっているので、笑いながら踊ってまわった。それから騒ぐのをやめて、ブレアに近づいて新たな要求を出した。

「今度は何だ」

カプロウが油断なく訊ねた。

「ヘルメットがうらやましいのだが、他に持ってる者がいなさそうだ。そこでボール紙の日《ひ》除《よ》けでがまんしよう」

「そりゃ、結構」

ジョシュアが見ると、技師（アメリカ人）と実地調査員（ザラカル人）のグループが後方のトラックのカバーをかけた荷台から降りていた。そのうち何人かがサンバイザーをつけていて、厄介な牛飼いたちに渡すため、よろこんで脱いでブレアに渡した。サンブサイたちはこれをつけた途端、ヘルメットをかぶった仲間とともにジャンプしはじめた。トラックから降りた支援要員たちは、これを見物しようと前に出てきた。そのうちの一人二人も一緒にダンスしだした。悪気のない、下手くそな、ポゴで跳びはねるような仕種だ。その動きを見てジョシュアは、『アメリカン・バンドスタンド』のぼんやりしたキネスコープの中で、フィラデルフィアの若者たちが、ワツシと呼ばれるリズムの発作的流行にふけっているシーンを思い出した。それはこれとそっくり同じというわけではなかったが、サンブサイはワツシでは無かった。

カプロウが言った。

「あと必要なのはパンチのボウルとヘリウム風船だな」

サンバイザーは赤と白であることにジョシュアは気づいた。アメリカの、あるソフト・ドリンクのトレードマークが鮮やかだ。ブレアが言った。

「おやおや、ドクター・カプロウ、そんな気むずかしくなるにはまだ若すぎるだろうに」

「連中の特別の恩恵というのは何だ。できればそれをくれて、そうしてキャンプに行かにゃならん」

「ザ・マシンの中を見たがっている」

「ザ・マシンの中を見るだと」

「こんなに太った自動車は見たことがない。それで好奇心をかきたてられたんだよ」

カプロウは怒りのあまり、焼きリンゴの朽葉色になった。

「だめだ。不可能だ。不可能だってことはあんたわかってるだろうが」

「連中の牛に道路からどいてもらいたいという願いは、どれくらい切実かね」

ブレアは物理学者の肩に手を置いた。

「連中があそこでつつきまわっても、きみのノーベル賞を盗むとは思わないだろう、ちがうかね。あの乱雑にとっちらかったものの何が脳で何が足のマメか、私にはわかったためしがない」

「あんたの専門じゃない」

「なるほど。このサンブサイの牛飼いたちは実は秘かにMITを優等の成績で卒業していると信じるのかね」

「いや、もちろん、そんなことは思わん。ただホワイト・スフィンクスは――」

「ぼくが中を案内しましょう」ジョシュアが口をはさんだ。「連中の言葉がしゃべれないガイドなら、大して漏らすこともないんじゃないですか」

他にどうしようもなかったから、カプロウは黙認した。ブレアはサンブサイのダンスの中に丁重に入って、一瞬の後にはジョシュアは二人の戦士の先に立ってザ・マシンに向かっていた。運転台の後ろのコントロール室に体をひき上げた。この狭苦しい部屋で、サンブサイはプロのバスケットボールの選手のように、ジョシュアの遙か上にそびえ立っていた。かれらの体からは他には二つとない混じり合った匂いが漂ってきた。糞と牛革、オーカーと獣脂、塵と汗。自分よりもさらに神経質になっているようなのに、ジョシュアは驚いた。

「こちらへどうぞ」

ジョシュアが鍵を回すと、ドア・パネルは厚さ十五センチの絶縁された内部隔壁に滑りこんだ。サンブサイは喜んだ。歯を見せて笑い、理解不能のコメントを交換した。それからザ・マシンの奇怪な貨物区画へぶらぶら入った。車両の内部を囲む四方形のキャットウォーク沿いに手すりが走っている。反対側の、小さな釣鐘形の半透明のガラスのブースに二人の男がいて、ブースの傍らにサブマシンガンを構えた空軍憲兵が立っていた。

「リック、大丈夫だ。ぼくらはドクター・カプロウの許可を得てるから」

「そいつら、その槍を使うつもりじゃないでしょうね」

「ぼくの知るかぎりは無いよ。ざっとひとまわり見るだけだから、厄介はかけない」

「何がどうなってるんです」

「文化間衝突だ。後で説明するよ」

空軍憲兵――アイオワ農民の息子のリック――は武器を下ろしたが、両脚を開いた歩哨の警戒の姿勢は崩さなかった。ドクター・カプロウの車の中の不可解な機械の目的については、ぼんやりと曲解しているだけで、移動式の情報収集装置の一種で、アフリカの角におけるザラカルの軍事的地位に梃入《てこい》れをするものと信じていることをジョシュアは知っていた。しかしながら、ドクター・カプロウがザ・マシンを内陸のキボコ湖へなぜ持ってゆくのかについては、はっきりわかっていなかった。命令通りにすることでトラブルに巻きこまれないようにしている一介のGIにすぎない。

もっとも、時にいぶかしく思うことはあった。数ヶ月前、ラッセル＝サラカの兵舎で、リックはジョシュアに、こんな神に見捨てられたところをめぐって戦争する理由が想像もつかないと言ったものだ。マラコイとブラヴァヌンビのごくハイカラな地区（リックは後者でそういう場所を二つみつけていた）から一歩外に出れば、ザラカルは典型的な砂漠の地獄だ。世界的に有名な大型の狩猟対象は乱獲で絶滅寸前か、自然に死に絶えようとしている。あと百年もすれば、サハラがこの南まで忍び寄って、アフリカの半分は砂丘の他には何も無くなる。その頃までにはザラカルは珪酸塩の砂に埋もれたアトランティスのようなもの、忘れられていなければ埋没していて、アンクル・サムの当初の投資はまったくのムダになるはずだ。

ジョシュアはサンブサイの牛飼いたちに左へどうぞと手真似で示した。ザ・マシンの心臓部に吊るされている装置を、かれらの眼を通して見ようとしてみた。それが不可能ではなかったのは、様々な部品の配置やその設計の背後にある原理をジョシュア自身が完全には理解していなかったからだ。サンブサイたちでも、ジョシュア以上にまごつくのはまずできない相談だった。この装置の一部に自分自身を挿しこむ――装置全体で唯一の生きている要素になる行為によっても、その無気味なゲシュタルトを駆動している謎は明らかにならなかった。ジョシュアの夢はこの地点――このウッディ・カプロウが熱にうかされて発明した泥縄式の発電機――まではジョシュアを導いてきたかもしれない。しかしその夢によっても、テクノロジーそのものを理解するようには今のところなれていない。かれ、ジョシュア・カンパはそのテクノロジーの一部であるだけでなく、必要不可欠の積荷なのだ。

西洋式の服を屁を閉じこめるものだと指摘するような、槍を持った二人の牛飼いにこうした想いをどう説明できるか。いや、まったく、どうすればいいのだ。

「H・G・ウェルズ再びですよ。それはタイムマシンです。ただし困ることが一つ、それを使えるのはぼくだけなんです」

現時点では車両の貨物区画に配置されている機械の大部分は、眼の高さかそれよりも高く置かれていた。二枚の金属の回転翼が、たがいに向かいあった壁面の可動式の箱に据えつけられ、車両の真ん中で合わさっている。その組合された羽は、二本の伸縮可能なアルミニウムの管で天井から吊るされたプラットフォームを半ば包んでいる。作動させると、プラットフォームは回転翼のドーナツ型の力場の中を上下し、力場自体もプラットフォームと同期して動く。

「カプロウはあの回転翼を『泡立て器』と呼んでます。少なくともぼくと話す時はそう呼んでます。あちらのプラットフォームは『ぶらんこ』と呼んでますが、揺れはしません。ただ上下するだけです。もっとも『後退り吊り台』とも呼んでいて、その方があれの機能をかなり正確に表わしてます」

サンブサイの片方がジョシュアの肩に片手を置いた。黙れということか。仲間として安心させようとしたのか。ジョシュアにはわからなかった。戦士は矛《ほこ》を下ろし、連れに何やらつぶやいた。二人はツアーに飽きていた。「泡立て器」「後退り吊り台」、それに付随するあれこれ――コイル、パイプ、絶縁材、モーター、それやこれや――は、確かに複雑ではあったが、二、三度見渡せば、視覚としては捉えられてしまう。理解できる説明がなければ、機械はサンブサイの観光客たちに何の魔法もかけなかった。

しかしかれらは何を期待したのだろうか。コカ・コーラ、セブン・アップ、炭酸水のそろったドリンク・バーか。それともディズニーキャラの絵の展示か。近代兵器の展示か。

推測するだけでも、できる者がいるだろうか。

「申し訳ないが、これで全部です。実演をお見せできないのが残念です」

リックに後でとうなずいてから、ジョシュアは牛飼いたちに出口をさした。二人は笑顔で出ていった。ザ・マシンを探検できたことで喜んでいた。たとえまるでわくわくさせてもらえなかったとしても、銀色のヘルメットをかぶった同僚のもとへ戻る前に、カプロウが開けたドアの陰でステップに座っていたブレアと二言三言、言葉をかわしたことにジョシュアは気がついていた。まもなくまた一緒になった三人の戦士は、牛たちを道路から追い出し、南西の方角に、キボコ湖保護区から外へ、家畜を追っていった。

「ようやくか」

カプロウは言って、バスのエンジンをかけた。


後で運転席にもどってから、隊列が進むのを許す前に牛飼いたちは何と言っていたのか、ジョシュアはブレアに訊ねた。

「この機械の目的を知りたがったのだよ」

「何と言ったんだ」

カプロウが訊いた。

「祖先たちと連絡するためのひどく高価な手段だ、と」

「で」

ジョシュアは疑問を声に出した。

「連中は笑っていたよ。聞えなかったかね。このアイデアそのものが、連中には馬鹿馬鹿しいんだ。連中はまじないの儀式と夢を通じて祖先たちと連絡がとれるからね。こんなにたくさんの金属とガラスとプラスティックに頼らなくてはならないとなると、まあ、連中からすれば我々は明らかに遅れてるとみえるはずだね」

「『我々』ではないです。『あなた方』です。ぼくは必要なのは夢だけで、だからぼくはここにいるわけですから」

「その通りだ」

カプロウが言った。

「もちろん」ブレアも応じた。「まったくその通り」

苦々しく腹が立っているのに自分でも驚きながら、ジョシュアは左手の雑然とした尾根が遠く低くなり、車列の前方に湖が大きな水銀の溜まりのように現れるのを眺めていた。グレート・リフト・バレーの西壁は遙かに彼方、乾ききった月面の胸壁のようだ。

月面の胸壁……

そのイメージでジョシュアはある日、一年半近く前、ブレアに連れられて初めてサラカ大統領に面会した時のことを思い出した。その朝の始まりに、古人類学者とまごついているそのアメリカ人の弟子は、シンダーブロックの建物の外の練兵場を焼きつけている凶暴な陽光に眼をしばたたいていた。ジョシュアは五週間前、ザラカルに着いて以来、ずっとその建物で過ごしていた。暑熱はメヒコ湾岸のものとは似ても似つかず、本当に慣れることができるかどうか、わからなかった。土地の人間と肌の色は同じだったが、生まれた時の偶然の結果も大した助けにはならなかった。もっと後で、順応すればどうだろう。

「ほおれ、ワベンジが来るぞ」

ブレアが言った。

「ワベンジ？　ワベンジって何ですか」

「政府部内のわが同僚たちだよ。地元の小役人たちだ。ちょっとしたダッシュを要求できる地位についたジャッカルどもだ」

「ダッシュですか。何ですか、それは」

親指と人差し指をすべらせてこすり合わせながら、アリステア・パトリック・ブレアはラッセル＝サラカ空軍基地の正門を入ってくるぴかぴかの黒塗りの車の列を顎でしゃくってみせた。門の外では、マラコイへ続く側に、溶けているアスファルトに沿ってサイザルの剝出しの枝付き燭台《しょくだい》が並んでいる。その反対側の塩類平原はインド洋まで続いているという噂だった。列を作っている車がすべてメルセデス・ベンツであることに、ジョシュアは気づいた。

「ダッシュって賄賂《わいろ》のことですか」

この推測をブレアはひと声唸って肯定した。

「サラカ大統領に賄賂は効くんですか」

「規模が大きければね。アメリカがここに基地を置くことができたのに、他に方法があるかね」

「あなたもちょっとした賄賂を受け付けないわけじゃないんでしょう」

〈大人物〉は怒って背筋を伸ばした。その視線はジョシュアの体にヴードゥーの針を滑りこませた。

「私が言ったのは、あの車の列に乗っている成り上がり連中のことだよ、カンパ君。地方行政官、この地区の担当官、科学大臣、その他屁理屈をこねるのが好きなエライさんどもだ。今日のためにわざわざマラコイからおでましになったんだ」

「まるで隠れクー・クラックス・クラン会員みたいに聞えます」

「バカ言うんじゃない。ワベンジはわが国庶民の背中にとりついて離れない疫病神だ。たとえアングロ・サクソン流の衣裳にめかしこんでいようと、やつらの腐敗にはへどが出る。きみはその未熟な愛想笑いをやめることだ。それできみの無知がよくわかるぞ」

「ぼくの無知ですか。何を知らないんですか」

「アフリカをだ。確かに私は白人だが、ここは良くも悪しくも祖国だ。住んでいるのは同胞だよ。きみは黒人だが、ここで眼にするものを理解する段となれば、きみはまだ部外者で、文化的には半可通でしかない」

「そう言われると、出過ぎだとわかります」

ブレアはカワイノシシのように鼻を鳴らして、この口答えを軽蔑してみせた。一方、大統領の車列――八台の自動車に、カーキ色の服を着てオートバイに乗った先導の二台――は白塗りの管理棟の列の向う側を通り、塩類平原にある実験場に続く道へ曲がった。オートバイに乗った二人の空軍憲兵とネイビーブルーの基地司令官専用車が、正門から行列に加わった。

ワベンジとの間にやや距離をとって、うやうやしく後につき従った。空軍基地を受け入れた国の指導者へのもてなしとしては、これは控え目なものだった。しかし、ザラカル解放の戦士として有名な老《ムゼ》サラカは統治に関しては虚栄と質素の間を揺れており、どういう時にどういう反応をひき起こすか、わからないのである。今日はどうやら両方少しずつで、車列は作るがファンファーレは無しだった。

　ブレアが言った。

「行こう。大統領がきみに会いたがっている」

「はい、閣下、承知しています」

　ジョシュアは〈大人物〉の後について練兵場の縁に駐めたランドローバーに向かい、赤面しながら助手席に昇った。ブレアはジョシュアに腹を立てていた。クー・クラックス・クランにあてこすられて、師匠は気を悪くした。おまけに無礼な口をきいて侮辱の上塗りをした。何と不調法な茶番だろう。確かにこれがアフリカだろう。しかしここは故郷から遠いのだ。

ランドローバーは老サラカとかれにへつらうワベンジの一行に追いつこうと加速した。〈大人物〉はシフトレバーを、頼りにならないスロットマシンのハンドルのように扱った。

「ぼくがささいなことにいらついているのは、少なくとも若さが口実になりますよ」

　ブレアは横眼でジョシュアを見た。

「ハッ」

と言ったのは、面白がっておいてやろうというのだろう。

「大統領は私が思っていたよりも早く着いた。我々は向こうで待っているはずだった。遅れるとかれはいらいらする」

「なるほど」

「きみがここにいることに価値があると、サラカ老がなぜ思っているか、わかっているかね」

「いえ、実のところ、わかりません」

「きみはかれの近代化計画の一部なんだ。きみが昨日の領域を訪問するのは、ザラカルの明日の栄光をより大きなものにするためだ。技術的なことと霊的なことを統合するのはかれの情熱の対象だ。もっともその目標を達成するためにどうすればいいか、時にははっきりわからないこともあるがね」

ランドローバーは連絡道路を疾走して、基地司令官の車から、車三、四台分離れた後ろにつけた。アメリカ人の空軍憲兵がオートバイで下がってきて、こちらが誰か確認し、敬礼して先へ促した。

十分後、行列は速度を落とした。前方に鉄条網のバリケードと箱型の監視哨が見えた。当番の若いアフリカ人の兵士は淡い色のズボン、薔薇色の軍服を着て、銀色の深いホイールキャップに似たヘルメットをかぶっていた。掌を外に向ける敬礼を、ぎこちなく、ランドローバーが門を抜けるまでしていた。それから蛍光の赤で文字がステンシルされた大きな看板を下げた。

　無許可立入禁止
　ＺＡＰＰＡ管理区域

「ＺＡＰＰＡって」

　ジョシュアはたずねた。

「宇宙航行学による平和と繁栄のためのザラカル監理局《ザラカリ・アドミニストレーション・フォー・ピース・アンド＝プロスパリティ・スルー・アストロノーティクス》の略号だ」

「宇宙航行学とは」

「きみのブルジョワの脳がそんなに仰天するまでもあるまい。そもそもきみはザラカルの時間航行士ではないか」

「そりゃそうですが、でも――」

「宇宙と時間と、前につくものが問題ではないだろう。サラカ大統領が今日訪問するのはすべての航行士だ。だからきみが呼ばれたのだ」

「それはわかります。でも、ぼくは特殊なケースじゃないんですか。ザラカルに宇宙開発計画があるなんて、信じられないです」

「サラカ老が望むものをサラカ老は手に入れる」

靄に霞んだ中間距離のところに、記者席に似た高い長方形の小屋がある木製の観覧席が見えてきた。砂漠の汚ないベージュの地に、外野のような緑が浮いている。この観覧席の前の狭い芝生のまねごとに、二基の回転式スプリンクラーが水を撒《ま》いている。観覧席を二つに分けている歩道に沿って、釘に似た椰子の木が六本並んでいる。フットボールかサッカー用スタジアムに最適の場所というわけでもない。しかし、観覧席から見渡せるのは、手入れの行き届いた運動場ではなく、草も生えていない一帯の中のへこみ、あるいは切り込みだった。

ぴかぴかのワベンジのリムジンはその小さな谷の縁に粗雑に区分けされたスペースに、官位の上下にしたがった順序でならんで駐まった。しかし、淡い色のズボンを履き、武装したアフリカ人兵士がランドローバーは未舗装の駐車場へ方向を変えさせ、大統領が観覧席頂上の小屋の自分の席に入るまでは、ブレアとジョシュアは車を降りてはならないと命じた。くたびれたランドローバーは役所の車とは認められず、ブレア自身もまがうかたなきワベンジとは認められなかった。

「それで結構だ。我々が遅れたとは知られないのはありがたい」

〈大人物〉は言った。

「良かったですね」

やがて踵を合わせて鳴らし、ブレアの車のドアを開いて、兵士は大統領が面会を許されたと宣言した。ブレアとジョシュアは駐車場を抜けて観覧席へ向かった。二つに分かれた観覧席の間から見えるのは、広々としたあばたのある平原だった。そしてその平原の前に、巨大なアルカリ性のクレーターがあった。その風景には納骨堂のような恐るべき美しさがあった。

一九八〇年代初めに、数百万の人間――エチオピア内戦からの難民、旱魃と部族間戦争から逃れてきた放浪の牧畜民――がこの一帯にばらばらに集まってきて、飢えと病から死んでいった。現在ラッセル＝サラカ空軍基地になっている地域の一部は、かつて難民の受入れ場所で、ザラカル政府と国連開発計画が合同で行った国際的な救済活動の中心だった。係争対象の国境沿いのソマリ族のゲリラとの小競合と、ジルバボ平原でのエティオピア軍部隊との戦闘のおかげで、土地を追われた人びとの南への流入がやがて切断されたことは、天恵と言えなくもなかったが、痛しかゆしでもあった。一方、マラコイでの汚職によって、食料と医薬品は前線地帯のザラカル軍に横流しされ、救済事業は失速した。この惨劇にはワベンジが活躍した。が、ムテサ・デヴィッド・クリスチャン・ガザーリー・サラカは崇高なまでに怒りくるい、最も悪どい違反者たちを粛清した。今、かれには新しい一群のワベンジと、それに死者があった……まあ、死者は死んでいる。禿鷹とハイエナがかれらの痕跡をほぼ完全に消していた。哀れな群衆が短期間、茫然として歩み、足をひきずった後、一帯は以前とほとんどまったく変わらぬままに見えた。

観覧席の下の陥没地に訪問者が滑りおちるのを防ぐように設けられた金属の手すりの上の

看板が、ジョシュアの注意を惹いた。

無重力模擬実験勾配
ZAPPA

「昇るぞ」とブレアが言った。「その看板の意味は、我々がこの急勾配をどう使っているか、その眼で見ないとはっきりとはわからんよ」

二人はジグザグの金属の階段を地上二十メートル近い高さのある小屋まで昇った。階段を昇るのはジョシュアにはひどくなじみがあるように思えた。しびれたようにくり返す夢だ。ブレアは暑さの中で息を切らし、額の汗をぬぐい、観覧席の中央に置かれた巨大な傘の下に座っている三人の黒人の役人――いずれもワベンジ――にそっけなくうなずいた。大統領はかれらに、上で自分と席を同じくする許可を与えていないのは明白だった。

絨緞が敷かれ、エアコンが効いた小屋の中で、サラカ老はブレアとジョシュアを迎えた。ここまで出てきたのはひとえにかれら二人と席を同じくし、ことを共にするためだと思わせる態度だった。わずかに色のついた板ガラスの四方形の前に立って、気がつくとジョシュアの右手は丸々として力強い大統領の両手にはさまれていた。自分の手はさながらマグで、老人はそこからエキゾティックで強い酒を一気に飲みほそうとするかのようだ。

「よく来られた、カンパさん、よく来てくれた」

声は嗄《しわが》れていて、英語は非のうちどころが無かった。この自由の老戦士にジョシュアがどぎまぎしたのは、むしろその装いだった。中背で、人の心を見通すような、しかも哀しげに充血した眼を除けば、これといって相手を威圧するところのない顔をしたサラカ老は、家臣たちが着ている西欧式のビジネス・スーツは斥け、サンブサイのトーガ、猿の歯の喉当て、白百合紋章と（こともあろうに）金色のパイナップルのアップリケが交互になった模様の赤い絹のガウン、それに銀のアンクレットといういでたちだった。アンクレットからは国の絶滅しようとしている野生生物の小さな人形がぶら下がっていた。この装飾の趣味を見てジョシュアが思い出したのは、小学校の名前の入った腕輪で、そこに昔姉のアンナ・モネガルが、小犬、破れた心臓、サドルシューズ一足、フットボールなどを象ったお守りをつけていたことがあった。

大統領の足は何も履いていなかった。が、頭は剝出しでは無かった。胡麻塩《ごましお》のスポンジのような髪の上に、フェルトの王冠をかぶり、そこに一九七〇年代初めにキボコ湖でブレアが発見した原生人類のエナメルをかぶせた頭蓋骨を着けていた。頭蓋骨はふだんは空か天井をぽかんと見上げていて、大統領が古人類学者に儀礼的にお辞儀をして、その手を親しげに握った時に初めて、ジョシュアは頭骨を間近に見ることができた。この頭骨は本物で、石膏《せっこう》で模《かたど》りしたり、手際よく複製したものでは無いことを、ジョシュアは知っていた。ブレアが、断固たる、そしておそらくは無分別な抗議とともにこれを大統領に譲る前に、国立博物館のかれのスタッフが、あるアメリカの自然人類学者から石膏の複製を手に入れ、この価値ある化石について知られる限りの事実を分類、記録していた。

ザラカルの歴史のこの最近のエピソードは、世界的な関心と論議を呼びおこした。ロンドンの『タイムズ』は、地元政府からのブレアの追放と、国益に反する批判の廉《かど》で、法廷で糾弾される可能性を予言した記事を掲載した。しかしこの件は二週間で沈静化した。大統領は内密に、自分の死とともに猿人の王冠は国立博物館にもどすことをブレアに約束してなだめ、ブレアはこの件について公に意見を公表することを拒み、議会の公開審議の場で老人への忠誠を再確認することに合意してサラカ老に譲歩した。古人類学者は自分の約束は守った。サラカ老がどうするかは誰にもわからなかった。王冠をかぶったまま埋葬されることを選ぶかもしれなかった。とはいえ、一方で、約三百万歳の人間の祖先の頭骨をかぶることで、定期的にその主権を確認している唯一の国家元首として広く認められた。

「お座り」

大統領は窓の前のクッションの入った回転椅子を指した。

「座ってくれ。カンパさんはお客さんだ。ザラカルも他の大国同様、積極的に未来を追求しているところを見てもらわねばならん」

「こちらは過去が専門です」

ブレアが言った。

「しかし過去そのものに関心があるわけではあるまい。過去そのもののために過去に関心を持つ者はほとんどおらん。我々がかつていた場所が今の我々を形づくる。さらにそれは、我々がこれからなろうとしているものも示唆する」

大統領はジョシュアの手を軽く叩いた。

「ザラカルは人類発祥の地だ。我らが種の究極の宿命を定めるにあたって、無視してよい要素ではない」

大統領は情け容赦のない青い空を、起伏の大きい縁をみせて口を開けている谷を身ぶりで示した。

「ここでそなたはウムンツ計画、進化する我らが知性の星々への拡散の、原初的だが宿命的でもある発端を眼にするのだ」

ジョシュアは窓の外の無重力模擬実験勾配を見た。ザラカルの訓練中の宇宙飛行士が三人、反対側の尾根に立ち、かれらの最高司令官に、英国植民地時代の名残りである、固苦しい、掌を外に向けた敬礼を捧げていた。この訓練生たちは遠くにいたから小さく見えたが、白い制服とぴったりした帽子を見て、ジョシュアは、ゴムの入浴キャップをかぶった病院の職員を連想した。三人は各々、大きな垂直の樽《たる》の脇に立っていた。各々の樽のバランスを斜面の縁でとっているワイヤは、未完成の吊り橋にも似て谷を渡して張られたケーブルにつながっている。赤、黄、青の樽は硬く、へこみにくいプラスティックでできているらしい。空気穴が穿《あ》けられており、今はハッチ・カヴァーが開いていて、トイレの便座そっくりだ。カウンター越しに下を見て、マイクにかがみこんでいる役人に向かってサラカ老は言った。

「始める時間だな」

「降下用意」マイクの前の男が言った。「秒読み開始、一分前」

役人の増幅された声は、荒涼たる砂漠の風景の上に神の声のように谺した。宇宙飛行士たちは各々のカプセルに乗りこみ、ハッチを閉じた。

サラカ老が言った。

「地球上の全ての国のうちでアメリカ合衆国とソヴィエト社会主義共和国連邦と、それにたぶん中華人民共和国だけが宇宙のフロンティアの征服を試みるべきだというのは愚かしい」

「資源も人員も十分ではない国がそれを試みるのも、同様に愚かなことではありませんか。ザラカルはより急を要する案件があるのではないですか」

ジョシュアは訊ねた。

大統領の冷酷な眼がきらめいた。が、反感よりも嬉しさからだった。

「大きな夢を抱くのに巨人である必要は無い。そなたもよくわかっているはずだな」

「ええ、その通りです」

この老いぼれ、抜け目がない。

「まさにその理由から、そしてザラカルは巨人では無いにせよ、アフリカはその力を新たに自覚して身じろぎしている巨人であるという理由から、わしはアフリカの宇宙飛行学の闘士なのだ。ちなみにザンビアのカウンダ大統領を説得して、いわゆる超大国の援助なしに、我々はアフリカ人を月に送らなければならないと納得させたのはわしだ。ザンビアの巣立ちしようとした宇宙計画は千鳥足の経済の重みで潰れた。しかし我々の計画は離陸している」

「すたれかかっていたビヤ樽は、最近、専用に設計製造された『まっとうな円筒』と交換されましたな」

ブレアの口調には皮肉がこもっていた。

「いや、まったくその通り」

大統領は怒りのそぶりも見せずに笑った。

「しかし今我々にはアメリカの直接援助がある――宇宙工学の面ではないよ、軍事的経済的な計画で、それによって我々は宇宙開発を進めることができる。コーヒーとサイザル麻と石油精製製品と交換に、コンピュータ技術と教育の増進を得るのは大きな前進だ」

「三十秒前」

ジョシュアは指摘した。

「というのは超大国からの援助にはならないんですか。そこは屁理屈に聞えますが」

「そうさな、他人が試行錯誤の末に学んだことを利用させてもらおうとは思っておる。すでにある技術を無視するのは愚かだ。自分に目隠しして、純国産の砂漠の中に純粋のザラカル宇宙計画を築こうとすることに執着するのは愚かなことだ。我々は愚かではない」

話題を変えようと、ジョシュアは訊いた。

「あの樽はクッションが入ってるんですか」

「これ以上ないほどしっかり入っている。アメリカ製の最高品質のフォームラバーだ」

樽を吊り橋ケーブルにつないでいるワイヤがゆるみはじめた。樽自体が左右に揺れだしたのは、パイロットたちが発射に備えているのだろう。カプセルに穿いた大きめの穴から男たちの染みひとつ無い白い制服が覗いていて、穴を穿けたクッキーの缶から覗くティッシュ・ペーパーに見えた。

「十、九、八――」

「よくご覧《ろう》じろ。最初の試行が一番気分が良くなることが多い。訓練生だけでなく、見る者にとってもな」

「――三、二、一、降下！」

カプセルにつないであるワイヤがぐいと引かれて外れ、ザラカルの宇宙飛行士たちは無重力模擬実験勾配《ウエイトレス・シミユレーション・インクライン》を、眼もくらむ速度で樽のままころげ落ちた。樽はある所では風船のように弾み、別のところでは麺棒のように横ざまに滑り、時にビリヤードの球のように互いにぶつかった。ほんの数秒でことは終った。二つの樽のハッチがポンと開き、各々のパイロットは谷の底に身をのたくらせて出てきた。しかし、残りの樽の中の男は助けを必要とし、同僚たちが慎重に表に出し、日陰へ連れていった。

「勇敢な人たちだ」サラカ老が言った。「実に勇敢な男たちだ」

「大統領閣下、ぼくなどより遙かに勇敢です」

ジョシュアも本気で言った。自分のやることといえば、カプロウの後退り吊り台の上で眼をつむり、夢を見ることだけだ。後は、時間転移装置と自分自身の夢を見ている意識がやってくれる。簡単なことは、階段をころげおちる程度のものだ。

「知らなくてもいいことだが、我が国の宇宙飛行士訓練生の大半は、この実験に参加するために心理的に強い抵抗を克服しなければならない、というのはそなたにも興味深いことではないかな。部族の生き方や忠誠心が、我らがＷＳＩ船のテスト・パイロットに積極的になろうとするのを妨げることがあるのだ」

「理解できませんが」

「この訓練生たちはキケンブ族だ。キケンブの社会では妖術師――近隣の者を病気にしたり、災難にあわせたりする悪い人間だな、これに対する罰が無重力模擬実験勾配で行うことにそっくりなのだ」

ジョシュアは待った。返事の有無にかかわりなく、大統領はその相似を詳しく説明するつもりでいるのがわかったからだ。

「妖術師は通常、男たちの一隊が待伏せして逮捕する。巨大な蜂の巣をみつけておいて、妖術師を生きたまま巣の中に押しこみ、巣を密閉して坂をころがり落とす。坂の下では妖術師に憑いていた霊は必ずぬけている。興味深いことに、最初の訓練生の一人はWSIでの処女降下の間に恐怖心から死んでしまった。我々の計画に選ばれたことは、公式に妖術師であると宣告されたのだと思ったにちがいない。もっとも、この男は実際に誰かに毒を盛るか、魔術を行っていた可能性もある。結果として本人の罪悪感と模擬無重力のショックが重なって、その犯罪の罰を与えたのだろう。我らの訓練生は勇敢なばかりでなく、徳も高いのだ」

「そう思います」

「カンパさん、あなたはどうかな。ご自分の勇敢さについては慎しみぶかくも控えめに言われた。相当なもののはずだがな――だが、あなたの徳は高いかな」

「徳ですか」

小屋の中にいる全員が、アリステア・パトリック・ブレアも含めてジョシュアを見つめていた。自分に徳はあるのか。

「ご老人、申し訳ありませんが、どうお答えしていいか、わかりません。過去二回の大統領選挙では民主党に投票しました」

ムテサ・デヴィッド・クリスチャン・ガザーリー・サラカはジョシュアの手を軽く叩いた。賞賛か、慰めか、はっきりわからない。一同がさらに四回、樽のレースを見たところで大統領はショーに飽き、お付きの者とともにマラコイに戻った。

「きみは良い印象を与えたよ」

兵舎にもどりながら、ブレアはジョシュアに言った。

「どこがですか」

「あの儀式衣裳を眼にして沈着冷静《サン・フロワ》を崩さなかったからじゃないかな。それにいつもアメリカ人には甘いんだ」


そうだ、沈着冷静《サン・フロワ》。いま必要なのはそれだ。カプロウのバスは湖岸ぎりぎりを這うように進んでいるのだから（月面の胸壁のようなリフト西壁は左手に蜃気楼のようだ）。そして明日の朝、時間航行士の本番を演ずるのだ。ジョシュアの胃は縮まり、ザ・マシンの風船のようなタイヤががたんと揺れるたびに、頭の中で過去のスライド・ショーがでたらめの順番できり替わった。これがおれの使命だ。とうとうみつけたのだ。それとも使命がおれを見つけた。そして自分の生まれてからこれまでの人生はすべて、この場所、この時を指していた。無限の瞬間を包摂する時。無限の可能性。

「大丈夫か」

ハンドルと格闘しながらカプロウが訊ねた。

「ひどく静かじゃないか」

「明日の朝のことを心配してるんだよ」

ブレアが口をはさんだ。

「それだけじゃありません」ジョシュアは白状した。「他にもたくさんあります」

第二八章　灰からの贈りもの

嵐はシャングリ・ラを越えて山にぶつかり、まもなく山全体が屍衣に包まれた。ぼくはギネヴィアのあばら屋の中で妻と娘の傍にうずくまり、渋い味の雨に打たれながら、粉々になった感情に筋を通そうとあがいていた。誕生の知らせは宿営地の中に広がり、眠っていた者にも伝わって、ぼくのヘレンが死神の秘やかな企みに無駄な抵抗をしているのを見守るうちにも、ぼくらの一団のすべてのミニドが、ヘレンが寝ているところ――そのありあわせの棺台――の外を、赤ん坊を見ようとうろついていた。ヘレンの死の瞬間をはっきりそれと覚ることはできなかった。怯むことも呟くこともなく、逝《い》ったからだ。裂傷と内出血のため、ぼくらの娘をこの非人間的な修羅場である世界に無理矢理送りだすために最後の力を絞りつくしたためだった。そして雨が、ものみな洗いながす、渋い味の雨が、苦しむヘレンとぼくの間をひき離していた。

「死んだっ」

ぼくはアルフィーとギネヴィアと他の者たちにわめいた。

「畜生、死んじまったっ」

かれらがどんな反応をしたかは見なかった。ぼくはヘレンの子宮から出た者に注意を向けた。娘の青白い肌と、母親の胸を貪欲に吸っていることにもかかわらず、強い好意を、なぐさめ、守ってやりたいという欲求を、ぼくは抱きはじめていた。ぼくは娘を腕に抱きあげ、叩きつけてくる雨から守った。

嵐はぼくらの頭上を過ぎ、海の方へ去っていった。明るく涼しい夜明けが来た。ミニドの何人かは歌で朝を迎えた。

けれどもこんなに晴れわたった朝に、雷鳴が消えないのが解せなかった。ハビリスたちはぼくよりも先に答えを推測し、音源に思いあたっていて、かれらがパニックに陥るので、何が起きているのか、ようやくぼくにもわかった。

雷鳴は頭の上ではなく、足の下だった。

凝固したタピオカが詰まったボイラーのようにサラカ山は内部がかき回され、べとべとの内容物が破裂し、あふれ、流れだそうとしていた。大雷雨とじゃりん子の出産をめぐる騒ぎで、前兆となる山の低く響く声に、ぼくらは気づかなかった——だが今は、それはもうはっきりと耳にも聞えるし、体でも感じる。陽が昇るにつれて、警告はよりはっきり、より大きく強調された。

ぼくらはシャングリ・ラを離れる準備を始めた。それには妻の遺体を載せるトラヴォイの製作も含まれた。橇の枠を急いで結ぼうとしていた時、サラカ山の頂上の最高点が、ハンマーで強烈に一撃された巨大な歯のように吹きとんだ。

ぼくは地面に倒れた。茂みで山頂は遮られていたが、茂みの線の上に、煙と灰の渦が空高くたち昇り、ねじれて、死神がぱっと吹いた粉末が落ちるように、風下に流れだした。また爆発が山を揺らした。

ぼくらの宿営地の下で、アルフィーとマルコムが気が狂ったようにフーホーと声を上げていた。ぼくが倒れたところ、ヘレンとじゃりん子から一メートルほどのところからは、他のハビリスたちが尾根のあちこちで呼びかわしている声がひどくはっきり聞えた。横を向くとギネヴィアがその風よけから出て、踏みつけ道を男たちの方へ降りていった。

エミリー、フレッド、ニコルが続いてぼくの脇をすり抜けた。ニコルはＡＰＢを抱いていて、子どもの眼は母親の肩越しに、先端が切りとられて短かくなったサラカ山頂を覆う途方もない灰の帽子に据えられていた。かれらが逃げる間にも、地面は傾き、盛りあがった。そして選択可能な行動としては二つしかないことに、ぼくは思いいたった。ヘレンとともに死ぬこともできる。あるいはヘレンに別れを告げることもできる。その場合には、たぶん自分の命を拾うこともできるだろう。それにじゃりん子の命も。

未完成のトラヴォイの支柱を脇に蹴って、ぼくはギネヴィアの寝場所にとびこんだ。ヘレンはそこに横たわっていた。じゃりん子はその胸でのたくっていた。作業のために手をあけるので、ぼくは子どもをそこに置いたのだった。死んだ妻は、姉のアンナがシャイアンでぼくにくれた赤いバンダナを首に巻いていた。それをほどき、ヘレンの額をぬぐい、どんよりした眼を閉じてからバンダナを自分の首に巻いた。また強力な爆発が山を揺らした。時間は縛り首の縄のようにきつく締まっている。

「おいで、ベイビー、パパのところにおいで」

娘をヘレンの胸から抱きあげ、片腕の肘に抱えて、わが妻への支離滅裂な別れの言葉を口にした。それから風よけをとび出し、他のミニドたちを死に物狂いで追った。尾根には黄色い泥が流れていたが、ぼくはバランスを失わず、ヘレンが子どもを生もうとしていると初めてわかったその草地でハビリスたちに追いついた。

熱い灰が降りだしていた。草地から見てみると、サラカ山は頂上のたっぷり百五十メートルほどが吹きとんでいるのがよくわかった。煙と煤《すす》のほとんど――少なくとも一番色の濃い筋――は東へ流れていた。一方、山の真上の空は黒い大型ベール《マンティーラ》をかけた鏡の闇に包まれる様相を呈していた。泥――または煮えたったタピオカ――の川が何本も、粉砕された山頂から北西の斜面にゆっくりと流れだしていて、一部はすでに森林線を突破していた。

偶然と山の奇妙な地形のおかげで、これらの洪水はシャングリ・ラからは離れ、アッティラ・ゴリラとその不運な一団の砦に向かっていた。ぼくらより先見の明があるのでないかぎり、堂々と速く流れる泥の川から逃れることは想像できなかった。

無感覚になって、ミニドとぼくはサラカ山から歩いて遠ざかった。男たちは何らかの形の棍棒を持っていたが、それを除けばぼくらはまったくの身一つで火山から逃げたのだった。

じゃりん子とヘレンの赤いバンダナだけが、ぼくらの背後でまだ拡大している天変地異から救い出せたものだった。

サバンナでは象がラッパ声を上げ、珠鶏が駆けていた。あらゆる生きものにとっての最優先事項は、難民仲間を昼食用に殺すことではなく、怒りの山との間に安全と思われるだけの距離を置くことだった。だからぼくらの総員退去はほとんどパレードのように進んだ。狒狒がぼくらと並んでいたし、冷静な駝鳥《だちょう》たちが茨の藪に突っ込んでいたし、キリンもどきたちは泰然として二頭一組でぶらぶら歩いていた。ぼくらはと言えば、キボコ湖東岸のゆるやかな丘陵地帯の旧首都に向かっているようだった。

じゃりん子が小便を垂らし、泣きはじめた。高く弱い鳴き声にミニドたちは動揺したようだ。ぼくは娘をいっぱいに伸ばした腕で支えた。青白い体と猿のような顔をあらためてよく見た。やせた首に重すぎる頭がだらりと垂れた。顔は染みと線のジグソー・パズルだった。何よりも驚いたことに、眼は純粋のアルビノの白兎のようなピンクではなく、二個の黒曜石の鋭どく刺すような点だった。大声で泣くとこの点は見えなくなった。ちょうどまた泣きだして、ぼくは子どもを抱きかかえた。

ここまで色素沈着を奪われた子どもは、長時間陽にさらされれば、まずたいていは火ぶくれになるだろう。ぼくは自分の胸で陽光をさえぎろうとしてみたが、じゃりん子は泣きやまない。欲しいものは日陰ではないのだ。

この子はひもじいのだ。その要求に応じる機能はぼくには無く、サラカ山から救いだしたのは、草原で餓死させるだけのためかと恐れはじめた。ヘレンの死体の傍でのたくるままに放置してくることもできたのだ。この子が求めているのは乳だった。

ギネヴィアが脇に来て、孫を渡すよう手真似をした。じゃりん子を渡し、赤ん坊がギネヴィアの乳首の涸れた貯乳庫を鼻で押すのを見守った。この無駄なあがきにはがっくりする——しかしギネヴィアは赤ん坊をニコルへ持っていった。ニコルはAPBを騎手の要領で背中の上部に座らせて大股に歩いていた。子どもの黒く、和毛の生えた脚は、母親の腰に巻きついて、煤で汚れたパイプクリーナーのようだ。ギネヴィアがじゃりん子をニコルの腕に移そうとすると、APBは嫉妬《しっと》して、ぼくの娘を指でつついた。ぼくはきつい一発をお見舞してやろうと急いで前に出ようとした。

ニコルの方が上手で、APBの手をはねのけた。それからギネヴィアはよちよち歩きの子どもを母親の背中からとりあげて地上に降ろした。じゃりん子は——ニコルに抱きかかえられた途端、乳を飲みはじめ、この施しで命が救われた。

その日の大部分、ニコルはじゃりん子を里子にしていた。自分自身の影の中に、ぼくの娘の体を入れることさえした。

乳を飲んでいない時には、時折り、ぼくはじゃりん子を運んだ。そうすると男たちはぼくのことを、いわば服装倒錯のハビリスとして扱いだした。この社会では子どもを抱くと自動的に女の服を着たとみなされたからだ。男たちはぼくに近づかなくなった。一方、じゃりん子の方はぼくの乳首が役に立たないことにがっかりしていたが、やがてそちらは無視して、眠ることに専念するようになった。

　眠っている間、娘の透きとおった瞼はひくひくと震えていた。時に瞼がまくれ上がって、黄疸色の白眼が現れた。するとぼくは慎重にその眼を閉じながら、ヘレンが死にあってぼくを見つめていた様、まるで反転したキアロスクーロの未来の領域を覗いているような様を思い出した。じゃりん子はヘレンの肉体も受けついでいる。しかしヘレンの苦しみ、ぼくの苦しみの何をじゃりん子は知ることができるのか。震える瞼を見守りながら、知りすぎるのではないかとぼくは恐れた。

　その日の午後遅く、サラカ山はさらに巨大な爆発を起こし、余波がいくつもの波となってサバンナを走った。破片がいくつものうねりとなって吹きあがり、南の地平線に灰がいくつもの層をなして積みあがった。塵が頭上の空気にキルト模様を描き、雪のように降ってきた。消し炭のような薄片がぼくらの体に溜まった。

　灰でできた軽量のサーコートを身にまとい、カンザス州ヴァン・ルナのテレビで見た、古いフラッシュ・ゴードンの連続ものに出てきた粘土人間にも似て、ぼくらはてくてく歩きつづけた。吹きながされている降灰はじゃりん子にとっては天然の日除けになると、ぼくは自分に言い聞かせた。ぼくは娘をニコルにもどしながら、何らかの力が、ぼく自身の意志の力かもしれないものが、娘が生きのびることを保証していると信じた。何としても娘は生かす。娘はヘレンから受けついだもの、ぼくが何度も何度も夢見たある過去からぼくの妻がぼくに遺したものなのだ。

その晩、雷は鳴ったが、雨は降らなかった。

翌日もぼくらはまた北西の方角に、茨の茂みや草原地帯を横切って、しゃにむに進んでいた。ガゼルとウシカモシカは埃っぽい灰色のウールのカーペットで草を食んでいるように見えた。縞馬は空中に溶けてしまっていた。世界全体が写真家の現像液に漬けられたネガフィルムだった。ニコルはじゃりんこ子に乳を飲ませた。残りのぼくらは何でも手に入るもの、灰をかぶった果物や、時には呆けた珠鶏などを食べた。何もかも灰色の味がした。そして眼に入った塵のせいで、いつも夜明け直前の時間に見えるのだった。

夜に入ると北東からさらに雲がやってきた。巨大で真黒な艦隊で、空気は電気でぴりぴりしていた。また前進にもどる前にしばらく休んだものの、止まって眠ることはしなかった。誰もがアドレナリンと不安のエネルギーで燃料を注入されているようだった。つまるところハイエナも豹も夜行性の狩人であり、生物学的にはかれらの活動時間帯に移動しているとわかっていたから、ぼくらは用心を怠らなかった。棍棒を持った男性のハビリス五人は、成長しすぎた更新世のハイエナの一隊を押しとどめることはできるかもしれないが、その戦いは不愉快なものになるにちがいなかった。

幸いなことに雲全体に電光が何度も走って、形の変わった風景の中に捕食者がいないか、見渡すことができたし、捕食者たちは絶え間ない爆音と雷鳴に脅えていた。ぼくらも嵐には脅かされたが、ぼくらの種に植えこまれた愚かな虚勢で恐怖を克服した。つまりぼくは恐しい閃光と絶え間ない唸りを、ヘレンのことを考えることで頭から追い出していた。

ぼくらの前方、そう遠くないところ、たぶん二百メートルほどのところで、一本だけ立っていたバオバブに雷が落ちた。繊維質の幹は吹きとび、枝はクリスマスの枝付き燭台のように燃えあがった。これほどあざやかに燃えあがったところをみると、芯まで腐りはてていたにちがいない。ぼくらは立ちすくんだ。熱帯の暑熱は雨の後、地表と草を完全に乾しあがらせていたから、火は松明《たいまつ》となったバオバブからサバンナに駆けおりた。弱い風にあおられて、火は北東からぼくらの方へ向かってきた。頭上を飛びかっている電光が地上に映ったように、ぼくらの進行方向を遮って、紅と琥珀色の炎が踊っていた。

風があったにもかかわらず、この火はところかまわず広がった。湖に向かう斜面の灌木や草の塊を焼き、ぼくらの前のモザイク状に敷きつめられた草原に燃えうつった。赤道東アフリカはまたたく間に地獄と化した。

ミニドの虚勢は蒸発した。反抗的態度の見せかけは崩壊した。アルフィーは女子どもたちを押しのけてきて、後退を指揮しようとした。その髭や体毛に灰の薄片がへばり着き、眼は柘榴石《ざくろいし》のようにきらきらしている。バオバブから四方に広がる火のバリケードの拡大スピードがあまりに速く、逃げてきた危険に向かって後退しろというその指示に抵抗する者はいなかった。

　アルフィーの意図は平原の火災の横に回りこんで、目的地への新たなルートが見つかるところまで後退しようというものであったことは確かだ。しかしかれのパニック――そして他のミニドたちのパニックによって、突然ぼくは、かれらのめざすところから気持ちが離れてしまった。ヘレンが死んだとなると、かれらの暮しを左右している不毛で厳格な条件に従おうという気持ちは無くなった。シャングリ・ラにも、二つのヘレンズバーグにも戻りたくはなかった。ぼくの現在――この先史時代の夢の領域における現在すらも――ハビリスの経験には含まれない人、モノ、コトを、先立つものとしてもっている。それに娘には二十世紀が備える利点がすべて揃ったところで育って欲しかった。ぼくは娘を連れ出さねばならない。

　ニコルがじゃりん子を抱えていた。ニコルは他の者たちと一緒に逃げていた。ぼくはニコルの腕をとり、子どもをとりあげた。サバンナを分割している火は枝分かれを続けて、狂ったように揺れて光る火の壁を次から次へとつき出していた。ミニドたちと共に逃げないのは狂気の沙汰だ。しかし別の考えにぼくはとり憑かれていた。別の形の救出を夢見て、娘を胸に抱き、炎に浮きでた闇の廊下をぬけて、リフト・バレーのあの古い湖に向けて走った。

　燃えている草地をぬけて、キボコ湖南東岸にいたる安全な道をみつけるつもりだった。というよりも、更新世にとび降りた、まさに同じその地点にもどろうと思ったのだ。

二年近く経って、カプロウのバスがまだ湖畔に駐まり、ぼくの帰りを待っているということがありうるだろうか。可能ではあるかもしれないが、まずありそうにない。トランスコーディオンを通じての連絡が切れた後は、ブレアとカプロウはやむなく、ぼくは死んだと結論したかもしれない。さらにぼくの知るかぎり、ソマリ族のゲリラが湖畔の保護区を壊滅させることもありえるし、大変動クラスの世界戦争が、世界を覆うユートピアという根強い期待に終止符を打つこともありえる。どちらにしても、あるいはそこまで被害の大きくないできごとでも、ホワイト・スフィンクスは歴史の上で大して重要でもないものとされ、ぼくは事業の消滅に伴う無名の犠牲者となっているかもしれない。

サバンナを縦横に走る火の壁はじゃりりん子をじらし、いらだたせた。娘は背を弓なりにしてのけぞり、小さな両手をふり回し、両脚を蹴った。濡れたフットボールでも扱うように、じゃりりん子をファンブルして地面に落とさないようにしているのが精一杯だった。

じゃりりん子を抱えて、ぼくは走りつづけた。ぼくの運命はぼくの世紀にとって重要であり、ぼくの同僚は忠実にぼくを待っている、まことに愚かにもそう確信していた。そうであるはずだ。さもなければじゃりりん子とぼくは死ぬのであり、じゃりりん子はその愛らしさを荒野の空気に空費するために生まれたのではない、とぼくは信じこんでいた。ぼくの腕の中でもがきながら、娘は泣かなかった。

前方に、ぱちぱちとはぜる火のバリケードに魅入られたように、三頭のジャイアント・ハイエナが犬のようにはあはあ言いながら闇の檻《クラアル》の中に佇んでいた。そいつらはぼくらの進路の正面にいた。一本の瘤アカシアの脇に跪き、ぼくは力を籠めて灌木を片手で引きぬいた。そして巨大な火の土手から遠くない、燃えている草の塊でこの灌木に火をつけ、ハイエナに向かって進んだ。湖から離れるのに他の道は無かったから、やつらはじゃりん子とぼくの方へゆっくりと走りだした。衰えはてた三頭のまだらの熊がのそのそとやって来るようだった。ぼくらは正面衝突しようとしていた。

ハイエナの一頭は火の壁の隙間を飛びぬけて、その向こうの闇に消えた。他の二頭は足を止めた。頭蓋骨の中の三角形のランタンのように、その眼が無気味に光っていた。二頭のハイエナの小さい方が、いきなり尻尾を向け、炎の廊下を湖の方へはずむように駆けていった。この離反にも動じることなく、三番めのやつはヒステリックな笑いをあげると、ゆらゆらとまた向かってきた。ぼくは燃えている木を伸ばした手で振ったが、効果は無かった。

燃えている灌木が指をあぶりだしても、ぼくは離さなかった。苦痛も恐怖も感じなくなっていた。こいつらのまるまる一つの群れに襲われて、生き延びたではないか。一度など、ジャイアント・ハイエナによる包囲を、物語を一つ語り、包囲したやつらの一頭を言われるままに四五口径で撃って、ミニドたちが包囲を生きのびるのを助けたことがあった。さらに加えてたくさんの危険を、皺李で酔っぱらうことから、豹によってまるまる食べられることまで、生きのびてきたのだ。そのぼくがなぜ、この図体だけはでかい、気が狂って臭いハイエナを恐れなければならないのだ。

ぼくの脇を駆けぬけて――その顔につっこもうとした燃える木を除け――ハイエナが体をひねってぼくの脚を咥《くわ》えた。脚をふんばり、強く引いて、ハイエナはぼくをひっくり返した。これは例の池で、ハイエナたちが犀の子どもをひき倒したのとまったく同じやり方であるのに、ぼくは思いあたった。倒れながらぼくは松明《たいまつ》をほうりだし、体重を移して、やってくる衝撃からじゃりりん子を守ろうとした。

尻が地面に当たり、続いて頭が当たった。構えていたにもかかわらず、この突然の衝撃で、じゃりりん子は粉末のように一帯を覆った灰の中をころがった。茫然としてぼくは倒れたまま動けなかった。娘の後を追いかけることも憎むべき凶暴なハイエナに抵抗することもできなかった。

次に起きたことは、ぼくらのジレンマにとって、およそ本当とは思えない、ご都合主義《デウス・エクス・》の解決《マキナ》だと、大方からみなされるだろう。その批判に効果的に反論することはぼくにはできない。この解決を、ぼくは夢に見たのだと主張すれば、更新世東アフリカ逗留中《とうりゅうちゅう》に起きた他の全てのことが疑われることになる（しかしながら、この解決策を子どもの頃の魂遊旅行のエピソードの一つで、その時は汚染された、不純な夢だと信じていたもので予見していたことは十分ありうる）。また一方で、このできごとは百パーセント現実だと主張すれば、ホワイト・スフィンクス計画の管理者がぼくを置いた世界の首尾一貫性を破ることになる。したがって次に述べる不思議なできごとを唯一可能な方法で正当化させていただこう。すなわち、このできごとはハイエナの攻撃で倒れた直後のぼくの主観的体験の現実に適合していたのだ。他に正当化する方法があるとしても、ここにそれを記録するつもりはない。

雷鳴に爆発音が続いた。サラカ山がまた噴火したのだと思った。どちらにしても、運命がきわまったぼくらは、火山による破壊を恐れるには遠すぎた。ハイエナは耳をぴくりとさせ、南東の地平線を見わたした。

その時、艶消しの黒の空から、燃える星の小さな群れが一つ、じゃりん子とハイエナとぼくの上に向かって落ちてきた。炎の間に影が一つ現れ、この影は蜘蛛のようなフレームになり、そこに乗物の姿勢制御ジェットがとり付けられていた。

その時点で、これが星の群れではなく、翼のない宇宙モジュールで、ぼくらの救出に天から落ちてきたのだと気がついた。シューっという音をたてて、それは頭上を過ぎ、五十メートルほど先、ハイエナが攻撃してきた火ではさまれた廊下のど真ん中に着陸した。火山灰と塵の雲が、モジュールの脚のまわりに渦まいた。そして宇宙船の角張った表面に、火の光が反射した。その上方の平面にザラカル国旗があざやかに転写されていた。金色の地に原人の頭蓋骨。

海賊の旗じゃないか。そう思いながら体を起こそうとした。起きあがることができなかった。

ハイエナが逃げてしまってから、ぼくは娘のところまで這ってゆき、ころがって上半身を起こして座り、娘を灰の中から抱きあげた。娘は手足をばたつかせ、顔は皺くちゃで、憤怒《ふんぬ》が剥出しだった。愛らしくはなかった。鼻の穴から小指の爪で、埃の塊をほじくり出してやらねばならなかった。燐光を発する白さは放射性を帯びているのか、それとも高輝度を伴う未知の先史時代の病にかかっているのではないかと恐れた。ぼくは娘を揺らし、顔を唾でぬぐい、なだめる歌を口ずさんだ。

「思いだすよ
がちょうがワインを飲んで
さるがタバコをはいた
路面電車のレールの上に

電車はこわれて
さるは息詰まらせ
みんなそろって赤い小舟で
天国へ行った」

ザラカルの宇宙船モジュールのハッチが開き、背が高く、ひょろりとした宇宙飛行士が二人、ぴったりしたスーツに酸素ボンベを背負い、ヘルメットをつけて這い降りてきた。その後ろに太いホースをリールからほどいて引いている。男たちは各々のホースを宇宙船の左右に燃えさかっている草の火に向けた。かれらはまた水の流れをじゃりん子とぼくにも向け、炎を消し、一面を覆った灰を沈めたから、濡れた炭の独特の匂いが夜気を満たした。

眼に見える火が風に逆らって東へ走っている数本の明るい導火線だけになると、かれらは水を止め、ホースをモジュールにしまい、それから地表をはずんでぼくらを調べに近づいた。五十メートルをカバーするのに二、三回はずんだだけだった。かれらの国の遙かな過去の、眩暈のするような無重力での動作に、みごとなまでに熟達していた。

流線型のヘルメットの中の顔は黒かった。

宇宙飛行士たちは気づかうようにじゃりん子とぼくの上にかがみこんだ。よく聞えないなぐさめの言葉をつぶやきながら、身もだえしている娘を頭のてっぺんから爪先まで、子細に調べた。男の一人は手袋をはめた指の一本で娘の胸をとんとんと叩き、反射を確認し、剝出しの手足をそっとひねった。問いかける顔を向けると、かれは大きく、疑問の余地のない笑顔で答えた。疑いもなく、乗組員の中で医療の専門家であるこの男は、ぼくの脚も調べ、やはり安心させる笑顔を見せてくれたから、ぼくの感謝の念はさらに高まった。娘もぼくも大丈夫だ。

次の瞬間、医官に支えられて、ぼくは片足を引きながら、明るく照明されたモジュールに向かって、闇の中を歩いていた。船長がじゃりん子を運んでいたが、もだえるのはやめていた。

狭苦しい船内に入ると、スイッチやダイヤルの列をひと目見て、この意味をわかろうとしなくてもすむことに大いにほっとした。ぼくらの救出についてのすべての責任は、この勇敢な宇宙飛行士たちに預けておけばいい。

ぼくらは離陸して飛んだ。飛行は滑らかで心躍るもので、またたく間に終った。再び着陸した時、モジュールはキボコ湖南東岸の奇妙に平坦な凝灰岩の露頭の上に脚を開いてバランスをとっていた。闇の中で湖は広く油を流したように波ひとつ無かった。しかし浅瀬の豊富な魚たちの匂いがしたから、もう少しで家に帰れるとわかった。

宇宙飛行士の一人に支えられて、ぼくは梯子を地表まで降りた。もう一人が下で待っていて、じゃりん子をぼくの腕の中に置いた様子は、試練をくぐりぬけた記念品を渡すようだった。それから二人は船にもどり、ハッチを閉じ、優美な火の流れに乗って再び空へ昇っていった。二柱の機械の神《デウス・エクス・マキナ》。

かれらが行ってしまうと、じゃりん子とぼくはまた二人だけになった。ぼくはカプロウがそのオムニバスを駐めた地点を探して露頭の上を這いまわった。

ほうら、あった。

ヒンドゥの手品のように空中に浮かんでいたのは、後退り吊り台だった。その下に跪いて、バスの中を見あげた。刺すような白い光の、機械が詰まった礼拝堂。カプロウの「泡立て器」がある。巨大な銅色の回転翼。そしてそれを囲んでいるのは、クッションの入った内壁とバスの天井。助かったのだ。

「おうちに帰るよ、ベイビー。帰るんだ」

眼の高さから三十センチほど上の後退り吊り台の縁の上に、ぼくはじゃりん子を押し上げた。それから懸垂の要領で顎までをプラットフォームの上に出し、娘を左腕に抱いて、その内側に体を収めた。プラットフォームを引っこめるトグル・スイッチの場所がちょっとわからなかった。が、みつけてオンにすると、バスの中の回転翼が回りだし、過去はぼんやりとしか覚えていない夢のように、ぼくらの下に遠ざかっていった。ぼくの赤ん坊とぼくは今帰ってゆくところだった。帰るべきところへ。

第二九章　ザラカル共和国ラッセル＝サラカ空軍基地
――一九八七年九月

「お帰りなさい、ジョニィ。これから人生の残りをずっと眠ってるんじゃないかと思ってたところよ」

　薄い青緑色の窓を背景に輪郭が見えている顔が誰か、はじめはわからなかった。それはもう一つの、別の方の時間に属するものとして覚えている顔をおだやかに戯画化していた。何より面喰らうのはその肌が青白いこと、頰にかすかに色をつけ、まぶたに三日月にラヴェンダーを加えていることだった。舌は動こうとしない。

「ジョニィ、しゃべろうとしないで。何日も鎮静剤を打たれていたのよ。私は……ここ三日間、あなたが眠っているのをずっと見ていた。つまり見たり見なかったりだけれど。訪問士官宿舎に部屋をあてがわれた。生まれて初めての士官宿舎よ。それをもらったというだけで、ヒューゴーが聞いたらバカにしたでしょうけど――でも下士官の未亡人は基地付属の宿を一人でとるもんじゃないし、それに毎朝マラコイから通ってこようとするよりいいしね。

　もうね、ありとあらゆる方法を使って、私を入国させないようにしてたの。しなかったのは重犯罪で起訴して、レヴェンワースに閉じこめることぐらい。それがだしぬけにほんの数日前に、向こうの抵抗が消えちゃった。で、私がここにいるわけ……こんなに長い間ずっと、その眼が額の方に消えずにあなたが眠っているのを、これまで見たことがない。ひょっとして今はあれが治ったのかしら。なら、あなたが受けた仕打ちも正当化されるかもしれない。私にはわからない時間についての実験か何かに、あなたをモルモットに使ったのも無罪放免されるかもしれない……ウッディ・カプロウは説明しようとしたけどね。あなたが行ったことになってる、どこかの地獄からもどった後は、私を入国させるよう主張したのはカプロウなのよ。その点はあの人のおかげね。それはわかってるけど、その他のことは——秘密主義、欺瞞、脅迫、はぐらかし——あの件であの連中を許せることがあるかどうか、まるでわからない。まるでね」

顔に焦点が合ってきて、誰かわかるようになった。覚えているよりも年をとっている。とはいえ、この前、この顔を見てから——そう、何年経つ？——八年か、十年か。二百万年以上か。この顔は自分を育てた女の顔だ。この女によって許しがたい裏切りをされたと信じて、何ともひどく不当な行為を働いた相手の女が年老いた顔だ。すべてのつながりを断つことで、それ以上裏切られることの機先を制したのだ。

今——この今がいつの今であれ——女はまたここにいる。女からのこの言葉の奔流に腹は立たなかったし、その底に流れる暗黙の仮定、関係の断絶の原因をめぐって、ひどく苦しむこともなく、あるいはそれに触れることもせずに、元の関係にもどることができるという仮定にも、腹は立たなかった。もっともその仮定は間違っている。自分には償わねばならないことがたっぷりある。それはわかっている。舌を動かそうとしてみたが、やはりうまくいかない。

「大丈夫、ジョニィ、何も言うことはないよ。面倒なことになるかもしれないと言うことだったし。どうやら、これまでに二度、あなたは短時間、眼を覚ましたらしいのね。カプロウと空軍の医者が二人ほど付き添っていたけれど、あなたはしゃべれなかった。ひと言もよ。連中は宣誓証言みたいなものが欲しかったんだと思う。特殊任務報告書ね、あなたはそれが出せる状態じゃなかった。カプロウはひどくあわてたと思う。基本的にかれは分別のある、まともな人間だけど。この類の大失敗で自分に責任があると言われて逃げない、かれのような人にはごく数人しか会ったことがない。例えば、あなたを巻きこむことにひと役買ったことを認めてる。あなたが向こうに行ってる間にあなたと連絡がとれなくなったことについても、あなたが怪我をしたことについても、自分を責めてる。かれ以外は誰も彼も――空軍のお偉方、地元の内務省、我が国の国防省の役人たち――誰もがCYAを原則として仕事をしてるみたい。この計画の完璧な成功とその価値があったことを証明する宣誓証書が欲しかったわけ……あなたはカプロウたちがここにいたことも覚えていないでしょうね。あなたの顔を見せたかったわよ――『まったく何がどうなってるのかわからない』という表情の、俳優養成学校のお手本にできたね」

母は神経質な笑い声をあげ、湿った布でかれの顔をぬぐい、そして脇にどいたから、窓の中のアフリカの空の剝出しの大きさに圧倒された。左から右へジェット戦闘機が一機、飛びぬけた。近くの滑走路から離陸したばかりのように見えたが、エアコンの唸る音と洞窟のような病室の壁の厚みで、ジェット・エンジンの音は聞えなかった。

CYAは「ケツを隠す《カヴァー・ユア・アス》」すなわち累が及ばないようにたち回ることを意味する、古い、当然のことながら、神聖不可侵とされている空軍の略号だった。その略号を母が使ったことに、笑いを浮かべることはしなかった。母が言っていることが、何となく気になったからだ。母の顔が現れる前に見ていた最後の映像は、バスの中の銅色にかすむ回転翼だった。そのかすみに包まれて、何もわからなくなったのだ。救出の夢の後、カプロウにせよ誰にせよ、いつ自分と話そうと試みることができたのか。

「ジョニィ、寝ていなさい。とにかく寝てることよ。あなたはひと月の間、行方不明で、二度と回収できなくなるんじゃないかと思われてたのよ。思うに、医者にもカプロウにもあなたが反応しないので、とうとうカプロウが当局に影響力を行使して、私をあなたに会わせたのね。あなたはゾンビみたいだって、カプロウは言った。見慣れた顔を見せれば、あなたをどんどん揺さぶって、現実にたちもどらせるかもしれない。それで私がここにいるわけ。なつかしいどんどん一発。私は効いてる？　効いてるようね。あなたの眼を見ればわかる……それで、あなたが小さかった頃を思い出すよ。二歳近くになるまで、ひと言もしゃべらなかった。

ヴァン・ルナのあの新興住宅地のはずれの、リチャードソンの牧草地で『めうす《カオ》』と言ったのよ。でも、あなたの眼くらい雄弁な眼は無かった。人によっては、言葉を使ってしゃべるくらい、あなたは眼でしゃべれた。その能力は少しも衰えていないわね。この昔なつかしいものの一発がまっすぐあなたの頭に効いてるのは、あなたの眼でわかるから」

「まっすぐ」

かれは笑みを浮かべて、相手の言葉を返した。

「ああ、こんなすてきな言葉を聞いたのは、あの最初の、それはもうはっきりしてた『めうす』以来よ。ほんとうよ、ジョン＝ジョン」

母は頭を向こうに回して、かれを見ようとしなかった。

「昨日は私の誕生日だった。私の誕生日のために、あなたは眼を覚ますと言っておいたのよ。一日だけ遅れたけど、こんなにすてきなプレゼントは無いわ」

また、こちらを見た。

「私、五十よ。信じられる？　半世紀だなんて。メトセラの母親の気分よ」

かれは何とか言葉を絞りだした。

「じゃあ、ぼくはメトセラだ」

「大丈夫？」

「と思うよ」

「しゃべらないで。起き上がろうとしないで。意識があって、しゃべれるとわかったら、わんさか人がやって来るわよ」

　ごわごわしたシーツに仰向けになり、病院のガウン、体に巻きつけるオーバーオールのような灰色の鞘を着せられていることに気がついた。脚には鈍痛があった。部屋の防腐剤のきつい匂いが鼻に来て、釣り針のように喉へしみとおった。ごく小さい頃、ジャネットがアンモニアの壜をかがせたことがあった。その時、まるで毒ガスでもかがされたように絶叫したものだ。この部屋の匂いは同じくらい不愉快なものだと、気がついた。殺菌剤、消毒用アルコール、何か秘密の薬品の刺すような匂いに涙腺がどっと開いて、眼がかすんだ。

「ヘレン」と声が出た。「ヘレン」

　ベッドサイドの女は不思議そうにかれを見たが、何も訊かなかった。ここで口を閉じているという分別を備えているというだけで、この女性への好意がとんでもなく大きく、どっと湧いた。

「こんなのは着てられない。痛い」

　女が助けを呼ぶ前に、両脚をベッドの反対側に降ろし、病院のガウンを背中からひき剝し、廊下に向かって二、三歩よろけた。足許のリノリウムはチャイブ入りブルーチーズ・ドレッシングの色そのままだった。この比較が勝手に頭に浮かぶ中、何とかドアにたどり着いた。外には武器を持った見張りが立っていた。リックに似ている。自分がザラカルに着いて間もなく、ホワイト・スフィンクスに割り当てられた空軍憲兵だ。今はもう本国へ回されているはずだ。どうしてかれがカプロウのため、まだ兵隊ごっこをしているだろう。それに再入隊など頭からバカにしていた。

「ジョニィ！」

母が叫んだ。

ブルーチーズの床は不安定だ。両脚はその上を進めない。

「娘はどこだ。じゃりん子はどこにいる」

倒れると母親と空軍憲兵に助けおこされた。助けられたことはほとんど意識しなかった。鼻がつんとし、脚は頼りにならず、眼には塩辛い幕がかかっている——こうしたことは、より深い悩み、より切迫した痛みの予兆だった。

「ぼくの赤ん坊を、おまえら、いったいどうしたんだっ」

かれは事実上、病院の囚人だった。ひと気の無い病棟の三階で、他には患者もいない。また鎮静剤を打たれ、母親が訪問士官宿舎《VOQ》に戻り、さらに六〜八時間眠った後、ウッディ・カプロウが訪ねてきた。窓の中の青いアフリカの空は、日没に入れかわっていた。たがいにからまり合ったパステルカラーの筋が燃えあがっている。星も見える。高いところに点在している。寒い部屋の中で震えていたが、糊《のり》のきいた病院のガウンは拘束衣とあまり変わらなかった。

　先に母親がそうだったように、カプロウも延々とひとりでしゃべった。ベッドの先のドアを見つめて、用心深く、ジョシュアの眼を見ないようにしている。頭はまったく動かさなかったが、眼には興奮の色をひらめかせながら説明した。ジョシュアは死んだものと、もう少しで諦めるところまで行ったこと。過去におけるジョシュアの動きを追跡することができなかったために、ホワイト・スフィンクス計画全体が暗雲に包まれたこと。ジョシュアが〈大人物〉と面会できるほどに回復したらすぐにも、その任務についての詳細な報告を受けることを、ブレアは期待しているし、それは当然であること。そしてジョシュアを二十世紀末の濁った水にゆっくりと戻るのを助けるため、カプロウ自身がジャネット・モネガルの訪問を許可したこと。

「ある意味で、きみは生まれかわったんだ。前のきみの世界にまた慣れるにはいくらか時間がかかるだろう。きみを助けるためには何でもする」

「娘に会いたい」

「ジョシュア、あれはきみの娘ではないよ」

「一緒に連れ帰った子どもに会いたい」

　上半身を起こして座り、物理学者を睨みつけた。相手は、どこかの剽軽者《ひょうきんもの》が水洗トイレの扉にかけたサラカ大統領の写真に視線を移した。老人は原人の頭骨と豪華な豹皮のマントを身につけている。

「ぼくは子どもを連れてもどったのかどうかだけ、教えてくれませんか。あれは夢だったんですか。それとも本当にあったんですか」

「下の産婦人科病棟に乳児がいる。我々がきみを後退り吊り台から回収したとき、きみが腕にかかえこんでいた乳児だ。不思議な小さな生きものだが、まったく健康だ。きみたち二人を運びこんだ直後、黄疸の手当てをした。両眼に綿をあてて、太陽灯に当てた。だが、今は元気だ」

「ぼくはあの子の父親です」

「ジョシュア、きみが行っていたのは一ヶ月強だ。もっともきみが混乱するのも無理はない。心配することはない。いずれまもなく、きみにとっても全て、まともになるだろう」

「一ヶ月強ですって」

「三十三日間だ。一日四回、毎回少なくとも二時間、吊り台を降ろすことを私は主張した。だが、トランスコーディオンはどうやら同期していなかった。それにもしきみがあの時もどらなかったら、損失を少しでも小さくするため、そう時間がたたないうちに、ザ・マシンを減圧するようにという命令に譲歩せざるをえなくなっていただろう」

「損失とはつまりぼくですね」

「きみとかなり大きな分量の時間と金だ」

「ぼくは少なくとも二年はあそこにいました。ぼくはあるハビリスと恋におち、一人の子どもの父親になりました。出産で自分の妻が死ぬのを看取りました。あなたの言うことは実際に起きたこととしてぼくが知っていることに一致しません。そしてあそこにいたのはこのぼくです。自分に何が起きたかはわかっているのです」

「いいかね、ベッドサイド・テーブルにカレンダーがある――」

「カレンダーなどどうでもいいです」ジョシュアの声は冷静だった。「ぼくは子どもを一人連れ帰った。そしてぼくは彼女の父親です」

カプロウはようやくジョシュアをじかに見た。ガラスのように色のない虹彩が白眼の中で踊っていた。

「わかった。きみが行った過去との距離のために、あるいはきみは時間拡張のようなものを体験したのかもしれない――超光速宇宙船の乗客が主観的に体験するものの反対だ。出発点に残っている者が数十年、年をとっているのに、宇宙を動いている者が一、二年しか経っていないというやつだ。時間拡張では――」

「ぼくはじゃりん子に会いたいのです」

「じゃりん子？」

「ぼくの赤ん坊です」

カプロウの眼はまた扉に逃げた。

「わかった。一緒に行こう。たぶんパジャマのズボンを穿いた方がいいんじゃないか」

「お好きなように《スート・ユアセルフ》」

物理学者は笑みを浮かべた。

「私は服《スーツ》を着ているよ。きみは着ていない」

それでもカプロウは雑役夫の一人にパジャマのズボンとスリッパを取りに行かせ、男はすぐにもどってきた。ズボンの裾は十五センチほど不恰好にまくり上げねばならなかったが、スリッパの方はほぼぴったりだった。

口をきかずに、かれと物理学者は、エレヴェータで一階の、カーペットが敷きつめられた新生児病棟に降りた。新生児を見せることにあてられている、明るいガラス張りの小さな部屋の外で、二人はたち止まった。看護師が幌付き乳母車の一台を奥の部屋に押しこんでいたが、その中に赤ん坊はいなかった。ジョシュアはじゃりん子を探した。

ああ、あそこだ。頭部はあいかわらず——不釣合なほど大きく、ゆがんだ顔の万華鏡——だったが、肌の色はブラマンジェからベージュへと濃くなっていた。おそらくはカプロウが言っていた太陽灯療法のおかげだろう。

「少なくとも獣医には渡さなかったんですね」

「あの子は人間だよ。それに疑いはない」

「じゃあ、人間があの子のような外見をしていないはずの時代から、ぼくが連れかえったことを、どう説明するんですか」

　カプロウは言った。

「きみから説明してくれないか」

「あの子を抱きたい」

「抱くだって」

　この質問で、物理学者がそのことをどうしようもなく嫌悪していることがわかった。それにまた、そうしたいと思っても、ジョシュアの頼みに応じるよう、看護師を説得できないことも暗示していた。

「ぼくはあの子の父親です。あの子を抱きたい」

　ジョシュアは許可を待ってはいなかった。ガラス室の角をちょっと走って回り、そのすぐ後ろの狭い廊下を一足跳びにぬけ、スイングドアを押して、立入禁止の内陣に入った。ガラス室から乳母車を出していた看護師が器具カウンターから上げた顔は、ジョシュアがペニシリン座薬を盗もうとするのに驚いたと言いたげだった。看護師の開いた口からは何の言葉も出なかった。半ば何を言っているのかわからない抗議を看護師が吐きだした時には、ジョシュアがじゃりん子を腕に抱き上げていた。その時、ウッディ・カプロウが面会室の控え室からとびこんできて、ジョシュアのところへ行こうとしていた看護師とぶつかった。

「この子、デベロープしてる」

二人が幌つき乳母車の小さな艦隊の真ん中でジョシュアに向かいあった時、かれは娘に笑いかけながら言った。

「もちろん、その子は成長《ディヴェロープ》してます」看護師は怒って言った。「その年では成長します。これからまだ何年もです」制服を整える。「とにかく、ここでいったい何をしてるんですか」

「ちがう、そうじゃない、デベロープしてるんだ」

裾をまくり上げたパジャマのズボンを穿いた、小柄な姿にめんくらって、看護師はただ見つめていた。この小男の狂気はどの種類なんだろう。

カプロウが言った。

「写真で言う方の意味だと思うな」

「その通り。この子の色はどんどん黒くなってる。必要だったのは、フィルムのケースから出して、暗室に入れることだけだったんだ」

ジョシュアはじゃりん子を揺らした。赤ん坊は愛らしい笑顔を見せた。そしてジョシュアが眼をみはるうちにも、その肌は微妙な浅黒さに熟していた。ぼくの娘は現像《デベロープ》されている……

第三〇章　ザラカル共和国マラコイ――一九八七年九月

二人が座っていたのは、首都マラコイの眼がくらむほど明るい中心部にあるサラカ大通りに面したバラデュア・カルサンジの店の房飾りのついた日除けの下だった。カルサンジの店はカフェで、一九七二年にアジア人経営の店がごっそりと「アフリカ化」された後、まだインド人所有のもとにある市内で数少ない施設の一つだった。ここが逃げおおせたのは、客層が全世界から来ていたこと、ザラカルの政治的独立の三十年前から評価が際立って高かったこと、それにオーナーが、商売として生き延びることについて、慎重で手段を選ばない抜け目のなさを備えていたことが理由だった。

白と赤の日除けの下のテーブルはほぼ満席で、レストランの中の人びとが生みだす喧騒は、街頭の往来からあがるものより二倍は強く神経に響いた。ジョシュアが基地病院で目覚めた三日後、かれと母親はほうれん草の詰まったクレープ（ジャネットの注文）を食べ、上質のカリフォルニア産シャブリ（ジョシュアの注文）を飲んでいた。その日の午後二時、ジャネットはマラコイ国際空港から国を離れることになっており、次にまたいつ会えるかはわからなかった。ジョシュアにまだ残っている兵役期間が事情を複雑にしていたし、病院にいる乳児に対する父権の要求にも影響していた。カプロウもブレアもこの要求にいい顔をしていなかった。古人類学者はじゃりん子をジョシュアの任務の戦利品と見ていたし、一方、物理学者にとっては、いまいましい時間的異常だった。ジャネットは乳児の存在については、夢にも知らなかった。母の前で倒れてから、子どものことに触れるのは控えたし、ジャネットの方は娘についてジョシュアが口走ったことは、失見当識と譫妄《せんもう》の産物だと思っていた。今のところ子どもはアメリカ空軍病院三階の専用室にいて、二十四時間の護衛がついていた。ジョシュアは懇願し、わめいたが、娘の担当となった少数の専任スタッフは、ジョシュアが娘に授乳し、入浴させ、抱くことを認めなかった。それどころか、過去三日間で娘に会えたのは一度だけだった。シャブリを飲みそこねて噎《む》せ、ジョシュアの視界がぼやけた。

「それご覧なさい」

ジャネット・モネガルはジョシュアの背中を叩きながら言った。

「あなた、まだいい料理と飲物を味わえるまで回復していないのよ。病院で何を食べさせられてるの」

「米」

「他には」というのは修辞的な質問だった。

「あなたに手紙を書いたのよ」

「手紙？　なぜ」

「あなたに会わせてもらえなかった時のため」

「でも、会えた」

「驚きね。ドクター・カプロウが善処してくれたおかげね。空軍もアリステア・パトリック・ブレアもザラカル政府も私を入れたくなかったんだから。スペインについての私の本の――出たばかりだけど――おかげで、私はもう腐ったところを暴露して面倒を起こす人間として、国際的に知れわたってるのよ。ザラカルには観光目的だけで来ていると宣言する文書に無理矢理署名させられた。あの代物に署名した以上は、思うに旅行記記事を出すのもアメリカ大使館やら、他にも二つ三つ、こっちの役所の許可が必要でしょうね」

「それを承諾したの」

「あなたに会うためにね。そう――確かに、承諾したよ」

大きな麦藁《むぎわら》のハンドバッグから封筒をとり出した。

「これが手紙。私がいなくなるまでは読まないで。質問があればヴァージニア州ニューポート・ニュースのアンナ気付けで手紙をくれればいい。アンナとデニス・ジュニアとはよく行き来してるから。これが住所。あなたの軍郵便局番号《APO》は持ってる。連絡はしてね。あなたがまた私の人生から八年いなくなったら、次に会う時、私はお婆さんですからね。だから、連絡はちょうだい、必ず」

「はい、奥さま」

ジャネットは高額の紙幣を一枚、テーブルの向こうから滑らせてよこして、立ち上がった。

ジョシュアも立ち上がったが、空港に見送りにゆくことを母は認めようとしなかった。空港での別れには「完璧に分解される」からと言い張った。そんな言葉遣いを母が口にするのは、聞いたことがなかった。八年のうちに、どちらも変わっていた。時の河の流れに浸食されたか、それとも、それとわからないように増強されたか。ワイングラスや食器の音、英語とスワヒリ語のバックグラウンド・ノイズ——ジョシュアはいきなり孤立し、とり残されたと感じた。母親がさっさと行ってくれないかと思った。まるで行って欲しく無かったからだ。母は額に口づけした。最も小さく、最もかわいがっている者への女族長の祝福。

「チャオ、ジョニィ」

「めう《カオ》す」

無意識に応じていた。

ジャネットは笑った。

「それは非難のつもりじゃないことを祈るわ。私は非難されて当然かもしれないけど。じゃあね、気をつけて」

ジャネットは投げキスをし、バッグを持って、カルサンジの店から四分の一ブロックほどの所に駐まっていたミニキャブの後部座席にかがんで入った。タクシーがレストランの前を通った時、母はかすかな笑みを向け、それから感情を消して、視線を外した。

クレープの残りを食べ、ワインの最後の残りをすすり、そして母が置いていった金に景気づけられて、カスタードとシャブリをもう一本注文した。すでにかなり酔っていて、周囲の人の多くは、ジョシュアが通りをこっそりと見たり、常軌を逸しているほど油断なく警戒怠りなくいるのは、あんなに飲めば無理もないと思っていることは確かだ。あるいは何か不正なことに関っているので、あんなに飲んでいるのも、神経質に用心深くしているのも、罪悪感によるものということもありえる。あの男がしじゅう見張っている相手の捕食者は、愛人の寝取られ夫ではないのか。

実際にジョシュアが考えていたのはヘレンのこと、この奇怪な情景を見たら、ヘレンはどう受けとめたろうということだった。一辺が三十ブロック近いコンクリートと化粧漆喰とガラスの方形の下には太古のサバンナが下敷きになっている。前裾を斜め断ちした上着に革のサンダル姿の男性がテーブルに料理を運んでくる。街頭にはつまらない騒音があふれ、店のウィンドウの前を闊歩している女たちは、男性が着ているものと同じくらい、時にはそれより派手な服をまとっている……ヘレンが生きのびて、文明のこの恵み深い恐怖を目の当たりにすることがなかったのは嬉しかった。同じくらい嬉しいのは、自分が生きのびて、これを再び味わえることだ。頭の中からヘレンを押しのけようと、母の手紙を開いた――それは一年半以上前に、マドリードで手で書かれたものだった。

最初の一ページかそこらはほとんどが謝罪と、そして和解を静かに嘆願するので占められていた。やがてアンナとかわいい新しいその息子の話へ移った。ジョニィは叔父さん、ジャネットは祖母になった。ジョニィとデニス・ウィットコムが東アフリカからもどれば、また本当の家族になれる――アンナはジョニィの指示を無視して、ラッセル＝サラカ空軍基地へのかれの配備を漏らしていた。

まあ、当然、そうだ。アンナならそうするだろうと、遅まきながら思い当たった。家族の感覚と、長幼の序を尊重するからだ。まあオーケーだ。アンナのあやまちは許せた。それはジョシュアの利益に反するよりも、むしろ空軍の利害とザラカルの国家主権にとって不利益だ。

そこから手紙はまたギアが入れ換わった。家族の絆《きずな》の話題から血縁関係に話題が移った。微妙だが不穏な転移だ。母が書いたことを読みすすめながら、両手が震えだした――必ずしも暑さとワインのせいだけではなかった。

唯一の小説（私はそれでアガサ・クリスティにもバーバラ・カートランドにもなれなかった――それですぐにノンフィクションにもどりました）をやった後、私はヴィレオと『スペインの治世：フランコ後のイベリアの生活と政治』を書く契約をしました。それから調査と執筆のためにここへ来ました。というよりも、少なくとも本はここへ来るための表向きの理由でした。実のところは、あなたもここに来るのではないか、と考えたから。あなたの過去のうち、あなたには確かめる機会がついに無かった時期を調べるためにね。

あなたは十代の初めに、フアン・オカンポという変名《ノン・ド・ゲール》を時々、これ見よがしに使っていたのを覚えているかしら。たいていは、どこかの大リーグの野球チームの、ラテン・アメリカ出身のショートとしてふるまっていた。でも、あなたは詩や、子どもの頃の友だちとの秘密の約束とか、ママ・モネガルとパパ・モネガルの専制からの内密の独立宣言に、その名前で署名するのも好きだった。この最後の文書を圧政者たち自身に巧妙に漏洩《ろうえい》するのに、私の国語辞典とか、多目的室のヒューゴーの作業台の何でも入ってる抽斗《ひきだし》とか、およそそんなものがありそうにないところに「隠して」いたでしょう。

いずれにしても、このふるまいを見て私は、私たちが押しつけたブルジョアのものとは別の形の帰属意識をあなたが大切にしていて、そのもう一つの人生を受け継ごうと試みるかもしれないと思うようになりました。というよりも、この包み隠されている帰属意識によって、あれだけ頻繁に、あなたを私たちからだけでなく、あなた自身からもひき離していた夢から解放されるかもしれないと思った。フアン・オカンポであることで解放されると考えれば（と私は理屈づけました）、心の中に隠れているフアン・オカンポを探しに、あなたがスペインに行く可能性は高い。今書こうとしている本のアイデアは、あなたを追ってスペインに行く口実――文字通りの口実――として思いついたのです。

その後で、アンナが手紙で、あなたがザラカルへ行こうとしていると言ってきて、あなたがここでみつかるかもしれないという期待は水の泡と消え、この華々しい本のための重労働半年が宣告されたわけ。

スペインの治世（イライザ・ドゥーリトル著）。

とにかく、私はあなたの母親を見つけようと思った。もしまだ生きているのなら。いずれにしてもアンダルシアとセビージャには調査に行こうとしていたから、見られるものは見てみたいという疑似母性的好奇心に本の仕事を結びつけてもよかったわけ。

カール・ホリスという名前に聞き覚えはあるかしら。まちがいなく無いでしょうね。ホリスは情報機関員で——もう四半世紀近く前に、モロン空軍基地のアンガー大佐のオフィスでの私たちの面談の時に——エンカルナシオン・オカンポは行方不明で、おそらくみつかることはないだろうと断言した人物。そこでホリスが言った意味が、彼女が死んだということなのか、広大で人を隠す農村地帯の中へ、ゲリラの戦士のようにただ消えてしまったということなのかは、私にはついにわからなかった。前者と仮定すると希望はあっさりと封じられてしまうので、私は後者であるとして先へ進みました。

ジョン＝ジョン、嬉しいことに、私はあなたの母親を見つけました。

サム・スペードやフィリップ・マーロウも私にはかなわないね——少なくとも、こと行方不明の母親の跡を追うことにかけてはね（行方不明の息子となると、父親の最後の勤務地のすぐ近くに相手が住まいを構えていても、私はそこまで優秀ではなかった。もっとも行方不明のあなたが相手となると、二つ三つ、他の意味でも、呪われた名人ね）。ここでは詳細には立ち入らないことにします。私はエンカルナシオンが一九六二〜六三年にあなたと住んでいたアパートの一室にまでたどり着いたと言えば十分でしょう。私は明らかに警官では無かったし、何か吸血鬼のような売人でも無かったから、驚くほどたくさんの人が話をしてくれました。つまるところ、いろいろな意味で、エンカルナシオンは簡単に忘れられるような人物では無かった――今でもありません。見方によって、威嚇的か、腹がすわっているか、どちらにも見える。私にはいつも腹がすわっている方に見える――なぜなら、絶望からあなたを手放した時にも、安全なサンタ・クララにあなたを託したから。

とまれ、私の情報源――三人いました――は、あなたの母親をとてもよく覚えていて、有益な手掛りをくれました。

私はエンカルナシオンをアンダルシアのエスペホという村まで追っていきました。ジョニィ、彼女は今ここに住んでいます。娼婦でも闇商人でもありません。彼女は少なくとも我々の種の女性にとっては極端なまでに旧態依然の形でその人生を挽回したので、この事実について何らかの政治的コメントを持ちだすつもりはありません。少なくともこの手紙ではね。つまり、エンカルナシオンはアントニオ・モンタラスという名の、たくましく赤毛の、バーテンで酒場のオーナーと結婚しています。この人はその騒々しいスタイルでエンカルナシオンを溺愛《できあい》しているようね。彼女は更年期に近づいているはずだけど、この夫との間に少なくとも九人の子どもをなしていて、一番下の子はまだ這い這いもできない赤ん坊で、セニョール・モンタラスの、煤けてはいるけど繁盛しているちっぽけな酒場でバーテンをやる合間に、彼女はその子に乳をやっていた。子どもたちも父親を手伝っていて、人前での口喧嘩や騒ぎはたくさんあるけれど、オーナーの体制は年長の子どもたちにも支持されているようです。一家は固く結ばれていて、アントニオもエンカルナシオンも、伝統的な役割をしっかり果たしていました。私には息が詰まるようにみえたけど――ごめんなさい、筆が滑った――でも、あなたの母親は今の境遇に満足以上のものを感じているように見えました。

あなたの頭に浮かんでいる第一の疑問は、おそらくこれでしょう。私は本人と話したか。あなたのことを話したか。私自身の母親としての経験をひけらかして、あなたの母親の体験とせりあおうとしたか。この疑問――これらの複数の疑問への答えは――いいえ、もちろん話してはいません。つまり、陽気に忙しくしているモンタラス一家にとっては、私は野暮《やぼ》ったく/肝の太い英国女性で、スペイン語は旅行者用の慣用句集頼りで、コルドバへの道筋を悲惨なまでにまちがえた観光バスからふらふらと降りてきた人間にすぎませんでした。かれらの間違った印象を修正しようとはしませんでした。

私が自分の話をエンカルナシオンにぶちまけたとしましょう。過去の話、忌まわしい話で、今の彼女の暮しを壊そうとしている不吉な使者として、私から逃げだしたかしら。十分ありえるでしょう。あるいは夫には聞えないところで、私があなたのことを口にしたら、あなたがどこにいるのか、無事なのか、幸せなのか、ひどく心配して苦しんだかもしれない。そういうことについては、私自身が百パーセント安心できるほどわかっていたわけでは無かったから、彼女を安心させることもできなかったでしょう。だから私は観光客で、言葉はわからないふりをして、ほとんどしゃべりませんでした。

その遠いザラカルで、スペイン語、覚えてますか。少しだけでも。とまれ、モンタラスという姓は「野放図、原始的、文明化されていない」という意味で、あなたの異父兄弟姉妹の性格をぴったり表現しています。ジョン＝ジョン、あなたほど色の黒い子は一人もいないし、それに先史時代の東アフリカの、あまりに生々しくて有害になるような夢を見ている人間があの中にいるとはまず思えません。それでも、あの子たちは、いろいろな意味で、野獣のような一団ね。母親が矢継ぎ早に手真似で信号を送ると、あの子たちは全員しゃべれるけれど、驚くほど手際よくそれをリレーして、ウィンクして強調します。おたがいに言葉を使わずに、言葉を使うのと同じくらい雄弁に意思疎通ができるけれど、一方でアントニオのために、やかましくもある。こちらは話し好きで、何かと不満を訴える人間で、口を閉じていることができないのよ。

　この環境に、あなたが特にぴたりとはまるとは思えないけれど、いつの日か、あなたが自分でモンタラス家を訪れて、判断したくなることもあるかもしれない。住所はエスペホのフランコ通り十七番地。ただ、訪ねていくことがどんな衝撃になるかはよく考えて。子としての好奇心を満足させるというだけでは収まらないでしょう。

　私たちのような世界で、エンカルナシオンが幸せに生きてることは、私には奇跡に思えるし、奇跡というのはそれだけで正当化されるもの。希望や信頼や楽観主義や、それに今は亡きピール博士が『積極的考え方』と呼んだ侮れない力が私たちの種の進歩——ただ、一体どこへ向かってるのかしらね——に欠かせないことは明らかだけれども、環境にも人の心にもイボがある可能性を無視するのは愚か者だけでしょう。実のところ、あなたの生母を探すのは骨折り損のようなものだと、始めた時は思っていました。始めたとたんに、どこかの空き家で首を吊っていたとわかるんじゃないか。あるいは精神異常の客に致命的な一撃を受けた、性病が悪化した、あるいは建設現場の足場の下を歩いていて、煉瓦の入った箱がたまたま落ちてきた、なんてことすらあるかもしれない。もちろん、こういう可能性のどれも信じたくはなかった。でも、調査が終るまでに、そのどれにしても、実際に起きていたことと同じくらい可能性はあったわけです。それどころか、あなたの母親が生まれ育った環境と異端の魔女《ブルーハ・モリスカ》という彼女への偏見を考えれば、むしろそちらの可能性の方が高かったでしょう。だからこの奇跡は大切にして、あなたの生母の現在の幸福について、よくよく慎重に考えてください。

私はあなたの実の父のラッキー・ジェイムズ・ブレドソーについても知ることになりました。こちらでは奇跡はありません。陸軍の第一騎兵師団の一員として、かれは二十一年前、南ヴェトナムのイア・ドラン渓谷で戦死してます。十八歳になったばかりでした。かれの悲運がわかったのは、その両親の居場所をラックランドの空軍居住者探索サーヴィスを通じて追いかけたからです。

ブレドソー夫妻はアーカンソー州リトル・ロックに住んでいます。あなたが夫妻と会うことにすれば、その家に喜んで迎えられるでしょう。息子のセビージャ公立高校バスケットボール・チームのユニフォーム姿の写真、学校のロゴ入りジャケット、卒業式の角帽とガウン――アラバマ州モンゴメリーの人種隔離民間学校から授与されたもの――が、鏡板を張った夫妻の居間に飾られています。私が夫妻を訪ねたのは五年前、まだあなたがどこにいるのか、皆目見当もつかなかった頃で、ひょっとすると、あなたの方が私より先に夫妻を見つけているかもしれないと思ったのでした。

ラッキー・ジェイムズの父親のラヴォイは、モロンのフライトラインで仕事の関係があった頃のヒューゴーを覚えていたので、夫妻は私を迎え入れてくれました。ラヴォイも夫人のポーリーンも、そもそも始めから一度も親密ではなかった関係を新たにするだけのために、私が夫妻を探し出したとは信じていませんでした。ヒューゴーが死んだことを言うと、それはそれは心のこもった形で悼んでくれました。でも、ポーリーンがウィスキーとセブンアップのカクテルを薦めるうちにも、ラヴォイは私が手間暇かけて夫妻を探してやってきたことについて、どんどん突込んだ質問をしてくるので、とうとう夫妻の死んだ息子に生きている跡継ぎがいることを白状してしまいました。

このことに夫妻は驚かず、あわてもしませんでした。ありがたく思ったんじゃないかとも思います。あなたが夫妻の暮しに踏みこんでも、夫妻が傷ついたり、当惑したりすることは無いだろうと思うのはそのためです。ジョニィ、夫妻はあなたの祖父母よ。そしてあの晩、あなたの居場所を訊かれて、私は自分が知らないこと、罪悪感、哀しみを告白しなければなりませんでした。私は十分か十五分か、手放しで泣いてしまった。そしてありがたいことに、ポーリーンも一緒に泣いてくれました。私が訪ねて以来、少なくとも月に一度は手紙や電話のやりとりをしています。ただ、あなたが元気で、よその国にたぶん無事でいることはまだ伝えていません（アンナは私には伝えていないことになってますからね）。夫妻がそのささやかな思いやりに値すると信じるなら、後はあなた次第です。私には値すると思われます。

まあ、この手紙、こんなにも長くなってしまった。三時間、休みなしに書いていた――その間、マドリードの街路は四月の激しい雨で洗われてました。ファン・カルロスの後は、野となれ山となれ《デスプエス・デ・ファン・カルロス・エル・ディルビオ》。スペインの治世は主に衰退についてのものにはならない、と私は言いたい。この雨についてのものでもない。でも、読んでてわかると思うけど、私は書くのに疲れて眼がかすんできたから、もう終りにした方がいいでしょう。この段落は全部無かったことにしてね。

――『夢の中のエデン』

ほら、この一句を書かないように、それは頑固に抵抗していたでしょう。避けられないことを遅らせようとしてもいました。「この段落は全部無かったことにしてね」と書いてから、次の七文字を書くまで一時間経っていました。空ははっきりと明るくなり、雨は弱まってます。そうしてようやくこの言葉を書きました。この書簡は始めから終りまでこの言葉の上で揺れてたんだけど。この七文字が梃子の支点としては中心から少しずれていたにしてもね。

ジョニィ、許してください。私が自分のしたことをどれほど後悔しているか、どれほど重く大きな代償を払うことになったか、あなたにすっかりわかってもらえることは無いでしょう。あなたに感じさせてしまった痛みのことはすまないと思っているし、自分自身感じることになった痛みも情けないと思っています。もしもう一度相見《あいまみ》えることがあるとしても、こうしたことを全部口にすることはできないかもしれない。だからこうしたことについて、こんなに愚かしいほど、自分でもびっくりするくらい長々と書いた次第なのです。あなたには膨大に広がった家族がいます。私は思慮の足りない行為であなたを傷つけ、別の種類の人間に進化する（せざるをえなかったから）ことで、あなたをまごつかせたかもしれないけれど、そのあなたの家族の中から私を永遠に排除してしまわないでくれることをお願いします。そこは私の居場所でもあるのだから。いろいろあったにしても、ジョニィ、私もあなたの家族でいさせてください。

愛をこめて
ママ

ジョシュアは手紙を二度読み、封筒にすべりこませ、封筒を上着の内ポケットに入れた。彼は平服を着ていた。条約の規定で、非番のアメリカ軍人はマラコイでもブラヴァヌンビでも、制服を着ることは認められていなかったからだ。どちらの側もアメリカ人が占領軍だという印象を助長することを望まなかった。したがってジョシュアは地元の若く野心的な政治家、ワベンジの新人に見えた。カルサンジの店で昼食をとっている、頭の切れるやり手たちのほとんどからは、その神経質な様子で浮いてはいたものの、不相応な注意はまだ惹いていなかった。

頭の中では母の手紙にあったことが全部、メリーゴーラウンドのようにぐるぐる回っていた。飲み、ワインを注文し、また飲んだ。基地にもどる最後のシャトル・バスは大使館を真夜中に出る。これから十時間、ここにいてもいい。夕飯にキドニー・パイと濃厚なアイルランドのスタウトのマグを一杯。それからまたワインにもどろう。ホワイト・スフィンクスが終り、たがいに矛盾する一千もの選択肢がたがいに競いあっていて、長期目標としてどれを追求するか、決められないでいるにしても、少なくとも今日の残りは潰すことができる。苦労もなく、あっさりと。

「ご一緒してもいいかな」

ジョシュアが顔を上げると、アリステア・パトリック・ブレアが、母親が空けていった椅子の脇に立っていた。おざなりにうなずくと〈大人物〉は椅子に腰を降ろした。

「モネガルさんはどこかね」

「出国してるところです」

「それはまた早い」

「新しい本の宣伝ツアーを始めることになってるんです。ここに来るんで、スケジュールから四ヶ所削らなくちゃならなかった。出版社は本当はいい顔をしなかったんです」

「出版社にはくたばれと言ってやればよかったのに」ブレアは愛想よく言った。「私なんぞ、自分の本のためにツアーしたことは無いよ」

「発掘資金を集めるためだけですか」

「それはその通り」

「母は執筆で食べているのでね。父は家族が遺族恩給をもらえるような手配はしませんでしたし、空軍の年金をもらえる前に死にましたから」

「それはまことにお気の毒だな」

二人の男はたがいに見つめあった。昨日、ジョシュアは遙かな過去での二年間の主観的体験を洗い浚《ざら》い話していた。古人類学と時間とについて、交互に質問して、ブレアとカプロウは丸々十時間かけて訊問した——二人の飽くことのない好奇心を満足させ、また二台の音もなく回っている録音機のためでもあった。ジョシュアは全てを語った。彼がヘレンと名づけたハビリスの女との、長く親密な関係も省かなかった。

その関係でじゃりん子の説明はついた。それにジョシュアは、非合法で反倫理的、反道徳的生物学的実験のために、娘を誰かに譲るつもりは無かった。じゃりん子はカプロウがすでに認めた通り、一個の人間だった。人間の親から生まれた生存能力のあるどんな子どもも、定義からして——そう、定義からしてかれの子ども——一個の人間だ。そしてその子の保育をかれに認めないならば、アメリカ空軍もザラカル政府も、かれの最も基本的な人権の一つを侵害することになる。十時間にわたる訊問の最後に、ジョシュアは取り乱して、二人をともに罵り、涙か憤怒か、あるいはその両方に我を忘れた。

「ずいぶんと飲んでるんじゃないかな。お相伴させてもらってもかまわないかな」

「何のためにです」

「そうだな、お祝いだよ」

「あなたのホモ・ザラカレンシス仮説をぼくが完膚《かんぷ》なきまでに叩きつぶしたことのですか」

「きみがそうしたければね。もっとも、まだ私はきみがそこまでやったとは思っていないがね」

「それとも娘とぼくをいやらしく扱かってることの祝いですか」

「ジョシュア、あの子はザラカル生まれだよ。我が共和国市民として、当然付随する権利と特権をもっている。きみの自由を制限する口実は見つけられるかもしれないが、あの子については ありえない」

「じゃあ、何を祝うんですか」

「アメリカ人は葉巻を配ったのではなかったかね。私はまだ自分のをいただいていない。このすばらしくうまいヴィンテージものなら十分だと思うな」

ジョシュアは〈大人物〉を睨みつけた。

「父親という大洋へのきみの最初の船出を祝って」

カルサンジの店のソムリエの一人が置いたばかりのグラスを上げた。

「ジョシュア・カンパ、新たなアダム、未来への祖に」

「たわごとだ」

「とてもいい、とても香りのよいたわごとだね」

「それでもたわごとであることに変わりはありません」

「サラカ老は今朝私に、私やアメリカ当局が何を望もうと、きみの娘はただちにきみの保護のもとにもどさねばならないと指示した。この点でためらうようなことがあれば、私は閣僚の地位から追放され、アメリカは高価な新しい軍事施設を失うことになる」

「じゃりん子のことを、伝えたんですか」

「すでに知っていたよ」

「どうして」

「我が国の宇宙飛行士候補生のうちの二人は情報機関員でもあったんだな。ホワイト・スフィンクス計画に際して、かれらは小さな釣り船でキボコ湖上を遊弋《ゆうよく》して、手持ちのムービー・カメラの望遠レンズできみの帰還を記録していた。きみとあの子をバスから医療ステーションに移すには、外に出ないわけにはいかなかった」

湖の上に小舟が見えたこと――小さな舟で、いつも遠くにいた――をぼんやりと思い出した。

「それだけじゃない。牧草を求めて保護区に時々来ている、例の厄介なサンブサイ族の一部――そのうち一人か二人は、サラカ老の雇うところらしい。我らが終身大統領には眼と耳がたくさんあるんだ。きみが無重力模擬実験勾配に行った時、大統領はきみに心底感心したんだ。きみを勇敢な人間だと思っている。アメリカへもどる前に、きみは大統領私邸での内密の儀式でザラカル名誉市民とされる。きみが祝うべきものが何か、少しはわかったかな」

「じゃりん子はぼくのものだ！」

「あの子にもう少しましな名前をつけるというのはどうかね。サラカ大統領はそれくらいなことは求めてくるよ」

「サラカ大統領はモニカーというのは気に入ると思いますか」

「モニカー？」

「いい名前《モニカー》だと思いませんか。前から考えていたんです。英語でもザラカル語でも、まっとうな名前でしょう」

ブレアが答えなかったので、ジョシュアは突込んだ。

「大統領は他に何を要求するつもりなんですか」

ブレアはさりげなくワインをすすり、シャブリの小さなダイヤがその口髭にビーズをつくった。口をナプキンで軽く叩き、行きかう往来に眼をやった。

「ジョシュア、私は言い間違えたかもしれない。きみがこの国を第二の故郷を思ってくれることを、大統領は期待している。アメリカ軍を離れたなら、毎年の少なくとも一定の期間を、娘さんとともにザラカルで過ごすと約束してくれることを期待している。その目的のため、我々二つの国の間の関係を確固たるものにすることにおけるきみの役割のため、大統領はささやかな額の年金を支給することに決めている。またここマラコイの高層アパートの一つを提供する。モニカーがひたすらアメリカ人として育つのは、まことに不幸だと大統領は信じている。ハンバーガーとバナナ・スプリットを食べて育ち、テレビ番組とウォークマンで教育され、その生まれ故郷の土、人間、文化から根こそぎ引き抜かれることになるだろうからだ。そういう形でまったくの根無し草となることを思うとぞっとする、と大統領は言う。この件については、聡明な黒人であるきみも、大統領と見解を同じくするものと確信している」

「マラコイの高層アパートでその問題が解決できますか」

「それだけでは無理だろうね。サラカ老はきみに二つの世界のかけ橋になって欲しいと願っている。マラコイはその橋を支える礎石の一つに過ぎない。他にもフロリダ州ペンサコラやワイオミング州シャイアンやカンザス州ウィチタも礎石になりえるのではないかね。どこでも好きなところでいい。だが、マラコイの高層アパートを断わるのであれば、支柱を失って橋は落ちてしまう。そしてきみの娘の生まれ故郷と養子縁組した国との間の通商も、それに伴なって停止せざるをえない。少なくともきみときみの娘さんにとってはだ。サラカ大統領のスローガンは常に『通商しよう』だよ」

日中の暑熱の中で飲んだワインのおかげで、ジョシュアは三段論法にはついていけなくなっていた。自分が複雑な蜘蛛の巣に落ちこんだような感じだった。今、這っている蜘蛛の糸は外へ導いてくれるものではなく、より奥深くへと続いている。この模様の中心で待ちかまえている眼のたくさんある捕食者は何だろう。

わけがわからなくなって、つぶやいた。

「ペルセポネーだ」

「ん、何と言った」

「大統領はモニカーが一年の一部を黄泉《よみ》の国で過ごし、一部を地上で生ける者とともに過ごすことを望んでいるわけですね――ペルセポネーのように」

ブレアは笑った。

「ああ、その通りだな。しかし、どっちがどっちかね」

「ぼくは娘を死者の国から連れだしてきたんです」

ジョシュアはレストランの中の大勢の人びと、日除けの隙間から見える空を手真似で示した。

「ここでは何もかも両方です。マラコイだけじゃない。全部。どこもかしこも。あそこもです。黄泉の国でも」

「少々酔っぱらってないかね」

「この件では、ドクター、あなたがサラカ大統領を動かしましたね。毎年ある時期、モニカーにザラカルにいて欲しいのはあなたでしょう。そうすれば、あちこち突ついたり、測ったり、比べたりできる。ちがいますか」

「そうなればありがたいね。それに、年に一度、健康診断を受けるのはじゃりん子にとってもまったく害はなかろうと思うがね」

「娘はあんたの化石なんかじゃないんだっ」

この怒声につられて、いくつかの頭が自分の方を向いたことに、ジョシュアは気づいた。声を低くした。

「あんたの化石なんかじゃない。一人の人間なんだ。ヘレンの娘だ」

ブレアはグラスを脇に置き、椅子を後ろにずらし、立ちあがった。

「もちろんだよ。それにきみの娘でもある。基地の医師たちはそこまで確認している。だから、あの子はきみのものだ。そしてあの子に対するきみの権利に誰も異議をはさめないよう、サラカ老が介入している。その介入にはいささか感謝してもいいのではないかな。ジョシュア、実際に心を決める時がきたら、どうか、そのことを考えてほしい」

自分が飲んだ分のワインの代金を、原人の頭骨をかぶり、豹革のマントを着た大統領の肖像が刷りこまれた数枚の紙幣で支払ってから、〈大人物〉はジョシュアの肩を情愛をこめて軽く叩き、サラカ大通りを国立博物館に向けて去っていった。そこから昼の休みにやって来たのだろう。

アフリカ人のソムリエとインド人のウェイターに、ジョシュアは法外なチップをやった。それからふらつきながら陽光の中に歩みでた。建物と舗装された広場の明るさに茫然となった。一番近い交差点の向こうの、小さなエメラルド色の芝生を、孔雀たちがすまして歩いていた。一時間近く、あてもなくうろつきまわった。エンジンの音に、上を見た。街の上をジェット機が一機、北北西に、痛いほど何もない空に矢となって吸いこまれていった。ジョシュアの母のローマへの便だ。アメリカへ帰る旅の最初の着陸地。

「チャオ」

敬礼しながら飛行機に呼びかけた。

「チャオ」

もう一つの言葉は口に出さないまま、記憶の中に反響していた。

ジョシュアの人生の一章――いやむしろ一時代が幕を閉じた。スライド・ショーはついに終った。夢の中で前期更新世に行くことはもう無い。ホワイト・スフィンクス計画は終り、おそらく終ったままだろう。今ここに自分はいる。まだ二十五歳にもなっておらず、自分自身のために、もうすぐ新しい人生を作らなければならなくなる。眼の前に選択肢は山のようにある。しかしシャブリと陽光に酔っぱらって、今この瞬間、実際に感じられるのは、強い喪失感と不確定の感覚だった。以前の自分――フォート・ウォルトン・ビーチで一匹狼として生きのびようと努めていた自分――へつながる道はすべて塞がれていた。そして新しい道のどれを選ぶのか、わからなかった。

「チャオ」

もう一度、言った。そして今度のは、母に対してでは無かった。

大団円　時の娘――二〇〇二年八月

母の賛同を得て、私は先史時代の東アフリカでの冒険についての私の本のタイトルを『わが夢の中のエデン』とした。アメリカでこれが出版されたのは一九九四年、かの遠い過去から私が帰還して、七年後になっていた。この時、アメリカ政府はようやく重い腰を上げて、ホワイト・スフィンクス計画の蓋を開き、空軍の時間航行士として更新世を訪れたという私のばかばかしい話が、つまるところばかばかしいものではないことを認めた。しかし、それまでの間に私はザラカルの市民権をとり、閣僚の一員となっていた。実際『わが夢の中のエデン』が最初に刊行されたのは一九九三年で、マラコイのガセルー・アンド・サンズ社から英語とスワヒリ語で出たのだった。アメリカのメディアは早速この本の出現を報じ、私の名誉を毀損し、何百万何千万ドルもの税金を議会の承認無しに注ぎこんだことで、時の政権とペンタゴンの双方を非難した。一九九〇年に私がアメリカを離れたのに伴なって起きたのと無気味なまでに同じ騒動がくり返された。もっともこの時には、娘の世話と、ザラカルの観光及び異文化関係担当大臣としての仕事であまりに忙しく、ワシントンDCでの騒ぎなど心配していられなかった。

時間が、いつもそうであるように、経った。

ハビリスのもとへの滞在から私がもどった日（モニカー、すなわちじゃりん子が六歳という円熟の齢に自分の「公式の誕生日」として選んだ八月のまさにその日）の十五周年記念に、私は娘を風光明媚なキボコ湖畔の真新しいサンブサイ・サンズ・コンヴェンション&レクリエーション・センターに連れていった。私の娘への誕生日プレゼントだった。娘はコネティカット州ケントの私立学校での教育を再開するために、間もなく出発することになっていた。そしてボートを漕ぎ、ピンポン、円盤突き、水泳、鰐見物、カジノでのゲームなどで数日過ごせば、ふさぎがちな娘の気分も一掃されるのではないかと、私は期待したのだった。

ホワイト・スフィンクスで私の魂遊旅行はすっかり消えて久しかったが、モニカーが苦しんでいるものを私は知っていた。私がかつて見たような夢をモニカーも見ているのだ。しかし、猫がカルコーセレスを食べている、その母親の草原についての夢ではない。生々しい未来のユートピアで、そこに実際に行くことができない故に、時にもどかしさに耐えられなくなることもあった。私は過去だった。モニカーは未来なのだ。元来モニカーは明るい子で、ジャネットやアンナが知り、好んだのはこちらの側面だった。しかし最近の政治社会上の大惨事（ザラカルはその一部から絶縁できたが、汎アラブ同盟との友好条約と東アフリカ同盟運動内での強力なリーダーとしての役割のおかげだった）の後、娘の夢は頻度が増えて長くなり、激しさを増していた。私のモニカーは悩める若い乙女だった。この休暇でもかの薔薇から心の垢《あか》をこすり落とせなければ、コネティカットの学校に送りだすのは、気がとがめて、とてもできないところだ。

この時、私はザラカルの閣僚になってもうすぐ十年というところだった。三十九歳で、いまだに大統領の内閣に席を持つ国会議員として最年少だった。そしてサンブサイ・サンズ・ホテル&キャバレーのグランド・オープンの祭典に立ち会うのは、仕事の一環だった。単なる偶然ではなく、このイベントは更新世からの私の救出の記念日とモニカーの誕生日に合わせたものだった。

私の地位には役得がある。モニカーと私が、新たに完成したアリステア・パトリック・ブレア空港に到着すると、サンブサイのイルモラン、つまり戦士の一団が我々の私有ジェットを迎え、ターミナルの中へ案内した――そこで、どうやら籤引《くじび》きで当たったらしいそのうちの二人が、追加の護衛として加わった。儀式用ガウンとビーズで飾りたてたヘッドバンドという姿は堂々たるものだったが、二人とも口調はやわらかく、近くの辺境居留地のカトリックのミッション・スクールにかつて通っていた。二人は娘と私の頭上に聳えたっていた。

私の抗議にもかかわらず、「人を堕落させるリゾートの影響への予防として」（誓って言うが、本人の言葉）モニカーはマラコイで髪を剃り、優雅なアフリカ衣裳を身につけていた。ケントの学校の教室では、鬘をかぶらねばなるまい。我らがサンブサイの護衛たちは、気にしなかった。かれらがモニカーに向ける深い褐色の眼には、敬意のこもった賞賛の色があった。良いことだ。娘のために用意した計画が、娘の妥協しようとしない態度のために台無しになるのではないかと心配になっていたのだ。無邪気に男らしい男性の二人組がさりげなく傍にいれば、娘の気分も良くなるだろう。娘はサンブサイの戦士たちと、武装十分の保安要員一人とともに、漕ぎボートの船着場に送っておいて、側近と私はホテルのメイン・デスクでチェック・インした後、我々のＶＩＰルームを吟味するため、上へあがった。

「実にワベンジだな」

「ですね」

ティモシー・ンジェリも賛成した。国会に席を得て間もなく、私に付けられた五十がらみのキケンブだ。ティモシーのブリーフケースには、最新式の電子装置が収められている。かれはすぐにこれを起動し、室内に盗聴器が無いかスキャンした。

「ごくきれいなもののようです」

ややあってそう言うと、装置を慎重にしまった。

スイート・ルームのよく整ったバーで勝手に飲物を作るようティモシーに言ってから、私はアゴスト・カイッツィの網目織りのプルオーバーとデザイナー・ブッシュショーツに着替え、多目的の今回の遠征のもう一つの仕事を果すため、サンズのロビーに降りた。

右手のゲームルームではスロットマシンがブンブンチャリーンと音を立て、一方、左手のカジノでは一ダースほどのルーレットが、その運命の軌道を回ってはツメで止まっている。ザラカル国内のアメリカ人はかつてなく増えていて、空軍は我々の条約の拡張条項に応じて、資格のある軍の人員は誰でも利用できる無料のシャトル・バスを、ラッセル＝サラカとブラヴァヌンビの海軍施設との間に運行を始めた。加えて、あるアメリカのコーヒー・チェーンが中央高地に企業町を造り、フォードの太陽電池車工場が首都近郊にでき、そこのザラカル人労働者は他の現地採用労働者の平均時給の四倍を稼いでいる。もっともそれはディアボーンやデトロイトのアメリカ人の同等の労働者の時給のわずか三分の一である。北西国境地区での旱魃は続いていたにもかかわらず、我が国経済は湧いていた。マラコイの『東アフリカ・レジャー』紙は、このブームへの私の貢献に時折り触れた。

洋服を着て、よく目立つスカラベのタイピンをつけた黒人が私の眼を惹いてから、半曇りガラスの回転扉を押して湖を望むテラスへ出ていった。タイピンは私の接触相手、活動停止しているホワイト・スフィンクス計画の管理者とザラカル政府をつなぐ連絡員の印だった。我が国副大統領のマシュー・ギコルがこの会合での我が国代表に私を選んだ理由は明らかだったが、このような非公式な会合の必要性や、こんな間の悪いジェイムズ・ボンド風の方策の必要性がわからなかった。乾燥した湖畔の暑熱の中に十分もいれば、あのエナメルをかけたスカラベはネクタイの正面で溶けるにちがいない。

私は男の後から外に出た。私に尾行がついていないことを確認してから、私の接触相手は椰子の並んだ欄干にそって先に立ち、ホテルから離れた。午後の三時で、そんな愚行をするには暑すぎた。大きな水玉模様のパラソルの下、サンブサイ族のガレー船奴隷にはさまれて、私のモニカーは湖のターコイズブルーの水を進んでいる唯一の手漕ぎボートに乗っていた。暑さで倒れたボート乗りは誰でも助けられるよう、沖合いに小さな救急船が浮かんでいる。

ホテルの北側に我々は九ホールのゴルフ場を造っていた。フェアウェイとグリーンは人工芝だ。もっとも金持のベドウィン以外、そこを使う人間は想像しにくかった。脱水と熱中症以外にも危険はあった。私の接触相手は、擁壁遊歩道から、高い石のオベリスクの警告を無視してとび降りた。警告にはこうあった。

この地点から先に進むのは自己責任です

＊　＊　＊

＊　＊　＊

ライオンをはじめ、危険の可能性のある野生動物に注意

制限区域内での無許可の銃器所有は

一年の懲役刑が必須です

この文章がスワヒリ語、フランス語、アラビア語でくり返され、私の署名の複製が入っていた。

観光及び異文化関係担当大臣。内務大臣の副署がある。

オベリスクを五、六十メートル過ぎ、私の接触相手はアリステア・パトリック・ブレアが古人類学者としての評価を確立した化石床を見張らす尾根の上でたち止まった。一九七〇年代、八〇年代の最盛期の面影は無い。金網のフェンスで囲まれた区画では、サンブサイ・サンズ・ホテルの嘲るような影のもと、〈大人物〉の後継者たちが、彼の仕事を生かし続けようと努めている。

私がここに来るのを好まなかったのは、記憶がうるさくつついてくるからだ。その一つを記念しているのは、青銅製の原人の頭骨の彫刻で、モルタルで固めた石のケルンの上のステンレス・スチールの回転軸で回っている。この記念碑の後ろの網細工のバラックは、キボコ湖でのブレアの本部だった。〈大人物〉の死後、五百平方キロから数百平方メートルに縮んだ保護区には、観光客も入ることができる。武装した護衛が必ず付添い、あらかじめ決められたルートから外れることは許されない。護衛のピストルはライオンから守るためであるとともに、観光客を威嚇するためでもある。ケルンの銘板にはこうあった。

アリステア・パトリック・ブレア
政治家にして科学者

一九一四－一九九一

ブレアの灰は台座の下に埋葬されている。

「ダーク・アクジです」

尾根の上の男は私が近づくと挨拶した。瘠せて石炭色、そして禁欲的な表情をしている。

「カンパさん、お眼にかかれてありがたいです」

「エアコンの効いたホテルの中での方がもっと気分が良かったろうに」

「でも、プライバシーがありません。それにここからなら、お嬢さんがのんびり湖を渡るのも見守れます」

「娘がこれにどういう関係があるんだ」

私は怒って迫った。

「若くて愛らしい娘さんですね。あなたのように有名な方があのように有名なお嬢さんをあんな風に自由放任されているのには、驚いています。世の中は平気で悪事を働く人間でいっぱいですよ」

「たとえばきみか」

「どうか、ぼくのことは悪く思わないでください。モニカーのような存在は他にはいません。その安全は我々全員にとって重大な関心の的です」

「娘が生まれた年に、サラカ大統領は娘を国の資産、国宝と宣言された。あのサンブサイの戦士たちはそのことを承知しているし、ボート乗り場の私の部下も同様だ。この外出で娘の身に何かあれば、かれらは重い代償を払うことになる」

「その通りです――ですが、死刑をも含むそうした処罰によって失われたお嬢さんの代わりになりましょうか」

「親にとって子どもの死の代償になるものは何も無い」

私はクリーニングしたての淡いピンクのハンカチをポケットから出して、額をぬぐった。

「アクジさん、これは皆きみとどうつながるんだ。きみの質問はまるで気に入らない」

「ぼくはホワイト・スフィンクスの者です」

「そのことはわかっている。だが、きみはザラカル人じゃないか。それにホワイト・スフィンクスは十五年前の今日、死んだ」

「カンパさん、実のところ、ぼくはウガンダ生まれのカラモジョン族です。もっともここからはそんなに遠いわけでもないし、ここは自分の国とも思っています」

その眼は湖、砂漠、それに東の地平線へと見渡した。それから金網フェンスの内側の、もう一つの草も生えていない尾根に顎をしゃくった。

「〈大人物〉はあそこで亡くなったんですね」

「そうだ。アメリカ地理学財団のカメラマンがぞっとしながら一部始終をフィルムに収めた。

ブレアはあそこの土手に見込みがあるか調べようとしてつまずき、ばったり倒れて首の骨を折った」

「不可能をめざして奮闘していた」

私はダーク・アクジをいらだたしい眼で見た。

「かれは不可能をめざして奮闘していた、そう思いませんか。自分なりの無重力模擬実験勾配で死んだのです」

「何が不可能だと誰が決めるんだ」

私はつっけんどんに訊ねた。

「そう、誰なんでしょう。ぼくではありませんよ。お知らせした方がよいと思いますが、ホワイト・スフィンクスはウッディ・カプロウの灰から再生しています」

この知らせに私は言葉を失った。カプロウが死んだとは知らなかったからだ。ここ八、九年、物理学者から連絡は無かった。最後に会ったのはマラコイでのブレアの葬儀の時だった。しかしかれは保安上の理由で外部と連絡できないのだ、といつも思っていた。アメリカ政府は時間研究の他の方面にかれを移し、そしてさかりのついた牡羊のように、喜んで精力的にその研究にいそしんでいる。そう私は思っていたのだ。

「カプロウの灰だって。かれは死んだのか」

「比喩的に申し上げたのです。ですが、ドクター・カプロウは死んだと我々は確信しています。八年前、西ドイツのダッハウでの任務でドクターは戻りませんでした。任務は時間転移装置のある改良のテストということになっていました。ですが、今思えばドクター・カプロウはこの戻り降下は……『人種的罪悪感』と呼んでいました。ドクターは殉教者の列に加わったのです」

「で、ついに戻らなかった」

「戻りませんでした。ドクターは故意にその選択肢を拒んだのだと我々は考えています」

若者の顔を、私はまじまじと見つめた。

「我々？」

「カンパさん、ぼくも二重国籍を持っています。新しい姿のスフィンクスで、ぼくは計画主任補佐です。ドクター・カプロウとの関係は、あなたとの関係が終った三年後に始まりました」

「きみは夢を見るんだな」ほとんど声に出さずに言う。「きみも魂遊旅行をするんだ」

「私は幻を見るのです。始まったのはぼくが七歳の時、カラモジャの難民救済センターのひとつで、ゆっくりと餓死していた時です」

一度、言葉を切った。

「私の話にご興味がおありですか。喜んでお話ししましょう」

「日陰に行こう」

私はダーク・アクジの先に立って尾根から降り、湖岸に沿って保護区を囲むフェンスに出た。自分の鍵束をさぐって門を開け、二番めの鍵を探してブレアの泥と網細工のバラックに入った。今は即席の博物館のようなものになっている。中で私たちはぐらぐらするテーブルに座った。テーブルの背後の大きなキャビネットにはマストドンの牙、イノシシの歯、中程度のサイズの野牛ホミオケラス・ニルソニの頭骨と角髄が収められている。それぞれのアイテムにはタグが付いている。しかし観光客が原人の化石を探しても、頭骨のジグソー・パズルの断片が少々あるだけだ。レジのところに、底知れずにやりと笑った「ホモ・ザラカレンシス」を大きくあしらった絵葉書が売られている。私はエアコンのスイッチを入れようとした。暑さと塵埃で、小屋の中は息が詰まりそうだったからだが、ウガンダ人は手をあげた。

「話は短かくします」

ダーク・アクジは説明した。混みあった救済センターで一ヶ月の間、骨と皮になった子どもたちが、栄養失調と病気と、時には愛情不足で死んでゆくのを見つめていた後で、その晩、あたりが溶けてぐにゃぐにゃになった――こう言うと、これが例証だというようにスカラベのタイピンをとんとん叩いた――そして、溶けた紺色の視野の中から繊細なアーモンドの眼をした救い主が形をとった。このありそうにない存在は笑いながらダーク・アクジを呑みこんだ。少年の本質はそのよそ者の食道、胃、腸の青いパイプへ流れこんだ。そしてこれらの光る内臓は表裏がひっくり返り、砂漠の上の広大な空の膜になった。雲のように少年はこの光る膜を脈打って渡ってゆき、ある場所に着いて、そこで少年は雨となった。「非在の終りのない豪雨」というのが私の接触相手の使った表現だ。この状態から自ら抜け出たわけではなかった——抜け出たいともまったく思わなかった——が、やがてカラモジャで容赦なく夜が明け、難民救済センターの喧騒、汚穢《おわい》、哀しみに眼が覚めた。

三日後、ダーク・アクジの夢または幻覚の「救い主」にきわめてよく似た東洋系のすらりとした男性がキャンプに現れた。この異常な外見の男、髭を生やしたヨーロッパ人の写真家、蒼白な顔をした修道女たち、そしてカンパラから来た無情な黒人兵たちの中にあって異常な存在は、どうやら手当たり次第に五人の子どもを選び、キャンプから、ウガンダから、アフリカから連れだした。

「アメリカまで行きました」

男は結論として言った。

「どうやって」

「思い出すのが難しいのです。公式のものらしいたくさんの書類と、説得力のある態度によってです。男は口調はやわらかいのですが、執拗で単刀直入でした。いざこざを起こされないようにしていました」

「しかしその男の動機は何なのだ」

手を触れないでください、という表示にもかかわらず、ダーク・アクジは古代のイボイノシシの歯を展示キャビネットからとりあげ、宝石でも扱うように指ではさんで回した。私の質問への唯一の反応は、半ば嘲るような、半ば聖人のような笑みだけだった。

「たった五人か」

私はウガンダ人に訊ねた。

「かれはできるだけのことをしていたのです。ぼくは南カリフォルニアの裕福な不動産ブローカーに育てられました。そして自分の未来を幻覚に見ることを続けました。そういう幻覚の一つが、住んでいたサン・バーナディーノからエドワーズ空軍基地への高校の予備役将校訓練部隊の修学旅行で、ぼくがドクター・カプロウに会うことを予言したのです。そして……」

相手は言葉を途切らせた。

「そして、どうした」

「そしてここに至るわけです」

イノシシの歯をキャビネットに戻した。

「ここはたしかに暑いですね」

「なぜ私と話したかったのだ」

「もう少し快適な状況で続きを話しませんか。これは単なる顔合わせです。ぼくはサンブサイ・サンズの公式開業のウガンダ代表でもあります。今晩キャバレーでお目にかかりましょう」

制止する間もなく、ドアにすべり寄り、午後遅いまぶしい明るさの中へ出ていた。

「ぼくの後からホテルへ戻られるのに二、三分待ってください。出口はわかります」

いらだち、混乱し、疑惑を抱いて、私はポーチに立ち、豹のような訪問者が金属の門まで来た道をたどるのを見送った。そこで男はくるりと回って手を振った。プラスティックのスカラべが白熱したように輝いた。

「お嬢さんにお目にかかるのが待ち遠しいですよ」

門を押し通り、ホテルにもどる擁壁上の遊歩道のこちら側の端に向かって、きびきびと大股で歩いていった。私はライオンが襲いかかるか、水の中から鰐がとび上がって捕えてくれないかと願った。

モニカーとその堂々たるガレー船奴隷はもう湖の上にはいなかった。なぜ、ダーク・アクジは今の短かい会話にあんなに何度も娘を引き合いに出したのか。そう思うと怖くなった。答えがわかっていると思われたからだ。

キャバレー――より正確にはサンブサイ・サンズのグランド・エンタテインメント・ホールで、縞馬の縞の入ったホイルのカーテンの降りた巨大なステージとオーケストラ・ボックスを備えた、多層式のダイニング・フロア――には、十億ドルかかった我々のコンヴェンション&リクリエーション・センターの公式開業のため、千人以上の人間が集まっていた。

複合施設の一部はすでに三ヶ月前に営業を始めていたが、今夜は我々の努力の結晶、経済的自立への道の新たなスタートを記念するものだった。電気の闇に浮かぶ島のように散らばったテーブルには、多数のアフリカ諸国の高官、遺産で裕福なアラブ人たち、アメリカの軍関係者、それにカジノを渡り歩くヨーロッパの遊び人たちが座っている。ホールの両側のバルコニーの階で、更新世の真に迫ったジオラマの中を、豹たちが往ったり来たりしている。

オーケストラ・ボックス（そこからは『野生のエルザ』のメロディが二十分前から流れている）に最も近いテーブルは、ザラカルの閣僚、ブラヴァヌンビとラッセル＝サラカの司令官たち、それに東アフリカ同盟加盟国すべての代表のために確保されていた。モニカーと私はクオモ中将とタンザニア代表と一緒のテーブルだった。タンザニア代表はきりっとしたアルーシャ族の女性で、このお祭り騒ぎが明らかに不満だった。

一つ向こうのテーブルにダーク・アクジがいて、燐光を発するライムグリーンのタキシードの上着を着ているのが、どことなく不吉だった。自分のスイートにもどってから、彼の名は確かに公式の賓客リストにあることがわかった。しかし我々のグランド・オープニングに招いたアフリカ人の中に、ホワイト・スフィンクスのサクラがいるとは思いもよらなかった。男と眼を合わせないようにしようとしたが、奴の方はモニカーをじろじろ眺め、私には謎めいた笑みを送ってきた。奴を無視するのは至難の技だった。

クオモ中将はいくぶん助けになった。というのも中将はアルーシャの女性と私を、かれのお得意の話題、アイス・ホッケーについての活発な雑談に巻きこんだからだ。我々はこのスポーツに触れたことが無いから、強い関心を持っていると中将は考えていた。モニカーは黙ったままで、タンザニアのロシェル・ムタシングァの冷ややかな態度に、陰気でいていいと励まされていた。モニカーはダーク・アクジの関心には気づかず、男に気づかずにいてくれるのはありがたかった。クオモ中将が昨年のスタンレー・カップのハイライトを忠実に再現するうちに、夜の時間は臨終を看取る時のように、ひき延ばされていくように思われた。

『野生のエルザ』のメロディが終りにきて、ようやく静かになった。そしてマラコイ・ポップス・オーケストラはファンファーレを始めた。期待をこめた人びとのざわめきが静まり、ステージにひどく明るいスポットライトが当たった。そしてアメリカ人歌手兼作曲家のマニィ・バレロが傍に付き添ってムテサ・サラカ大統領の自走式車椅子が袖から現れた。

ホールにいた全員が一斉に立ちあがり、我らが老いた大統領に起立喝采《スタンディング・オヴェイション》を送った。指笛も足踏みも、不相応な賞賛や感謝の叫びも無かったが、にもかかわらず喝采は圧倒的だった。モニカーすら感動していた。というのもサラカが公衆の面前に姿を現したのは、ほとんど三年ぶりだったからだ。国の行事や儀式のほとんどはギコル副大統領が代理を務め、長いこと待たれていたサンズのグランド・オープニングでも、この方式が変わるだろうとは誰も予想していなかった。喝采はたっぷり五分間続いた。

うなずき、笑みを浮かべてバレロは両手をあげて我々を鎮めながら、我々は皆「歴史の日撃者」だという趣旨のことを言った。一方大統領は裕福なかかしのように車椅子に沈みこんでいる。頭の上で闇を睨みつけている金色に塗った頭骨の脅迫を皆暗黙のうちに認めてはいたが、気まずく無視していた。左手のバルコニーを歩きまわっている豹の咆哮がジオラマの防弾ガラスを通しても聞え、バレロはしゃべるのを途切らせずに、そちらに挨拶した。

「……今宵《こよい》、皆さんにはたっぷりとすばらしい演《だ》し物《もの》をお楽しみいただきます。さらにロビーを出たすぐのところにはカジノで二十四時間、ゲームが行われています」

ここでバレロはフットライト越しに、オーケストラ・ボックスのすぐ外のテーブルをすかし見た。

「今晩、ジョシュア・カンパはここにいますか。もちろん、いますね、いや、馬鹿なことを訊いてしまった。ジョシュ、さあ立って、立ってくれないか。ザラカルの美しいキボコ湖のリゾートをヴェガスやモンテ・カルロとまさに肩を並べるものにしたことに対して、喝采を受けてほしいとサラカ大統領がおっしゃっている。さあ、立って、立って。ご列席の皆さん、サンブサイ・サンズ・コンヴェンション&リクリエーション・センターを考えだしたのはこの人物です」

茫然としながら私は立ちあがり、白いスポットライトに眼をしばたたきながら立ちつくし、そして腰を下ろした。数百人のホモ・サピエンスはちょうどよい喝采をくれた。私は彼らに言いたかった、このセンターのすべてが私の責任というわけじゃないんだ。

「サラカ大統領は今宵ここにおられる皆さん全員に申し上げたい。この複合施設からの収益は、学校、農業計画、文化交流、そして東アフリカにおけるテクノロジーの進歩のために使われる資金になります。すでにＺＡＰＰＡ——宇宙航行学による平和と繁栄のためのザラカル監理局は再興されています。そしてこのゼロ年代の終りまでに、アフリカ人が月面を歩いていることに、皆さんは駝鳥の羽根を賭けられてもいいでしょう。サラカ大統領とカンパ大臣が、わずか六、七年前に、この複合施設の建設を国の最重要優先施策とした時に考えていたのはそのことでした。カンパ氏が実入りのいいアメリカの講演サーキットでの身分を投げうったのも、単にザラカルにもどり、国会議員に立候補するためでした。カンパ氏はこの国の誉れ——その二つの国のどちらにとっても誉れなのです。もう一度大きな拍手をお願いしてもよいのではありませんか」

私たち——マニィ・バレロと私——は大きな拍手をもらった。前のものよりも大きかった（とはいえ、バレロは「実入りのいいアメリカの講演サーキット」を私が捨てた件をめぐる事実を、恥かしいまでに曖昧で混乱したものにしてしまった）。クオモ中将は私の背中を叩いた。隣のテーブルからは、ダーク・アクジが謎めいた笑みを送ってよこした。

「おしゃべりはもういいでしょう。お祭を始めましょう。そして最初の演目、開幕はカンパ氏とその美しい令嬢モニカーさん、そして宇宙時代の一大勢力となる可能性をもつ国としてのザラカルへ捧げるものです。ご列席の皆さん、お楽しみください。ライザ・チャグラとゴンベ・ストリーム・チンプスです！」

マニィ・バレロは上手の方を手でさした。それから下手から退場しようと、大統領の車椅子をくるりと回した。マラコイ・ポップス・オーケストラはアップテンポの『ツァラトゥストラかく語りき』に突入し、大きな拍手がまたホールいっぱいに響いた。

縞馬の縞のカーテンが開いて、裏から照明されたスクリムが現れた。その上には二次元だがいかにもそれらしい火山が、抑えた色合いのパステルの風景の上で噴火している。たくさんに枝分かれした電光がこのスクリムの上に閃き、張子のバオバブの幹の周りに赤とオレンジのクレープペーパーの吹き流しが炎のように踊っていた。タンガニーカ湖地方の伝統衣裳をまとったライザ・チャグラが張りだした前舞台に陣取った。そして口笛を吹いた。

五匹のチンパンジーが上手から威張って出てきた。そのうちの一頭は人間の裸に似せて毛を剃られている。そのチンパンジーが何を騙《かた》っているか、私にはすぐにわかったし、遙かな過去への私の伝説的な旅の詳細を知っている人間、ということはつまり今ここにいる者は全員、やはりすぐにわかった。その猿は私ということになっていたのだ。猿が騙っている者が誰かということについてのもう一つの手掛りは、腕に抱えているピンクのプラスティックの人形だった。当初現れた形、じゃりん子としてのモニカーの代わりだ。チンパンジーたちは周囲の「炎」に怯んだ。

「まさか」

モニカーがつぶやき、私は心臓を鷲摑みにされた。

ホワイト・スフィンクスに関ったトラウマの後の二年間、私はアメリカで大学生、テレビのトーク・ショー司会者、新聞の日曜版付録の読者相手に私の冒険を詳しく物語ることで、贅沢《ぜいたく》な暮しをした。空軍とアメリカ政府は私の主張を茶化すのが常だったし、自然人類学の学位を持つ者がモニカーを調べることは認めなかったから、私は面白い畸人《きじん》として広く知られていた。ひと時、私の悪名は高くなり、さらに収入が増し、望ましくない取巻きができ、再び故国とした国のどこの通りでも路地でも、すぐにそれとわかってしまう羽目になった。そして底が抜け、私は昨日のスーパースターの道を下り、メディアから軽んじられる寂しい袋小路から、忘却の末の崩れた煉瓦塀にまっすぐ転げおちた。

母と姉の証言は価値がないと斥けられ、娯楽としての私の価値は涸れはて、暮しは切り詰めねばならなくなり、霊媒や新聞向け占星術師の半ば信頼されなくもない地位から、手相見や空飛ぶ円盤狂いの哀れむべき境遇に至った。母に養われるには自尊心が高すぎたから、一瞬ではあったが、フロリダのパンハンドル地域のガルフ・コースト・コーティングの仕事にもどることを、真剣に考えた――その時、ワシントンDCの大使館員を通じて、サラカ大統領が私の話を確認し、私を嘘つきとしたアメリカ空軍を非難し、ザラカルに戻るよう、私を招いた。

「あなたにやってもらいたい大事な仕事がある」と声明の中で直接私に向けた部分にはあっ

た。「どうか帰ってきてもらいたい」

思いもかけないこの方面（サラカ大統領とアリステア・パトリック・ブレアはこの二年間、頑として沈黙を守っていた）からの救いの手をありがたく思い、私は急いで移住し、後には完全に呆気にとられたアメリカの世間一般と、ペンタゴンと行政府の権力濫用をめぐって悪意に満ちた議論に明け暮れるアメリカ議会が残された。

マラコイで私はアメリカ上院の査問委員会への召喚状を受けとったが、ムテサ・サラカの承認のもとにそれは無視し、ザラカル議会に議席を得るためのキャンペーンの土台を据えはじめた。首都でのパレードと東アフリカのメディアによって英雄に仕立てられ、私の立候補に対立候補は出なかった。当選のわずか二週間後、私は閣僚の一人に任命された。それ以来、勤勉と実直にワベンジのイメージを避けることで、私は自分の選挙区からは完全に信頼され、ザラカルのアメリカ人幹部たちからの信頼をとり戻した。

サラカ大統領がカンパ・カードでアメリカから引き出した譲歩で、私の知らないものは他にもまだあるととうの昔に結論してはいたものの、その疑いも大統領に対する私の感謝の念を弱めることはなかった。モニカーと私はとうとう天が下に居場所を得たのだ。私は時を旅した男であり、モニカーは小さなアフリカのイヴで、その日の午後、ダーク・アクジが指摘したように、私たちは有名人で、その物語は国際的な議論をひき起こした。だけでなく、その死にあたって、アリステア・パトリック・ブレアの派手な衣鉢《いはつ》は娘と私に手渡されたのだった。

今、サンブサイ・サンズのレストラン・シアターで、ゴンベ・ストリーム・チンプスはジョシュア・カンパ伝説の最後の場面の一つを再現していた。この「捧げもの」はモニカーと私には秘密にされていたから、事前に承認するチャンスは無かった。これはまずかった。我々がずっと飲んでいたシャンパンと、私自身のバツの悪さのせいで、ライザ・チャグラのチンパンジーたちのものマネはとりわけ、差し出がましいもの、何か、神聖なものの冒瀆に思われた。私はテーブルの端を摑み、何も言わずにいた。再現はすぐに終る。そしてこれに続く演目や娯楽とともに、すぐに忘れられるはずだ。憤慨して、怒鳴って、この夕べを中断させてみても、意味は無い。

私の役を演じている猿だけが舞台の上に残り、無数に渦まくクレープペーパーの破片から赤ん坊の人形を守っていた。他のチンパンジーたちが下手に急いで引っこむと、ホールの周囲にぐるりと設置されたプロジェクターから、数頭の斑点のあるハイエナのホログラフィによるイメージが投影された。会衆からアーとかオーとか声が上がる中、幻影の生きものたちは私に相当する猩猩科《しょうじょうか》の生きものに迫った。ハイエナたちの眼がトパーズのように光る。ライザ・チャグラは張りだした前舞台の上で、場に合わせた恐怖をパントマイムで演じ、前腕で両眼を覆い、片側にうずくまった。その時、けばけばしい月面モジュールが——ワイヤに吊るされて——モニカーと私を救出しようと降りてきた。この仕掛けに、ショービジネス版宇宙服を着たチンパンジーが二匹乗っていて、乗機からとび降り、ハッチから明るい黄色のホースを引き出しはじめた。

「こんなのたまらない」

モニカーが叫んだ。やかましい音楽に負けずに聞えるほど大きな声だ。

「あなたの名誉が侵害されたと感じているのかしら」

と訊ねるロシェル・ムタシングァの口調は、今さら心配しても遅いと言いたげだ。

「わたしのじゃない、チンパンジーのです」

「ライザ・チャグラとゴンベ・ストリーム・チンプスは長年、タンザニアの善意の大使です。かれらの名誉が疑われたことは一度もありません」

「そうかもしれませんけど、これはあの小さな連中の俗悪な搾取です」

「搾取ですって」

「その通り。ムタシングァさん、あのチンパンジーたちはお国にとってのニガーです。亡くなったニエレレ大統領なら、こんなヘドが出るような下品なものは決して認めなかったでしょう」

「ご婦人方」クオモ中将がとりなそうとした。「冷静に」

「あなたの娘さんの発言は未成年だから責任がないという範囲を越えています」ロシェル・ムタシングァは怒って私に向かって言った。「あなたが承認されてるんですか」

「いや、もちろんちがいます。モニカーは――」

「いい加減にしてよ」

舞台ではじゃりん子と私がスパンコールで覆われた与圧服を着たチンパンジーとともに月面モジュールに乗りこんでいた。水に漬かったクレープペーパーの吹き流しは床の上にぺったり伸びていた。一方、古代のサラカ山は裏からやわらかく照明されて、ごろごろと鳴っては噴火していた。モニカーも唸り、噴火しつづけた。使っている活き活きとしたアメリカ流の表現は、裕福な同級生たちの使う語彙からはかけ離れていると、私は思ったものだ。一方、月面モジュールは紙の炎――とワイヤ――で布製の大空へ昇っていった。

ライザ・チャグラと七匹のチンパンジー全部が袖から出て喝采を受けると、モニカーはいきなり立ちあがって、自分のシャンパン・グラスを横に払いのけて床に落とした。いやがらせ《モンキー・ビジネス》はまだ用意されているようだったが、モニカーはそんなものをこれ以上我慢する気は無かった。幸い、ホールは闇に包まれていたから、モニカーの嘆きはすぐ近くにいる者たち以外の眼に触れることは無かった。

「父さん、気分がよくないの。すぐ、ここから出なくちゃ」

私は立ち往生した。賓客を見捨てるのはもてなす側としては礼を失する、外交上の礼儀作法に反すると言ってもよかった。しかしモニカーが本当に病気なら、私たちのスイートまで同行するのは私の義務だ。この後の演目の間、私がいてもいなくても、ここの連中に大した違いは無い。

ゴンベ・ストリーム・チンプスが宙返りを披露しはじめると、ダーク・アクジが椅子を半ば後ろへ押しやって、如才なく軽く会釈した。

「カンパさん、小生をお使いください。どうぞ、ご用命を」

あわてて私は押し止めようとした。

「父さん、その人でいいよ。身なりもきちんとしてるし。靴も磨いてある。部族の誉れでしょ。どこの部族でも」

「カラマジョンです」

「なるほど。生き残りね。この人で大丈夫よ。バイバイ。抜けだせたらまたね」

腕を組んで二人は多層になった闇の中へ姿を消した。ティム・ンジェリともう一人の保安担当が扉で二人を迎えて上の階へ同行するはずだ。それでも事の成り行きが私には気に入らなかった。ダーク・アクジは赤の他人で隠れた意図を持つことを認めていた。それに今日十五歳になったばかりの娘へのあの男の関心は、不吉なものに思えた。若者の気まぐれな恋愛感情による遅まきながらの心臓の顫動ではすまないのではないか。つまるところ、あのウガンダ人は私よりそこまで若くはない。

ジャネット・モネガルとウィットコム夫妻からの誕生日の祝電を持って、私は十四階でエレヴェータからよろめき出た。朝の二時半で、ティム・ンジェリとダニエル・ユノトが私のスイートの扉で見張りに立っていた。というよりも、ダニエルは立ったまま一種のトランス状態で、ティモシーはユーカリの鉢の裏に隠れてじっとうずくまっていた。リゾート・ホテルの廊下の保安要員というよりも、ブッシュ地帯のイルモランという風情だ。

「お嬢様は気分がよくなっていると思います」

ティモシーが言った。

「ウガンダのアクジ氏はどうした」

ティムは扉に顎をしゃくった。

「まだ一緒にいるのか」

信じられない思いだった。

「バルコニーから身投げしないかぎりは、どこにも行き場はありません」

私の不満の顔をティムは正しく読みとった。

「お嬢様がどうしてもと言い張ったのです。それに今日は誕生日ですし」

「誕生日は昨日だよ」

中に入り、ほっとしたことに、ダーク・アクジは私のホットプレートと小さな陶器のポットで湯を沸かしていた。この一組はワベンジとしてのささやかな贅沢で、その使用を禁じている施設に持ちこむのにも、いささかも痛みを感じたことは無かった。アクジは燐光を発する上着は脱いでいたが、その他はきちんと服を着ていた。だからといって、最後にその姿を見てから五時間もたっていれば意味は無い。が、私は意味があるふりをした。

その晩、肩にかけていたカラフルなマントを敷いて、モニカーはサンブサイの乙女の恰好で寝息をたてていた。小さな乳房は外に現れ、剃った頭が黒曜石の卵のように輝いていた。二十年前のサラカ大統領の写真がベッドの上の壁からモニカーを見守っていた。娘宛の電報を伸ばしたその手の傍に置いてから侵入者に向きなおる。

ダーク・アクジはお茶のデミタス・カップで私に乾杯し、一杯どうですかとたずねてきた。私は断った。

「きみはなぜここにいるんだ」

おそらくはそのお茶の香りだろうか、渋味のある薬草の匂いが部屋の中に広がった。

「保護区よりも気分の良いところでお話ししたかったのです」

私はコートと靴をぬいで、ぐったりと椅子に座った。この姿勢で私が疲れているとわかってくれないか。

ダーク・アクジは言った。

「あなたはもう魂遊旅行をされないんですね」

「体にその気はあるが、魂は弱い」

「なぜかと不思議に思ったことはありませんか」

「なぜ、魂が弱いのか、か」

「子どもの頃、他の子とは違う存在にしていた夢がなぜ『治った』のか、です」

「ウッディ・カプロウとホワイト・スフィンクスが、私の韻律が合っていることを利用して、その夢を私が生きるようにさせたからだ。それが理由だ。私は夢を自分のシステムから追い出した。それで過去十四年間、私は普通の人間だった」

「普通のセレブでしょう」

この重箱の隅をつつくような訂正にはしかめ面で応じた。

「あなたの魂遊旅行、夢旅行は予言だったと考えたことはありませんか」

「何の予言だ」

「一九八七年晩夏の長い一ヶ月の間にあなたに起きたことの予言です。あなたの夢はホワイト・スフィンクスの作用を通じてついに実現した時間旅行体験の予感だったのです。あなたは過去だけでなく、未来も見ていた。わかりますか」

「こういう話には今日はもう遅い」

「そういうことはまったく思いつかれませんでしたか」

「ない。まったく無いね。魂遊旅行のエピソードで起きたことは、ひとたび私が肉体的にその過去に転移した後では起きなかった。だからあの夢は予言では無かったのだ」

ダーク・アクジは何だかわからないカップの中のものをすすり、湖を見渡す全面がの窓になった壁の前をぶらぶらと過ぎた。私がいらだっても、まごつきはしない。その態度は私の満足よりも、自分の好奇心を満足させることの方が大事だと言っていた。この男は何を望んでいるのか。何をめざしているのか。こういう質問をどなりつけてやりたかったが、答えを知りたいと切実に願っていることをそんな形で剝出しにしてしまうのも嫌だった。モニカーが眠ったまま、身じろぎした。

「あそこで起きたことを、どう感じてらっしゃるんですか」

カップで窓の方をさして訊ねた。

「つまり、あなたの人生のあの奇妙な中断を、今ではどう感じてるんですか」

「そのことは努めて考えないようにしている」

「なぜです」

「年が経つごとにだんだん遠くなるからだ。そしてあれは何も起きなかったのではないかと半ば恐れているからだ」

「失楽園ですか」

私は眉を上げた。これはどうとればいいんだ。

「でも、お嬢さんがいるじゃないですか」

ダーク・アクジはベッドに顎をしゃくった。

「お嬢さんの現実性を疑うのは、この世の現実を疑うのに似ているじゃありませんか」

「私はこの世の現実を先に疑う。それは確かだ」

「あなたがそう感じるのは興味深いです。ドクター・カプロウは頻繁に短期間、過去に自ら転移していました。移行を可能にする能力を使いきってしまわないように、行くのはいつも短期間にしていました。でも戻ってくると、時に現実の『影像《シミュラクラム》』に戻ってきたと言うことがありました。ドクターが使っていたのはその言葉です『シミュラクラム』」

物思いに沈んで、ダーク・アクジはカップの縁に唇をつけ、それからまた話した。

「絶えずトランスコーディオンで連絡をとっていても、ドクターは安心しませんでした。我々の転移装置から出てくるたびに、自分が幽霊とドッペルゲンガーの世界に入るのではないかと恐れていました。旅をするたびに現実から離れていくのだと、一度ぼくにも言われたことがあります。やがて殉教者のぞっとする過去がドクターにとって第一の現実になり、そしてドクターはそこに留まることを選んだのです」

このささやかな話に私はぎょっとなった。モニカーの脇に横になって眠るなら、眼が覚めるとサンブサイ・サンズは雲散霧消し、世界そのものも蒸発しているのだろうか。そうなった時、私はどこにいる。地獄の辺土《リンボー》で、そこでの私の幽霊としての条件から、私の人生である役割を果した人びととそれ以上連絡をとることが禁じられるのだろうか。時間が遅いこと、飲んだシャンパン、ダーク・アクジの人を混乱させる存在に、私はぶるぶる震えだした。

「きみ自身、自分が幽霊だと思っているのか」

私はこの天敵に訊ねた。

「もちろんです。まったくその通りです。でも、おそらくはドクター・カプロウが暗示しようとしていた形の幽霊ではありません。ぼくらは誰しも、一人ひとりが他の誰かの幽霊なのです。ぼくらは一人ひとりがぼくらの祖先、生きている者と死んでいる者双方の祖先の魂にとり憑かれています。さもなければどうして夢を見ることができましょうか。ぼくら自身がこの意味での幽霊だと信じないなら、ぼくらはぼくらの始源から切り離されて漂流してしまいます」

理解できないまま、こんな話には遅すぎる、と私は思った。声に出して言った。

「何が望みなのだ。これはいったい何の話なんだ」

窓の前の彫刻の入ったサイドボードに、アクジはカップを置いた。その把手にきらめいた強い光は、リフト・バレー西側の山々の上の星々の輝きをあざ笑うほどのものだった。

「ホワイト・スフィンクスは再興されました。ですが、力を入れるところが違います。今度はぼくらは戻る代わりに先へ進むことにしました」

「追跡できる共鳴は無いよ」

「ドクター・カプロウから昔何か聞いているかもしれませんが、それにもかかわらず、先へ進むことは可能なのです。主に必要なのは、魂遊旅行が、先へ進んでいる世界線に沿って伝わっている時間航行士です」

　この情報にうろたえて、私は娘を見た。

「この件についてモニカーと話し合いました。お嬢さんは参加を熱望しています。得るものは大きいのです」

「ワベンジの謝礼金だ」

　私はわめき、立ちあがってベッドへ近づいた。

「やらせはしない」

　私はモニカーの脇に座り、その手をとった。手は暖かく、柔かさは心に響いた。どうしてこの子をダーク・アクジの保護にゆだねることができようか。この子へのその関心は師としてのものだけでなく、肉体的なものでもあるにちがいない。モニカーの眼が開いた。一瞬その眼は透明で、光を放ち、底知れず、二人してもどる前のじゃりん子の眼のようだった。

「魂への報酬です」

　ダーク・アクジが応じた。サイドボードの上に座り、踝で脚を交叉させている。

「お嬢さん自身にとってだけではありません。生きのびて、その未来を自分たちの現在とするすべての人間にとってです」

　モニカーは膝を引きあげ、私の手からするりと抜けた。その顔には驚くべき表情が浮かんでいた。モニカーの外見はハビリスよりもずっと人間寄りだった。私の血が母親の血を圧倒したようだった。今夜はヘレンに似ていた。見慣れないその眼のきらめきに、怖くなると同時にうっとりとなった。

「それには親の承諾が要るぞ。モニカーはまだ未成年だ。モニカーの参加には私の同意が必要だ」

「承諾してくださいますよ」

「するもんか」

 やや間を置いて、ウガンダ人は言った。

「ぼくは二週間絶食しています。絶食中は少量のサイザル茶しかとりません。そして絶食すると、幻覚を見ます。おわかりのように、未来を見ます。そして、今晩、先ほど、モニカーのいるところで、あなたがモニカーが参加することに同意するのを見たのです」

「どうしてそんな気違いじみたことを私がするというのだ」

私の声は震えていた。

「モニカーの信頼を回復するためです。あなたはそれを失っている。思うにあなたの母親、作家があなたの信頼を失ったのと同じ理由でしょう。あなたの母上は、ある卑しむべき短期的目的のためにあなたとの関係を利用しようとした」

「モニカー、私も同じことをしたと思っているのか」

娘は私を見つめた。事実上、何も見ていない。

「お嬢さんはとり憑かれているのです。トランスの効果が眠りで消える前に起こしてしまった」

「薬を盛ったのか」

「お嬢さんの完全な合意のもとにです。この状態でモニカーは長の歳月を越えて、母親の霊と交感しています。モニカーによればあなたは母親のことを口にしたことが無いそうですね。ですから、しばらくの間、ぼくが助けてモニカーは母親になっているのです」

「連れもどせ」

私はウガンダ人に命じた。

「それよりもぼくらがお嬢さんのもとへ行く方がずっといいでしょう。もちろん、あなたはこのチャンスを捕えて、あなたのハビリスの奥様の魂に触れますよね」

私は男を睨みつけた。アメリカからザラカルにもどった冬、トマス・バビントン・ムビアがワンデロボロの魔法の儀式を使って、ンゴマの世界に連れていってくれた。そこでかれは私の魂と、かれの死んだキケンブ族の妻ヘレン・ミサガの魂とを正式に娶《めと》せた。このヘレンは私の更新世での花嫁の二十世紀における化身とバビントンは信じていた。その冬、少ししてからバビントンは死んだ。しかし私に関するかぎり、ヘレンと私は永遠に、気持ちの上だけでなく、法律上でも結ばれたので、わが師匠の即席の儀式によって「今」「ここ」においても、私たちの絆は正式なものとされたのだった。

「カンパさん、あなたは本当にヘレンを愛していたのですか。それとも手近なところで性欲を処理していただけのことですか」

「娘を戻して、ここから出ていけ」

「まことに失礼しました。もちろん、ヘレンを心底愛しておられた。そしてもう一度親しく言葉を交わしたいと思っておられる」

「いい加減にしろ、この——」

「でも、そうでしょう。死んで長く経つ奥様に会いたいと思っておられる。ぼくはお手伝いできるのです」

決まっていたはずの私の決心は弱まり、私を打ち負かしたことを直観的に覚って、相手は扉のところへ行った。ダーク・アクジ、アニミズムへの深い共感を備えたカラマジョン族の物理学者。アクジはティモシー・ンジェリとダニエル・ユノトをスイートに招き入れた。私がモニカーの体にいる幽霊と仲むつまじく交信するには、二人のうちどちらかの助けが要るというのだ。参加しない方の保安要員は監督、オブザーバーとして儀式からは離れている。そうすれば、私が完全にダーク・アクジの支配下に入ってしまうという心配はなくなる。しかしティモシーもダニエルも、この仕組みに積極的に参加したいと思っている様子は無かった。私が何か指示するのを待っていたのだ。が、私にできることはただ、途方に暮れて、ベッドの上の娘を見つめていることだけだった。

ダーク・アクジは自分のタキシードの上着のところへ行き、内ポケットから葉を刻んだものと、何かの根に見えるものが入ったプラスティックの袋を二つ、取りだした。袋を開き、中身をホットプレートの上の茶のポットにふり出し、バスルームの水道栓から満水にし、ホットプレートのスイッチを入れ、この一服をたっぷり五分煎じた。その間ずっとはっきりした旋律の無い曲をハミングしていた。ポットから湯気が噴き出すとともに、刺激のある香りがたち昇った。薄荷の入ったアンモニアのような匂いだ。

ティモシーとダニエルはどちらがオブザーバーになるか決めるため、硬貨をはじき上げた。硬貨は表（サラカ大統領の側）が出て、ダニエルが扉まで下がって見守った。

服を脱いで、Tシャツとブリーフだけになり、ティモシーと私にも同様にするように薦めてから、肺を空にしてポットからの匂いの強い蒸気を深く吸いこむやり方をしてみせた。私たちはその勧告にしたがった。それから私たちは部屋の真ん中に三角に座り、膝を拳で叩きだした。床に置かれた蓋を開いたポットからの湯気に私たちの注意が集中した。ほどなくホテルは膝を叩くのに合わせて消えたり現れたりしはじめた。モニカーはひどく高いところから見るように、私たちの儀式を見下ろしている。モニカーはホテルと入れ替わりに明滅してるようにみえた。

私は眼を閉じ、時間は従来からの意味をすべて失った。歴史は無効になり、未来は無期限に先延ばしされた。

それから眼を開くと、周囲は灰色が脈動し、明るくなるとの予感がしていた。私は独りだった。が、そこは物質でも次元でも無かった。手には体がついておらず、体にも手が無かった。その時、扉が内側に開き、長く会っていなかったヘレンがその戸口に立っていた。一点の染み一つない白い服とエプロンがまぶしい。靴まで履いている。足は靴の中で並外れて大きく見えた。まるで記念碑の台座だ。涙で私の頬はさわやかになり、戸口の蒼白い四角の中からヘレンをひき出そうと、私は急いで前へ進んだ。

「こんなものを着ていてはいけない」

ヘレンの前に跪いて、私は言った。

「きみの品格が台無しだ」

靴は安い青のスニーカーで、厚いゴム底がついていた。私は靴紐をほどきだした。涙で手許が見えにくい。それでも靴紐をほどき、片足ずつスニーカーをひき剝した。私は立ちあがり、永遠の一瞬、ヘレンを抱きしめ、私の体に触れるヘレンの体を感じ、父親が子どもを抱くように抱きしめたまま揺らした。糊のきいたヘレンの服もうるさくなり、エプロンを支えている紐をゆるめ、達人の手つきで服のボタンを外し、どちらも床にすべらせた。そこに私のVネックのTシャツと美しいフルーツオブザルームも加わった。ヘレンは何をしているのかという優しい眼で私を見た。が、獣とミニドの無垢の裸にもどしたことで、私を叱りはしなかった。代わりにヘレンは指先で私の瞼を閉じ、節くれだった片方の手を私の心臓の上に置いた。

私はまた眼を開いた。私のダブルベッドの周りにホテルのスイートが再び現れていた。私はそこにヘレン・ハビラインと共にいた。ンガイとダーク・アクジの謎の一服よ、讃えられてあれ。


「カンパ様――カンパ様、もう失礼してよろしいでしょうか」

私を見下ろしているのは、強烈に明るい眼と、たっぷりした健康な口をして、おちついたサンブサイ女性の顔だった。仰天して私は相手の視線から外れるようにベッドの縁から滑り降りた。女性は白いホテルのメイドの制服を着ていた。この女がここにいることの意味はどういうことか、考えてみようとした。見回すとティモシー・ンジェリが私のティーポットの脇の床で意識を失っている――かれは下着姿だが、私はすっ裸だった――そしてダニエル・ユノトは大槌で殴られたように隅にくずおれていた。モニカーとダーク・アクジの姿はどこにも無かった。展望窓の外の空は、気がひきしまる青だ。

「ここで何をしてるんだ」

「ノックしてもご返事が無かったもので。部屋のクリーニングに来たのです」

女は申し訳なさそうな笑みを浮かべた。

「夜明け前にか」

「あら、とんでもありません。ずっと後です。もうすぐお昼です」

さらに少し訊いてみると、女は私のスイートに二時間近くもいて、悲惨なまでに予定から遅れていた。もし行かせてもらえないと支配人にクビにされ、リクリエーション・センター南東の、わびしい辺境に伝道団が作った居留地にもどらねばならなくなる。そこでの暮しは厳しく、それは退屈なのだ。私は体にシーツを巻きつけ、五十米ドルに相当するものを女に与え、できるかぎりスケジュールに追いつくようにと言った。サンズの支配人の怒りから、私は守ってやるから。女は礼を言って去った。

私は服を着て、部屋の中を歩きまわりながら、気持ちの整理をつけようとした。ダーク・アクジは私たちの眼をくらましたのだ。やつのンゴマの儀式は狡猾な騙りだ。いや、そうだろうか。ティモシーとダニエルはもうすぐ目覚めるだろう。息の音からわかる。一方で、私は二人の助け無しに自分の考えをまとめたかった。一瞬でも——少なくともほんの一瞬でも——私のヘレンのンゴマがあのホテルのメイドの気持ちのよい体に宿っていた、というのはありうるのか。こういうことが起きたにもかかわらず、私はとても気分が良かった。

モニカーは書置きを残していた。私の母からの誕生日の祝電の裏に書いていた。

父さん

わたしを連れもどそうとしなければ、これをやる許可をくれたことになります。わたしたちはモーター付きのランチでキボコ湖をウガンダ側に渡ります。わたしたちを捕えようと思えばたぶん捕えられるでしょう。でもそうしないでくれることを、心から願っています。父さんには父さんの番が回ってきたでしょう。今度はわたしの番です。たぶんある日、ダークとわたしは現在にもどり、出てきた未来をみんなに指し示すことができるんじゃないかな。ジャネットお祖母さんとアンナおばさんには、大好きだと伝えてください。そして、父さんもとっても大好きです。

父さんの娘
じゃりん子

私はエレヴェータでロビーに降り、力が吸いとられるような暑熱の中を船着場へ歩いた。暑さにもめげず、観光客が何組か、手漕ぎのボートで湖に出ていた。この元気な人びとが懸命に漕いでいる頭上の色とりどりのパラソルの縁飾りがそよ風に揺れている。娘の書置きでは、やればば私たちは追いつけるだろうと娘は思いこんでいたが、娘とダーク・アクジはすでに湖の西岸に着いているはずだ。ザラカルとウガンダの間の、油断のならない荒野で二人に追いつくことはまだ可能かもしれないが、二人の逃亡を大々的に知らせようとはしなかった。
そう決めたにもかかわらず、私は波止場の桟橋のように突き出た腕に沿って、湖岸を南北に走る遊歩道へもどった。そこで北へ折れ、複合施設全体に水を供給している浄水プラントへ向かった。プラントを囲むフェンスの中に自分の鍵で入り、ザラカル政府での地位のおかげで、二人の制服を着た衛兵の反対も排除した。自分たちのささやかな管轄地に私がいったい何の用があるのか、不思議に思っているのは明らかだった。

金属パイプ、圧力計、ハンドルの迷路をぬけて、きれいな砂地へ出た。ここに砂漠の空に、巨大な給水塔が聳えていた。塔の巨人の脚の一本に付いている狭い鉄の梯子を登り、キャットウォークからキボコ湖の向こうの娘を見はるかした。衛兵たちとプラントの係が他に数人、私が登るのを見て、無謀さに肝をつぶしていた。

それから私はジャンプして、支えの棹の一本を両手で摑んだ。プラントの係たちは息を呑んだ。内側へ向かって長く滑りだすと、私の両脚は窓サッシの錘のようにぶら下がり、かれらは叫んだ。

「カンパさん、危ないですよ！　気をつけてくださいよお」

かれらの叫びは熱狂的な賛辞となって私を励ました。タンクの真下で交叉するところまで支柱を滑り、そこでぶら下がったまま、乾いたそよ風に吹かれ、モニカーを追って、西の方を見つめた。少なくともこの曲芸をしている間、私はそれはそれは幸せな人間だった。

訳者あとがき

アメリカのサイエンス・フィクション作家マイクル・ビショップの *No Enemy But Time* の全訳をお届けします。長篇としては八ないし九作め。一九八二年四月、デヴィッド・H・ハートウェルが編集する Timescape Books（発行元は Simon & Schuster）の一冊として刊行。翌年度のネビュラ賞最優秀長篇部門を受賞しました。同年のジョン・W・キャンベル記念賞ではオールディスの *Helliconia Spring* に続いて第二席とされました。

　これまでにスペイン語（一九八四、二〇〇五）、イタリア語（一九八四）、ドイツ語（一九八四）、ポーランド語（二〇〇〇）に翻訳されています。

　ビショップは前年度に“The Quicken”がネビュラ賞最優秀ノヴェレット部門を受賞しています。「胎動」として小《お》尾《び》芙《ふ》佐《さ》訳で『SFマガジン』（以下SFMと略称）一九八四年二月号に掲載。後、小《お》川《がわ》隆《たかし》＋山《やま》岸《ぎし》真《まこと》編『八〇年代SF傑作選』上巻に収録。また翌年に、本篇の姉妹篇というべき“Her Habiline Husband”（Ancient Of Days、一九八五に編入）がローカス賞とSFクロニクル賞の両賞を最優秀ノヴェラ部門で受賞しています。

　ビショップの訳書が出るのは久しぶりなので、経歴について簡単に触れておきます。一九四五年十一月十二日にネブラスカ州リンカンに生まれましたが、本書の主人公ジョシュアと同様、父親が軍人で、幼少期は世界各地の基地を点々として過ごしました。幼稚園は東京で、高校はセビージャで過ごしています。ジョージア大学で学位を取り、一九七四年にフルタイムの作家となるまで教職についていました。ジョージア州パイン・マウンテンに長年住み、ジョージアを舞台にした作品がいくつもあります。

一九七〇年十月のGalaxy誌でデビュー。長篇デビューは一九七五年の*A Funeral For The Eyes Of Fire*で、後、*Eyes Of Fire*として一九八〇年に全面改訂しました。冬川亘《ふゆかわわたる》訳『焔の眼』として、一九八二年八月、早川書房／海外SFノヴェルズより邦訳が出ています。この二つを二本と数えるか、一本と数えるかで、長篇の数が変わるわけです。

同年にデビューした書き手としてはヴォンダ・N・マッキンタイア、コニー・ウィリス、パメラ・サージェントがおり、翌年にはオクタヴィア・E・バトラー、グレン・クック、前年にはイアン・ワトスン、ジョー・ホールドマン、マイケル・G・コーニィがいます。

ビショップはこうした匆々《そうそう》たる人たちの中でも大型新人として、まず優れた中短編の書き手として注目されました。「宇宙飛行士とジプシー」浅倉久志《あさくらひさし》訳、SFM一九七五年五月号（“Spacemen and Gypsies” 一九七一）、『樹海伝説』浅倉久志訳、集英社 ワールドSFシリーズ8、一九八四年十月（“Death and Designation Among the Asadi” 一九七三、後に*Transfigurations*、一九七九 に編入）、「幼年期の白いラッコ」増田《ますだ》まもる訳、SFM一九九一年八月号（"The White Otters of Childhood"、一九七三）、「キャサドニアのオデッセイ」浅倉久志訳、ＳＦＭ一九七五年四月号（"Cathadonian Odyssey"、一九七四）などがまず挙げられましょう。

といって長篇が不得手なわけではないことは本書でも明瞭ですし、*Unicorn Mountain*（一九八八）でミソポエイク・ファンタジィ賞、*Brittle Innings*（一九九四）でローカス賞最優秀ファンタジィ長篇賞とＳＦクロニクル賞最優秀長篇賞を受賞しています。近年は友人の経営する出版社から、新作の他、過去の作品を改訂して出しなおしています。もっとも本作については完璧で改訂の必要は無い、とのことでした。底本は初版ハードカヴァーで、電子版も適宜参照しました。

さて、本書ですが、少なくとも二回は読んでいただきたい。そうして初めて、作者がたくらんだいろいろな仕掛けが見えてくるでしょう。それらの仕掛けは話の本題、この話は何を語ろうとしているのかに直接結びついています。翻訳はすなわち精読ですが、翻訳をしながらこれほど「発見」「気づき」の多い作品は初めてでした。同じシーンを角度を変えて読むように促され、そう読んでみると、新たなモチーフ、テーマ、アイデア、イマージュが立ち上がってくるのです。加えてさりげない細部が人物と世界と物語を深めます。それまで見えなかったつながりが浮上します。再読以降はおそらく面白くてやめられなくなると思います。

小説を読む歓《よろこ》びがふつふつと湧きあがってくるのを感じられるはず。一つの試みとして物語内部の時間経過を追って、章の順番を入れかえて読むのも楽しいかもしれません。「一つにつながった順番では伝わらない本当のニュアンスが伝わってきた。チェンジャーがカチリというたびに、話が語り直され、磨きがかけられる」（「プロローグ」）ならば、作品としてすでに順番がごちゃまぜになっているものを、一つにつながった順番で読むことも同様の、あるいは逆の作用を呼び起こすでしょう。

ルーシャス・シェパードと同じく、ビショップはプロットだけを、次に何が起きるかだけを追いかけてはいません。それと同じくらい、場合によってはより大きく、いかにそれが起きるか、なぜ起きるか、そして起きなかったならばどうなっているかを、読む者に提示し、暗示し、考えさせます。そのために、起きたことをいかに描くかにも心を砕きます。

音楽は鳴っている音と同じくらい、鳴っていない音も重要です。沈黙もまた音楽を成立させる不可欠の要素です。小説も書かれていることと同じくらい、書かれていないことも重要です。書かれていないことがどうやってわかるのか。それが想像力を働かすということでしょう。読書がテレビ・ドラマやアニメとは異なるインタラクティヴな活動であるのはそこのところです。やはりインタラクティヴな活動であるゲームと異なるのもそこのところです。ゲームはルールが予《あらかじ》め決められています。読書は書き手が設定しているルールを探るところから始まります。

本書の主題は一つではありません。個人のアイデンティティ、すなわち自分は何者か、どこに、何に帰属しているのか、それを決めるのは何か、何が自分を作っているのか、という問題がまずあります。帰属は空間的だけでなく、時間的にも造られます。さらに、原人と現生人はどこで何によって分けられるのか。すなわち知性とは何か。頭がいいとはどういうことか（今のわが国に生まれ育って、どんなに「頭がいい」人間でも、更新世の東アフリカに単身放りだされて生き延びられる人間はまずいないでしょう）。ハンディキャップのある人間の子育て。非言語コミュニケーション（唖の母に生まれたことは、発話に基く言語システムをまだ持たないハビリスとの意思疎通に影響があったか）。ポスト・コロニアルの角度もあります。

本作が検討している多様な問題のうち、時宜的にも最も重要なものの一つをとりあげてみれば、差別でしょう。主人公が小柄な黒人であることは様々な形の差別を引き出します。養母の生まれ故郷の人びとによるものは他よりも剝出《むきだ》しですが、それだけではありません。一見合理的理由があるように見えるもの（アメリカ空軍の身長制限）にも容赦はありません。それに何よりも、ホモ・サピエンスと「ホモ・ハビリス」とのラヴ・ストーリーは先行人類への差別、ホモ・サピエンス以外の存在への差別をあぶり出します。さらに、それだけでもありません。より隠微な、しかし明瞭に存在する差別へのさりげない言及が、巧妙にちりばめられています。たとえば障碍《しょうがい》のある母親への偏見は当人だけでなく、その子どもへの差別につながります。それも一見対極の立場、環境にある人間たちからまるで同じ形で示されます。あるいは二二章での「混血児」。ここでは主人公が混血の人間を差別しているわけではなく、そういう差別があることを指摘しているだけではありますが、差別そのものを無いことにしているわけではありません。さらにはそのすぐ後の昆虫に対する感情。これを「差別」と言うのは言い過ぎかもしれません。しかし、この感情は差別へと通底しています。著者はこの感情をわざわざ書きとめているのですから。そして自分が「所属」しているハビリスの集団とは別の集団への主人公の意識。主人公はその意識を自分にふさわしくないと自覚していますが、意識そのものを否定はできません。

差別は自分は何者かという認識、帰属意識、自己規定と密接にからみあっています。「差別を無くしましょう」とお題目を唱えたり、「差別語」を排除して無いことにしたりするだけで、どうにかなるようなものではないことを、この作品は示しています。差別をするなと言われることはすなわち、自分が何者であるか、すなわち生まれてこの方当然として意識すらしていなかったことを真向《まっこう》から否定されることにもなりえます。だから差別を差別として認識し、これを改めるのは途方もなく難しい。たとえばの話、上記の蟻《あり》たちが立ち上がり、Insect Lives Matter と主張しはじめたとすれば、我々人間はどう反応するでしょうか。進化の上でヒトが脊椎動物の現時点での究極の形とすれば、蟻は無脊椎動物の現時点での究極の形です。動物の肉を食べることはよくないが、植物はいくら食べてもかまわないとする論理の底に、植物への「差別」が無いと言い切れるでしょうか。見方を変えれば、植物は食べてもいいとする感覚は「差別」につながるものではないのでしょうか。この作品はそこまで問うています。

差別の根源にまで降りてゆくそうした問いを、この小説は大上段から突きつけることはしません。質の高いユーモアを織りこんで、日常的に差別をされていた現生人類の一人が、先行人類の一人、こちらもまた差別されている存在と恋におちるという、法螺《ほら》として語ります。それを可能にするのは、主人公の夢を見る能力、ごく稀《まれ》な、一種の超能力です。それは他の人間には不可能な体験を可能にする能力ですが、それを恵まれた当人にとっては「呪い」としか感じられません。主人公は二重に差別されています。夢を見る能力による差別は、肉体的特徴による差別とはレベルが一つ異なるものでもあります。

しかもこの能力は、何らポジティヴな「成果」を生みません。少なくともジョシュアやカプロウにとっては生みません。むしろ夢で見ている過去の方に取り込まれるリスクさえあります。カプロウは実際、帰ってきませんでした。それがそうではないかもしれない、という希望が生まれるのはじゃりりん子モニカーによってです。文字通り未来を夢見ることで、そこへ至る道筋を示せるかもしれない。モニカーの存在は「奇跡」以外の何ものでもないでしょう。

先ほど質の高いユーモアと書きました。このユーモアをうまく訳しだせたか、まったく自信はありません。それ以前に、すべてを適確に感得している自信もありません。訳者としてはとにかくベストを尽くした、としか言えません。そもそも、著者は故意にユーモアのセンスを抑制しているのか、それともたくまずして出てしまっているのか、それすらはっきりしない箇所があります。その両極の中間のどこか、ということもありえます。著者がまったく意図していないところが、ユーモラスになってしまっていることもありえます。あるいは意図してユーモラスにしているのか、意図に反しているのか、はっきりとはわからないこともあるのです。

たとえば「後退《あとずさ》り吊《つ》り台」と訳したBackstep Scaffold。タイムマシンの先端部分、「過去」へ挿入される仕掛けですが、scaffold には建設現場などで使われる「足場」や「吊り足場」また臨時の組立て舞台の意味の他に「絞首台・断頭台」の意味があります。scaffold に行くのは死刑に処せられることと同義です。

あるいは「大団円」と訳した言葉はCodaですが、これにはもう一つ、children of deaf adults つまり聾者である親のもとに育った（耳の聞える）子どもという意味があります。

もう一つ、主人公ジョシュアの生母の名前「エンカルナシオン」は encarnar する人を意味し、スペイン語の encarnar は俳優が演ずる、擬人化するの意味とともに神が受肉する、つまり神の子として生まれる意味もあります。

　言えることはビショップには天性のユーモアのセンスがあり、本人もそれを自覚し、時に意図的に、時に無意識に、活用ないし発散しています。意図的な計算の中には、あえて故意に出さずとも出てしまうことも含みます。本篇全体が、タイム・トラベルものに対するパロディないしバーレスクでもあります。どちらかといえば後者でしょう。

　もっともタイム・トラベルものは本質的にサイエンス・フィクションという手法に対するパロディないしバーレスクでもあります。それは「シリアス」なテーマを追及するよりも、一つの思考実験、「常識」をひっくり返すことが当然とされているサイエンス・フィクションにおいてすら当然とされている「常識」をひっくり返すための強力なツールです。それは絶対不可能であるからこそ、これ以上無いほどサイエンス・フィクションらしいツールです。それを使えば、サイエンス・フィクションにしかできないこと、他の形式ではまず絶対不可能であることを面倒な手続き抜きでやってのけられます。であれば、ビショップはここで、一度ひっくり返されたものを、さらにもう一度、角度を変えてひっくり返してみせているわけです。それも内心、ふふふと笑いながら。

　とはいえ、本作は喜劇を意図したものではない、と筆者は思います。あるいは本作では喜劇になるのをあえて抑制していると言うべきかもしれません。本作と対の形になる翌々年の*Ancient Of Days*では更新世の東アフリカにいたはずのホモ・ハビリスの一人が現代アメリカ南部に現れ、現代アメリカ人女性と関係を持ちます。こちらは明瞭に喜劇として書かれていますが、本作はどちらかといえばむしろ悲劇を志しているのではないでしょうか。デウス・エクス・マキナの採用、いたるところに顔を出す「奇跡」の数々からしても、本作の「目的」の一つはカタルシスでしょう。主人公ジョシュアは最後に「気分が良く」「幸せな人間」になっています。それを読む我々も一緒になって気分が良く、幸せになれるのです。

一方で、ここでのデウス・エクス・マキナはデウス・エクス・マキナそのもののパロディにも見え、しかも伏線まで張ってあります。悲劇になることを寸前で回避しているようでもあります。

作品中の他の文学作品からの引用について以下に記します。おそらくここに挙げたもの以外にも、明示されない引用、暗示、借用などが多々あると思われますが、哀《かな》しいかな、訳者の無教養をお詫《わ》びします。読者諸賢のご教示をいただければありがたいです。なお、本書中の訳はすべて拙訳。以下それぞれに挙げた邦訳を参考にさせていただきました。記して感謝申しあげます。

原題 *No Enemy But Time* はアイルランドの詩人W・B・イェイツ（一八六五〜一九三

九）の詩 "In Memory of Eva Gore-Booth and Con Markievicz"（一九二七年十月）からとられています。イヴァ・ゴア＝ブースとコン・マーキエウィッツは姉妹で、ともにアイルランドの文化と政治の独立を志しました。イェイツの親友でもあります。イェイツはイヴァに恋していましたが、実りませんでした。この詩は二連、三十三行からなり、二十二章に引用されているのは第二連冒頭。全文はネット上にあります。邦訳はたとえば岩波文庫版『対訳イェイツ詩集』に収録。

第六章でジョシュアが引用するのはエドガー・アラン・ポオの詩 "To Helen"（一八三六）の冒頭第二行から五行まで。これも原文はネット上にあり、邦訳は創元推理文庫版『詩と評論』はじめ各種あります。

第十二章末尾近く、豚の丸焼きについてジョシュアが口にするのはイングランドのチャールズ・ラムの『エリア随筆』（正篇、一八二三）の中の一篇「焙豚論」、A Dissertation on Roast Pig" を敷衍《ふえん》しています。本書では羊 lamb と豚 pig を入替えているので、誤植ではありません。mundus edibilis、princeps のラテン語もラムのエッセイで使われています。ラムはわが滝沢馬《たきざわば》琴《きん》の同時代人。原文はプロジェクト・グーテンベルクにあり（The Complete Works Of Charles And Mary Lamb, Vol. 2 収録）、邦訳は岩波文庫版があります。近年、続篇も含めた全訳も出ました。

第十四章のエピグラフはサー・トマス・ブラウン（一六〇五～一六八二）の

Hydriotaphia, Urn Burial, or, a Discourse of the Sepulchral Urns lately found in Norfolk（一六五八）第五章の一節で、この著作の中で最も有名な文章。邦訳は『澁澤龍彦《しぶさわたつひこ》文学館3脱線の箱』筑摩書房、一九九一年収録の「壺葬論」小《こ》池銈《いけけい》訳があります。原文ではこの後に〝Life is a pure flame, and we live by an invisible Sun within us.（生命は純粋の炎、我らは眼に見えぬ太陽を内にもって生きる）〟と続き、ここまでがひとまとまりとしてよく引用されます。なお原文全体はプロジェクトグーテンベルクにある The works of Sir Thomas Brown, Vol. 3 に収録。ブラウンは十七世紀イングランドの博学者の一人で、広範な分野とテーマにつき、古典を縦横に引用した、多彩な文体の著作を残しています。

第十八章、「わが心を勝ち得たハビリスたちのために」は一九七八年に著者が発表した詩 Among the Hominids at Olduvai が原型。そこでの 'they' を 'you' に置き換えています。

第二十章末尾近く、犀《さい》が角を得る話の締め括《くく》りのことばはイングランドの詩人アルフレッド・テニスンの詩 Ulysses（一八四二）の三連七十行の末尾近くの一節。原文はネット上にあり、邦訳は岩波文庫版『対訳 テニスン詩集』はじめ各種あります。

第二十五章半ばのダンテにまつわる言及はもちろん『神曲』の話。

第二十六章終り近く、ヘレンの陣痛の苦しみにジョシュアが思い浮かべるのは旧約聖書創世記三章十六節。

第三〇章、ジャネットのスペインに関する本の著者「イライザ・ドゥーリトル」はジョージ・バーナード・ショーの戯曲『ピグマリオン』（一九一二）とそのミュージカル版『マイ・フェア・レディ』のヒロインの名前。また本のタイトル『スペインの治世』The Reign Of Spain は『マイ・フェア・レディ』の中の歌のタイトル The Rain Of Spain にひっかけています。歌詞に〝The rain of Spain is mainly on the plain.（スペインの雨は主に平地に降る）〟の一節を含みます。本文の「スペインの治世は主に衰退についてのものにはならない」の原文は〝The reign of Spain is not mainly on the wane.〟で、この歌詞を敷衍しています。

本書中の各種固有名詞については、各々検索されるのが一番ですが、いくつか簡単に記しておきます。

第一章ジョシュアに話しかける女の口調のモデル、アルフ・ランドン Alf Landon（一八八七～一九八七）は第二次世界大戦直前カンザス州知事を務めた人物。

第三章冒頭のカンティンフラスはメキシコ出身の俳優、コメディアン（一九一一～一九九三）。第二次世界大戦後、アメリカ映画に出演して成功、ラテン世界の大スターとなり、映画製作会社も経営しました。

第五章後半のクルス・デル・カンポはスペインの最も有名なビールの銘柄。

第八章のジェシー・オーエンス Jesse Owens（一九一三～八〇）はアメリカの短距離走

と走り幅跳びの選手。一九三六年のベルリン・オリンピックで金メダル四個を獲得。この大会はヒトラーが「アーリア民族の優秀性」の宣伝に利用しようとしたものですが、黒人のオーエンスは単独でこの野望を打ち砕いたと言われました。

第十三章末尾で二人の老人の会話に出てくる竹馬のウィルト Wilt the Stilt はアメリカのプロ・バスケットボール選手 Wilt Chamberlain（一九三六～一九九九）のあだ名の一つ。同じ会話で出てくるドジャースのピー・ウィーはおそらく Pee Wee Reese（一九一八～一九九九）のこと。戦後のドジャースでショート・ストップ兼キャプテンとして活躍しました。リースは初の黒人大リーガー、ジャッキー・ロビンスンのチームへの定着を助け、黒人選手への偏見の解消に努め、ロビンスンとの二遊間コンビは鉄壁と言われました。

第二十一章で言及されるウィリアム・パウエルはアメリカの映画俳優 William (Horatio) Powell（一八九二～一九八四）。ダシール・ハメット原作の『影なき男』Thin Man シリーズ（一九三四～四七）で、洗練されウィットをもつ探偵 Nick Charles の役として Myrna Loy 扮する妻 Nora とおしどり夫婦を演じました。

第二十三章の「ドラゴン・レディ」はアメリカの漫画家 Milton Caniff（一九〇七～八八）のコミック・ストリップ Terry and the Pirates に登場する妖婦型の中国人女性。機略と性的技巧によって Terry のような若い白人をたらしこもうとします。作品は中国を舞台とした冒険漫画。カニフはこれによって第一回の Cartoonist of the Year Award を受賞しました。

同じく第二十三章の「自由の船団」は一九八〇年のものはキューバからフロリダを目指した小船舶の集団のこと。

同じく第二十三章のミラクル・ストリップはフロリダ州パナマ・シティ・ビーチに一九六三年から二〇〇三年まで存在したテーマパーク、ミラクル・ストリップ・アミューズメント・パークのこと。

第二十五章半ば、アンナが口にするロジャー・ストーバック Roger Staubach（一九四二〜）は一九七〇年代にＮＦＬのダラス・カウボーイズで活躍したクォーターバック。

なお、地名の一部、特に小さな街の名前は架空です。


最後にもう一度、どうか、この小説は最低でも二回、読んでください。良いか悪いか、好きか嫌いかはそれから判断してください。もちろん、何度読んでいただいても、それはかまいません。読むたびに新たな発見と歓びのある本こそが古典ですが、本書はそうした古典の一冊であると訳者は確信しています。

二〇二一年卯月《うづき》
新型コロナ・パンデミック二度目の春に
訳者識

時の他に敵なし

2021年6月7日　初版第一刷発行

著者 …………………………… マイクル・ビショップ
訳者 ………………………………… 大《おお》島《しま》 豊《ゆたか》
デザイン ………………… 坂《さか》野《の》公一《こういち》（welle design）

発行人 ……………………………… 後藤明信
発行所 …………………………… 株式会社竹書房
〒102-0075 東京都千代田区三番町8-1
三番町東急ビル6F
email : info@takeshobo.co.jp
http://www.takeshobo.co.jp
印刷所 ………………………… 凸版印刷株式会社

定価はカバーに表示してあります。
■落丁・乱丁があった場合は furyo@takeshobo.co.jp までメールにてお問い合わせください。
Printed in Japan